长篇报告文学

独龙春风

潘灵　段爱松　著

云南出版集团
云南人民出版社

出品人：赵石定

责任编辑：陈浩东　熊凌　助理编辑：苏娅　责任校对：周彦　董郎文清　崔同占

责任印制：马文杰　装帧设计：杜佳颖　马滨

封面设计：陈静荷　封面题字：汪惠仁

图书在版编目（ＣＩＰ）数据

独龙春风 / 潘灵, 段爱松著. -- 昆明：云南人民出版社, 2021.11（2022.3重印）

ISBN 978-7-222-20419-5

Ⅰ.①独… Ⅱ.①潘… ②段… Ⅲ.①报告文学-中国-当代 Ⅳ.①I25

中国版本图书馆CIP数据核字(2021)第188120号

独龙春风

DULONG CHUNFENG

潘灵　段爱松◎著

出版	云南出版集团 云南人民出版社	印张	31
		字数	458千
发行	云南人民出版社	印数	2001—31000
地址	昆明市环城西路609号	版次	2021年11月第1版
邮编	650034	印次	2022年3月第2次印刷
网址	www.ynpph.com.cn	印刷	昆明合骥琳彩印包装有限责任公司
E-mail	ynrms@sina.com	书号	ISBN 978-7-222-20419-5
开本	787mm×1092mm　1/16	定价	68.00元

如有图书质量及相关问题请与我社联系：

审校部电话　0871-64164626

印制科电话　0871-64191534

假如冬天已经来临,

春天还会远吗?

　　　　　　——雪莱

目 录

引子

上篇 春风一度

冻得发抖的代表 // 009

代表群中，也爆发出一阵复杂的喧嚣声。

王连芳突然意识到，自己犯了一个严重的主观主义错误。他又低头看了看两位在寒风中不停颤抖的代表，心中甚是难过。他想起此次临行前党中央、毛主席的重托，访问团最终的目标，不就是要让边疆各民族兄弟感受和享受到新中国成立后，中国共产党和中央人民政府为边疆民族团结、民族幸福带来的温暖和力量吗？

1895年，蓝灰色眸子里的秘境 // 013

这是什么地方呢？莫非这支队伍已经到达了他们期盼已久的梦幻之境？

在杜鹃、竹林密布其间的一段山脊下行处，突然，一些尸体挡住了去路，有几具尸骨的头颅上还凝固着血渍，尸体旁边还零散摆放着生活用的盆子和茶壶，这让大家心中打了一阵寒战。

"这些翻越山脉被冻死的行人，究竟是些什么人呢？"探险队长亨利·奥尔良俯下身，用他那双迷人的蓝灰色眼睛观察了一阵后，暗自嘀咕，又不得不摇摇头，轻叹一口气。

梦碎历史困局 // 030

夏瑚听闻，不但没有被吓到，反而像是被什么激了一下，只反问了一句："委员窃以为彼丈夫也，我丈夫也，彼外人尚且能往，我华人何独不能往？"

就是这铿锵有力的一句反问，让夏瑚下了冒死奔赴独龙江巡察的决心。

民国的一道深渊 // 050

现存三块关于当年殖边队进驻怒俅的石碑，两块原立于福贡上帕，一块原立于碧江知子罗。我们通过残缺的碑文，可以印证这段艰难但最终失败的拓边史。

起来，向东方的人 // 069

它在追逐着什么呢？就在那一刻，这位独龙族头人，似乎预感到自己族群未来的命运，于是，他朝着苍鹰飞翔的方向，奋力挥舞双手，大吼了几声，那是独龙人自己的声音，它，在这个短暂的胜利时刻，似乎正穿透着什么，去召唤红太阳般温暖的巨大力量。

火焰、闪电与曙光 // 097

孔志清叹了口气，心情有些沉重地回答道："这是阿公阿祖留下来的'礼'，但主要原因是我们只有2000多人，又不能与外族通婚，察瓦龙土司经常来抢我们的女娃去做奴隶，不这么办，我们怎么传宗接代？就说文面吧，过去我们的人确实曾经认为美，后来也知道不好，但这是没有办法的办法，因为察瓦龙土司不抢文面的女人，我们就只好用文面来对付，不信你看看，解放后我们的姑娘还文不文面？"

太阳照亮的边地 // 112

一时间，独龙江沸腾了，独龙村寨沸腾了，独龙同胞欢呼雀跃，打心底高兴地说："共产党这样好，共产党的政策这样好，点起火把也找不着。有了共产党的领导，今后我们独龙人就不会再受欺负了。"

春风访问民族边疆 // 129

"三是一切听人家。到了那里以后，人家叫你干啥就干啥，人家不愿意办的事，你们绝不要去办。主席把我们这个团定为民族访问团，我想是大有深意的，大家有没有想过，为什么主席没有把我们这个团叫作民族考察团或民族调查团呢？那是因为主席要让我们带着感情去做民族工作。访问是什么？访问就是要把少数民族当成知心人和亲人。你们不仅是一支队伍，还应该是一股春风，既要访，也要问，但主要是要听人家的。"周总理轻轻啜了一口茶，继续说道。

"我们有自己的族名啦！" // 175

孔志清边使劲拍手边流泪，心热得滚烫，嗓子哽咽，不知道该说什么才好，便更加使劲地拍掌。他的手拍得又红又痒又痛，但心中却像是灌满了蜂蜜，又像是有无数暖流贯穿而过。

"我们有自己的族名啦！我们有自己的族名啦……"独龙族人孔志清，在心中不停地叨念着："独龙族、独龙族……"他恨不得马上长出一对翅膀，飞越千山万水，飞到高黎贡山和担当力卡山之间的独龙江，把这个天大的喜讯，一遍遍传递给独龙族的乡亲们！

下篇　春风二度

总书记的两次回信 // 199

"让各族群众都过上好日子，是我一直以来的心愿，也是我们共同奋斗的目标。新中国成立后，独龙族告别了刀耕火种的原始生活。进入新时代，独龙族摆脱了长期存在的贫困状况。这生动说明，有党的坚强领导，有广大人民群众的团结奋斗，人民追求幸福生活的梦想一定能够实现。"

水田之上的农耕跨越 // 208

　　有好几次,当杨世荣们正准备开水田时,当地的南木萨(巫师)顾虑重重,觉得这样做会破坏当地耕作的风俗习惯,便四处向群众散布谣言:"把水引到村子里,会引来水鬼,村子就要遭殃不得安宁。水引进村来,人要得打摆子病(疟疾)。"

把生命系在悬崖上 // 222

　　怒江激流,就像是无数匹野兽在嘶吼,发出令人不寒而栗的巨大怪响,汹涌湍急的江水,把江水中的石头冲洗得像蛋一般光滑,江水撞击在石头上,瞬间激起十多丈高的水花,一部分碎成无数的气沫,化作一团团气雾,回旋弥漫在江面上。陈延长坠落的地方,什么都看不到了,除了江流还是江流,就像刚才什么事情都没有发生过一样。

　　大家的眼泪,再一次流了下来。

创造第一的骄子们 // 246

　　"跟我读:人,一个人……"唐嘉伦老师大声对巴国新等同学说。

　　"人,一个人……"巴国新和独龙族同学们,用蹩脚的汉语跟随唐老师,一遍又一遍地朗读着。就这样,在一点点的启蒙教学中,同学们聪明好学,进步很快。

鱼和水的情谊 // 301

　　"快看,那是什么?"一位小战士喊叫起来。

　　洪禹疏医生顺着小战士挥舞的手指方向望去,一个银白色的物体,正从缅甸方向,翻越担当力卡山,一点一点朝着他们飞来。

被打开的河谷 // 339

杨茂便从学生中挑选了23名年纪稍微大一些的同学（大的18岁，小的14岁），亲自带着这些同学，赶往县城背粮。

一路上，既要克服沿途极端险峻恶劣的交通环境，还得随时注意学生的人身安全。负重走路和平时甩手走路可不一样，更何况他们走的是1964年人马驿道开通之前的荒僻之径。真不知道杨茂老师是怎么带着这些学生，把粮食从贡山县城背运回独龙江巴坡完小的。这在今天看来，真是无法想象的事情。

但是杨茂老师他们做到了，背了11天，背回1000多斤粮食。

省委书记徒步进山来 // 365

尽管先前已经交代，低调"秘密"地进独龙江，但省委书记翻山越岭抵达独龙江的消息，还是不胫而走。独龙族群众感觉到，此次徒步而来的中国共产党的领导多接地气啊，激动得纷纷奔走相告：云南省最大的官，来咱们独龙江了！

一条决心辟天路 // 393

每逢大雪开山，人马驿道上总会响起一阵又一阵的铃声，看，远远的，西藏察瓦龙马帮、中甸马帮、德钦马帮、维西马帮……驮着一批又一批物资，朝着独龙江进来了……

以命相搏的工作队员们 // 416

李航急中生智，一下就跳到离门不远的另一扇位置比较高的窗台上蹲着。

也就是一两秒钟，一股泥石流从另一面破窗而入，巨大的冲击力，将房间里的东西全部冲翻。玻璃的碎裂声，像是一直在割着李航的耳朵，让他在一团漆黑中，有种濒临死亡的感觉。

绝望、无助，突然很想念家人。

李航的双手，紧紧拽住窗子上的钢筋，在黑暗中问自己："难道就这么死去吗？"

"老县长"是个爱的形容词 // 445

还有一次，高德荣到独龙江乡迪政当村迪加坝家，他一边招呼随行人员将带去的大米、食用油和腊肉给迪加坝，一边用独龙语对迪加坝说："这些东西不是我老高送你的，是共产党关心我们独龙族，上级让我给你送来的。"

其实大家都知道，这些物品全都是高德荣自己掏钱买的，但他每次给乡亲们送东西，都一再强调是党和政府派他送来的。

文在独龙族心上的中国梦 // 471

夜里，我做了一个奇怪的梦，有火塘、飞虫、45度自酿酒……还有小白在抖音号上做直播时的画面，这个精瘦略显矮小的独龙族小伙子，披着七彩的独龙毯，那些独龙江特有的宝贝，变戏法似的，一件一件，一个一个，从独龙毯里蹦了出来……

引子

2019年的春风,似乎来得特别早。独龙江的水,比以往更清澈透亮。它缓缓流淌,像巨大的翡翠,又像蜿蜒的巨龙,在太阳的照耀下,闪烁着奇异的光芒。

它,期待着一个好消息的到来。

4月10日,从北京中南海到云南独龙江,一封承载着习近平总书记对少数民族同胞关怀的回信,飞越千山万水,抵达云南,打破了这里一个曾经最为偏僻贫困的村寨——独龙江乡的宁静。

独龙江沸腾了,独龙江乡沸腾了,独龙族沸腾了!

这是习总书记给独龙族群众的第二次回信。一位国家领导人两次给同一个少数民族回信,这说明了什么呢?

接到回信的独龙族群众喜笑颜开、奔走相告,"习总书记给我们回信啦,习总书记给我们回信啦!"

在这个美好日子之前的2018年,独龙族率先实现了整族脱贫。因此,习总书记在信中鼓励独龙族群众:"脱贫只是第一步,更好的日子还在后头。"

独龙族群众感慨万千,不由得又想起2014年初,高黎贡山独龙江公路隧道即将贯通之际,习总书记第一次给独龙族回信批示勉励大家:"加快脱贫致富步伐,早日实现与全国其他兄弟民族一道过上小康生活的美好梦想。"

如今,独龙族千百年的脱贫梦想,终于实现了。

独龙族群众仍清楚记得,2015年1月,习总书记在云南考察期间,专门接见了独龙族干部群众代表,并指出:"在全面建成小康社会的进程中,一个兄弟民族都不能落伍,一个贫困地区都不能掉队。"

"两次回信"和"一次接见",这个如此让习总书记牵肠挂肚的独龙族,究竟是一个什么样的民族,他们又是如何实现千年跨越的呢?

在高黎贡山与担当力卡山之间的独龙江流域,生存着一个几乎与世隔绝的神秘族群,曾经被蔑视性地称为"俅人、曲子、俅族……"

据清代乾隆年间纂录的《皇清职贡图》记载:"俅人,居澜沧江大雪山(怒山)外,系鹤庆、丽江西域外野夷。其居处结草为庐,或以树皮覆之。男子披发,着麻布短衣裤,跣足。妇耳缀铜环,衣亦麻布。种黍稷,剐黄连为生。性柔懦，不通内地语言，无贡赋。更有居山岩中者，衣木叶，茹毛饮血，宛然太古之民……"

那么，这些"宛然太古之民"的人是如何生存繁衍，而历史，又会给他们怎样的机会和选择呢？

1908年，阿墩子（今德钦县）弹压委员会兼办理怒江事宜的主事人夏瑚，以"用是坚韧自持，生死不计"之心，带队完成对独龙江流域艰难的巡视，并给清政府呈上了一万三千余言的《怒俅边隘详情》，力图改变生存于这块土地的族群命运，只可惜夏瑚生错了年代，反而落得个革职去官被捕入狱的下场。

民国年间，云南军政总长、陆军第二师师长兼迤西（滇西）国军总司令的李根源组建的怒俅殖边队，也试图通过一系列政策，加强民族团结，改变边地贫穷落后面貌，却也只能梦碎历史困局中。

生存在独龙江流域的独龙族，不仅要面对极端恶劣的自然环境，还饱受外国殖民者、传教士，以及其他奴隶主豪强势力等的掠夺欺压。致使解放前，独龙族仍保留着原始社会末期父系家族公社的特征，在中国境内仅余1800多人，几乎到了快灭族绝种的地步。

谁能挽救这个弱小民族，谁又能帮助这个弱小民族改变自己的命运？

在独龙族远古歌谣中，曾赞颂过东方红太阳。可那预示着能够照耀独龙江的寓言和力量究竟是什么呢？

今天，历史给出了唯一答案，毫无疑问，那，便是中国共产党！

自从中国共产党带领全国各族人民成立新中国的第一天起，少数民族问题，便成为这个执政党治国理政持续关注的最核心的问题之一。

且看：

1950年6月，中央人民政府政务院决定，派出中央民族访问团，分西北、中南、西南三路，后又增加东北共四路，访问各少数民族地区。第二分团（西南团），于1950年8月6日抵达云南。开启了民族工作的新纪元。

1950年9月，独龙江四区区公所正式成立。独龙人第一次成立了自己的区政权，第一次自己当了家做了主。

1950年10月1日，中央人民政府邀请全国少数民族代表赴京参加国庆一周年观礼活动。

1952年1月4日，周恩来总理在北京召开的中央民委扩大会议期间，给历来备受歧视的独龙人正式命名为"独龙族"。此后，独龙族才有了真正属于自己的族名。

1952年，在党和政府的帮助下，独龙江地区创办了第一所小学——巴坡小学，点燃了独龙族教育的星星之火。

1952年12月，在中国共产党派驻外来干部和技术员的帮助下，独龙族第一次学会了开发水田种植水稻，自此告别了刀耕火种的原始生产方式，实现了农耕文明的第一次大跨越。

…………

在中国共产党的帮扶下，1964年10月独龙江修通人马驿道；1999年9月独龙江公路建成通车；2014年末，高黎贡山独龙江公路隧道打通通车，从此天堑变坦途，独龙族进入快速发展的"高速路"。

2010年，云南省委、省政府启动实施了"独龙江乡整乡推进、独龙族整族帮扶"、"三年行动计划"和"后续两年巩固提升"工程，重点推进了安居温饱、基础设施、产业发展、社会事业、素质提高、生态环境保护与建设六大工程，彻底解决了千百年来困扰独龙族群众的吃、住、行难题。

2014年，围绕"精准扶贫、不落一人"的总要求，怒江州委、州政府启动了独龙江乡"率先脱贫、全面小康"八大提升行动，初步实现了独龙江基层党建大夯实、基础设施大改善、人居环境大改观、整体素质大提升、脱贫攻坚显成效、生态环境大保护、旅游秘境大显现的七大变化，精准扶贫、精准脱贫取得新成效。

2018年，独龙族率先实现了整族脱贫。这是独龙族的第二次大跨越。印证兑现了党中央和习总书记"全面实现小康，一个民族都不能少"的庄严承诺。

2019年6月，怒江州委在独龙江乡召开"巩固脱贫成效、实施乡村振兴"现场推进会，制定下发了以三个目标六大行动为内容的"巩固脱贫成效，实施乡村振兴"实施方案。独龙族朝着更加幸福的康庄大道阔步前行。

....

就是在这样的大背景下,因为有了中国共产党,独龙江流域和独龙族迎来了命运的重大转机,最终实现了两次历史性大跨越,第一次是从原始社会直接过渡到社会主义社会;第二次是提前实现了独龙族整族脱贫,并稳步迈向乡村振兴。

当然,在两次跨越式发展中,中国共产党对于独龙族这样一个人口较少民族的持续大力帮扶,起到了决定性的作用。可以说,没有共产党,就绝对不可能有独龙族今天的幸福生活。

窥一斑而见全豹,我们从独龙族的两次大跨越中,也看到中国其他少数民族类似的发展与进步,这无疑体现了中国共产党为民族工作所付出的艰苦努力和所树立的光辉典范。不得不说,这是一个人间奇迹,放眼世界民族发展史,也是绝无仅有的,它对当下铸牢中华民族共同体意识,以及人类命运共同体的构建,同样具有深远的历史和现实意义。

上篇 春风一度

冻得发抖的代表

1950年初冬，云南丽江的寒风中，省立丽江中学的大礼堂内人头攒动，热闹非凡，中央民族访问团第二分团正在这里召开各民族代表大会。然而，刚要开会时，却出了件非常奇怪的事：有两位少数民族代表，并没有按照会议要求，身着本民族服装，而是穿起了政府发给的崭新中山装。

这是怎么回事呢？

访问团副团长王连芳（回族）原本兴奋的心情，一下子被不远处两个不守规矩的代表破坏了，要知道这次会议对于西南边疆少数民族工作意义重大，中央民族访问团可是带着党中央和毛主席的殷切期望与重托来到边疆开展工作的。为了开好这个为期6天的大会，无论是访问团的同志，还是丽江地委的同志，抑或各个民族地方代表的同志，都做了艰苦的努力和精心的准备，如果连服装统一这个小细节都做不好，还能奢谈其他吗？

想到此，王连芳不由得沉下脸，转过身，口气强硬，对旁边丽江地委负责筹办会议的同志说："这几位代表，还是穿本民族服装好。"

地委负责同志有些为难，本想向王连芳解释一下，但看到中央来的领导同志脸色煞是难看，就把到嘴边的话咽下去，只回答了一句"马上传达照办"，就赶忙去找贡山县少数民族带队代表和耕，协商解决此事去了。

不到30岁的和耕，是贡山傈僳族人。此次参加各民族代表大会，他既是傈僳族带队人，也是贡山县带队代表，还是当时由云南滇西北丽江地区行政公署委派担任贡山县的年轻县长。在和耕负责管理的贡山县，居住着傈僳族、怒族、藏族，还有少数汉族、纳西族、白族等杂居。但有一个族群最为独特，也颇令人费解。

这个族群，根本就没有一个正式的族名称呼，并且常年散居在几乎与世隔绝的独龙江地区，当地人都习惯称他们为"俅子"。

这个族群的人对此称呼较为抵触，认为这是一种侮辱（又常常敢怒不敢言）。

可能是居住在独龙江河谷的缘故，这个族群的人自称独龙人。据说，这个族群还有外地族人，居住在缅北迪麻河谷的，自称"迪麻"，居住在缅北恩梅开江流域的，自称"日旺"。他们自己族群内相见时，又换了一个称呼，以"陪切"或"格能"（亲戚或亲族之意）互相招呼。

谁也搞不清楚，这个族群究竟该如何命名。

这也是让和耕犯愁的一件大事。

伴随中华人民共和国的成立，贡山在中国共产党的领导下，历经艰难斗争终得以解放。因为解放，贡山县各民族兄弟才得以像人一样地活着。但是这个独特的族群，生活在那么一个与世隔绝的地方，仍然过着刀耕火种的原始社会生活，如此落后的生产和生活方式，要不是亲眼所见亲耳所闻，打死也让人无法相信。

在贡山县，其他民族虽然也落后，也贫穷，也苦难，但是就没有任何其他一个民族能和这个奇怪的族群相比。就拿这次丽江民族大会来说吧，和耕想方设法捎信到独龙江，给这个族里仅有的能识字的两个人之一的老同学（小学同学）孔志清，请他务必选派独龙人代表参会，如果没有独龙人参会，贡山少数民族代表团就是不完整的。

可偏偏被选中的这两位代表不遵守规矩，擅自在该统一着本民族服装时，穿上会务方发的中山装，严重违反了组织纪律。这不，让王连芳副团长难堪了，发闷火了。

其中隐情，和耕是知道的，也是理解的，但他不能说，他的这两位代表也不能说。这么重要的一个会议，既然丽江地委的同志带着王连芳首长的话来了，就只有立即遵照执行，按照大会要求，立马脱下中山装，换上独龙人本民族的服装。

正是这样一个看似正确的决定和命令执行，接下来发生的一幕，让王连芳一辈子都难以忘怀。

在会场，王连芳看到不少代表，不知道为什么，对着一个地方指指点点、议论纷纷。

他走近一看,原来是两个少数民族代表,一个60多岁,另一个30多岁,两人上身都只穿着单薄的麻布褂子,下身只有一条小短裤,裸露着双臂和腿脚,正蹲在寒风中直打哆嗦。

咦,这不正是自己先前看到的那两位"不守规矩"的独龙人代表吗?

王连芳大吃一惊。

这是怎么回事呢,为什么大冷天的不多穿点衣服?

王连芳同时犯嘀咕了。他赶紧让在现场懂独龙语的代表,把他的疑问转达给这两位代表,想搞清楚为什么会这样。

其中一位年轻的独龙人代表叫木浪当此,声音带着委屈,颤抖着回答说:"独龙人的衣服,本来就是这个样,最重要的场合,族人都是这么个穿法。"

王连芳接着让翻译问,难道就没有其他厚一点的衣服吗?

"哪里有什么厚衣服,现在身上能穿这个都算是最好的了,还有更多的族人,连衣服都没得穿。"年长的独龙人代表不当迪,边咳嗽着,边直接用右手擤了擤不时流下来的清鼻涕,声音中带着些许埋怨和无奈。

代表群中,也爆发出一阵复杂的喧嚣声。

王连芳突然意识到,自己犯了一个严重的主观主义错误。他又低头看了看两位在寒风中不停颤抖的代表,心中甚是难过。他想起此次临行前党中央、毛主席的重托,访问团最终的目标,不就是要让边疆各民族兄弟感受和享受到中华人民共和国成立后,中国共产党和中央人民政府为边疆民族团结、民族幸福带来的温暖和力量吗?

想到此,一股羞愧之情,让王连芳更加难过、难堪。

他跟着蹲了下来,更凑近这两个独龙人代表了,看到他们继续在寒风中不由自主地打着冷战,连牙齿也冻得嗒嗒碰响,内心深深埋怨和责备自己:王连芳啊王连芳,你怎么不做详细调查就乱下结论和指令,如此穿着的少数民族同胞,他们背后一定是受尽苦难,党中央和毛主席派访问团来干什么来着?不就是要摸清楚少数民族同胞的真实情况,更好地帮扶这些饱受苦难的民族兄弟姐妹,让他们过上人的生活,过上社会主义温暖大家庭的生活吗……

想着想着，王连芳眼睛湿润了。他猛地回过神来，立刻站直身子，让翻译请两位代表立马换上新发的中山装，千万不能让这两位贫苦的独龙人代表再冻坏了呀！

同时，王连芳也暗暗吃惊，自从中央民族访问团第二分团（西南团）1950年8月6日抵达云南后，接触到彝族、藏族、白族、纳西族等诸多少数民族，但没有任何少数民族像今天蹲在寒风中瑟瑟发抖的独龙人这般原始落后。这个鲜为人知的族群，甚至连个正式族名都没有。这些人究竟生活在什么样的地方，让他们过得如此艰难？在中国境内还不到2000人的他们，又是怎么生存繁衍的？这个族群，究竟还隐藏着多少鲜为人知的苦难过往呢？

一个又一个的疑惑，引发了王连芳想去独龙人聚居地深入调查的强烈愿望。但当他进一步从当地政府了解情况后，不得不打消了这个计划。由于独龙江地区极端恶劣的交通、气候，加之人手不足，去独龙人聚居地调查无法成行。

此事一拖七八年，直到1956年，全国人民代表大会民族委员会派出以费孝通为首的调查组来到云南，组成怒江分队，杨毓才、宋恩常等调查组成员，在贡山县独龙族县长孔志清等人的帮助下，于1957年才得以首次进入独龙江地区。

1958年秋天，由中央民族学院、中国人民大学、云南大学等北京和云南的专家，共同组成云南少数民族社会历史调查组，其中丽江分组由洪俊、杨毓才等带队再次深入怒江州贡山县独龙江，做了详细的社会历史调查。

当然，这已是后话。

独龙人凄苦原始的形象，一直深深印刻在王连芳心中，加上自己在各民族代表大会上的主观过失，造成两位独龙人代表挨冻，这让他久久难以释怀，也让他在心底无数次追问：独龙人，这个西南边陲极度弱小族群的背后，到底隐藏着些什么？他们究竟有着怎样的历史进程和艰难历程？

他们从哪里来，又能到哪里去呢……

1895年，蓝灰色眸子里的秘境

1895年10月8日，一支来自欧洲的探险队，缓缓攀爬行走在一片陌生的巨大山谷中。

山坡上，翠色逼人，无数松树笔直挺拔，山峦直插天宇，远处夕阳的余晖和山峰上的积雪交相辉映，色调像极了达·芬奇的三联画。无数不知名的鸟儿，盘旋雀跃，幽深狭窄的谷地里，不时响起山瀑轰轰的倾泻与流淌声。

此情此景，让这支队伍多日以来的劳顿、艰辛、疲惫之感渐渐消减，随之而来的是无与伦比的畅快呼吸，以及群峰巨石赋予的自由勇气。仿佛一切有限的生命，似乎被什么力量无限支撑着、拉伸着、舒展着。

这是什么地方呢？莫非这支队伍已经到达了他们期盼已久的梦幻之境？

在杜鹃、竹林密布其间的一段山脊下行处，突然，一些尸体挡住了去路，有几具尸骨的头颅上还凝固着血渍，尸体旁边还零散摆放着生活用的盆子和茶壶，这让大家心中打了一阵寒战。

"这些翻越山脉被冻死的行人，究竟是些什么人呢？"探险队长亨利·奥尔良俯下身，用他那双迷人的蓝灰色眼睛观察了一阵后，暗自嘀咕，又不得不摇摇头，轻叹一口气。

不过，当他们发现一条在山谷中穿行的江水，晶莹剔透得甚至比他们熟悉的瑞士河流，以及阿尔卑斯山中的流水还美时，死亡气息带来的恐惧与不愉快，立马被一扫而光。

他们兴奋得尖叫起来，并决定在河流上面300米高处的草坪上扎营。

不远处，有两间矮小的吊脚竹楼，顶上盖着的茅草已经灰黄，房门却敞开着，像是在迎接他们的到来。不过，当探险队穿过院子里种植着的烟草、南瓜、四季豆、香蕉后，在一个狭小的避风处，却发现了两具直挺挺躺着的尸体时，亨利·奥尔良和他的探险队员原本兴奋的心情，一下子又像被什么莫名其妙的东西搅乱了。

难道这就是他们历尽艰辛才终于抵达的独龙江吗？还有那传说中茹毛饮血的原始独龙人，真的存在吗？

亨利·奥尔良陷入了良久的沉思。

在这之前，这位出生于1867年法国奥尔良家族的探险家，从1887年9月到1888年3月，先后在恒河三角洲、尼泊尔、日本等地探险行猎；1889年到1890年，穿越欧洲、西伯利亚、中亚来到中国新疆。其后，取道四川、云南，抵达河内。1892年再次出发到非洲，游历埃塞俄比亚和马达加斯加等地。1895年，他重返亚洲，开始从东京湾到印度的探险之旅，而在所有的探险旅途中，最让他向往和兴奋的，就是早有耳闻的秘境独龙江。

亨利·奥尔良绝对算是那个年代优秀的探险家，他不仅在1896年获得过法兰西地理学会授予的金质奖章，以及共和国政府授予的十字勋章，而且他还有着多种身份——作家、摄影家、画家、自然主义者等。

作为法兰西七月王朝国王路易·菲利普一世的曾孙，为了完成这次探险考察，他组织了法国海军中尉鲁克斯、法国在东京湾（法国殖民政府称越南北部河内濒海一带为东京湾）第一殖民地移民布利佛，另外雇用了越南人杜、邵、楠，以及一位骨骼高大、漫天要价、有着黄里透亮脑袋的中国话翻译官弗兰索瓦，后面又陆续加进另外两位翻译官马锅头和基督徒约瑟夫。

从1895年1月26日早晨开始，探险队从东京湾安南出发，沿着红河逆流而上，到达中国大西南门户河口镇，途经蔓耗、蒙自、绿春、思茅、澜沧、双江、临沧、云县、昌宁……横渡澜沧江之后，又经巍山、大理、洱源、云龙、六库、兰坪、维西、德钦、茨菇、贡山，于10月抵达独龙江流域，开启了这一段几乎无路可通、最为艰难但也最有意义的秘境探险。

也正是这支探险队亲力亲为的跋涉和见证，让独龙江和独龙人，在几乎与世隔绝的生息繁衍中，从外国人角度，留给了世人看得见摸得着的印迹，为揭开这个族群和地域的神秘面纱，留下了珍贵的有据可查的影像和文字；

当然，也为独龙江山川自然的绝美奇险和独龙人族群的原始苦难，提供了可追溯的真实资料；还为这个地区和族群的未来，打下了一个又一个历史的疑问号和惊叹号！

这样的绝境之地，这样的原始民族，希望何在？谁又有那种天大的本事，能够在若干年后，让这个极端闭塞并充满着死亡气息的蛮荒之地，发生翻天覆地的变化呢？

亨利·奥尔良当然不可能对这个地区和族群的发展进行任何假设，在他的眼中和心中，这个与世隔绝的区域和族群，就像眼前漫漫群山中灰色的巨石，或者滔滔江水里奔腾的激流，没有任何选择的机会，全得靠命运，靠自然神明的神秘护佑，或许才不至于走向消亡。

当然，在解答所有的疑惑之前，我们还是得跟随这支勇猛的探险队，仔细看一看，在1895年，这里究竟发生着什么？这里究竟是一块什么样的神奇之地？这块神奇地域上居住的独龙人，又是怎样的一个族群？

在抵达这里之前的9月27日下午，亨利·奥尔良就因为途中两名傈僳族人提供的关于独龙江情况的信息欣慰不已。他和他的探险队是多么渴望获得这片陌生世界的信息，哪怕是只言片语、细枝末节，因为坊间传说中的独龙江太特别了，特别得让这位满世界闯荡、见多识广的探险高手，都无法抑制住自己此行的激动心情。

两名傈僳族人是这样说的，在独龙江有个叫迪政当的地方……不过，过了独龙江有三座大山，一条叫驼洛江（又称南塔蔓河、脱落江、托洛江，在缅甸克钦邦境内与独龙江汇合形成恩梅开江）的大河两岸种植着稻谷，黑喇嘛和汉人生活在那里……这些信息，极大地刺激了这支探险队，让他们迫不及待想一探究竟。

当亨利·奥尔良带着他的探险队，于10月9日寻找到一座四周由竹子做成墙壁的木结构吊脚楼时，才算是把激动的心情稍微安顿下来，那是当地一位独龙族头人的家。

汉人将独龙江流域的山民称为"俅人"，但那时独龙人自己已分别有所称谓：在独龙江流域为独龙人，在驼洛江流域为Tandsars，在杜马（缅甸克钦邦境内,迈立开江支流岸边)为 Reouans,在邦达姆(缅甸克钦邦境内)为 Louans,还有 Khanungs、Mishmis 等称呼名。

由此可见,就算是同一族群,生活在不同的区域,也是有所区别的。这让探险队对地理造成同一族群的天然散居状态和不同称谓,产生了浓厚的兴趣。或许这里边会隐藏着诸多秘密。

亨利·奥尔良此行的目的,除了探险,还有为他的祖国法兰西做一些有益工作的打算,要知道在亨利·奥尔良的眼中,这些他历经艰难行走着的土地,未来很可能是法国商业发展的范围。所以此行,他们沿途收集了很多商业、地理、动植物、民族、宗教、人文等方面的第一手信息。独龙江这个世外秘境,独龙人这个神秘民族,当然更不可错过。

既然中国西南边陲土地上,高山峡谷蕴藏丰富的动植物资源和生息着古老神秘的族群有着那么大的吸引力,以至于让法国人亨利·奥尔良等不远万里来做探险考察,那为何当时的中国政府和中国人自己,白白浪费着巨大的宝贵自然资源,无暇顾及受苦受难的少数民族同胞,而做不了任何事情呢?

回顾 19 世纪末期,强大的法兰西给了亨利·奥尔良机会,让他能满世界探险考察,而积贫积弱的中国清政府,却给不了哪怕一个最弱小族群,任何改善生存条件和发展的可能。

这就是残酷的历史和现实。

恰巧就是在 1895 年,李鸿章正以清政府头等全权大臣的名义,带着美国前任国务卿科士达为顾问,率 100 多名随员前往日本马关(今下关)与日本首相伊藤博文、外务大臣陆奥宗光进行谈判,并签署了丧权辱国的《马关条约》,哪有什么力量顾及边疆地区少数民族的生死存亡,更不可能做任何有益的帮扶发展,甚至连最基本的国土安全问题,恐怕连想都没敢想过吧。

所以为什么千百年来,独龙江这块蕴藏着巨大资源和占据着特殊地理位置的区域,一直处在怎样的蛮荒状态;在这种蛮荒状态下,各个族群面临怎样的凄苦悲凉命运,也就可想而知了。

不过,这块未开化的土地和这个悄无声息的族群,还是以高黎贡山和担当力卡山般博大的胸怀，接纳了这群异邦来客。并且，整个独龙人部族的温和有礼，让亨利·奥尔良感到有些意外。他一直想着，这个传说中像野人一样的族群，即使不是特别蛮横，那也至少不会是友善的。可现实情况却恰恰相反，独龙族群天生就带着善意和朴拙，再加上亨利·奥尔良王子一行是由怒族叶枝土司的代表带着来的，情况就更不一样了。

据说，以前的独龙人是独立的，但怒族人总跟他们打仗，独龙人打不过，都跑到森林里生活。打败了，自然就得向叶枝土司进贡（每户每年交一钱银子），这是在这里得以生存的自然法则与规矩。

逃避并不能摆脱压迫，反而会让压迫更加肆无忌惮，让自己的生活更加贫苦。

探险队的到来，让这些长久过着封闭生活的独龙人十分恐慌，纷纷将自己的食物藏到了山里。好在探险队不是白吃白喝的无赖，亨利·奥尔良毕竟是法兰西王子，每次都以钱和一种贵重的蓝线、蓝布与独龙人交换，久而久之，独龙人见到这些奇怪的外来人，也就消除了恐惧和隔阂，变得信任和温和起来了。

但是独龙人与众不同的外貌和习俗，还是给亨利·奥尔良相当的震撼。

他曾记载如下：

……男人一副藏式穿戴；女人披着两片布，一条围在腰间，一条从左腋下穿过来，在右肩上打个结；有人戴着和傈僳族人同样的白色头冠，披散着的头发中间有一条辫子；有人剃了头发，只前面留一绺，以后好辫辫子。两名妇女的鼻子和脸颊上刺着一个蓝色方格，这是富有的女人。几乎所有的女性都手握纺锤在纺麻线。在我们歇息的这户人家里，祭师正忙着给一名生病的妇女驱神避鬼，仪式十分冗长，一直拖到深更半夜。他三番五次念咒语和经文，摇着小铃铛或藏式经轮。时而，仆人拿来几尊粗糙的蜡像，祭师又是浇水，又是撒糌粑。祭师开始讲话，仆人把祭祀物和神像拿到屋子外面，放进大树洞里，大家都认为是他们在捣乱（可能想缓和一下邪气），或者放到炉子里面，再焚烧香草。然后，祭师走近生病的妇女，往她头上浇水，给她喝一种液体，再喷到神像上。接下来，祭师用孔雀毛拂拭病人头部。祭师的表情特别滑稽，经常突然变换脸色。时而闭上眼睛，仿若聚精会神，沉思默想，自言自语；时而半开眼睛，狡黠微笑；时而严肃认真，神态庄重，盯着病人，像医生一样望闻问切。他肯定吗？我不知道。总之，家里人都很信奉。我在旁边观察祭师的时候，他还朝我微笑，似乎我的到来，对他没有任何影响……

这是先前亨利·奥尔良在坎底看到的独龙人的生活境况。

那里的独龙人，可以一夫多妻，仍保留着原始社会末期父系氏族公社的特征，每一家男男女女老老少少杂居相处。

许多风俗习惯让亨利·奥尔良感到奇异和震惊，这对他而言简直是闻所未闻，也不可理喻。

但就是这个地方的独龙人，很少生病，或许是由于得天独厚的自然环境因素，甚至还有百岁寿星。假若生病时，病人要向神灵许诺一只鸡或一头猪。或许是独龙人有着更为朴素的对泥土的感情依赖，人死后不用棺材，直接埋进土里。

打猎时，这里的独龙人会设计陷阱，并用网具和弓箭，还用一种沉重的木矛（但没有铁）杀死野兽，还要展示动物尸体，以感谢神灵。

这些原始的独龙人，还保有着一种朴素的轮回观，他们相信如果生前与人为善，死后会到一个美丽的地方；如果生前作恶多端，死后自然得跟饿鬼恶神为伍。或许正是这样的生活和观念，让居住在坎底的独龙人在原始和神秘中，多了一些让人信任的朴拙感。

亨利·奥尔良就是带着这种朦胧的最初印象，急切想了解那些生活在独龙江的独龙人，甚至是和独龙人密切关联的怒族人，在他们之间，究竟会有着怎样的相似和不同呢？

他是这样记载的：

他们的语言与怒族语言没有多少区别。他们的面孔看起来很有精力，比怒族人要强壮。男人穿着白色的长袍，肩头有肩章似的东西，我们已经见过这种衣服（估计类似坎底独龙人的穿戴）。他们背着两个兜的挎包，一个是竹兜，一个是皮兜，里面放着烟袋和烟草。大部分人的耳朵上都戴着装饰，有的干脆就是一小段树枝，每边一根刺。他们的头发乱蓬蓬的。女人的脸上有绿色的刺青（后来的文面女特征），刺青通常是在嘴巴周围。她们穿着怒族人式样的衣服，或一条短裙，一件小上衣。很多女人都戴着大银耳环，前面的头发下垂齐眉，后面的头发垂到颈项。有些妇女和怒人一样，戴着一顶配有白色扣子或铃铛的帽子……

可以确定的是，这些生活在独龙江的独龙人，多半是亨利·奥尔良探险队在独龙头领家附近碰到看到的，也就是说，这些人或许是当时独龙族群里的"上等人"，更多分散居住在独龙江流域的独龙人，探险队暂时还没有碰到。

亨利·奥尔良担心，在独龙江如此艰险的环境中，探险队所带的粮食不够，因为不可能从那里获得任何粮食补给。所以，他用了三四天时间，找到了几个独龙人向导，急于出发。由于面临着横渡独龙江的任务，必须尽快架一条溜索，还好随行的傈僳族收税官，给当地头领下了命令，帮助架设溜索。

让探险队感到十分吃惊的是，独龙人有着自己的绝活，一个人用1天的时间，就地取材，只用竹子和绳子，就可以搭起一条横跨独龙江的溜索。亨利·奥尔良心中甚是感叹，即使在近代的欧洲，尽管科学技术十分发达，工具也齐全，也未必能有这么高的效率。独龙人原始的生活，并没有削减他们的勤劳和智慧，相反，给了他们面对大自然时的机敏和无限的创造力。

1895年10月13日，亨利·奥尔良集结了50余人的探险队将行李打好包，并和雇佣的独龙人讲好，做6天向导。但是路上的情况不好说，尽管收税官答应，陪同探险队一直走到下一个可以换人的地方，亨利·奥尔良心中还是不太放心。一路走来，变数太大，前面的道路更是险峻，谁也说不清楚，这段路会遇到什么情况和麻烦，所以现在的一切计划，都还只是理想中的假设。

此时探险队中，还来了一位维西官员的汉人代表，可亨利·奥尔良心中还是不怎么踏实。但独龙江奇绝的自然地理和独龙人的架溜索技术，还是让他深受震撼，并对接下来的探险，多少生发出了一些揭开隐秘的信心和勇气。

他感觉到，这里的绝美自然和独特民族，似乎能给这趟探险加持。

在独龙江河谷探险队的宿营地，成千上万的蚊子，搅扰得探险队员无法安宁，这是在10月14日的晚上。有人划亮了一根火柴吸烟，瞬间铺天盖地的蚊子马上就朝这人的脸上扑去，这骇人的场景，亨利·奥尔良算是头一次见识了。没办法，好多队员无法安睡，大家点起一堆篝火。亨利·奥尔良也走到了他们身边，看了看表，正好两点半。

那无以计数的蚊子，就像是被什么控制了一样，刚才遇到火柴和蜡烛光就蜂拥而至的场景不见了，取而代之的是，这些个庞大的蚊子群，就像知道篝火会是它们的葬身之地似的，匆忙飞过来又急忙飞走了。

亨利·奥尔良也不太了解，这景况说明了什么。生存在如此恶劣但又如此绝美的环境中的蚊虫，像是也具有独龙人天然的敏锐感一般，对生和死有着自己最本质和原始的本能反应。

或许也可以这么说，环境造就了这里的一切，这里的一切也逐渐适应了这种环境，千百年来皆如此，未来也不可能改变。作为探险的天堂，这里无可挑剔，但是作为人类的居住地，这里永远充斥着蛮荒和原始、愚昧和苦难。

在亨利·奥尔良那么多的探险经历中，独龙江和独龙人是特殊的，也是特别的，没人料得到更无人会想得到，茫茫黑夜笼罩的群山下，这片土地和生存在这片土地上的独龙人，究竟会有着怎样的未来与归宿。

独龙江水绕着莽莽群山向西流淌，日出的金光穿透云雾缭绕的山峦，将万物点亮。

10月15日，早早就起来的探险队，沿着一条40米宽的巨石夹岸溜索横渡江面。异常凛冽而清新的空气，以及巨石和流水的交错纵横，让亨利·奥尔良和队员们颇感兴奋，甚至不顾危险，在江心桥中间停下来拍照。独龙江岸边种类繁多的植物，让探险队感觉宛如进入了一个仙境，巨大的藤本植物，开着玫瑰色鲜花的灌木，高达2米的蕨类植物……

有队员禁不住伸手摘取鲜红的野果，味道苦涩但微量元素丰富，微风带起阵阵扑鼻的异香，让探险队宛如置身梦幻之境，特别是河床低处，翡翠般的流水在脚下发出悦耳的纯净清越之声，岸边的花岗岩、石英岩、云母岩等，在甘洌碧绿的水流洗刷和阳光照耀下，显得特别干净明亮，就像是不同肤色的人类的面孔，静静目送着这群陌生的探险队员，一步步走近又走远。

山坡上兀然出现一座孤零零的房子，典型的独龙人的居所结构，门上挂着牛角，房子周围的园子里，还有用四根竹子搭起来的两个小小祭坛。

独龙人有着自己的原始宗教信仰，他们信奉鬼神，相信万物有灵，崇尚自然天地和灵魂巫术。这两个祭坛正是他们用来祭天的，周围还用树枝做了装饰，甚至还摆着盛肉装酒的小碗。

亨利·奥尔良围着祭坛旁边一个装满泥土的竹子编织而成的圆锥形灶台转了几圈，他试图发现点什么，但什么也没有。一路走来，他一直想找到一些宗教象征物，按理说欧洲的传教士是到过中国云南很多地方的，但是否能走进这个几乎与世隔绝的独龙江，却不可知。亨利·奥尔良希望能够在此次探险历程中，找到这种痕迹，这种能与他生命中冒险精神相随、相伴、相互呼应的关于信仰的蛛丝马迹。

另外，他还想找到与坎底以及独龙头人们不同的更趋于原始的独龙人。这间房子给了他很大的希望。但不知是不是探险队目标太大，这间房子的主人们早就逃跑了，只剩下山风穿过空空荡荡的房子发出的声响，回荡在他和探险队员的耳边。

扎营休息时，不知是不是随队做向导的独龙人和附近村落的人熟悉，不时有一些独龙人走了过来，还带了粮食。这让亨利·奥尔良十分兴奋，他让探险队付给了这些村民一些钱，顺便送了一些纱线。

这时，他也得以观察到这些他十分期盼了解的其他散居独龙人。

他比较详细地记录了这些人的体貌特征：

> 这些人脑袋很小，眼睛很直很大，前额突出，所以下巴微微显得有点细长。他们的脸形有棱有角，头发留到脖子处，前面垂在额头上，有些人天生一头卷发。他们不算难看，有几个独龙人还让我想起我认识的欧洲人……两片布交叉着绑在肩上，跟怒族人一样，双臂活动自由。他们腰间缠着布带，后面套在两个银圈子里面，里面盖着一块很小的布，马马虎虎就当遮羞布。他们的大腿很健壮，肌肉发达。村民们个子矮小，手小脚小，几乎赤身裸体，……但是他们很灵巧，有活力。有些人跟傈僳人一样，戴着大银耳环，大部分人都在耳垂上套一小块木头。他们都佩着刀，胸前的刀鞘较宽，挂在竹篾或藤条上。女人的嘴巴附近有刺青，像怒族人那样着一块布，或穿小短裤。男男女女都吸一种绿色的细烟丝……

看来独龙江和独龙人和传说中的样子差不多。

亨利·奥尔良对于这趟旅程感到十分满足，他切身体验到了独龙江和独龙人的奇特、原始与美。这和他心目中早已有所期待的结果相似，尽管他还想更多地了解尚未抵达的隐蔽山林和居住得更为偏远的独龙人，只是探险队不可能过多停留，前面还有很多路要走，还有很多难以想象的困难等着他们。

一路上，独龙人向导卓绝的生存能力，让探险队其他人感到钦佩和不可思议。比如说，翻越大岩石，独龙人背着行李，光着脚丫，踩着布满坚硬石子的陡峭山路，基本不需要费什么事就翻越过去，而亨利·奥尔良和他的几个伙伴，则需要不断寻找支撑点，如果没有支撑点的话，每次都得把脚抬到齐头高的地方，煞是吃力。

再比如，过独龙江激流上的藤索桥，任何摇晃起伏，对于独龙人来说，都是小菜一碟，他们用脚趾轻易就能找到合理支撑点，下坡行走就像是儿童玩游戏般轻松。而这对亨利·奥尔良他们而言就凶险困难得多，甚至只能把手腕撑在地上爬行。

要是没有独龙人向导，估计亨利·奥尔良一行无论如何都是走不出独龙江地域的。这一路上，探险队穿过许多森林、激流、巨石、瀑布、河谷……也碰到过散居山林的其他独龙人，见识到许许多多叫不出名字的各类植物，也看到过许多野生动物穿行其间。给亨利·奥尔良留下最深刻印象的，除了独龙江绝美的自然风光外，就数独龙人原始但充满智慧的强大生存能力，这或许就是和这片原始土地与生俱来相伴相随的特异之功。

在1个多月艰难的行程中，亨利·奥尔良精准地记录下所目睹的独龙江流域和散居各地的独龙人，现摘录一些片段：

  10月16日。我发现，独龙人的头发比汉人更细，更偏棕色。

  10月17日。我们攀爬一座山坡。确实，只有独龙人才能攀登十分陡峭的山坡。

  10月18日。瀑布从六十至八十米的高处坠落下来，落在光滑的岩石上，几乎直接飞落到河流里面。河流刚刚流过一个险滩，在这里拐了道弯，环绕着一块绿茵覆盖的巨石。瀑布从光秃秃的岩壁中间奔泻下来，白练当空，飞珠溅玉，雾气升腾，紫烟氤氲，像无穷的宝物，像宝盒中的项链。我们在河边停下来吃午饭，前面似乎是一幅原始生活图画，像洞穴时代的人类生活场景。手下人躲在一条缝隙里，上下两块巨石错落，遮蔽着太阳。这个天然避风处冒着袅袅青烟，似乎是洞穴的入口。前面的独龙人……蹲在巨大的石头周围，在中间生起一堆火。尽管身材矮小，但是他们肌肉结实，比例匀称，姿态简单而优美，似乎缺衣少穿的人都受到自然的特殊催化……我们必须攀登很多光滑的石头，几乎没有放脚的地方，两个独龙人安搭起一根藤条，让我们当栏杆扶住，我们紧紧地攥着藤条，丝毫不敢放手。我们下到河流岸边，顺着陡峭的岩壁前行，岩壁边上放着树干，但是树干又细又滑，没有地方落脚，没有地方扶手。独龙人又用藤条来帮助我们，才走出这样的鬼门关。

10月19日。独龙人像猴子似的，在藤条上如履平地，就像我们在香榭丽舍大街上闲庭信步，他们可能没见过其他道路，对康庄大道毫无概念。

10月20日。独龙人也围坐在火边聊天，火势很旺。右边的森林沿着那座山脊延伸，在模糊的火光中，像是一座难以穿透的城墙。烟雾慢慢升起，萦绕在树木高处的枝叶间，火光照亮了树木，将树冠的影子漫无边际地放大开来。左边的山谷被吞噬在无边的黑暗中。天空布满了星星，不同山头的夜莺，断续传来交相呼应的鸣叫声。我们体验到一种在文明社会尘嚣中无法享受的静谧，这种宁静非常让人神往。我们在这里的生活虽然有些野蛮，但是我们已经习以为常。

10月22日。随从们穿着拆下袖子的袍子，围在火边四下躺开，独龙人裸着身体，蜷缩在火堆间的青苔上，他们睡得很少，夜里经常起身，或兀自蹲在那里。

10月23日。这一次不同，我们看到身下群山环绕的独龙江河谷，山上树木茂盛，山头上隐现着几块岩石。四处全是森林，没有一丝人迹，唯有这片森林，与沙漠一样单调而危险。一条向西和西北延伸的宽阔山谷，一缕阳光射入谷底，照亮一小片水面，这是一条两岸有平地的大江，似乎有人耕种。我们正面对诸多困难，但眼前的风景给我们以希望……我们开始接近独龙人。他们吃菜根、蕨茎和香蕉。他们会把两只手拢在嘴前学鸟叫，我觉得特别好玩。我仔细地观察他们，以便能深入了解他们。在他们脸上……厚嘴唇，短下巴，三角脸；两眼间距很大。他们的相貌并不令人讨厌，脸看上去很小，乱蓬蓬的头发顶在头上，像一顶大帽子。他们胸部凸起，大腿粗壮，表明常年在山中奔跑。

10月27日。连日来雨水连绵，洪水泛滥，河岸上露出的石头上布满了硕大的黑色木蜻，涨水的时候，虫子都跑到干地方来避难。我们踩着石头，踩碎虫子……独龙人一边嚼着"新式糖果"，一边介绍当地情况。

10月28日。我们惊讶地发现,独龙人十分尊重他人的个人财产。谷物和冬天的储备都放在离家很远的田野上,主人一点也不用担心会被邻居或路人偷走。

10月29日。像脚夫那样单纯简单的民族,无须花费多少想象力就可以在这难以名状的现象中看出超自然的力量来。独龙人衣着寥寥,蹲坐在一块大石头上。石头上斜靠着一棵粗壮的树,枝条垂挂在水面上,简直有如空中花园,蕨类植物、攀岩植物、兰科植物和藤蔓缠绕其间,一直延伸到森林里。

10月31日。独龙人高明许多。在江边的卵石里,他们把小竹子两两插成X形,平着搭上几根杆子,这样几米几米地往前走。我们很佩服他们的灵巧:其中一个叫"米"的人,不知道他怎么蹲在那里的,他用脚趾把露出的竹竿钩住,然后把两个木桩靠在河中礁石上,再用藤条捆好,这样竹竿就可以架在桩子上支撑住。他们这样一点一点往前移动。脚夫们抓住另外的竹子慢慢向前送,独龙人就以此为支撑点,以免掉进水中。桥很快就搭建起来,只剩下加固和加扶手。这些土著人的杰作简直无与伦比!我想,即便来几名工程师,利用如此简陋的工具,在宽三十多米的河流上,能在两个小时内架起桥来吗?

11月4日。独龙人用树枝、树叶和小石头做下标记,让我们走稍微好走一点的路。

11月5日。杜马村的独龙人比别处的更高大、更强壮。我们发现越往西走,他们的文明程度越高……独龙人似乎并不惧怕交往。这里不像别的地区那样,村子里混乱无序,人与人之间相互敌对。之所以有如此和平的局面,可能是因为当地人拥有大片土地,住得比较分散,没有太多接触也就不会发生什么冲突……在这里,独龙人被称为Reouans。与我们攀谈的老汉告诉我说,独龙人、怒族人、傈僳族人和汉人本来同出一宗。……傈僳族人再把租金交给另一个头领,然后再上缴给丽江的地方官。我真怀疑,经过这么多道手,这些可怜的独龙人的钱还能不能到达丽江官员的手中……各家各户都是独立的，但他们相当尊重长者的意见。这些村庄都是临时性的，一旦有疾病发生，他们就迁移到别处。他们除了种庄稼、捕鱼，还要靠打猎来维持生计。他们设置套索，用长矛杀死动物……

11月7日。我们来到洛纳姆河……这里的感觉似曾相识，好像是斯丹利在刚果游记中描绘的场景。可跟黑非洲相比，这里的空气更加纯净，河水更加清澈，气候更加宜人……独龙人走在前面，手里拿着弓箭或细长的树枝。其中几个还戴着缅甸式帽子，腰上围着缠腰布，下摆优雅地搭在左肩上，背上背着竹篓，膝盖上缠着过蜡的布带。……总之，他们很英俊，身材高大，体形魁梧，表情生动，甚至很俊秀。跟许多远离文明世界的人一样，他们举止优美自然。在这原始的部族里，居然有这么优秀的人！他们心灵手巧，干净利索。以后，他们也许会跟傈僳人和白人做生意，但现在他们觉得没有这个必要。独龙人的生活就这么自由自在，不想到外面去赚钱，也不想为此付出昂贵的代价——烦恼，忧愁，失去自由……

11月11日。一段艰难的路程正等待着我们：我们在岩石间攀越，冒着一不小心就会扭伤甚至是骨折的危险。吃过午饭休息时，两个独龙人开始梳洗，我们有幸目睹了完整的一幕。首先，他们在林子里寻找一种红色的树，然后将剥下的树皮在水里浸一会儿，再用石头将其碾碎，用来洗头发。头发洗好并用木梳梳理好后，再蘸水将其梳贴到额头上，然后两个人面对面轮流给对方理发。他们用一根小木棍挑起一撮头发，将一把短刀探到头发下面，刀背贴着额头，让这撮头发可以落在刀刃上，再用一小块木板敲打刀刃上的头发，多余的头发就这样被剪掉。头发剪得很齐整，脸就像被整齐地包了起来。这种奇特的手法，相信法国理发师会惊诧不已。

…………

11月18日。我们的人紧紧挤作一团，围着站成一个圈。多少个种族、多少种不同语言，聚集在这一片小平原上！偶然的机遇将汉人、安南人、藏人、怒人、独龙人和摆夷人聚集到一起，一座真正的巴别塔！同时，要相互理解又是多么困难！

　　……

　　12月11日。我们发现，阿尼奥、一名独龙人和走在前面的藏族人雅奥坐在一起。他们给我们留有两天的粮食。世上还有什么比这更让我们心满意足的呢？我们马上架锅生火，几分钟后，就喝上了美味的白米粥，就连在英格兰咖啡厅品尝的最精美的晚餐，也没有如此让人开心。

　　……

　　12月14日，两点左右，独龙人说已经无路可走……
　　12月15日，拂晓时分，向导和一名独龙人打前站先行……

从10月到12月2个月的时间里，独龙人始终作为亨利·奥尔良探险队最重要的向导和伙伴，保证了他们能够走出绝美与荒莽并存的独龙江流域，最终抵达目的地印度。

独龙江和独龙人，也在亨利·奥尔良心中刻印下了终生难忘的记忆。

从亨利·奥尔良的记录可以看出，独龙江流域生活的独龙人，的确是处在交通极其闭塞，生产水平极其低下，生活条件极其原始的状况，并且，各个地区的独龙人也有区别，除了少数头领部族，以及靠近西边的独龙人相对先进些，其他独龙人完全就是生活在原始社会的父系氏族末期，并且就中国境内的独龙人和缅甸境内的独龙人比较而言，中国境内的独龙人，由于自然环境等因素限制，仍要落后得多，并且深受土司和其他强大民族的盘剥和压榨，生活凄苦。

不过，由于当时中国正处在特殊的历史时期，亨利·奥尔良的记录，一定程度上带有殖民主义驱使下的立场，以及西方文化优越感。我们在回顾和审视这段独龙族历史时，尽管是想和后面独龙族人民在中国共产党领导下，实现巨大发展和跨越的现实做一个对比，但也要引起特别的注意和辨析。

当然，我们也能从中看出独龙人具有的先天优势，比如勤劳矫健、纯朴善良、机智勇敢、心灵手巧、品德高尚……这自然也是中华民族美德的核心。作为中国大地上一个十分弱小而独特的民族，他们缺的并不是自身的努力，而是通向外界的机会，通往文明世界的机会，通向新时代的机会。这样的机会，外国探险家亨利·奥尔良不可能给予他们，当时腐朽的清王朝政权也不可能给予他们，当地土司和周边更强大的民族更不可能给予他们。

那么谁能给予他们呢？谁能给予独龙人，一个真正通向美好未来的机会呢？

亨利·奥尔良探险队，让世人看到了一个具有无限开掘潜能的宝库，那就是独龙江流域得天独厚的自然资源。同时，也从另一个角度，为世人揭开了一个原始落后族群的神秘面纱。但历史始终是要靠一步一步积淀和推进来完成的，在真正得到发展机会走向幸福的未来之前，独龙人未必真正了解自己的过去和即将面临的困境，他们只是在担当力卡山和高黎贡山的夹缝中，在独龙江日夜奔流不息的倾诉中，安于一种天然的自给自足的艰难生存与原始生活。并且，在之后的岁月中，这种封闭的生存和生活状态，还将面临被更强大力量不断侵犯和破坏的可能，毕竟历史的滚滚潮流注定会大浪淘沙，这个如此闭塞的弱小民族，今后究竟能依靠什么立足呢？

历史，又会给他们什么样的机会和选择呢？

或许，我们今天可以通过追溯历史得出完整的答案，然而，这些答案呈现出多样性中的唯一性，一定就是历史发展偶然中的必然。

任何一个时代都会有为之奋斗的人和民族（一定程度上，亨利·奥尔良的探险行为，也是为他的祖国法兰西服务的）。就算是独龙江这个几近与世隔绝的地方，就算是独龙人这种曾经濒临毁灭的族群，都在历史的夹缝中苦苦挣扎。

他们于千万条道路中，自觉或不自觉地探寻着最正确的一条，这条正确道路的创造者，是在若干年之后，以星星之火可以燎原之势，席卷了全中国，并解放了中华大地和中国人民的中国共产党。独龙人终究还是等来了，等来了中国共产党给予这个族群帮扶的弥足珍贵的伟大机会。

而在这之前,他们也面临过艰难的抉择,并经历着一个又一个苦难的过往,进行过一次又一次英勇的抗争,寻找着一个又一个可能朝前突破和发展的机会……

梦碎历史困局

如果没有光绪三十三年（1907年）"白哈罗教案"发生，或许也不会有次年委派夏瑚对独龙江流域的巡察，更不会有这些历史事件对独龙江地区和独龙人的改变和启示。

这种改变和启示，算是一种机会，但是这种机会带来的并不是本质上的更迭之力，它最多是一种看似有那么回事，但又不得不承受无可奈何的结局的虚幻之功，以至于连当时任阿墩子（今德钦县）弹压委员会兼办理怒江事宜的主事人夏瑚〔字荫吾，湖南长沙人，拔贡出身。拔贡，是诸生（秀才）最高层级的一种，即由学政选拔才华出众且资格老的生员"贡于国子监"。拔贡经过朝考合格，可以充任小京官、知县或教谕〕，也落得个被革职去官的下场，后来又被捕入狱，出狱后，不得不屈就，做了丽江永宁土司的师爷，最后郁郁而终。

客观说来，能够亲力亲为，在错综复杂的斗争中处理好"白哈罗教案"已属不易，更何况夏瑚还冒着生命危险，带队沿着独龙江考察，不但一定程度上帮助独龙人解决了长期遭受欺压的问题，而且作了"履勘边隘，绘图贴说，并陈管见"长达一万三千余言的《怒俅边隘详情》，呈给了清政府一篇漂亮而详尽务实的考察报告。直至宣统二年（1910年），夏瑚到达被印度侵占的藏南地区（野人山）"宣抚西南各部地方，查勘山川形势，绘图定界，以备设治"而写下的长文《夏瑚日记》，都足见其作为官员，是十分尽心尽力、尽职尽责，而且是相当有水平和想法的。

可惜的是，历史没有给他一个好的机会，就像独龙江和独龙人还没有等到真正的机会一样，无论如何努力，到头来才发现，一切皆是徒劳而已。

历史的进程，总是一环扣一环。我们从夏瑚留下的笔墨中可以看到，在他视察独龙江时，他是十分关注和了解这个地方的，不但听闻过十多年前法国人亨利·奥尔良王子探险队的故事，还有后面德国人、美国人的游历等。

不过，根据遗留的史料可以看出，在独龙江流域生活的独龙人，经过了十多年之后，非但没有丝毫进步，反而增加了多种险恶势力对其的压迫和剥削。

换一个角度想，独龙人自身没有进步，外界的险恶势力却进步了，压迫之力自然也就越来越加深加重了，这也是夏瑚费尽心思、使尽全力，努力想改变却无法改变的现实。

不得不说，独龙江和独龙人要得到发展和改变，并非一地一族一人之事，而是整个中华大地，必须发生翻天覆地之巨变，那样或许才能带来新的机遇。

为什么会这样呢？

如果从更远的历史来考量呢？独龙人是不是从来都是如此，还是有别的什么特殊原因，让这片自然资源相当丰富的土地上生活的这个原始族群，在漫长的历史进程中，竟没有一个真正的翻身机会？

根据云南大学历史系主任方国瑜教授考证，现存典籍中，最早记载独龙人的，可能是唐代樊绰所著《云南志》(也称《蛮书》)卷六《云南城镇》："南诏特于摩零山上筑城，置腹心，理寻传、长傍、摩零、金、弥城等五道事云。凡管金齿、漆齿、绣脚、绣面、雕题、僧耆等十余部落。"

"僧耆"在《云南志校补》中，方国瑜考释疑为独龙人先民，《蛮书》所载高黎贡山以西"镇西"、"蛮莫"以北和西藏察隅以南的大片范围，在当年丽水节度使统辖的境内，其管辖区内有"僧耆"等部落，历史上"常为人掠卖为奴""身上刺绣花纹"。

由此可见，独龙人早在唐代，就和其他少数族群杂居在独龙江下游流域，并且一出场就是一个弱小被欺压被奴役的角色。

宋朝没有发现有关独龙人的记载。直到元代，《元一统志》才明确提及独龙人："丽江路，蛮有八种，曰磨些，曰白，曰罗落，曰冬闷，曰峨昌，曰撬，曰吐蕃，曰獬㺎，参错而居。"元代的丽江路，包含今天的丽江、怒江和迪庆南部，其西北与今天的西藏察隅县南部接壤，"撬"是"俅"的同声异写，也就是今天独龙族的先民，而"吐蕃"和"獬㺎"，则分别是藏族和怒族的先民。

尽管元、明、清三代，独龙江地区归丽江木氏土司和丽江路军民总管府管理，但明朝对于独龙人的正式记录也不见于史册，唯有在明代后期，流转澜沧江畔的维西土司西拓怒江，才接触到生活在俅江（独龙江）流域，被称为"俅夷"的族群，即今天独龙族的先民。

这一方面说明，在中国古代农耕文明社会，独龙江流域几乎是被忽略和遗忘的；另外一方面也说明，独龙人还有其他一些边地少数民族，几乎都处在自生自灭的状态。

这种状态，一直会持续到未来某一天，管理这个国家的政权有了些国土安全的概念。这就是后来，清政府在"白哈罗教案"之后，委派夏瑚考察独龙江流域的根源，也是清代有较多文献记载独龙人的缘由之一。

从清代乾隆年间纂录的《皇清职贡图》卷七开始，对于俅人（独龙人）的记录越来越多，越来越详细。清道光《云南通志》卷一八五引用了《皇清职贡图》的记载："俅人，居澜沧江大雪山（怒山）外，系鹤庆、丽江西域外野夷。其居处结草为庐，或以树皮覆之。男子披发，着麻布短衣裤，跣足。妇耳缀大铜环，衣亦麻布。种黍稷，剧黄连为生。性柔懦，不通内地语言，无贡赋。更有居山岩中者，衣木叶，茹毛饮血，宛然太古之民。俅人与怒人接壤，畏之不敢越界。"

这说明了什么呢？俅人和野人又有何异同？

须知1736年至1795年乾隆在位期间，平定了大小和卓叛乱，巩固了多民族国家的统一，还六次下江南，文治武功兼顾发展，修建了壮阔瑰丽的圆明园，放眼世界，文化、经济、手工业等都算是盛极一时。

这期间，英国工业开启了工业革命、美国独立、瓦特改良的蒸汽机大规模使用、法国开始资产阶级革命……整个世界都获得了机会向前、向前、向前，但遗憾的是，没有任何先进力量来使独龙江流域这块土地开化；也没有任何机会眷顾还过着原始生活的独龙人民。

人类近代文明社会，因为独龙江流域和独龙人等还没得到发展机会的原始存在，而呈现极端的两极分化，简直可以说是冰火两重天。

雍正《云南通志》卷二十四、乾隆《丽江府志略》上卷等，也有与俅人相关的简略记载。此时期，清朝统治者把独龙江和怒江分为两段，由丽江木氏土司所属的康普土千总和叶枝土千总分别管辖。

《大清高宗纯皇帝实录》卷四百三十七记载："乾隆十八年四月乙卯……云贵总督硕色奏……又奏，丽江府属女土弁禾志明、头人王芬、保长和为贵、催头和可清等，于改土归流后，仍循夷俗，收各寨山租陋规，又任所管康普怒子，赴狱犽方放债取利，准折人口，送充规额，殊属藐法。今该女土弁，自首交出狱夷男妇五十八名口，情愿出赀送还。姑予免议外，其头人、保长、催头等，照例枷责，并出示晓谕，如管下再有放债准折等情，即照红苗越境抢夺例办理。报闻。"

道光《云南通志》曾引嘉庆年间云贵总督伯麟所作《种人图说》："俅人，近知务耕织者，常为怒人佣工。丽江府俅江外有之。"

由此可见，独龙人不但不断被外来强悍民族和力量奴役、抢夺、买卖，一部分人为了生存不得不迁离自己的家乡独龙江，去到怒江地区与其他更强民族杂居为佣，成为奴仆和流浪者。

乾隆三十四年（1769年），余庆远撰《维西见闻纪》，记述维西康普土千总与察隅察瓦龙藏族土司之间的关系时，还详细揭露了两地土司对独龙人的剥削压榨：1730年，独龙人每年按期须向维西康普土千总纳贡黄蜡80斤、麻布15丈、山驴皮10张、麂皮20张。

后来，康普土千总把独龙江上游地区转赠给西藏喇嘛寺，由喇嘛寺通过察瓦龙藏族土司向独龙人征收所谓的"超度费"。与此同时，菖蒲桶（今贡山县）喇嘛寺也将触角延伸到独龙江地区，以征收"香火钱粮"为名，不断向独龙人增派苛捐杂税。

更过分的是，康普土千总在把独龙江上游地区转赠给西藏喇嘛寺的同时还每年照例收取"俅贡"。这导致独龙人受的压迫越来越多，越来越深重。

在一道道夹缝中，本来就没有多少机会的独龙人，更丧失了可能朝前的希望，一步一步走向某种深渊，照此发展下去，濒临灭族也不是不可能。解放前，中国境内独龙人仅剩1800余人的事实，已经说明和证实了这一切。

当然，夏瑚来巡视，可能是个历史的意外，但视察后，对独龙人生存环境短暂的改善，以及最终的失败，又告诉人们另一个实情，那就是当时的国家政权，根本就不是真正为了帮助这个艰险地区和苦难族群的。但无论如何，夏瑚来了，不仅作了洋洋洒洒一万三千余言的雄文《怒俅边隘详情》，而且在三年后，再次南下深入藏南野人山地区，活灵活现地写下了描述苦难民族生存现场的《夏瑚日记》，实属不易。

夏瑚作为历代王朝中以政府官员身份巡视这一区域的第一人，第一次详细记录下独龙江流域和独龙族人的生活状况。由于夏瑚为这个弱小而饱受欺凌的族群鸣不平，他受到了独龙人的拥戴和赞美，有歌谣为证：

夏大人，来自东方，
他来后，独龙人才会算日历。
夏师爷，来自东方，
人心倾向东方，因为我们也来自东方。
包包老爷，说话如刀劈，
我们减轻了贡赋，土司喇嘛不敢抬头。
（注："包包老爷"是当地群众送给夏瑚的绰号，据说因为夏瑚左耳生一肉瘤，当地群众皆呼其为包包老爷。）

我们不妨追随夏瑚的脚步去看一看，光绪三十四年（1908年），独龙江流域和独龙人到底是怎么回事？夏瑚又是带着怎样的巡视目的和考虑，又经历着怎样的冒险考察、帮扶进言，乃至最终功亏一篑？究竟是什么导致了历史一而再，再而三不愿意给独龙人一次真正翻身的机会呢？

在接到云贵总督锡良委派巡视怒江及独龙江任务时，夏瑚还是犹豫了一阵子，因为"白哈罗教案"留给他很多难堪的记忆。

明明是法籍天主教司铎任安收带着文化侵略目的，来到中国强行圈地占地修建教堂，激起当地怒族、藏族、傈僳族、独龙人的强烈反抗，导致各族群众放火烧毁教堂，并且在斗争中，怒族青年甲旺楚普不幸被任安收打死，可清政府不但没有站在这些边地少数民族的角度，维护自己国家和人民的利益，反而派重兵镇压这场反帝国主义侵略的爱国斗争。

事后，云贵总督锡良让夏瑚负责处理时，竟然呈准清廷册封任安收一个三品道台，赔偿15万两银子，并让当地人民负担3000两。任安收不仅恢复了白哈罗教堂，还陆续修建了曲纳桶、中丁、茶腊、彭当、茨开等六处教堂。如此荒唐之事，恐怕也只会发生在已经腐败无能至极的晚清政府身上了。

这样的政府，又岂能肩负起一个弱小民族发展的希望呢？

夏瑚虽然生于湖南长沙，但是长期在边地的工作经历，让他对这块土地很有感情，对这块土地上的各个民族十分同情。他知道"白哈罗教案"处理得不公与憋屈，但又能有什么法子呢？谁让积贫积弱的大清王朝气数已尽。在中华大地上，虽然经历了一次又一次的侵犯压迫屈辱，但各族人民不屈不挠的反抗精神，却从来不曾改变和动摇过。作为边地官员，他在所管辖的各民族身上，对这种反抗精神是看得到、听得到、感受得到的。

夏瑚不但了解边地多民族的复杂性，而且更敏锐地察觉到一个重大信息，那就是时代发展即将带来的巨大机遇与改变，以及英殖民者瞄准独龙江流扩充殖民地的野心与带给清王朝的边境安全危机。

这些，是他深深为之忧虑的。

此次巡察，如果不能赏赐各土司，安定民心，不能为受欺压的弱小族群解决被欺压被奴役的问题，不能向世界宣示中国对那些模糊地带的主权，那么独龙江流域将变得越来越危险，甚至有可能变为他国的国土或殖民地。

要知道，当时夏瑚提到的"俅夷地"，包含了独龙江、狄子江、狄不勒江、驼洛江等各江流域，俅人或曲民（独龙人）散居其间。他们生活的区域，大体为今天中国、缅甸、印度三国交界处。

从理论上说，这片幅员辽阔的流域，属于大清帝国的疆土。但由于几大山脉山系阻隔，此地交通通信极为闭塞极端困难，个别地区几乎与世隔绝，人们长期过的是刀耕火种、木刻和结绳记事的原始社会生活。

不过，到了近代，这些情况正发生着微妙变化。

1824年至1885年60多年的时间里，英帝国连续对缅甸发动了3次侵略战争，最终侵占缅甸全境，迫使缅甸沦为了英国的殖民地。随着缅甸沦为英国的殖民地，独龙江这块世外秘境，成为外国人觊觎中国领土的最前站。可不是吗？英国把在缅甸的殖民地不断向外扩张，擅自在高黎贡山竖起界碑，单方面宣布高黎贡山以西已不属于大清疆土，如此狼子野心，昭然若揭，不可不提防，更不可不采取行动捍卫国家主权和领土完整。

清政府，当然也一定程度上感受到了国土危机。

须知在清末民初时期，英军入侵边界后，中国政府能控制的俅夷之地面积越来越小，只剩下200余公里的独龙江上游，而清政府对边疆部族长期实行的羁縻政策，导致国界划分相当模糊混乱。

在这种前提下，世代生存在俅江流域的独龙人，完全有可能被境外同族或他族人收拢或合并，成为缅甸的族群，而俅江广大流域，也将伴随着居住人属性的改变，自然而然地沦为英国在缅甸殖民地的一部分。

就是在这样的特殊历史背景下，为"遵饬履勘边隘，绘图贴说，并开陈管见，详情衡核事"，光绪三十四年（1908年）五月初四，夏瑚接到丽江府传行营洋务处、局宪命令，在雪融路通时，奉饬赴怒查看，完成"设官、招垦、开矿、通商、练兵、兴学六事，并同布置情形及拟查勘曲江（独龙江），招抚吉匪，撤退土司，平治道途，改募防务，交通权限各节，同禀在案"。

接到通知后，夏瑚不敢大意，一则此事干系重大；二则这些要求，不正符合自己多年来的心愿吗？关于独龙江和独龙人，虽然听过不少传说，但真正是什么样子，并不完全知晓，此行正好能深入了解，如能为这最僻野原始之民众做点什么，也不枉这么多年在边地做官。

不过，对于能否完成这段前途未卜的艰难行程，夏瑚心中是没有底的，因为要做的准备工作实在是太多了，语言不通得找到翻译，路途艰险生僻得谋划好方向，风餐露宿得预备好衣物口粮，路途难免遇到野兽或盗匪得有官兵护卫安全……最后还得准备相当数量的慰问品给当地头人和民众。夏瑚还不知道，那些传说中的独龙人部落，以及各个占地为王的土司头领，究竟能不能对话和听从差遣，更何况还带着那么多的任务需要完成，其压力之大，让夏瑚不得不做相机行事打算，并给自己留了2个多月的时间，做好出发前的各项准备。

在夏瑚出发之前，各种善意的劝阻声不绝于耳。"当将往时，墩、怒官商弁民，无不力阻，谓夫道路梗塞，江河叠阻，盗贼遍地，虎豹当途，且也烟瘴到处称盛，粮食难以购寻，尤为行人前途极大隐患。"

甚至连法籍天主教司铎任安收，也以亲身经历的困苦，极力劝阻夏瑚不要去那片蛮荒之地。他还拿自己的同胞，也就是10多年前作为探险家穿越独龙江流域的亨利·奥尔良王子为例，说亨利·奥尔良王子身体素质极佳，强悍耐劳，并且率领很多人花费了巨大的钱财，但仍避免不了受尽磨难，探险过程中，时常碰到野人阻拦无法通行，因此而花费的赏金（买路钱）不少，翻山越岭过江，经常碰到树木丛杂导致道路不通，江河水流湍急无法横渡，没有溜索船筏的情况，每当此时，如此强悍的王子，也禁不住长时间痛哭不止。以你夏瑚孱弱的体魄，万万不可把生命当儿戏，贸然前往啊！

夏瑚听闻，不但没有被吓到，反而像是被什么激了一下，只反问了一句："委员窃以为彼丈夫也，我丈夫也，彼外人尚且能往，我华人何独不能往？"

就是这铿锵有力的一句反问，让夏瑚下了冒死奔赴独龙江巡察的决心。

由此可见，夏瑚的确是一位真正热爱国家和民族的好边官，但他能为那块凶险的原始之地和弱小族群带去机会和改变吗？

要完成好进独龙巡察的任务，光有勇气可不行，还得再进一步做周密的计划与筹备。

光绪三十四年（1908年）七月初八，夏瑚率领武备学校毕业生夏云、把总马吉义及翻译通事勇丁等一队人马，从阿墩子（今德钦县）出发，经过白汉洛(今贡山县丙中洛乡白汉洛村)时，还帮当地处理了数起争端，于当月27日到达菖蒲桶（今贡山县），开启了巡察独龙江流域的宣慰之旅。

在菖蒲桶，巡察组忙着备办途中所需食物米粮糍粑各50篓，雇定长夫30名负责运送；挑选了会说独龙语，并且熟悉独龙江地貌道路的怒族人3名，作为向导；其他犒劳慰问品盐巴、布匹、针线等，另外找了些短夫负责运送；甚至还准备了黄牛，供应给当地独龙人。

8月18日，吉日，夏瑚率领巡察组共100余人，从菖蒲桶正式出发，前往独龙江流域。

为了完成对独龙江流域和独龙族群巡察重任，夏瑚"用是坚韧自持，生死不计"，先雇用4名怒族人，沿途携带着"木刻"（"木刻"是独龙人的传统记事工具，因为独龙人没有文字，别小看一块木刻，上面有约定俗成的缺口位置、刻记方式等，独龙人只要看到木刻就知道来的是什么人，官衔有多大，带来多少人和物品等，这是最原始的生存智慧）传递消息：通知所前往村寨的头人和群众知道，政府马上就派人来慰问了，这次慰问，是为了查访大家生活的苦乐，履勘地方的险夷，也就是给大家带来政府的慰问，所以请大家不要惊慌，更不要害怕逃跑躲避……这是夏瑚出发前给独龙族群放出的"定心丸"，因为他知道，受惯欺压的独龙人，对外界已经变得相当敏感和脆弱了。

虽然夏瑚常年在边地做官，艰险的道路也走过不少，但像现在这条路行走攀爬之困难，还是头一次经历。

由于出行条件相当艰苦，从菖蒲桶启程后，夏瑚"率领弁勇，冒雨登程，到处雇募响导（向导），执持锄斧，斩除榛狋，携带帐篷等件，随处栖止"。就这样翻越高黎贡山、格马喇雪山，经过七天后，抵达独龙江木匡汪村（木匡泊）时，受到头人木刀切图·顶·曾和群众的热烈欢迎。之后，由升金狄朗东、格登景、扰威、兴隆等处，沿江而上，经过7天后，到达上江喇卡塌处，这个地方，是和西藏察瓦龙属于米康土千总地交界的要隘。

夏瑚派人查清楚，这个地方朝西越过锡腊、朋满、呆革等雪山，大概10天可以到达脱落江头。

此时，为了更快更好地完成巡察，夏瑚根据地形、地貌和调查重点任务，做了兵分三路的决定。一路派侄子夏云率领兵夫10余人，由此路查勘脱落江头各隘，并发木刻，饬令由脱落上江顺江查至脱落狄子图等处，会合去讫。

夏瑚自己由原路跫查经木匡图、孔妹、孔顶、孔敢、树凹、当那佩等处，至蒲卡旺，以须由该处迤南行过狄子江，不能顺江勘下，又分第三路，因派差弁把总马吉义，率领兵夫10余人，自蒲卡旺起，顺察下江，并发木刻，饬令查至加敢，翻山到拉大阁，直至江尾之纳采，务将各隘查明，由吉大得跫怒会合去讫。

随后，夏瑚由蒲卡旺继续行走，翻曲江迤南之得力雪山，经过7天后，到达狄子江之瑾朗地方，渡江经浦朗敢翻不党截雪山，经过4天后，到达狄不勒江，过江即达脱落江之母董（即蛮董）地方。又溯江而上，又经过4天后，到达不嘀底（即补脑）渡江，经看拐翻冷腊雪山，4天后，到达潘峡，翻龙泉山，经果乃，又过了2天，到达狄满江，渡江经藩当克翻莲青雪山，过了5天后，在木里江（迈立开江支流）渡江。又经过1天，渡浪不冷江，到达木王所驻之房困（即坎底，今缅甸葡萄县）地方。

到达坎底时，木王曾以一头大象来迎接夏瑚，并说："我们吃的盐巴是来自日出之地，向属日出之地管辖。"

夏瑚问起木王的姓氏时，他回答说是"山东赵百宰"之后。这就为后世留下一条重要的线索和证据，这块土地的主人木王，自称是中华民族的子嗣，那么当时的坎底，也就是中国的领土。

夏瑚在坎底小住了2天，并巡察上下各隘，因为听说房困的普猛出产沙盐，委派军功陆云鹤、通事徐玉保，率领兵夫数人，另外雇请木王的人四名，随同前往查勘，饬由狄满下江会合。他自己则继续带队翻越莲青雪山，渡过狄满江，到达夹土截，并由脱落图渡落江、阿力翁渡狄子江，又由狄子图翻越敢当雪山，到达曲江边之立米打地方，溯江而上，至马拍厂，渡江，到达满当。

夏云早就在这个地方等候会合，陆云鹤早就到王坞西等候会合。于是，他们随夏瑚一起翻越桄格雪山，5天后，到达怒江的普喇龙。而马吉义本也要折转回来，因为听闻川藏地区突然发生战事，夏瑚又命令他率领兵勇20人驻守协防。

巡察任务完成之后，夏瑚率队不顾劳顿，日夜兼程，于当年冬月二十安全顺利返回阿墩子，结束了长达5个多月的巡察。

在这趟艰辛的巡察过程中，夏瑚事无巨细地记录下了所到各处的风土人情，并沿途发放慰问物资，赢得了各地头人和群众的欢迎和爱戴。"每到一处，开诚布公，剀切劝谕，老少妇孺，咸给赏需，遴选火头甲长，给以印谕，赏以银牌、小帽、衣裤、盐布等项，俾餍其心，使之约束夷众，不准杀人、拉人、买卖人口。仰蒙福荫，各江夷众，无不心悦诚服，并无阻滞留难，未及五月，即将各隘查勘明确，庆刀环第。"

可以说，夏瑚的巡察卓有成效，更为重要的是，他详细记录了巡察各地时的状况，之后，还做了总结归纳，并针对问题，提出了十大建议，可惜这些建议无疾而终，反倒被外人有意无意地利用，致使往后一段时间，独龙江流域发生着难以预测的风险和灾难；而独龙人，同样因此遭受着更为深重压迫。

夏瑚在独龙江流域各地巡察的记录，是继法国探险家亨利·奥尔良之后，最为丰富翔实的历史见证资料，其中文字饱含了夏瑚对这片土地和独龙族群无限的同情和悲悯。尤其难能可贵的是，他作为代表政府的官员，在没有真正被赋予地方官员权利的情况下，却能审时度势，以国家边土守要为己任，大胆以官府的名义冒险这样做了，其深远意义一度影响到后来的几十年。

我们不妨追随夏瑚巡视的脚步，对比14年前亨利·奥尔良的记录，仔细看一看，彼时彼地，独龙江流域和独龙人究竟又是何状况。

> 查曲江（即俅江，也就是独龙江），系从藏属察瓦龙地流入，自色赖汪以上为上江，以下为下江，拉大阁以下为江尾，曲言（独龙语）呼为独龙汪洞。上江与察瓦龙、米康土千总地接壤，以肋巴罗山为界，要隘则以木魁、茂当为最。下江则以通为上江，西通狄江，南达江尾，东达怒江之满当地方为最要隘，江尾之拉大阁四通八达，为吉匪出入之区，最为紧要，下至纳采，与腾越接壤，翻纳采山至盏达土司地方，只七站。虽系内地，亦为江尾隘口，江面宽窄不一，有宽至四五十丈者，有窄至二十余丈者。急湍固多，安流亦复不少，曲人不知为船以渡，只用篾索三根，平系两岸，虽以木槽溜榔，衔索系腰，须手挽足登，方能徐渡，非如澜沧、怒江之陡溜，可以飞渡也，两岸地势险峻，出产麝香、黄连、皮革毛货等物。上江则喇卡塌较平，江尾则绿底峡以下较平，其余均系山坡树木丛杂。忙苦渡动以上，惟产莜麦、高粱、

小米、苞谷、稗芋之类，以下则产旱谷，江尾之拉大阁以下，尤为广产。惟上下江均系地广人稀，恒三五十里，始得一村，每村居民多至七八户，少或二三户不等，每户相距，又或七八里，十余里不等。江尾曲、傈杂处，居民较上下江为稍密，每村有多至二三十户者，房屋系随结竹木，盖以茅草，房中烧一火塘，家人父子围炉歇宿，人多户，有烧火二三堂者，家有粮食布饰等件，则于附近山林密处，另结茅屋数处，分则储存，日需若干，临时始往取用；六畜惟鸡犬豕三项，马牛羊则无之矣。江尾虽有曲牛，并不以之耕田，只供口腹，农具亦无犁锄，所种之地，惟以刀伐木，纵火焚烧，用竹锥地成眼，点种苞谷，若种莜麦稗黍等类，则播种于地，用竹帚扫匀，听其自生自食，名为刀耕火种，无不成熟，今年种此，明年种彼，将住房前后左右地土，今年种完，则将房屋异而之他，另结庐居，另砍点种：其已种之地，须荒十年八年，必俟其草木畅茂，方行复砍复种，其装束男女均系撒发，前垂齐眉，后披齐肩，左右盖耳尖，稍长，则以刀截之。两耳均穿，或系双环，或系单环，或以竹筒贯之，男子下身着短裤，惟遮臀股前后，上身以布一方斜披背后，由左肩右腋，抄前向胸拴结，左佩利刀，右系篾篓。上江女子头面鼻梁两颧上下唇，均刺花纹，取青草汁和锅烟，揉擦入内，成黑蓝色，洗之不去；以长布两方，自肩斜披至膝，左右包抄向前，其自抄右者，腰际以绳紧系贴肉，遮其前后，自右抄左者，则披脱自如也，男女颈项，无不喜系车渠（砗磲）烧料等珠为饰，有系至十数串者，下江一带妇女，则惟刺上下唇。江尾曲、傈杂处，妇女概不刺面，傈女有着裙者。

此段描述，从独龙江流域的上游到下游，是有一些变化的，中上游地区，由于地形的多山险峻，地广人稀，更原始落后；而下游地区，由于地貌的改变，要相对先进和便利得多（如果照此发展，正常来说，应该是下游越来越好，但未来果真如此吗）。可见，当时独龙人的生活景况和14年前亨利·奥尔良笔下的状况相较，没有发生过任何改变，依然是处在生产力极其低下、生活方式极其原始的刀耕火种社会。

不过，夏瑚更偏重族群调查式的观察和描述，从地理风貌、江流方位、衣食住行、体态外貌、结构分布、物产资源、生产生活等方面，为我们提供了更为细致而翔实的独龙江和独龙人的风俗画卷，让我们看到了20世纪初，独龙人过的是什么样的生活。

上江向菖蒲桶寺喇嘛管理，收受钱粮，所收黄连、篾簸、皮革之类，每年共计值十二两之谱。至今仍归寺僧经收。菖蒲桶寺所管怒江钱粮，光绪二十八年，因教会具控，请归土目王国相接管经收，奉批照准，惟此曲江上江，仍归寺收。察瓦龙土千总，亦每年遣人收钱粮一次，所收系茴布、毛、革、篾簸之类。下江自赖起色汪，至立米打止，归叶枝土目王国相、桥头土目王国祥二人伙管。江尾自拉大阁起至核桃林止，归国祥一人独管。核桃林以下，不服管束矣。以上虽归管束，该土目等从未一至其地，择怒民中熟悉曲道者一人，派充曲管，不过每年令其赴曲收缴钱粮一次而已。惟察瓦龙除收钱粮外，土弁家丁坐守喇卡塌处，按户押卖沙盐、毛布等项货物，值一售十；该等到境货物，则勒派百姓背负，吃食则勒派百姓供应，否则鞭挞随之，所押货价，及期不偿，则利上加利，觅得麝香、黄连等项货物偿给，则又值十折一，终年盘剥，务令其斗粟尺布，无所余存。曲民之于察蛮有畏若虎狼，敬如祖宗之概。而察蛮之视曲民，直奴隶犬马之不若也。下江曲民，则又苦江尾傈僳勾结怒江吉匪，出没无常，横有抢杀，恒有旦夕难安之势。上下江与江尾，又均有所谓骨尸钱粮者（傈语为俄普骨牙），缘傈僳到处抢劫，亦到处贸易，然无不凶横霸道，倘被人殴死，或即病死，傈必集众，往其所死之一带地方，抢劫烧杀，累月连年，迄无休息，不得已与之讲和，愿上骨尸钱粮，于是议定某项若干，某项若干，村村寨寨，家家户户，每年照上一份，傈人往收此份钱粮，尤必好为供应。地方出一傈僳命件，则此骨尸钱粮，曲人必世代上纳，傈人亦世代收受。各村上此钱粮，有多至五六起，七八起者。曲、狄各江，虽不用牛犁地，而以杀牛享众为荣。年获粮食，悉以造饭煮酒宰牛杀猪，约集十站内外亲友到家，削丈余木枋一根，竖立门外，男女分行，鸣锣亮刀，围方歌舞，以牛猪酒肉等项，分享众人或五日，或七日，必将此项分享酒肉食尽始散。终岁孜孜，惟在此牛。察瓦龙、牛厂，即以上江交界，深知各江风气，遂定以牛买人，每一人黄牛给予三条，毛牛只给二条，勒令上江百姓，领牛为之买人，以充奴婢，百姓畏其霸恶，不敢不依，辗转购置，直至狄子、脱落各江，以此各江百姓，受其笼络，只图有牛享众，不顾欠债日多，迨受逼迫，强悍者，每将弱者一家大小捉交察蛮，以偿牛债，或杀其强壮，捉其弱小以偿，此等事无岁无之，尤为各江第一惨状。此则曲江要隘，风土人情，民生疾苦之实在情形也。

这一段描述，在研究独龙族的资料中显得十分重要。

且让我们回到1895年到1908年这段中国历史大背景中考量，不难发现两个重大问题：一是《马关条约》、戊戌变法、《辛丑条约》之后，腐朽堕落的清政府即将走向灭亡；二是帝国主义列强加紧了对殖民地的疯狂扩张，不但八国联军入侵中国首都北京，而且不断在西南边疆国境线大做文章，力图扩充势力范围。

就是在这样的历史大背景下，生活在独龙江流域的独龙人民，受到了越来越深重的压迫与剥削。

铁的事实只说明一个问题，那就是，没有一个以各族人民为中心的强大政权支撑，是不可能有任何所谓偏安世外的桃源生活的。

作为一位极其负责的官员，夏瑚此行还详细考察了独龙江流域的狄子江、狄不勒江、脱落江、狄满江、木里江（南洲江）等，以及狄人、阿普人、摆夷等少数族群。他感叹道：各江地土无不肥沃，出产无不丰饶，人民无不强悍聪颖，唯因主治无官，自相残杀，以致人民稀少，稼穑不谙，道路梗塞，商旅不通，为可惜耳！

实际上，整个巡察过程中，夏瑚发现的情况就和先前预料和担忧的一样，在这块如此闭塞的区域，独龙江群众深受西藏察瓦龙土司等强大势力的剥削和压迫，生活过得十分凄惨痛苦。在献九当村区域，他曾派随员阿和才前往与察瓦龙接壤的喇卡塌村，准备与连布（察瓦龙土司委派的收贡代理人）进行谈判，连布得到消息后，竟然逃匿不见，夏瑚就亲自带队来到喇卡塌，对当地群众宣布：独龙江地区从此停止一切对土司和喇嘛寺的贡赋。

夏瑚到达学哇当村时，针对独龙族群众常常被蓄奴主掠夺贩卖，充当奴隶受尽凌辱的情况，及时召开头人会议，宣布各地蓄奴主，必须立即停止到独龙江掠夺人口和敲诈勒索，否则将受到政府惩罚，并重申，停止独龙江群众对土司和喇嘛寺的一切贡赋。另外，夏瑚还代表政府，向各村寨头人颁发委任状和象征管理权力的"小红帽"，以此向世界宣示，这块土地是中国的土地，这些族群是中国的民族。

更为重要的是，夏瑚不但真实记录了这次巡察的情况，而且根据这些情况，有针对性地提出了十大解决问题的建议，他心中仍然寄希望于大清王朝，同时，还盼望着能够管理和开发好这块边远但丰饶的土地，团结和帮扶世代生活在这片土地上原始落后却勤劳善良的独龙人等边地族群。

一、宜建设官长，以资分治也。夏瑚认为，"自怒江至狄满，纵横上下，计数千里。以数千里膏腴之地，人气荒芜，数千里纯朴之民，任其顽梗，殊非慎重边疆，固我邦本之道。"因此，"非设一、二印官，不足以开辟而遍绥，拟请于怒江建设直隶同知一员，将维西、丽江、剑川、保山各厅州县所属之怒江段，悉行划拨，归其辖治；又于曲江设一县，管辖曲江及狄子、狄不勒两江，及于狄满设一知县，管辖狄满、脱落两江；其所设之两县，均归怒江直隶厅兼管辖。该各江人民，质本纯良，以无人管束教育，习成强悍斗狠，一得官长抚辑，自然畏威怀德……"还有抢杀、买卖人口的，应当罪罚有度，恩威并施，如果设官教养经营，"十年八年后，则是边土人民，当必大有可观者也。"

二、宜添兵驻防，以资保卫也。夏瑚认为，怒江百姓，最苦吉匪抢杀为患；独龙江上受察蛮盘剥，下受傈匪滋扰，两江百姓遭受的迫害，更胜于水火的灾难。为固本宁邦之计，拟请先设巡防一营，分驻怒江之菖蒲桶、腊早，以及曲江之喇卡塌、满当、拉大阁等处各要隘，暂资保卫，以安民心，俾勤生业……至于脱落江头为西藏松噶、曲宗要隘，狄满江上连西藏，中界木王，下接普猛，均为边界极要隘口，应俟各官建定，再行添练精兵，设关把隘，以固边隅。

三、宜撤退土司，以苏民困也。夏瑚认为，各地土司每年横征暴敛，让独龙人等边民深受其苦。故，"仰维宪台抚恤边氓，赏准行饬维西厅，将兼管各土司，一律撤退，应解钱粮若干，暂由怒江委员经收解缴，俟设官有定，再行改征。至察弁收粮之事，亦恳宪台俯准，出示禁止，发交委员，译成藏文张贴，并照录行知藏弁，该等自当慑伏凛遵，不敢再过滇境收粮，自然杜绝滋扰矣。"

四、宜剿抚吉匪，以除民害也。夏瑚巡视过程中深感匪患严重，人民深受其害，但这些吉匪也可以变通解决，于是，他想到了一个周全之法："委员先请添设一营，分驻怒、曲，如蒙俯准，请饬将全营，先于怒江上江一带，择隘驻定，仍备赏需，前往招抚，如其就抚，固为省事，否则痛击一次，使之胆落气衰，自当慑伏不暇，然后加以抚辑。计无不耳贴心归，务令自维属腊早以下起，直至丽属，及保山县沿江一带，夷民洗心革面，仍供赋役，不蹈从前盗贼之行，以除内地各属抢劫之患，以安怒曲两江良懦夷民而后已，伏维宪台安良除暴，念切恫瘝，凡在民生，尤蒙矜恤，况此边氓疾苦，特为尤甚，应恳照准施行，以除民害。且此吉匪，性成强悍，如能化莠为良，将来选充军旅，尤为是边捍卫之一助。"

五、宜筹费设学，以广教育也。夏瑚对教育十分重视，在这次巡视之前，他已经就此问题禀报过两次。这次他又着重提出："今一创办，似须将体操及一切儿童教育，同时并举，俾一开通；更须为之筹备书籍、纸张、笔墨、膏火、奖赏等，以糍其心，而坚其志，庶几向学日多。普通可及曲、狄各江。人民聪慧而苦无教育，地土肥沃，苦少经营，即稼穑纺织之事，均须为之提创，是则农业工艺、各学堂应先于怒江兴设，以立基础，渐及他江，以广教育……"

六、宜治平道路，以通商旅也。修路通商的事情，夏瑚也是两次禀陈在案。可见他卓有远见，对此事的重大意义认识充分。"窃闻开辟土地，首在通商，而商旅之通，端在道途平治，故各国路政，设有专管最为郑重，但有人力所通之处，水必设有大轮，陆必建有铁道。从未放弃一隘。此次委员所经之处，观其人民，宜文宜武，宜百工；查其土地，宜桑宜棉，宜百谷；至于森林土产，美味良材，尤为不一其类，只以道路不通，遂至物产人才，皆归无用……如能修通一路，径达永昌，俾怒江不至雪阻，尤为怒地官民商旅之幸福，此事此时，遂稍烦经费，而预计将来课款，则又不啻万一之利，此委员所以渎恳之苦衷也。"

七、宜广招开垦，以实地也。夏瑚看准了独龙江流域人少地广，自然资源相当丰富，有巨大的开发利用价值，所以他考虑得比较长远，甚至想到了移民开发。"委员窃谓宜妥定章程，广招内地人民，先赴曲、狄、脱落各江，勤求开垦，教民稼穑，有耐烟瘴者，则可径赴狄满江边，否则先处高山二三年，然后迁至江边平地，久而久之即可迁往木王地方，该各处旱谷可种，水田可开，一切杂粮山货桑麻棉花之类，无不出产，到境二三年后，将见衣之食之，家余户足，庶几边地以实，地利以兴，粮储以厚，不可为藩篱前途之幸福哉？"

八、宜设关守隘，以清界限也。对国土安全的深远忧虑，体现了夏瑚作为边官的优良素质，他看到了国界线的模糊和混乱，以及洋人笼络人心，不断扩大殖民地的潜在危险。"窃以版图所在，寸土必争……闻洋人每至其地，无不厚赠其衣饰枪马等件，意在收心，倘将来为其制服威胁木王，指其地界，势必逼入脱落各江，则莲青险要之关，狄满膏腴之地均当为其所有，彼时与之争论迟无及矣，不如早为之所，以免借口……我亦早事经营，于莲青雪山及狄满上下各处建立关口碑柱，分明界限，收此重江叠嶂，为我藩篱。委员为清厘边界预防侵逼起见，仰维宪台查核施行。"

九、宜改征赋税，以裕经费也。夏瑚看到了边贸的发展，以及边税统征为粮银的未来可能性和优点。"此次闻委员欲晋木王，随同前往各江负贩贸易者，已有六人，闻均或有利益，今岁当有续往者，待至道路平坦，则是编之商务，久益逐渐发达，一切货物出入，当可酌收税课，尤宜妥定章程，及早开办，十年八年后，此款当大有可观，将来以所收各江之赋税，支设各官之奉廉，与所办各事之经费，预为决之，或当有盈无绌。"

十、宜扶置喇嘛，以顺舆情也。从历史沿革和宗教信仰等方面，夏瑚提出了自己独到的见解，符合当时的实际，也顺应民意。"中维两厅，临近西藏，崇奉佛教，浃髓沦肌，怒江既无长官，复无土弁，故民人尤为喇嘛是信是依……如是则僧归官管，自不敢越礼犯分，民得僧依，亦自能乐业安居，实以该处为喇嘛所开辟，故其教入人最深，有非此不乐之概。"

十条建议，可以说是句句说到了点子上，这是夏瑚深入独龙江流域用心用情用力巡察的结果。不过，他在《怒俅边隘详情》最后的陈述中，隐约透露出了一些让人忧虑的话。他表明十条建议，有些之前已经提出过，有的这次才提出来，希望上级核实，为了慎重起见，委派重要的官员再来复查，如果能够按照这十条建议一一落实施行的话，那可真是边地的幸事，边民的幸事，国家领土安全的大幸事。

但历史似乎并没给夏瑚这个机会，就更谈不上给独龙人这个难得的机会了。

不过，自从夏瑚巡视之后，有几年时间，独龙江流域得到了短暂的安宁。那些曾经欺压剥削独龙人的各地土司、喇嘛寺、蓄奴主皆有所忌惮而不得不收敛，也不敢再到独龙江征收贡赋、抢夺人口等。并且，各个村寨的头人，把夏瑚代表清王朝发给他们的委任状卷起来，精心保存在竹筒里。

夏瑚一腔热血、满怀图治，返回呈报云贵总督锡良，甚至计划好在坎底、江心坡一带设四府、一道、十三县。但新到任的云贵总督、李鸿章的侄子李经羲，由于夏瑚处理"白哈罗教案"时，以临阵逃跑之罪，捕杀了李经羲的侄子李学诗，再加上夏瑚此番举动触及土豪劣绅的利益，维西劣绅瞿鸿儒上文诬告夏瑚"浮职滥报，欺上瞒下"的罪状，他立马就被李经羲撤了职。

夏瑚离开独龙江时，留袁裕才（主要负责独龙江上段）、和定安（主要负责独龙江下段）管理相关事务，此二人住在怒江边永拉干，每年一次到独龙江征收财粮，每户交黄连一团或黄蜡一饼或飞鼠皮二张。在袁裕才、和定安之下，独龙江流域还设有总伙头、分寨伙头等。

可以说，经过夏瑚巡视之后，独龙江流域的各个管理层级已经建立，管理规范已经形成，这对独龙江流域而言是一个非常好的开局和布局，如果清政府能够重视实施夏瑚十条建议的话，独龙人完全可以获得一个真正的发展机会。只可惜夏瑚被调走撤职，他的一番苦心全都付之东流，还被英国人乘虚而入，侵占了本属于中国的大片独龙江流域的土地。

民国二十一年（1932年），怒江地方政府派人修撰的《征集菖蒲桶沿边志》中，详细记载了此事：

> 夏委将俅江境界与察瓦隆（察瓦龙）划清后，即往俅江调查。曾到木王坝（即今坎底），始悉俅地沃野千里；极力扶绥曲民。分委各处火（伙）头，发给执照，并委袁裕才为俅江总管，以资管束，仍拟划分区域，设官分治。讵料维西劣绅瞿鸿儒等，诬告夏委浮滥经费。清政府不察虚实，即将夏委撤职查办。伺候俅江地方，亦无人过问，听任英人侵略。大好河山无异为该劣绅等贻误。迄于民国七八年，宜被英人占去十分之九，所有俅境之木王坝、狄子江、狄不勒江、狄满江、脱落江、拉打阁（拉大阁）等地，完全失陷。英人窃取俅江后，一面笼络曲民，将各地火（伙）头执照一并收去，改发英国执照；调查门户，每年按户收钱粮英洋一元，于各地设一刻利吾官（即团守之类），管辖曲民；于坎底地方，驻有防军一队，约计官兵四五十名，建有兵房铺面；并修筑各地马路，宽约八尺；于干路旁，每距离五十里，建有洋房一所，以备英国官兵巡视住宿，并准商人歇宿。

其中还有些插曲，颇耐人寻味。

那就是当英国侵略者窜入独龙江，企图侵占我领土时，独龙江各村寨头人，纷纷取出当年夏瑚颁发给他们的委任状，以此声明和证明，这是我们中国的土地，一度还迫使这些英帝国主义的侵略者狼狈逃窜。

但后来，英国人武力吞噬，并采取了几乎和夏瑚十条建议相吻合的措施和手段，侵占了独龙江下段孔贤、木刻夏、永塘等若干村，由于和定安于1911年在其管界拉大阁战死，其子和廷彦承袭其地，中国在独龙江下游的领土逐渐缩小，独龙人面临的困境却逐渐增大。

只可惜夏瑚空怀一身抱负、才能、学识与本领，却生错了时代。在那样的历史瞬间，即使依靠个别人和个别群体，全力创造出可能改变和发展的机会，也终将被乱世的腐朽与黑暗吞没殆尽。

那么，历史留给独龙人的机会和出路，究竟会在何方？身处时代大变局中的独龙人，又能够做些什么呢？

民国的一道深渊

发生在独龙江流域的边土被侵略事件，同样发生在中国的其他边境。

这一点，作为清政府最后的边地官员，夏瑚心中是十分清楚的，特别是当他经历了独龙江流域巡察后被革职的遭遇，他渐渐明白，他的理想被他效忠的腐朽政权所抛弃了。而那个腐朽政权，即将被新时代的新生力量所取代。

但他还是不甘心。

就在1911年10月10日（农历辛亥年八月十九），武昌起义爆发的当天，他正行走于藏南野人山地区，仍进行着对边地民族的巡察抚慰工作，虽然外面天翻地覆，他依然还在替走到末路的大清王朝卖命操心：如何安抚边疆部族？如何巩固边防？如何不辱使命？

当天他在日记里记录道：

奉边务大臣批云：阿卜西扎为安抚员，其委状随发。所呈萨的雅原为藏地，既被英人占领，毋庸再议。木牛甲卜等部来归，国家一体同仁，可与程凤翔会勘，民足能以养官者设治，不来者可不强勉。波密现经藏军往剿，已至冬九，谅该番必有所闻，进缓日行酌量，事事不能遥度，随时呈报也可。

他的湖南同乡蔡锷，1911年10月30日（农历辛亥年九月初九），和唐继尧等在昆明发动"重九起义"，宣布云南独立时，他仍在为期3个多月的边地考察途中写着日记、赋着诗：

由此逾支拉山。峭壁奇峰，步步登高以渡。重阳下山，松林蔽天。

见无毛雕数十成群，其大如驴。据扎噶云，老雕脱毛不生，唯以食鱼。嗟呼，以雕飞程万里之雄，晚年不能展翅，人亦然也，何况鸟乎？是日行八十里，宿于林中。据土人云，西南数百里，悉为森林，多虎豹。是晚惟看野火烧山，为一快也。遂步苟国华原赠一首：缥缈凌空万树低，峰峦齐岫步云堤。山徒千里稽人路，日没溪勾载马蹄。羌笛未闻南燕渡，界铜已断色隆梯。儒林异日评西志，尽在新诗一卷题。

辛亥革命之后两个多月，1911年12月29日，清朝原有22个行省中，已独立的17个省，分别派出代表，推选刚刚从日本返回中国的孙中山为中华民国临时大总统。1912年1月1日，孙中山宣誓就职，亚洲第一个民主共和国——中华民国正式成立。紧随着，1912年2月12日(农历辛亥年十二月二十五)，大清王朝宣统帝爱新觉罗·溥仪颁布退位诏书。

自此，夏瑚一直效忠的清政府不复存在了。此次，他历经险阻深入宣抚的野人山地区，并规划好的三县一州，也成为一个看似美丽的巨大泡影，和独龙江下游大片地区一样，逐渐沦为无人过问的地区，终究逃不脱被外邦侵占的命运。

这不仅是夏瑚的悲剧，更是那个时代落后的中国的悲哀！

不过，随着新的民主政权的建立，独龙江流域和独龙人，在中华民国的统治和管辖下，是否能够迎来新的发展机会呢？

在中国历史上，缅甸曾经是中国的藩属，还向中国称臣纳贡。中国和缅甸有2000多公里的漫长边境线，大致分为北、中、南三段，各段之间都存在着大片未定界区域。

从中国建制沿革的历史资料考据，中缅北段，密支那以上的迈立开江和恩梅开江流域及江心坡等区域，相当于我国浙江省的面积，是中国孟养、里麻、茶山诸土司管辖之地，本为中国版图的一部分。

虽然在辛亥革命之前，夏瑚在代表清政权的巡察中，安抚了边民，明确了国土权属，同时把国家的概念传播到了独龙江流域，但夏瑚其后被革职，体现了清政府积贫积弱、萎靡不振、丧权辱国的特性。

这样的政权，迟早是要完蛋的。

晚清政府长期忽视国土安全，视边疆广大地区为荒芜不毛之地、视边疆少数族群为夷野顽固之民，不但不重视夏瑚的考察报告，反而将夏瑚免职，导致原本属于中国的大片丰饶肥沃之地被外邦侵占，英国人甚至私立界碑于高黎贡山，妄图进一步将属于中国的土地继续侵占为其殖民地。

云南独立后的新政权，已经看到和感受到了边地国土沦丧的危险和耻辱。

时任云南军政总长、陆军第二师师长兼迤西（滇西）国军总司令的李根源，在处理完腾越府与大理府纷争后，就考虑着手经营怒俅两江之事。

李根源曾在1910年，从瓦窑经六库渡怒江翻越高黎贡山，深入到片马及小江流域一带，调查边地状况，了解到中缅边境西部未定界地区有大片中国领土无人管理。

他曾说："怒俅者怒江、俅江之两岸，恩梅开江内外皆是也，里麻长官司地上在恩梅开江以西，将来勘界最小限必须收回里麻而以迈立开江为界，此根源所期。"

1911年，英帝国主义侵略者乘虚而入，武装侵占中国片马地区，添九柔、则柔等独龙头人民众50余人，参与了以勒墨夺扒为首召集的由傈僳族、茶山人、怒族等少数民族组成的抗英队伍，和英国侵略者英勇战斗，因寡不敌众，伤亡很大，最终失败，这就是边地少数民族抗争史上著名的"片马事件"。

紧接着，英国驻拖角部队的长官，以"金青蛙"（实际上是铜质）和一些廉价的硬币等作为诱饵，并发放相当于区级官员的"朵翁"委任状，暗中收买傈僳族、怒族头人古泉扒阿正、舍阿正等，轻而易举地夺取了这些人在独龙江许多地方的管理权，妄图为继续侵占福贡制造依据。

面对凶残的英帝国主义侵略者的勃勃野心，实施怒俅计划，刻不容缓。

因此，李根源为"经营怒俅两江，抚绥各夷"，特致电蔡锷，其电文如下：

云南军都督府钧鉴：

滇西北隅，潞江以外，地极边荒，土舍居民半不归化，间有隶属中国者，羁縻而已。进至求（俅）江及恩梅开江以外，则更孤悬绝徼；汉土人等，足迹罕到。其地面积辽阔，上通藏卫，中联印度，下接缅甸，实为我沿边一带藩篱，外人眈视已非一日。从前法亲王某及教士等先后由此取道至印，均以粮尽路绝而返，片马之役，源命潘万成、王秉钧等员冒险深入，所经各地抚摩胸育，受抚者百十余寨，成勒石纪念，若再加以经营，设官分域，开垦通商，更以军队镇之，必皆望风皈附。源尝沉念及此，在军政部时，曾经电饬丽维统领，丽江府派员调查，窃恐未能得力（已派阿墩子弹压委员夏瑚巡视，并写成《怒俅边隘详情》）。此次到榆（大理）携有景绍武、段振其及任宗熙等，适值腾水军事渐定，拟即授予方略，分遣前往，应如何筹备设施，使该员等到彼地后，考察确实禀复，再分别次第办理。是否特先电乞示遵。

李根源谨叩　师长元印

蔡锷收到来电后，也深感此事于国土边防关系重大，很快就给李根源复电：

赵巡按李师长鉴：

元电悉。滇边辽阔，逼处强邻，南界早经划分，尚无异议，西北境既边远，界限未清，履勘数回，蹙地千里，皆缘视为边荒。溥不置意，致启戎心，若非及早经营，不特土舍居民永沦獉狂，且外人眈视，寝撤藩篱，日紧一日，去岁片马之役，已为前鉴。印公规模宏远，熟习边情，将来镇抚绥缉，使皆四面内响应，较之率师援蜀，其功尤伟，尊意以为如何？

锷谏印

李根源接到蔡锷复电，明白了蔡锷的用心，出师滇西边境势在必行，他立马致电并委派任宗熙等筹办"怒俅边务委员会"。

电文摘要如下：

> 照得潞、俅两江以外，恩梅开江以内各夷地方，或受土司羁縻，或则自为部落。满清时代视为瓯脱，从未加以经营，以致界务镠辖，夷心涣散，实无以保边地而固国防。现在大局已定，亟应派员分投前往，逐寨抚绥，考察情形，筹办一切。查有第七联中队长任宗熙，勇于任事，熟悉边情，堪以委充筹办边务委员长，着暂准给协都尉衔。第一联记名中队长景绍武，熟悉夷情，明白耐苦，堪以委充筹办边务副委员长，着暂准加正校尉衔。林警儒、赵嘉宾、杨建中、帅崇兴堪以委充边务委员。

之后，又委托何泽远充当副委员长，帮同办理。

1912年2月，最终在大理成立了"怒俅边务委员会"。这对于怒江和独龙江流域的边防来说是大事件，它是新政权注重国防的真正开端，且不论后来的情况如何，就历史发展来看，这是中国第一次以政府的名义组建的边务委员会，代表了近代中国对于边土守卫意识的觉醒，其组成人员大致如下。

怒俅边务监督（后委任为总办）：姚春魁，安徽合肥人，时任丽江府太守。

怒俅边务委员长：任宗熙，四川灌县人，时任国民军陆军第二团长第七联中队长。

副委员长：景绍武，云南永昌旺甸人，时任国民军陆军第二团长第七联记名中队长；何泽远，云南维西县人。

委员：林敬儒、赵嘉宾、杨建中、帅崇兴、罗梧秀、段浩、段承阴。

任宗熙兼拓边队第一队队长，景绍武为第二队队长，何泽远为第三队队长。于1912年4月底兵分三路，向怒江进发。

其人员配备及主要行进方向为：

任宗熙率领第一队，共计42人，自富川出发至上帕，取中路。

景绍武率第二队，共计42人，自兰坪苋峨出发至碧江下段，为南路。

何泽远率第三队，共计30人，自维西岩瓦出发至菖蒲桶（今贡山）白哈罗，为北路。

姚春魁亲率第四队，共计30人，相机后援，并带有差遣员3人，专事联络。

"怒俅边务委员会"组建后，从西防国民军第一营中抽调了120名清兵分配到各殖边队，在配备相应的武器装备及各种物资后，分道向各自的目的地进发。

任宗熙率第一拓边队于1912年2月到达丽江，4月自维西富川翻越碧罗雪山，5月13日从结咱路到达福贡鹿马登区，驻扎鹿马登娃底村。

景绍武率第二拓边队于1912年5月到达知子罗。

何泽远率第三拓边队于1912年5月15日到达菖蒲桶（今贡山县）。

同年6月，根据实际情况，李根源将拓边队改编为殖边队，任宗熙为大队长，驻上帕。各队经过许多错综复杂、艰苦卓绝的边地斗争，在所达各地，基本完成了各自的初期任务，并相继于上帕会师。

不过，各殖边队主要是完成对当地持反抗态度土司、头人等的战斗和制服工作，为交通建设和经济建设打下基础，并以此完成第一阶段的边防布局，此时，殖边队并没有真正进入被英帝国主义侵略者侵占的独龙江流域等地区。

虽然殖边队经历大大小小的斗争，消灭了一些凶猛的反抗力量，让当地武装反抗、围攻殖边队的行动将近停止，但是自己也损伤不小。好在后期殖边队总结经验、加强建设、谋思划策，一方面利用当地奴隶主、头人之间的矛盾进行分化瓦解，争取了许多村寨民族头人的支持；另一方面，继续采用武装力量加行政手段实行"开笼放雀"政策，强令解放奴隶，让这些被解放者向自己靠拢，极大地削弱了农奴主的力量。

另外，针对不太服从管理的地区，为消除隐患，还收缴了村民的刀、弩等，树立起殖边队的威望，使得边地管理日渐稳固。不过，不少边民对殖边队戒备很深（毕竟发生多起战争，杀过不少人，强征过挑夫等），纷纷逃避到深山老林，许多田园荒芜，人心惶恐，这也是武力征服的最大弊端——

人服心不服，如果没有一个更好的民族安抚和边地发展政策，一旦有机会，反抗之势力必定会卷土重来。

按常理，怒俅殖边队有了一个很好的开端，并且当时欧洲战事风云密布，英帝国无暇全面兼顾，继续前往独龙江流域收复密支那以上，迈立开江和恩梅开江流域本属中国的领土，因而，对于重新整治压迫独龙人的土司等恶势力而言，正是最佳时机。但谁料中国国内，虽然清王朝被推翻、民国政府初建，但各军阀派系之间的斗争十分复杂，时局异常动荡，并即将面临国内二次革命，殖边队内部也由于管理等问题，逐渐出现矛盾。

而此时，云南军都督府撤销了李根源陆军第二师师长兼滇西总司令的职务。怒俅殖边队的装备、后勤给养变得十分困难。虽然怒江中段的菖蒲桶、上帕、知子罗各属地已控制，但一些不愿诚心归顺的奴隶主、部落头人，基本上以自利为原则，反复无常，时有叛变之心，对已取得的边殖成果，还得进一步加以治理、巩固、经营。

1912年8月初，李根源为加快对边地以及独龙江的收复经营进程，细化管理，加强殖边队的军备力量，将殖边队另行编制为殖边营，分为四队，任命姚春魁为怒俅殖边总办；任宗熙为提调兼第一队队长驻守上帕营房；景绍武为第二队队长带队返回知子罗经营；何泽远为第三队队长带队回菖蒲桶驻守经营；姚春魁总办兼带第四队士兵。全数250名，接着继续分道开拓经营。

驻守菖蒲桶的第三殖边队队长何泽远，本可以为独龙江流域带来一个新的发展机会，但发生了意外。

这种意外，是历史偶然中的必然，从这个偶然中的必然分析判断，在那样的历史和社会条件下，独龙江和独龙人未来的出路，看似有着无限可能，但其结果必然还是只有死路一条，就像何泽远以及殖边队的命运一样。

我们且仔细看看，这究竟是怎么回事。

1912年12月23日，新加坡近代著名报纸《天南新报》刊发《民国奇冤实录》一文，开篇写道："维西何泽远乃小心谨慎人也，远在怒俅地方，奉令交代接任者西盛和赵翰也，此人出身污臭，自己惭愧，恐到怒江为军队鄙薄,遂逗留不往接任,贿串刁兵唐寅鹤报告何泽远外遁。姚总办据一面之词将请饷庶务长张岫珊丢监,何泽远在怒江立等交代,又等张岫珊回来,乃赵翰捏词妄禀,竟抄何泽远家产,尤恐泽远亲出怒江交代破坏遁逃之禀道,一不做二不休,贿串怒江团总李阿合同阿合所管下之三村怒匪,将何泽远暨军队十三人屠杀尽净,所有枪械尽行瓜分。"

作为中华民国殖边营第三队队长的何泽远,本是带着政府的命令去巩固国防、开拓边地,但为什么会落得个命丧独龙江的下场呢?

有两条史料记载,值得注意。

《怒江文史资料选辑》第二辑记载:"李根源派遣何泽远率殖边队进入独龙江下游的乐玉池,同英军遭遇,双方激战甚烈,殖边队无后援,虽经苦战仍处劣势,何泽远战死,军队退回贡山。"

《上帕沿边志》记载:"第三队长何泽远,因仇视教堂被撤,委赵翰接充,何君抗不交代,率兵逃进俅江,另图开辟,行至阿牟河箐,被立贝、阿牟各村怒、傈所杀,第三队全军尽没,只余士兵周自清一人而已。"

那么是不是说,何泽远要么是与英帝国主义侵略者激战而死的英雄,要么就是被撤职后不满的"叛国"逃犯。历史真相,又会是什么呢?

根据维西县地方志办公室保存的关于"维西县知事查复前殖边队长何泽远官兵等在怒俅被杀经过"的调查档案卷宗、《西事汇略》收入何泽远殖边工作的相关汇报电文,以及周自清后代及知情人的讲述来看,起先,何泽远、任宗熙、景绍武三位殖边队队长互相配合,一路招抚村寨,修葺交通,注重经贸,开办实业。因任宗熙带领的第一殖边队遭抵抗袭击,一度陷入险境,而何泽远"逗留维城,距富川仅一站,置任委员怒匪不顾,欲趋避五险之地,其心难测,行近欺饰"(姚春魁致电李根源原话),姚春魁建议追回其原领取的发展实业本金一千两,或调丽察看。何泽远事后对此的解释,并没有让姚春魁满意。随后,姚春魁又状告何泽远"遇事观望,有误机宜,应行撤换差遣",并向李根源推荐国民军第四营左哨关赵翰为第三殖边队队长(此中玄机,后文再叙)。

由于姚春魁多次来电举报,李根源也开始怀疑并最终决定:"何泽远既难信用,即由该守调丽察看,酌核办理。"

须知赵翰与何泽远不但同属维西籍,而且是中学同窗,都在云南陆军讲武堂受过训。但由于赵翰与何泽远的父亲,为夺中甸(今香格里拉)"把总"之位,引发诸多矛盾,赵、何两姓早有嫌隙隔阂,也难免互相妒忌排斥。而赵翰为了当上第三殖边队队长,可谓是用尽心机、不择手段。

何泽远对自己职务被撤的缘由,似乎并不太知情。就在自己的职务被撤销前,何泽远甚至还与任宗熙、景绍武一起召开了会议,招安了60余个村寨。后来,何泽远驻扎因录村,招安了五六十个村,走到阿作落村时,派去请饷的庶务长张岫珊被姚春魁关押,何泽远自己带兵丁14人过江到立贝村,招安了10余个村寨后,又进莲女池招安了三四十个村寨,驻莲女池(高黎贡山以西的俅江流域)。

赵翰策划指使,诬陷谣传何泽远逃进俅江地区、投奔英国。之后,赵翰密令余小六到怒江传泥咱村(福贡石月亮乡距维西最近的村子)头人李嘴到吉岔钱家,威逼利诱,让李嘴第二天起程带上木刻赶回怒江,3天后到达立贝,李嘴就将木刻交给立贝头人阿登局,并详细传达了赵翰的密令。

阿登局接到木刻指令后召集了立贝、亚牟、甲咔各、八窝底等附近几个村的头人普阿均、阿普此、普阿扭、封阿局等商议后,组织了10多名熟悉俅江地理环境、身体强悍的傈僳族青壮年,由普阿此带队,将何泽远及第三殖边队官兵在莲女池杀害,一并抄没、收缴何泽远生前所遗留的财物及家产。

实际上,何泽远率队进驻独龙江地区后,积极修葺道路,组织发展实业,宣传云南军都督府的政策,歼除寇盗,整顿西方传教士的传教行动,做了许多有益的工作。

1954年中共怒江州工委的调查资料记载:"何氏带兵进住俅江(恩梅开江)阔劳铺区附近,另行发给头目执照,该地人民极表欢迎、爱戴,不过正进行拓殖事宜时,丽江县长姚春魁新兼怒俅殖边总办,后来他受赵汉(按:应为赵翰)贿其卅两黄金,即委其接何泽远之职,何不服,拒抗移交,后被赵汉用人将他们尽杀于俅江,据76岁的刘占春等许多人所说,何泽远今天的墓可查（埋在独龙江的赤土扒）。"

另有维西文史资料记载评述："受政客小人的钻营，更换殖边队长，钻营者只图报复泄愤，置国家和民族的尊严于不顾，见国土沦丧而不痛心，为一己私欲，蓄意制造和指使边民伙头等杀害殖边队长的罪恶事件。致使殖边计划半途夭折，收复国土的使命起步即止，良莠优劣，天光明鉴。"也就是说，假若何泽远不被赵翰所害，则俅江可能早已收复。

殖边队内部权力争斗引发的乱象，极大地影响到了工作。

1913年2月10日，第二队队长景绍武，越级向云南军都督蔡锷呈上《景绍武致函蔡锷呈殖边事宜八条》："殖边队经过努力经营，使人民归心向化，但革创之初百事待举，已再三报告请乞转为上达。奈总办苟安是图，竟至留中不报，使学员无措手之种种困难，直接破坏总办之主权，间接则恐受无辜之捏报，兹怒夷虽已招抚，俅夷尚待缓图，凡一切善后事宜，总办竟置之不问，学员恐虚糜军饷，有误边务之大计，不能不逐条呈报……当此创设伊始，军饷则万分支细，设一员即多一员之耗费，如边务总办诚为应设之专员。但自七月到差，以至于今尚属半年有余，并未亲临怒地面为指挥，实不过坐享厚糈，自利其身而已，推而至于局中人员分科任事即有如许之冗员，又加以目兵五棚保护其出入，每年不知耗用几多冗项，约计其数不下万余，兼之大雪封山，总办远隔汉地，迹其所在或丽或维或富川，靡有定处，何处适从。"直指怒俅殖边总办姚春魁坐享厚糈、自利其身、严重失职。

可见当时殖边队内部的矛盾，越来越深，越来越尖锐。何泽远事件难以避免。这样的殖边队，何谈真正地为边地少数民族谋利？

之后，殖边队尽管在巩固国防上也做了一些工作，但其命运也一步步走向消亡，而独龙江流域和独龙人，自始至终也没有从中得到任何真正发展的机会。在没有一个真正强大的以广大人民为中心的国家政权前提下，一切都不过是一个美丽的幻象。

1913年初，蔡锷离开云南，唐继尧任云南军都督，为加强地方的军政统治，兰坪之营盘设立"怒俅殖边总局"，在福贡上帕设立"上帕殖边委员公署"，任宗熙任委员长，同年，怒俅殖边队总办姚春魁的职务被撤。

1914 年 5 月，任宗熙辞职，剑川李光枢接任。

1915 年袁世凯称帝，云南组织护国军讨伐袁世凯，唐继尧撤销了怒俅殖边队编制。11 月，怒俅殖边队奉命调到四川作战，并提取了李根源所筹集的怒俅殖边队经费专款，撤销了各怒俅殖边队机关。

至此，怒俅殖边队成为一段历史烟云。

现存三块关于当年殖边队进驻怒俅的石碑，两块原立于福贡上帕，一块原立于碧江知子罗。我们通过残缺的碑文，可以印证这段艰难但最终失败的拓边史，以此来和本书后面的内容做一个对比，和真正改变怒江、独龙江命运的中华人民共和国成立，以及之后中国共产党各级党委政府派出的工作队做个比较，看看两者之间的根本区别究竟是在哪里？为什么怒江、独龙江，独龙人和其他少数民族兄弟姐妹，能在中国共产党的领导下，获得真正的发展机会，从而真正过上幸福的生活。

同事人员纪念石（碑一）

发起人云南陆军第二师节制迤西各属文武官吏西防军总司令李根源实行窃：

筹办怒俅边务正委员长陆军协都尉云南陆军速成毕业生任宗熙；

副委员长景绍武、何泽远，委员杨建中、赵嘉宾、帅崇兴、林敬儒；

差遣员赵炳麟、和文英、安万民、周宗虞、周崇铭、李赵杨、黄双全；

庶务员赵起鹤、甘如饴、苏绅、何忠良、邹习章；

军医生谢济生；

司书正杨程荣、副图书和发所；

护兵王光春

兵目（略）

大中华民国元年九月重九镌

纪实（碑二）

潞江于滇南诸水中，较称巨流，源出西藏，而南江，气候炎热，瘴疠时行，在吾滇境内，沿江而居者有汉人、摆夷、僳僳、怒子、古宗子五种。摆夷居于腾永夷顺之间，自蜀汉武侯南征而后，渐次开化，汉人亦杂处其间；僳僳居六土司地，在怒子之下；古宗居维属土目地，在怒子之上，均皆归化数百年，忻当丽维之交，沿江东西两岸，南北延长七八百里之地，概系怒子盘踞，是从来风化所不及。其地之水田，视古宗僳僳所居地为较多，其人之性质亦较悍，而上帕、喇乌、南竹地各寨围怒子中之佼佼者，时出扰害沧江一带，边民几不聊生。正满清光绪乙巳年，德人游怒被戕，致启外交，清政府曾派兵剿捕，究竟未能开辟。于是奋发有为之士，动作无牵掣之扰，其时云南陆军第二师长李根源来节制迤西禀请

军府委熙及景绍武（君）带拓边队军士八十名，筹办怒俅边务，民国元年正月十日，就道至丽，与景君分头并进。熙有军士四十名，于四月二十五，由富川冒雪过山，五月十三，军驻禄马登，夷恃岩道天险可扼，复出为难，一战而胜，遂有腊竹地。明日，长驱上帕，直捣逆巢，乃相地度宜，经始建筑为长久计，所以经济困难，战时工作，仅成草创。月之二五，及六月初五，夷又来劫二次，惟战皆捷，我正兵亦亡一伤二。自五战而后，夷渐畏服，陆续归诚。后尾之副委员长何泽远君亦率兵到，景军在下节，亦招安数十寨，由是怒地初定。于以见天下无大难事，难得者时耳，籍使我国光复无期，尚不知开辟何年？姑志数语，以纪其实。

筹办怒俅边务正委员（长）蜀西任宗熙敏良氏撰并书

大中华民国元年孟秋中浣吉旦

拥护共和三等纪念章记大功三次知子罗行政委员董公国政①政绩纪念碑（碑三）

民国元年李印泉②师长开辟怒俅，于兰坪县盘营街设殖边局，迨至五年，始则设行政委员公署于知子罗。政府为地择人，开始任用我董公为是邦行政委员，兼充殖边队队长。举凡边务、教育、禁烟、市场诸要政，皆煞费苦心，规划尽善，为地方造无量幸福。公今奉调到省，（是）邦人士有感于食德饮和，用志其善政，以表其去思云。

民国七年八月
知子罗绅商士庶　立石

第一块碑，详细列举了殖边队发起人李根源及其各级各类参与殖边队工作的人员，可以从碑文感受得到，李根源是想在边防工作上有所作为的，他曾计划怒俅殖边队进入俅江经营茶山、黑麻，进而经营坎底、户贡以北之地，最后，从英帝国主义殖民者手中夺取和收复本属于我中华版图的被侵占疆域，甚至打算和西藏连成一片，这是殖边队组建的初心、愿望，李根源为此和殖边队同僚付出了巨大的心血，下了极大的决心。这是中国近代史上维护边疆稳定的初次大规模政府行动。

第二块碑，较为详细记录了殖边队工作的艰巨与危险，当然也有战斗和牺牲。但是这种战斗和牺牲发生在中国人自己身上的，也就是殖边队和地方少数族群土司和头人之间的斗争。这说明了一个大问题，夏瑚巡察之后，由于清政府的不作为，其十条建议荒废，原本建立的管理层级和约束土司头人的"法规"全都作废了，巡察成果付之东流，独龙江流域恢复到了先前土司头人对百姓的压迫剥削状态。殖边队仅仅是一定程度上阻止了英帝国主义殖民者继续朝福贡等地的侵略，而根本无力收复独龙江流域被侵占

---

① 董国政：贵州人，怒江的"开笼放雀"是他提出来的。他之后，奴隶就开始减少了。
② 李印泉：即李根源。

的领土，更谈不上改变独龙江流域独龙人的生活。

第三块碑，是表扬文字，其中蕴含了拓边之艰难困苦，也展示了殖边队的智慧，但整个殖边队的根本性问题并没有人认识到，或者说即使认识到一些，也无力改变最终被撤销的历史现实。当时的中华民国，本身就是一个大动荡的政体，虽然有像李根源、董国政这样的先进人物，极力想做好拓边工作，但拓边工作的复杂和艰巨性，注定了他们在那样的时代无法完成历史使命，更无法给独龙江和独龙人一个真正的发展机会。

我们不妨进一步从整个殖边队工作的一些细节中分析一下失败的缘由，进而可知为什么独龙人这个族群，仍然需要在往后的几十年时间受尽磨难，以等待来自东方的红太阳，真正照耀到独龙江。

滇西学者杨琼曾经有一首诗，大致可以概括拓边怒俅之地的艰难：

> 怒俅乃是边要地，前时视等瓯脱弃。
> 博望探险久关心，裹粮只身遍寨至。
> 谓是拓边须屯田，不然徒靡粱械钱。
> 乃选百壮分道入，缒岩凿壑矢无前。
> 抚民思得良郡县，鞅掌簿书孰能办？
> 新嫌激烈旧迂腐，封墨烹阿朗如电。

殖边队进驻怒俅之前，英帝国主义殖民者早就把缅甸变为其殖民地，并进一步侵占了独龙江下游广大地区，甚至企图侵占我国滇西北的广阔区域，以达到开拓其进藏新路线的目的。

1911年1月4日，英军2000余人，驮马2000余匹，以及修路工、赶马工400余人相继从拖角经过井坝、把仰、毛绞，渡小江至独末、笼蚌、官寨、噬夏，再东渡小江后，抵达高黎贡山的西麓片马，设置营房，驻守军队，强行进行军事占领。

"片马事件"让英帝国主义殖民者连续占领了片马五寨，并在垭口建立了岗哨营房，已经危及六库。六库土司段浩已经察觉到英帝国主义殖民者的狼子野心，呈递报告建议清政府但没人回应，所以"六库段浩、老窝段振兴、卯照段承荫、鲁掌茶芳泽、登埂段绘、练地杨耀宗，共举段浩之弟段济开辟浪宋"，枕戈待保卫边防要塞。

李根源的殖边队到来的时候，段浩等也积极配合、大力支持。李根源看到了当地土司对于国家边防的重大意义，为阻止英帝国主义殖民者对滇西及滇西北"瓯脱"之地的进一步侵占，他上书云南军都督府，建议在土司地区实行改土归流，既利用土司的力量，又让其力量掌控在国家管理层面，"近则为震慑之资，远则为经营之备"。

从李根源与军都督府的往来电文来看，"土司前得改土消息，即潜相勾结，意图反抗，虽力无能为，然或铤而走险，求庇外国，则为渊驱鱼，反致酿成交涉"，这是一大隐患，国家和地方利益之争的隐患。这就说明了一个大问题：中华民国政府的拓边方向错了，他们没有看到更大的力量是民心，土司头人当然要团结利用好，但团结利用好的目的是什么？仅仅是为了便于国家行使权力好管理吗？这跟中华人民共和国成立后，中央民族访问团和边疆工作委员会等，以人民根本利益为中心、以各民族团结为核心的历史站位差得太远了。

虽然云南军都督府将老窝、兰州、六库土弁、卯照土弁、维西厅、中甸厅、丽江府、云龙州、丽维统领、维西协阿墩子弹压委员等任命为边务委员，但大多停留在文字空头权利上，并没有在此后有更多关于各土司如何支持殖边的内容。

据此可推测，对于云南军都督府的殖边政策，怒江的土司阶层，一方面因不愿国土被英帝国主义殖民者侵占，希望能够加强对边疆地区的管理；但另一方面，又不希望中央权力的进入，以致自身统治权力被削弱，切身利益受到损害，其矛盾而又复杂的心态可想而知。

让我们继续看看，李根源组建的殖边队眼中的边地："怒地最野蛮之地，虽经我军破坏，然建设亦非常困难，未归化者尚居多数，即畏威向顺之人，亦仍有欺我军少，口是心非者"。

事实上，殖边队和当地不服管的土司头人关系一直很紧张，一度还达到了势不两立、水火不容的状态，各支殖边队在进驻途中，被部分少数民族头人及村寨民众仇视，遭到了顽强抵抗。

任宗熙带领的第一殖边队曾身陷绝境；景绍武带领的第二殖边队遭遇里吾底暴动，除一个翻译幸存外，全部惨遭杀害；何泽远带领的第三殖边队，由于内乱，冤死独龙江莲女池。

仔细分析其中的内因，殖边队也有不可推卸的责任。

在任宗熙日记中曾提到，当地夷民"言汉人无有信实，如前年夏师爷（即夏瑚）来，起先呵哄，后来烧杀夷民，要求不要进兵情愿归顺"。

根据史料记载，殖边队"只图自己方便，不顾群众的安危，就把半个村子人家的门板都拆走做睡铺，群众住房无门挡风，火烧不燃，饭煮不熟，一到夜晚，一股股寒风吹进屋来使人不能入睡，更可恶的是，拿群众吃饭的木碗去洗脚，更不能容忍的是，有些兵士一见女人，就到处乱抓，妇女害怕，小孩受惊，引起了公愤"。在殖边队的行军途中，沿途大量征用民夫背运大量粮食、武器等物资，随时征调村民修筑道路。

据碧江县一位老人回忆，她在年轻时见过"大人梅"（傈僳语，指进驻怒江的殖边队）由兰坪兔峨方向来路经本村。那些军队一路上抢杀老百姓的鸡猪，抓人当背夫，很多人不敢在家而逃跑到山上。她自己被抓去当背夫，走了3天，脚肿了走不动才放她回家。

兰州土舍罗梧秀"随同景队长绍武，招抚怒俅，前后应去夫役1000余名，运粮饷器械"。殖边队每到一村，就调查统计村寨人口数，填发门牌，并向各村寨派粮，征收门户钱。在阿墩子（今德钦），何泽远封闭沿江渡口，仅保留羊咱、岩瓯、富川三渡口并征税收，名为"保商抽税"，又在沿途紧要地点设警戒兵征税，称为"警务筹饷"……

如此种种，身处险恶之境的贫苦边民，岂能承受得了？殖边队究竟是来帮助老百姓的，还是来欺负老百姓的？

在这样内忧外患的恶劣处境下，独龙江流域和独龙人，又岂能有任何机会得以发展？

殖边队被撤销后，民国政府不断换着花样忽悠边境的各少数民族。1913

年在贡山的茨开设立菖蒲桶殖边公署；1916 年，独龙江称菖蒲桶行政委员西保董；1918 年，菖蒲桶殖边公署改为行政委员会。

这些收效甚微的行政手段，无法阻止英帝国主义殖民者在独龙江下游地区展开的疯狂侵略。

《菖蒲桶志》记载："民国七八年，已被英人占去十分之九，所有俅境之木王坎、狄子江、狄不勒江、狄瞒江、托洛江、拉大阁等地，完全失陷。"不仅如此，英帝国主义殖民者继续沿着独龙江流域侵占中国领土，拉大阁一带被占去，还在白芝果山私自钉下一块木界桩，并在界桩上写有中缅两种文字，托洛戈也被侵占，还把洋房沿独龙江一直盖到岩羊，导致独龙江未被侵占的地方，仅剩上游约 400 公里的一小段，并以木克甘的空贤（位于独龙江下游，现在缅甸境内，距离独龙江乡钦郎当村有 2 小时路程）为界。

更为荒唐的是，由于独龙江所辖之地被侵占，俅江总管袁裕才退为平民，剩其儿子袁怀仁和女婿和廷彦管理俅江各分段。

另有《上帕沿边志》记载："上帕设治后，其区域系殖边队经营区域暂行管理，东至碧罗雪山顶与兰坪、维西连界；南至俄马底与知子罗连界；北到布诗、布腊与菖蒲桶连界；西本连俅江，因英人私立界桩于高黎贡山顶，将俅江据为己有，若欲管理俅江，非严重交涉不可，斯时即就高黎贡山顶就英人私立界桩处为暂管区域。俟将来中英界务划清再行酌定。"

可见当时英帝国主义殖民者是做好全面侵占中国独龙江流域以及怒江流域的打算的，其野心巨大，而国民政府软弱无能，自己的领土被侵占，国界碑被外邦擅自私立，却没有能力在当时解决，留下一个无奈的等待将来解决之说，的确难免令国人痛心疾首。

民国政府妄图继续以行政改制抵抗英帝国主义殖民者咄咄逼人的侵略态势。1933 年，将菖蒲桶行政委员会改为贡山设治局，独龙江地区则称为孟底乡，实行保甲制以替代原来的伙头制，目的是想加强独龙江地区行政管理和边防建设。1939 年又把孟底乡改为新民乡，分设四保，每个行政村为一保，每个自然村为一甲，分别任命当地独龙人族长为保长和甲长，主要目的是便于民国政府收税和处理日常事务，保长三年一任。

不过，独龙江流域并没有因为国民政府这些花架子似的改制和管理方式而有实质性的改变。自从夏瑚巡察那么几年的确有了些改善，但随着夏瑚被撤职，西藏察瓦龙土司、维西土司、喇嘛寺、傈僳族奴隶主等凶恶势力又卷土重来，收取香火钱粮、房贷粮盐，恢复"尸骨钱粮"税收，等等。而所谓的国民政府设治局，根本奈何不得这些地方豪强劣绅，难有所作为。还有另外一个原因，估计国民政府只想合理控制权力格局，玩好"藩篱"统治这套把戏，根本不会把独龙人民的切身利益放在心上。这一度让独龙人民在民国统治期内受尽压榨、苦不堪言，更谈不上获得任何机会和发展。

当然，民国政府一些高层有识之士，也看到了国土安全和领土完整的重要性，委派了诸如李根源、尹明德、杨斌全、王继先、严德一等云南知名人士和官员，先后到独龙江流域考察。

这些云南先贤，对自己家乡有着炽热的感情。他们热爱乡土，同情弱小族群，希望通过努力，能够保卫边土，改变云南边疆怒俅地区贫苦落后的面貌。

他们不畏艰难险阻，进入怒江独龙江地域，有的甚至还化装成当地人，深入被英帝国义殖民者侵占的独龙江区域，一度到达英国殖民者占领的缅甸地区，了解独龙人等边民的生存状况、生产情况和生活习俗，并进行安抚，还绘制了大量的地形地图，写下翔实的考察报告。

虽然这些举措无力改变当时独龙江的状况和历史方向，但为研究独龙江流域和独龙族群，提供了宝贵的原始素材，并为中华人民共和国成立后，60年代初期，中国政府和缅甸政府正式勘测划界，提供了珍贵的历史参考资料和现实依据。

只可惜这些先贤没能生在一个更好的时代，获得更好的机会，来发挥更大的作用。

独龙江流域未竟的事业，只能留待后来者努力了。

回溯这段历史，从清朝末期夏瑚巡察后的整个民国时期，到1949年8月，贡山设治局最后一任局长陆双积，向中共滇西工委交出政权，算来时间也不短。但是，在这三四十年里，独龙江流域的状况并没有实质性的改善，独龙人依然过着刀耕火种的原始生活。

从人类社会普遍进入 20 世纪中期的现代文明阶段来看，这真是让人难以想象的，也是令人扼腕叹息的。

到底是什么阻碍了独龙江流域和独龙人的发展？究竟其中是不是还有其他不可抗拒的力量，一次又一次剥夺着独龙江和独龙人朝前的机会？独龙人本身是不是就真的是"憨杵杵"的烂泥巴扶不上墙呢？

在滚滚朝前的历史大潮中，暂且抛开外部世界的因素不说，独龙人面对这一切历史和现实的困厄，他们又是怎么想和怎么做的呢？

起来，向东方的人

在独龙人的创世神话和族源传说中，充满了对东方的敬畏与渴望。这与后来真正为独龙人提供机会和改变命运的历史现实惊人地吻合。

独龙人歌曲中，有歌词这样唱道：

> 红日出东方，
> 路从东方来，
> 独龙人的心啊，
> 向着红太阳……

不过，独龙人要等到红太阳照耀边疆的那一天，还得忍受许许多多磨难。在这些大大小小的磨难中，独龙人虽然属于相当弱小的族群，但也有着自己的坚强态度和反抗精神，正是这股精神力量，支撑独龙人度过几近灭族灭种灾难下的艰苦岁月，但他们始终坚信，红太阳会在将来的某一天照耀到独龙江，而他们，也会在红太阳的灿烂光辉下，寻得机会，阔步前行。

无疑，这轮巨大的红太阳，就是带领中国劳苦大众翻身得解放的中国共产党！

独龙人和中国其他少数民族一样，有着自己漫长的历史，甚至和其他少数民族还有着千丝万缕的密切关联。这也是中华民族多民族大团结的基础所在，特别是同样生存于怒江独龙江流域的怒族，在独龙人来源神话谱系中，本就属于同一家族（时至今日，独龙语和怒族语基本相同）。

独龙人有自己的原始鬼神崇拜，这在一定程度上，为与世隔绝的独龙人带来了生存的信念。要知道在极端恶劣的生存环境下，以最原始的生活方式艰难地繁衍生息，是相当需要精神力量作为支撑的。独龙人性格中朴实、善良、单纯、憨厚、坚韧、极能吃苦耐劳的品质，或许可以从有关独龙人起源的神话传说中一探端倪。

很久以前，大地上没有人烟，天上只住着两个大鬼头目，一个叫达格蒙——木棚九，一个叫盘格蒙——木斤尼。其中木棚九是各种鬼的总管，权力最大，它居于天的最高层，木斤尼住在天的底层。

木棚九的女儿下嫁给木斤尼，木斤尼的妻子所生的孩子尽是些蝙蝠、蜜蜂、燕子、岩蜂，总是生不出人来。后来女儿去问父亲，父亲告诉她，想生男人要用"东拉达尔"来祭男神，要生女人用"新尼荣土干"来祭妇神。

后来木斤尼的妻子怀孕时，举行了"所拉乔"祭了男神，才生了个男人，举行了"木哇所"即祭了妇神，才生出个女人来。这是独龙人出现的第一步。后来，木斤尼把这对男女派遣到大地上生活，让他俩自生自灭。大地上的人类就是从这儿繁衍而来的。所以，独龙人认为，大地上的独龙人是天上的格蒙派遣下来的。

格蒙同时也创造了人的鬼"卜朗"。

起初人和鬼混杂着住，人的娃娃由鬼来领，鬼的娃娃由人来领。鬼娃娃在人家里吃好的住好的，长得健健壮壮的；可人的娃娃好好地抱出去，瘦瘦的领回来。后来人发现了鬼的伎俩，原来鬼在吸孩子的血。因此，人向鬼展开了搏斗，用各种各样的办法打死鬼，同时也受到了鬼的加倍报复。

格蒙认为人是它的外孙，不能绝种，因此用洪水泛滥的办法来改变人鬼混居的状况。从此，人就看不见鬼，鬼却能看得见人并不断加害于人。

这则神话传说，像是在暗示和预言独龙人的苦难历程。"鬼"就像是独龙人看不见的苦难命运，时常作祟于其背后，让这个族群历来饱受欺凌压迫。但独龙人也在这种压迫欺凌下奋起反抗过，究竟鹿死谁手，历史最终会给出答案，答案的关键还在于，另一个拯救独龙人的"驱鬼人"，究竟几时出现，又何时出手。

另外，在独龙族《洪水泛滥》故事中，记载了第二次人类繁衍的族源传说，这个传说更具烟火气，同时也点出了独龙族和其他少数民族之间血脉关联的渊源，表达了朴素的民族团结思想。

> 洪水泛滥之后，仅有兄妹两人幸存于格哇卡尔普拉卡神山之上，哥哥叫普，妹妹叫蝻。
>
> 为了继续生存和繁衍后代，他俩决定分头到各地去找人，普去江东，蝻去江西。不知走了多少路，翻越了多少高山峡谷和奔腾的急流，也不知过了多少年之后，最终还是兄妹两人碰在一块，找不到其他人。
>
> 于是哥哥对妹妹说，如此劳累奔波，还不如先盖个房子住下来再说。妹妹同意了，两人盖起了茅草房，住在一起。夜晚，兄妹睡在各自的床上，不知怎么的，第二天起床时，兄妹俩竟睡在一起，头天晚上拾来的分开摆放的干柴，第二天同样也合拢成一堆。
>
> 妹妹见此情景，十分羞愧，便用竹筒碗装水，放在两张床中间，把两人隔开。奇怪的是，第二天早上，竹筒水一滴不漏地被移放到旁边，两人仍睡在一起，兄妹俩十分困惑。
>
> 时间长了，兄妹俩便认为这可能是天神格蒙的意愿，于是兄妹俩向天神起誓并祷告说：如果我们倒出的竹筒水能变成江河，就表明天神格蒙不怪罪我们兄妹成亲，否则，我们只有眼看着人类从此绝种。
>
> 一筒水刚刚泼出，转眼间就变成了九条江，这就是现在的独龙江、怒江、澜沧江、金沙江、狄子江、狄不勒江、狄麻江、托洛江和恩梅开江。从此，兄妹二人正式结为夫妻，并生了九男九女，分别派往各地，成了这九条江的主人，即变成了后来的独龙人、僜人、傈僳族、怒族、纳西族、藏族、白族、汉族等。
>
> 分住在怒江和独龙江的两兄弟关系甚密，临行前交换了礼物，后来因隔山隔水，彼此说话的音调慢慢地变了，才成了单独的民族——

独龙族和怒族。

《洪水泛滥》这个故事，至少点明了两点：一是独龙人先民，保持着原始社会的血缘家庭，这持续了相当长的历史时期，最主要是由于他们的生存环境几乎与世隔绝，没有受到外界朝代更迭、社会进步并朝向现代文明发展的影响；二是独龙人视其他少数民族为自己的血缘亲戚，加上自身温良的品性，从未主动攻击或掠夺过其他少数民族，从而一定程度上也导致了其他较为强悍的少数民族视其软弱可欺，不断盘剥压迫，以至于解放前在中国境内，独龙人只剩约1800人，濒临灭族的危险。

但在特殊的历史时期，独龙人在忍无可忍的情况下，也进行过反抗斗争，只是这种斗争完全是非常被动的抗争，且并不彻底，所以注定难有好的结局。独龙人的出路，或许只有一条，那就是等待他们心中的红太阳，照耀到独龙江，帮助他们彻底摆脱千百年来套在身上的沉重枷锁，真正获得族群解放和发展的机会。

作为生活在独龙江怒江一带的原住民，独龙人还曾迁徙到达独龙江下游，现今缅甸克钦邦狄子江、狄不勒江、驼洛江流域一带（部分领土原本属于中国），上游则迁至今天西藏察隅县的察瓦龙一带。根据部分独龙老人对独龙先民迁徙路线的回忆，独龙人的先民很早以前是从丽江、剑川、兰坪等地陆续迁居到怒江流域贡山一带的，之后，又分散西迁到独龙江流域和恩梅开江上游。

这一带独龙人，自称是从"太阳初升的地方"搬迁而来。

由此可见，独龙人一直过着一种与世无争、"刻木结绳记事，鸟鸣花开辨时令"的原始自然生活。

这种生活状态，持续了很多个年代。但是随着社会发展人类进步，独龙江流域必然会受到外部力量的渗透，独龙人也将受到外来力量的影响，只是在独龙人真正获得翻身解放的机会之前，外部力量更多的是在进行压榨和掠夺，而独龙人，在忍无可忍的情况下，也进行着坚韧的抗争，还曾一度获得一些胜利。

总的来看，独龙人的斗争，更多地处在自发自卫的初始阶段。这样的斗争胜利，往往只能是暂时性的，不能从根本上来解决和改变独龙人的生存和发展状态。同时，这也说明着另一个重要问题，任何少数民族，如果只是孤立地进行反抗，最好的结果，也只是孤立地取得短暂性胜利，只有当其生存的国家政体真正独立，真正以人民为中心、为人民谋福祉时，这种孤立的斗争，才可能在其带领下，转化为彻底的大胜利，并在这种胜利中，获得真正的发展机会，走上独立和幸福的道路。

我们可以从独龙人历史上的几次大反抗，以及后面将要讲到的中华人民共和国成立后，中国共产党对独龙人的帮扶，来反思和证实这些历史和现实问题。

18世纪的某一天，清朝在云南丽江土知府属维西厅的康普土千总和氏，准备派出收税官，前往独龙江收贡。

在这之前，独龙江流域作为一块极其边远的荒蛮之地，中国历朝历代统治者并不重视，根据能够查证的史料，一直到清代雍正八年（1730年），康普土千总才管理"怒俅夷"（即怒江、独龙江、恩梅开江流域的各族人民），正式统治独龙江。

当然，虽然说是统治，但因为通往独龙江流域的道路极其艰难，加上冬季大雪封山（封山达半年之久），高黎贡山和担当力卡山两大山系连绵不绝，大半年时间根本无法通行，而且独龙人散居在整个独龙江流域，与外界往来十分困难，所以清王朝对这一边地的统治并不稳固、彻底。

从独龙江边远村寨纳贡到康普，一般需要个把月时间，得走14站到16站的路程。康普土千总既然正式管理这个地区，自然要派人到独龙江设置村寨伙头，统一收贡。按照规定，独龙江地区每年得向康普土司交纳黄蜡80斤、麻布15丈、山驴皮10张、麂皮20张。贡品看似也不算多，但对于独龙江流域生产力极其低下的独龙人来说，颇感吃力。

贡品一般由独龙江村寨的伙头向各地独龙人收集摊派，然后统一纳贡到康普土司府，年年如此。康普土千总收到贡品后，也会赏赐一头牛、一只羊，并让伙头领回去，分给当地独龙人，以表示安抚。这样做是为了维系管理者和被管理者的良性关系，巩固对独龙江流域的统治地位，倒也有些怀柔政策的味道。

但此后发生的一个事件，让这种持续了60多年，相对平稳的统治关系发生了根本性的变化，并让独龙人第一次有了自发的觉醒和反抗，也让土司治独龙人多年的隶属关系彻底改变。

独龙江易主了。

清嘉庆元年（1796年），康普千总府里里外外忙得不可开交，配合一位西藏请来的喇嘛，正在大张旗鼓祭祀作法。

康普府的执政者女千总禾娘，目不转睛地盯着喇嘛寺的扁布喇嘛。

扁布喇嘛时而高声呼唤，时而低声颂吟，法器在火光中闪耀着金色的光芒，藏香飘荡在一间装饰极为华丽讲究的房间里，房间里面摆放有一张雕刻得精致奢华的檀香木大床，床上躺着一个奄奄一息的孩子，正是禾娘患了重病的宝贝独子。

不知从哪里突然传来几声"呱呱呱"鱼老窊（鸬鹚）的叫声。禾娘心中一紧，同时看到扁布喇嘛燃着的"还魂香"掉落，还没等扁布喇嘛出声，禾娘本能地一下子就冲到了床头，瞧见已经奄奄一息的独子脸上，竟然瞬间出奇地红润起来，紧接着又一点点黯淡下去，直至喉咙里发出咕噜咕噜的奇怪的响动，不大一会儿便咽了气，任凭禾娘怎么呼唤，都无济于事。

扁布喇嘛似乎也发觉不对头，停止了唱诵，拔腿就想往外跑。

禾娘岂是等闲之辈，大怒之中一声令下，擒住扁布喇嘛，并把他关进了牢房。

西藏喇嘛寺是何等势力，寺中活佛听闻扁布喇嘛因祭祀失效之事被扣押，真是岂有此理，当即大怒，二话不说，直接下令，派大批武装力量前往康普准备攻打千总府。

禾娘虽然势力也不小，但面对强敌，感觉惧怕，又觉自己理亏，毕竟生死有命富贵在天，扁布喇嘛不过是做了法事，怨只怨自己孩儿福薄命短，就像自己的丈夫一样，早早归西，不觉态度便软了下来，答应释放扁布喇嘛，以求和平，保大家相安无事。

但西藏喇嘛寺岂能白白受此侮辱，在谈判时提出，禾娘千总必须让出康普府管辖的丙中洛（现在贡山丙中洛区、捧当区）和独龙江（现在的独龙江区域）两地的统治和管理权。作为补偿，喇嘛寺答应让喇嘛继续替禾娘早死的丈夫和独子念经超度。

自从禾娘答应此条件并签署协议后，西藏喇嘛寺便开始向两地群众收取"超度费"，并且为扩大其统治地盘，在米空（今西藏察隅县察瓦龙地区，与贡山毗邻）大兴土木，向两地民众派工派料，准备兴建一座有着四十个窗户的大喇嘛寺。

不管怎么说，从前康普土千总统治独龙江，虽然收贡，但也赏赐礼物，政策是相对怀柔的。现在，西藏喇嘛寺的管理，恨不得把人都给逼死，"超度费"仅仅是开始，随着喇嘛寺势力深入贡山，有着天然的异常丰富的动植物资源的丙中洛和独龙江两地，俨然成为米空僧侣贵族的远方牧场。

隔三岔五，这些僧侣贵族就带上护卫家丁，三五成群地，前往两地山林打猎作乐，并且还发明了"打猎口粮"，以"超度费"为名，向当地民众强行征收，弄得人心惶惶，老百姓怨声载道。

起先，前来打猎的僧侣贵族不算太多，两地民众每户交去一大碗粮食，也够这些人食用，但后来，随着来的人越来越多，一大碗变成一小口袋，一小口袋又增加到一大簸箕，直至每户不得不支付一小囤箩才能应付，并且来打猎者还在不断增加，络绎不绝的猎食者们，让百姓苦不堪言。

本就身处边远闭塞的当地民众，生活水平极其低下，平时半饥半饱，可以说是自己吃饭都成问题，怎么受得起如此不断的压榨？可交不出"打口粮费"的人，一律都得受到僧侣贵族的惩罚，辱骂都还算是轻的，被打得皮开肉绽也是常事。实在没法，就只能自己忍饥挨饿，倾其所有，顶礼贡奉，以至于当地独龙人活得命悬一线、危在旦夕。

如此下去，要么被饿死，要么被打骂折磨死，该怎么办呢？

一天，独龙族村寨的3位头人——学弄·达把、肯顶·丁刹·达把、朵欧·顶真，在独龙江会合后，翻山越岭，来到丙中洛。怒族村寨的3位头人——皮久堂·吗不、甲生·甲耐格、贡卡·贡米若早就在此等候。6人见面，格外亲切，毕竟事关两个族群的生存问题。他们边饮酒边商议反抗喇嘛寺残暴统治和剥削的起义大计。

由于族群比较原始落后，无法用文字记录，光靠口头传记，又怕到时遗漏，便采取各自平常熟悉的结绳记事方式，会上向各方发了一节结绳，约定好各自组织的人手，联合起义会师的时间和地点，讲好每过一天，双方就解开一个绳结，等到绳结解完的那天，便是到达米空会合后，向着目标进攻的日子。

这次起义的主要目的，就是要推翻喇嘛寺对怒江和独龙江地域人民的残暴统治，把象征着统治权力的米空喇嘛寺捣毁，争取族群生存的权利和空间。

3位独龙头人在独龙江迅速召集到了大约500人，手持刀子、弓弩等武器，另外还特意带上了一捆青藤条。

起什么用呢？头人学弄·达把暗中早有安排。

独龙人的起义队伍，顺着奔腾的独龙江前进，这是有史以来，独龙人第一次自发并和其他少数民族联合起来的行动。起义队伍士气高涨，一路上相互细数着自己所遭受的欺压虐待，不知不觉就解完了那根约定好的绳子上的绳结。

他们到达了米空村。

但令他们感到意外和不安的是，怒族起义队伍并没有按照约定时间同时到达，怎么回事？怎么办呢？

学弄·达把和另外两位头人凑到一起商议，在尚未了解盟友为什么还没到达前，必须乘着起义队伍高涨的士气，立马进攻米空寺，否则贻误战机，或走漏风声，后果都不堪设想。

于是，学弄·达把决定，独龙人自己单独采取行动，直捣米空寺。

500个饱受欺压的独龙人，胸中燃着熊熊怒火，高举并挥动着手中武器，大声叫喊着，愤怒的声音，愤怒的脚步，推动着愤怒身体，迅速冲向米空寺。

空气中涌动的杀气，吓得喇嘛寺大小僧众仓皇逃窜，一些来不及跑还想负隅抵抗的，被起义队伍砍死，另一些，纷纷躲进米空村。

学弄·达把立刻带领起义队伍，继续朝着米空村追去，并在村里捉杀了那些曾经欺压独龙人的"打猎人"。这些平日里耀武扬威、不可一世的僧侣贵族，在独龙农民起义队伍的反抗和斗争中被消灭了。

　　紧接着，起义队伍又折返米空寺。

　　这时，他们拿出早就准备好的青藤条，熟练地结股成绳，最后扭成牢固的长索，穿在喇嘛寺屋檐下，绕了好几周，确定稳妥后，起义队伍又兵分两路，集结于喇嘛寺两角，每个人紧紧攥住绳索。

　　这是一个具有特别纪念意义的历史瞬间，学弄·达把一声令下，独龙人民使出全身气力，朝着同一个方向猛然用力，他们不仅是在拉倒象征着喇嘛贵族权力的米空寺，而且同时也是在把压迫在族群身上的巨大黑暗之力拉塌拉翻掉。

　　米空寺在独龙民众的叫喊和欢呼声中，摇摇晃晃几下后便轰然倒塌，人群爆发出又一阵更加激烈的、喜悦的、胜利的叫嚷声。学弄·达把看着自己的族人，久违的灿烂笑容洋溢在饱经沧桑的脸庞上。

　　他低头看了看已成废墟的喇嘛寺，又抬头望了望独龙江方向，一只苍鹰越过大伙的头顶，正朝东方自由自在地翱翔。

　　它在追逐着什么呢？就在那一刻，这位独龙族头人，似乎预感到自己族群未来的命运，于是，他朝着苍鹰飞翔的方向，奋力挥舞双手，大吼了几声，那是独龙人自己的声音，它，在这个短暂的胜利时刻，似乎正穿透着什么，去召唤红太阳般温暖的巨大力量。

　　当晚，独龙人起义队伍宿营在米空，信守约定，等待丙中洛怒族起义队伍。

　　果然不出所料，第二天，数百人的怒族农民赶了过来，这支队伍情绪相当高涨，正沉浸在某种巨大的喜悦之中。原来怒族首领皮久堂·吗不等发现，在行进途中结绳出了点问题，因此算错了约定会师的时间，便沿途带领怒族民众，朝着当地另一座叫作阿日的喇嘛寺进攻，像独龙人捣毁米空寺一样，将阿日喇嘛寺也彻底捣毁了。

　　米空成为独龙人和怒族起义队伍胜利的聚集地，两个受苦受难的兄弟民族，手紧紧握在一起，心紧紧连在一起，相互拥抱祝福，杀猪宰羊，喝酒叙旧，把几十年来遭受的苦难欺辱洗雪了。

两天后，两支队伍依依不舍相互告别，各自回到自己的家乡继续生产生活。

这次两个民族联合起义，是西藏喇嘛寺万万没有想到的，极大地打击了贵族僧侣的嚣张气焰，同时，也让独龙人和怒族有了一段相对安宁的时光，至少喇嘛寺不敢再派人来收取"超度费"了，独龙人似乎赢得了一个喘息和发展的机会。但后面发生的新的欺压与反抗事件，证明了一个问题，那就是，胜利是短暂且不彻底的，独龙人发展的根本性问题没有解决，独龙人的苦难日子远远还未结束。

由于联合起义事件，西藏喇嘛寺渐渐失去对怒俅地区的统治地位，随着原来康普土千总禾娘死去，藏族喃珠接任了土千总管带，这时已是咸丰元年（1851年），独龙人大约经历了50年两代人，过着相对平稳的生活。

喃珠上任后，决意恢复之前对"怒俅夷"的统治。

此时，另一股强权势力已经在觊觎这块土地，维西桥头纳西族土把总王国祥和喃珠发生了权力斗争。两股势力互不相让、势均力敌，便商议讲和，条件是瓜分统治权，将"俅夷"划为两段，王国祥负责独龙江上段，喃珠管理下段拉大阁，收纳门户捐（即俅贡）。但随着喃珠在位10年之后的陆续衰落，这期间又冒出一个更厉害的强权势力，那就是维西叶枝纳西族土目王天爵。

同治十二年（1873年），王天爵参加平定"杜文秀起义"建功，继而被封为土千总，一时间在当地风光无限、风头无二，他便开始打"怒俅夷"的算盘，先利用自己的强势和喃珠的衰败，在怒俅地区设置伙头、"俅管"征收门户钱粮，打压排挤喃珠，继而夺取了康普千总府在"怒俅夷"管辖的地盘。

对于王国祥，王天爵也同样进行压制，只是由于王国祥是其同姓宗亲，稍留了点面子，让王国祥保留桥头土把总在独龙江二分之一的门户捐。

独龙人就是在各路豪强斗争的夹缝中求生，其遭受的苦痛，比过去有过之而无不及。

自1873年起，叶枝土司统治独龙江，但一半的门户钱粮，得交到叶枝土千总府，另一半交给桥头土把总府，这样混乱的群雄割据状态下，独龙人根本没有人身安全保障，各个土司只管每年通过其委派的"俅管"收取门户钱粮，却从不对另一些奴隶主、强人等侵害、掳掠独龙人的行为加以管束，对遭受祸害的独龙人施以援手，以至于那段历史时期，不断有豪强加入欺压独龙人的队伍，为了些小利益，杀人卖人，肆无忌惮、无恶不作，可怜独龙人有人收税却无人管，公道人心何在？

长期的掳掠和杀戮，致使独龙人人口数量急剧减少，如此下去，非亡族灭种不可。独龙人不得不思考自救，但从这期间发生的几件事情来看，其所经受的伤害，已是难以弥补的，独龙人几乎被逼到了生死存亡的绝境。

除了被所谓官方各路土司施加经济上的压榨外，独龙人面临着更为危险的境况，这种情况，由从一次偶然的杀人事件开了口子。

独龙人各高·阿当和兄弟各高·阿神，与一对从福贡逃跑到独龙江拉大阁的奴隶夫妇，因为琐事发生了激烈打斗，结果这对奴隶夫妇在打斗中命丧黄泉。福贡奴隶主闻知此事，率领全副武装的家丁前来讨要赔偿，提出赔偿"楚洗吾扑"（尸骨命金）16份——男尸赔9份，女尸赔7份，每份折合10条牛的财务价值，否则不肯善罢甘休。

这两兄弟哪里有那么多财产？没有办法，只好顺着拉大阁北上，希望能够寻找到大群的野牛，以捕猎野牛偿债。

两人夜以继日，到处追寻，幸运的是，他们在独龙江的茂顶山上有"卤水"的地方，发现了野牛的踪迹，跟踪找寻几天后，终于发现了一大群野牛，兄弟两人兴奋得大呼大叫，但碍于人手少，无法实现围捕，便只得一起下山，转回拉大阁，邀约了许多同族人去一起围猎。

或许是老天故意使绊子，当一大群人被两兄弟带着赶到茂顶山时，那群野牛早已不知去向，怎么找也找不着了。

众人以为受骗，便和两兄弟发生争执，这两兄弟又累又急又怕，又无法说得清楚，继而争执演变为打斗，结果这两兄弟不幸被众人打死了。

福贡奴隶主听说后，当然不干了，要找打死人的人继续索赔，或者找人顶替赔偿。这伙人中有的便出了个馊主意，答应奴隶主，由拉大阁的独龙人带路，引导奴隶主的武装人员进入独龙江。

进来干什么呢？当然是掳掠其他更弱小的独龙人，到外面充当奴隶，以此作为抵偿。

奴隶主觉得这事赚了，比起豁免各高·阿当和兄弟各高·阿神头上的"楚洗吾扑"来说，掳掠独龙人做奴隶倒卖的钱，可远比那笔赔偿金多得多，于是，奴隶主心中有了更大的发财计划，他一边以小恩小惠拉拢未经开化的拉大阁部分倈人，带了10多名武装人员，再次前往独龙江。

他选好了目标：不甲腊木和得木开答木两个独龙族村寨，共约10余户人。

原始而老实巴交的独龙族村寨，岂能抵挡得了这群强盗的入侵？两个村子全部人口被掳掠上路。奴隶主并未就此善罢甘休，他主要的贩卖对象是妇女和儿童，这两类人价格高，老年人和青壮年则成为危险和拖累，所以，一路上奴隶主想方设法，一一加以杀害。唯一侥幸逃脱的升得扛，来自得木开答木村，他眼睁睁看着自己的家人和族人被杀害被掳走，悲伤的内心，满是恐惧和仇恨。

但他又能做什么呢？能捡回这条命，已属万幸。

升得扛逃出来后，独自一人站在奔流的独龙江边一块巨大的岩石上，禁不住看着东方。他想起祖祖辈辈流传下来的神话，他坚信神话中的预言，独龙人命中注定会有红太阳照耀过来。他多么期盼着那未知的一天啊！他慢慢跪朝东方，磕头埋首，默默祈祷，不知不觉就泪流满面了。

如果此事就此了结，那对于独龙人来说，还算是幸运的了，可偏偏这奴隶主杀了人、抢了人、卖了人、发了财，便到处炫耀。

这事一传十、十传百，那还得了！别的奴隶主、别的豪强势力蜂拥而至，一时间独龙江成了人间地狱，各个村寨持续被洗劫，独龙人真正成了一个弱小的代名词，不断被围攻、屠杀、掳掠、贩卖、奴役……数十年间，由堂木、木刻戛、马腊底、得开党、阿甲木、不当英、闲那底、木厘王、由王底、堂安、木千王、雄挖党、西赛党、龙空、竹前等10多个独龙村寨惨遭入侵洗劫。

这些强盗，杀人放火无恶不作。

老年人、青壮年人，无一例外惨遭杀戮；妇女儿童，被强行掳掠贩卖，一个个原本平静安宁、自给自足的独龙村寨，被夷为平地、化作荒原，仿佛从来就没人居住在这里，就连独龙江的水，也似乎听得到这人间惨案无处申诉，发出愤怒的力量，冲撞到江中的巨大岩石上，碎成无数的泛着白沫的浪花，替独龙人冤死的魂魄鸣不平，替苦难的独龙妇女儿童叫冤屈。

可是，谁能来挽救这个因被杀被卖而趋于灭族的独龙族群呢？

即使苟活下来的被当作商品贩卖到怒江、澜沧江、西藏等地的独龙人，他们的命运，却也是作为奴隶一样任人踩躏宰割，与牲畜无二。

这样遭遇下的独龙人，还何谈是人？

由于不断被杀戮贩卖，幸存的独龙村寨，无法过一天安稳日子，随时随地都得提防那些强盗的入侵。大白天去地里干活，得成群结队，甚至到森林里打猎，也得整群出动，而且还得安排专人放哨站岗巡逻，一旦发现什么情况，就立马跑路。

即使到了晚上，也不得安宁，独龙人全都得赶紧跑到大山深处、密林僻所隐身躲藏，就连岩洞都不敢躲进去休息，就怕目标大了容易暴露被发现，即使这样，也仍然担心强盗们夜里堵口袭击，只能爬到大树上睡觉休息，绝不敢在地上安稳睡上一觉。

这种惶惶不可终日的生活，成为那个时期独龙人生存的常态，他们的人口随之急剧减少，身体和精神的双重苦难，逼迫着他们不得不思考，在东方红太阳还没有真正照耀到这片土地的时候，他们必须自救。只有自救，才存活下来，独龙族这个族群也才有机会继续等待，直至被红太阳照耀和解放的那一天。

独龙人的苦难历程，大约在19世纪70年代的一天，迎来一丝丝转机。

拉大阁有一伙强盗，一共7个，相约到独龙江东岸抢人。这行人大摇大摆、明目张胆靠近了永王当村。

放哨的人，立马报告了永王当村头人木当·者利。

木当·者利对于这些入侵的强盗早就恨得咬牙切齿，但碍于对方有武器和攻击力量较强，还不可硬来。

按照以往，早就应该通知自己村寨和邻近村寨的族人们赶紧逃跑，可这一次，木当·者利心中已有其他打算，这个打算源于他从小就立志在心中的反抗精神。他也听闻过独龙人祖辈和怒族祖辈一起摧毁喇嘛寺的故事，也知道独龙人是不可能永远被强盗骑在头上拉屎拉尿的，如果独龙人只是一味地逃跑，那么永远都改变不了被欺凌的命运。既然这个族群还要生存下去，以等待东方的红太阳，那么就只有赌一把。

"这一次，一定得坚决抵抗到底。"木当·者利暗下决心。

强盗们大概是欺负独龙人欺负惯了，压根儿也没想到过，那些在他们眼中，就像野人一般原始懦弱的独龙人，竟敢起来反抗，所以没有任何戒心。

木当·者利立刻叫人，暗中派送木刻到附近的各个独龙人村寨。木刻上已经说明聚众起义的相关事项。另外，木当·者利又装作害怕，为了讨好强盗，愿意带路，领着他们去掳掠人口。

就在木当·者利引诱这群强盗到处转悠周旋，之后向独龙江西岸扑热村走去时，其他村寨参加起义的独龙人，一部分已迅速赶往那里集合，并准备好了酒肉和刀斧。

7个强盗一路奔袭，见到好酒好肉，馋得口水直流，围坐下来，便开始大吃大喝。

木当·者利不露声色，和这伙强盗有说有笑，故意找些乐子拖延时间，等待各村寨起义的独龙人全部到齐后，便开始动手。

正当独龙人起义队伍陆续到达扑热村时，强盗中有一个人，在吃喝时有点闹肚子，便走出木楞房，恰好此时，各支起义队伍皆到齐，正忙着布置包围木楞房。

此强盗比较机警，老远便发现了动静，甚至都来不及通知同伴，提着裤子就直接往木楞房的后山逃命。

负责外面包围进攻的另一个独龙头人，立刻叫人把这情况告知木当·者利。

木当·者利当机立断，以一声大喝为信号，摔了酒碗，立马行动。刹那间，把木楞房团团围住的独龙起义农民，提刀带斧携棍，冲了进来，复仇的怒火把这些独龙人的心都烧到了嗓子眼，一顿猛烈的砍杀棒揍，6个强盗在自己发出的鬼哭狼嚎声中,全数被剿灭。

木当·者利和起义队伍第一次感觉到胜利的喜悦,曾经套在独龙人身上的枷锁,这么多年来又一次被打破了。他回想起上几辈独龙人和怒族人联合反抗喇嘛寺的起义,虽然都取得了胜利,但随着时间的推移,却带来了更大的困境和灾难。

这是为什么呢?一个更大的疑惑在木当·者利脑海里盘旋。

他又不自觉地把目光转向了东方。

7个强盗喋血独龙江的事情,很快就传到了拉大阁、福贡各地,奴隶主和地方豪强深感震惊。他们总是以为,独龙人懦弱好欺负,却不料出了这等起义反抗的大事。并且侵害掳掠贩卖独龙人,已经成了他们发财的一条路,这么一闹,岂不把这条财路给断了吗?所以,此事绝不可善罢甘休,他们甚至想打着"讨还血债的幌子",扬言要血洗独龙江。

奴隶主等恶势力虽然口头上叫嚣不停,但由于独龙人在这次起义抗暴中表现出了团结、机智、勇猛,这些色厉内荏的强盗有所忌惮,不敢贸然行动。与此同时,独龙人也在商议下一步如何做,才能更好地将这次抗暴起义的士气加以维持和成果加以巩固,以防止那些叫嚣复仇的强盗的反扑和报复。

当时,叶枝土千总委任的独龙人伙头"龙爪"茂龙敢朋,向木当·者利和其他独龙起义者头人等详细了解情况后,决定邀约上独龙村寨头人克局丁南把页、铜格抹玛某、戛来龙散鲜朋,4人一起从独龙江出发,代表独龙人民的意愿,徒步前往维西叶枝千总府告状。

叶枝千总府对于独龙人长期遭受的掳掠残杀之苦,并不是不知情,只是,那些参与掳掠残杀行动的奴隶主豪强和千总府有着千丝万缕的关系,叶枝千总府一直以来对此事的态度基本上是听之任之,根本就不打算过问追查。

叶枝千总府代表官方的这种恶劣态度,一定程度上助长了掳掠杀戮风气,致使独龙人在越发肆无忌惮的强盗的欺压下,苦难重重,族群几近灭绝。

当然,这次独龙人的起义抗暴行动,也给叶枝千总府一个巨大的震动和提醒,让土千总不得不重视和着手解决此事。

当茂龙敢朋等4位代表,在千总府声泪俱下,控诉本民族历年来遭受的欺压苦难时,在场的人无不为之动容。

　　的确,这么多年来,独龙人就像野兽甚至连野兽都不如地艰难生存着,没有人把他们看作是人,更不可能获得任何尊重,有的只是肆无忌惮的杀戮和掠夺贩卖。身为独龙江流域的父母官,再如此放任不管,不但天理难容,而且此事如果传了出去,对于维西叶枝土千总府的声誉,还将是一个巨大的损害。并且,一旦独龙人被整族灭绝,千总府总该有着不可推卸的责任吧。再者,和平解决此事,并不需要出动一兵一卒,只消派人召集几方谈判,达成一个协议,不就了事了吗?

　　土千总明白其中的利害关系,尽管独龙人在他眼中也不值一文,但此事牵涉的其他问题,还是会影响到自己的统治、名声,还有千总府的威信与利益。不过,话又说回来了,假若独龙人真的死绝了,那到时候独龙江这一带还能找谁收税去呢?所以,这次必须派亲信和这4位独龙人代表前去贡山,召集傈僳族、怒族奴隶主头人代表,共同谈判,商议如何更好地解决此事。

　　在普拉河西岸的台地上(今贡山县茨开区茨开乡丹打村),叶枝土千总的代表,作为谈判会议召集人,分别召集了傈僳族代表头人色柔省得格,怒族代表"俅管"普拉克王、吉速、克王,加上先前上访到千总府的独龙人代表"龙爪"茂龙敢朋和村寨头人克局丁南把页、铜格抹玛某、戛来龙散鲜朋,几方代表正式开始了谈判。

　　谈判进程比较艰难,因为强势的一方总是找出各种理由,压制独龙人代表,特别是针对独龙人前不久发动暴动杀人之事,豪强方代表妄图以此为借口,掩盖长期对独龙人的欺压行为。

　　虽然独龙人代表首先以事实为依据,回顾历数了数十年来,各地奴隶主、豪强势力对独龙人各村寨的侵略、掠夺、残杀和贩卖恶行,其罪状可谓罄竹难书,但奴隶主头人们总是百般抵赖、恶意曲解,以至于双方辩论激烈,一直持续了3天也没有个最终成果。

　　叶枝土千总的代表自然明白独龙人占理,同时也决心不能再让强势方继续作恶,否则,今后独龙江再无安宁,并且按照土千总指示的意思,必须调停三方，避免今后出现亡族灭种的杀戮贩卖行为。所以土千总代表从中硬性调停，让各方达成了一个和平协议。

这个协议规定，从今往后，怒江、独龙江各个不同民族和族群之间，不得有相互侵扰的行为，更不允许滥杀无辜，侵略掳掠贩卖人口，各方应该建立一种友好往来的关系，共同维护地方安全和秩序。

协议达成后，为了确保各方能信守承诺，叶枝土千总代表把早就准备好的铁箭镞取来，分发给三方代表，并用统治者官方的话宣布，今后如果有哪一方违背协议，受害者随时可以联络另外一方，并以今天所分发的铁箭镞为信物，号召民众，联合起来对抗和惩罚违约肇事的一方，叶枝土千总府将全力支持并保护好受害方。

随后，谈判的三方代表，按照当地传统习惯，来到普拉河边一块选定的大岩石上，每一方分别用刀子在岩石上刻一道切痕，泼洒血酒于其上，以示庄重，并对天盟誓，信守承诺，严格按照协议行事，绝不可反悔。

紧接着，叶枝土千总又支持独龙人代表返回独龙江后，继续和被他们反抗杀死 6 人的拉大阁方进行谈判。

由于有了前面的胜利，独龙人依旧在"龙爪"茂龙敢朋的带领下，到达独龙江下游江岸的戛木米台地，勇敢地和拉大阁的代表八项克明展开激烈的辩论。

拉大阁方认为，那 6 个人是被独龙人杀害的，不管怎么样，独龙人已犯下杀戮罪行，必须补偿 6 条命的"楚洗吾扑"（尸骨命金）。

独龙人代表则说，那 6 个人（外加一个逃跑的共 7 人）本来就是来掠杀独龙人的，是独龙人自己联合起来进行自卫反抗，并不存在独龙人主动攻击，而且那几个人一开始就是来杀人卖人的，拉大阁那么多强人，完全就像强盗一样，闯进独龙人村寨无恶不作，这么多年来，犯下数都数不清的罪行，这次独龙人完全是自卫，没有任何理由为罪犯埋单。

和拉大阁代表谈判的场面也相当激烈，为了能早一些签订和平协议，在拉大阁代表承诺从今往后停止对独龙江一切侵扰活动的前提下，独龙人最终做了让步，由独龙江下游村寨独龙人，每户每年向拉大阁交纳黄连 2 斤，以赔偿被杀死者的家人和家族。

为了保证协议得到认真履行，在戛木米台地上，双方共同栽下一块石桩，并在石桩上刻一道痕，泼上血酒郑重盟誓，决不允许任何一方反悔。

虽然经过这次抗争和求助，独龙江茂顶以下地区争取到了又一段短暂的安宁时光，但随着英帝国主义殖民者在缅甸殖民地的扩张，以及清政府的腐朽无能，独龙江下游大片土地不断被侵略占据，独龙人慢慢又惨遭奴役，生活依旧凄苦无比。

我们可以从法国探险家亨利·奥尔良1895年记录的独龙人生活状况，以及1908年清朝末年边地官员夏瑚巡察后，在《怒俅边隘详情》所记载的独龙江流域独龙人遭受的欺压迫害等历史资料可以看出，仅仅依靠一两次自我反抗的斗争，独龙人并不能摆脱被迫害和被奴役的命运，他们依然没有得到任何机会，和这个世界以及时代保持一种同步协调的发展，甚至一度远远落后于时代，一直在独龙江流域过着原始社会生活。这从人类社会发展进步的角度来看，真是何其悲哀与不幸！

整个民国时期，一直到中华人民共和国成立前夕，独龙江流域和独龙人，依然在艰难困厄中苦苦挣扎。

从这段时间来考察独龙人，我们可以再次寻找到，为什么在中华民国，独龙人依然没有获得任何真正的机会，依然不能只依靠自己获得解放自己的缘由；同时，也可以感觉得到，独龙人的苦难远未结束，在水深火热中挣扎的独龙人，这种苦难究竟何时是个尽头？他们自古期盼的红太阳，究竟何时能够照耀到独龙江呢？

就在1923—1935年，独龙江上游地区因为备受剥削压迫，同样也爆发了独龙人民大起义。

这次起义，对于渴望获得生存与发展机会的独龙人来说，愿望是美好的，而结果却是残酷的。

为什么这么说呢？因为起义反抗对象，正是独龙人自己主动请求管理自己族群的察瓦龙土千总。

居住在独龙江上游纯善的独龙人民，耳闻或目睹了自己的先民反抗西藏喇嘛寺的抗争，以及下游对拉大阁等奴隶主豪强势力的战斗，为了避免类似的悲剧命运，他们想到了另一个方式，企图寻求另一种解救自我族群的道路——向西藏察隅官府主动寻求庇护，请求察瓦龙土千总重新统治和管理独龙江上游地段。

但善良天真的独龙人做梦也没想到，他们请来的，是不亚于欺压下游独龙江人民的那些奴隶主和头人的豪强势力，如果那些人是虎，那么他们请来的就是狼。

察瓦龙土千总，面对失去统治权力四五十年后，重新自动送上门来的待宰"羔羊"，岂会客气！

首先，为了便于盘剥管理，察瓦龙土司将上游地段进行了划分，共9村26寨，每个村设置伙头2名，负责村民管理、收集门户捐、解运钱粮等。在闭塞穷困的独龙江，除了每户每年须交纳黄连2斤外，每年每村合交贡赋如下：

麻布十九掰；

麂皮一张；

砍刀一把；

麻布毯一床；

背索十根；

小米八升（每升四市斤）；

杵酒四瓶（每瓶约四市斤）；

鸡四只。

这些实物折合钱粮，由伙头收齐后，再派民夫背，地点选在和察瓦龙接壤的独龙江龙元村。每次收钱粮，都有大批亲信兵丁随同，这就带来了另外一个很大的麻烦——接待问题。

这拨人事先会发木刻通知伙头，为了让其接待好，会将人数、时间等告知。

伙头接到此信息后，便开始向独龙族群众分派任务，必须事先修建好给这些人的住房，还得搭起高床，并铺盖上崭新的野牛皮和独龙毯，准备好足够的酒肉食品等。

这些开销准备，对于饥寒的独龙族群众来说，可是一笔不小的开支。

不但如此，这些人还讲究排场，每逢到达指定的村子，各村伙头必须统一集合到这村村头迎接，全村无论男女老少，要像拜祖宗一样，在村口下跪磕头请安。

这些人进了村，并不急着办事，而是以旅途劳累为由，大吃大喝几天后，才开始收钱粮，煞是折磨人。

如果在收钱粮时，发现有短缺，便当场拷打伙头问罪，少一罚十，并逼迫群众摊派补交。此行为，十分蛮横残暴。

待钱粮交纳验收完毕，又派龙元村村民自行运解到察隅，其中一半交付察隅官府；另一半则给察瓦龙千总府。

料理完毕后，这些人才会离开龙元村，还会把当地群众为他们准备的铺盖（野牛皮和独龙毯等）悉数掳走。

那么，这些人是否就此打道回府了呢？

不，他们还有其他手段，还要到各个村发放"贷贡"，继续剥削独龙民众。

"贷贡"，顾名思义就是强迫摊销沙盐。

供应沙盐，本是件好事，但是察瓦龙土司可没想给独龙人带去好处和方便，相反，他们想要通过强制摊销沙盐，以获取更大的利益。

每次，摊销到独龙江的沙盐数量，大大超过了实际需求，索价由察瓦龙土司定，非常昂贵，甚至离谱，具体为：10斤盐换一张大野牛皮，5斤盐换一条双层新麻布毯，1斤盐换一张麂皮。

摊销盐是你买也得买，不买也得买。在这种极不合理的规定下，独龙族群众不得不把所有值钱的山货拿去抵交，认购强制摊派的沙盐。

独龙人生活本来就极端贫困，往往拿出全部山货也无法足够抵扣沙盐款，怎么办？

察瓦龙土司又强制独龙族群众欠下盐债。

问题是，这个盐债相当于是高利贷，一年必须加倍返还本利，如果拖欠3年，察瓦龙土司便可名正言顺地强拉欠债的人口去抵债，做奴隶或者惨遭贩卖。

就是在这种极端盘剥压榨下，每年，不少独龙人都被变相掳掠走。

另外，由于独龙人祭祀习惯剽牛，察瓦龙土司便随之发明了放牛债，每条牛收贝母十斤；独龙人缺衣服，察瓦龙土司便放藏族服装"楚巴"债，每件"楚巴"收水獭皮十张，到期还不上，一样被掳掠为奴。

面对如此残酷窘境，独龙人有苦何处诉？

我们还可以从另一位海归学者的记录，来印证这段历史。

20世纪30年代，学者陶云逵在德国取得人类学博士学位后回到祖国，在中央研究院史语所就职，后与凌纯声、芮逸夫等一道考察过云南边疆少数民族。

抗战爆发后，他再度辗转到达云南，于1940年任云南大学社会学系教授、系主任，并于1942年6月筹备成立南开大学"边疆人文研究室"，后担任该室主任，主办了《边疆人文》杂志。

1935年8月28日，他从维西县叶枝深入独龙江流域做重要调查。

他走北路，由打拉向北经菖蒲桶、四季桶、女瓦龙，渡过澜沧江、怒江，翻越碧罗雪山、高黎贡山到达独龙江所且村；之后，走南路，向东渡越同名的山、江之南段，于10月7日到达小维西。

陶云逵在"履艰涉险，跟跄蛮荒之中"历时40天。其后面发表的调查日记《俅江纪程》（刊于《西南边疆》1942年第12、14、15期）里曾揭露了土司、奴隶主、豪强等对独龙人的盘剥，并认为，这是造成独龙人贫穷落后的一大原因。

9月6日，孔丁，有记录如下：

> ……各物均野生，毫不加人工培植之天产也。但皮货、麝香，乃可遇而不可求者，故俅子所赖，卒为药材，然贝母、黄连年年采取，

亦渐变为人多物少现象。势必往人员稀少的深山大菁中去找，此各药材在汉地，价钱甚昂。汉商之所以不避险而来此地，因为利也。每以少许之针、线、盐、米换其大量之药材，一个铁锅，换贝母二三十斤，致使其人全家终年去挖贝母而不敷。一条牛的债则集数家全年去挖找力量，方能偿还，汉商利用弱点，尽力放"款"，即是放给俅子所需物品，约期偿还，及期不还，则利上加利。所谓利上加利，即是需要更多量之药品。如是一年不能偿清，必至数年一世不能偿还，则连及后代，于是一蹶不振，万劫不复。汉商复以政治武力等畏吓之……除汉商、汉官削盘外，尚有所谓察瓦龙土司之苛勒，粟粟之尸骨钱粮，俅子于是乎真个变成受尽压迫的弱小民族……

这只是独龙人受尽压榨之苦的冰山一角。

察瓦龙土司还利用管辖独龙江的权力，大肆收受办理案件的钱财。只要是伙头调解不了上报到土司审办的案件，无论大小，当事双方首先得一起上交一头肥猪，一瓶杵酒，两升（10斤）粮食，20两银子作为办案费。

之后，原告被告双方得邀请土司等办案人员大吃大喝几天，才开始办理案件。更为荒唐的是，审理案件不分青红皂白，先把原告被告捆起来暴打一顿，询问案情后，直接判处罚款。

罚款是这些人敛财的手段，所以明码标价，罚得很重。一般小案件，都要罚一二十两，原告被告双方都得罚。如果被告罚30两，原告也得罚20两，只有罚款的多少和轻重之分，没有不罚款之案件。

即使案子审理完毕，松开双方身上的绳子，还得再出五六两。银两以实物抵交，抵交时又进行克扣，实在还不清的，暂时记在账上，来年连着利息一起计算收取。

这哪能叫办案，简直是坑人。

独龙人有冤，却不知何处能申。

除了名目繁多的经济剥夺外，察瓦龙土司还规定了沉重的劳役，从肉体和精神上摧残压榨独龙人民。

察瓦龙土司每年从独龙江通过收钱粮、放贷贡、办案罚款等卑劣手段，剥削得到山货、药材、土特产等约万斤，需要把这些物品运送到西藏察瓦龙千总府和察隅官府。由于路程遥远，路途艰险，此外，还为了防止维西土司半路生事，往往选在高黎贡山大雪封山、独龙江和怒江交通隔绝的12月期间进行，这就更为运送过程增加了极大困难和危险。

每年这个时候，察瓦龙土司命伙头召集约160名独龙人民工，需要走10天左右完成运送。就算是在运输途中，察瓦龙土司也不忘沿途继续搜刮民脂民膏，加起来也有百多背物资。真可谓是用尽心机、夺尽民食。

从独龙江到察瓦龙，需要翻越海拔4000多米的晒腊卡和立冲腊两座大雪山。

在察瓦龙土司指定运送的时间段，两座雪山山顶，都陆续被大雪冰封。被驱使搬运物资的独龙人民工，本来因营养不良就显得很瘦弱，穿着也相当单薄破烂，现在还得负重冒雪，爬行在这么危险的山路，简直是拿生命开玩笑。但又有什么办法呢？土司下达给伙头的命令就是圣旨，谁敢违抗谁遭殃，稍微有点懈怠不满，就必惨遭辱骂殴打。

如此种种，独龙人过的还是人的生活吗？

他们必须冒着生命危险翻山越岭，过深沟蹚雪水，在恶劣险峻的条件下，每年都有一批独龙人民工活生生被冻死在山上，或者被雪崩冲走掩埋，更多的人，也难免被冻伤。

1920年前后，就发生过一起惨剧。

当时负责运输的独龙人民工，随着一声巨响，被一场雪崩掩埋，10多条生命，就这样瞬间没了。

那么死伤的独龙人民工，是不是该由察瓦龙土司负责赔偿呢？

在那个时代，这种想法简直就是痴心妄想，察瓦龙土司从来就没有把独龙人当作人看待，所以，独龙民工的生命，他们可一点儿都不会在乎，也从来不去管。

不仅如此，就连这些帮他们卖命的人的伙食，也要求单程自带，只有把货物安全顺利运送到察瓦龙的独龙人民工，才勉强给点返回的伙食。

察瓦龙土司的如此恶行，简直可以叫作吃人不吐骨头。

另外，除了这样的不幸遭遇，独龙人还得随时出工，比如察瓦龙土司盖房子、修道路、搭建桥梁，独龙人不仅要出工出力，还得出料子。

据说有一年，察瓦龙土司大院由于失火，需要重新修建，修了整整一年时间，独龙江上段26个村寨，每一个村寨都得派去一个工，但没有任何人拿到任何报酬，一年的辛苦就这么白费了。

这就是当时察瓦龙土司极度压榨独龙人的真实写照。

不过，更可恶的行径还在后头。

1932年，察瓦龙土司突发奇想，竟然向独龙江上游群众发木刻下令，从当年起，开始征收鸡、猪、狗、牛税，紧接着还要征收耳朵、鼻子税。

如此利令智昏、荒唐绝顶的政策，简直让人无法活了。

独龙江上游的独龙人，本来是为了避免和下游族群那样遭受悲惨命运，而主动请求察瓦龙土司统辖管理，谁知道察瓦龙土司横征暴敛，极端残酷地剥削压迫独龙人，致使他们陷入了无尽的黑暗深渊，人口数量也急剧减少，如再不像下游同族那样起来反抗，恐怕离灭族亡寨也就不远了。

察瓦龙土司暴政下的木刻令一下，立刻激发了积压在独龙人心中几十年的怒火。

独龙江献九当村族长献九·肯、献九·此丙两兄弟，看到大伙愤怒到了极点，心想，此时不反，更待何时？

根据民意，他们立刻倡议组织反抗，首先向各村发起了号召起义的木刻，随后，八个村的民众立即响应，连察瓦龙派驻各村的伙头也拥护起义并参加聚会共同商议。因为伙头在土司眼中也几乎不算是个人，仅仅是土司的敛财工具，平日里稍有不慎，便得遭受打骂责罚，十分受气，而新的荒唐税制，势必也将令伙头们疲于奔命，履行不好这荒唐的职责，也将遭受严厉的惩罚。所以，民众和伙头，第一次为了共同的生死存亡问题，决定联合抵抗察瓦龙土司。

为了能够在战斗中取胜，经过商议，独龙人头领会同伙头，从每个村寨选出精悍的男性两人，组建了一支50多人的起义队伍，并驻守在察瓦龙进入独龙江的第一个必经站口——龙元村的巴旺图路口。

这支队伍在巴旺图设营驻扎后,设置了路障,构建了掩体,布置了岗哨,严阵以待。

这些独龙人战士,虽然是第一次作为兵丁参加起义,但他们祖祖辈辈受尽了欺压,心中掖着的全是怒火,一个个决心誓死保卫族群,所以刀不离身,弓不离手,日日夜夜坚守在此路口,等待着察瓦龙土司带人进入独龙江收取钱粮赋税时,予以迎头痛击。

这年秋天,察瓦龙土司果然带着一批亲信和兵丁来了。

放哨的独龙人兵丁,立刻把消息传回巴旺图。

独龙领头人和伙头立刻召集所有武装力量,赶往龙元村对抗。

察瓦龙土司闻讯慌乱起来。当时正值入夜时分,这些入侵者不敢与独龙人贸然开战,打着火把慌忙逃跑了。

起义队伍可不想放过这些平日欺压百姓的恶棍,一直猛追到迪色鲁河口,但察瓦龙土司的人员逃命逃得快,已经溜遁过迪色鲁河,逃回察瓦龙去了。

愤怒的独龙人砍断了迪色鲁河溜索,也就切断了察瓦龙通向独龙江唯一的通道,并就地堵口驻防下来。

在接下来3年的时间里,独龙族群众还在迪色鲁河边设营房、垒石墙、架弩弓,上游各村寨轮流更换值防人员,使得察瓦龙土司在此期间不敢轻举妄动,一定程度上,捍卫了独龙人生存和抗争的尊严。

不过,察瓦龙土司相当奸猾狡诈,在3年的对抗中,两次试图派人来讲和谈判,独龙族群众岂能轻易放弃胜利果实?他们早就认清了察瓦龙土司卑劣的内心和行径,为了独龙人民的生存和平,为了独龙村寨的安宁自由,那些欺诈条款一概坚决驳回,这才让察瓦龙土司彻底死了这条心。

察瓦龙土司感觉用软的不行,必须来硬的。

1935年8月,25名全副武装的土司兵从察瓦龙出发了。

这些人到达迪色鲁河对岸后,守卡的独龙群众,无法抵御这些训练有素,拥有强大火力和精良装备的兵士,尽管殊死抵抗,但防线还是被迫失守放弃了。

新的溜索，在察瓦龙土司委派的土司兵强拉并威胁背夫建造的情况下，重新被架了起来。这些如狼似虎的兵士，立刻渡河南下，向着他们的第一站目标孔目村进攻。

察瓦龙土司第一个攻击目标，为什么是孔目村而不是其他村寨呢？其中也大有缘由。

作为独龙人谈判代表的孔目·金，是孔目村的家族长。就是由于孔目·金在谈判中，坚决抵制察瓦龙土司对独龙江继续残暴统治的态度，察瓦龙土司两次谈判都以失败告终。为此，察瓦龙土司对孔目·金恨之入骨，指示其手下，这次镇压行动，首先要灭的就是孔目·金和孔目村。

或许是老天有眼，就在察瓦龙土司攻破迪色鲁河防线后，孔目·金为了召集人马抵抗这些强盗，离开孔目村去各村寨组织独龙群众去了，所以当天晚上，就没来得及赶回孔目村，逃过一劫。

察瓦龙土司没料到派遣土司兵扑了个空，在包围了孔目·金家的房屋后，并没有找到他们必杀的对象孔目·金，不由得十分恼怒，将孔目·金的妻儿老小十五口人捆绑扣押。

孔目·金的三儿子性情耿直刚烈，不停咒骂反抗这些入侵者，惨遭枪杀。

这些人仍不解恨，还将孔目·金躲在地板下的小老婆拖出来，砍断了脚筋，后来成了废人，然后又在村里乱放枪，不少独龙族群众被吓坏了，纷纷四散逃命。

邻近村寨的伙头和氏族长，也被这些人胁迫到孔目村。土司兵用枪指着他们的头威胁，如果不屈服，不补交这两年的赋税钱粮就开枪。

在这些凶残土司兵的威逼下，大家为了保命，只好答应"投降"，继续接受察瓦龙土司的残暴统治。

恰好此时，孔目·金组织的人马朝着孔目村赶来。

他们本来下决心想与这些入侵强盗决一死战，不料，当他们来到达斯腊旺时，有人传回来消息说，村寨头人在察瓦龙土司的武力威逼下，为了保全族人的性命，不得不妥协投降了。

这个消息无异于晴天霹雳，使得这支本来决死抗争的队伍内部产生了分歧，有的起义首领开始动摇，人心顿时涣散了。

孔目·金见势不妙，确定自己无法继续指挥大家去孔目村决战，不由得长叹一声，让大伙自行散去。

那晚的月亮特别圆，月光也特别亮，这让孔目·金有所触动。虽然坚持了三年的独龙人反抗起义最终失败了，但冥冥中，仍然有一些征兆指引着独龙人的道路。独龙人向着东方的美好愿望，一直隐秘存在着，而东方红太阳或许在不久的将来，轮到自己的下一代时，一定会照耀独龙江。

到那时候，独龙人必将获得真正的解放和生存发展的机会。

这是孔目·金坚定的信念，也是他的大儿子孔目·松王（孔志清），以及更多独龙人优秀代表未来肩负的使命。

察瓦龙土司在此次独龙人起义反抗失败后，又重新统治了独龙江地区。不过，由于独龙人的抗争精神，察瓦龙土司不得不宣布，取消那些荒唐至极的鸡、猪、狗、牛税以及人的耳朵、鼻子税。而独龙人，不得不再次陷入继续被压迫剥削的黑暗深渊。

他们所期待的东方红太阳，也正在中国的大地上经历着生死攸关的革命。

1935年1月15日至1月17日，中共中央政治局在遵义召开的扩大会议，于极端危险的时刻挽救了中国共产党和中央红军，帮助中国共产党在历史上度过了一个生死攸关的转折点；同年10月19日，中央红军抵达陕北吴起镇（今吴起县城）与陕北红军胜利会师，长征取得胜利，这为后来中国革命的成功奠定了坚实的基础，也使新中国未来的发展，以及帮扶中国境内各少数民族成为可能。

中国共产党，这轮东方红太阳，在艰难困苦中酝酿成形、发展壮大。它听得到独龙人民，在跨越两个世纪的三次大起义失败后，于黑暗苦痛挣扎时，发出急切而深情的呼唤：

红日出东方,
路从东方来,
独龙人的心啊,
向着红太阳……

火焰、闪电与曙光

孔目·金没能等来红太阳照耀到独龙江的美好日子。

就在独龙人第三次大起义失败后不久，一向耿直刚烈的他，眼看族人又落入察瓦龙土司的魔爪备受欺凌，加之自己的家人惨遭不幸，不由得悲愤交加，患有多年的疝气大发作。虽然按照当地习俗，祭神祭鬼，还请南木萨撵鬼驱邪，但无济于事，疝气包化脓感染导致下身黑肿，苦痛难当。

这一系列打击，使得这位饱受独龙人爱戴的乡长，最终于1945年60岁时含恨离世。不过，他或许也没有想到，自己的儿子孔志清，已经把这一切看在眼里，记在心中，并暗暗发誓，一定要努力改变自己的命运，以此来改变独龙人的命运。

孔目·金对此似乎早有准备，他不顾千难万险，毅然决然于1932年，先托贡山永拉嘎村商人袁怀智，把孔志清带到永拉嘎小学读书；1936年，又转学到茨开省立小学学习文化知识；1939年，机缘巧合，在北平市生物调查研究所植物考察委员俞德浚的举荐下，又到大理国民党中央政治学校大理分校学习……

这为后来作为独龙族第一任县长的孔志清的人生道路，埋下了极其重要的伏笔。

孔志清也因此成为第一个接受汉文化教育的独龙人，也是后来中央民族访问团第二分团副团长王连芳口中，独龙族仅有的两个懂汉语、见过些世面的人之一（另一个叫黎明义）。

孔志清身上，有着父亲孔目·金朴实但硬朗的气魄，这曾给王连芳相当的震动。

那是1957年后，云南少数民族社会历史调查组完成对独龙族的社会历史调查回到昆明，王连芳了解调查情况，恰逢时任贡山县县长的孔志清参加民族参观团来到昆明，王连芳便约孔志清见面谈一谈。

因为王连芳一直忘不掉，1950年，在丽江召开的各民族代表大会上，那两个因为他疏忽乱下命令而被冻得发抖的独龙族代表，再加上他一直为没能到独龙江去看一看而心存遗憾。调查组搜集到的关于独龙江人令人心酸的过往调查材料，让他对这样一个特殊的人口较少民族，更增加了别样的情感。

王连芳想看到独龙人的代表和知名人士孔志清，更想从孔志清口中听到真正的独龙人这个族群进一步的情况，于是，一场别开生面的对话就这样开始了。

王连芳开门见山，笑着问孔志清："民委调查组的同志回来讲，你们生活很苦，有许多原始社会的风俗习惯，你给我讲一讲。"

"什么，原始？！"孔志清听到王连芳口中说自己的民族原始，心中很不高兴，但又不好发作，暗自惊讶嘀咕道。

随后，孔志清仰了仰头，口气有些冲，继续回答道："我们民族苦是真的苦，可什么叫原始社会？你先讲吧。"

王连芳不由得愣了一下，他没想到眼前这个独龙族代表的性格竟如此耿直，甚至有点"刺"，这和自己眼中和想象中的独龙人完全不一样。

不过，王连芳是军人出身，孔志清这种性格反倒激起了他的特殊好感，于是，他爽朗地哈哈一笑，说道："你看昆明有很多很高的楼房，独龙兄弟住的是低矮简陋的房子。外面的人这么多，独龙兄弟人却很少。"

孔志清没料到，眼前的王连芳首长会用这种有些刺激人的比喻，这分明是瞧不起我们独龙人嘛，但王连芳刚才爽朗的笑声，又让孔志清感觉到一种说不出的亲切和舒服，所以，他仍然不好发作，只能用不以为然的语气反问道："昆明汉人的房子高，能比我们的山崖高吗？他们人多，能比我们的大树多吗？我们森林中有飞禽走兽，野牛、岩羊、马鹿、雪豹、狗熊……多得很。想吃野鸡，随时出去就可以打一只回来，昆明行吗？"

听到这番天真烂漫又有些怄气的话，王连芳忍不住哈哈大笑起来，他觉得他算是开始真正了解这个苦难的人口较少民族了。随后，王连芳故作显摆，笑着继续说："有人讲我们独龙兄弟至今还不太会做买卖。"

孔志清不知这是王连芳故意发出的套话，心中甚是气愤，脸上泛起鄙夷的神色，说："会做买卖有什么好？他们心眼多，狡猾得很，赚的是黑钱。"

话音刚落，孔志清似乎突然意识到了什么，凑近王连芳耳朵边，神神秘秘地悄悄对王连芳说："他们的人还会偷人家的东西呢，多怪！"

"哈哈哈哈……"这话惹得王连芳大笑不止。

再看看孔志清，站在王连芳身边，流露出半是委屈、半是疑惑的神态，这让王连芳的笑声更加响亮了。

王连芳终于明白，在他眼前的这个独龙人代表孔志清，是一个多么单纯、善良、质朴、耿直、率性，但对自己的独龙族群，又容不得半点不敬和半点马虎的守护人。

接下来的谈话，可能是因为有了前面的"针锋相对"，反而变得更加亲近亲切了。

王连芳说，自己弄不太明白，为什么独龙族有多种原始婚姻形态。

孔志清叹了口气，心情有些沉重地回答道："这是阿公阿祖留下来的'礼'，但主要原因是我们只有2000多人，又不能与外族通婚，察瓦龙土司经常来抢我们的女娃去做奴隶，不这么办，我们怎么传宗接代？就说文面吧，过去我们的人确实曾经认为美，后来也知道不好，但这是没有办法的办法，因为察瓦龙土司不抢文面的女人，我们就只好用文面来对付，不信你看看，解放后我们的姑娘还文不文面？"

王连芳仔细回想了一下，文面这种习俗，原来的确只有独龙女性保持着。自从中央民族访问团第二分团来到云南后，几乎走遍了各个少数民族地区，也见过边疆少数民族各种稀奇古怪的风俗习惯，但是文面这种独龙人的神秘传统，显得非常特别。现在是越来越少了，就拿历次民族参观团到昆明来说，能够见到文面的独龙族妇女，跟从前相比，果真是少了很多。

王连芳一方面为文面的独龙族妇女减少高兴，毕竟这说明独龙族妇女受到欺凌已经成为历史；另一方面，他也有些疑惑，文面是好还是坏呢？现在不好下结论，但这是独龙族最重要的传统习俗之一，是有别于其他边疆少数民族的独特存在。但无论如何，这说明了一个问题，在中国共产党的领导下，包括独龙族等诸多少数民族，逐步扬弃了许多陋习，比如云南西盟佤族革除了"猎头祭谷"习俗等，这证明少数民族确实朝着文明进步了，并且和现代世界接轨了。

对于独龙族内部团结和社会风尚问题，王连芳也很关心，毕竟独龙族是云南几个"直过民族"之一，这种直接从原始社会过渡到社会主义社会的方式，难免会碰到很多棘手的问题。然而，孔志清充满自豪的话语和神气十足的眼神，让王连芳像是吃了颗定心丸，要知道边疆少数民族工作的复杂性和艰巨性，王连芳及访问团可是深有体会的。

孔志清在讲述这个问题时，情绪变得特别高昂，语气也很急切，他说："我们独龙人只打洋人、土司，自己内部各个家族和和气气，从不打架，有困难还相互帮忙。外出打猎或到贡山买盐巴，沿途在岩洞和树上挂放粮食，绝对没有人去偷。即使别人饿了吃掉一些，也会老老实实插上根草棍作为记号，以示谢意。到独龙人家，即使主人不在家，客人不论与主人相识与否，都可以进屋找吃的，等主人回家向他说一声就行了。"

王连芳想给孔志清打打气，就说独龙族要向先进民族学习。

孔志清说："好的就学，不好的就不学。"

王连芳觉得孔志清头脑很清晰，逻辑思维能力很强，不由得点头赞许，苦难的独龙人有这样优秀的代表，那可是充满希望的。

孔志清觉得，这次谈话拉近了自己和王连芳的距离，也相当于更拉近了独龙族与共产党和人民政府的距离。他最后动情而诚恳地对王连芳说："我们最痛恨的是察瓦龙土司、叶枝土司、洋人和国民党反动派。共产党好，人民政府好，给我们送布匹、盐巴、铁器、耕牛，各级干部对我们也很尊重。要学习，我们先向党和政府学！"

此番谈话，让王连芳也感觉到，以孔志清为代表的独龙族，从内心是非常感谢共产党和人民政府的。同时，王连芳也暗暗提醒自己，今后再不能用"民族落后"这类词，应该改用"先进"和"后进"。边疆少数民族虽然弱小，但在祖国大家庭里，是人人平等、族族平等的。当然，这也是对边疆少数民族的另一种特殊感情，民族团结无小事，像独龙族这样边远的苦难弱小民族，能够在中国共产党的领导下，逐步实现翻身蜕变，不得不说，这真是一个人间奇迹啊！

孔志清想得更多，和王连芳的谈话让他思绪万千，不知不觉又回到了独龙人获得解放前，又一段心酸的往事追忆中。他永远忘不了，独龙人那些苦难的历程，独龙人在黑暗中一直摸爬滚打的经历。因为只有历经黑暗的人，才知道光明的可贵；只有受尽屈辱压迫的人，才懂得帮扶崛起的意义。自打自己出生开始，到独龙族获得翻身解放和发展机会所经历的场景，一幕幕又浮现在孔志清眼前……

1916年10月的一天晚上，在独龙江孔目村（现孔当）的木房子里，孔目·金的妻子肖旺当·江，做了一个奇怪的梦，梦见有声音对她念叨："你儿子应该取名为松王。"

这让身怀有孕即将临产的肖旺当·江惊诧不已，难道是南木萨给予的启示？松王，这个霸气的名字，难道预示着腹中胎儿今后非同寻常的人生道路？

肖旺当·江随即把这个梦告诉了孔目·金。

孔目·金觉得，这真是一个吉祥大气的名字，心中甚是欢喜。按照独龙人的传统风俗，生小孩第六天早上，太阳刚出来之前就得取好名字，所以，孔目·金请来了一位巫师，想让巫师给取一个名字。肖旺当·江将那个奇怪的梦境，原原本本告知了巫师。

"这孩子该取什么名字才好？"肖旺当·江询问巫师。

"按照你梦中的名字来取吧。"巫师当然明白和意会梦境带来这个名字的祥瑞之兆。松王，在独龙语中，预示着植物和庄稼长得很茂盛的样子，此孩子日后定能有一番大作为。

孔志清被族人唤着自己的乳名孔目·松王，在独龙村寨度过了童年。

那时候，孔志清常常挨饿，因为每年的粮食根本不够吃，只能依靠采集野生植物来充饥，从小还得跟着父母劳动。像这样的家，算是独龙人上层家庭，穿衣都十分困难，至于一般的独龙人家庭，就更别奢望什么了。

最要紧的是，盐巴没有，偶尔藏族土司来卖，大部分独龙人根本就买不起。不妨设想一下，现代人如果没有盐巴，那日常生活可怎么办，但独龙人就是在这种极端艰苦的生活条件下挨过来的。

在孔志清的眼中，父亲交游很广，能说会道，小有名气，年轻时就被地方选为"拍色"（伙头）。作为独龙人的头人，讲得一口流利的傈僳族话。正是由于开阔的眼界，加上之后发生的一个事件，孔目·金下定决心，让孔志清去上学，只有如此，独龙人才可能有机会。

1932年，独龙江地区设有"菖蒲桶俅江公安局"，当时设治局单方面强行规定不准文面，在杨绍宗任局长期间，孔志清的大妹子娜和同村的洛妮都到了文面的年纪，按照独龙人的风俗习惯，在脸上进行了刺文，偏偏这时与孔志清家有隔阂的丙当点，趁机将此事告到杨绍宗那里，杨绍宗便打起了敲诈孔目·金的主意，罚银20两，当然，洛妮家也被罚，只是数目少些。

孔目·金感到委屈，更感觉到没有文化吃大亏，他想来想去就是想不通，十分气愤地对儿女们说："我们按自己民族的风俗习惯，做了一个文面，也如此对我们无理罚款，这主要是我们的民族没有文化，而且因不懂汉话才对我们这样压迫欺负，这样下去我们的民族无法翻身。"

当时还没有任何一个独龙人外出读书，孔目·金就想着一定要送孔志清出去上学，不单单是这件事，今后还会有更多这样的事情发生。独龙人如果没有自己的文化人，那么永远都要受到欺负。独龙人要获得一个机会，自己也必须做好准备，说不定哪天红太阳照到独龙江，那时候，也得有懂文化的人领头跟随红太阳，改变家乡面貌，改变独龙人千百年来遭受欺凌压迫的局面。

想到这些，孔目·金毅然决然地要让孔志清外出求学。

孔志清记得父亲孔目·金讲过在1931年发生的另一件事。这件事，一直在孔志清心里翻腾。它让孔志清从小就对自己的国家和族群充满了感情，时刻激励着孔志清为国家、为家乡、为独龙族奋斗的信心和决心。

1931年的缅甸还是英国的殖民地，英国不断派军队从缅甸进入独龙江地区和西藏进行勘察,其对独龙江地区甚至西藏企图侵占的野心,昭然若揭。

这次,一名叫布里查的英军上尉,带着10多名士兵,外加翻译和强征的十多个背夫,以探险和旅游为借口,大大咧咧地侵入了独龙江,并妄图借道独龙江深入西藏探查情况。

从缅甸进入独龙江的滴水岩开始,布里查等人就拍摄照片,勘测地形,绘制地图,刺探中国边地防务等情况。

布里查生得又高又胖,红毛红脸,和他一起带队的另一个军官,中等个儿,白皮肤,不胖不瘦,2人一路吆五喝六,来到当色寨时,就抢劫了一户独龙人家的粮食。

清朝官员夏瑚任命的伙头新格难丁闻讯赶来阻止,质问英军:这是中国的土地,你们凭什么闯入还胡作非为?

布里查听到此话后大为恼火,命令英国士兵将新格难丁捆绑在一棵桃树上要枪毙。伊利亚的父亲等许多独龙老人,不得不送去一头猪向布里查求情,才让新格难丁幸免于难。

随后,布里查带着英军到达学哇当村,用手杖将村民此古鲁打得遍体鳞伤,并强行抢走了此古鲁家的猪,原因是,此古鲁因为家里人生病,想把猪留给病人吃,而没有答应布里查买猪的要求。

布里查等人在进入独龙江与西藏接壤的第一村时,到处抓民夫,弄得人心惶惶,除了几个胆大的留守村寨,大多数人闻讯都逃到深山老林里去了,因为西藏管辖独龙江的土司下过命令:不准把外国人引向西藏,否则必当严惩!

这班侵略者费了大力,从帮寨、熊当寨强行抓了8个独龙人中青年男子,其中就有两位"咱卡"(独龙语,意为聪明能干的人)态且苦鲁和江勒奎。

此2人乃是同村的打猎能手,深受当地人尊敬。

为防止抓来的这几个独龙人背夫逃跑,布里查用麻绳将他们拴成一排行走,吃饭睡觉也不给解开,甚是折磨人。

态且苦鲁和江勒奎暗中和族人商量好,决不能把这些侵略者带到西藏,相反,大家得佯装对这些侵略者服服帖帖,以此取得布里查的信任,好将他们带到与西藏相反的科洛罗原始森林，到了那里再想办法逃跑。

此条道路山大、林深、路险，原本是当地独龙人上山打猎和采挖贝母的栈道。布里查等人不熟悉地形，盲目地跟随，虽似乎发现了点什么不对，却又不好说什么。

就在抵达帮寨（今南代村）的晚上，吃过晚饭后，态且苦鲁和江勒奎跟大伙说，今晚得想办法逃走，这样下去逃跑的机会越来越少，处境也将越来越危险，大家可以早点佯装睡着以麻痹侵略者。

大伙深以为然，按照计划，等待时机逃走。

布里查依旧让手下，用绳子将8个独龙人捆在一起睡觉。不大一会儿，鼾声大作。布里查等人连日翻山越岭也感到疲劳困顿，想着有绳子捆绑独龙人，就完全放松了警惕，全睡熟了。

到了半夜，态且苦鲁和大伙搓断绳子，由他往前带路，江勒奎殿后，一个个悄悄鱼贯而行。

正当大家即将逃离危险区时，由于天黑，江勒奎不小心碰倒了煮饭用的锅盆，哐啷当啷，布里查和英国兵立马被惊醒，江勒奎不幸被抓了回来。

第二天，布里查明白自己正朝与西藏相反方向行走时，气得吹胡子瞪眼睛，叽里呱啦乱叫乱骂，将全部气撒在了江勒奎身上，并把江勒奎捆绑带到一个箐沟边，不停地将他摁进水里浸，不断狂叫，让江勒奎说出到西藏的路并带他们前往。

江勒奎虽然几次被水呛得几乎晕倒，但依然不吭一声，怒目以对布里查，最后，布里查像一头被激怒的狮子，亲手将江勒奎活活闷死在水里。可惜了江勒奎，这个铁骨铮铮的独龙族汉子，就这样葬魂水中。

态且苦鲁等逃出来的独龙人，得知江勒奎不畏强暴，为守护家园，为不辱祖国，宁死不屈时，都为江勒奎崇高的气节感染和感动，发誓一定要为江勒奎报仇雪恨。

先前发生的事情，让布里查更加警惕，他带着英军急急忙忙从科洛罗返回，一路对照地图，并用望远镜不停观察。当布里查返回到科洛罗和麻必洛相交的双河口时，态且苦鲁早已经召集好熊当寨的独龙青年埋伏在此，并打探布里查具体行踪。

布里查到达通往西藏必经的吉色鲁溜索（又译迪斯若溜索），很是兴奋，命令部队轻装前行，准备溜索到独龙江对岸。

态且苦鲁得知此消息后，立刻带领九名善射的独龙人猎手，埋伏在溜索口东岸。

不大一会儿，英国侵略者在布里查的带领下，来到溜索桩旁边。

由于布里查没有准备过江的溜索板，面对滔滔独龙江的激流，这些侵略者胆战心惊，面面相觑，谁也不敢先过溜索。布里查看到部下如此窝囊，自然十分恼火，训斥了自己的部下，并充汉子带头示范，妄想徒手攀爬过溜索。

态且苦鲁和猎手们看到此情景十分兴奋，这正是千载难逢的报仇机会！

布里查仔细看了看溜索，又看了看对岸，似乎并没有看出有什么地方不对，于是，他便顺着溜索，用两手攀住索绳，手脚并用，倒爬着向对岸前进。

有猎手按捺不住，想朝布里查放箭。

态且苦鲁急忙比画手势制止，并告知大家，必须等布里查靠近些再发箭。

布里查丝毫没有意识到，危险就潜伏在对岸，正费力地朝对岸攀爬着，大概爬到江心时，一支支毒箭朝他射了过来。

布里查虽然身中数箭，但由于没有射中要害，仍继续攀爬着。

丁卡本村头人不挖·普老松急了，迅速瞄准目标射出一箭，正中布里查握着溜索的手上（另一说是正中胸口）。

只听见布里查一声惨叫，便跌落到汹涌奔流的独龙江中，转眼就被浪花和漩涡吞没。

其余英国士兵见状，不敢再步布里查后尘强渡独龙江，吓得沿途折返，纷纷四散逃窜，模样十分仓皇狼狈。

态且苦鲁看着滚滚朝前的独龙江水，回想着刚才族人们的英勇表现，长长舒了一口气，独龙人不是好欺负的，独龙人必将等到东方红太阳照耀到独龙江的那一天。

每当孔志清回想起父亲孔目·金给他讲的这个让独龙人荡气回肠的反抗英帝国主义殖民者入侵的事件时,一种民族自豪感就像一股强大的推动力,推举着他朝前。

他必须按照父亲的强烈愿望外出求学,并且还必须学有所成。毕竟自己的族群从古到今,正是因为落后而饱受欺压饱受歧视。他从小就熟知独龙人关于东方红太阳的传说。他立志要做那个追寻红太阳的独龙之子。

所以,当父亲孔目·金决定送大儿子外出求学时,孔志清心中是十分开心的,他觉得这是一种希望的开始。他长大后,想做态且苦鲁一样的独龙英雄,带领自己的族群去和所有黑暗抗争,带领自己的族群去等待和迎接东方红太阳;并在东方红太阳的照耀和引领下,获得翻身做主和朝前发展的机会。

孔目·金找到了朋友袁怀智。

袁怀智当时是贡山永拉嘎村的商人,和外面多有交集,认识的人不少。

"能不能把我的儿子带到怒江去念书?"孔目·金向袁怀智问道。

"没问题,我们是老朋友,你放心。"袁怀智满口答应。

1932年,袁怀智带着孔志清到了永拉嘎,他找到设治局,并汇报了情况。

设治局指示:"独龙人自觉地出来念书是很好的事,你应该好好照顾他念书。"

袁怀智便带着孔志清到永拉嘎小学,找到对接此事的杨瑞宗老师,并介绍说:"这位是独龙人,他本人愿意来怒江读书,请杨老师好好教教他。"

杨瑞宗说:"只要是来我们学校里念书的,不管什么族,我们都一律平等对待,你就放心吧。"

杨瑞宗老师对孔志清的到来很是高兴,也特别热情,他问孔志清:"你是从什么地方来的,叫什么名字?"

孔志清回答:"老师,我是独龙江孔目村人,我叫松王。"

"松王,这应该是你的本族名字吧!这样,你在这里上学,那还得取个学名,叫什么好呢?哦,我想想我想想,就叫孔志清吧!"

"孔志清",孔志清听到老师给自己取的这个学名特别高兴,"孔志清",

多么好听的一个名字啊！

"孔志清"，松王终于有了一个汉语学名啦！

在永拉嘎小学求学期间，因为有事情，孔志清还曾跟随袁怀智雇用的阿松叔叔，到缅甸密支那里去找袁家的人老三。

那是1934年，阿松叔叔带着孔志清连夜赶路，本来20天的行程，两人10天就赶到密支那。他们到达恩梅开江发现，每个自然村的人都是自己的族人，说着几乎相同的语言。

这些同族人谈起来都说祖先是从太阳出来的地方迁徙过来的。看来独龙人的神话传说，是有道理的。这让孔志清心中更坚定了关于东方红太阳的想法，也更坚定了他立志求学，学好文化本领，今后为独龙人做一番事业的决心。

1936年，恰逢贡山县正在建省立完小（今茨开完小），孔志清去报名，由于他在永拉嘎小学勤奋努力，成绩突出，毕业后就被贡山县省立完小录取。第一任校长、维西人胡安民，得知孔志清是独龙人，便热情地对孔志清说："你是学生中唯一的一个独龙人，好好学习将来才有前途，课堂上老师讲课的时候要好好注意听，不懂的地方多问问老师。"

孔志清在贡山完小学习的几年非常努力，国家拨款学校才得以成立，另外，胡安民校长挺有本事，知道学生经济困难，也为学生多方考虑，想办法从别的地方要来经费，做到让学生免费吃住，甚至免费发给衣服和书籍。

应当说，孔志清这个阶段的求学之路是比较顺畅的，或许是天将降大任于孔志清来改变独龙人，随后的机缘让孔志清又有了第二段求学的经历。

孔志清由于识汉字、懂汉语，遇到了改变他某个人生阶段命运的恩人俞德浚。

俞德浚何许人也？乃后来中国科学院院士、著名植物学家。

1938年，俞德浚和蔡希陶等四人，作为北平静生生物调查所植物考察队的成员，来到贡山进行植物考察，需要找一个当地会独龙语的人当翻译兼做向导。这时，孔志清也恰好在省立完小即将毕业，贡山二区区长刘洪亮自然找到了他担当此任务。

当时，考察队分为两个组，第一组由俞德浚带队前往独龙江考察采集植物标本；第二组则由蔡希陶带队，直奔碧罗雪山、怒江东岸一带采集植物标本（后遇到雪崩休整了一段时间）。

设治局局长任嗣廉（字志鹏），有点担心孔志清胜任不了通司和向导双重任务，便增派了一个名叫长风的藏族（丙中洛人）当通司向导。据说长风会讲汉、藏、怒、独龙等多种民族语言。另外，还动员了50多名背夫，给植物考察队运送物资。

准备了5天后，这支考察队从打拉出发了，经过念哇落菁沟，再翻越高黎贡山，之后到达独龙江。

这条进独龙江地域路线的北路，对于孔志清来说，也是第一次走，而长风已经走过多次，所以，一切都只好听长风的安排。

然而正是由于这种不可预料的情况，考察队出事了。

不知道为什么，从启程开始，当天路程能走多远，路途中需要注意些什么，长风并没有做任何交代。

按照惯例，背夫由于负重得先行，孔志清也跟随背夫一起。俞德浚和另外一位杨姓委员，由于途中采集标本耽搁，一度落后。长风则带着另外的几个背夫殿后。

孔志清和前面的背夫在山上等了一夜，都不见后面的人来，感觉似乎发生了什么事。孔志清和背夫只好沿路返回去找他们，走到泥达初（湖泊名）的时候，终于看见俞德浚他们也在此等待，一问才知，长风带着的六个背夫出了大事，山高路险天寒地冻，6个背夫连同考察队的行李物品全都坠落深涧，不幸遇难了。

全部人围着一塘篝火坐了一夜。

俞德浚追查此事件，认为向导长风负有不可推卸的责任，正是长风没有认真履行向导职责，以为这条路走过多次，麻痹大意，导致了背夫遇难，当即就把长风解雇，并商定给每一位遇难的背夫抚恤金100元。

这个变化，让考察队有些措手不及，加之老天下起了大雨，大家都沉浸在悲痛之中。俞德浚没心思再在路上采集植物标本，一队人马直接进入了独龙江地域。这时，孔志清意识到，通司和向导的所有职责落在了自己身上，必须万分小心，不能再出半点纰漏。

由于行李随背夫滚落高黎贡山东麓，还得派人去寻找，所以，行走3天到达独龙江绣切村之后，孔志清协助考察队找到了当地人，请他们帮忙找回了行李，打开之后发现，都受潮发霉生锈，只得又在绣切村休息3天，晾晒行李，另外遣送背夫回怒江，孔志清又忙重新找了当地背夫20人，带着俞德浚等人，前往中印缅三国交界处的三角地带，也就是独龙江北段滇藏交界的四格山，考察和采集植物标本。

在采集植物标本过程中，俞德浚严谨的科学理念、踏实的工作作风、不畏艰险的勇气、吃苦耐劳的探索精神、一丝不苟的工作态度，给孔志清留下了极为深刻的印象，同时，也潜移默化地教育着这个身兼通司、向导双重职责的小伙子。

孔志清清楚地记得，每天，俞德浚都和背夫一起上山采集标本，做记号，晚上回到宿营地，别人都在休息了，俞德浚还得做完翻晒标本、换纸、登记产地、来源、形态，压膜等一系列规范而繁重的工作，每天都熬到深更半夜，才能躺下睡觉。

这次考察，除了上游地区，还沿着独龙江一路向下。先是到达孔当村，然后又到独龙江西岸的担当力卡山，有时上山一次就得3天，去的都是些陡峭险峻的大山。

俞德浚在孔志清的带路下，克服了诸多困难和避开了不少险情。

孔志清记得，有一次回来太晚，只得从一个悬崖峭壁间的夹槽慢慢爬下去，不断有滚石在人头人脚间噼里啪啦滑落，非常危险。但当俞德浚看到，留在宿营地看守行李的背夫，提着马灯来寻找，并在山林间发出此起彼伏"噢噢噢"的呼唤声时，他被感动得流下了泪水。他深切感受到，独龙人这个族群，是多么善良纯朴啊！

之后，孔志清还带着俞德浚考察了高黎贡山的黑铺山、绣切山，并沿着独龙江继续往下，到达木克敢、古谢（今属缅甸）等地。此时，已经到了农历八九月，俞德浚采集了大量的植物标本。

等到 10 月，原先挂牌标记的植物的果子已经成熟，孔志清又带着俞德浚重返山上，采集回来压制成标本保存。

待这一切完成时，独龙江已经进入 12 月，高黎贡山上开始积雪，俞德浚考察结束要走了。

不知不觉，孔志清已经跟随俞德浚 6 个多月。

俞德浚非常喜欢这个朴实又聪明好学上进的向导，多次向孔志清的父亲孔目·金表示，有机会他会让孔志清到内地继续求学，增长知识，开阔视野，为家乡做更多事情。

6 个多月的相处，让俞德浚和独龙人之间产生了深厚的友情。

在临行前，孔目·金送了一头小肥猪给俞德浚补补身体。俞德浚也回赠了五匹棉布和一些铁碗作为纪念。

俞德浚似乎也感觉到了什么，临走的时候，一遍又一遍叮嘱孔志清一定要好好读书，做一个对社会、对自己民族有用的人，还掏出 50 元钱给孔志清算作是向导费。但孔志清觉得这几个月里，和俞德浚同吃一锅饭，每月还给 10 元生活开销，每两个月发一套衣服，已经很好了，不能再收这钱。

俞德浚坚持让孔志清收下，他看到了独龙人生活的艰苦，他有心栽培孔志清，就是希望这个唯一能讲汉语的独龙人，通过今后继续学习，能够帮助自己的民族发展进步。所以，1938 年冬，俞德浚离开独龙江返回昆明途经大理时，得知大理正在筹办政治学校，便立即向汪懋祖校长力荐孔志清。

1939 年 5 月，孔志清意外收到国民政府设立的中央政治学校大理分校的录取通知书，以及俞德浚寄来的路费。孔志清便和设治局局长任志鹏保送的另一个怒族学生一起到大理读书。

此后，俞德浚也不忘在孔志清读书期间寄钱资助。

孔志清和独龙人的苦和善，让俞德浚在考察期间大为触动，他内心生发出了无限的同情。他想改变一些东西，但他知道自己能改变的东西很少，他寄希望于孔志清。他清楚国内的形势，他渴望这个国家今后能够帮助这个边地少数族群，帮助独龙江这个有着得天独厚动植物资源的偏远边地得到发展。

不过，俞德浚心中十分明白，没有一个崭新政权的建立，是不可能有对独龙人整体的帮扶的，那得需要多大的付出和代价呀！

他现在只能以自己的有限之力，先帮助孔志清这个有可能承载独龙人梦想的年轻人，抵达他所能抵达的地方；再让这个年轻人带领独龙人，等待未来中国大地上发生的巨变；等待像这个民族古老传说中所期盼的东方红太阳那样，把独龙江这个地域照得亮亮堂堂。

太阳照亮的边地

"原来的乡长已经跑到贡山了,现在独龙江叫谁来负责你们?"

贡山设治局局长李绍杭,着急地询问各位来贡山交纳门牌费的独龙江保长。

"我们的意见和要求是傈僳族、怒族都不能当独龙江乡乡长,现在孔志清读书回来了,叫他负责,他是我们本民族的,由他来负责我们就放心。"各保长异口同声地说。

"我怕担任不了,因我读书回来没有经验,而且还年轻。"孔志清急忙推辞。

"各保长都要求你来负责,你为什么不同意?"李绍杭有些发怒,在孔志清话音未落时,就大声质问起来。

孔志清没法争辩,只能听从命令,在他心中,实在是不愿意当这个乡长的,第一,设治局口头任命这事,显得极为随意而草率,说明这种任命随时都可能推翻或更改;第二,实际上,这种任命的目的,主要是为设治局收税,被任命的人并没有一分钱工资,做好做不好都可能两头不是人。

更重要的是,孔志清从父亲孔目·金作为乡长经历的遭遇看出,那样的政府不是为了人民,而是为了自己。

这一年,正是民国三十五年(1946年),在中国境内,国民党单方面撕毁停战协定,以30万大军围攻中共中原解放区,导致全面内战爆发。

孔志清"被迫"担任乡长后,因为早就看透了国民政府设治局的真实面目,从1947年后,就不耐烦去设治局这个官僚衙门,每年的门牌费就由各个保长自己送给设治局。

当时设治局在独龙江巴坡设立办事机构,还聘请了两名乡丁,但乡丁的口粮却得由当地群众负责。

孔志清对此很是反感,后来因为群众承担不起口粮费就解聘了乡丁。

设治局质问孔志清为什么不聘请乡丁。

孔志清回答说:"群众负担不起乡丁的口粮,我也负担不起乡丁的口粮,没有办法聘请乡丁。而且独龙江历来也没有发生过特殊的事情,不需要聘请乡丁。"

可见,孔志清对设治局这种只图剥削群众,不考虑群众死活的官僚衙门,十分痛恨厌恶。然而,就在这期间发生的几件事,让孔志清对国民政府彻底失望,同时,也对即将给独龙江地区带来解放的新政权,充满了无限期待和无尽希望。

1946年开春,独龙江雾气弥漫,一架美国支援中国的运输机,呼啸着掠过怒江翻越高黎贡山,正经过独龙江流域,发动机巨大的轰鸣混合着奔腾的江水声,发出一种奇怪的声音,不大一会儿,从独龙江乡木千王村山头传来一声巨响,一道巨大的火光穿透迷雾,就像是为这片几乎与世隔绝的土地带来诡异的预言。

独龙江二乡的村民斗兰门·朋阿贝等人,正好从怒江的念娃返回独龙江途中,连续几日,斗兰门·朋阿贝梦中都有巨大的火球和金属的碰撞出现,果不出所料,在途经高黎贡山山顶时,他们发现了这架已经坠毁的飞机的残骸,并且在飞机残骸旁边,散落着一些枪支和子弹,他们十分好奇,便捡了两支枪和一些子弹回到家中。

这事马上就在独龙村寨中传开了。

孔志清一听说这个消息后,意识到这是一个重大的事故,立即带了几个独龙同胞到山上查看。

由于飞机是在高速飞行中与山体发生了激烈碰撞,已经粉碎性解体,山头上遍地都是散落的碎机身铝片,并且因为碰撞的瞬间油箱崩裂,汽油泄漏燃烧,飞机失事附近的山林和岩石大面积被烧焦。

一股极其难闻的臭味,让孔志清差点呕吐。他们发现了几具遇难者的尸体,两具仍坐在机舱的座椅上,半截身子已烧成了焦炭状,一具被烧焦后,甩落在不远的山涧里;还有一具倒挂在大树的枝丫间,一头金黄的卷发在风中摇曳，像是在和这个尘世做最后的道别。

随后，在贡山的美籍传教士莫尔斯的二儿子得知此事，带人上山收拾了残物，并掩埋了遇难者遗体。

孔志清心中甚是难过，毕竟随后查明，这些美国运输机正是为中国运送物资而坠毁。在孔志清派斗兰门·朋阿贝等人到贡山设治局汇报具体情况时，意外的事情发生了，设治局局长不问青红皂白，立刻把斗兰门·朋阿贝等人抓住并吊起来。

"你们拿去什么东西啦？藏在哪儿啦？"设治局像审讯犯人一样，审问前来汇报事情的独龙人斗兰门·朋阿贝。

"捡了两支枪，还有一些子弹，都在家里藏着。"斗兰门·朋阿贝据实汇报，但想不明白，为什么自己主动来报告情况，会立马被抓起来吊起来。

设治局又左问右问，实在问不出什么可以定罪的地方，只好把斗兰门·朋阿贝等人放了，但是写了封信给孔志清，让孔志清必须将斗兰门·朋阿贝手中的两支枪，尽快送缴回设治局。

孔志清将斗兰门·朋阿贝藏在家中的两支枪收回来一看，是美造包帮，可以装8发子弹，一支还可以用，另外一支可能摔坏了。

就在孔志清带着两支枪起程到设治局时，独龙江开始下大雪，无法翻越雪山，刚走出去不久的孔志清，只得从半路折返回家，准备等到雪化开山之时，再将这两支枪送过去。

正是这个时间差，让孔志清遇到了大麻烦。

枪支子弹在当时可是稀罕物，各种豪强势力渴望至极。也不知道谁走漏了风声，让这事传到了西藏察隅县察瓦龙藏族土官龙门工神翁耳中。

第二年，差不多3月份，在高黎贡山尚有积雪未融化，山路都还没有通时，4个兵丁由驻扎恩的神翁乌布都吉率领，冲到了独龙江，住在江西贡当寨，派几个人传唤孔志清到江西谈事，目的是索要那两支枪和弹药。

村寨里的独龙人看见这些人提着绳子、棍子，满脸凶相，知道来者不善，预感到孔志清此去肯定凶多吉少，就纷纷劝阻孔志清说："他们会对你下毒手的，你不能去见他们。"

此时的孔志清早已不再是原来蒙昧的独龙人，在外求学的经历让他逐渐明白这个世界是怎么回事。但孔志清没敢麻痹大意，而是暗中做好了安排，想好了如何对付这些恶人。

第二天，两个兵丁来到孔志清家，假装客气地对孔志清说："请你去拜见我们的土司。"

孔志清故意一愣，然后装作十分热情的样子，表示对这几位当差的到来非常高兴，想好好接待他们，并笑着对这两个人回复说："我一定去晋见土司，我很欢迎你们的到来，你们两个先别回去，我在后面准备一下给你们吃的食物就马上赶来。"

这两个兵丁似乎看出了点什么端倪，非要逼孔志清和他们一起立马上路。

孔志清甩了甩手，装作要去给这几个人准备食物的样子，对两个兵丁说："你们别走，待我准备好，一定就跟来。"

"不行！"两个兵丁吼道，面露凶相，并拔出藏刀，想要威胁孔志清。

这个时候，村寨里闻讯赶来的独龙乡亲们，已经把孔志清家围得水泄不通，密密麻麻的人群，发出了阵阵抗议声。

这给孔志清壮了胆、增了势。

还没等两个人反应过来，孔志清一个箭步，先发制人，一把抢了兵丁手上的藏刀，并和这两兵丁拼斗起来。

在屋外的群众见此情况，也纷纷冲进屋来，将孔志清拥出屋外保护。

两个兵丁见势不妙，急于脱身，蹿出门外，就想逃跑。

孔志清哪肯放过这两个恶人，抓住一个名叫习都吉的兵丁的长辫子，往地上猛摔，然后又狠踢了几脚；另一个，则趁着混乱钻空子逃跑了。

当晚，习都吉被关在本村丙当点（又译区当得）家中，准备连同枪支弹药，一起押送到贡山设治局处理。但没料到，丙当点和习都吉早就认识，而且有老交情，所以，等孔志清他们前脚刚走，丙当点后脚就悄悄把习都吉放了。

习都吉连夜跑回江西贡当寨，向乌布都吉汇报了情况，乌布都吉碍于孔志清人多势众，怕追过来找麻烦，就连夜打点行装，天还没亮就灰溜溜跑路了。

乌布都吉逃回去以后，越想越气，以前都是自己欺负人，哪像今天这般窝囊反被野人般原始的独龙人吓得连夜跑回来，其中究竟是哪里出了差错，让孔志清这些独龙人，竟然胆大妄为违抗命令？他怎么也想不通，这些都预示着中国大地即将发生巨变，而独龙人，也即将翻身做主人了，他还一厢情愿地到贡山设治局告状，并送了很多礼物给设治局，要求设治局派人逮捕杀害孔志清。

第二年5月，高黎贡山化雪开山不久，孔志清带着胞弟孔志明、斗兰门·朋阿贝，带上斗兰门·朋阿贝捡拾回来的枪支弹药，前往贡山设治局交差。

当3人翻越高黎贡山，经过头一年飞机失事的地方，又转了转，发现附近一个岩洞中，放置着3箱子弹和医药棉花等杂物，都用白纸条打上了封条，戳有设治局的官印。这说明，设治局已经派人来过这里，估计是当时不便将这些物资运送下山而暂时封存于此。

3人便背了一箱子弹下山，继续赶往贡山设治局。

到了贡山设治局，还没来得及放下行李，设治局局长李绍杭就闻讯跳出来，满脸怒火，指着孔志清的鼻子就骂道："你吃了豹子胆啦？为何平白无故地打察瓦龙的人？"

"平白无故？怎么会是平白无故？"孔志清暗自嘀咕，一股屈辱涌上心头，但他还是强忍着，镇定而耐心地回答："局长，我不打不行哪。你说把枪交回衙门，他说他要拿去察瓦龙。你说我能交给他们吗？我不交枪，他们拿刀威胁我，要杀我。我不打他、收了他的刀子能行吗？"

李绍杭若有所思，沉吟良久，接着说："老孔，你不要随便惹这些藏人。你一个人在那里，万一人家来杀你怎么办？这次他们都想要你的头，是我劝住了。"李绍杭说到这里停下来，看了看孔志清疑惑且有些无奈的脸。

事实上，乌布都吉等人的确送了重礼给设治局，但李绍杭也不是憨包，他知道孔志清现在的身份，没敢答应乌布都吉的无理要求，但又收了礼，就只好对乌布都吉施加压力，解释说："孔是省里头都挂上号的人，杀了他上头追究起来，你我都跑不脱。"这才让乌布都吉怏怏地知难而退。

孔志清心里自然明白，察瓦龙土司恨自己，想把自己整死，还不是因为自己当乡长期间，为了独龙群众少受欺压，经常和他们作对，极大地损害了他们的利益。

想到此，孔志清心中是澄明而毫不畏惧的，父亲孔目·金苦心孤诣，培养自己成为一个能为本族群说话做事，对社会有用的人，而且独龙人要获得机会发展，不能只是等待，还需要自己努力，只有外部和内部的因素结合调动起来，才可能在红太阳照耀独龙江的那天，迎来真正的机会，迎接真正的光明。

所以，孔志清必须控制好自己的情绪，稳住局面，以便等待时机。

很快，孔志清脸上的疑惑和无奈被沉静替代。

他清了清嗓子，坚定地对李绍杭说："局长，不是我惹事，而是土司来枪杀我，惹我们。我们这个族群一直都被土司欺负惯了，我们是弱小者，他们是强大者，我们需要有一杆枪自卫。"

李绍杭当然知道，孔志清所说的句句是实情，但这年头混乱，强者生存弱者淘汰，没有更多的道理可讲，更没有更多的所谓同情可以说。不过，李绍杭还是动了一下心，也许是觉得孔志清和省里的确有些来往，再加上这次孔志清把枪弹悉数交上来了，便给了他一支必造五子枪。

本以为此事就此了结，但紧接着又发生的另一件意外之事，让孔志清对设治局彻底死了心。

1947 年 6 月，独龙江正值上山掏蜂蜜的时节，木切王村的村民在山上的一处泥石流冲积形成的箐沟里，发现有很多铁件和铝皮，这是怎么回事呢？村民们边捡拾这些金属，边沿着泥石流的痕迹往山头方向去搜索探寻，却什么也没有找到。

从这些铁件和铝皮推断，有可能是飞机残骸，估计是头一年飞机失事后，机身滑落山涧深底，这些零部件就散落在山上，而飞机主体，由于第二年雨水季节爆发泥石流，被掩埋遮住了。

孔志清得到了木切王村村民的汇报后，觉得此事事关重大，立即向贡山设治局上报，并请求设治局尽快派人来勘查处理。与此同时，为避免引起误会，孔志清还竭力说服群众，不要到山上去捡这些飞机物件。

不知为什么，设治局接到报告后，一直不派人来处理，直到9月，一个谣传让事态变得严重。

怒江双拉村村民且布，恰好到独龙江木切王村走亲戚，听说了此事，返回怒江后，却到处传谣，说失事飞机散落的东西多得不得了，码柴垒石一般，就连岩洞都堆不下了，而这些东西都被松王（孔志清）搬回家中了。更为奇怪的是，且布还添油加醋地说，飞机上还有一个外国女人，头发黄黄的，鼻子钩钩的，飞机坠毁前乘降落伞下来，但被独龙江村寨的人杀害了，如此等等，越传越玄乎，越传越荒唐。

谣言惊动了设治局，同时也把美籍牧师莫尔斯父子惊动了。在莫尔斯父子的强烈要求下，设治局丝毫不敢怠慢，立即委派丹打人屈帕子、阿夺底村人汪大有、黑娃底村人连门朋等3个委员，带着三四个人，急匆匆赶到独龙江村寨调查此事。

此3人一到独龙江村寨，就到处忙着要菜要钱，仿佛设治局不是让此3人来处理事故，而是让他们来搜刮享受一般，不给就硬摊强派。特别是在靠近飞机失事的木切王村，以及孔志清居住的孔当村，作为搜查的重点区域和主要对象，挨家挨户被搜得水桶朝天，谷箩扣底，人心惶惶，鸡犬不宁。甚至在搜人搜身时，还进行毫无证据的严刑拷打，尤其是对木切王村的烧蜂人莫切王·色松，态度蛮横强硬，搜查拷问得相当厉害，但对孔志清似乎有所忌惮，不敢拷打。

最后，汪大有又带人到飞机失事点附近，村里村外、上下村寨都被他们搜遍了，没有任何他们想要的结果，谣言不攻自破。但就在汪大有带人搜查时，屈帕子则将孔志清、莫切旺·色松、丁松、莫切都·丁等6人抓起来，并带到设治局审问治罪。

设治局在当时有两个办公地方，一处在丙中洛打拉，另一处在茨开小学。孔志清等人被带到了最近的茨开小学。

刚一进门，李绍杭便跳了起来，将正在抽烟用的2尺多长竹烟杆，指向孔志清的鼻子，装腔作势，大声地边骂边质问道："你为什么不报告？"

孔志清瞪了李绍杭一眼，用一种威严而反讽的语调说："不能说不报告吧，我派人报到衙门了，求你们派人来调查处理，左等右等就是不见人来。现在你们听信谣言，委派调查委员，抓人吊人，搜人搜房，是什么道理？"

李绍杭愣了一下，自觉理亏，一时语塞，便搪塞说："今天不讲了，明后天再算账。"边说边躲进内屋抽烟去了。

第二天一早，设治局来了3个外国人，原来是美籍基督教牧师莫尔斯、约秀、约必父子3人，他们是来问罪的。

"带孔志清他们过来。"李绍杭大声吩咐。

莫尔斯父子3人便盯着门口看。

孔志清等六人刚被叫进去，美国人就大叫道："他们偷东西、杀人，罪大恶极。捡到东西不报也不交上来，也是有罪的。你们还有什么话要说？"

孔志清听到这番无理指责，心中一股无名怒火烧起来，斜眼看了看这3个美国人，又正眼看了看李绍杭，鼓了鼓气，义正词严地吼道："谁说我们偷东西杀人了？拿出证据来！你们派人查这样查那样，查着了什么？飞机是自己掉下来的，不是我们打枪射箭打落下来的。飞机失事坠落了，我们报衙门了，这有什么错？"

李绍杭知道这是谣言，莫尔斯父子这是无理取闹，但他不说话，他惧怕美国人。

莫尔斯被孔志清的话激怒了，又觉得自己理亏，猛地拍凳子跳将起来，指着孔志清的鼻子大骂："你，不准你胡说！"

"我不说谁说？飞机自己失事坠落下来，你们还怪我，这是什么道理？"孔志清坦然地反驳道。

莫尔斯父子无言以对，就乱发狠话，并叫李绍杭将孔志清扣押起来。莫切旺的色松、丁松两兄弟，还被用绳子捆绑吊起来审问，想让他们交代，是不是给过孔志清什么东西。

色松两兄弟说，没给过松王什么东西。

审讯的人不相信，把吊的人吊得更高，继续审讯吊打。

色松兄弟疼痛难当，挨不住，大声痛哭起来。

孔志清见状，大叫道："把人吊死了，你们怎么处理？"

李绍杭故作关心地对孔志清说："孔志清，你不要顶人家了（莫尔斯父子）。人家心里不舒服，你悄悄心里忍着就是了。"语气中充满了谄媚，让人一看就像是奴才替美国主子说话。

孔志清这下来气了，冲着李绍杭嚷道："我怎么不顶，当初是我派人报上去的，现在反说没报，这是何道理？"

这话刺激了李绍杭，也让李绍杭着了急，走过来凑近孔志清耳朵，悄悄说："孔志清，你别老是说已报过了，这样影响不好。"

孔志清明白，这位设治局局长李绍杭怕极了美国人，就算是这种显而易见的谣言，他也得跟着美国人的屁股走。另外，他还担心上峰要是得知他知情不及时处理，造成谣言满天，肯定要治他罪。因此，他得找孔志清等六个替罪羊，莫名其妙地将孔志清等人扣押了一个多月，还不打算放人。

这期间，孔志清申冤无门，问了设治局几次何时放人，都推故说等一等。

等一等，那将等到什么时候啊？也可能意味着，就这么永远等下去。孔志清相当清楚设治局的办事风格，思前想后，看来只能选择逃跑自救这条路了。

有一天天还没亮透，孔志清等6人乘着看守松懈，悄悄地一个个跑出了院子。跑出一大段路后，由于担心被发现后会有人来追捕，孔志清提醒大家，每人准备了一根临时从树枝上折下来的"棒子"，不得不做最坏的打算，那就是如果有人来追就拼命，如果打死了来追的人，大不了就赶到村里，然后举家往缅甸逃生。

就这样，孔志清等6人侥幸逃回了独龙江村寨。

此事之后，孔志清对国民党设治局失望透顶，他不再相信这些官僚了。尽管此后，设治局发了几次通知，让孔志清出去开会，甚至连上税等杂事，他也一概不去，只让保长们去处理。用孔志清的话说："设治局的人不是好东西，靠他们绝无好结果。"

那么，独龙人的希望究竟在何方呢？孔志清常常在心里问自己，族群传说中的东方红太阳，究竟何时才能照耀独龙江呀！

历史的车轮总是滚滚朝前，1949 年 10 月 1 日，毛泽东主席在天安门城楼上，用湖南话庄严地向全世界宣告："中华人民共和国，中央人民政府，今天，成立了。"中华人民共和国开启了中国历史新的一页。

1949 年 12 月 9 日晚上 10 时，卢汉将军率领全省军政人员，在昆明通电全国，举行起义，宣布云南和平解放。云南历史也因此改变。

1948 年 8 月，贡山设治局最后一任局长陆双积，向滇西工委交出了政权，1950 年 3 月，在中共怒江特工委的领导下，贡山县临时政务委员会成立，同年 5 月，贡山县召开第一届各族各界代表大会，贡山县人民政府成立。独龙江即将迎来崭新的社会。

就在此期间，独龙江地区暗潮涌动，孔志清和其他独龙人经历着历史上最大的转折，他们的命运会因此改变吗？独龙人神话传说中期待的东方红太阳，真的能照亮独龙江吗？

受贡山土司暴乱以及德钦土司武装进入贡山暴乱影响，独龙江和贡山之间来往中断了多时。信息的闭塞，让诸多谣言四起，说什么共产党来了"要杀很多人，保长甲长全都要杀光""一个村子只准用一把菜刀""不准群众信教""共产共妻"等，弄得独龙江地区人心惶惶。

独龙族群众很多想逃往缅甸，孔志清家也不例外。

孔志清有个叔叔叫孔贤金，在缅甸做生意，很早就定居缅甸，平时也常常邀请孔志清一家过去玩。由于谣言传得厉害，孔志清产生了动摇，因为不知道外面究竟是怎么一回事，谣传中混乱的局面，让人无法估量会发展到什么程度。如果谣传是真的话，独龙人将难以保命。所以，孔志清和家人一起踏上了逃往缅甸的路。那时，孔志清和妻子马秀英，已经有了 2 个小孩。

正当孔志清家快要走到中缅边境时，一个送信的人追了上来，原来是接替陆双积的代理贡山县设治局主任和文龙的两封亲笔信。

孔志清记得，那天正好是 1949 年 8 月 20 日。

和文龙信中大意是告诉孔志清："现在贡山已经解放了，你在独龙江继续负责，要向群众好好地宣传中国共产党的政策，不能让群众跑到国外去。"

孔志清满心欢悦，他期盼已久的好消息终于来了，那些个谣言不攻自破了。但同时，他也吃了一惊，还好自己没有到达缅甸，要不然收不到这两封珍贵的信，自己所有的理想，独龙人所有的期待，全部都得落空呀！

孔志清马不停蹄赶回了独龙乡，立即召集独龙江群众，把这个好消息告诉了大家。

这让独龙江群众十分高兴，因为关于共产党好的传言，独龙江群众早有耳闻。孔志清在乡亲们面前清了清嗓子，大声对群众说："现在解放了，共产党政策好，共产党不剥削不压迫穷苦人民，你们思想上也不要有顾虑，不要再听信造谣的人说的那些鬼话，我们跟共产党走，你们一个都不要往缅甸逃了。"

独龙江人群众中，爆发了一阵阵掌声。

孔志清明白，这个消息来得太及时了。但同时，他也有点犹豫，或许是因为这信来得太突然，又或许是独龙人受的压迫欺骗太多，总之，在孔志清的心中，还是有点担心。他也暗暗在心里做好了最坏准备：要是来信是真的话，我们独龙人听共产党的话，跟着共产党走；要是来信是假的话，也许独龙江群众大部分跑到缅甸都很难说。所以，孔志清还是对独龙乡亲们说："不管是什么情况，我不动大家都不要动，等我来安排。"

孔志清这番话，起到了绝佳的宣传效果，他以自己的安危做赌注，劝住了独龙江群众，其结果是，没有一个独龙人逃往缅甸。

两个多月后，德钦吉福土司武装进入贡山，和文龙在暴乱中不幸遇难。一时间谣言又起，孔志清在独龙江碰到了从贡山二区（茨开）过来的群众，这些人正准备逃往缅甸，并对孔志清说："贡山虽然解放了，但听说保长以上的人一个都不留，要全部杀掉，这是我们参加会议时候听说的，每次开会都说了，你也赶快躲起来才好，不然他们一定会杀你的。"

孔志清仔细想了又想，并做了认真分析，断定这是谣言。因为和文龙在来信中说，共产党的政策如何如何好，孔志清是完完全全相信了信中所说的话，况且，和文龙也正是为了劳苦大众的解放事业，被吉福土司暴乱分子残忍杀害的。

土司历来的凶残，独龙人早就领教过，被土司杀害的共产党人，一定是为人民的好人，这样的党和党的好干部，完全值得信任。所以，孔志清决定，思想绝不能受谣言蛊惑而动摇，要在独龙江等待，必须等待中国共产党的到来，等待东方红太阳的到来！因为这不仅仅事关孔志清一个人的命运，更是关乎所有独龙人的命运。

"对独龙人来说，这或许将会是一个伟大的历史转折"，孔志清心里暗自欢欣。

等待的时间并不太长，1950年7月16日，贡山县里突然发来一份通知，邀请孔志清到县城一趟，有要事商议。

由于前面的事件，孔志清变得小心起来，尽管接到通知时他十分兴奋。

孔志清问送通知的人："现在县里是哪个领导来负责？"

负责通知的两人异口同声地说："是和桂芳同志负责。"

"和桂芳！那不正是小自己5岁的小学同学吗？和桂芳还是纳西族，看来新政权真的让人民当家做主了。"想到此，孔志清心中一阵窃喜。便对两位同志说："哦，和桂芳是我老同学。"

孔志清原来悬着的心，此刻完全落了地。

经过准备，第二天一大早，孔志清带着3位独龙人，向着贡山县城出发了。

一路上，孔志清想到了父亲孔目·金，想到了独龙人所经历的苦难岁月，还想到了今后独龙江地区在共产党带领下的种种美好图景……这让孔志清激动难耐。可不是吗？这是千百年来中国历史的巨变，也是千百年来独龙人翘首以盼的命运大转折。

经过艰难跋涉，到达贡山县城后，孔志清一看，真的变了，原先对边疆少数民族作威作福的那些国民党官老爷和美国洋大人都不见了，虽然恰巧和桂芳外出办事不在家，但县机关干部非常和气，对孔志清一行嘘寒问暖，安排吃住，十分热情周到。

待和桂芳回来，见到孔志清，两双手便紧紧握在一起。老同学一别多年，再次见面，却都换了天地，换了人间，人民真正当家做主了，少数民族同胞再也不会遭受欺压了。

和桂芳和孔志清两人，都是从困难中走出来的少数民族的优秀代表，此刻纵有千言万语，也无法表达对这个崭新社会和时代的感情。的确，无论是独龙人还是纳西族，假如没有共产党带领劳苦大众建立新中国，真不知道还要在那种水深火热的生活中，煎熬多少个年头呀！

和桂芳知道独龙江地区十分闭塞，担心孔志清不知道外面的情况，见面寒暄之后，就忙着给孔志清讲了许多共产党的政策和革命道理。孔志清听得津津有味。虽然孔志清听到见到想到过不少，但和桂芳如此细致深入系统的讲解，还是让孔志清脑洞大开，也更坚定了他深藏心中的看法。他觉得，有了这样为人民为民族的党的引领，独龙人翻身做主的机会真的到来了。

此外，和桂芳还给孔志清发了一套崭新的中山装，并严肃地对孔志清说："你现在参加工作了，今后独龙江的工作由你来负责。"

孔志清感觉得到这话的分量，将共产党县长给的中山装，披在了自己仅用麻布单子裹着的身上，思前想后，心潮澎湃。他看了看和桂芳，又转头看了看独龙江方向，最后将目光转向东方，转向红太阳升起的地方。

为了更好地让孔志清将党的政策与关怀带到独龙江，恰好由中国人民解放军进藏部队南路军在廖运周师长的指挥下，经过贡山的126团团长高建勋（后任十四军军长），专门为孔志清开了一个座谈会。

高建勋耐心细致地给孔志清讲解共产党的民族团结政策，并送了一本《中国人民政治协商会议共同纲领》，嘱咐孔志清认真学习领会，并带回独龙江地区进行宣传，要让独龙江群众都知道，中国共产党的方针政策是为了广大人民群众。另外，还赠送了盐巴、茶叶、饼干等礼物作为慰问品。

孔志清无法抑制住自己的激动和感动之情，这次亲身经历让他完全确信，这个世道变了，在他及他父亲孔目·金担任乡长期间，国民党设治局官僚除了剥削腐败无能，没有真正为独龙江地区和独龙人做过什么好事，独龙人长期受尽土司、豪强的欺压掠夺，从来没有衙门为独龙人做主。可现在呢，中国共产党的新政权刚刚建立，就给独龙人带来了这么多的关怀与慰问，两相对比，真是一个天上一个地下呀！受苦受难的独龙人，终于有大救星了；受苦受难的边疆少数民族，终于要翻身得解放了！

特别是这本红色封面的《中国人民政治协商会议共同纲领》（以下简称《共同纲领》），孔志清拿到手后，彻夜反复诵读学习，里面的内容真是太好了，每一章、每一段、每一节、每一句，都写到了孔志清的心坎上，其出发点和落脚点，无一不是为了受苦受难的各族人民群众。

这个晚上，贡山县城月明星稀，孔志清面朝东方，再次深情地诵读道：

> 中国人民解放战争和人民革命的伟大胜利，已使帝国主义、封建主义和官僚资本主义在中国的统治时代宣告结束。中国人民由被压迫的地位变成为新社会新国家的主人，而以人民民主专政的共和国代替那封建买办法西斯专政的国民党反动统治。中国人民民主专政是中国工人阶级、农民阶级、小资产阶级、民族资产阶级及其他爱国民主分子的人民民主统一战线的政权，而以工农联盟为基础，以工人阶级为领导。由中国共产党、各民主党派、各人民团体、各地区、人民解放军、各少数民族、国外华侨及其他爱国民主分子的代表们所组成的中国人民政治协商会议，就是人民民主统一战线的组织形式。中国人民政治协商会议代表全国人民的意志，宣告中华人民共和国的成立，组织人民自己的中央政府。中国人民政治协商会议一致同意以新民主主义即人民民主主义为中华人民共和国建国的政治基础，并制定以下的共同纲领，凡参加人民政治协商会议的各单位、各级人民政府和全国人民均应共同遵守。

"各少数民族、各少数民族……"孔志清反复念叨着，"新中国没有忘记我们，独龙人和其他少数民族一起成为国家的主人啦！"

> …………
> 五十条 中华人民共和国境内各民族一律平等，实行团结互助，反对帝国主义和各民族内部的人民公敌，使中华人民共和国成为各民族友爱合作的大家庭。反对大民族主义和狭隘民族主义，禁止民族间

的歧视、压迫和分裂各民族团结的行为。

第五十一条　各少数民族聚居的地区，应实行民族的区域自治，按照民族聚居的人口多少和区域大小，分别建立各种民族自治机关。凡各民族杂居的地方及民族自治区内，各民族在当地政权机关中均应有相当名额的代表。

第五十二条　中华人民共和国境内各少数民族，均有按照统一的国家军事制度，参加人民解放军及组织地方人民公安部队的权利。

第五十三条　各少数民族均有发展其语言文字、保持或改革其风俗习惯及宗教信仰的自由。人民政府应帮助各少数民族的人民大众发展其政治、经济、文化、教育的建设事业。

……………

"各民族一律平等……"，读到此处，孔志清抑制不住心中的喜悦，在房间里捧着《共同纲领》，边读边流下激动的泪水。

从古至今，没有一个国家政权把少数民族的地位提到如此高的位置；也没有任何国家政权如此重视和关心少数民族的生存发展；更没有什么国家政权，真正像现在这样，把少数民族当人、当这个国家的主人！中国共产党真了不起，中华人民共和国真了不起！

孔志清带着这本象征着红太阳光辉的《共同纲领》，满心欢喜地回到了独龙江地区，从江头到江尾，跑遍了大大小小各个村寨，立刻向独龙同胞详细讲解了自己此行的巨大收获，告知同胞们贡山解放的大事件，宣讲了《共同纲领》精神，还把慰问品分发给了独龙江群众。

一时间，独龙江沸腾了，独龙村寨沸腾了，独龙江同胞欢呼雀跃，打心底高兴地说："共产党这样好，共产党的政策这样好，点起火把也找不着。有了共产党的领导，今后我们独龙人就不会再受欺负了。"

在1个多月的时间里，孔志清和独龙江同胞沉浸在翻身得解放的巨大喜悦中，独龙人比任何时候都深深感受到，独龙江被红太阳巨大的光辉照耀着，而自己的族群则成为这片土地上真正的主人，从今往后，让土司见鬼去吧！让豪强见鬼去吧！让旧衙门见鬼去吧！独龙人迎来了一个真正的机会，独龙江同胞在共产党的领导下，开始设计未来幸福的金光大道。

孔志清抑制不住激动的心情，这样的变化来得太及时了，待宣讲工作差不多时，他急忙又赶到贡山县城汇报工作。

和桂芳看着这位满面春风的老同学，心中也甚是高兴，新中国百废待兴，独龙江也一样，接下来就是如何建设好自己家乡，如何让家乡的少数民族同胞过上好日子了。和桂芳以贡山县第一任工委书记兼县长的身份，向孔志清正式宣布："上级任命你为独龙江区区长。"此外，还交给孔志清20件土布，以备独龙江成立区公所时使用。

新政权的建立，让一切都有了新气象，也为边疆少数民族带来了无尽的希望。此后，就连原边纵七支队三十三团三营的教导员、现贡山县工委书记兼县长的和桂芳，也把自己的名字改成了和耕。

为什么要改成和耕？他是这样解释的：边疆贫苦农民都是自己的衣食父母，他要带领大家建设美好的家园，"桃花源里好耕田"，所以改名叫和耕。可不是吗？孔志清带着20件土布返回独龙江地区后，和另一个在王连芳看来懂汉语见过些世面的独龙人黎明义一道，开始紧张地筹备成立独龙江区公所。

1950年9月30日，这是一个对于独龙江地区具有特殊意义的日子。孔志清和黎明义在巴坡（原独龙江乡政府所在地）组织召开了独龙江全区代表大会，宣布贡山县第四区独龙江区区公所正式成立。这是独龙江地区划时代的大事件，独龙人第一次成立了自己的区政权，独龙人第一次自己当家做主了。

随后，大会采取投票选举的方式，选出了四个行政村的村长（由北至南，第一行政村设在龙元，第二行政村设在生井，第三行政村设在孔当，第四行政村设在茂顶）。当时参会代表热情高涨，大会结束之后，每个村又分别召开群众大会，积极宣传党的民族团结政策，村民们听得热血沸腾，受苦受难那么多年，终于迎来了东方红太阳，从此独龙江上空都将是艳阳。

孔志清将带回的土布按照每一户均分一小块，每家虽然只分到一两尺，但是礼轻情意重，共产党的恩情让独龙同胞深为感动。大家都说，从古到今，只有百姓向官家上贡纳税，哪见过官家给老百姓发衣发布？有这样的好领导（共产党）来给我们办事，今后我们独龙人的日子一定好过了。

独龙江之所以1950年能够在没有一个外来干部支援，不费一颗子弹的情况下实现和平解放，就是因为中国共产党的民族政策好。孔志清和其他独龙人，从来没有见过有哪个政党像共产党一样，把边疆少数民族看得那么重，千方百计、不遗余力地帮助独龙人翻身做主、排忧解难。

这是一个历史大转折，在这个转折点上，作为贡山县第四区独龙江区公所加之后面陆续下分成立的4个行政村，以及逐步建立以村为单位的基层组织，并推选出各村的村长、副村长等负责人后，独龙江实现了政治上真正地依靠中国共产党和中央人民政府，民主上真正地由独龙人当了家做了主，农业、经济、教育等方面，也将在新中国的统筹下，逐步建立和发展。

这是一个真正的机会，就像历史的春风，第一次拂过这片多灾多难的土地般，万千种子已在土地深处萌动，独龙江的第一个春天即将来到；在这个春天里，来自东方的红太阳即将像独龙人神话传说中的那样，把独龙江照得金光灿灿。

与此同时，在中国大地上，党中央即将从北京派遣一支专门负责少数民族工作的访问团。这支队伍，可以说是新中国少数民族事业的先遣队和奠基者，他们如一股强劲而浩荡的春风，吹向中国各少数民族村寨，吹响各民族团结进步的新时代号角！

春风访问民族边疆

1950年，初春，中南海，一阵阵清风，吹过毛泽东主席窗前。

他放下手中的笔，站了起来，朝窗外看了看，点燃了一根烟，吸了几口后，一个常常萦绕在心头的问题的解决思路，突然之间，似乎被这阵春风打开了。于是，他又连忙坐了下来，放下烟，拿起笔，记下了一件事关新中国少数民族地区未来发展的大谋略——组建和派遣中央民族访问团。

中国少数民族在历史上，绝大部分长期处于被压迫被剥削的地位。这些少数民族，对于以往的黑暗政权，怀有极大的仇视心态，并且各民族之间，也存在着相当大的隔阂与矛盾，在中国这样一个幅员辽阔的多民族国度，各民族团结进步关乎国家安全稳定大局，意义十分重大。所以，为消除民族之间的隔阂，宣传党的民族政策，根据毛泽东主席的建议，党中央决定，向全国各民族地区派遣访问团进行慰问。

这自然是中国民族关系史上的首创，体现了中央对地方少数民族的主动关怀，同时也为新中国的民族工作奠定了基石。当然，这也是一项涉及面极广、难度极大、战线极长的重大工作任务。在中国以往任何一个历史朝代，要做好这样的事情是难以想象的，但中国共产党在新中国成立不到一年的时间，就决心把这项艰难的工作做好做扎实！

1950年6月，中央人民政府政务院决定，派出中央民族访问团，分西北、中南、西南三路，后又增加东北共四路，访问各少数民族地区，开展慰问活动。

1950年7月2日至1951年3月5日，由刘格平任团长的中央西南各民族访问团，走访了云南、四川、贵州等民族地区。

1950年8月29日至12月1日，由沈钧儒任团长的中央西北各民族访问团，走访了新疆、甘肃、宁夏、青海等民族地区。

1951年6月20日至10月7日，由李德全任团长的中央中南各民族访问团，走访了广西、广东、湖南等民族地区。

1952年7月9日至9月23日，由彭泽民任团长的中央东北内蒙古各民族访问团，走访了内蒙古和东北等民族地区。

在1950年6月至1952年底的两年多时间里，中央民族访问团总行程达8万公里。

这是整个中央民族访问团的大致组成和行程。

从这组资料可以看到，在短短2年多的时间里，中央民族访问团为中国少数民族地区带去了无限的未来和无尽的希望。无怪乎作为中央西南各民族访问团第二分团副团长的王连芳，因为这个经历，经云南省委挽留，毅然决定留在云南从事民族工作40余年。可以说，访问团在改变各少数民族命运的同时，也改变了许多从事民族工作者的命运。而作为从原始社会直接过渡到社会主义社会的独龙族，也在这个巨大的历史滚滚车轮承载下，不断获得朝前发展的显性或隐性机会。

然而，一个民族的前进，其背后必定有着千万种机缘和千万个推手。

中央民族访问团第二分团，于1950年冬在丽江召开的各民族代表会议上，发生了王连芳和两个被冻得发抖的独龙人代表之间的故事；之后，作为领队，贡山县县长和耕，将丽江各民族代表会议精神传达到了独龙江；王连芳一直抱憾自己探访独龙江地区没能成行，但1957年，云南少数民族社会历史调查组第一次进入独龙江，进行了深入调查……这一系列事件，看似没有直接关联，实际上却在错综复杂的历史进程中，相互影响着促进着。

这一切的起因，或许可以说是因中央民族访问团对党的民族政策宣传，以及慰问带来直接或间接的影响，而使独龙人获得了全新的发展机会……

那么，为什么中央民族访问团会有如此巨大的能量呢？中央民族访问团，何以像春风吹拂大地，为中国各少数民族地区带去勃勃生机，孕育无限的力量呢？或许，我们可以从王连芳作为中央民族访问团的亲历者和见证者身上，探寻到根本原因。

王连芳在昆明和孔志清谈话之后，对独龙族又有了些新的看法。他觉得，像独龙族这样的"直过民族"，生活在那种与世隔绝的环境中，假如没有国家不遗余力的连续帮扶，是永远不可能过上好日子的。而自己参与的中央民族访问团，正是为这种帮扶的可能性，打下了第一根桩。

这根桩，为包括独龙族在内的中国各少数民族，在未来建构各自宏伟的民族发展大厦，奠定了坚实的基础。王连芳永远忘不了，中央民族访问团成立和出发前的种种情景；更忘不了，作为中央民族访问团第二分团在云南与各少数民族同胞相濡以沫的日日夜夜……

中央民族访问团成立时，从中央民族事务委员会、文化教育委员会、内务部、卫生部、贸易部、中央共青团等20多个单位抽调了120余人。由中央民委副主任刘格平任团长，著名学者费孝通和夏康农任副团长，下设三个分团，其中，第二分团赴云南，夏康农兼任分团团长，王连芳任分团副团长。

当时，夏康农不过40多岁，王连芳刚刚30岁，秘书长聂云华只有27岁，大多数团员都是20多岁，最小的才18岁，相当一部分同志都是来自大城市的学生。

团长刘格平，作为中央民委副主任，有着过硬的政治素养和丰富的带队经验；副团长费孝通和夏康农，都是各自领域的顶级专家，精于治学。费孝通曾游历云南，对红土高原有着特殊的感情，是中国现代人类学和社会学的创始人之一；第二分团副团长王连芳，早年就在反法西斯战争中担任著名"回民支队"政委，享有英雄美名，是一位既有理论修养又有实战经验的领导。另外，团员中还有后来成为著名歌唱家的胡松华、郭淑珍、仲伟；成为舞蹈家的张苛；成为作家的李乔（后一直生活在云南）、邓友梅等。

郭淑珍在多年后回忆说："毛主席跟我们说了，不要说少数民族啊，说什么？叫兄弟民族。"旧地重游云南她曾感慨道："我一生的事业和世界观，是在访问团打下的基础。"这句话对于其他团员来说，又未尝不是如此！总而言之，这是一支朝气蓬勃的优秀专业的队伍，别看队伍成员年轻，他们可肩负着党中央交予的重任。

毛主席非常看重这次对少数民族地区的访问,在1950年5月,接见中央民族访问团全体同志时,亲笔写下"中华人民共和国各民族团结起来"的题词。

党和国家其他领导人也都纷纷题词。

朱德的题词是:"全国各民族亲密团结起来,为建设独立、民主、和平、统一、繁荣、富强的新中国而奋斗!"

刘少奇的题词是:"过去汉族的统治阶级是压迫国内各少数民族的,但是中华人民共和国必须帮助各少数民族的人民大众发展其政治、经济、文化、教育的建设事业。"

周恩来的题词是:"中华人民共和国境内各民族一律平等,团结互助反对帝国主义和人民公敌,实行少数民族的区域自治和人民自卫,尊重民族宗教信仰和风俗习惯,发展经济文化,使中华人民共和国成为各民族友爱合作的大家庭。"

宋庆龄、李济深、张澜等,也都为访问团题了词,足见党和政府对这次访问团的重视程度。

中央民族访问团的同志很有心,把这些珍贵的题词制成条幅和锦旗作为礼物,准备送给各少数民族兄弟。

为做好访问准备,访问团全体团员于6月集中在国子监学习1个多月。首都中央各机关,对中央访问团即将访问西南各兄弟民族极为重视。

当时,中央书记处书记、北京市委书记彭真的秘书找到王连芳,说:"看到调查提纲(王连芳负责起草的访问团调查提纲)后,彭真同志本来要亲自找你谈一谈,因最近实在是太忙,先派我来传达一下他的初步意见,第一,访问有多种功能,但其中一个重大的政治任务就是多方面了解民族情况报告中央,为中央今后的民族工作决策做参考;第二,调查提纲所列的项目都可以,但最根本的东西是调查各民族群众的愿望、要求和疾苦,不要以为群众意见零碎,从零碎的意见中可以看到人民的真实要求和期待,从而懂得人民要我们干什么,不要我们干什么;第三,调查要尽可能深入,尽可能深入下面一村、一户、一个人那里了解情况。"

中央民族事务委员会主任李维汉，西南军政委员会副主席、西南民族事务委员会主任王维舟，先后给访问团做了关于民族政策及西南诸省情况的报告。

中华全国民主妇联副主席邓颖超，也到访问团驻地看望访问团成员并做出指示，希望访问团多关心少数民族妇女的状况，将这些状况和她们的意见带回来。

在政务院文教委员会、民族事务委员会联合举行的欢送晚会上，气氛比较轻松，大家似乎有说不完的话。文教委员会主任委员郭沫若风趣地对访问团说："中国少数民族并不是自古就落后的，你们知道吗？白米饭是从哪里来的呢？追根溯源，禾稻一类植物的原生地就在印度支那和云南，后经过驯化，才由西南传入内地，饮水当思源，我们应当感谢西南的各族人民。访问团全体团员要抱谦虚和学习的态度，化除过去民族间历史的隔阂，学习他们丰富的艺术宝藏。"

在文化部举行的欢送晚会上，部长沈雁冰、副部长周扬，以及中央戏剧学院副院长曹禺等，一再勉励访问团里的文化工作者，要通过艺术来促进民族间的团结；同时，要实事求是，弃绝猎奇的态度。

最为重要的是，在访问团出发前夕，周恩来总理专门召集总团和分团的6位领导人，到中南海勤政殿总理办公室开会。

周恩来总理的办公室非常简朴，只有一条长桌、几把椅子。当周总理从内室走出来和访问团6位领导人一一握手时，他也没想到，一两年后，同样在北京，他会握着独龙人代表孔志清的手，为西南边疆独龙人决定下一个民族的名字。

周总理笑着让大家坐下，原本严肃的气氛，在周总理平易近人微笑的感染下，顿时变得轻松起来了。

随后，周总理看了看大家，用语重心长的话开门见山地说道："这次访问，是毛主席亲自提议和决定的。由于历代统治阶级和国民党长期实行民族压迫政策，民族隔阂很深，加上各民族社会发展水平各不相同，在访问中，少数民族对你们可能不理解，不欢迎。因此，在工作中应掌握四条原则：一是要准备受冷淡。你们下去可能会受冷淡，但受冷淡也要热情地慰问。他们越冷淡，你们越要热情。二是要决心赔不是。你们要代表中央向因我们的老祖宗过去欺压人家，造成人家无数痛苦的兄弟民族赔不是。"

王连芳听到这里，颇感疑惑，便插话道："过去压迫少数民族的是历代反动统治阶级和国民党，我们中央怎么能替他们赔不是？"

周总理听后，意味深长地看了王连芳一眼，又看了在座的其他同志，他发现大家似乎都对王连芳提的这个问题，有同样的困惑。于是，他边点头边微微笑了一下，然后耐心而坚决地说："我们既然接受了整个国家这个'家业'，还能不接收他们欠下的'历史债务'吗？"

大家都被周总理风趣幽默的反问逗得笑了起来，会场气氛更加自然活跃了。

"三是一切听人家。到了那里以后，人家叫你干啥就干啥，人家不愿意办的事，你们绝不要去办。主席把我们这个团定为民族访问团，我想是大有深意的，大家有没有想过，为什么主席没有把我们这个团叫作民族考察团或民族调查团呢？那是因为主席要让我们带着感情去做民族工作。访问是什么？访问就是要把少数民族当成知心人和亲人。你们不仅是一支队伍，还应该是一股春风，既要访，也要问，但主要是要听人家的。"周总理轻轻啜了一口茶，继续说道。

"大奴隶主和大土司说的话，我们也要听吗？"有同志似乎不大理解，质疑道。

周总理朝前微微欠了一下身子，又坐直了，脸上的表情变得很严肃，但声音柔和而坚定地说："要听，民族上层不同意的事，我们绝不做，他们不喜欢听的话，我们绝不说。因为那里的群众，现在还都听他们的，我们也就必须听。要团结各民族，必须首先团结民族上层和宗教人士。"（访问团到达重庆后，时任西南局第一书记的邓小平，对周恩来总理的这条指示，做了更为明确的引申和阐释：民族上层不点头，我们就不要干。）

说到这里，大家心中立即释然了。王连芳隐隐感觉到，这次出发前周总理讲的这些道理，实在是太重要了。这让他有些激动，稍定了定神后，他继续听总理讲话。

"四是工作中万一和兄弟民族发生矛盾和误解，你们要先做自我检讨。你们去了那么多人，虽然都经过民族工作的方针政策教育，但工作中仍难免会出现失误，万一和少数民族有了误解，不管是非曲直，责任在何方，你们，包括当地军政人员都要首先自我批评，争取得到少数民族群众的谅解。"

这四条指示，宛如醍醐灌顶，大家都向周总理投去钦佩的目光。

接着，周总理又详细询问了此次访问团的具体装备和行程，以及访问团工作守则等细节，同时还提出了很多好的建议。

周总理对待民族工作如此严谨认真、事无巨细、高度重视的作风，让大家深受感染，也让王连芳觉得身上的担子很重，但这一切，又是那么别有意义。

这四条指示，成为中央民族访问团的行动纲领。一定程度上，这四条带着党和国家领导人深切关怀的指示，成为访问团胜利完成访问任务的行动指南和精神力量。

最后，周总理特别叮嘱，给少数民族兄弟送礼品要注意实用，西南兄弟民族群众特别缺乏盐巴。

从周总理办公室回来之后，王连芳深受震动，连日将中央民族访问团的任务、工作方法和各少数民族地区工作守则等反复学习默记，以便到了少数民族地区，更好地开展工作。这些内容是经过反复修订最后达成共识的，是党中央对访问团工作的基本要求，充分体现了党中央对少数民族工作的特别重视：

一、任务

（一）代表中央向西南地区各兄弟民族进行宣传、慰问，以加强中央与各兄弟民族间之联系。

（二）对西南各兄弟民族之政治、经济、文化情况，民族关系，群众要求以及当前民族政策的执行情况，有重点地进行调查研究，并收集有关资料。

二、工作方法

（一）本团在各地之一切工作活动应受西南军政委员会的统一领导，与各地政府的工作配合起来，取得协助，增加干部，扩大访问团组织。

（二）鉴于西南各民族情况复杂和觉悟水平之不同，我们的访问工作及其方法应采取慎重和缓进的方针。

1. 访问之初，应首先通过当地少数民族出身的干部和有声望之人士，作为工作桥梁，对其上层和群众进行联络和疏通工作，求得接近。

2. 然后，集体地或分头地对各民族及其各部落进行慰问，原则上掌握通过上层达到联系下层，有条件的召开一些民族联谊会、座谈会、慰问大会、人民代表会等。

3. 在调查研究中必须掌握点与面的工作结合。

（三）干部工作作风，力求民族化，学习民族简单通用语言，一切生活行动，力求适应各民族的风俗习惯，善于体贴其民族情感，并严格遵守工作守则。

三、守则

（一）云南麽些、栗粟、彝族地区工作守则：

1. 不触动神位，不在神位上放东西。

2. 敬神祭祀时不窥视，不嬉笑。

3. 不在神树上拴马，不攀爬神树。

4. 不在神树和神庙附近大小便。

5. 做客时不吃鸡头鸡脚。

6. 不随便进厨房，不在火炉上烤东西，不跨过火炉。

7. 不拒绝食物。

8. 不坐门槛。

9. 不随便进入少数民族的住室。

10. 走路时小心提防捕兽的陷阱和地弩。

…………

1950年7月2日,中央民族访问团西南分团120余人,在刘格平团长的率领下,离开北京,拉开了对西南各少数民族访问的大序幕。

《人民日报》于当天第一版发表社论《送西南访问团》,为民族工作打气、为西南分团壮行:

> 我国境内各民族人民,曾饱受了数千年来封建主义的压迫、百余年来帝国主义的侵略和二十余年来官僚资本主义的掠夺。在帝国主义和国民党反动统治的年月,各民族人民普遍遭受了残酷的奴役与剥削。历代反动的统治者,特别是汉族的反动统治者,有意地制造各民族间的歧视和分裂,以便利于他们的压迫统治,甚至于消灭少数民族。汉族的反动统治者在历史上对于各少数民族做了许多罪恶,欺诈、掠夺、奴役和屠杀,无所不至,使少数民族困居偏僻的山地,政治、经济和文化生活,长期处于落后状态,人口亦逐渐减少。
>
> 在国民党反动派统治的时期,汉族的反动统治者蒋介石,不但勾结帝国主义和国内一切反动势力,压迫汉族的广大人民;而且变本加厉地实行大汉族主义,残暴压迫我国境内各少数民族的人民,甚至不承认少数民族的存在。正如毛泽东同志在《论联合政府》一书中所说:"国民党反人民集团否认中国有多民族存在,而把蒙、回、藏、彝、苗、瑶各少数民族称之为'宗族'。他们对于各少数民族,完全继承满清政府及北洋军阀政府的反动政策,压迫剥削,无所不至。"
>
> 但是,现在的情形已经有根本的改变了。汉族人民在中国共产党的领导下,生长了历史上空前的伟大革命力量,打倒了汉族的反动统治集团,使汉族和其他各族人民都得到了解放。这不但在中国的历史上,而且在国内各民族的关系上,展开了一个新时代。过去民族歧视、压迫和分裂的历史从此一去不复返了。中华人民共和国成立了,我们有了属于各民族人民自己的政府。这个政府执行着正确的民族政策。《共同纲领》规定:"中华人民共和国境内各民族一律平等,实行团结互助,

反对帝国主义和各民族内部的人民公敌，使中华人民共和国成为各民族友爱合作的大家庭。反对大民族主义和狭隘民族主义，禁止民族间的歧视、压迫和分裂各民族团结的行为。"在这个《共同纲领》的民族政策之下，我们要把过去汉族压迫少数民族的历史宣告结束。我们要把过去汉族的反动统治者在国内各民族间所造下的罪恶和历史误解一扫而空，使各族人民从此亲密携手，走进团结互助、友爱合作的大家庭。

西南访问团的出发，正是我国各民族真正友爱合作的一个象征。访问团将代表中央人民政府，对于各兄弟民族的人民在过去所遭受的痛苦，致以深切的慰问，并且征求他们对于中央人民政府各种政策实施的意见。应该使各兄弟民族的人民了解现在我们已经走进了历史的新时代，国内各民族人民必须平等互助、亲密团结。为了实现民族的平等，需要我们做种种的努力。把蒋介石匪帮打倒，还只是为民族平等开辟道路；过去反动统治历史所造成的我们民族的政治、经济和文化的落后状态仍然存在。这就要求我国各民族人民团结一致，共同努力，发展各民族人民大众的经济和文化教育事业。希望西南访问团的工作能帮助中央人民政府在这一方面作一个良好的开端。

一列朝着武汉前进的火车，将中央民族访问团带来了。

抵达武汉，访问团做短暂休整后，于7月6日，登上了"民生"号江轮，在滚滚向东流的长江中溯水而上，经过七昼夜颠簸，抵达中共西南局所在地重庆。

邓小平当时任中共中央西南局第一书记、西南军政委员会副主席，他对民族工作有着相当的研究，也十分重视，一听说访问团来了，非常高兴，立即就赶往重庆上清寺中学看望慰问。

在访问团驻地，邓小平与访问团成员愉快地寒暄，语重心长地和大家说："你们是党中央、毛主席派来慰问少数民族人民群众的，是新中国成立后，我们党派出的第一支由百余人组成的民族工作使团，从规模上就足以证明党中央、毛主席对少数民族工作的重视，你们身上的担子不轻呀！"

王连芳记得，当时刘格平团长和大家都很兴奋，他代表大家高声回答说："请小平同志放心，我们一定不辜负党中央、毛主席的希望，坚决完成任务！"

"好，好，好！"小平同志听后满意地连声作答，稍微休息喝了一口水后，接着和大家说："同志们，由于历史的原因，我们的少数民族同胞大都生活在偏远地区，生活条件异常艰苦，在国民党反动派统治的几十年里，他们不仅生活上受压迫，精神上还要受歧视，饱尝了许多常人难以想象的苦难。如今新中国成立了，我们共产党就是要把他们从苦难中彻底解放出来，组成团结的民族大家庭，共建美好家园。今天你们是代表党中央、毛主席来开展工作的，因此我希望你们对少数民族同胞一定要以心换心，把他们当成自己的亲人、朋友，彻底把心交给他们，把党中央、毛主席的关怀送到他们心坎上，只有这样，才能深入到他们之中去，才能做好工作。同志们，你们马上就要投入工作了，我希望你们记住，新中国是一个民族众多的大国，民族工作绝无小事！"

说到最后一句时，邓小平加重了语气。

"是啊，民族工作绝无小事，小平同志说到访问团成员的心坎上了。"王连芳暗自想。

第二天发生的情景，让王连芳更加难忘。邓小平、刘伯承（时任西南军政委员会主席、中共西南局第二书记）、贺龙（时任西南军区司令员、中共西南局第三书记）等军政领导，接见和设宴款待访问团成员。

华北大学（中国人民大学的前身）刚毕业的访问团团委书记彭清一，很年轻，不到20岁，他等刘格平、费孝通等敬完酒后，走到刘伯承身边，敬礼后说："我代表北京来的所有青年同志向首长敬酒！"说完便干了杯中酒。

刘伯承爽朗一笑，端起酒杯起来站直，对彭清一示意了一下，然后看了看大家说："青年人敬我的酒我是一定要喝的。"一仰脖，便干了杯中酒。横着空酒杯，又笑呵呵地说："你们看，我干了啊！"

彭清一接着向邓小平和贺龙敬酒。邓小平微笑着一饮而尽，随后，却把刚要起身的贺龙按回座位,并接过贺龙的酒杯,对大家继续笑着说:"同志们,贺龙同志血压高,不能多喝酒,但是你们年轻人敬的酒,他又确实应该喝,这样,我替他干了这杯酒,大家不会有意见吧!"说完便一口干了贺龙杯中的酒。

邓小平此举,让革命家战友间的诚挚关爱之情感动了所有人,赢得了大家一阵热烈的掌声和叫好声。整个酒宴也就更加轻松愉快起来,自然宴会间的谈话,也转向了主题——访问团和民族工作。

谈到关键处,邓小平看了看刘伯承,对大家说:"要说做少数民族人民群众的工作,伯承同志可是有历史经验的,彝海结盟的故事大家一定都知道,所以你们有什么事情尽管向他请教,伯承同志一定会帮助大家的!"

说完转头,仍用纯正的四川话问刘伯承:"伯承同志,没得问题吧?"

刘伯承满面红光,也带着浓重的川腔答道:"没得问题,没得问题!"

接着此话题,刘伯承动情地对大家说:"以我之见,只要真正以心换心,以诚相待,少数民族同胞是最好交朋友的。"

大家听了邓小平和刘伯承的话,颇受启发,发出一阵阵轻微的赞许声。

邓小平看到现场气氛热烈,大家情绪十分高涨,便起身举杯,高声说道:"我提议,大家举杯,为圆满完成党中央、毛主席交给你们的光荣任务干杯!为民族大团结干杯!"

"为民族大团结干杯,为民族大团结干杯……"酒杯和酒杯碰撞在一起,人声和人声交会在一起,这场欢迎酒宴,预示着新中国成立后,中国少数民族工作序幕的一个全新开启。

7月21日,邓小平在欢迎中央民族访问团西南分团大会上发表了《关于西南少数民族问题》的讲话。

这是一篇有着独到创见的讲话,也是对毛泽东思想中,关于少数民族问题理论的精微阐释与概括,还是对中国共产党少数民族政策的绝妙解读,更是成为访问团重要的民族工作指南。讲话全文如下:

关于西南少数民族问题

在少数民族问题上，我还是个小学生。同志们对这个问题的研究比我要多，又是专门做这方面工作的。我今天主要是把西南的情况，同少数民族的问题联系起来讲一讲。

少数民族问题，在西南来说是很重要的。我们中国的少数民族最多的地区，一个是西北，一个是西南。恐怕西南比西北还多，而且情况也比较复杂，西南的国境线从西藏到云南、广西，有几千公里，在这么长的边境上，居住的绝大多数是少数民族。少数民族问题解决得不好，国防问题就不可能解决好，因此从西南的情况来说，单就国防问题考虑，也应该把少数民族工作摆在很高的位置。

西南的少数民族究竟有多少，现在还不清楚。据云南近来的报告，全省上报的民族名称有七十多种。贵州的苗族，据说有一百多种，实际上有些不是苗族。例如侗族，过去一般都认为是苗族，实际上语言、历史都不同，他们自己也反对这么说。从这一情况就可看出，我们对少数民族问题不仅没有入门，连皮毛还没有摸着。当然经过三两年工作之后，对各个民族有可能摸清楚。历史上弄不清楚的问题，我们可能弄清楚。

在中国历史上，少数民族与汉族的隔阂是很深的。由于我们过去的以及这半年的工作，使这种情况逐渐地在改变，但不是说我们今天已经消除了隔阂。少数民族要经过一个长时间，通过事实，才能解除历史上大汉族主义造成的他们同汉族的隔阂。我们要做长期的工作，达到消除这种隔阂的目的。要使他们相信，在政治上，中国境内各民族是真正平等的；在经济上，他们的生活会得到改善；在文化上，也会得到提高。所谓文化，主要是指他们本民族的文化。如果我们不在这三方面取得成效，这种历史的隔阂、历史的裂痕就不可能消除。我们中华人民共和国是一个多民族的国家，只有在消除民族隔阂的基础上，经过各族人民的共同努力，才能真正形成中华民族美好的大家庭。我们是有条件消除民族隔阂的。历史上的反动统治实行的是大民族主义的政策，只能加深民族隔阂，而今天我们政协共同纲领所规定的民族政策，一定能够消除这种隔阂，实现各民族的大团结。

我想讲点西康藏族的情况。过去藏族与汉族的隔阂很深，但是我们进军西南，特别是宣布了解放西藏的方针，提出十项条件以后，发生了很大的变化。过去他们的情况怎样呢？过去西康的反动统治把他们搞苦了。我们进去以后，首先宣布了共同纲领的民族政策，同时我们军队的优良作风也在一些具体问题上体现出来，例如执行三大纪律八项注意，尊重藏民的风俗习惯、宗教信仰，不住喇嘛寺等，这样就赢得了藏族同胞的信任。他们说，我们的军队太好了，老百姓的房子，就是下大雨，不让进就不进，不让住就不住，这是实行正确政策的结果。历史上的统治者，何尝没有宣布过好的政策，可是他们只说不做。我们的政策只要确定了，是真正要实行的。对于我们提出的十条，有的西藏的代表人士觉得太宽了点。就是要宽一点，这是真的，不是假的，不是骗他们的。所以这个政策的影响很大，其力量不可低估。因为这个政策符合他们的要求，符合民族团结的要求。

在西南少数民族地区，历史上我们党曾经做过一些工作，产生过好的影响。长征时，红军经过的地方，如云南、贵州，散布了一些革命的种子，就是在西康，也有一些革命影响。红军北上时，为了自己的生存，做了一些犯纪律的事，那时饿慌了，没有办法。现在我们应该跟他们说，当时全国革命的负担放在你们的身上，你们对保存红军尽了最大的责任。对那时办得不对的事，应当向他们赔礼。这次我们到那里，一些藏族人士也很坦白地说，那时把粮食吃光了，心里不愿意，现在了解了。他们为自己的解放感到高兴。

经过这些历史上的工作，加上今天的工作，我们完全可以解决几千年遗留下来的民族隔阂，把各民族团结好。在世界上，马列主义是能够解决民族问题的。在中国，马列主义与中国革命实践相结合的毛泽东思想，也是能够解决这个问题的。只要我们真正按照共同纲领去做，只要我们从政治上、经济上、文化上诚心诚意地帮助他们，就会把事情办好。只要一抛弃大民族主义，就可以换得少数民族抛弃狭隘的民族主义。我们不能首先要求少数民族取消狭隘民族主义，而是应当首先老老实实取消大民族主义。两个主义一取消，团结就出现了。

我们进军西南以来，有这么一个概括的认识：西南的民族问题复杂，西南民族问题必须解决好。这牵涉到各方面的工作，但我们对情况又了解得很少，因此强调要采取非常稳当的态度，从一开始就把民族关系搞好。强调解除各民族对人民解放军的顾虑，解除民族之间的隔阂。对少数民族的许多事宜，不盲动，不要轻率地跑去进行改革，不要轻率地提出主张，宣传民族政策也不要轻率。在实际行动中严格执行纪律，不侵犯他们一丝一毫的利益，包括征集公粮也要照顾他们的实际困难，首先保证决不能超过历史上的负担，只能少于历史上的负担。我们确定：在少数民族里面，正是由于过去与汉族的隔阂很深，情况复杂，所以不能由外面的力量去发动少数民族内部的所谓阶级斗争，不应由外部的力量去制造阶级斗争，不能由外力去搞什么改革。所有少数民族内部的改革，都要由少数民族内部的力量来进行。改革是需要的，不搞改革，少数民族的贫困就不能消灭，不消灭贫困，就不能消灭落后，但是这个改革必须等到少数民族内部的条件具备了以后才能进行。

现在我们民族工作的中心任务是搞好团结，消除隔阂。只要不出乱子，能够开始消除隔阂，搞好团结，就是工作做得好，就是成绩。如果我们患急性病，像在汉族区域一样，总想很快地拿到粮食，很快地把群众组织起来，使工作见效，那就非出乱子不可。过去其他地区出了些乱子，其中极重要的原因就是患急性病。这教育了我们的许多同志，不能患急性病，来一点"慢性病"没有关系。"慢性病"不会犯错误，急性病就要犯错误，别的事情既不能患急性病又不能患慢性病，这件事情不要怕患"慢性病"。当然我们还是要做工作，不能因为怕患急性病就睡起觉来，要稳步地做，摸准情况前进。团结的基础巩固一步，工作也就前进一步。我们有些同志主观愿望是好的，但是患急性病，因此领导上要经常防止急性病。当前在少数民族地区做工作，一个重要原则就是不准出乱子，不能把事情搞坏。一百个干部有九十九个做得好，有一个干部出乱子，也可以把事情搞坏。基于这样的想法，我们派往少数民族地区的干部要少而精，不在数量而在质量。他们要懂得民族政策，真正想把少数民族工作做好，不准一个人出乱子。必须保证这一点。这个时期西南在民族问题上还没有出什么乱子，原因就是工作稳当，这就叫成绩。

那末，到现在工作做得够不够呢？现在已经出现了一系列的新问题，需要我们进一步做工作，否则就要出乱子。举例来说，共同纲领规定，各少数民族聚居的地区，应实行民族的区域自治。纲领宣布了，少数民族很高兴，在高兴的同时，就要问什么时候实行，如何实行。他们要求兑现。如果半年不兑现，一年还不兑现，他们就会不相信我们的政策。这个政治上的问题，不解决不行。我们党在历史上曾经遇到过这个问题，比如在内蒙古，这方面是有经验的，在陕甘宁边区的北面，也有些经验。而在广大的新区，还没有经验，对许多干部来说还是个新问题。但是现在必须开步走，因为少数民族的要求是迫切的。在西康，有的代表人士甚至还想在实行区域自治时用"波巴政府"这个名字。现在这件事还没有谈好，不过一定要有一个他们满意的名字才行。西康有许多地名是汉人取的，我们叫惯了，不等于他们习惯。这还是一个名称问题，其他问题就更复杂了。比如康东过去划有县，有一二十年的历史了，现在实行民族区域自治，还保存不保存县呢？从发展前途看，保存县有好处，而且已经是习惯了的，但是他们赞成不赞成呢？有一个原则，他们不赞成就得取消，另外划。还有，在实行民族区域自治的时候，少数民族内部问题如何解决？有的过去打冤家，你打过来，我打过去。这主要是过去推行大汉族主义的反动统治阶级挑起来的，是大民族主义统治弱小民族的手段，但是他们内部也有很多利害关系。我们应该冷静地考虑这些问题，使他们团结起来，不要再打冤家。又比如实行民族区域自治，我们派不派干部？派是必要的，但一定要少而精，要派真正能帮助他们的干部，至于用什么名义，这要跟他们商量。我们的同志去工作，是一件苦差事，思想要搞通，要有一些愿意做这个工作的同志去那里工作。这一系列问题，牵涉到实行民族区域自治的政策。

今天我们在西南实行民族区域自治，首先开步走的应是康东，因为各种条件比较具备。第一，藏族同胞集中；第二，历史上有工作基础；第三，我们进军到那个地方后，同藏族同胞建立了良好关系；第四，那里还有个进步组织叫东藏民主青年同盟，有一百多人。有这些条件，就能马上去做工作。这是一个很大的问题，如果解决得好，可以直接影响西藏。其他地方也要积极创造条件去做，不能只停留在口号上。有些地方也可以先成立地方民族民主联合政府。比如大小凉山是彝族聚居区，应该实行民族区域自治，但现在条件不够，这样的地区暂时只适宜于成立地方民族民主联合政府，这对他们更有好处。云南、贵州也是适合于成立地方民族民主联合政府的。还可以在联合政府下面，实行小区域自治，比如一个民族聚居乡。少数民族的事应该由他们自己当家，这是他们的政治权利。

从经济上看，现在不开步走也不行了。比如西康，这方面也出现了一系列的问题。首先是粮食问题，现在我们只进去三四千人，一下就借了七十万斤粮。一些进步的上层人士帮忙很大，不但把粮食借给我们，而且价钱公道。但是老是这样不行，少数民族群众负担不起。再如市场问题，贸易问题，金融问题等，这些经济问题也遇到了，如果不解决，就会动摇政治的基础。实行民族区域自治，不把经济搞好，那个自治就是空的。少数民族是想在区域自治里面得到些好处，一系列的经济问题不解决，就会出乱子。毛主席对西藏问题就确定了两条，第一是实行民族区域自治，第二是进军西藏"不吃地方"。这两条搞好了，才能解决西藏问题，才能团结起来巩固国防。这两条对所有少数民族地区都是适用的。政治要以经济做基础，基础不坚固还行吗？

如果我们只给人家一个民族区域自治的空头支票，而把人家的粮食吃光，这是不行的。我们对少数民族地区确定了一个原则，就是在汉族地区实行的各方面的政策，包括经济政策，不能照搬到少数民族地区去，要区分哪些能用，哪些修改了才能用，哪些不能用。要在少数民族地区研究出另外一套政策，诚心诚意地为少数民族服务。比如贵州的少数民族，大多住在山上，如果我们能够给他们解决吃盐的问题，那就一定能够得到他们的拥护。又如西康现在还不通汽车，怎样在经济上同内地沟通，从内地进什么货，他们的东西怎么运出来，价格如何，怎样使他们有利可得，这些都要妥善处置。我们在贸易上实行等价交换，但是有时还要有意识地准备赔钱。我们帮助少数民族发展经济，很重要的一环是贸易，经济工作应当以贸易工作为中心。要帮助少数民族把自己的贸易活动组织起来，这不是我们能够包办的。贸易中要免除层层中间剥削，使他们少吃亏。这样经济就活了，他们的生活也就会好起来。目前的关键就是首先要使他们在贸易中获得利益，然后在这样的基础上，帮助他们逐步地从农、工、牧、商等方面发展。

在文化方面，也有许多工作要做。要尽快提高少数民族的文化水平。应在少数民族地区举办一些教育事业，动员一些人到那里去办学校。现在最好先办一些训练班，着重宣传民族政策。办学校最困难的是没有教员。我们不是没有经费，不是其他问题，就是没有人教课。西南人才缺乏，我们要解决这个问题，就必须迅速创办民族学院，吸收一些青年进民族学院深造。同文化教育相联系的还有卫生问题。少数民族地区卫生工作也很重要，那里迫切需要医药。在当前来说，文化工作首先要以卫生工作为中心，卫生工作作用很大。

所有这些事情，政治的也好，经济的也好，文化的也好，现在都要开始去做。所有这一切工作，都要掌握一个原则，就是要同少数民族商量。他们赞成就做，赞成一部分就做一部分，赞成大部分就做大部分，全部赞成就全部做。一定要他们赞成，要大多数人赞成，特别是上层分子赞成，上层分子不赞成就不做，上层分子赞成才算数。为什么？因为在少数民族地区，由于历史的、政治的、经济的特点，上层分子作用特别大。进步力量在那里面很少，影响很小。将来这个力量发展起来，会起很大的影响，现在不起决定影响。现在一切事情都要经过他们上层，要对上层分子多做工作，多商量问题，搞好团结，一步一步引导和帮助他们前进。如果上层这一关过不好，一切都要落空。我们有些同志往往采取激进的办法，以为不通过上层分子能搞得更好。事实上不是搞得更好，而是搞得更坏，不是搞得更快，而是搞得更慢，因为阻力大。对上层分子的工作做好了，推动他们进步了，同我们的合作搞好了，这样，在他们的帮助下来推进工作，就要顺当得多。有的同志思想有顾虑，以为这样做会丧失阶级立场，不懂得在那里阶级立场表现得不同。什么叫正确的阶级立场？就是现在不要发动阶级斗争，做到民族与民族之间的团结，这就叫正确的阶级立场。当然我们也不是完全依靠上层，而是通过他们慢慢影响各方面的工作。

附带说一说，有一些特殊问题，也要根据实际情况解决。比如我们在少数民族地区确定不搞减租，不搞土改，但是贵州苗族人要求减租，要求土改，而且比汉人还迫切。究其原因，这是很自然的，因为贵州苗族中地主很少，他们绝大部分种汉人的地，而且是山坡地。他们的要求很合理。如果不允许他们实行减租、土改，那就是大汉族主义，就是不直接照顾他们的利益。但是这样的要求，可能苗族上层少数地主分子不赞成。所以我们特别作了规定，凡是种的土地是汉人地主的，就实行减租、土改，而种的土地是苗族地主的，就不实行减租、土改，由他们本民族慢慢地采取协商的办法去解决。这就是说，减租、土改在少数民族地区不是完全不提，有些地区还应该进行，但必须有一个条件，就是他们有这个要求，而且不是少数人要求，而是大多数人要求，不是我们从外面给他们做决定，而是由他们自己做决定。又如，在少数民族地区，怎样实行民族区域自治，怎样成立联合政府，要考虑方式方法问题。可以采用召开各类代表会议的形式，这种形式在内地收效很大。通过代表会议征求意见，商量研究，可以避免主观地决定问题。有时我们是一番好意，就是做出的决定不正确。但即使决定正确，如果没有通过他们，也会遭到反对。只要通过他们，即使有的决定还有缺点，他们也是会拥护的。

最后谈谈工作态度问题。我们的工作方法就是刚才谈的，一切事情和他们商量，用开代表会议的方式解决问题。我们的工作态度是实事求是，老老实实。最近我们有这样的体会，就是在尊重少数民族风俗习惯方面，也要老老实实。我们要主动向他们说清楚，正是因为风俗习惯不同，容易引起误会，容易犯忌讳，可能得罪了人还不知道。有些生活习惯我们很想学，但是一下学不会，也勉强不得，请他们原谅。这就叫老老实实。这样容易得到同情。我们做政治工作，经济工作，文化工作，都应该采取这种态度。

中央民族访问团这次到西南来，必定对我们帮助很大。你们在少数民族方面研究、了解的东西比我们多得多。特别是你们下去以后，亲身接触具体情况，会发现许多问题。我们很希望同志们研究各种问题，多提意见，哪怕是一个片面的意见，也比没有意见好。现在我们就是苦于没有意见。同志们在这方面不要客气，有什么感觉就跟当地同志说。下面有些同志可能主观性强些，你们可能碰一鼻子灰，或者对你们提出的问题不重视，或者对问题见解不同，而且很可能他们的见解是错误的。遇到这样的事，你们不要生气，可以给我们写信，或者给省里的同志写信，总会得到合理的解决。假如你们有些意见不对，我们也告诉你们。这样，依靠同志们的工作，我相信可以解决西南最复杂的又是最重大的问题——民族团结问题，至少可以打下一个很好的基础。

王连芳从邓小平《关于西南少数民族问题》的讲话感受到了一种极大的震撼！

这种震撼，不仅仅来自这次访问团的工作任务，而且他预感到这个讲话背后暗藏的巨大能量。中国往后几十年少数民族地区的建设发展经验——给出了对这篇讲话的印证，如果按照邓小平当时所说的做了，就能受到各少数民族的热烈拥护，中国的民族事业就能得到巩固发展和繁荣，而一旦背离，就难免走弯路，造成工作的巨大损失，甚至付出惨重的代价和牺牲。

中国共产党历来对少数民族同胞受苦受难是深有体会的，对少数民族政策是相当重视和有全面研究的。

王连芳记得，早在 1934 年 11 月 19 日，中国工农红军总政治部发出过《关于争取少数民族的指示》。

指示指出："野战军今后的机动和战斗都密切地关联着争取少数民族的问题，这个问题之解决，对于实现我们的战略任务有决定的意义，因之各军团政治部，必须立即把这个问题提到最重要的地位。"指示还规定了在少数民族地区开展工作的注意事项。

1935 年，红军长征进入云南时，就提出过"弱小民族团结起来，拿起刀枪，争取民族的和平解放"的口号。2 月 9 日扎西会议也明确提出"要特别注意党的民族政策"，4 月 28 日"鲁口哨会议"再次提出"行军中要争取少数民族"。民族问题，一度占据了红军行为准则中最重要的位置，因为民族问题"对于实现我们的战略任务有决定性意义"。在此思想指导下，红一军团经过云南武定环州山镇，告知当地彝族同胞："不论汉族、彝族、苗族，都是一律平等的。"红三军团在云南武定姜驿城宣讲："红军主张彝族、汉族等民族一律平等，号召彝民同红军联合起来打倒国民党。"经过云南寻甸等回族地区时，严格规定："不准进回民家、不用回民锅、不进清真寺……"

可以说，红军长征的胜利，离不开当时的民族政策和红军领袖做出的表率。1935 年 2 月，朱德在云南威信田坝乡，邀见苗族副族长熊志荣，畅谈之后结为好友；4 月，在云南寻甸柯渡，朱德亲往清真寺拜会回族首领。而刘伯承与彝族小叶丹歃血盟誓结为兄弟，更是红军长征史上的一段佳话，广为流传。这种将心比心"交朋友"的做法，成为团结少数民族同胞最为有效的方式。正如刘伯承所言，是以心换心。

王连芳还记得，实际上，刘伯承和邓小平统率的第二野战军进军西南前，于 1949 年 9 月 20 日，根据中央精神，发出《关于少数民族工作的指示》，里面就提道：西南少数民族众多，分布地区很广，由于历代统治阶级实行大汉族主义的反动政策，对他们进行残酷的统治和压榨，各少数民族与汉族之间有很深的隔阂……今后，在相当长的一段时间内，我们的目标是求得民族间的和谐。首先是如何打开工作的门路。解除民族的隔阂，这是一切工作的起点，取得信任最可靠的方法，还在于我们的行动，首先是我们军队和地方干部认真实行"三大纪律、八项注意"，尊重他们的风俗习惯和宗教信仰，诚恳热情地接待他们每一个人，不侵犯他们的一丝一毫的利益。

在如此严苛的民族政策和纪律下，进军云南的第二野战军，又收到了上层和领导的一系列重要指令。

西南局指示：在云南边疆民族地区必须坚持争取团结民族上层人物与巩固爱国统一战线，以加强对敌斗争和巩固国防，要团结民族上层人物和开展政治攻势。

邓小平：西南的国防和民族问题是分不开的。有了民族团结，就有了国防；没有民族团结，就没有国防。

刘伯承：边疆工作如果离开民族问题，就等于离开实际。

贺龙：云南边疆工作，实际上就是民族工作。

王连芳深知，无论是在红军长征时期，还是解放大西南时期，中国共产党对于少数民族问题一刻都没有放松过，而且很多问题根据实际情况，还在不断地加深研究，并制定执行相应的行之有效的一系列民族政策，这是非常了不起的。

这次访问团出行，实际上是在革命前辈打下的基础上，根据新中国建立后的新形势进行的一次意义重大的行动。无论是中央还是地方，无论是政府还是军队，对于民族问题，没有丝毫含糊过。云南省委当年就根据西南局的精神，结合云南的实际，在"三大纪律、八项注意"的基础之上，又加上了一个"八项纪律"。

1. 爱护少数民族的利益，不准动他们的一针一线。
2. 禁止随便借用不必要的家具与强住房屋，有困难自己设法解决。
3. 尊重少数民族的风俗习惯，禁止嘲笑讽刺。
4. 不准随便与少数民族换东西，以免投机取巧，以少换多，以贱换贵以及任何占便宜的行为。
5. 如找引路的，要由干部掌握，必须和气地取得自愿，并给予报酬和招待。
6. 见到不合理的现象（如土司对少数民族的压迫等），不准随便干涉。
7. 进入少数民族地区，不准到处乱跑，禁止参观不许随便进入的教堂与宴会等公共场所。
8. 公买公卖，不准强迫少数民族使用我们的货币或购买东西。

带着中国共产党的民族政策，以及对民族工作的重要指示和指导精神，1950年8月6日，王连芳跟随中央民族访问团西南分团，第一次踏上了云南的土地。

在这之前，所有关于云南的一切，都还只是停留在一种知识性的认知上；关于云南的少数民族，都还只是纸上或口中谈及的对象，而现在，这个即将成为中央民族访问团西南分团开展民族工作的目的地，随着飞机的下降和落地滑行，越来越清晰地展现在王连芳眼前。

谁也不知道，前方等待着的究竟是什么，但在王连芳心中，隐约有了一种预感，在这片神奇的高原上，每一个民族，都是一朵独一无二的花，所有的民族，构成了祖国最美丽的花园，而从重庆飞到昆明的60人，作为肩负党中央和毛主席使命的西南分团，将义无反顾地做好这个美丽大花园的园丁。

中央和西南局给访问团配备了医疗队、文工团、展览组、放映队，以及摄影组，团员中各种人才齐聚，有从事考古、民族语言和民族工作的专家、干部，还有作家、艺术家、记者等。

访问团为云南各少数民族同胞带来了毛泽东、刘少奇、朱德、宋庆龄、周恩来等国家领导人的题词和纪念章，另外，还有盐巴、药品、布匹、针线、小镜子等礼品。

云南省委、省政府、省军政委员会对访问团的到来十分重视，不但选派省政府副主席、彝族领袖张冲参与二分团领导工作（任副团长），而且还从省级机关抽调干部参加访问团，还给访问团增配了盐巴等礼物。

在昆明休整了几天后，访问团来到了边纵起义打响第一枪的地方——路南县（1998年改名石林彝族自治县）圭山乡尾则村，并在尾则村举行了欢迎大会，其情景让王连芳难以忘怀。

"毛主席派亲人来看我们了。"当地五万多各族兄弟姐妹身着节日盛装奔走相告，前来欢迎访问团。

那天虽下起了大雨，许多群众是从百里之外，风餐露宿几天才赶来的，还有的少数民族同胞，为了能赶上大会，甚至几天之前就在野外安营扎寨，为的就是要看看毛主席派来的访问团，听听毛主席的代表说些什么。

这出乎访问团成员意料的场面，让大家都很感动。在欢迎大会上，访问团向各兄弟民族转达了党中央和毛主席的问候，宣传了中国共产党反对民族压迫、反对民族剥削、实行各民族一律平等的政策，并号召各族人民团结起来，当家做主，共同建设祖国。

各族群众听到后情绪十分激动，会场欢呼不断、鼓乐齐鸣，访问团向各族群众赠送了毛泽东、周恩来、朱德亲笔题写的条幅、锦旗以及药品、绸缎、布匹，还有少数民族群众尤其紧缺和喜爱的食盐、茶叶、针线等礼品。

三四百名当地各族群众代表，也纷纷走上主席台献礼。这些礼物很质朴，有各类民族形式的旗帜、各色礼服、松子、葵花子等，还有30来只活鸡和16头山羊等，一时间堆满了后台。另外，还有圭山少数民族群众，专门要送给毛主席和朱总司令一套撒尼服装，并说希望毛主席穿了照张相片寄给他们看看，表达了边疆少数民族同胞对开国领袖的无限热爱之情。

面对访问团赠送的礼物，当地老百姓喜出望外，其中一位彝族老人说：

"自从盘古开天辟地，只有彝家下山给官家服役缴粮，哪有官家上山给彝家送礼的？世道真是变了。"

还有一些群众把访问团赠送的礼物抬起来，兴奋地绕着会场走了一圈，目的是让大伙都看看，党中央、毛主席给咱贫苦民族送礼来了。几位抬礼物的代表，跑到主席台上，对夏康农和王连芳不无抱歉地说："我们只送了一些土产，与毛主席送我们的布匹相比就太差了。"其言语淳朴真挚，让人感受到边疆少数民族的善良与诚恳。

1953年4月，中央民族学院民族文工团西南工作队的范禹（词作家）和麦丁（作曲家），就是深入此地，感受到当地少数民族的热情淳朴善良，根据撒尼人民的民歌改编创作了《远方的客人请你留下来》。歌中所唱，正贴切地抒发了边疆少数民族同胞，对工作队的感激眷念以及对祖国的深情热爱：

  路旁的花儿正在开哟
  树上果儿等人摘　等人摘
  路旁的花儿正在开哟
  树上果儿等人摘　等人摘
  那个塞洛塞　那个唉洛唉
  远方的客人请你留下来
  远方的客人那请你留下来
  唉洛唉洛唉洛唉
  塞洛塞洛类里塞 洛里唉洛类
  远方的客人请你留下来
  远方的客人那请你留下来
  唉洛唉洛唉洛唉
  丰润的谷穗迎风荡漾
  期待人们割下来割下来呀
  那个塞洛塞那个唉洛唉

远方的客人请你留下来
远方的客人那请你留下来
唉洛唉洛唉洛唉
塞洛塞洛类里塞洛里唉洛类
远方的客人请你留下来
远方的客人那请你留下来
唉洛唉洛唉洛唉
姑娘们赶着白色的羊群
踏着晚霞她们就要回来要回来
那个塞洛塞那个唉洛唉
远方的客人请你留下来
塞洛塞洛类里塞洛里唉洛类里唉
远方的客人请你留下来
远方的客人那请你留下来
唉洛唉洛唉洛唉
歌唱丰收的时光
歌唱繁荣的祖国
我们要为幸福尽情地歌唱
远方的客人那请你留下来
塞洛塞洛类里塞洛里唉洛类里唉
远方的客人请你留下来
远方的客人那请你留下来
唉洛唉洛唉洛唉
唉洛唉洛唉洛唉
塞洛塞洛类里塞洛里唉洛类里唉
远方的客人请你留下来
远方的客人那请你留下来
唉洛唉洛唉洛唉

歌唱丰收的时光

歌唱繁荣的祖国我们要为幸福尽情地歌唱

唉洛唉洛唉洛唉

王连芳也十分感动，一是没有想到云南少数民族同胞这么热情厚道；二是访问团工作开了一个好头。

从路南县返回昆明之后，二分团又在云南省各级党委和政府的密切协助和配合下，分批分阶段走访了云南各少数民族地区，先后访问了宜良、楚雄、大理、丽江、保山、武定、普洱、蒙自、文山9个专区（含设治局），包括丽江、碧江、中甸、永胜、大理、蒙化（今巍山）、宾川、漾濞、永平、凤仪、保山、昌宁、腾冲、普洱、车里（今景洪）、佛海（今勐海）、澜沧、蒙自、开远、元阳、楚雄、文山、砚山等42个县，历时10个月，行程近2万公里。

由于云南特殊的地理位置，交通通信等极不方便，再加上云南特殊的少数民族分布和历史情况，在访问团开展访问工作期间，可谓是艰难险阻无处不在。但二分团以党中央、毛主席代表的特殊身份，结合当地实际，有时甚至是冒着极大的危险，向各少数民族同胞宣传党的民族政策，带去党中央的关怀与慰问，让各少数民族同胞深受感动。其中，有不少令王连芳感慨万千、难以忘怀的往事，当然也包括本文开始，两个被冻得发抖的独龙人代表的故事。

然而，边疆少数民族同胞的苦难和贫穷落后，着实让王连芳触目惊心。他曾在回忆录中记载：

在访问中，我在小中甸看过冰天雪地里只穿单薄不染色的白麻布袍的藏民，小孩冻得直流鼻涕；在陇川看到过被土司砍得只剩一个手指的农奴；在耿马大雪山的赶街天，看到过大多数人没有衣服穿，十八九岁的大姑娘除腰间一块遮羞木板外，一丝不挂，男人们更是如此。在内地看到的情况也十分严重，民族兄弟披蓑衣御寒，吃野果充饥的情况很普遍。在哀牢山区的彝族，特别是其后进支系山苏兄弟，几乎是靠棕榈树生存下来。他们从棕榈树上剥下棕皮，缝合成大小不一的蓑衣、褂子和围腰。不管男女老少，白天黑夜都靠披一件蓑衣御寒。穿得最好的要算喜欢打猎的山苏小伙子，把打来的麂子皮、岩羊皮做成褂子，既结实又暖身。很少能看到有人脚下穿鞋，在冬天经常能看到脚后跟开着口子，有的还流着血。到了春天，就吃又苦又涩的棕榈树花苞和桃梨花，夏天采食野樱桃、鸡嗉子果等野果充饥，几乎每一村寨每一户人家都有误食有毒野果而中毒，甚至死亡的经历，小孩对野果的识别能力差，中毒死亡的更多一些。这就是旧社会留给我们的"遗产"。

当然，这只是王连芳看到边疆少数民族生活艰难的一个方面；除此之外，翻身解放的少数民族同胞心中，还压抑着长期被欺压凌辱的苦痛。

他们需要倾诉。

就在1950年丽江各民族代表会议上，夏康农、张冲和王连芳刚宣讲完党的民族政策，一位名叫节马登的傈僳族代表激动难耐，跑上台请求发言，并请贡山县领队和耕（也是傈僳族）做翻译。

他语气激愤地说："傈僳是被历代统治阶级赶到怒江峡谷的。我们没有盐，只好受国民党敲诈，5斤黄连换1斤盐，汉族商人的一根针换我们一只鸡。"

听到这里，由于深有同感，台下响起了一阵骚动。

节马登接着说："本来我们不信什么教，但我们没文化，也没有人关心我们。外国人来传教，和我们住了几十年，为我们治病，教我们戒酒，一个星期洗一次衣服，老百姓觉得不错。我们并不知道他们利用宗教，搞什么分裂破坏活动。还有兰坪县兔峨有个地方，男人被反动军队杀绝，妇女们只好共同出钱买一个外来男子养着留后代……"

节马登的发言，引发了各少数民族代表们深埋心中的屈辱和怒火，纷纷要求上台控诉国民党反动派的罪恶行径，群情激愤，大家畅所欲言，毕竟旧社会给予这些少数民族的压迫，实在是罄竹难书。

王连芳和访问团成员也听得怒火中烧，没有想到边疆少数民族竟然受了那么多苦难，今天民族代表会变成了控诉会，各少数民族终于有机会，将深埋心底几十年的苦水倒出来，而访问团，也了解到了最为真实的边疆少数民族的这段历史。

由于云南刚刚解放不久，访问团所到之地，几乎到处流窜着土匪、地霸，给访问团带来了很多险情。

王连芳记得，1950年9月8日，访问团文艺组和展览组留在宜良，其他同志由警卫团的一个排护送先行返回昆明。访问团调研组的胡鸿章等同志，向他讲了途中遭遇土匪发生枪战之事：

当访问团乘坐的五辆汽车，行驶至宜良汤池附近的草店时，"乓乓乓乓……"公路左侧的稻田里突然响起一阵枪声。

警卫排长大喝一声："停车！"

警卫排的战士立马跳下车，迅速沿着公路一字排开，予以还击，一时间枪声大作。

大家马上意识到，遭遇土匪了，但并不知道这些土匪究竟有多少人马，藏在什么地方，只得在警卫排的指挥和掩护下，纷纷下了车，躲到公路右侧一些山体凸凹处和树背后隐蔽。

访问团中有战斗经验的刘树生等团员，却不甘示弱，提起枪就和警卫排的战士们一道参加战斗。

可能是因为突发情况，访问团中有两位学生出身的团员初临战场，一听到枪声，慌了神，一个一头钻进汽车行李堆中；另一个抓住车厢板准备往下跳，但由于慌乱，忘了将紧扣车厢板的两手松开，吊在车上直晃悠，下不来，十分危险。

不过，警卫排可是陈赓最得意的部队，清一色铁把美式自动步枪，另外还配有两挺机关枪和迫击炮。战士们一个个像是小老虎，以强大的火力压制住敌方，扑上去往稻田方向一阵猛打。

交战 10 多分钟后，对方发现不妙，急忙逃窜。

果然，一些戴着篾帽、穿着蓑衣蓝褂子的土匪隐现在对面山坡上。

战士们想乘胜追击，但警卫排长明白，此刻安全护送访问团才是最重要的任务，便下令停止追击，大家又回到了车上继续赶路。

访问团代表党中央的特殊身份，对配合各地缓解和调解各少数民族之间的矛盾，起到了关键作用。

王连芳记得，在丽江民族座谈会上，曾长期欺压过独龙人等少数民族的德钦土司，由于参与过烧杀抢掠等行为，当众就向维西、贡山、中甸、丽江代表鞠躬认罪道歉；一些私底下相互仇恨很深的藏族上层，也在会上握手言欢，并感慨道："以前不团结，现在团结了。以后睡着、坐着、站着、走着，再也不像以前因仇杀而随时提心吊胆了。"

还有在西双版纳，一位佛海傣族头人深受访问团之善举感动，动情地说："我们寨子守着两块界碑，过去帝国主义者把界碑向内移，我们不管，也不敢管。现在不同了，请访问团转告毛主席放心，我们再也不会叫界碑向内动一动，我们一定守住它，不叫别人侵犯。"言语中，充满了对中国共产党和新生政权的信赖与热爱。

当然，访问团的工作，有过危险，有过自信，也更得有隐忍和策略。

1950 年 10 月底，丽江访问结束之后，王连芳率领一部分团员前往中甸，路过空心树雪山时，由于离山顶还远，只得搭帐篷露营。

中甸县县长孙致告诉访问团，红二方面军长征路过此地时，遭到汪学鼎部袭击，18 位红军战士英勇牺牲，夏天化雪时，还看到过他们挂在树上的尸体。

第二天，访问团爬到山顶一块稍微平缓的空地上，准备为红军烈士举行追悼会时，王连芳看到空地旁边的雪松被雪压成了平顶，但依然屹立不倒，便因势利导对团员们做了动员，说："当年红军流血牺牲，是为了中华民族的解放事业，今天我们悼念红军烈士，要用红军的精神来做好民族工作。眼下，我们的工作对象正是当年杀死我们同志的人。但为了打开工作局面，使少数民族群众彻底翻身解放，必须耐心地去做民族上层的团结争取工作，这不是丧失阶级立场,而恰恰是最大的立场,这是一个辩证的道理,是我们必须坚持的最正确的道理。"

孙致口中的汪学鼎,究竟何许人也?须知在中甸,他曾是势力最大的上层人物。

1949年,滇西工委委员王以中和李烈三等到中甸和汪学鼎谈判时,也遭到汪学鼎部袭击,李烈三当场壮烈牺牲。

但当时要争取云南省藏族聚居区的和平解放,汪学鼎是关键,所以依然得继续做他的工作。

在解放军进驻问题上,汪学鼎仍然采取较量与谈判交替使用的手段,打也留一手,和也不完全和。你力量强,我打不过你,就暂时服你;等你力量弱时,我又再打你,打不过又再服你。

12月1日,王连芳率访问团一部抵达象卡首次与汪学鼎见面时,汪学鼎部依然鸣枪纵马示威,自恃实力强大,态度傲慢无理,但访问团不予计较。等四十师廖运周师长率部打下昌都,骑马赶来与王连芳会合时,汪学鼎才改变了态度,谦虚起来。

早在1950年4月,廖运周率一个团进中甸时,汪学鼎见解放军人多,不抵抗但也不合作,率众上山。因为军中请了甘孜进步活佛喜饶俄热同往,而中甸藏民笃信活佛,所以人心初定。

廖运周三次写信给汪学鼎约见,但他始终回避。最后,廖运周坚持亲自拜访汪学鼎,并请喜饶俄热、七耀祖等做工作,汪学鼎才勉强同意。

双方在大小中甸交界处的箐口会面。为了表示诚意,廖运周没带警卫和武器,仅与中甸县县长孙致等几人,赤手空拳去见汪学鼎。

汪学鼎这边却带了数十骑全副武装人马。

双方席地而坐之后,廖运周担心汪学鼎怕自己过去对共产党欠的旧账,共产党肯定不会轻易放过自己,便先以傅作义将军北平起义和自己率国民党一一〇师起义为例,告知汪学鼎:"只要跟着共产党走,过去的罪恶可以不予追究。"

孙致即刻拿出任命汪学鼎为中甸县副县长的委任状。

汪学鼎见状，又惊又喜，大为震动，也叫手下拿出两床褥子，摆上几十两黄金和3000块银圆，牵出4头牦牛，对廖运周说："承蒙共产党和廖师长抬爱，这些是投诚的礼物，请允许我投降。"

廖运周说："你已是共产党的副县长，还投什么降？向谁投降？"坚决不收礼物。

汪学鼎有些生气地说："廖师长如不收下鄙人投诚之礼，莫非是不相信汪某？"

廖运周想了一下，便说："那就按照藏族礼节，先收下褥子和牦牛。"（后来也付了款）

即便如此，汪学鼎仍心存疑虑，指派其外甥汪曲批到县政府报到，自己不进县城。直到召开中甸各界大会，汪学鼎的下属大队长被选为副主席，而其仇人阿坚也积极向新政权靠拢时，汪学鼎才3次进城找廖运周，但他主要是担心仇人阿坚得势，并不是真心放下疑虑。所以3次进城来去匆匆，不住县政府，只住寺庙。

当王连芳向他赠送访问团礼物，并多次找他恳谈后，他也受到感动，对王连芳说："这里的人复杂，千万别听他们的话，我死也给毛主席办事。"

1951年5月，汪曲批支持三坝回族头目杨振华发动叛乱失败后，汪学鼎亲自带上汪曲批顶着哈达到县政府认错。县政府也既往不咎，放过了汪曲批，汪学鼎再次深受感动。但汪学鼎仍旧没有完全相信中国共产党，因为他的部下几次杀害过共产党人，心中始终很虚。

1952年，汪学鼎听信了谣言，因害怕实行土改而发动叛乱。廖运周奉命率部进剿。

廖运周得知汪学鼎撤回小中甸，准备逃往国外时，故意放出口风说："汪学鼎逃往国外我倒是不怕，我们有飞机，看得见打得着；我最怕他逃进梅里雪山，那里山洞多，他熟悉而我生疏，就抓不着他了。"

汪学鼎得知此消息后，整整想了一夜，还是中计逃往了梅里雪山。

廖运周当时阑尾炎病发，还是强忍着剧痛，将汪学鼎部藏身的扎寨岩洞围困半个月，终于迫使汪学鼎在东旺束手就擒。但根据宋任穷指示，仍要继续争取汪学鼎。所以，在返回中甸的三天三夜里，廖运周和汪学鼎同吃同住，彻底感动和改变了汪学鼎，而且此事也深刻影响了中甸大多数民族上层，并作为民族工作争取上层的范例，被传为佳话。

访问团派工作队进村的遭遇，也让王连芳记忆犹新。

一些少数民族上层，就担心访问团进村争取群众后整他们，所以戒备心极强，还采取了各种手段阻止群众和访问团接触。在1950年，遮放、芒市等地还发生了向访问团反映情况而惨遭杀害的事件。为了打开局面，访问团曾把德宏的少数民族上层召集到昆明开座谈会，讲了很多党的民族团结政策。但这些民族上层依然有顾忌，纷纷表示说："政府没必要派工作队了，下面的百姓由我们自己做工作就行了。"

王连芳反复强调，工作队只是去帮助搞生产、医疗。

这些民族上层依然不表态同意，会场双方有些僵持，搞得场面比较尴尬。

有的民族上层可能觉得，访问团还是想为少数民族做些事情，要不然不会这么费心费力，便试探性地问道："你们究竟搞不搞边疆改革？"

王连芳回复说："需要改革的事到处都会有，就像冬天穿棉袄，夏天就得改穿薄衣服，否则不把你热死才怪呢。"

大家一听这话都笑了，会场紧张的气氛瞬间便缓和下来。

王连芳趁热打铁，继续说："民族内部是需要改革的，但有一个原则，就是必须由民族上层、民族干部、民族群众三方面都同意，才能进行，也就是要'三点头'，其中还要上层首先点头，你们不点头，我们就不改。边疆民族工作队下去是做好事，保证不说你们的坏话，只会对你们和老百姓有好处。"

这席有理有理有节的坦诚讲话，让参会的民族上层感受到共产党反复协商背后的真心实意，便才松口表示了同意。

云南省委指示工作队，一定要坚持"慎重稳进"的方针，遇到事情要多与民族上层协商解决。即便如此，当王连芳和马曜、周力、王玉杰等带着民族工作队到达潞西之后，民族上层仍旧顾虑重重，担心一旦工作队和当地群众接触，就会发动群众揭露问题，到时这些民族上层就无法控制局面，所以在实际工作中，一再设置障碍进行阻挠。

首先发难的是芒市土司方克光，他对工作队说："如果你们一定要到寨子里去，我得派属官参加工作队。"

由于通信不便，无法请示省委，工作队商议后说："你的属官可以参加，看看我们到底说不说你的坏话，希望你的属官和我们的队员一起为群众做好事。"

方克光仍旧不放心，又提出要求："工作队下去以后，寨子里老百姓不给官租的，你们要帮忙催交。"

王连芳一听，真是岂有此理，但又不能发作，便说："这个忙我们帮不了，还是按你们的老习惯办，我们不干涉。"

随后双方在协商具体去哪些工作地点时，方克光左右盘算，就是不想让工作队插足到他的中心统治区，便说："法帕、那木一带都听我的话，工作队不用去了，你们就去江东山脚边的轩岗坝，那里的老百姓不太听话，你们帮我做做工作。"

工作队到了轩岗坝，正要出发到各个村寨时，方克光又提出要求，只准工作队进村，而不让入户；只允许工作队搞医疗、救济、修路、铺路、打井之类的公益事务，而不准做其他。

还有的土司更是赤裸裸地向群众宣称："工作队是汉人官，汉人来了没好事。他们待的时间不会长，谁接近他们，将来谁掉脑袋。"言语中充满了恶毒的恐吓，目的就是在少数民族群众中散布谎言流言，扰乱视听，极力阻止少数民族群众和工作队接触。

面对这些无理要求和无端丑化，工作队依然采取隐忍态度，打算先尊重民族上层意见，只要进了村，入户之事也是迟早的事。工作队成员全都是年轻人，大家对工作队的目标十分清楚，而且都有着崇高的理想信念，一进村，热情和干劲就来了，修路、挖井这些活计不在话下，都争着抢着干。

倒是民族上层指派的跟着工作队来的属官们，平日养尊处优惯了，但此时又不得不跟着工作队做一点活计，十天半月下来便叫苦连天，同时也不得不佩服工作队是真干事、干实事。民族上层所担心的工作队说其坏话之事，他们是一句也没听到过，所以渐渐也就消除了顾虑，再加上看到工作队那么卖力，为少数民族老百姓做这些事，心中还是被触动和感动了，回去向方克光复命时说："用不着再跟着工作队了，人家没说过你一句坏话，就只是在那里埋头做好事，轩岗坝的百姓知道，是你让工作队去他们那里埋头做好事，还说你的好话呢！"

方克光没料到会是这么个结果，听完属官的汇报后，不由得激动万分，立马跑到工作队驻地，找到王连芳等，既惭愧又兴奋，连连致谢说："共产党讲群众的眼睛是雪亮的，我原来不相信，这次相信了，你看我同意你们进村给老百姓做了好事，他们就说我好啊！"

于是乎，工作队顺理成章地进入村寨老百姓家开展工作了。

王连芳明白，汪学鼎和方克光事件的艰难周折，并且访问团在工作期间，也遇到过不少类似的例子，但他和访问团成员都始终深信，精诚所至，金石为开，做民族工作千难万难，只要有共产党人的胸襟和气魄，脚踏实地兢兢业业，最终为了争取民族团结和边疆稳定繁荣，即便再大的委屈，也能隐忍；再难纠缠的对象，也能彻底被感化。

正是由于一心为民，访问团给许许多多边疆少数民族同胞带去了机会，带去了希望，相互之间也建立了鱼水深情。

王连芳记得，边疆少数民族群众很喜爱文艺组的演出，特别是《开国大典》等几部纪录片和电影，让这些从未看过电影的少数民族劳苦大众觉得十分惊奇，特别喜爱。

在墨江放电影时，头天来了母子2人，儿子十四五岁。第二天，访问团露宿路水井时，又见这母子2人，看完电影和演出后，便在一棵大树下和衣而眠。第三天，母子俩又跟着访问团到了通关。

一问才知道，母子俩离家还有几十里地。母亲对访问团说："儿子爱唱歌跳舞，又是第一次看电影，舍不得离开你们，我就陪他跟来了。"

警卫队的战士看到母子俩一身单衣，就这么忍饥挨饿跟着访问团，二话没说，拿出背包里仅有的衣服，有的战士甚至脱下了自己身上的衬衣，送给母子俩。晚上睡觉，警卫队战士还将自己的被子让给母子俩盖，自己却忍寒受冻。

虽然这只是一件小事，但却表现出实实在在的军民鱼水深情。

王连芳自然明白，民族工作无小事，访问团所有的工作都代表着党中央的形象。另外就是，这片土地和这片土地上的少数民族同胞，已经让王连芳等访问团代表，产生了深深的眷念与热爱。以至于后来，省委书记宋任穷将王连芳和刘树生留在了云南，而王连芳，在团员胡鸿章（后为云南民族学院教授）行李已经送上返回北京的火车时，对其说了一句话："你要搞民族工作，就留在云南吧！"

胡鸿章这一留，和王连芳一样，就是四五十年，就是一辈子！

党中央对民族工作的重视和相关政策的连续推进，以及中央民族访问团第二分团在云南出色的工作成效，也给当时云南省委提供了很好的民族政策指导和决策依据。这为云南各少数民族的发展，带来了全新的机遇，并进一步化解了民族历史矛盾，让民族团结这片大海，逐渐汇集了所有少数民族支流。

1951年2月5日，政务院发布了关于民族事务的几项重大决定，要求各大行政区，指导有关省、市、专区人民政府，认真推行民族区域自治，以及建立民族民主联合政府。

这对于云南来说，正好贴合民族工作实际，也是云南各少数民族地区期盼已久的大好事。1951年初，由时任云南省委书记宋任穷，委托张冲和王连芳协助在宁洱专区开始的边疆试点工作，正如火如荼地进行着。

3月中旬，宁洱地委召开了第二届民族代表会议，宁洱专区有42个少数民族代表共1484人从各地赶来参会，共同商议筹建成立联合政府。

王连芳对当时的场景记忆犹新，各民族代表对于建政是十分赞许和拥护的，用代表们的话来说，实行民族区域自治和建立民族民主联合政府是"自古未有的大事"。

有代表还形象地比喻说："毛主席把各兄弟民族从水里救出来，坐在一条船上，我们很感激。但从前光是汉族划船，船走得很慢。现在成立联合政府，毛主席给我们掌舵，各民族都来联合划船，船就一定会走得快了。"

由于前期党的民族政策深入人心，加上中央民族访问团大量卓有成效的工作，各少数民族代表不无感慨地说："我们民族做官，没有工作同志帮忙不行。""我们在政府中还是先当副职，好向老同志学习。"……

访问团当时还面临着另一种复杂情况，那就是民族地区的不少干部、战士思想意识过于偏左，虽然从道理上来说，他们有着鲜明的阶级立场和朴素的阶级感情，非常痛恨长期欺压少数民族群众的土司头人，一些干部还对王连芳说："共产党人流血牺牲，就是为了消灭地主阶级。我们是云南土生土长的少数民族，在这里土司就是最大的地主恶霸。现在要同他们搞团结，我们想不通。"

不仅如此，不少南下的干部，几乎也和当地的干部一样想不通，而且火气很大，动不动就做出严重违反纪律的行为。这些同志仅仅看到土司头人欺压少数民族群众一面，而忘了这些民族上层爱国守边的特殊作用，况且这些人在本族中依然拥有无可替代的威望和号召力。这一点，正是新政权要积极争取他们的重要原因。

像云南这样，拥有全国最多少数民族的聚居地，解放初期，少数民族的称谓就多达102种。面对如此复杂的历史沿革，做好民族工作，绝不能靠简单粗暴的方法，更不可能一蹴而就。其复杂和艰难程度，远比解决一般的阶级斗争大得多。

有的领导干部"左"得厉害，向访问团汇报工作时，竟然错误片面地总结出少数民族的特点。

更有甚者，在这方面，由于"左"的错误，曾有个别领导干部擅自将一个有名的土司大队长杀了而不报告上级……这些错误造成了极坏的影响，导致民族上层连番发生震动，也为一些土司头人煽动和带领部属暴动增添了"合理"的借口，极大地妨碍了党的民族政策的执行。

云南省委对上述错误行为进行了纠正，依法逮捕了滥杀土司大队长的干部，调离了大讲少数民族特点的干部，并在1950年11月下旬召开的民族工作会议上，严肃批评这种"左"的过激的错误。

省委书记宋任穷对当时形势的判断非常准确，他时刻关注着访问团的工作动向，也从访问团的工作中总结经验，在当时内地阶级斗争十分激烈的情况下，结合云南少数民族工作实际，提出：民族地区要坚持"宜缓不宜急"，反"左"不反"右"，"讲团结不讲斗争"的云南少数民族工作方针原则。

同时，云南省委还规定了边疆民族地区事无大小，必须事前请示，事后报告的制度。

为进一步加强党对边疆民族工作的领导，1951年1月，云南省委正式成立省民委和省委民族工作党组；1952年9月，又成立了中共云南省委边疆工作委员会，直接与一些重点少数民族地区建立工作联系：中甸、小凉山、怒江、德宏、临沧、思茅（今普洱）、西双版纳、红河、文山等。并规定，凡属民族、边疆工作方面的事情，必须先报"边委"，由"边委"提出意见后再转报省委。

访问团王连芳在1950年底，在保山召开的各民族会议上的一席讲话，还促成了云南省稳定边疆的十项公告的出台。

这个政策对于当时云南少数民族地区的稳定、瓦解境内外敌对势力，起到过十分重要的作用。

王连芳在会上强调了三点：中国共产党对民族上层的团结是真不是假，是长期的不是短期的，是政策不是暂时的权益策略，并做了系统的说明和宣传。

参会的民族头人代表刀京版、龚绶等情绪激动，上台和王连芳握手后说："你讲得太好了，这些话要是有正式的公文就更好了。"

随后，王连芳到班老地区慰问，当地头人身披绣花绿马褂，端着盘中的几只狗牙和一个小印章对王连芳说，这些都是以前皇帝赐给的，让他们守卫边疆，今天见上面来了大官，特地拿出来欢迎。

这让王连芳吃了一惊，毕竟以前都只是在史书上听说过类似事情，不承想今天自己亲身经历了一番。

他和县委领导徐儒林谈起此事时，徐儒林告诉王连芳，少数民族把这些东西当作信物，十分珍视，狗牙还表示持有者是守卫国门之人。

后来到澜沧，工委书记张春雅还给王连芳讲了保家四名佤族大头人向政府请求封号之事。张春雅急中生智给他们起了保卫国、保卫民等名字，保家人十分欢喜。

这一系列的事件，让王连芳不得不认真思考，毕竟事实说明一个问题，边疆少数民族十分注重盖有大印的文告、封号、信物等，但共产党建立的新政权不可能实行那一套，怎么办呢？

看来只能考虑搞公告形式的东西。恰逢1951年6月王连芳被宋任穷留在云南工作，王连芳便正式向云南省委详细汇报了这个想法，得到同意后，便开始起草十项公告的初稿。

侯方岳闻讯后，希望参与合作，于是2人一起研究定稿后，报给了云南省委。

对于这个报告，宋任穷、周保中等省委领导十分重视，专门召集开了半天会，逐条讨论研究最终定稿。

1951年7月10日，《云南日报》第一版要闻版，公开发表《云南省人民政府及中国人民解放军云南军区，为加强民族团结，坚决肃清土匪特务，安定社会秩序，巩固国防，特联合发出公告》，即后来简称的"十项公告"。

全文如下：

> 自我省解放以来，由于我各级人民政府与人民解放军正确执行了共同纲领的民族政策，已获得各族人民，包括许多土司、头人的热烈拥护，奠定各族人民永久团结合作的基础。但由于过去长期在大民族主义的反动统治与帝国主义国民党特务的挑拨离间，各兄弟民族中，尚有些人不能分清人民政府与反动政府的不同，加以各兄弟民族中存在着一些疑虑，故民族隔阂尚未完全消除。亦有个别工作干部执行民族政策不足，对各兄弟民族的疾苦与困难体贴不够，因此在个别兄弟民族中，还有一部分人，在帝国主义与残余蒋匪特务的挑拨诱骗下，尚未与我人民政府充分彻底地团结，甚至一部分尚采取错误的对抗的态度。人民政府与人民解放军坚持毛主席、中央人民政府的民族政策，

为加强民族团结，肃清土匪特务，安定社会秩序，巩固国防，保护各民族各阶层人民生命财产与安居乐业，特发布十项规定，望本省各级人民政府、人民解放军指战员与各民族各阶层人民共同遵守。

（一）各民族各阶层人民团结起来，反对帝国主义侵略及残余蒋匪扰乱破坏！积极帮助人民解放军和人民公安部队，完成剿灭土匪，以安定社会秩序，保护各民族各阶层人民生命财产和安居乐业，巩固祖国国防。

（二）凡过去因受帝国主义国民党欺骗而实行武装对抗者，只要停止武装对抗行为，与帝国主义蒋匪特务坚决割断联系，回到祖国大家庭来，接受中央人民政府毛主席的领导，人民政府一律不咎既往，并保护其生命财产之安全。

（三）因受骗而实行武装对抗之土司头人，只要诚心悔过，回到祖国怀抱，人民政府可不收缴其武器，对于剿匪有功者，并论功给奖；如坚决与各民族人民为敌，不明大义，那是自绝于祖国与各族人民。

（四）边疆各民族区，在民族聚居区实行民族区域自治，在民族杂居区建立民族民主联合政府。

（五）边疆各民族区现行政治制度及土司头人之现有地位和职权，人民政府不予变更，凡爱祖国爱人民之土司头人，可同时参加各级人民政府之工作。

（六）边疆各兄弟民族区，不实行一般汉人地区之社会改革。有关各兄弟民族内部改革事宜，完全根据各族人民的意志，由各族人民和各族人民的领导人员，采取协商方式解决，减轻人民负担。办工厂、农场、经营工商业者，上级人民政府当予以赞助。

（七）实行宗教自由，尊重各族人民的宗教信仰及风俗习惯，并赞助各族内天主、耶稣教徒"三自"革新运动。

（八）依据各兄弟民族的实际情况，逐步发展其语言文字、学校教育、卫生事业，大力培养各民族干部，俾能为各民族人民服务。

（九）依据各民族区实际情况，与各族人民代表协商决定，人民政府帮助各族人民逐步发展其农牧、生产、水利、贸易、运输等经济建设事业，改善各族人民生活。

（十）进入民族地区之人民解放军、人民公安部队及工作干部，必须遵守上项政策，同时严守群众纪律，不妄取人民一针一线，全心全意为各民族人民解放事业服务。

"十项公告"从 1951 年 7 月开始，连续在《云南日报》登载了半年，还进行了大量的单行印刷宣传散发。

紧接着，产生了一系列意想不到的效果。

反响最大的当数境外敌对反动武装。国民党残部武装李弥得知，自己的电台台长看到公告，很快就拿着公告逃回大陆；自己的一些高级军官，也派人与共产党联系，甚至送去情报。长此以往，这还了得！所以李弥十分惊慌，下令只要看到公告就立即烧毁，谁敢拿公告就得遭受处罚。

云南境内，原本和新政权对抗的盘踞武定蛮得梁子的曹有福，其军师李小九看到"十项公告"后，权衡利弊，向曹有福建议尽快放下武器投降；占据宣威秃头梁子的好几股土匪，见到"十项公告"后，也立即下山投降……

云南各少数民族地区上层，本就对"十项公告"的出台怀有极大的期盼，如今看到公告，宛如吃了一颗"定心丸"。

中国境内的各少数民族上层，纷纷通过各种渠道，将这个天大的好消息告知已经出走境外的亲戚、朋友等，而一些原先已经出去的民族上层，也想方设法打听"十项公告"和新政权的民族政策。不少民族上层在公告发布后，消除了对新政权的疑虑，重新回到祖国的怀抱。

其中最典型的，莫过于西双版纳原代理宣慰使（傣语称作召片领）刀栋庭。起先刀栋庭不了解共产党的民族政策，带着家人、下属和部分群众跑到了缅甸，并因此和拥护共产党政策的原宣慰司议事庭长召存信产生了误会与矛盾。虽然"十项公告"出台后，许多头人和群众又从境外返回了，可是刀栋庭担心新政权不会放过自己,"怕杀、怕关、怕报复",一直不敢回来。

一直到1953年8月,西双版纳傣族自治区召开人民政府委员会扩大会议,学习"十项公告"时,刘岩、刘树生、余松等反复做自治区主席召存信的工作,消解了召存信对刀栋庭回归的诸多顾虑。随后,召存信发表欢迎刀栋庭回国的讲话,并委派与刀栋庭有密切联系的民族上层刀光强,将各级头人发出联合签名的欢迎信秘密送到境外,交给刀栋庭属下的大头人刀福汉,又把"十项公告"内容详细讲解给刀福汉听。

国民党特务察觉此情况后,进一步加紧了对刀栋庭的监控。刀栋庭听到刀福汉的汇报,特别是"十项公告"的内容后,心潮开始涌动,但仍旧担心回去之后的许多具体问题该怎么处理,便派刀福汉去询问刀光强:"回国后到底会怎么样?"

刀光强坚定地回复:"'十项公告'讲得很清楚了,我可以用生命来担保。"

刀栋庭又认真地看了"十项公告",觉得共产党的确是诚心想让自己这样的人回去,况且自己的心腹几次接触共产党的代表,向自己报告的没有任何可疑之处,全都是好话,再者,召存信也在共产党的领导下做了地方领导了吗?他的讲话和地方头人联合签名的欢迎信,肯定也代表着共产党对自己的态度,现在在境外,国民党特务又时时监视,搞不好哪天就和自己翻脸,到时候是什么情况还真不好说……刀栋庭思来想去,觉得还是"十项公告"可靠,共产党可靠,便最终下定决心:走!

1954年3月,在"十项公告"的感召下,刀栋庭一行70多人,结束了4年多的流亡生涯,在中国共产党的协助下,顺利回归了祖国。王连芳代表省边委、省民委,在昆明接见了刀栋庭。

刀栋庭面有愧色,询问王连芳,能否接受其参加工作。

王连芳大喜,这正是政府希望看到的事,争取到刀栋庭,那相当于争取到一大片的民族团结啊,便说:"当然要安排重要的工作(刀后来任省政协副主席)。"

刀栋庭一听非常感动,连忙说:"我今后要走新路,不走老路。"

正是由于共产党民族政策的成功实施和"十项公告"的出台,像刀栋庭这样的民族上层转而跟随共产党。就在刀栋庭回国后,境外的残匪备受打击,受刀栋庭影响,追随其从境外回国的民族上层和群众不少。

"十项公告"的效果还在持续发酵。它还成功地化解了瑶族上层盘总春和项朝宗的世仇,让已经跑到越南的项朝宗带着枪和部下回归祖国。

在张冲和王连芳为两人化解矛盾的宴席上,项朝宗一见盘总春就说:"我已经缴枪了。"

盘总春也说:"如今共产党领导,我们两家以后就不要再闹私仇了。"

随后,项朝宗被安排在省民委担任具体领导工作;盘总春回到文山担任领导职务。两人的矛盾化解,也意味着两人背后两个族群的彻底和解。

这样的例子,不胜枚举。由此可见,中国共产党和中央民族访问团,在民族团结方面所做的巨大努力与取得的卓越成果。

中央民族访问团驻守云南期间开展了各项民族工作(访问团共召开群众大会51次,代表会或座谈会29次;文工团演出戏剧52次,观众14万余人;放映电影56次,观众29万人;举办展览27次,观众23万余人;救治各类病患者5000多人;疏通民族关系、建立民族民主联合政府……),影响深远(对云南少数民族进行了第一次大规模民族调查,整理了近百万字的调查材料,其中一部分在1985年被编成《云南民族情况汇集》上下集,这对中央和云南省委了解云南各民族的情况、制定民族政策提供了翔实的资料,也为今后民族研究留下了宝贵的田野调查资料),还为云南培养了王连芳等优秀的少数民族干部。

1951年4月,云南省委书记宋任穷挽留王连芳留在云南继续做民族工作时,和王连芳谈到培养少数民族干部的重要性。他举例说,东北局和内蒙古的领导同志曾经说过一句话:民族工作千条万条,培养当地民族干部是第一条。

宋任穷不无感慨地对王连芳说:"现在云南民族问题之所以这样难解决,说到底就是因为我们党手中没有一大批党的民族干部。我希望你首先协助省委办好这件事。"

培养云南少数民族干部的重镇——云南民族学院（后更名为云南民族大学）筹建就这样被提上了议事日程。

不到一个月，省政府就成立云南民族学院筹备委员会。当时主持工作的省政府副主席周保中任主任委员，张冲和王连芳任副主任委员，昆明军区政治部主任胡荣贵等16位领导任委员，规格相当高，为的就是保障这个培养云南少数民族干部的摇篮尽快建成。

学院的地址精心挑选在原来龙云专供贵族子弟上学的昆明南菁学校里。西南军政委员会拨来8万元筹建费，6月开始招生，8月1日正式开学，2日举行了学院成立暨开学典礼。

成立仪式和开学典礼十分隆重，云南省、昆明市领导、驻滇首长和各机关负责人、各民主党派领导人、在昆的民族上层以及云南大学等高校校长、教授等都来参加了。省委书记宋任穷到会讲话，并宣布周保中兼院长，张冲兼副院长，王连芳任常务副院长兼教育长，马曜任副教育长。

到会的各界人士很激动，在云南建立的任何高校，都没有像今天这般盛况。专门为少数民族建一所高校，这在过去的任何时代都不可能。这说明了中国共产党对少数民族的真正重视，是中国共产党民族政策的最好体现和最佳阐释。

省委给云南民族学院（以下简称民院）规定了两条任务：一是招收各民族青年，培养成民族干部；二是集中当时在民族地区工作的区、县领导干部来学习民族政策。

正是有了这两条规定，独龙人孔志清才得以从边远的独龙江地区到云南民族学院学习；有了到民院学习的机会，孔志清也才获得了前往北京参加会议的机会。

正是在那次会议上，孔志清见到了毛主席和周总理，最为重要的是，就在那次中央民委扩大会议期间，似乎有点偶然的情况下，周总理为独龙人定下了独龙族的正式族名。

民院第一期学员共有685名。由于当时尚未进行民族识别，民族成分达 40 个，56% 来自边疆，30% 不懂或略懂汉语；年龄最小的 14 岁，最大的 51 岁，文盲占四分之一（懂本民族文字但不懂汉文的不算文盲）。学员出身有农民、奴隶，也有年轻的土司、贵族子弟、山官、头人、阿訇、海里凡、奴隶主等，各自宗教信仰不一，非常庞杂。虽然教学等方面还在探索，问题也很多，但毕竟为云南少数民族干部的培养打下了第一块基石，更为各个少数民族带去了全新的希望。

就拿 1952 年 4 月，云南省委决定派民族工作队到边疆开展群众工作来说，首批队员就是以云南民族学院的第一批学员为主。这些学员非常年轻，平均年龄只有十七八岁，包括彝族、苗族、瑶族、回族、傣族、景颇族等，目的地是保山和德宏。

在工作队第一大队集训期间，省委书记宋任穷和省政府副主席周保中亲自到民院做动员，口号是：参加抗美援朝是第一光荣，进军西藏是第二光荣，到边疆工作是第三光荣。

云南省委又于 1952 年 10 月组建了省民族工作队第二大队，由普洱专署专员唐登岷兼任队长，刘树生任副队长，前往西双版纳。

1953 年，云南省边疆工作委员会组建了省民族工作队第三大队，由袁用之、刘淑湘率队，奔赴临沧、红河、文山等地。

前前后后，共有 3000 多名工作队员，用自己的青春和热血，投身到云南 4000 多公里的边境一线开展民族工作。

从中央民族访问团到云南民族工作队，从"十项公告"到云南民族学院……中国共产党为了中国各少数民族的团结进步，可谓是披肝沥胆、全力以赴。这在古今中外任何一个历史时期，除了中国共产党，其他任何一个政党和统治阶级都是不可能做到的。

正是有了这个巨大的为少数民族负责的历史契机和时代背景，才有了今后包括独龙族等在内的各个民族的大机会和大发展。这在人类历史上，是具有重大意义的事件；在世界民族史上，也是最为光辉的大手笔。

所以，中国共产党做的这一切，无论用什么样的赞美之词来形容，都不为过。

云南最为偏远的独龙江边生活的独龙人，在其古老的神话传说中，似乎早已预言了这一切。东方红太阳一点点照耀中国大地，也终将照亮奔腾的独龙江。中国共产党，这个为各个少数民族地区带去希望和力量的神奇政党，就像一股股清新而和煦的春风，所到之处，万物复苏，花开春暖！

"我们有自己的族名啦！"

1950年10月1日，恰好是新中国诞生一周年的纪念日，中央民族访问团从昆明启程，经过大理，于10月10日抵达丽江县城，受到当地党政军民热烈欢迎。

此外，还有一支特殊的少数民族队伍也到达了，他们是来自丽江专区13个县的25种民族代表，正准备参加14日访问团主持召开的各民族代表会议，其中就有贡山县傈僳族县长和耕率领的几位少数民族代表：

1. 独龙人代表：不当迪，年龄60岁；木浪当此，年龄30岁。
2. 怒族代表：阿当，年龄34岁。
3. 藏族代表：此里护错，年龄37岁；假图，年龄39岁。
4. 傈僳族代表：结马登，年龄58岁；怒夫子，年龄36岁。
5. 杂居民族代表：达拉阿此，年龄40岁；保阿洽，年龄30岁。

不当迪和木浪当此，就是王连芳心中一直负有愧疚、念念不忘的，在寒风中冻得发抖的两个独龙人代表。

假如没有中央民族访问团，就不可能有丽江的各民族会议；没有这个会议，也不可能有一年之后，和耕领悟会议精神，动员和委派孔志清到云南民族学院学习；没有到云南民族学院学习的经历，孔志清也就不可能作为少数民族代表，赴北京参加中央民委扩大会议；如果不能参加中央民委扩大会议，那么孔志清就不可能见到毛泽东和周恩来；见不到周总理，"独龙族"这个民族的命名，就可能永远只是一种假设。当然，这个情况还没有加上——如果当初王连芳不留在云南，那么云南民族学院是否那么快就能够"恰逢时机"建立开学，也还是个未知数。

所以，深究这些因果关系，中央民族访问团是关键，而其最根本的源头，还在于中国共产党。假如没有党中央、毛主席对少数民族的极端重视和英明决策，就不可能派中央民族访问团到云南，那么后面的一切也就无从谈起。

这就是一个又一个的机会。没有中国共产党，新中国便没有机会在 1949 年建立；新中国如果不建立，边疆少数民族就不可能有任何翻身和发展的机会。

在丽江的民族会议，实际上是开了两场，一场是从 14 日到 20 日，历时七天的各民族代表会；紧接着，在玉龙雪山下的广场上，又开了丽江专区几万人的各民族团结庆祝大会。这次会议，用盛况空前来形容一点都不为过。因为在此之前的任何一个朝代，都没有哪个政府和组织会如此重视边疆各少数民族问题。

在各民族代表会议期间，实际上，各方少数民族代表中能听懂汉语的很少，当时边疆少数民族多数生存都还很困难，更别说接受什么教育，所以不要说懂汉语，就是懂本民族语言的文盲都还很普遍（这一点也可以从云南民族学院招收的第一届少数民族代表班的学历状况得到印证）。所以，藏族、傈僳族等不得不组织翻译人员，有的少数族群还得几种语言翻译几个来回。

让和耕记忆犹新的是，访问团几位领导的知识面相当宽广，他们所作的报告和宣讲，内容非常丰富。其中，他们指出，边疆各少数民族同胞在争取民族解放、反对帝国主义、反对国民党反动黑暗统治的斗争中，是共同出了力、做出了成绩的，为固边守国也做出了很大贡献，他们对各少数民族同胞给予了很好的评价，这使各方代表犹如吃了"定心丸"。

接着，访问团还说，现在有了党中央和伟大领袖毛主席，有了中央人民政府，制定了《共同纲领》，全国各民族要更加团结起来，建设新中国。还号召大家要共同好好听党中央、毛主席的话，各族人民要共同拥护和团结在党中央和人民政府周围，特别是边疆各少数民族之间，更要互相解除隔阂，消除成见、互助互谅，共同团结建设好边疆……总之，会议上听到的全是振奋人心、鼓舞士气的话。

听完报告后，各少数民族代表进行分组讨论学习，各方领会收获虽有所不同，但所有参会民族都更加团结一心了。分组讨论后，各少数民族代表发言，大家终于第一次有机会可以勇敢地倾诉以往所受的苦难。最后，访问团还赠送给各民族代表礼物，包括毛主席像章，这让大家很开心很感动。

会议结束后，和耕在返回贡山的路上，回味着访问团所做的那些激动人心的报告，还有各少数民族代表分组讨论以及发言时倾吐各自民族心声的畅快。这对于边疆少数民族来说，真是前所未有的大事，暗示了边疆少数民族一个全新的开始，更预示着中国共产党将为各个苦难少数民族创造亘古未有的大机会！

一路上，和耕按捺不住自己激动的心情，想早一点回到贡山，传达丽江各民族会议精神。另外，还得到自己的老同学孔志清那里走一趟。

早在5月份，贡山县召开各族各界人民代表大会时，大家进一步了解到独龙江地区和独龙人的艰难困苦，都十分关心独龙江地区和独龙人今后的发展道路。和耕得把这个好消息亲自带到独龙江。

还有就是，访问团王连芳副团长和贡山代表队那两位冻得发抖的独龙人代表之间发生的小插曲，确实让人既无奈又痛心。这说明什么呢？只能说明独龙人需要一个真正的机会获得改变，而今后独龙江的发展，独龙人的进步，就不仅仅是他们自己的事情，而是整个贡山县需要下大力帮扶的事。

所以，老同学孔志清，作为独龙江区的区长，正是做好此事的关键所在。

"一定得想法让他先走出去，只有他走得出去，才有可能带动这个族群站立起来。"和耕暗下决心。

孔志清自从与和耕几次谈话交心，并被任命为独龙江区区长以来，就马不停蹄奔走在独龙江各村寨，宣讲中国共产党的各项民族利好政策，使得原本人心惶惶的独龙江地区，渐渐安定下来。

孔志清心中也非常清楚，新中国的建立和独龙江区的自治，是一个千载难逢的巨大机会。然而，独龙江被历朝历代统治阶级以及土司、奴隶主、豪强等势力欺压得实在是太惨了，以至于经过那么多年后，无论是生产水平还是生活质量，依然停留在极低极原始的水准，基本上就是原始社会父系氏族晚期的水平。在这样的基础上，要往前走，谈何容易？

这是孔志清要面对的现实问题，也是和耕忧心忡忡的问题，更是中国共产党民族政策如何有效实施、东方红太阳如何真正照亮独龙江的关键所在。

关于独龙人当时的真实状况，以及各族群众对中国共产党的拥戴，我们还可以从中央民族访问团第二分团两位团员宋伯胤（后为南京博物院副院长、研究员）和宋文治（后为江苏省国画院副院长、南京大学教授）在1950年和之后的部分日记及回忆文章中，略探一二。

十一月六日　星期一

……夜读罗常培《贡山俅语初探》（西南边疆问题研究报告，1942，华中大学），关于俅族，他说："俅族也叫曲子。他们自称为独龙，分布区域是东经九十八度五十分到九十七度五十分，北纬二十七度到二十八度之间。就是高黎贡山和江心坡之间的独龙河流域。（见陶云逵：《几个云南土族的现代地理分布及其人口之估计》史语所集刊七本第四分）。"总之，俅江两岸之民族全为俅子，从前杨慎《滇载记》和檀萃《滇海虞衡志》说：俅人，丽江界内有之。《皇清职贡图》说：俅人居澜沧江大雪山外，系鹤庆丽江西域外夷人。他们所指的分布区域和现在略有出入。

十一月七日　星期二

借得一份材料，摘抄在下面：

怒江区少数民族分布表：

贡山县　傈僳　1160 户　4752 人　住茨开，萨拉二区

　　　　怒族　647 户　2587 人　住捧达区与古宗杂居

　　　　俅子　351 户　1406 人　住曲江沿岸孟顶区

　　　　古宗（即藏族）　116 户　464 人　住达拉区

共计：2274 户　9209 人　（占全县人口 96%）

…………

十一月九日　星期四

碧罗雪山真是名不虚传。我们从上午五点五十分爬起,一直爬到十二点钟,才到达山顶。眼前是一个银装世界。积雪最深,向远看去,丽江的玉龙雪山和贡山的雪山,在极远的天边闪着银白色的亮光,西面耸立着高黎贡山,像一座长城护卫着我们祖国的边疆。……知子罗虽然只有一条街,三十几户人家,但街道很干净,村口扎了一座松柏牌坊,贴有一副对联:

访问人民痛苦,毛主席真乃万家生佛;

感谢中央关怀,共产党确是人类救星。

县政府门口的松柏牌坊上也写着一副对联:

今天气象不同,民主专政,大家感谢毛主席。

此间团结如钢,慰问频劳,集体欢迎访问团。

…………

十一月十一日　星期六

……看见一个老人同六个青年正在那里为我们煮茶。原来他们是怒江西岸日等我村的村民,听说访问团要路过,不等天亮就下山,在这里煮茶等候。老大爹对我们说:"我们地方穷,一样都没有,只有一盏茶。"这是多么淳朴的感情……有成百的兄弟民族把我们迎到公房里,我们刚坐下,就有托基、架努、俄科罗三个寨子的群众给我们送来两桶蜂蜜、四五十个鸡蛋。公房是碧江县最近才盖的一个招待所,房子都是用竹子和竹席搭成的。公房门口也扎了一个松柏牌坊,对联写道:

欢迎中央访问团带来关怀消息辉两岸;

感谢恩人毛主席送给我们幸福遍一江。

…………

十一月二十一日　星期二

因为下雨，群众大会推迟到明天开。

在碧江看到一份民族人口的材料。为供以后对比考察，特抄录如下：

民族	傈僳族	怒族	那马族	汉族	曲子族	总计
户数	2731	843	487	20	4	4085
人数	14067	3800	2026	86	15	19994
男	7635	1100	1100	41	7	10694
女	6432	1869	926	8	8	9300

晚上有一个晚会，节目很新鲜。兄弟民族真是一支天生的音乐队伍，随时随地都可听到根植于生活和劳动的歌声。

十一月二十二日　星期三

下午两点钟，碧江县召开欢迎中访团大会，到会的群众有两千多人。会场入口处扎着松柏牌坊，有两副对联很不错，录之如下。

其一："访问人民疾苦，哪怕涉水登山，历尽天涯海角，兄弟民族都感谢；荷蒙中央眷顾，不辞风尘劳碌，奔走鸟道羊肠，翻身群众皆欢迎。"

其二："我们兄弟民族受尽反动压迫，联欢会上叙话忆当年，非常痛恨反动派；中央关怀赤子荷蒙访问疾苦，广众场中亲爱如一家，莫不感谢访问团。"

会上，聂运华同志讲了话。民族代表送给毛主席许多礼物，四时散会。

值得提到的是：远在曲江（独龙江）的俅族弟兄也派了三位代表来欢迎访问团。他们都住在普罗大，蓄着长发，穿着长到膝头的麻布裙子。他们不识字，习于结绳记事。他们从曲江出发，走了一天，绳子上就结一个结子，一看有几个结子，就知道他们走了几天。在开会时，他们也会把会上听到的打成结子。我仔细观察了一下，他们胸前挂着的那根麻绳上，结子有大有小，结间距离有长有短，他们就是用这样的符号把事情记下来。而且还能讲给我们听。"结绳记事",史书有记载,但谁也说不清楚到底是怎样结绳的,这次我算是亲眼看到了。

——以上选自宋伯胤《怒江访问日记》

同为中央民族访问团第二分团团员的宋文治,后来在20世纪80年代末也写下了《难忘的怒江之行》一文,其中这样写道:

……知子罗,村虽不大,我们却在此开了一个怒江各民族的团结大会。碧江、福贡、贡山三县的各民族代表都来参加了。我特别记得从俅江(独龙江),赶来了三个俅(独龙族)代表。工作同志为我们做了介绍,我们与这三位代表对话是经过两道翻译而进行的,首先是请懂独龙语的傈僳人译为傈僳语,再由懂汉语的傈僳人译为汉语。所谓刻木结绳记事,我算是亲眼看见这三位独龙族代表在与我们对话时使用了,这自然使我一见难忘。在代表会上聂运华同志传达了中央人民政府和毛主席对怒江各族人民的关怀,讲了党的民族政策,并向怒江区赠送了毛主席、朱总司令、刘少奇、周恩来等国家领导人的题词,向代表们赠送了毛主席像和一些生活日用品,如:盐、布、针线等。代表们很受感动,他们在座谈会上热情洋溢地畅谈了他们的意见和希望,他们的发言有声有色,生动有力,内容感人。我们访问团同志都有这样一个共同感觉,怒江区的民族,有着诗一般的语言,不仅出口成文,而且充满诗意。他们有演说家的天资,又有真诚、善良、热情、朴实的性格,是个可爱可敬的民族。他们感谢共产党。他们有一句名言:"人不能离开盐巴,少数民族不能离开共产党。"

这些亲历者珍贵的日记和回忆文章,无疑为今天留下了史证。中国共产党和毛主席在边疆少数民族地区早已深入人心,受到各族人民无比的爱戴和拥护。中央民族访问团所到之处,无不受到最为热烈隆重的欢迎,而边疆各少数民族，的确伴随着中华人民共和国的成立，翻身得解放了。

但由于历史的原因和地理位置的限制，解放初期，其生存和生活境况仍然十分艰难困苦，亟须帮助扶持以发展其生产力，促进本民族各方面都取得进步。另外，独龙人那时候并没有"独龙族"这个正式称呼，而且在官方的文献资料里，依然继续用着俅人、曲子、俅族、曲子族等称呼。这是作为独龙人带头人的孔志清心中之痛，也是整个独龙族人群最期盼改变的事情。

毕竟，一个带着蔑视性称呼的族群，永远都不可能实现真正意义上的翻身。

随着历史车轮的滚滚前行，改变独龙人族称和命运的机会，还是悄悄降临了。

与中央民族访问团到各少数民族地区慰问相呼应的另一个党中央对于民族工作的大动作，就是1950年10月1日，在中华人民共和国成立一周年纪念日之时，中央人民政府将邀请少数民族代表赴京参加国庆一周年的观礼活动。

彼此呼应的两件民族工作大事：一件是中央民族访问团往下走；另一件是各少数民族代表往上来，为中国民族工作拉开了全新的序幕。

这一创举，是中国历史上空前，也许还是绝后的大手笔大气魄。这在世界民族史上，也是绝无仅有的伟大创造，真正体现了人民当家做主的历史性大转折。

时任中共中央西南局第一书记的邓小平，负责组建了西南片区国庆观礼代表团。

在全国7个代表团中，西南代表团规模最大，有64人，占全国各代表团总数的41.7%。在西南代表团中，云南代表人数最多，有52人，其中有傣族十二版纳宣慰司议事庭长召存信、宣慰刀世勋、佤族头人拉勐、勐连土司刀述仁、勐连四大头人之一刀焕贞、哈尼族黄窝梭、李明生、方有富、澜沧拉祜族头人李光保、李保、布朗族苏里晋、沧源佤族肖子生，以及年仅19岁的傣族姑娘、共产党员俸育清等，占全区代表总数的80.3%。

由此推断，云南少数民族工作所占的比重和难度也是最大的。而作为"直过民族"的独龙人，无论是从所处的地理位置还是生产生活状况来看，都是处在这个最大比重和难度中的最前头。

党中央和毛泽东主席为这次盛大的各民族代表国庆观礼煞费苦心，要求邀请前来观礼的各少数民族"争取一个不漏"。

可以说，这是中华民族五千多年来，第一次实现了各少数民族的大团聚。为了纪念这一少数民族历史的伟大转折和创新，党和国家领导人纷纷题词，表达了对民族大团结的期盼和喜悦之情。

这是新中国民族事业的辉煌时刻和全新起点，全世界都看得到，中国共产党在团结各少数民族政策上所展现的无与伦比的大智慧、大魄力和大格局。

  毛泽东主席挥笔写下：中华人民共和国各民族团结起来！（后被制作成锦旗，赠送各少数民族代表团）。

  刘少奇副主席题词：过去汉族的统治阶级是压迫国内各少数民族的，但是中华人民共和国必须帮助各少数民族的人民大众发展其政治、经济、文化、教育事业。

  周恩来总理题词：中华人民共和国境内各民族一律平等、团结、互助。反对帝国主义和人民公敌。实行少数民族的区域自治和人民自卫。尊重民族宗教信仰和风俗习惯，发展民族经济、文化，使中华人民共和国成为各民族友爱合作的大家庭。

  朱德总司令题词：全国各民族亲密团结起来，为建设独立、民主、和平、统一、繁荣、富强的新中国而奋斗！

  李济深副主席题词：在中华民族的大家庭中，我们像手足一样各展所长，使家业蒸蒸日上。

  张澜副主席题词：我们彼此共同生长在中华人民共和国的领土上，因为山川阻隔，语言不通，风俗不同，从前你们常遭封建君主的歧视与压迫，彼此太生疏了。今天在新民主主义统治之下所有少数民族都是平等的，如像兄弟一样，今后要多多的往来，交换智识，把文化提高，经济改进，彼此不会再生疏，只有一天一天的增加亲爱了。

各少数民族代表团亲身体会到了国庆观礼的隆重与自豪，他们在新中国的土地上，第一次以国家主人的身份，与毛主席等党和国家领导人一起感受到新中国成立一周年的巨大喜悦！特别是在10月3日中南海怀仁堂举办的歌舞晚会上，毛主席和柳亚子相互填词酬答，更是将这份新中国的喜悦抒发得淋漓尽致。

柳亚子即兴填词《浣溪沙·呈毛主席》：

十月三日之夕于怀仁堂观西南各民族文工团、新疆文工团、吉林省延边文工团、内蒙文工团联合演出歌舞晚会，毛主席命填是阕，用纪大团结之盛况云尔！

火树银花不夜天，
弟兄姐妹舞翩跹，
歌声唱彻月儿圆；
不是一人能领导，
那容百族共骈阗，
良宵盛会喜空前。

注：哈萨克族民间歌舞有《圆月》一歌云。

第二天，毛主席奉和《浣溪沙·和柳亚子先生》：

一九五〇年国庆观剧，柳亚子先生即席赋《浣溪沙》，因步其韵奉和。

长夜难明赤县天，
百年魔怪舞翩跹，

>人民五亿不团圆；
>一唱雄鸡天下白，
>万方乐奏有于阗，
>诗人兴会更无前。

一唱一答，点燃了民主当家和民族团结之火，照亮了首都，照亮了边疆，照亮了全中国各族人民。

傣族姑娘俸郁清带着自己的日记本，来到毛主席身边，请他为少数民族题词时，这位开国领袖微微一笑，凝视远方，沉思片刻，欣然写下了两个大字：前进！

这两个意味深长的字，饱含了新中国开国领袖对曾饱受欺凌的各少数民族同胞寄予的殷殷期盼。党中央和中央人民政府期待着每一个少数民族，都能在新中国这块土地上抬起头，直起身，挺起胸，迈开步，前进！

西南代表团带着观礼民族团结大义之精神返回后，云南普洱区各民族还在宁洱镇剽牛、盟誓，并刻石立碑，发出共同的民族团结誓词：

>我们廿六种民族的代表，代表全普洱区各族同胞，慎重地于此举行了剽牛，喝了咒水，从此我们一心一德，团结到底，在中国共产党的领导下，誓为建设平等自由幸福的大家庭而奋斗！此誓。

各族代表用汉文、傣文、拉祜文等签下名字，刻于其后，以示心声。

后此碑被誉为"新中国民族团结第一碑"。

国庆观礼和民族访问在1950年交相辉映，使得这个特殊的年份，在中国少数民族发展史上意义极为重要。作为贡山县第一任县长的和耕，带着丽江各民族会议上传达的中国共产党的各项民族政策，以及各种好消息，返回到了贡山和独龙江地区进行宣传。他或许也没有料到，由于国庆观礼和访问团等工作的铺垫，中央民委扩大会议也正酝酿，即将于次年召开。

对于独龙江地区面临的新困境，和耕与孔志清都十分清楚。虽然党的民族政策一次次让人欢欣鼓舞，但是独龙人在当家做主之后的起点，实在是太低了。

孔志清和黎明义等人，在独龙江忙忙碌碌大半年，虽然人心安定、生产有序，不过接下来面临的严峻问题是：独龙人如何从原始社会直接过渡到社会主义社会？

丽江各民族代表会议的精神，进一步激励了和耕和孔志清，他们都在等待着机会，能把独龙人带出去的机会。独龙江实在是太过于闭塞，就算是从独龙江翻山越岭到贡山县城，没几天时间也是不可能的，一到冬天，有半年多时间大雪封山，与外界完全隔绝。

还有就是独龙人的称呼问题，各个民族都有自己正常的民族名称，可独龙人呢？

说起来都是心酸心痛！没有自己正规的不受歧视的族名，谈何过渡？

当接到云南民族学院的建立和招生的消息时，和耕眼前一亮，心头一动，便打算好了，尽快选派孔志清出去学习。这是能让独龙人走出去的关键一步。

1951年5月，孔志清带着满心欢喜，到贡山县政府向和耕汇报独龙江区公所近来所做的工作，以及独龙人生产生活情况的进步和改善。

和耕听完很高兴，也很满意，故意问孔志清："想不想出去？"

孔志清愣了一下，不明白和耕说这话的意思。

和耕笑了笑说："独龙江那么封闭落后，你就不想出去？"

孔志清一听就来了气，说："我家祖祖辈辈都在独龙江，乡亲们都还在过苦日子，是共产党为独龙人创造了机会翻了身，我们感激这份恩情，得把家乡建设好，得把国土守护好，怎么会想着出去？"

和耕听完哈哈大笑，说："逗你呢，早就知道你这心思，不过，现在还真有一个机会让你出去。"

孔志清更加疑惑，但坚定地说："不管什么机会，我都不想离开独龙江。"

和耕又故意板起脸，严肃地说："上级很高兴你的进步，准备送你到云南民族学院学习，你有什么意见？"

孔志清听到这里才明白和耕绕半天说的事情，他不由得哑然一笑。

他突然想起父亲孔目·金，想起永拉嘎小学，想起带自己出去上学的袁怀志，想起给自己取名字的杨瑞宗老师，想起茨开小学校长胡安民，想起俞德浚委员举荐自己进入国民政府设立的中央政治学校大理分校……如今，共产党和新政府不但让自己担任了独龙江区区长，还要进一步培养自己，让自己获得这样一个宝贵机会，到外面学习更多先进的知识和文化，以此更好带动独龙江乡亲们发展。这是多么好的际遇和机会啊，这是多么好的党和政府啊！

"我没意见，谢谢党和政府的栽培。"孔志清站了起来，脸上流露出感激的神色，眼睛里充盈着闪亮的光芒。

"这不仅是机会，还是重托啊！"和耕也站了起来，意味深长地说道。

两个不同民族的两双手，又紧紧地握在了一起。

尽管孔志清很想去省城参加这次学习，可他又为此深感不安。

独龙江虽然解放了，自己也当了区长，但是家里生活非常困难，如果自己出去学习大半年，家中便无人照顾，家里人怎么办呢？

孔志清纠结了一夜，辗转难眠。他又想到，独龙江获得自治以来各个村寨的实际情况，独龙同胞们仍然生活在刀耕火种的原始社会，除了自己和黎明义，都没人会讲汉话。这样的族群，如果没有人带头走出去，那今后谈何过渡、谈何发展？

再者，虽然党的新政策进入了边疆少数民族地区，但还有很多政策我们不懂，需要进一步去学习领会，如果这些政策不搞懂吃透，在实际工作中就会遇到很多困难无法解决，也就无法做好工作。这个事情，关乎整个独龙江地区，关乎所有的独龙人同胞，自己可不能为了家庭小事而丢了全族发展进步的大事。如果还想带领全族乡亲走出独龙江，那么这个千载难逢的外出学习机会，就一定不能错过。

想到这里，孔志清便下定决心：出发！

随后，孔志清又想，这么难得的机会，能不能也推荐自己的弟弟孔志礼去学习呢，于是又请示和耕。

和耕当然希望独龙人能多有几个像孔志清、黎明义这样有文化的人，经过向上级申请说明情况，并得到批准同意后，和耕回复孔志清说："可以啊，叫他也学点知识。"

正当孔志清到了贡山准备出发到昆明时，一个突发的消息让他几乎放弃了到云南民族学院学习的机会。

有人传话，就在孔志清刚离开独龙江后，一支土匪乘虚而入，围住了孔志清家，并将其老婆孩子杀害。

和耕感觉此事可疑，但又怕万一是真的，咋办？只好一边稳定孔志清的情绪，一边派人到独龙江区调查。

孔志清虽然也觉得这事不大可能，毕竟独龙江区获得解放自治后，亲自到各村寨宣传党的民族政策，独龙同胞们无不欢欣鼓舞。在这种情况下，发生这种事情，或许是别有用心之人想阻止自己外出学习。但同时他也隐隐担心，毕竟人命关天，而且是自己家老婆孩子，心中还是十分矛盾和焦虑。

和耕派去的调查人员很快就发回来消息，表明此事纯属子虚乌有，孔志清家人都好端端的，独龙江各村寨人心安定，大家都知晓中国共产党的好政策，知道自己翻身做了主人了！

孔志清长长松了口气，他跟和耕说："看来还是有些别有用心的人，不甘心独龙江解放，到处造谣啊！"

和耕说："这些人就是秋后的蚂蚱，蹦跶不了几天，等你学成回来，带领独龙江乡亲，在党的领导下，一定能走出一条自己的路。"

孔志清说："是啊，这些人企图动摇我外出学习的信心和决心，可现在，我更得努力地去学，把党的政策学好学透，回来再教给乡亲们，绝不能辜负了党和政府对独龙乡亲们的关怀，还有对我的培养啊！"

和耕赞许地点了点头，语重心长地说："独龙同胞的希望就寄托在你身上了。"

孔志清坚定而自豪地说："不，我们的希望都寄托在党的心中！"

两个老同学的手再次紧紧握在了一起。

孔志清入学云南民族学院政治系后，接触到了云南边疆各个少数民族的同学，还有王连芳、杨宏光、刘树生、施泽旱等学院领导，以及李乔、纳训等作家老师，这让他十分激动。

学院开放式的教学，严谨的管理，亲人般的关爱，都让孔志清受益匪浅，特别是民院提倡"人人是老师，个个是学生，处处是课堂"，教育学生的老师们，同时也向各少数民族学生学习民族语言，了解其风俗习惯和思想状况等，随时随地为学生排忧解难，所以师生之间建立了深厚的感情，像高文英、胡鸿章、尹寿铭、宋文治、曹康文、白光、戴文洪等一大批教职员，深受学生爱戴。

这让孔志清不仅在政治意识和文化知识上大有进步，思想政治觉悟不断提高，对中国共产党的领导和社会主义制度的信念更加坚定，还深入学习到政治理论和党的各项方针政策，并进一步明确了工作方向和奋斗目标，而且还切身感受到，中国共产党在中华人民共和国成立后，对少数民族干部空前的重视和培养力度。

最为关键的是，一个改变独龙人族名的契机，在他即将毕业前夕到来了。

1951年底，就在孔志清学业快结束时，学院领导找到孔志清说，党和政府邀请他代表独龙人，和云南民族学院代表20多人一起到北京，参加中央民族事务委员会扩大会议。

孔志清一听到北京，还参加中央民委扩大会议，心中十分震动和感动，激动得一夜无眠。

他思绪万千，回想着自从1917年出生以来，到现在34年了，作为独龙人，在旧社会一直饱受欺压歧视，这样一个边疆弱小民族，在党的光辉照耀下，今天竟然能够前往首都北京，参加中央召开的会议，简直就像是做梦一般。假如自己的父亲孔目·金地下有灵，知道这个好消息，一定也会十分开心。独龙人有希望了，独龙人终于在新中国获得了历史上一个真正的机会……

云南代表团在负责人张旭的率领下，乘坐火车从昆明出发，途经贵州省，六天后到达重庆，在重庆休息两天后，转乘轮船到汉口，再从汉口乘坐火车，经两天一夜之后，于1951年12月15日抵达首都北京。

一路上，孔志清难以抑制激动的心情，在途中他第一次看到了祖国的大好河山，感受到各地各族人民的欢欣喜悦。对比外面的世界，他想到独龙江还处在最原始的生活状态，心中既兴奋又难过。他觉得，共产党像红太阳一样，给了中国新希望，自己和独龙同胞也应该更加奋发向上，摆脱原始，摆脱贫困，争取在社会主义温暖的大家庭中占有一席之地，要与祖国和其他各民族同步，要跟得上这个新时代。

孔志清在日夜奔驰的列车和乘风破浪的轮船上，不断地回顾和遐想，窗外吹过的风，也让他感觉到了此行他肩上担负的分量。

在中央民委扩大会议的十多天时间里，孔志清和其他各民族代表每天都和中央首长们在一起，会议由董必武主持，许许多多关于少数民族的发展问题，大家讨论得热火朝天。会后，大家坐在一起吃饭聊天，就像是一个温暖的大家庭，完全没有任何让人感到拘束的地方。这使孔志清真正见证了，什么叫作民族平等、民族团结、民族互助、民族友爱……

每一位少数民族代表，都深深感受到作为这个国家的主人的尊严。这在过去简直就是天方夜谭。所以，大家都十分感慨，感慨这个国家，的的确确换了新天地；感慨中国共产党，确确实实是中国各个民族的大救星；感慨无论是什么民族，都一视同仁地被尊重、被帮助！

会议期间，各个少数民族代表都怀着一个强烈而朴实的愿望，那就是想见一见伟大的领袖毛主席。因为毛主席带领中国共产党，实现了中国的解放。他就是东方红太阳最热那一粒因子，他就是代表中国共产党的伟大领袖，他在各少数民族人民心中，就是中国共产党的化身和代表。所以，大家都期盼着能够一睹毛主席的风采，便向负责会议的同志反映，请求见一见毛主席。

负责会议的同志开始说："毛主席最近很忙，不能出来接见你们。"

各少数民族代表说："我们来首都北京参加会议，连毛主席也见不到一次，那等我们回去以后，家乡的人问我们怎么回答？"

或许是心有灵犀，或者说毛主席早有安排，只是负责会议的同志尚不清楚，就在会议快要结束的前一天，一个令人激动万分的消息传来：元旦那天，毛主席要出来接见各少数民族代表！

听到此消息后，各少数民族代表团像是炸开了锅，大家激动地奔走相告：

"我们就要见到毛主席了,我们就要见到毛主席了……"

1952年,元旦,北方的冬天特别寒冷,但在孔志清和其他各少数民族代表心中,却感觉到无比温暖。就在这天,毛主席要在中南海礼堂亲自接见各少数民族代表。

晚上,中南海礼堂内灯火辉煌,人声鼎沸,一阵阵欢快的乐曲中,各少数民族代表怀着无比激动的心情,站在台前,等候着毛主席。

8点30分,一个身着黄色毛呢军装的伟岸身影,向孔志清他们走来,近了、更近了,孔志清和其他少数民族代表不停地鼓掌欢迎,热烈的掌声响彻中南海礼堂,那是中国各少数民族最为虔诚和真挚的表白,感谢伟大领袖毛主席,感谢伟大政党共产党!

在毛主席两旁,还有其他党和国家领导人刘少奇、朱德、周恩来。毛主席刚一进来就挥起右手,站在台子中央向各位代表致意,满面红光的脸上写满了和蔼可亲的慈祥与关切。

孔志清听到代表群里有人高喊:"毛主席万岁!"紧接着代表群接二连三地喊出:"毛主席万岁!""中国共产党万岁!""中华人民共和国万岁!"……发自肺腑、此起彼伏的口号声交织着掌声,再一次响彻大厅。

毛主席镇定自若地用浓重的湘音,骄傲地朝代表们喊出:"人民万岁!"

孔志清和其他少数民族代表再也抑制不住心中的感情,感动得眼泪直流。

孔志清的座位是3排306号,离主席台很近,虽然感动的泪水模糊了视线,但毛主席伟岸的身影依然让他有了一个想法,那就是此刻向毛主席说出藏在心中的话:您是我们的大救星,没有共产党就没有我们少数民族的翻身解放,我们永远听党的话,跟着共产党走!

毛主席和其他党和国家领导人,继续向代表们走过来,来到大家中间,一一和大家握手,孔志清也凑了上去,毛主席紧紧地握住孔志清的手。

就在那一瞬间,孔志清感到,这双曾扭转乾坤的大手,这双带领中国共产党解放全中国的大手,这双指点着中国少数民族事业的领导者发展的大手,第一次和一个以往备受欺凌的、弱小族群独龙人的手握在了一起。

眼泪，禁不住顺着孔志清的脸颊再一次流淌下来。就在那一刻，他似乎感觉到，故乡的独龙江沸腾了，故乡的高黎贡山沸腾了，故乡的担当力卡山沸腾了，故乡的独龙同胞也沸腾了，他们纷纷伸出的手，和自己的手一起，被这双温暖有力的中国共产党和中央政府领袖的大手握紧了、握牢了！

随后，毛主席和其他党和国家领导人与各民族代表合影留念，55个少数民族每一个选一名代表，站在毛主席身后的第一排。

孔志清作为独龙人代表，也站在了这一排，并且就在毛主席附近，转头就可以清晰地看到毛主席伟岸的身躯。

这让孔志清感觉到了一股沉稳的巨大的力量，这是一种任何少数民族都可以依靠和依赖的全心全意为人民服务的力量，这是中国共产党无与伦比的感染力和号召力，是中国人民的领袖毛主席卓绝的个人领袖魅力。

它像是一粒种子，深深地扎根在各少数民族心中。

孔志清感觉得到，这粒种子饱含即将带领各少数民族破土而出的力量、新生与希望！

整个晚上，孔志清都沉浸在巨大的喜悦和激动之中。

毛主席、朱总司令和夫人及代表们还观看了演出晚会。

孔志清第一次看到这么精彩的表演，深受震撼，他期待着有朝一日，几乎与世隔绝的独龙江的乡亲们，也能够走出大山，来看看在中国共产党领导下的新中国，是多么团结友爱、异彩纷呈。

当然，他还有很多的忧虑和顾虑：如何能够让自己的族群真正发展起来，有朝一日能真正走得出来？还有就是深藏在心底的一个期盼，那就是：在一切都得到改善和改变的情况下，独龙人究竟能不能有一个不再受歧视的族名和称呼？

3天后，1952年1月4日，一个决定独龙人族群称呼的机会到来了。

周恩来总理要来看望各少数民族代表。

上午10点，各少数民族代表在礼堂内排好了队，等待着周总理的到来。

几分钟后，大厅门外走进来一个身穿黑色毛呢中山装的身影。

大家一看那飒爽的英姿，就知道是周总理来了。他那方正饱满的额头，英气十足的浓眉大眼，和善带笑的脸，谦谦君子的风度，处处体现出新中国总理非凡的气度。

大家禁不住激动地鼓掌欢迎。

周总理走到代表们面前，慈祥和蔼地注视着大家，认真地同每一位代表握手问候。

从第一个代表开始，周总理就仔细地询问代表们的姓名、地区，以及属于哪个民族，然后不断地端详不同民族代表，让代表们深切感受到被平等对待与重视的自尊、自信与欢悦。

待周总理走到孔志清面前时，孔志清的心激动得都快跳出来了。

或许是被孔志清炫目的独龙毯褂子吸引住了，那件由红橙黄绿青蓝紫等各种颜色丝线交织而成的多彩布褂，特别像是红太阳散发的光芒，又美丽又带有温度。

周总理停下脚步，微笑着紧紧握住孔志清的手问："你是什么民族？"

一股暖流涌入孔志清心间，让他流下了热泪。

但周总理的这个问题，让孔志清不由得一愣，不知道该怎么回答。

独龙人究竟应该叫什么民族，直到现在，孔志清也无法说得清楚。那些带侮辱性的族群称谓，他实在是不好意思说出口，这也是长久埋藏在他心中的痛，但又不能不回复总理。

就在孔志清犹豫不决之间，周总理似乎感觉到了什么，语气变得更加亲切："那你叫什么名字？"

"报告总理，我、我叫孔志清。"孔志清恍如被什么惊醒了似的，略带慌乱地回答道。

"你是从哪里来的呢？"周总理以更加柔和的语气问道。

"总理，我是从云南最边远的地区独龙江来的。"孔志清突然意识到自己还没有回答周总理的第一个问题，便鼓足勇气，面带委屈接着照实说道："旧社会别人把我们看成是野人。外民族乱给我们民族取称谓，汉族称我们是'俅子''俅夷''俅人'，傈僳族叫我们'俅扒'……"

周总理听到这里，微微皱了一下眉头，接着又问："那你们民族是怎样自称的?"

孔志清清了下嗓子,将胸膛挺了挺,说:"我们历来都自称'独龙人'。"

周总理若有所思,片刻之后,对孔志清说:"哦,这样不行,那你们就按你们民族自己的称谓来称呼,就叫独龙族吧,以后外民族不能再乱称谓你们的族名。"

紧接着,周总理当场指示西南局的负责人王维舟,严肃交代说:"老王,这个民族的族名,就按照他们自己的意愿叫独龙族好了,与其他民族一律平等,从今往后,任何民族一律不准再使用带有侮辱性的称呼。"

"是!"王维舟坚定地回答。

与此同时,代表中再次爆发出阵阵热烈的掌声。

孔志清边使劲拍手边流泪,心热得滚烫,嗓子哽咽,不知道该说什么才好,便更加使劲地拍掌。他的手拍得又红又痒又痛,但心中却像是灌满了蜂蜜,又像是有无数暖流贯穿而过。

"我们有自己的族名啦!我们有自己的族名啦……"独龙族人孔志清,在心中不停地叨念着:"独龙族、独龙族……"他恨不得马上长出一对翅膀,飞越千山万水,飞到高黎贡山和担当力卡山之间的独龙江,把这个天大的喜讯,一遍遍传递给独龙族的乡亲们!

周总理为独龙人命名独龙族的好消息,犹如一阵阵春天的暖风,吹到了独龙江。

孔志清开完中央民委扩大会议,返回独龙江后的第一件事,就是召集全区的乡亲们和各界人士开了大会,一是传达中央民委扩大会议的精神,介绍会议的盛况以及毛主席、周总理接见各少数民族代表的种种情景;二是告知乡亲们,周总理说了,本民族的称谓要以我们对自己的称呼来决定,其他民族不可以再像从前那样乱叫我们"俅子""俅扒"等带侮辱性的称谓,从今往后,以前那些称谓一律废止,周总理已经给我们命名了族名,我们有了自己真正的族名——独龙族。

现在,独龙族正式成为中华民族中的一分子了。这对于独龙江地区和独龙人来说,真是破天荒的大事件。

独龙族群众高兴万分，奔走相告，发出共同的心声：感激共产党对独龙族的巨大关怀和爱护！

东方红太阳终于照耀到独龙江，让独龙族翻身得解放后，还有了自己正式的族名。一个个机会的背后，正是中国共产党各项民族政策的制定落实，以及对各族人民持之以恒的无限关爱。

独龙族，从解放前一个积贫积弱得快要灭绝的原始落后族群，转而成为中国唯一带"龙"字的少数民族，终于有了一个负有新使命并意味着腾飞的族名。这其中的坎坷与艰辛，在独龙族一代又一代族人的见证下，转而化作一股股朝前的源源不绝的动力。

不过，虽然独龙族获得了翻身解放，面对历史上长期遭受的压迫剥削、特殊的地理位置、恶劣的自然环境、极度低下的社会生产力等因素，他们面临的严峻现实问题仍然很多。幸好中国共产党不离不弃，依然以大胸怀大担当精神，为包括独龙族在内的各少数民族，继续肩负起发展和进步的帮扶重任。

在孔志清和独龙族同胞的眼中和心里，中国共产党正宛如一阵强似一阵的浩荡春风，在中国新的历史机遇和进程中，再次吹拂大江南北，令中华大地生机勃勃、熠熠生辉！

下篇

春风二度

总书记的两次回信

从 1952 年周恩来总理给独龙族正式命名后，独龙族依然处在由原始社会过渡到社会主义社会的极度贫困落后阶段。

时隔 68 年后，2020 年 10 月 26 日至 29 日，中国共产党在北京召开第十九届中央委员会第五次全体会议，并于 10 月 29 日审议通过《中共中央关于制定国民经济和社会发展第十四个五年规划和二〇三五年远景目标的建议》，此时，中国社会已发生了翻天覆地的历史巨变，决胜全面小康社会已经取得了决定性成就，脱贫攻坚成果举世瞩目，5570 万农村贫困人口实现脱贫，并开启了全面建设社会主义现代化国家的新征程。

不到一个月，《人民日报》也报道了国务院扶贫办带给全国各族人民的好消息。

本报北京 11 月 24 日电 （记者顾仲阳）记者从国务院扶贫办获悉：贵州省 23 日宣布剩余的 9 个贫困县退出贫困县序列，至此，全国 52 个挂牌督战县经过省级专项评估检查，已由各省级人民政府全部宣布退出，加上 2016—2019 年已脱贫摘帽的 780 个贫困县，我国 832 个贫困县全部脱贫摘帽。

"贫困县全部脱贫摘帽，并不意味着全国脱贫攻坚目标任务已经全面完成。"国务院扶贫办副主任夏更生表示，下一步还要对抽查、普查和考核发现的问题进行整改，查缺补漏、动态清零。最后，由党中央宣布现行标准下农村贫困人口全部脱贫，贫困县全部摘帽，打赢脱贫攻坚战。

去年底未摘帽的 52 个贫困县由省级人民政府宣布脱贫摘帽后，还需履行相关程序。按照"中央统筹、省负总责、市县抓落实"的工作机制，贫困县退出由县级申请、市级初审、省级专项评估检查、省级人民政府宣布。省级宣布后，要接受国务院扶贫开发领导小组抽查、国家脱贫攻坚普查、脱贫攻坚成效考核，检验退出程序的规范性、标准的准确性和结果的真实性。

——《人民日报》2020年11月25日05版

2021年1月18日，在中华人民共和国国务院新闻办公室就2020年国民经济运行情况举行的发布会上，公布了2020年中国经济成绩单。数据显示，各季度GDP增速呈现V形反转，其中一季度同比下降6.8%，二季度增长3.2%，三季度增长4.9%，四季度增长6.5%。GDP总量也首次突破100万亿元，达1015986亿元。

国家统计局局长宁吉喆在发布会上表示，2020年政府工作报告提出的宏观调控的主要目标已经实现，好于预期。GDP总量突破100万亿元大关，意味着中国经济实力、科技实力、综合国力又跃上一个新的大台阶。2020年中国经济总量占世界经济总量的比重达到17%，人均GDP连续两年超过1万美元，进入中等偏上收入国家行列，与高收入国家差距不断缩小。这是中国共产党带领14亿全国各族人民干出来的！

中国GDP总量超过100万亿元，实现历史性突破，成为近百年来唯一经济总量达到美国70%以上的国家。这一数字，是我国1952年GDP总量679.1亿元的1496倍，是1978年3679亿元的276倍。中国在世界经济总量中的占比，也从1978年的1.7%，上升了10倍，到达17%。

中国共产党在2020年新冠肺炎疫情导致的世界经济大萧条下，带领全国各族人民排除万难，勇往直前，促使2020年中国经济逆势增长2.3%，交出了一份令全世界惊叹的完美答卷！

2021年2月25日，习近平在全国脱贫攻坚总结表彰大会上发表重要讲话，庄严宣告，经过全党全国各族人民共同努力，在迎来中国共产党成立100周年的重要时刻，我国脱贫攻坚战取得了全面胜利，现行标准下9899万农村贫困人口全部脱贫，832个贫困县全部摘帽，12.8万个贫困村全部出列，区域性整体贫困得到解决，完成了消除绝对贫困的艰巨任务，创造了又一个彪炳史册的人间奇迹！这是中国人民的伟大光荣，是中国共产党的伟大光荣，是中华民族的伟大光荣！

在中国如此强大的高速发展的背景下，中国共产党带领全国各族人民，已经开启了宏伟的"十四五"规划和"二〇三五年远景目标"，而远在西南边疆地区的独龙族，由于有中国共产党历年来持续不断的巨大帮扶，也不甘落后，更是于2018年率先实现了整族脱贫，印证兑现着党中央和习近平总书记"全面实现小康，一个民族都不能少"的庄严承诺。

千百年来受尽欺压的弱小民族独龙族能够整族脱贫，不能不说这是一个人间奇迹，这是中国共产党执政为民，对边疆少数民族无微不至帮扶的结果。我们可以从历史的一些时间节点倒推回去观察考量，世界上没有其他任何一个国家和政党，能够在波澜壮阔的历史进程中，对一个本已濒临灭绝的族群如此地给予百倍的重视和帮扶。

中国共产党历代领导人，都十分关注独龙族发展。中共中央总书记、国家主席、中央军委主席习近平，两度亲自回信，关心和鼓励这个弱小民族。

正是中国共产党，锲而不舍地践行扶贫路上"不让一个民族掉队"的理念，才给了包括独龙族在内的各个少数民族，一次次朝前发展的机会，也才有了独龙族整族脱贫后的幸福生活。

我们今天可以追溯历史，以从原始社会直接过渡到社会主义社会的独龙族为考察对象，以点带面，从习总书记的两封回信（另外还有一次专门接见）开始，回顾中国共产党，究竟是如何带领独龙族以及其他各族人民，创造着一个又一个的人间奇迹。

2014年4月10日晚，中央电视台《新闻联播》播报了一条消息：云南省独龙江高黎贡山公路隧道于本日贯通，隧道全长6600米，从而结束了全国唯一一个民族自治乡不通公路的历史。

2014年1月，在高黎贡山独龙江公路隧道即将贯通前夕，"老县长"高德荣和贡山独龙族怒族自治县干部群众致信习近平总书记。

尊敬的习总书记：

您好！

独龙族是从原始社会直接过渡到社会主义社会的人口较少民族。新中国成立以来，党中央国务院、省委省政府及各级党委政府高度重视独龙族的发展进步，特别是通过独龙江乡整乡推进独龙族整族帮扶项目实施，独龙族唯一聚居区独龙江乡全乡的基础设施得到了明显改善，群众生产生活水平大幅度提高。2014年4至5月，县城至独龙江乡公路隧道即将开通，这标志着全国56个民族之一独龙族同胞祖祖辈辈大雪封山半年的历史结束，独龙族同胞有望早日实现与全国其他民族兄弟一道过上小康生活的"中国梦"。

独龙江公路是独龙族与外界联系、沟通的唯一通道，是独龙族同胞生产生活和发展的命脉，尤其是公路中途的41公里至63公里的隧道（全长6.68公里）是整条公路喉舌，现隧道即将开通，根据独龙族同胞的共同期盼，呈请习总书记为隧道命名并予题词"高黎贡山独龙江公路隧道"为谢！

高德荣等5位同志代表4000多独龙族同胞永远感谢习总书记、永远感谢共产党、永远听共产党的话、永远跟着共产党走！

贡山独龙族怒族自治县

原任县长　高德荣（独龙族）

贡山独龙族怒族自治县

现任县委书记　娜阿塔（傈僳族）

贡山独龙族怒族自治县

现任县长　马正山（独龙族）

贡山独龙族怒族自治县独龙江乡

现任党委书记　和国雄（白族）

贡山独龙族怒族自治县独龙江乡

现任乡长　李永祥（独龙族）

这是一封独龙族即将实现多年美好夙愿，对中国共产党的联名感谢信。收到来信后，中共中央总书记、国家主席、中央军委主席习近平立即做出重要批示与回信：

> 获悉高黎贡山独龙江公路隧道即将贯通，十分高兴，谨向独龙族的乡亲们表示祝贺！独龙族群众居住生活条件比较艰苦，我一直惦念着你们的生产生活情况。希望你们在地方党委和政府的领导下，在社会各界帮助下，以积极向上的心态迎战各种困难，顺应自然规律，科学组织和安排生产生活，加快脱贫致富步伐，早日实现与全国其他兄弟民族一道过上小康生活的美好梦想。

这是习近平总书记代表中国共产党对独龙族的祝贺与勉励！在这封回信的巨大鼓舞下，四年之后，独龙族由最原始落后的民族在怒江州率先实现整族脱贫，受独龙族群众委托，2019年2月27日，独龙江乡党委以书信的形式，向习总书记报告独龙江乡近几年来取得的跨越式发展和独龙族整族脱贫的喜讯。

敬爱的习近平总书记：

> 我们怀着感恩和无比激动的心情向您报告，在党的政策光辉照耀下，我们独龙江乡6个行政村都已经达到了脱贫出列标准，实现整族脱贫。2018年，全乡农民人均纯收入达到6122元，比2014年增长1.42倍。现在独龙族群众日子一年过得比一年好，我们对与全国其他兄弟民族一道过上小康生活，信心更加坚定了。
>
> 今天的独龙江乡，村村通硬化路、通4G网络，正走向现代文明。2015年，在您和党中央关怀下，独龙江乡公路实现全年通车，乡亲们彻底告别了半年大雪封山的历史；这几年，全乡又修通了连接6个村委会、26个自然村的硬化路，交通的便利给群众打开一扇脱贫致富的大门，让以往"养在深闺人未识"的草果、重楼、羊肚菌等特色优质

经济作物走出了独龙江，全乡机动车驾驶员从个位数上升到百位数，600 户群众有了机动车。现在，独龙江乡不仅所有村寨实现通车、通电、通电话、通广播电视、通安全饮水，还是云南省第一个实现村村通 4G 网络的乡镇。借助信息化平台，我们这个"直过"民族连上了精彩的外面世界；通过"互联网＋政务"，以前到乡里一天还办不完的事，现在不出村分分钟就办妥了；群众生了病，可以通过远程医疗，在乡里连线省城的专家诊治；通过"互联网＋教育"，独龙江乡所有中小学可以看到全国、全省最优秀教师的上课视频，直接使用他们的课件，共享优质教育资源。

今天的独龙江乡，家家有新居，正成为怒江州旅游观光的一张新"名片"。全乡 1136 户独龙族群众告别了破烂狭小的木楞房，全部住上了宽敞漂亮的安居房，房前屋后都打扫得干干净净，家什用具都摆放得整整齐齐，"破、旧、脏、乱"的村庄形象已一去不复返，一座座村容整洁、生产发展、生态宜居、乡风文明的独龙族新村呈现美丽风貌。我们因势利导、科学规划，将民族文化传承保护与乡村旅游发展有机结合起来，培训一批乡村旅游人才，支持建设 200 余户具有当地特色的农家乐，推动旅游产业得到长足发展，打牢脱贫致富产业基础。2018 年，全乡旅游收入达到 181.37 万元，人均增收 435 元。

今天的独龙江乡，户户有新业，正走上"不砍树也能富"的绿色发展之路。我们坚持"绿水青山就是金山银山"的理念，把全乡 25 度以上陡坡耕地全部退耕还林，大力发展草果、独龙鸡、独龙牛、独龙蜂和香料、中草药材等特色产业。2018 年底，仅草果种植一项人均增收就达到 1812 元。在独龙族群众心目中，地方党委、政府帮助发展的草果产业，就是脱贫致富的"金果果"。目前，全乡全面实施"以电代柴"行动，家家户户都用上了电器，"像保护眼睛一样保护生态环境"深入人心，人人都是护林员。

今天的独龙江乡，人人有社会保障，好日子越过越甜。这几年，学校、卫生院、养老院等一批民生项目相继建成投入使用，所有人都参加了医保，大病保险实现全覆盖，全乡小学生入学率、巩固率和升学率均保持在100%，全族人均受教育年限不断提高，有了知识和文化，贫困将不会代际传递，群众日子越过越红火。上了年纪的独龙族老人感慨，党的政策真是好，好日子还没有过够，要多活几年。

敬爱的总书记，我们深知独龙江乡、独龙族群众今天发生的巨大变化，是您亲切关怀的结果，是党中央、国务院和各级党委、政府关心帮助的结果。没有中国共产党的正确领导，就没有独龙族群众今天的幸福生活。党的恩情比高黎贡山高，党的恩情比独龙江水长。我们一定牢记您的亲切关怀，永远心向党、听党话、跟党走、感党恩，马不停蹄地实施好乡村振兴战略，保护好生态环境，发展好生态旅游和特色产业，巩固好民族团结，把独龙江乡建设好、发展好、保护好、守卫好。

请总书记放心，我们将认真履行好职责，充分发挥基层党组织的战斗堡垒和共产党员的先锋模范作用，团结带领独龙族群众一起奋斗，用实际行动感谢您对独龙族群众的牵挂和关心。

衷心祝愿总书记您身体健康、工作顺利！

云南省怒江傈僳族自治州贡山县独龙江乡党委
2019年2月27日

这是一个弱小民族在中国共产党的领导下，实现千年跨越、脱贫致富的人间奇迹。

2019年4月10日，习近平总书记第二次给独龙江群众的回信，让独龙江再次沸腾了。

云南贡山县独龙江乡的乡亲们：

你们好！你们乡党委来信说，去年独龙族实现了整族脱贫，乡亲们日子越过越好。得知这个消息，我很高兴，向你们表示衷心的祝贺！

让各族群众都过上好日子，是我一直以来的心愿，也是我们共同奋斗的目标。新中国成立后，独龙族告别了刀耕火种的原始生活。进入新时代，独龙族摆脱了长期存在的贫困状况。这生动说明，有党的坚强领导，有广大人民群众的团结奋斗，人民追求幸福生活的梦想一定能够实现。

脱贫只是第一步，更好的日子还在后头。希望乡亲们再接再厉、奋发图强，同心协力建设好家乡、守护好边疆，努力创造独龙族更加美好的明天！

习近平

2019 年 4 月 10 日

这是一封饱含着喜悦、祝福与期待的回信，是以习近平同志为核心的党中央对独龙族以及中国各个民族同胞的美好祝愿与殷殷期盼！那就是——让各族群众都过上好日子！

"让各族群众都过上好日子，是我一直以来的心愿，也是我们共同奋斗的目标。"正是习总书记这句朴实真挚的话语，反映了中国共产党一直以来"不忘初心、牢记使命"对中国少数民族的极其重视与帮扶，要知道像独龙族这样的"直过民族"，自解放后，通过短短的几十年，就实现了"一步千年"整族脱贫的跨越式发展，中国共产党和中央人民政府，在率领各少数民族同胞，同全国人民一起奔小康的致富路上，不知需要付出多大的代价、做出多大的努力、倾注多少心血！

习总书记给一个仅有几千人的人口较少民族两次回信，这在中国历史上绝无仅有，这说明了什么呢？这正是中国共产党民族平等、民族团结政策的最好阐释。两次回信都像春风化雨般，给独龙江和独龙族送去了无限的温暖和力量。

无怪乎"人民楷模"国家荣誉称号获得者、贡山独龙族怒族自治县"老县长"高德荣常常说："没有共产党，就没有我们独龙族今天的一切。高黎贡山高，没有党的恩情高；独龙江水长，没有党的恩情长。独龙族人民永远感谢共产党、跟着共产党。"

负责传达习总书记回信的独龙江乡党委书记余金成也感慨道："收到总书记的回信，全乡干部群众特别高兴，特别激动，反响强烈……现在，在独龙江乡的党员干部群众中流传着这样一句话：没有中国共产党的领导，就没有独龙族的今天。下一步，独龙江乡将认真学习传达习总书记回信的内容和重要指示精神，并从生态保护、产业发展、人居环境提升、激发群众内生动力、守边护边、旅游发展、民族团结等方面下苦功夫，带领独龙族群众，听党话，跟党走，感党恩……独龙江乡的明天将会越来越美好！"

然而，这一切美好愿望的实现，又是多么不易，经历着超乎想象的艰难困苦。

让我们将独龙族的历史，暂且拉回到1952年。

就在68年前，孔志清带着周恩来总理命名"独龙族"的喜讯回到独龙江时，他要面对的现实，仍是处在原始父系氏族社会末期的独龙族乡亲们。

中国共产党如何在这个民族的薄弱基础之上，替独龙族创造一次又一次朝前发展的机会，并率领独龙族同胞"逆天"改命？

这，将是不亚于一场生死考验的持久之战……

水田之上的农耕跨越

就在孔志清从北京返回独龙江后,杨世荣(纳西族)作为新中国成立后中国共产党派驻独龙江的第一批干部的负责人,也于1952年从云南滇西北玉龙雪山下的丽江县白沙乡龙乡村,徒步赶往中缅交界线的贡山县。

从玉龙雪山到高黎贡山和担当力卡山的道路,可谓是千里迢迢。一路的奔波劳苦,并不能阻挡杨世荣心中对目的地独龙江的向往。到怒江州贡山县支援,是杨世荣响应党的号召主动报名前来的,贡山太需要外来干部的帮助,而独龙江则更需要。

就在杨世荣1952年10月刚刚结束云南省委党校的学习,准备返回贡山而途经碧江县时,他被一个人拦截了,这个人就是当时任中共怒江区工委书记兼碧江县县长的张旭。

张旭约了杨世荣谈话,开门见山就说:"老杨,现在准备开发独龙江地区,民工都准备好了,你到贡山后,先到独龙江一趟,看看哪些地方可以开水田。调查清楚后,尽量在12月封山之前回来,向区工委汇报。"

杨世荣一听要到独龙江,心中一阵兴奋,在从丽江到贡山的路上,自己就琢磨着,如何找机会到独龙江一趟,看看那里的山和水,还有神秘的独龙人,听说那条像翡翠一样美的独龙江里,鱼多得数都数不过来,还有山上的野牛,听说也是漫山遍野到处成群结队……整个独龙江地区动植物资源相当丰富,就是一个天然的大宝库。那么美好的地方,只可惜交通情况极其恶劣,造成这一地区千百年来几乎与世隔绝,还有独龙族同胞,还处于"刻木结绳记事,鸟语花开为节令"的原始公社解体阶段,吃穿都成大问题,如果这次进去,实地调查下能否开水田,对于独龙族同胞来说,就意味着可以增加很多口粮收成,岂不是件大好事?

想到这里,杨世荣便对张旭说:"这太好了,我早就想进去看一看,我到贡山大半年来，早就听说独龙江的一些情况。现在全国人民都解放了，但很多人都还不知道独龙江和独龙族，他们太偏僻太落后，如果能开水田，这对他们来说真是一件大喜事。只要独龙族能学会种水田，就不再是原始人啦！"

张旭看了看窗外，说："上级组织已经有所安排，要让独龙族同胞尽快融入祖国大家庭，开水田这事是农耕的基础，所以先派你作为工作组组长，和其他几位工作组的同志进去调查清楚，这可关系到今后独龙族的发展基础啊！"

杨世荣站了起来，信心满满地说："请放心吧，我千里迢迢报名来贡山，不干出点名堂，都没办法给自己交差。"

张旭也跟着站了起来，把手伸向杨世荣。

冬日的阳光，照亮了紧握在一起的两双手，像是在注入某种力量和希望。

回到贡山后，杨世荣急着去独龙江，匆忙准备了一下，带上工作组出发了。

但从贡山通往独龙江的道路，是一条艰难到让杨世荣无法想象的道路，尽管他以前也去过不少贫困地区。

11月的高黎贡山，已经纷纷扬扬下起了大雪。从贡山到独龙江，原本有一条平时供人行走的羊肠小道，现在完全被大雪封堵走不通了，怎么办呢？到底是进还是退？如果前进，那么必须选择唯一一条人迹罕至的只有猎人才知晓和行走的危险之路；如果退，那么就只能返回贡山，等到来年五六月份冰雪融化时，才能重新进入独龙江。

杨世荣在心中反复掂量了几回，觉得还是必须冒险进去。调查开垦水田工作，对于独龙江及独龙族群众来说太重要了，一刻都不能耽搁。况且自己作为共产党员，就算是冒死进去，也是理所当然的。区工委既然下了这个任务，还等着自己带队返回汇报情况呢，这事一旦耽搁，就会影响到党和政府的决策部署，独龙族必然就要多些时间受苦受罪，自己决不可因小而失大啊！

这条只有猎人能走的小路，果然名不虚传，不但又湿又滑，而且稍不留神，便会跌倒摔伤，好几次有队员差点中招。

杨世荣不得不一路嘱咐其他工作组成员，排列好队伍按顺序行走，每走一步，必须跟好看好，不能出任何差错。

然而，更为困难的是，这条险峻之路还有很多断头处。

这些断头处，要么在巨石峭壁上架设独木天梯，要么在悬崖陡涧中间铺设简易栈道，大家经过这些道路节点时，更是提心吊胆，稍不留神，就将滑落深谷山涧粉身碎骨、一命呜呼。

最为可恶的是，经过高黎贡山原始森林，有一种当地称作马鹿虱的小虫，一旦被它叮上，很难取出。这种虫子嘴尖牙利，一口咬上来，疼得让人钻心难耐，禁不住连声叫嚷挣扎，不少同行的工作组成员就吃了大亏，遭了这毒虫的罪。

还好同行有几位熟悉道路的同志，要不然面对茫茫雪山，绝对走不到独龙江就会迷路出意外。

独龙江区干事黎明义，不但是土生土长的独龙族，而且他和孔志清还是仅有的两个走出独龙江到外面读过书的独龙人。据说，黎明义曾在国立丽江师范读过几年书，这在当时绝对封闭落后的独龙族里，是相当了不起的事情。另外，同行的还有贡山县特别聘请的两名技术员，一位是茨开区吉术村的傈僳族农民杰图；另一位是丙中洛区藏族农民阿当。他俩负责到独龙江传授斗犁架锄把和驾牛犁地等技术。

两位不同民族的农民兄弟，都是当地农耕场上的一把好手，听说要到独龙江帮助独龙族搞农业生产，二话没说，拔腿就跟着工作组来了。除了两位农民技术员天生的淳朴好品质，也得益于解放后，中国共产党宣传民族平等、民族互助的政策深入人心，各个少数民族之间，都有民族大团结大互助的自觉意识了。

经过多日的艰难跋涉，杨世荣和会计和桂香（贡山县县长和耕的哥哥，傈僳族人，贡山县丹珠村人，还兼任干事、教师、代购员等职）、黎明义（独龙族，独龙江区干事，翻译）、通讯员和学光（独龙族）、丁为仕（独龙族）、炊事员阿批等工作组成员，终于到达了独龙江。

独龙江区区长孔志清、副区长马巴恰开（独龙族）没料到，杨世荣和其他工作组成员，居然冒着大雪、冒着大风险进入独龙江，都很感激党和政府对独龙族的这份关怀。

随后，工作组还见到了先行到达独龙江的蒋炳堂（贡山县和耕县长特意从鹤庆县请来的农民技术员）以及孔志礼、丁国强、丁巴、东革匹等独龙族工作人员。大伙凑在一块儿都说，雪再大，天气再冷，都不怕了，每个人心中都暖和和、亮堂堂，因为党和政府给独龙江送来了开发水田的希望。

杨世荣和其他工作组成员顾不上休息，按照张旭的指示，开始组织人员，分头到全区各村寨进行摸底调查。按照计划，他还准备于12月返回贡山县和区里汇报情况。

根据分工，杨世荣和黎明义到独龙江上游的腊卡达（现迪政当）一带，深入了解每个自然村的情况。

调查期间，杨世荣和其他工作组成员，算是亲眼见证了独龙族同胞生活的艰难困苦。

之前的独龙江地区，大约分布着15个"尼柔"（氏族）：夏木来、江勒、木江、凯而即、陇吴、郭劳龙、麻必洛、木金、狄巴、暧沙、哇策、滴郎当、夏木力、及木当、丙当等。这些氏族，最大的包括15个家族，最少的仅有一个家庭。

绝大部分独龙族，无论男女，都没有衣裤穿，赤脚穿梭在山林河谷之间，只靠一块麻布围住下身。只有很少的一些人能穿两块麻布缝合在一起类似背心的上衣。穷苦人家甚至连这样的一块麻布都没有，完全靠吊一块木板在前面遮羞，像极了原始人。

天寒地冻之时，全家人不得不围躺在火塘边烤火取暖过夜，住的房子也非常简陋，靠北部地区（独龙江上中游）的独龙人多用两端削成榫口的圆木垒垛四周，茅草当顶，俗称木楞子房；靠南部地区（独龙江下游）的独龙人多用竹子围建四壁，上盖竹叶或者茅草，还用"阿里"（树皮）做围墙，俗称竹楼。更早些时候，还有部分独龙人在树上挖洞筑巢，或者干脆在山上的岩洞里居住，和野人无甚区别。

虽然独龙族人非常勤快，整年胼手胝足辛勤劳作，但仅靠毁林开荒、刀耕火种、"种一坡收一簸箕"的原始农耕方式，粮食根本不够吃，只能靠山茅野菜野果等充饥，比如竹叶菜、酸草尖、蕨菜、野百合、竹笋、刺笋、董棕粉、每南（mainan）、生安（svngan）、布利（pvri）、木起（mvchi）、木耳、香菌等，过着半饥半饱的生活。

其生产工具也相当原始，使用简单粗放的木竹工具，没有犁、耙、锄、镰刀等，生产力还停留在极端低下的刀耕火种水平。不会使用畜力，不会种水田，全都是轮歇的旱地，耕作方法极其简单。由于平地极少，又多在江边，常常是几家人共同选好一片森林，冬天时，大家集中将树木等砍倒，经过长时间晾晒，待干得差不多时，已经到了次年的春天"波龙布那"（花开之月），这时，再放火焚烧，将这些植物灰烬充当肥料，然后稍加混合便开始播种。

独龙族往往会在同一块地里种好几种农作物，有时甚至多达九种，主要有苞谷、旱谷、荞子、小麦、小米、稗子、豆类、薯类等。劳作时，独龙族男子在前面扒土整地，独龙族女子则尾随其后，用一根削尖的木棒点种苞谷等，不懂得施肥，也不懂得做任何管理，顺其自然生长，待成熟收割后，一块地一两年后必然丢荒无法耕种，只有等地里草木自然生长后，再次砍伐焚烧，继续耕种，如此循环。

由于铁器是从外地输入的，数量极少而且相当贵重。100多年前由江心坡和坎底一带传过来的一把砍刀，需要两口肥猪才能换得到。时间稍往后一点，大概80多年前，斧头由缅甸传入时，一头黄牛才能交换两把斧头。

独龙族地区少数人家渐渐有了一把一尺多长的刀，个别人家有了一把斧头（平均13户才有一把斧头），使用"恰卡"（一根弯木棒上端套着一块小铁片的锄头）来挖地、松土、薅草等。

北部耕种的农作物以苞谷为主，但产量很低；南部以旱谷为主，但一块地里同时耕种多种农作物（南部土质好，雨量足些），每种农作物的成熟时间有先后。由于缺衣少粮，独龙族什么成熟就先吃什么，除秋收有一部分带回家，大部分在地里就被吃光了。

独龙族在生活中很少能有储备，除了极少数人能吃到干饭外，绝大部分人平时能吃到稀饭都算不错了，缺粮户高达 90% 以上。不过，这还得仰仗运气好，由于独龙江到处都是原始森林，猴子、野猪、熊等野兽常常出没，一夜之间，就能把全部庄稼吃得精光。所以，在下种到收割前，独龙族人都还得日夜到地里防守，以驱逐来犯的各种野兽⋯⋯

这样的生产生活状况，让杨世荣和其他工作组成员感慨万千。解放独龙族群众思想，开垦水田，改善生产劳动工具⋯⋯这一切迫在眉睫、势在必行。

等到杨世荣带领工作组摸底调查结束时，已是隆冬季节，独龙江的雪下得更大了，通往贡山的道路，包括猎人能走的小路，都被漫天大雪深深掩埋。杨世荣和工作组的同志，无法按照计划返回贡山和怒江汇报工作，只能继续留下来，更深入地开展对独龙江的调查帮扶工作。

杨世荣、孔志清、黎明义等和工作组成员们日夜讨论商量，如何尽快地组织独龙族老百姓开发水田。

12 月初，孔志清在独龙江区召集各负责人开会研究决定，准备利用冬春农闲季节，集中全区劳动力，在独龙江中游的孔目（现孔当）的学哇当村，开始进行开田种稻试点工作。杨世荣、黎明义、蒋炳堂、杰图、阿当等，从区政府所在地巴坡，赶往学哇当村。这一路上，虽然匆忙，但大家都仍在讨论许多开水田的细节问题，一天下来，兴奋盖过了奔波劳累，大伙按计划及时到达学哇当村。

开垦水田，可不像种旱地那么简单，得做不少准备工作。

由于独龙江地区是第一次开水田，没有任何基础，甚至独龙族同胞都没有任何概念和思想准备，要得到当地老百姓的理解和支持，并不是一件容易的事。

杨世荣和工作组的同志，首先面临如何组织老百姓修建工棚的问题。

学哇当村的乡亲们别说见过，就是连听都没有听说过开水田这回事。

杨世荣和工作组其他同志觉得，此事首先得取得独龙族同胞的信任，这得给老百姓实惠，证明党和政府做此事是真心为民而不是瞎折腾。于是，和孔志清商量好，并经过区政府讨论研究后，给每家每户先发放救济布，共计380件。

这可把独龙族乡亲高兴坏了，这些布匹，对于衣不遮体的独龙族百姓来说可是珍贵货。为了把开水田的工作做得更扎实，杨世荣和孔志清等又积极和商业部门联系，在其支援下，专门带去15把犁头、400多把锄头（板锄和条锄各占一半），赶去7头耕牛。

杨世荣看着这些必备的生产工具，心里有了底气，他和工作组其他同志，耐心细致地跟当地独龙族百姓讲解开水田如何如何好，开完水田就可以种上水稻，等到水稻成熟收割以后，就可以吃上香喷喷的大白米饭。

独龙族百姓开始还是有点蒙，但是一看，工作组那么热情苦干，党和政府又发布匹，又弄来那么多现代的生产工具，心自然也"咯噔"一下动了，纷纷要求加入修工棚的队伍，前前后后共有300多人投入到开水田的工作中来了。

杨世荣看到此情此景，禁不住对黎明义说："黎干事，你看看，我们党和政府'慎重稳进'的边疆工作总方针多么好，做好群众基础宣传工作，稳步推进水田开垦，这样下去，要不了多久，开水田的工作，也将在党的'团结、生产、进步'的工作方针中，打开一个个新局面，到那时，独龙族同胞从原始社会过渡到社会主义社会的目标和愿望，就能打下一个强有力的基础，再加上其他方面和领域的努力，很快可以实现啦！"

黎明义也很激动，看着自己的独龙族同胞即将学到内地最为先进的水田开垦技术，他便对杨世荣说："党和政府从解放以来，一直就十分关心我们独龙族，不但遵照我们的习惯，帮我们确定了族名，还不断给我们送来粮食、布匹、衣被、食盐、茶叶、铁锄、斧头、砍刀等生产生活用具，更是从内地派来干部、教师、医务人员、农业技术人员等，让地理位置十分偏远的独龙江地区和生产生活非常落后的独龙族，有了党和政府的温暖依托，有了新中国做强大后盾，就像是孩子回到了母亲的怀抱，让我们有了底气，有了干劲，有了希望。这次在独龙江地区能像内地一样开垦水田，真是独龙族的福分，更是独龙族农业历史上开天辟地的大事件啊！"

杨世荣赞许地点头微笑，半转过身，又对阿当、杰图、蒋炳堂等农民技术员说："开水田前的铺垫工作做完了，接下来，就得看你们几位的了。"

几位农民技术员呵呵地笑了笑。

蒋炳堂代表大家诙谐地说："放心吧，党和政府分派的这个艰巨任务，我们就是使出吃奶的力气，也要手把手地把独龙族乡亲们教会教好。"说完后，就各自忙着拿起自己的家什，跑去召集独龙族群众学开水田去了。

由于独龙族人从没有使用过这些先进的犁具，阿当、杰图和蒋炳堂分别手把手耐心地示范，从如何犁田犁地、斗犁架、锄把等，到一遍又一遍地细致讲解，经过黎明义等现场翻译，独龙族乡亲们很快就掌握了这些动作要领和技术，而且积极性很高，觉得这一切都是那么新鲜。虽然有时候个别群众也会失误犯错，歪歪扭扭的样子颇为滑稽，惹得大伙哄堂大笑，但教学过程中，始终弥漫着一股浓浓的民族互帮互助氛围。

开水田这项工作，在党和政府的穿针引线下，使得独龙族、纳西族、傈僳族等各个民族之间那股亲密无间的感情，在独龙江大地上弥散开来。独龙江的农业生产，终于开启了水田和牛耕的新纪元。

为了进一步提高独龙族群众的积极性和参与度，杨世荣和工作组的其他同志还想尽办法，规定凡是参加开田开地的群众，一律发记木工牌。发这个干啥呢？为的就是根据每个人的参与情况，在这个由小木板做成的记工牌上做上标记。

记木工牌侧面刻工数，每1个工，刻一小刻；10个工，累积刻一大刻。木牌的正面，写上出工者的姓名，背面用阿拉伯数字记下工数，然后发到各人手中，吩咐其妥善保管，以便留待秋后按计工数支付酬劳，然后，再以各人所出的工数来分配粮食。

特意设计成木工牌，本就因为和独龙族刻木记事有点相似，独龙族群众更容易理解和接受，再加上参与者不但学习强化了农耕本领，还能得到酬劳，又是第一次这样操作，独龙族乡亲们兴致十分浓烈，心里相当高兴，从而也带动了高涨的劳动热情，使得这项工作从开始时进展就很顺利。

随着试验的成功，杨世荣和工作组的其他同志，带领独龙族群众，从

1952年12月到1953年2月，想方设法从村前的箐沟里开挖水渠，引来一股股甘洌清澈的山泉，较好地解决了新开水田的灌溉问题，在短短3个月的时间里，独龙江总共开发了水田53亩。

在独龙江开田引水，可算是一件十分新鲜的事。由于独龙族群众祖祖辈辈只知道刀耕火种，如今虽然大部分独龙族乡亲参与了开发水田，但在此期间，也碰到了不少麻烦和遭遇了不少周折。

有好几次，当杨世荣他们正准备开水田时，当地的南木萨（巫师）顾虑重重，觉得这样做会破坏当地耕作的风俗习惯，便四处向群众散布谣言："把水引到村子里，会引来水鬼，村子就要遭殃不得安宁。水引进村来，人要得打摆子病（疟疾）。"

部分独龙族群众听后，思想上便产生了动摇，毕竟南木萨的话，对于长期处在原始生活阶段的独龙族人是颇有分量的，这便成了继续开水田的一大阻力。

杨世荣和工作组的其他同志理解南木萨，毕竟独龙族有着自己的传统，且不论这种传统，是不是太过于封建迷信。为了消除独龙族群众的顾虑，工作组一方面做好南木萨的工作，强调开水田对于独龙族今后生产生活和发展进步的重要性和必要性；另一方面，则耐心地反复向独龙族群众解释说："开水田，种稻谷，是共产党、毛主席给我们出的好主意。过去吃不上大米饭，从我们这一代起，就要吃上大米饭了。"

大部分独龙族群众一听，这原来是毛主席和共产党的主意，心中顾虑顿时就消解了大半，毕竟今天的独龙族，正是由于毛主席和共产党的领导，才得以不再受欺压，翻身解放做了主人，而且在解放后，毛主席和共产党仍时时处处关心独龙族，送来了一个又一个顶好的民族政策，以及一批又一批生产生活必需品……

一些到过内地的独龙族基层干部群众，也结合自己的亲身经历，把所见所闻告诉这些有顾虑的群众，并肯定地说："内地引水开田，没有引来鬼，也不见得病的。"

与此同时，杨世荣和工作组的其他同志，想方设法找到当地的卡桑（村寨头人）和一些有威望的独龙族老人，一起来做群众的工作。特别是区长孔志清，以身作则，带队深入群众中，现身说法，以理服人，以情动人，具有很强的示范号召力和感染力，让独龙族群众深受感动。

这样一来，几股做工作的力量合在了一起，使得不少有顾虑的独龙族群众，彻底回心转意，拥护工作组的决定，开水田的工作便得以顺利进行。

为了取得独龙族群众完全的信任和持续支持，杨世荣和工作组其他同志商量了不少办法，其中就有最大限度尊重当地风俗的举措，遵从独龙族群众原始宗教习惯。

每次在开水田前，搞一次小型的祭山神活动，在田边地角插一些枝枝杆杆，挂上一些纸片儿，经过简单的拜山神仪式后，才正式破土动工，让其心里能够接受这种农耕变化。

有部分群众还提出，能否在修通水渠后，将水引流入村前，杀一只鸡祭拜山神；还有，凡是水流过的地方，仍需要挂一些纸片、布条等。这些无关乎开田工程进展的祭祀风俗，工作组主动请村里的卡桑帮忙主持。

独龙族群众对工作组体恤民情的包容做法大加赞赏。

1953年2月，一场罕见的大雪，飘飘扬扬洒落独龙江大地，开田工地上所有的工棚，都被厚厚的积雪压塌，这让杨世荣很是揪心，但积雪厚达1尺多，不得不让独龙族群众暂且回家休息。好在大伙并没有因此气馁，停工10多天，等积雪化了一些后，便纷纷返回来重新修建工棚，继续进行水田开垦。

前期群众工作做得扎实，为开水田营造了良好的氛围。独龙江能够固定耕种的地太少太有限了，进入3月份后，独龙江群众每家每户都要砍一块火山地，为了两头兼顾，工作组决定，每个行政村留5人，4个行政村共20人，继续集中到学哇当村跟随蒋炳堂、阿当、图杰等农民技术员学习撒秧、耙地、犁田、斗犁架、锄把等技术，其他群众则返回各自家中砍火山地去了。

到了五六月份，工作组又犯了难，原先撒下去的秧苗可以栽种了，但独龙族群众没干过这种活计，仅靠工作组的同志，又没有办法一边教独龙族群众，一边及时栽种完50多亩水田。

怎么办呢？杨世荣赶忙向县里汇报这一情况。

为了既不耽搁秧苗栽种，又能在栽种过程中教会独龙族同胞，县里商量后决定，从原本就有种植水稻经验的永拉嘎、茨开等地，迅速组织调配10多个青年男女赶往独龙江，同时，把独龙江各村寨年轻劳动力和民工也发动起来，经过20多天的突击劳作，开垦水田的第二阶段任务顺利完成了。

杨世荣看着新筑堤坝下，嫩绿的秧苗在闪亮的水田里列成一队队，心里甭提多高兴了。他在想象着，再过几个月，到了秋天，这些水田里，定会结满金灿灿的麦穗，到那个时候，独龙江啊独龙江，这些黄金一样珍贵的色块色带，将第一次把这山林水间装扮得无比漂亮！

或许是老天爷明白人的心事，开发出来的水田，谷子都长得特别好，当地的老百姓经常会围到田边，看着这些稀奇的谷穗，就像是看见自己家的小孩长高长大一样高兴。

谷穗啊谷穗，里面可还真藏着一个个白生生的"小胖伢子"呢，等到谷穗完全成熟时，这些个"小胖伢子"就将被收割、剥离、晾晒、碾滚……随后用锅装好架在火塘上，煮成白生生热腾腾的大米饭。能吃上一口这香甜可口的大白米饭，这要放在从前，可是独龙族乡亲们做梦都不敢想象的事情啊！

杨世荣记得，独龙江第一次开水田后丰收的场景，独龙族群众围着堆积如山的谷堆，兴奋得一下子不知道该说什么好，大伙跳啊叫啊，发自内心的欢呼声，响彻独龙江峡谷。

工作组的同志过磅算了算，亩产达到了300多斤，总产有53担，合计15000斤。按照以前木牌记工数，工作组给独龙江老百姓分红了，每一位参加过开田修水利的人，基本上都分到了3斤谷子（按每个工，即劳动日）。为了让更多的独龙族群众认识到开水田的好处，工作组又商议决定，全区每户送3升谷子，让所有独龙族乡亲都能尝尝新，同时，也让独龙江其他尚待开发水田的地区，解放解放思想，换一换脑子，开一开眼界。

由于第一次开水田成功，独龙族乡亲又是第一次吃到了那么香甜可口的白米饭，大家对这项工作的兴趣和热情空前高涨起来。

1953年，在贡山县城召开生产会议时，光独龙江区就派出了30多人参加。这些代表纷纷表示，没想到开水田得粮食，大家第一次吃上白米饭、第一次品尝到甜头，感谢党和政府给独龙江带来这么好的创举，这项帮扶政策，真是太入老百姓的心了，独龙江群众想接着再开发利用更多的水田……

于是会议便决定：1953年冬至1954年春，独龙江地区继续开挖水田。

代表们沸腾了，拍手叫好。

这是一个新的历史起点，也是一项功德无量的美事，独龙族人有口福了，正是开水田，让独龙族从基本的饮食上，获得了跟上这个时代发展的机会。

根据这次会议的决定和安排部署，县上又增派了工作组成员进入独龙江区，准备组织各村寨独龙族乡亲们，全面开田挖水沟。工作组也重新做了分工，由杨世荣负责独龙江区区政府附近的孟顶，黎明义带一部分队员到龙元，蒋炳堂等也到龙元做技术指导。

当杨世荣带着李正华、丰自祥等组员，到达巴坡北面麻必当村准备组织开田挖水沟时，惊讶地发现，由于前期的示范和宣传，这里的独龙族百姓都十分拥护，整个开挖工作进展得十分顺利。杨世荣带领组员，身先士卒，不计劳苦，整天和独龙族老百姓一起吃住在工棚，完全融入独龙族群众里去了。

为了更好地开展工作，短短一年时间，杨世荣还学会了独龙语和傈僳语，这为后来的开水田工作带来了极大的方便。

杨世荣作为党员干部，明白自己身上肩负的重任。独龙族能否结束千百年来没有牛耕的历史，没有水田水稻的历史，完全取决于自己带领开水田的工作组。而张旭在临行前说给自己的话，还有最初从丽江报名支援怒江徒步走到贡山的信念，无时无刻不在激励着他。

看着独龙族乡亲吃上白米饭，杨世荣真是比自己吃上还要开心。独龙族刀耕火种的原始农耕，只有通过开水田才能彻底改变，要不然，奢谈什么向传统农业和现代农业过渡，就毫无意义。

独龙族百姓虽不懂得这些高深说法，但他们懂得什么对他们有利，什么对他们好，开水田得民心，他们就积极跟着干。所以，到1954年3月，杨世荣和工作组在麻必当和莫拉当等地方，又开发出水田 30 多亩。黎明义等其他组员，在龙元发动群众也干出了成绩，开出水田 40 多亩。截止到 1954 年上半年，工作组在独龙江地区总共开发出水田 130 多亩。

1954 年以后，随着独龙族群众热情的持续高涨和水田农耕技术的提高，开发水田的效率也上升了一大截，原先需要 100 多个工才能开挖 1 亩，后来只需要 60 到 80 个工了。1955 年后，独龙江各个行政村都能自行开挖水田，这说明独龙族群众在工作组的教导下，完全掌握了开水田的技术方法。而工作组的工作重点，便转移到抓互助组的试点工作上去了。

这些变化，让杨世荣和工作组的其他同志都十分欣喜，用现代农业的方法，驾着耕牛犁田，按照科学插秧，依据经验施肥，靠着镰刀收割……最终吃得上自己种的大米，谁还敢再说独龙族是野人，是俅扒，是曲子……谁还敢说独龙族还生存在原始社会末期？

有了党和政府派驻的干部和技术队伍，以及各种帮扶措施，独龙江从最深的基础上实现了大翻盘。独龙族，已经和内地的其他民族一样，得到了与历史和时代同步发展的机会。他们完成了从原始社会到社会主义社会过渡最核心的农耕方式的转变，将人类社会生存发展所依赖的传统农业和现代农业，通过开水田和牛耕，完完全全替代了独龙族延绵几千年刀耕火种的原始农业，促使他们在中国共产党的带领帮扶下，跨过了制约其发展的最大阻碍，完成了向现代农民的根本性转换。

开发水田的数据虽是枯燥的，但却是闪着金光的见证。

从 1952 年到 1959 年，独龙江畔共开水田七八百亩，这个数字随着时间的推移，还在不断增加，还在不断优化，这是历史的选择和见证。中国共产党为独龙江带去的这项农耕基础工作，为独龙族其他领域工作的开展，奠定了一个坚实的基础。

在开发水田期间，党和政府依然每年运送几万斤返销粮到独龙江地区以解决独龙族同胞们的温饱问题。毕竟，独龙江处于高黎贡山和担当力卡山中间，特殊的地理地质构造，导致其能被开发利用的土地实在有限。另外，肥料的供应，也不能完全跟得上大量的需求。还有就是个别地方的气候等因素，导致所开发水田产出的粮食，不能够满足独龙族群众在和平自由生活状态下，人口自然增长的正常需求。

这些因素，党和政府无一不考虑得周全，可以说，在事关独龙族生存和发展的问题上，党和政府是不遗余力地在策划、在准备、在组织、在实干，这种持续不断地提携一个弱小民族不掉队的帮扶，放眼全世界，真没有哪一个政党，哪一个组织，哪一个国家能够做得到。

由于杨世荣带领的工作组在独龙江做的工作卓有成效，他也被州里和县里留在了独龙江，后来，还由工作组组长提拔成为独龙江区党工委书记（1957年6月至1966年5月），而且，在独龙江前后一干就是18个年头。

在杨世荣离开独龙江后的回忆中，这块遥远、神奇、美丽的土地和纯朴善良的独龙族乡亲们，就像自己的家乡和亲人般亲切温暖。特别是在中国改革开放以后，独龙江发生翻天覆地的巨大变化，实现了前人做梦都不敢想的千年跨越之发展，更是令他思绪飘飞、感慨万千。

作为中国共产党派驻独龙江地区的第一批干部，作为独龙江最初的建设者、参与者和见证人，杨世荣和其他工作组的同志，无怨无悔地为独龙江挥洒了青春和热血。但这一切，又是多么值得，毕竟他是一名共产党员。

在随后党和政府派驻独龙江地区的各种外来干部中，仍旧有着无数像杨世荣一样的共产党员，他们是东方红太阳散发出的最为光明耀眼、灿烂温暖的缕缕光芒，不断照亮独龙江族人民前进的道路，让独龙族人民在解放后，几乎都是基础薄弱的各个领域，实现了一个个崭新的跨越式的零突破。并且，伴随着对独龙江地区帮扶的深入，为了更准确掌握独龙江地区各方面的情况，做好决策依据的调查，党和政府又派驻了另一支特殊的团队。

这支队伍，用青春、热血和生命，在通往独龙江无比艰险的道路上，迈出引领独龙族前进的脚步……

把生命系在悬崖上

1956年，著名人类学、社会学和民族学专家费孝通带队进入云南。

这是全国人民代表大会民族委员会做的决定，其目的是准备对中国各少数民族社会历史进行调查摸底，此事意义重大，更是对党中央和中央人民政府民族政策的深化和具体措施的落实。所以，费孝通这次专门挑选了这个领域的优秀专家学者等组成了调查组。

这次调查，距离费孝通带领中央民族访问团西南分团进入贵州，已经过去快六年时间了。在乘飞机到昆明的路上，他一直在琢磨此行的调查任务，比以往更专业更具体了。云南作为全国拥有最多民族的省份，自然成为首选之地。

为了更好开展工作，到达昆明后，北京的专家会同云南的同行们，共同组成云南少数民族社会历史调查组，其中怒江分组，由杨毓才、宋恩常等调查组成员，在贡山县独龙族县长孔志清等人的帮助下，于1957年夏天，首次进入独龙江地区进行实地调查，主要完成的调查成果有：

《独龙族简介》〔杨毓才（白族）、肖家成调查整理，1957年〕；

《贡山县四区三村孔当、丙当、学哇当独龙族社会经济调查》〔孔志清（独龙族）、王荣才（白族）、肖家成、阿婻（独龙族）、王友春、王国祥、袁光才、杨毓才等进行调查，杨毓才整理，1957年5—7月〕；

《贡山县四区独龙族社会调查》〔黎明义（独龙族）、宋恩常、赵学谦、罗从义（白族）、和玉星（傈僳族）等进行调查，宋恩常整理，1957年5—7月〕；

《贡山县四区茂顶等村独龙族社会调查统计资料》（宋恩常、黎明义等调查，由宋恩常整理，1957年5—7月）；

《贡山县四区四村独龙族生产关系调查》〔和鸿章、罗凤鸣（独龙族）

调查，和鸿章整理，1957 年 5—6 月］；

《贡山县四区一村独龙族土地形态调查》［和鸿章、罗凤鸣（独龙族）调查，和鸿章整理，1957 年 7 月］。

在这之前，1956 年 4 至 9 月，全国人民代表大会民族委员会调查研究组，还根据碧江县傈僳族傅阿念、斐文、阿色加、王夫之，以及贡山县第四区独龙族芒帮加肯、布那、依里扬等在 1956 年的谈话，记录整理完成了最早的《独龙族社会情况调查》，涉及人口分布及自然情况、民族名称、历史传说、语言文字、农业生产、土地制度、手工业及副业交换、生活状况、家庭、婚姻、社会组织、宗教信仰、丧葬、文面和装饰、习惯法、意识形态、解放后的变化等。

之后，1958 年，云南民族调查组丽江分组独龙族调查小组，以及 1960 年云南民族调查组怒江分组独龙族调查小组等，持续对独龙江地区进行跟踪调查，主要成果有：

《贡山县四区茂顶、蓝旺度独龙族社会经济调查》［李智仁、杨太真、王均（彝族）调查，王均整理，1958 年 11 月］；

《贡山县四区四村独龙族原始共产制残余调查》（宋恩常在 1957 年 5 至 6 月间初步调查的基础上，于 1962 年 7 至 8 月，利用贡山县四区区长，独龙族老人玛巴朗羌·坚和独龙族干部当生·汀·木利门·阿巴一到昆明学习的时机，进一步调查访谈，整理而成）；

《云南省贡山县第四区独龙族社会经济调查报告》（洪俊、王均、俸万恒、温眉虎、温继铭、张瑛、陈燮章等调查，由陈燮章、洪俊整理，1960 年 12 月）；

《第一行政村独龙族社会经济调查》（张瑛、温继铭调查，温继铭、张瑛整理，1960 年）；

《第二行政村独龙族社会经济调查报告》（第一部分）（温眉虎、俸万恒等调查，俸万恒、温眉虎整理，1960 年 6 月 29 日—7 月 31 日）；

《第二行政村独龙族社会经济调查报告》（第二部分）（温眉虎、俸万恒等调查，俸万恒、温眉虎整理，1960 年 6 月 29 日—7 月 31 日）；

《第三行政村独龙族社会经济情况》（陈燮章、洪俊等调查，陈燮章整理，1960 年 9 月）；

《第三行政村独龙族社会情况调查》（洪俊、陈燮章等调查，洪俊整理，1960年11月）；

《第四行政村独龙族社会经济调查》（温继铭、温眉虎等调查，温眉虎、温继铭整理，1960年）；

《第四行政村独龙族社会历史情况》（陈燮章、张瑛等调查，张瑛、陈燮章整理，1960年8月—11月）；

《第四行政村德乌打独龙族社会经济调查》（张瑛、温继铭等调查，张瑛、温继铭整理，1960年8月）；

《独龙语的基本特点和方言土语概况》（多吉、孙开宏调查，孙开宏整理，1960年3月）。

…………

在20世纪五六十年代，如此持续深入地对一个偏远之地，针对一个弱小民族进行全方位调查，说明党和政府对独龙江地区独龙族的发展，倾注了相当真诚而巨大的心力。

实际上，对包括独龙族在内的中国少数民族进行调查，从1956年正式启动开始，到1964年第一阶段基本结束。

这项由党中央和中央人民政府发起，并组织的针对中国少数民族社会和历史的大规模学术调研活动，在全世界人类和民族史上是绝无仅有的。在这调查活动中，先后参与的专家、学者、科研人员等达1700多人，调查范围涵盖了中国少数民族人口较密集的19个省和自治区，调查所获得的原始资料累计达数亿字，可谓是声势浩大、规模空前。

正是由于中国共产党倡导的这场民族大调查，与20世纪50年代初由费孝通、林耀华、陈永龄、施联朱等开展的民族识别工作等，为摸清楚我国少数民族基本的分布和状况，提供了科学的田野调查第一手依据，更为此后中国各项民族政策的全面制定和决策，奠定了坚实的基础。

而独龙江和独龙族，也在这个民族大调查的历史背景中，越发清晰地展现在世人面前，并使得党和政府对独龙族的各项帮扶政策，有了更精准的针对性和前瞻性。这些都为独龙族获得进一步发展，做出了另一个重大机会的新铺垫。

从过去到现在，我们可以通过一些具体调查数据的变化，来观察这个弱小的民族，是如何一步步实现千年跨越和发展的。这些实实在在的"证据"，以及这些"证据"背后，中国共产党无数干部前仆后继付出的巨大奉献与牺牲，才使得独龙族群众在中国共产党的帮扶下，从一个个基础薄弱的领域，实现着逆天大反转，获得了本民族真正发展进步的重大机会，在政治、经济、文化、教育、卫生等各方面，实现了零的突破，涌现出这个苦难民族新的带头人和各项基础事业发展的第一人！

"一寸山河一寸血"，这是战争年代严酷现实的真实写照，那么在中国共产党带领全国各族人民翻身解放后的和平建设年代，像独龙江和独龙族这样边疆云南最为偏远的地区和最为原始落后的民族，也同样需要付出难以想象的艰辛和行动，甚至是以命相搏，才能够换来独龙族同胞一个个弥足珍贵的朝前发展的机会。

在1956年和1957年的调查科基础上，1958年，在国家民族事务委员会和中国科学院哲学社会科学部领导下，由中国科学院民族研究所具体主持，开展了中国少数民族社会历史调查，共有16个组奔赴各个省。

同年8月，中央民族学院、中国人民大学等高校师生林耀华、宋蜀华、洪俊、刘达成等约100人，从北京到达云南，和云南调查组会同组成云南少数民族社会历史调查组，由云南少数民族社会历史研究所（云南省社会科学院前身）副所长侯方岳任组长。洪俊和杨毓才作为怒江州分组的副组长，前往怒江独龙江地区进行调查。

洪俊深知到怒江之路极难行走，一路上山河险峻，独龙江地区尤甚。但他那时才28岁，年轻气盛，在分工后，便去找组长侯方岳，开门见山就要请侯方岳赶紧帮忙找翻译。

侯方岳打量了下这个北京来的伙子，感觉说话做事风风火火，便笑笑说："你就是洪俊啊，我们在分组的时候，林教授说你是调干生，有工作经验，又是党员，那就让你去最艰苦、最艰险的地方吧！"

洪俊回想起1949年1月5日天津解放时，自己是中国人民解放军天津市军事管制委员会文教委员会的军代表之一，还任天津市人民政府教育局中学接管组的南区组组长，后来历经多次调动，上大学前任中共天津市新华区委文教部秘书。1956年，响应国务院号召参加高考，考上了中央民族学院（后改名中央民族大学），这次就是以民院学生的身份参与调查组工作，洪俊对分工似乎早有准备，而且比较满意。从北京来的路上，他就想过的，这次一定要到独龙江看看。所以，他微微笑着，点了点头，算是回答。

侯方岳突然像是想到了什么，又接着问："工作以前你是高中生吗？"

"高三未毕业就去解放区了，在华北联合大学、华北大学政治学院干训班学习。"洪俊回答很快，语气中带有一种坚定和自信。

"很好，有一定政治经验和文化基础，今后努力学习好好干。"侯方岳对眼前的这个小伙子颇满意。他觉得这次北京来的调查组的同志们，个个看上去都很精神，很有干劲。由此可知，他们对此次民族调查是精心挑选了人的。

"还得向侯组长和云南的同志们多多学习请教。"洪俊说的不是套话，他觉得云南这地方真是做民族工作的最佳场所，这里做少数民族调查研究的同人们，都有着自己独到之处。

随后，侯方岳为洪俊开了一封介绍信，又说了一通鼓励他的话，便让洪俊到云南民族学院要翻译去了。

云南民族学院领导看到侯方岳的介绍信，很快就将正在学院学习的贡山县的两位干部，介绍给洪俊所在的调查组当翻译和向导。一位是独龙族的木秀芳（女），另一位是怒族的鲁占真（男）。

在昆明的准备工作就绪后，1958年9月初的一天，阳光灿烂，天高云淡，洪俊、杨毓才等负责怒江地区的调查组一行人，乘坐汽车离开昆明，朝着怒江出发了。

怒江州，位于中国滇西北横断山脉纵谷地带。自古以来，山势险峻巍峨，奇峰突立。西与缅甸联邦接壤，境内从东到西，有云岭、澜沧江、碧罗雪山（怒山）、怒江、高黎贡山、独龙江和中缅北部边界的担当力卡山，形成了"三江夹两山"的地形，以及纵向切割很深的澜沧江、怒江、独龙江三大峡谷。

山川相间，神秘莫测。怒江大峡谷从北向南纵贯境内。当时州政府设在知子罗镇，后搬迁至泸水县六库镇。

而贡山独龙江，更是怒江州最偏远之西北地区。位于北纬27°31′—28°24′，东经98°08′—98°30′，东邻贡山县丙中洛和茨开镇，西南与缅甸毗邻，北靠西藏自治区察瓦龙乡，并与印度相近，国境线长97.3公里，境内有37号至43号7个界桩，东西横距34公里，南北纵距99.8公里，整个区域面积为1994平方公里，是贡山县面积最大的一个区（后改成独龙江乡），占全县总面积的44.25%。

独龙江境内，两山夹一江，即东西两面耸立高黎贡山和担当力卡山，独龙江纵贯两山之间。这里山高谷深，沟壑纵横，形成封闭式的地理环境，最高海拔4969米，最低海拔1200米，形成典型的立体气候和小区域气候，年均气温16℃，无霜期达280多天，年降水量在2932—4664毫米，为全国之最，日均降水量最高达120毫米。全年日照平均1100—1400小时，空气湿度达90%。具有丰富的生物、水能和旅游资源。独龙江流域内森林覆盖率高达93%，动植物物种保存完好，仅种子植物就有200多种，哺乳动物106种，属国家重点保护的珍稀濒危动植物有30种，被誉为"世界物种基因库"，也是后来高黎贡山国家级自然保护区和"三江并流"世界自然遗产的核心区。

每年的12月份至次年的六七月份，为独龙江大雪封山期，此时交通隔断，与外界的联系断绝，独龙江完全处在与世隔绝的状态。

洪俊、杨毓才这个组，将在崇山峻岭和激流江河之间穿行。洪俊等队员第一次经受这番艰难考验。

由于后期物资得一路上筹集购买，待调查组到达剑川后，便分头行动。洪俊先去丽江地委报到和请示工作（当时怒江州隶属丽江地委领导），其他人有的分配去找马帮，有的分配去买粮食和日用品。等洪俊从丽江地委回来，经过简单的整顿后，便决定为了尽快赶路，调查组当晚就得离开剑川。

由于沿途没有借宿的地方，洪俊等人不得不露宿野外。第二天中午，到达澜沧江边，踏上铁索桥的一刹那，洪俊突然想起小时候地理课本上的一句话——"人马经过,铁索摇曳",果然如此。

在澜沧江令人惊心动魄、万分感慨的雄壮奇美中,调查组小心翼翼尾随着马帮,才安全过了桥,继续向西北方向,翻越碧罗雪山(怒山)垭口,来到怒江州政府所在地——知子罗。

顾不上一路的风尘辛苦,调查组马上去州政府报到和请示。州政府的领导对调查组的工作十分关心,并大致了解了本次调查的行程和情况。随后,调查组又分头行动。

因为杨毓才去年到过独龙江,所以他和几名组员留在当地负责调查福贡县、泸水县和兰坪县的民族情况。洪俊则带上另外五位同学,赶往贡山独龙族怒族自治县,调查独龙族、怒族、傈僳族等民族的历史。

由于知子罗到贡山的路更惊险,马帮也过不去,所以州政府给调查组找了3个背夫。当时路上时常还有土匪出没,恰巧此时有贡山县的10位公安部队战士到州政府领取子弹,正要回贡山县,州政府便安排这些武警战士一路上保护好调查组。

然而,意外还是发生了。

调查组成员、公安战士、背夫等一行19人,沿怒江上游方向走出福贡县进入贡山县境内时,由于当时正在修公路,江边本就很狭窄,又加上许多大大小小的石头挡路,行走较为困难,绕来绕去,有时碰到大石头,还得先爬上去,然后再慢慢一点一点蹭着下来。经过布拉崖子前方约100米处,一道10米多高的陡坡横在大家面前。

这就是传说中的贡山布拉岩。

公安战士先带头爬上去。洪俊和其他三位同学也跟着爬上去。之后,中央民族大学拉祜语班四年级同学陈延长,在距离坡顶30米左右的地方,可能是担心身后的背夫,回头看了一眼,却不料前脚一步踩空,瞬间整个人便坠向怒江,身上背着的卡宾枪在空中随着身体猛烈摇晃,甚至都还没来得及叫喊一声,便跌入滔滔怒江水中。他身上还背着10发子弹,书包里还装着调查组的伙食账单等,都一起就这样悄无声息地被江水带走了。

突发的情况让大家没有丝毫准备。一个活生生的人,一个身边的同学和队员就这么没了，让人无法接受。震惊和无奈让洪俊和其他人忍不住大声哭喊着陈延长的名字。

怒族翻译鲁占真，两手解开纽扣，就要脱衣服跳下怒江去救陈延长。

部队班长见状，一把抓住鲁占真的手，叫道："你这是干什么？跳下去你也活不成，更别说救人。"

鲁占真不服气，甩了几下班长的手，但没有甩开，边甩边哭着说："你放开，你别管，我就是想下去试试，不能见死不救啊。"

班长急了，换手一把抱住鲁占真，大吼道："你犯哪样傻，你给我仔细看清楚了，这江水跳下去还能上得来吗？"

这时，大家也纷纷围拢过来，一边劝说鲁占真，一边朝着陈延长坠江的地方看去。

怒江激流，就像是无数匹野兽在嘶吼，发出令人不寒而栗的巨大怪响，汹涌湍急的江水，把江水中的石头冲洗得像蛋一般光滑，江水撞击在石头上，瞬间激起十多丈高的水花，一部分碎成无数的气沫，化作一团团气雾，回旋弥漫在江面上。陈延长坠落的地方，什么都看不到了，除了江流还是江流，就像刚才什么事情都没有发生过一样。

大家的眼泪再一次流了下来。

附近没有任何村庄，也寻找不到任何打捞工具。洪俊第一次感觉到面对死亡时的无力和束手无策，谁都没有办法，大家站在原地只有痛哭着急，然后默默地看着出事的江面。

时间就这样过去了3个多小时，当夜幕降临，没有办法，必须离开时，大家打着手电筒，朝着江面晃了一阵，江水被照亮，滚滚而去，算是作别。

离开的时候，大家不自觉地边走边回头，真希望这只是一场噩梦；但这一切，又是真真切切的现实。

洪俊清楚地记得那个日子，那是一个令他永远无法忘怀的时刻：1958年9月30日，国庆节前夕，下午4点钟。

怀着异常悲痛的心情，18人的队伍，继续顺着怒江往北走，来到普拉底村。

当地干部安排大家在村公所住下。洪俊一直沉浸在悲伤中，根本没有心思吃饭，到处找电话，必须打到昆明汇报这个重大意外事件。但当时凡是要打长途电话，必须通过县电话总局。不巧的是，县里正在开电话会议。

洪俊把情况说给了工作人员，问他是否能帮忙接通昆明。

电话总局工作人员说："有规定县里开电话会议期间，一律不能接通长途电话，还是明天再打吧。"

洪俊万分着急地说："这事不能耽搁，不行的话我找县委书记。"

工作人员表示很无奈，说那倒是个办法，你试试吧。

洪俊打通县委书记寸汝昌电话，把事情简要地说明了一下，请他务必帮忙连线昆明。

寸汝昌听完洪俊汇报，声音低沉，只说了一句："我也很难过，太可惜了，马上让总机给你接通昆明。"

洪俊向云南省民族调查组组长侯方岳汇报这个意外的具体情况时，忍不住又哭了。

电话那头，侯方岳沉默了几秒钟后，以一种十分低沉的声音说："我知道了，请转告大家，一定要在安全的情况下，保证完成工作任务。"

洪俊从侯方岳的声音中，听出了一种特别的悲痛，那是一种有别于年轻人抑制不住而痛哭的悲痛，是一种有着极其复杂感情的更深层次的悲痛。这种悲痛，不是哭在眼里，而是哭在心中。同时，这种悲痛，还饱含着一份寄托，洪俊体会得到，那是站在国家民族感情上超越个体的情感，有着激励人向着无限崇高目标奋进的哀伤与力量。

第二天，10月1日国庆节，洪俊和大家到达贡山独龙族怒族自治县人民政府所在地丹当。

贡山独龙族怒族自治县，成立于1956年10月1日，正好是成立两周年的纪念日。

洪俊和调查组向县政府汇报了来此工作的目的。县长孔志清去年正好协助过杨毓才他们深入独龙江地区做过调查，这次北京和省里的专家们又再次深入独龙江地区，说明党和政府对独龙江地区和独龙族寄予了越来越多的期待。所以，县政府又派了两位当地干部做翻译兼向导，另外，找了4位背夫，帮助调查组背路上吃饭用的粮食和杂物（原先雇用的3位背夫拿到劳务费后就返回去了）。

孔志清看到洪俊等队员来自北京，看样子应该没有吃过这种苦，要走进独龙江可不是容易的事，为了保险，便特意吩咐县政府工作人员，给每位队员分发了两大块红糖，万一遇到爬山时体虚无力，正好吃一点，好增加热量，增强些体能。

此行到独龙江调查，首先得翻越高黎贡山，独龙语称之为"独龙蜡卡"，其含义是独龙人居住区域的山或独龙江雪山。高黎贡山中，尽是茂密的莽莽原始森林，森林里无数林木盘根错节、高大繁密，其中还有不少珍贵的林木，诸多珍禽异兽、名贵药材等错落其间。独龙江这个天然的巨大宝库，属于国家动植物保护区域，也是研究动植物的绝佳场所。

高黎贡山，北起西藏高原南部，是中国西南部横断山系的著名大山之一，主峰嘎瓦嘎普峰，有5128米高，在贡山县境内。海拔4000米以上的山峰多达20多座，自北向南交错排列，山势由高逐渐变低，山垭口有30多个，当地人素有"山羊无路走，猴子也发愁""老鹰飞不过去，猴子爬不过去"等说法，来比喻和形容高黎贡山艰险陡峭，有些地方甚至如刀割斧劈，千壁万仞，极难攀爬。对于生活在北方的调查队员来说，要翻越这些高大险峻的山峰，必将面临巨大考验。

由于前面发生的意外事故，洪俊一路悲伤，加上翻山越岭，道路越来越惊险，思想也跟着紧张起来，他对其他队员说："咱们走山路爬高山，一定要小心，精神集中，千万别大意。"

其他人点点头，在心中都默默祈祷，有了前面的事故，再加上眼前看得见看不见的险峻，谁还敢大意？

2位向导对这条路似乎很熟悉，想必是走过很多次了，他们在前方开路带路，调查组紧紧跟随在后，这些道路相当狭窄，但能够在这种悬崖峭壁间开凿路，让人不得不敬佩古人的智慧与勇敢。

一行人就这么手脚并用，小心翼翼地行走着。洪俊心中不由得想象，以前的人们，是不是也是这么走过来的呢？在历史进入新社会时期之后，像这样的地方，究竟何时才能修建一条稍微好走的道路啊！回想在大城市的生活，再对比眼前蜿蜒曲折的道路，真是冰火两重天，边疆各少数民族的确生活得太苦了，而且世世代代在这种恶劣的自然环境中，要不是亲自来体验过，真的无法想象，这里的人究竟怎么生息繁衍。

正当洪俊陷入沉思之时，一大个山垭口，兀自凸现在大家眼前，山垭口道路颇狭窄，两旁是深不见底的山谷。一阵大风刮了过来，洪俊侧身大喊让大家注意安全，大伙心惊肉跳地慢慢过了山垭口，发现地势越走越高了。

此时，调查组开始向山顶攀爬。

山路可比不得平路，对于洪俊等走惯大城市平坦大道的人来说，无疑是一场考验，光靠双脚可能还不够，起先洪俊为保持体力，折了一根树枝当拄棍，但此时面对陡峭的坡道，完全用不上了，只得扔掉，尽管身上只背一支枪和小件行李，但仍不得不手脚并用开始爬山。

刚才山垭口的风，已经让人胆战心惊，谁知越往山上风就越大，洪俊两只手不断交替倒腾，紧紧抓住山石棱角，脚每移动一步，都得死死蹬牢石头上的着力点，耳边风声"呜呜呜呜"的，非常响，让人整个身体禁不住在摇晃，稍不留神，随时都有可能被风裹挟而下。

洪俊侧身不经意看到那幽深不见底的山谷，万一掉下去，肯定是粉身碎骨，他甚至还感觉到，身旁的万丈深渊，似乎有无数张嘴巴，大口大口吮吸着到处蹿上蹿下、窜来窜去的巨大风声。

就这样，在向导的带领下，调查组的队员们慢慢翻越过一个山垭口，又翻过一座山峰；紧接着，再翻越过一个山垭口，又面对一座山峰……究竟走过几个山垭口、翻越过几座山峰，大伙都不记得了，一阵又一阵的疲劳酸痛，袭击了洪俊，汗水已经湿透了内衣，黏糊糊的皮肤开始有些痒，让人很不自在。

大家有时稍微停顿，大口喘气，实在是累了，腰酸背痛，只得先找个避风的地方休息一会儿，这风一直就这么在四周刮着，像是对这群突然闯进来的陌生山外来客不满，发出更为凌厉的声响。

这个时候，县政府送的红糖起了大作用，调查组的队员从包里取出，啃了一小口，舍不得马上吃完。在这种又累又饿的情况下，红糖真可以说是世间最美味的食品了。

洪俊也啃了几小口，不大一会儿，就感觉到热量从身体内部弥散开来，人也立马精神了不少。洪俊不由得心中涌起一份感激，要不是县长孔志清想得周全，没有红糖垫垫底补充下体力，这次进独龙江的路上，还不一定能如此顺利地保持体力继续行走呢。

工作队翻山越岭，不觉夕阳落下，黄昏的高黎贡山，更显现出一种清远辽阔起伏的壮美，但向导告诉队员们，现在得加快步伐，要赶到前方的一个山洞里睡觉。

由于高黎贡山晚间气温很低，光靠所带的衣物无法御寒睡觉，大家分头在一个向导熟悉的山洞附近找了一些柴火，简单做饭吃完后，便在山洞里烧木柴照明取暖。另外，山上猛兽特别多，山洞里湿气也特别重，生了这堆明火，大家围火而眠，便可以避寒并以防意外。

可能是太累的缘故，大家都很快睡着。

洪俊开始仍在想着牺牲的同学，还有这一路上的种种艰难，这是从北京出发前没有料到的，本以为再怎么偏远，也不至于如此凶险，但事实让他不得不提醒自己，这可能是一趟玩命之旅，但也是一次人生中绝无仅有的探险调查。为了边疆少数民族的发展和未来，必须要有人来做这件事情。这既是政治任务，也是科学精神……不知不觉，洪俊在自我的谈话中，也进入了梦乡。他梦见一只雄鹰，高高地翱翔在高黎贡山之巅，山巅下面有一条像翡翠一样的大江，在东方一轮巨大红太阳灿灿金光的照耀下，不断朝前奔流。

天还没亮，向导就早早起来做出行准备，调查组也准备于早晨6点出发，山洞内的木炭仍有余温，像是想挽留这群远道而来的客人。洪俊仔细收整好行李，又朝着昨夜在山洞内火塘边睡觉的地方瞄了几眼，便和大家一起走出了山洞。

一股异常清新的空气，夹杂着寒潮迎面扑来。洪俊深深地吸了几口，伸了几下懒腰，感觉全身舒畅无比。正好太阳也冉冉升起，阳光照亮了高黎贡山连绵起伏的山峦，也照亮着前方蜿蜒崎岖的道路，还照在大伙的脸上和身上。一些说不上名的小鸟，在大家身边绕着飞来飞去，鸣叫十分清脆好听，道路两旁的石缝中，还有一些野花散发出淡淡香气。在如此天赐美好的自然山岭中行走，尽管前方道路艰险，但也足以令人心旷神怡。

走出一段路之后，一片原始森林蓦然出现在眼前。

洪俊看到不远处，有缕缕白雾从密林中升腾，之后形成一团团，跟随风向飘移，像是在绕着森林漫步，真是别有一番景致。

顺着山岭间倾泻而下的无数交错纵横的溪流，发出一阵阵悦耳的奔腾之音。这些山泉水在山脚下，汇集成一片片湖水，阳光洒在湖面，远远望去，像是一面面明亮的天空之镜，反射出耀眼的光芒，并且随着风向，泛起无数道粼粼波光，倒衬在天空之下，如梦似幻。

在这些湖面四周，散布着草木，盛开着五颜六色的鲜花，不时飞过许多大大小小的鸟儿。此刻，洪俊感觉到蓝天、阳光、群山、湖水、山花、古树、森林……交相辉映，像极了一幅幅光彩夺目的画卷，而调查组不过是在画中行游的人。天地万物如此和谐美好，令人陶醉神往，几乎让他忘了这些天以来的意外、疲乏、艰辛，甚至是曾经为之骄傲的都市与繁华。

走进莽莽原始森林，洪俊看到了大片的铁杉林、冷杉林、红杉林、三尖杉林、秃杉林等，还有常春木、珙桐、乔松、领春木、木莲、青冈栎、润楠、木荷、石栎、槭树、木兰、钓樟、杜鹃、箭竹、紫金牛、杜英、野樱、木犀榄、针齿铁仔等，特别是在原始森林深处的参天大树，独龙语叫"兴赛"，这种只生长在高黎贡山上的古树，大多经历过几千年的风雨，十分壮硕，树粗近2米，树高约40米，挺拔巍峨，有种直冲云霄的力量，而繁茂的枝叶舒张伸展，像是一把巨大的伞，护佑着脚下的山川和土地。

行走在高黎贡山上，只能在山洞里做饭，外面的大风，有时候刮得人都站不稳。饭食也比较简单，多是素食，一来山路险峻，无法背负太多食物；二来向导先前就交代过，在山上不能吃荤食，饭菜若是太香，便会招来野兽，那时候麻烦可就大了。

洪俊和调查组成员在原始森林的深处，还看见过金钱豹、老虎、熊、野牛等动物，这些动物似乎知道人类正路过自己的地盘，远远地观察，然后迅速地逃跑。它们闻得见危险，因为千百年来，猎人和野兽之间就有过无数次的交集，人类始终处在生物链的顶端。野兽闻得到这股气味，并保持着足够的警惕与距离。洪俊甚至在脑海中想象着独龙猎人，为了生存，不得不翻山越岭捕杀这些猛兽的场景。

经过3天艰难跋涉，调查组一行终于抵达高黎贡山西侧，并进入独龙江峡谷。

第一次看到独龙江的真面目，洪俊十分惊异，在他眼中，一条蜿蜒曲折深绿色翡翠般的水流，在崇山峻岭中激荡，无数石子在江水的冲刷下光洁滑亮，幽静的河谷在水声、风声和不时传来的鸟鸣声中，更显得幽静了。

独龙江整体由北向南倾斜，东面是高黎贡山系，西面则是担当力卡山系，两个山系夹着一江，便形成了狭长深邃的峡谷。这条发源于西藏自治区察隅县的河流，到达贡山境内，与麻必洛河汇合后称为独龙江，流程90余千米，贯穿了中国境内独龙族人的村寨，可以说是哺育独龙族的母亲河，当它流入缅甸克钦邦境内，就成为伊洛瓦底江三大源流之一的恩梅开江的上游，最终注入印度洋。

洪俊由下往上观看了一阵子，感觉独龙江就像一条变换着颜色的彩练自天宇飞奔直下，其势汹涌壮观，在江水两岸的山崖中，不断有山泉溢流而出，形成大大小小的瀑布，一串串随风飘落，形成氤氲之气，在阳光的照射下，就像一条条挂在悬崖峭壁上的朦胧彩带，映射出绚丽夺目的光芒，让人恍如坠入梦幻之境。

不过，景致虽美，但河谷的道路却不好走。向导也提醒大家，不能放松，前方还有危险。

沿着蜿蜒曲折的河谷道路行走，首先得留意，有些地方实在是太过于狭窄，甚至只有人两个脚宽，再加上不是上坡就是下坡，几乎没有平路，稍不留神，就可能踩空滑进江水，弄湿鞋子，所以走这样的路，也颇费劲。

然而，更大的危险，来自河谷两岸突如其来的滚石。

独龙江的雨，可是出了名的多，出了名的大，正所谓"天无三日晴"，年降水量平均大约有 4000 毫米。在这样大的降雨量下，再坚硬的土岩，再好的植被，都禁不起淋泡后风吹日晒风化，都无法不让滚石成为一种常态。

向导虽然很有经验，在前方不断观察，不断提醒大家，但意外仍随时可能发生。向导说过，如果下大雨，山上往往多滚下大石头，下小雨，多滚下小石头，不下雨，也照样会有碎石头滚落下来。大小石头滚下来，一定会把路给冲垮冲断。即使是碎石，由于山高坡陡，滚落下来的冲力非常大，足以把人砸伤甚至要命。所以，调查组走这样的路，也真是提心吊胆。

在行走过程中，调查组突然碰到山坡喷出一条小溪，大家吓了一大跳，还被洒了一身水，这时，就只好蹚水而过了。即使蹚过了水，也仍有其他危险。

在河谷有不少断头路，也就是走着走着路突然没了，眼前直插山脚的万丈峭壁，堵住了去路，所有人都得要攀藤附葛绕着攀爬过去。

恰恰在必须攀爬而过的这一处生长着一种带剧毒的竹子，藤条一样遍地丛生，据向导说，这种竹子竟能毒杀蟒蛇虎豹，而且极善于伪装，表面上看去浑身附有各种斑点，十分漂亮，可一旦人们好奇，或者无意中伸手一摸，那就完了，就会被它的毒液一瞬间沾上，紧接着渗透到皮肤里，继而导致全身中毒而亡，就算是山林中的虎豹，一见到这种竹子，也得远远地绕道而行。

让洪俊和调查组感到惊喜的是，独龙江峡谷中的奇花异草实在是太多了。大树杜鹃尤为引人注目，壮硕高大的树干挺立在独龙江畔，强劲的枝叶奋力伸展着，硕大的粉红色花朵，怒放在奔腾的江水边，这让人不由得想起，世代生活在独龙江沿岸的独龙族。

大树杜鹃，多像是独龙族人的品质啊，即使生存在如此偏远僻静的地方，也会在阳光的照耀下，在雨露和江流的滋润下，漫山遍野顽强地繁衍生息，保持一种独立奋进的品格。这一点尤为让人感动，就像独龙族在中国共产党的带领下，正一步步改变原始社会生产和生活方式，向着社会主义社会一点点过渡。这个受尽苦难的民族太需要帮扶了，所以，一拨又一拨共产党派遣的各个领域的干部、专家、学者、教师、医生……沿着这条路走来了。

在独龙江这个巨大的动植物宝库中，包含独龙菝葜、独龙十大功劳、独龙江紫堇、独龙天胡荽、独龙七筋姑、独龙山香圆、大百合、黄连、薯藤、葛根、董棕、芭蕉、食用观音座莲、天麻、重楼等4000多种植物，也有一些有毒的植物，所以，向导一路告诫大家不要轻易采摘，以免生出意外。而独龙江的动物种类也是非常丰富，有和大熊猫齐名的扭角羚，还有龟纹云豹、红岩羊、戴帽猿猴、水獭、野猫、老虎、独龙牛、熊、猴子、红胸角雉、黑鹇等，调查组一路上就看见很多动物，闲适自在地生活在这个天然家园中，真可谓是物我两忘，乐在其间。

此情此景，也让洪俊完全忘记了城市的喧嚣与繁华。说这里是世外桃源，一点都不为过，只不过在这个世外桃源生活的是独龙族同胞，如果能够和中国其他各民族人民一起，在中国共产党的带领下，改善落后的生产和生活实现小康，那时才真正是人间天堂。党和政府，持续制定少数民族扶持政策，派遣各个行业的优秀人才进入独龙江。这次调查，就是为进一步摸清楚独龙江和独龙族状况，以便为今后精准帮扶的各项决策提供依据。

想到这些，洪俊心中便充满了力量。他观察了一下身边的队员，在这趟艰辛的徒步行程中，似乎人人都不甘落后，你追我赶，紧紧尾随着向导前进。

走独龙江河谷，可以说每一步都不平坦，各种意外随时都有可能发生，每落一次脚，你根本就不知道踩着的是石头还是泥土，还有盘根错节的植物，用步步惊心来形容也不为过。

这不，洪俊看到前面向导停下来，调查组被一道悬崖绝壁挡住了去路。洪俊以为是走错了路，走到了断头路。可走近一看，才发现岩壁上挂着一样东西，这东西随着风晃来晃去，孤零零的，似乎在这里等待了许久。

向导跟大家解释，这就是独龙族为攀爬悬崖峭壁专门设计的天梯。

"天梯？"洪俊在心中打了一个大大的问号。他第一次见到这奇怪的玩意儿，他不知道，这种原始工具一直是独龙族能够往返独龙江和贡山的攀岩神器。

所谓天梯，自然是当地独龙族人的一种俗称，但也隐约透露出这种梯子的高度与危险性。

天梯一般就地取材，制作比较原始粗糙简单，往往根据悬崖的方位高度等因地制宜，一般用一根（不够长就用两根）原始老林长粗木杆，砍上几处深浅不一的刀痕，长木一头插搭在石缝里固定，也有的横着绑几根树枝，然后人就可以借助此着力点，顺势攀登上去。还有的用树枝做成类似梯子形状。也有直接从悬崖上的某棵大树上，固定并垂下一条藤条编织而成的软梯子。人往上爬，遇风稍大，便如荡秋千。况且这些天梯，天长日久，风吹雨淋日晒，必然老旧乃至腐朽，所以极易出现问题，攀登者稍有大意，便难免坠亡深谷，十分凶险。

调查组每次攀爬这些天梯，向导都先试了又试，教了又教，队员相互之间也协同帮助，虽然也有小的意外，但总算有惊无险，最终都幸运过关。另外，由于高黎贡山和独龙江峡谷特殊的地理构造，垂直气候十分明显。调查组翻越每一座山，相当于穿越了春夏秋冬四个气候带。当地有"一山分四季，十里不同天"的说法，这也是云南边疆高山峡谷的典型特征。

洪俊对此深有体会。调查组在山脚下沿江行走时，大家挥汗如雨；到了山腰，气温下降，凉风吹来，便有丝丝寒意；到了山顶，一片皑皑白雪，冻得人直发抖。所以，独龙江此行，调查组每爬一座山，就得不停地根据山的高度增减衣服，颇费周折。

这些都让洪俊记忆犹新。调查组从贡山出发前，孔志清就特意交代大家，要注意安全，不要赶路，7天到巴坡就可以了。按照惯例从县城丹当到巴坡，大概有150公里的山路，需要走四五天。但这次洪俊和调查组成员都比较年轻，体力好，心里还铆着一股劲，再加上两位向导十分熟悉路途行程，走此山路很有经验，该快时就快，该慢时则慢，一路上没有什么大的意外，时间控制得十分紧凑，所以，经过三四天跋涉，洪俊和调查组便顺利到达此行的目的地，贡山县第四区区公所巴坡。

调查组拿着介绍信和证明，和当地政府说明来意，受到了当地干部的热情接待，并一起研究调查采访的具体事宜，随后，洪俊带着民族学院的王均、云南大学的白瑞祥等，被安排住在距离区公所约3公里的巴坡完小，与师生同吃住，调查组支付费用。

巴坡完小只有一位老师叫作唐嘉伦，这学校就是由他在1956年重新筹建起来的。另外还有一名炊事员，20位住宿的学生。校舍十分简陋，条件也相当艰苦，但洪俊每天从独龙族孩子们琅琅的读书声中，听到了力量，也听出了希望。

当时，根据洪俊考察，独龙族聚居在独龙江两岸，有的村寨在山脚下的江边，有的在山腰的地台上，有的则在山顶上。一个村寨一般有10户左右。村寨虽然固定，但住户经常在村寨界限以内自由迁徙。所以，当地一户独龙族人家，可能在山脚、山腰、山顶都有住宅，以形成不定期的隔年流动。这种流动的生活方式，是由于刀耕火种轮歇耕作的原始农业所决定的，这说明生产力相当落后。甚至20世纪初，还有"人舍山岩中"的野外巢居生活。洪俊就曾采访过居于山洞中的一家三口独龙族人。

在独龙江调查走访期间，洪俊还遇到了"边民外逃"事件，说明边疆地区情况十分复杂，做好边疆稳定工作的任务还很艰巨。

一天晚上，洪俊走出巴坡完小校门，看见担当力卡山上有星星点点的火炬，他感到不妙，马上意识到可能是受到境外反动势力煽动的独龙族同胞要外逃缅甸克钦邦。他返回学校，果不其然，调查组聘请的女翻译正在大声哭泣。她对洪俊边哭边说："前几天我的父亲来找我，说他们都要离开这个地方，现在，爸爸、妈妈、哥哥、嫂子都走了，怎么办啊？"

洪俊赶忙先安慰了女翻译几句，并找了几位女学生陪着她。然后会同调查组其他成员，立马和唐嘉伦老师商量，先把学校男生的砍刀都收集起来，以防万一。在此紧急情况下，大家只好轮流值岗，将学校的前后门都堵好，所有进出敲门者，必须问答清楚，陌生人一律不准开门。即使有上厕所的，也得两三个人陪同，相互保护。

正在此时，"咚咚咚咚"，门响了。

"是谁？"唐嘉伦老师问。

"唐老师，快开门，我们是区公所的，前面的藤篾桥被外逃的群众砍断了，桥那边（独龙江西岸）还有几位干部，不知是凶是吉，得赶紧把桥修好过去看看情况，但修桥需要你们帮忙。"

唐嘉伦老师一听来者口音，确认是区公所的人，才打开了门。

洪俊对唐嘉伦说："唐老师，你在学校负责指挥保护学生，我带一部分学生去帮忙修桥，你看这样可行？"

唐嘉伦说："这样也好，但千万注意安全！"

唐嘉伦说完，便立刻找了3个年龄在14岁左右的男生（其中有一位叫孔志文，后来被推荐到云南民族学院预科班学习），跟随洪俊和村公所的干部去连夜修好桥，一直到第二天才返回学校。

经确认，西岸的其他干部都安全。

外逃的独龙族人中，有一位当地很有名的巫师叫木拉达斗。在外逃的过程中，他的妻子生病，他又陪同妻子回来看病。孔志清亲自到医院看望，并让他回到缅甸，说服外逃的同胞返回来。

木拉达斗深受感动，再加上外逃的独龙族同胞到了缅甸才知道，中了反动势力甜言蜜语许诺优厚待遇煽动不明真相群众的计，相比下来，祖国现在的生活比缅甸强多了，便纷纷约定好时间集体返回。

洪俊记得那天，独龙江马帕恰克区长和区公所的干部们，带着做好的米饭和酒水，在山垭口迎接回归的独龙族乡亲们。女翻译也在，她看到了返回队伍中有她的爸爸妈妈、哥哥嫂嫂，激动得又哭又叫又跳，不过这次流下的却是幸福的眼泪。

事后，洪俊带了两块茶饼，特意去看望了她的父母。

茶饼，也是调查组走访调查独龙族的常备礼物。洪俊和调查组备着茶饼，要么邀请独龙族乡亲过来，喝茶聊天提问采访；要么带上茶饼，约上几位独龙族乡亲，到某一家去采访。

这个过程中，洪俊体验到渡独龙江过"藤篾桥"和"溜索"的惊险，还乘坐过"独木船"。他记得过溜索时，脚下震耳欲聋的滔滔江水咆哮；也记得乘独木船在江水里，一直飘飘晃晃……这些实实在在的生存体验，让洪俊深深感受到独龙族生存的艰辛。

在"皆木玛"和"皆木巴"房子里（独龙语，指长竹楼），洪俊看到过原始社会留下的遗风，大家庭共同劳动，所有果实则按照小家庭平均分配。

小家庭轮流做饭，饭熟后，由大家庭主妇按照人头平均分。分完后，各自回自己的小火塘屋进餐。无论是做饭、吃饭、睡觉、活动、社交，都围绕火塘。

特别是冬天，一家老小围着火塘睡觉取暖。独龙族的祖先们缺衣短粮，生活极端贫困，就连整块麻布都没有，男男女女一年到头只披着一小块麻布，有的只能在下身围一块遮羞布，更有甚者，仅能用树叶穿成片片围在腰下。

以前，他们常感慨："烤了胸膛凉了背，烤了后背凉了胸，哪年盖上花棉被，哪年穿上暖衣裳？"现在呢，完全变了，共产党不但解放了独龙江，而且还常年运送吃的穿的，独龙族乡亲都盖上了花棉被，穿上了暖衣裳，可比祖先幸福多了。

他们常用自酿的酒，回敬调查组队员，因为洪俊他们带去了茶饼。独龙族善良敦厚，知恩图报，他们不断地给调查组讲独龙族的故事，因为他们感受到了温暖，他们愿意给这些党和政府派来的"使者"倾吐心声。他们心里知道，是中国共产党这轮红太阳照亮了独龙江，也照亮了独龙族现在和未来的美好生活。

或许洪俊和独龙族有缘，1958年的调查结束后，1960年4月底，他又进独龙江进行补充调查。这次增加了同班同学陈燮章、温眉虎和刘达成。另外，还有北京科学教育电影制片厂的几位摄影人员同行。

到达贡山后，和贡山县委联合组成了一个摄影组，孔志清任顾问，刘达成为调查组组员、专职摄影，杨光海负责编导兼摄影，副组长张文彦和伍明远任摄影助理，地方干部黎明义、木尚春、宋桂珍、雪阿洽做翻译，洪俊任组长，提供拍摄提纲、组织拍摄群众，并做各项协调工作。拍摄重点在孔志清的家乡孔当。

拍摄缘由是第一次调查回到昆明，洪俊见到侯方岳汇报说："独龙族现在还有很多原始社会特点。如刀耕火种、文面、刻木结绳记事的原始文化都还残存，是否拍电影记下？"

侯方岳点了点头，说："应该保存，你写个拍摄提纲。"之后，由全国人大和国家民族事务委员会决定，拍摄独龙族电影纪录片。中国科学院哲学社会科学学部民族研究所和北京科学教育电影制片厂签订了合同。

就这样，一部尽可能再现当年独龙族社会历史真实，记录以往独龙族人生产、生活和战胜自然天险，把在民主改革中即将消亡的原始社会，拍摄成了社会历史纪录片的电影《独龙族》诞生了。片长60分钟。

周恩来总理看到后赞扬说："搞这个工作很有意义，拍这样的片子是对世界的贡献。"

《独龙族》后来被视为中国第一代影视人类学电影作品，被誉为"亚洲地区独有的父系原始社会的活标本"。德国格廷根科学电影研究所翟开森博士将《独龙族》电影改编为国际通行的普及版，相继在东欧、北美和1995年首届中国国际影视人类学研讨会上放映，获得交口称赞。

实际上，为了拍摄好这部纪录片，工作人员和独龙族同胞同吃同住同劳动。后来在1991年，云南民族电影制片厂找到洪俊做顾问，根据他的讲解，又拍了一部电影《独龙族掠影》，作为对《独龙族》的补充，也是对比。这部电影，主要是反映独龙族在中国共产党的领导下，发生了巨大变革，展示了党的民族政策在独龙江地区放射的伟大光芒。

第二次调查，已经由文字材料转向了更为丰富的影像资料，可以说是原封不动地为独龙族留下了时代痕迹，立此存照，可以在若干年后（2018年），与独龙族整族脱贫的新影像资料进行对比。这样就可以完全看得出，独龙江和独龙族翻天覆地的变化，完全是由于中国共产党全力以赴的持续帮扶。

这是历史调查留下的最有力的证明！

1983年，洪俊第三次进入独龙江调查，为的是国家民委成立的"国家民委民族问题五种丛书编辑委员会"所涉及的《独龙族简史》一书。

这一次，他的行李可以由马帮驮着走了，因为1965年10月，在中国共产党的帮扶下，人马驿道修通后，马帮就可以进独龙江了，这是独龙族交通事业上划时代的大事件。而1976年6月，昆明出发的公路通到了贡山县城丹当，甚至还修建了一座跨越怒江的公路大桥，实现了公路和通往独龙江的人马驿道的衔接，这是历史的突破。

对比前两次进独龙江的艰难，洪俊不禁感慨万千，激动之余作诗为证：

头上白雪皑皑，脚下江水滔滔。
仰望瀑布千丈，俯视万丈深渊。

茫茫雪山照前程，呼呼北风来欢迎。
一心只为独龙地，三度贡山谱华章。

经过布拉岩附近时，洪俊又想起了当年同学陈延长坠江牺牲的往事，不觉已过了20多年。事件发生后，尽管怒江州政府通知沿江各地群众注意打捞尸体，却始终未见其遗体漂浮水面，成为洪俊和调查组其他同志永难忘怀的悲痛与遗憾。

洪俊在后来的回忆中说："陈延长同志的离去，让我们深深感受到了民族工作的艰辛，不仅要付出汗水，忘我地劳动和工作，有时还要付出生命的代价。陈延长同志是我们队伍中的好同志，一路上勇挑重担，不辞辛苦，他为党的民族大调查事业牺牲了自己年轻宝贵的生命，我们会永远铭记他，怀念他。全队同志都表示要努力完成他未竟的事业，把调查工作进行下去。这20多年，峡谷地区各族人民在党的民族政策光辉照耀下，在政府大力扶持和兄弟民族的帮助下，社会主义建设事业取得了可喜的成就。"

从这个事例，可以折射出更多为中国少数民族事业辛勤奔走的身影，这便是用青春激情甚至生命在悬崖上谱写的大调查。

正是有了这种深入持续的调查，才有了包括独龙族在内的全国各少数民族最真实情况的摸底，也才有了党和政府后面有针对性的一系列帮扶政策和措施，这为将来边疆少数民族更进一步的精准扶贫，以及乡村振兴战略，筑下了第一道牢靠的地基。

可以说，假如没有前期这些少数民族工作者忘我的牺牲与奉献，就不可能有后面波澜壮阔的对口帮扶和驻村工作队，那么像独龙族这样边远落后、原始贫困的民族，也将永远不可能获得朝前发展的任何机会。

作为少数民族调查组的一员，洪俊对于三次深入独龙江有着刻骨铭心的感触，他在2009年5月，80多岁时，饱含深情地回忆道：

岁月悠悠，民族社会历史大调查转眼过去半个多世纪了。回忆往事历历在目。有时想起坠江的陈延长同学，心中不好受。如果他还健在，现在也是80多岁的老人了，我永远怀念他。有时想起独龙江波浪汹涌和高黎贡山如刀削斧凿的山崖也有点后怕，但是我无怨无悔，也很欣慰。独龙江开阔了我的眼界，增长了知识，提高了对民族史民族学的兴趣；独龙江考验了我的勇气，锻炼了我的意志，所以欣慰。

　　我还记得调查组到独龙江四区那天，呈现在我眼前的种种现象遗迹，是我所读教科书中有关原始社会知识的再现。我目睹了它的实体，我了解了它的内涵，暗下决心，再苦再难也要想办法完成好调查，抓住这次大好机会。

　　第二点体会，独龙族社会原来封闭与外界隔绝的状况，是自然环境和历史原因造成的。可是，现在不同了，独龙族社会经济经过民主改革，直接过渡到社会主义社会初级阶段。它会跟随祖国社会主义建设步伐发生巨大变化，与此同时，独龙族社会中存在的原始社会解体阶段的活资料，远古文化也会相继变化和消逝。独龙族没有文字，我们去调查，拍电影把那里珍贵的活资料记录下来，对以后再也见不到的原始社会形态进行及时全面"抢救"。实事求是地说，民族社会历史大调查意义重大，具有历史性意义。

　　另外，我觉得独龙河谷那里是一块科学研究宝地。20世纪60年代，我国地质工作者在云南省元谋县发掘出距今170万年以前的原始人，即元谋人的活动遗址。到了80年代，在元谋县的西北部独龙江峡谷一带仍残留着原始社会生产、生活各方面的痕迹，这可以说印证了那一大片土地是人类文明的发源地之一，另一方面它给社会各学科今后的发展提供了宝贵的研究基地。独龙江峡谷远古文化具有深远的广泛的科学价值，应引起国人的重视。中央领导决定开展民族社会历史大调查是有远见的、英明的。

除了中央和地方组成的联合调查组外，云南省的各专业研究机构也在不同时期，派出专家学者到独龙江考察。

比如 1982 年 5 月至 9 月，云南民族研究所承担中国西南民族研究学会"六江流域民族综合考察规划"中的独龙江流域民族综合考察的试点任务，曾派出蔡家麒、和志祥、杨毓骧、赵嘉文前往独龙江地区，对五六十年代独龙族社会历史调查资料进行某些必要的补充和补正。此外，还对当地的物质文化和精神文化、语言和方言、心理素质，以及解放后近 20 年来，独龙族社会的变化和民族经济的发展等情况进行考察，形成《独龙族社会历史综合考察报告》。

特别值得一提的考察是在 1990 年 10 月至 1991 年 6 月期间，中国科学院昆明植物研究所分类地理研究室研究员李恒（女）带队，到独龙江地区首次进行了历时 230 天的越冬考察，编著完成了《独龙江地区植物》，作为第一部系统介绍独龙江地区植物的专门著作，共收载蕨类和种子植物 199 科 2276 种（和变种）。

假如时光倒退回 1937 年，由独龙人孔志清陪同在独龙江考察的俞德浚先生（1986 年过世），怎么也不可能想到，他一生热爱和留有遗憾的独龙江考察事业，在党的民族政策实施下，后继有人，且大有作为……

可以说，在中国共产党的指引下，对独龙江和独龙族各个领域的考察研究持续不断，这是一次又一次将独龙江和独龙族带到全中国乃至全世界的机会，也是为了更好地帮扶独龙族、造福独龙江的重大举措。

每一份调查材料，每一张现场照片，每一次原始录音，每一份动植物标本，每一帧纪录片画面，每一位考察人员的音容笑貌，每一个艰难跋涉的脚步……都汇集成为中国民族大团结的号角。

听，在那响亮的号角声中，独龙族人民迎来了苦难命运转折中诸多领域的第一人！

创造第一的骄子们

歌声献给党——第一位到北京献唱并参加世界妇女大会的独龙族姑娘

美丽的独龙江哟

我可爱的家乡哟

处处鲜花开放

沐浴着温暖的阳光

啊哟啦哟哟，啊哟啦哟哟，哟哟——啊哟啦哟哟哟——哟！

美丽的独龙江哟

我可爱的家乡哟

插上了高飞的翅膀

靠的是伟大的共产党

啊哟啦哟哟，啊哟啦哟哟，哟哟——啊哟啦哟哟哟——哟！

美丽的独龙江哟

我可爱的家乡哟

共产党领路朝前走

道路越走越宽广

啊哟啦哟哟，啊哟啦哟哟哟

啊哟啦哟哟——哟！

1980年9月，在全国少数民族文艺会演舞台上，17岁的独龙族姑娘马秀珍，用独龙语演唱了这一首独龙族民歌《独龙木里色挖地柒干约》(独龙语，翻译为汉语为"党的政策好，独龙人民喜洋洋"），其独特的嗓音，饱满的情绪，发自内心的真挚表达，赢得了阵阵热烈的掌声，并获得了演出奖。

这是马秀珍作为独龙族女儿，第一次站在首都北京的舞台上，面对全国各民族同胞唱响的第一首独龙族歌曲。

马秀珍没有想到，在党和政府的关心扶持下，1984年3月，她从文工团调到了贡山县妇联。1985年9月，又被借调到北京民族文化宫讲解部当讲解员。1987年返回贡山（1994年9月，担任贡山县妇联副主席）。

8年后，一个重大的机会悄悄降临了。

1995年8月，北京怀柔，联合国第四次世界妇女大会在此召开。

来自五大洲100多个国家和地区的3万名妇女代表，齐聚中国首都，以"人类社会在和平、进步与发展的主流中，妇女的地位及参与"为主题，共同商讨全人类共同关心的争取提高妇女地位的大事件，并发表了举世瞩目的《北京宣言》和《行动纲领》。

在这全球几万名妇女代表中，来自云南汉族、彝族、白族、傣族、哈尼族、拉祜族、纳西族、藏族、傈僳族、景颇族、布朗族、瑶族、回族、壮族、怒族、普米族、德昂族、独龙族等各民族妇女代表共有55位，由当时的云南省副省长赵淑敏担任团长带队。

怒江州共有3名妇女参会，副州长亚娜（怒族）、州妇联主任何瑞琪（傈僳族）和马秀珍参加云南代表团。这是独龙族妇女代表历史上破天荒第一次参加"世妇会"。

那年，马秀珍正好32岁。包括马秀珍在内的云南绝大部分少数民族代表，也都是第一次参加国际性会议。由此可见，中国共产党对于少数民族妇女的培养和重视。

"世妇会"分两种会议形式交叉进行。8月30日至9月8日，举行第四次世界妇女大会的辅助性会议，即非政府组织论坛，又叫NGO论坛；9月4日至15日正式举行第四次世界妇女大会。

如此高规格的妇女大会，让马秀珍大开眼界。她感觉到一种无法言说的幸运与幸福。先别说独龙族妇女了，就算是独龙族男人，祖祖辈辈全都生活在被奴役被压迫的悲惨境地，要是没有中国共产党，独龙族妇女谈何人权？只有受苦受罪和被贩卖为奴的命运。

马秀珍跟随云南代表团，从8月30日就开始参加非政府组织论坛活动。全世界3万多人的论坛场面真是第一次见到。马秀珍认真地听着全球妇女代表谈论妇女问题，以及各个国家的政治、经济、文化、艺术、宗教、教育、健康、大众传播、环境保护、战争与和平等话题。她平生第一次听到看到了那么多新事物。在北京怀柔100多个会场，5000多场论坛研讨规模中，马秀珍见证了中国共产党领导下日益强大的中国和中国各族人民！

9月2日，云南代表团作为这次大会三个省级主持之一，主持了"云南各族妇女和睦相处"的论坛研讨。在M-47号会场，云南代表团吸引了中外妇女代表，以至于里里外外挤满了人。云南代表团也充分展示了在党和政府民族政策的扶持下，各族妇女事业有了长足发展，各个民族都和睦相处，民族团结让各民族姐妹亲如一家，大家发言都很朴实真诚，加之鲜艳的民族服装和优美的民族歌舞，让很多外宾眼前一亮，纷纷竖起了大拇指。

马秀珍也为自己身上的七彩独龙毯自豪，那多么像是党照到独龙江璀璨的光芒啊！

在9月3日至8日期间，马秀珍随云南代表团先后参加了400多场研讨会和招待会，接触了一些国际组织和妇女问题研究机构，而包括马秀珍在内穿着民族服装的27位云南少数民族姐妹，走到哪里都是光彩照人，引来一片赞叹和照相机的咔嚓声，充分展示了在党和政府关怀下，云南少数民族妇女之美。云南省妇联还与相关国际组织和机构达成了三项合作意向：一是与加拿大渥太华妇女和宗教研究中心达成意向合作协议；二是与联合国开发计划署（UNDP）进行了进一步接洽；三是经过新西兰大使馆联系，达成了资助我省"巧女子工程"的协议。

9月4日，第四届妇女大会在NGO非政府组织论坛基础上正式开幕；9月15日，制定和通过了《北京宣言》和《行动纲领》。在中国共产党的领导下，中国在执行《内罗毕战略》，提高各族妇女地位方面所做的努力，以及这次世界妇女大会和论坛所做的工作贡献，得到了各国与会者的充分肯定和大力赞扬。

这次大会和论坛，让马秀珍为祖国骄傲和自豪的同时，多了一份责任。她深有感触地说："通过参加会议，我开阔了眼界，增长了知识，了解了世界妇女运动的情况，也掂出了我们做妇女工作人员肩上的重量，既感到幸福，也感到责任重大。我要永远记住北京世妇会——提高世界妇女地位的摇篮，让她永远成为鼓舞我全心全意做好少数民族妇女工作的巨大力量！"由此可以看出，马秀珍的思想意识有了全新的改变，从被党和政府帮扶的对象，转而成为代表党和政府，立志帮扶边疆少数民族的少数民族女干部。这是独龙族妇女巨大的进步！

从第四届世界妇女大会回来后，马秀珍在妇联更加努力地投身到少数民族妇女谋求幸福的事业中去，她心中一直珍藏着那首歌《独龙木里色挖地柒干约》，独龙江和少数民族妇女就像歌中所唱："共产党领路朝前走，道路越走越宽广。"

是啊！要是放在从前，独龙族人只有被奴役被压迫的命运，能出去的都是被掳掠当作奴隶牲口贩卖，受苦受罪，命运悲惨，怎么可能像今天这般，和全国各族同胞平等互助、团结互爱，并且站在了首都和世界的大舞台上，做社会主义国家真正的主人！

没有共产党，哪有后来的马秀珍？所以她回忆说："1977年，能够在独龙江上完小学考上初中，14岁时被贡山文工团招收为文工团团员，走上文艺演出的道路，之后，又开始了自己作为独龙族女儿，获得各种机会走出去的'第一次'，全都是因为有了中国共产党和人民政府的关心培养，党对独龙族儿女的恩情永志不忘！"

2000年10月，马秀珍由贡山县妇联调到贡山县政协，任提案委员会副主任，2006年任主任。2018年，独龙江在贡山县率先实现整族脱贫，当得知习近平总书记就此回信鼓励后，马秀珍抑制不住激动的心情说："在党的关怀和坚强领导下，独龙族告别了刀耕火种的原始生活，摆脱长期的贫困状态，实现整族脱贫。所以真心感谢共产党一直以来对独龙族的关心，永远忘不了党对独龙人民的恩情！"

纵观独龙族历史，马秀珍道出的是自己的心声，同时也是独龙族人民的心声，无论是贡山和独龙江解放，还是中央民族访问团，以及后面的民族大调查等事件，都为独龙族带去了一个个朝前发展的历史机遇，促使独龙族在政治、经济、文化、教育等方面实现了从原始社会到社会主义社会的千年跨越，特别是1956年10月1日，随着贡山县独龙族怒族自治县的正式成立，在党的民族政策光辉照耀下，独龙族人民第一次真正实现了当家做主的权利，涌现出各个行业和领域的第一人！

追寻党的光辉足迹——第一位加入中国共产党的独龙族女干部

2020年5月20日，新冠肺炎疫情正蔓延全球，笔者戴上蓝色口罩，转乘地铁与公交，再步行到达昆明市环城西路170号云南民族大厦，云南省民族宗教事务委员会就在里面。

这一路上，都是脚步匆忙、紧戴口罩的身影与面孔，在这非常时期，笔者与一位从独龙江走出来的干部联系进行采访，他便是省民宗委原副主任、现任省民宗委一级巡视员杨谊群。他同时也是现在省民宗委机关唯一的独龙族人。

在9005办公室，生于1960年的杨谊群给我的印象，和4月份我第一次到独龙江看到的独龙族人不太一样，像他这样年纪的独龙族人，很少能把汉语说得这么好，更不可能对独龙族的历史侃侃而谈、如数家珍，他和这个时代，已经毫无任何隔膜感。

或许是我自己对独龙族有种先入为主的印象和认识，以至于对这位从独龙江走出来的优秀少数民族干部产生了错觉，似乎觉得他从未生存在历史上那么偏远的、与世隔绝的独龙江；从另一个角度来说，杨谊群身上，已经没有任何所谓来自偏远之地的落后气息，相反，他有的是在社会主义新时代与所有民族一样的自信力与现代感，他已经完全融入这个时代发展潮流。他的表情气息，和这个城市其他所有民族干部的表情气息是一致的，折射出的是新时代现代文明体制赋予人的平等尊重。

在他娓娓道来的独龙族历史和家族叙事中，我发现了一个重要的秘密，他之所以走得出独龙江，之所以从一个被帮扶的落后民族中的一员，成为一个帮扶别的民族的先进领导干部，都和他的母亲息息相关。而他的母亲，又和中国共产党当年的民族帮扶政策息息相关。

正是这一环扣一环的链子，使杨谊群成为党的优秀独龙族干部。而他的独龙族母亲白丽珍，可是独龙族有史以来第一位女共产党员。

白丽珍为什么选择加入中国共产党？！

这是一个带有巨大的问号和感叹号的问题，其深刻内涵包括的不仅仅是杨谊群母亲一个人，而且是整个独龙族在那个时代，在中国共产党民族政策帮扶下的巨大命运转折。

这是一种以心换心的家国情感。杨谊群的讲述，饱含着这份对党的深深感激之情。他说到他的母亲时，情绪高涨，感到特别骄傲；而她的母亲白丽珍，更为中国共产党培养了自家独龙族两代共产党人而备感幸福和自豪！

1940年5月，独龙江地区还处在国民党贡山设治局的统治之下，白丽珍出生了。

童年时期，因为家里人口多，缺衣少食。贡山解放前，白丽珍自家织的麻布衣裳，总共还没有穿过两次。贫苦的生活，在白丽珍幼小的心灵中留下了阴影。

她本是个非常聪明伶俐的小姑娘，她常常做梦长出一双翅膀飞过独龙江，飞越高黎贡山和担当力卡山，飞到外面美丽的新世界……

白丽珍的梦想在独龙江获得解放后，有了一种实质性的预示，她第一次穿上了中国共产党派来的工作队救济的棉布裤子，那年她12岁。

这是她做梦也没有想到的好事情。

独龙江地区刚刚解放时，还有谣传什么共产党来了要斗富人；共产党不准独龙族妇女文面，文面就要杀头……总而言之，把共产党说得相当可怕可恶。

可事实是什么呢？共产党不断派来的工作队，不但没有像谣传的那样坏，而且工作队对待独龙族人相当和气，到处宣传讲解党的民族政策，提倡民族团结进步发展，给缺衣少食的独龙族人民发放救济物资，没有衣物的给衣物，没有农具的发农具，从生产和生活的各个方面，帮扶独龙族群众。特别是像过去的民族头人老乡长孔志清等，不但没有受到什么伤害，还当了独龙江区的区长，协助共产党一起帮助独龙族解决生活困难问题，搞好农业生产。这让独龙族乡亲们以为是大救星下凡了，对中国共产党真心为少数民族同胞谋福利、促发展的政策宣传和实际行动，真的是口服心服。

一个好消息在白丽珍13岁时悄悄传来了，区政府通知她外出到碧江学习。

这不正是白丽珍日思夜想的好事情吗？她高兴得在简陋的木楞房中跳来跳去，但随后的现实，却让她陷入了深深的矛盾与痛苦中。

第一，她的父亲正在生病；第二，当区里的干部把这事告诉她父亲时，她的父亲紧皱眉头，没吭声。

白丽珍自然明白父亲心里的想法，他不放心。

他对白丽珍说："咱们独龙人，从来就没有被当成人看待过，以前，那些进入独龙江的官家和土司，要么派款支差，要么把独龙人当作野人，随意掠夺贩卖到独龙江外面做奴隶，任人欺凌压榨。每个独龙氏族和家族都被欺压过，都有一部血泪史。现在，共产党来了，成立了新政府，不再派款支差，不强抢奴隶，甚至还给独龙族同胞发放救济物资，发给农具……天下真有这么好的事情吗？"

白丽珍知道父亲说这番话的缘由和疑惑。他面对独龙江地区如此大的变革和意外，尽管亲历着这场变革，但祖祖辈辈受尽欺辱磨难，由于根深蒂固的影响，他还是不放心女儿就这么贸然出去。

还没等老人家完全想通，不久后，病魔便夺去了他的生命。

区里第二次下达通知，希望白丽珍能够出去学习，怕她家里有所担忧和顾忌，还特意派了工作人员到家中动员。

白丽珍的母亲算是亲身体验到了中国共产党给独龙人民带来的帮助和希望，再加上区里真心诚意又第二次通知，党和政府如此重视自己女儿的前途，最终她动了心，答应让白丽珍外出学习。

白丽珍收拾好行李，便踏上了外出学习的道路。

不料，路上遇到了本族一位在当地很有名望的长者，他见小姑娘匆匆忙忙，便问她这是要到哪里去。

白丽珍把此事的前因后果和这位长者全说了。

长者沉思了一阵，说："不能去。"

白丽珍不解，问长者："为什么呢？"

长者反问："你是不是不识字？"

白丽珍说："是啊。"

"你既然不识字，又不懂傈僳语和汉语，怎么敢出去学习？再说，你出去学习后，谁知道今后是怎样的情况，万一出点什么事情回不来了，那可怎么办呢？"长者语重心长地分析规劝道。

"长者说的这话颇有道理啊！"白丽珍暗自嘀咕，不由得犹豫起来。

她心中对这位长者一直都怀有敬畏之心，况且平日遇到任何大小事情，基本上都听从长者的意见。另外，她又想起自己已是文了面的姑娘，这次真要去到碧江知子罗，万一被外人看到笑话了多不好意思。

想到这些，白丽珍打了退堂鼓，决定不去参加学习了，便中途又返回独龙江。

区里听说这个小姑娘去到半路又折返回来，那还了得！赶紧第三次下通知，并又派干部来继续做思想工作。

"……长辈用心维护自己的民族是可以理解的，长辈害怕小姑娘遭遇不测也是可以理解的，但长辈们对现在的时局认识还不很清楚，或者说还没有完全放心，这是有历史原因的，尽管工作队开始做了一些工作，但过去独龙人民长期经受的苦难太多太深，思想观念一时半会儿还不能完全转过来，现在全中国所有少数民族一律平等了，这是中国共产党最基本的民族政策，不但如此，党和政府还要在平等的基础上，大力帮扶各个少数民族哩，这次决定选派你家姑娘去外面学习，就是为了培养本族人，让年轻人开开眼界增长知识，以后学有所成才能回来帮助自己的民族嘛……"区工作人员耐心细致地一点点开导白丽珍的妈妈。

白丽珍坐在旁边，也静静地听着观察着，从妈妈脸上逐渐喜悦的神情上可以看出，她已完全赞同、支持自己出去学习。

白丽珍也在暗暗反复思考，为了让自己能够出去学习，党和政府的的确确是费尽心思，如此三番五次地下通知派人来家里做思想工作，可见对于少数民族干部的培养有多么重视啊。现在，区上的干部又说出了这番细致耐心、头头是道的话语，真可谓是苦口婆心了，如此"三顾茅庐"，自己还有什么理由不下定决心出去好好学习呢？

就这样，白丽珍作别了母亲和亲友，作别了从未离开过半步的独龙江，和另外几位独龙族学员，经过13天的长途跋涉，抵达碧江县知子罗镇。

到达碧江后，已是秋冬季节，天气比较寒冷，白丽珍几位独龙江学员身上穿得很单薄，心中甚是着急，这样下去肯定要被冻病。

不料学校早有准备，不但给每个学员发了一套棉衣、一顶帽子、一元零用钱，而且对于女生，还多发了一元钱。

白丽珍虽然只有13岁，但她从内心确确实实感受到，这个世界变了，变好了，变得连自己都感到意外地好了，看来这次出来学习，是非常正确的决定。

开始时，白丽珍和其他来自独龙江的同学很担心，自己只会独龙语，而学校的教师又没有会独龙语的，那怎么办？不承想学校早就考虑到这个问题，先让授课教师用汉语讲一遍，请同时会傈僳语的教师再翻译给怒族学生，因为怒族学生会傈僳语，而怒族学生中的学员丁卓此里懂独龙语，便由他再向白丽珍等独龙族学员，用独龙话再复述一遍。

就这样，经过三道翻译，便顺利把课教授学习下去了。

白丽珍在3个月的学习过程中，每一天都备受震动，原来外面的世界是那么精彩啊！特别是当老师们讲到，中国少数民族受压迫的历史已经结束，民族平等、团结、互助、进步、发展的时代已经到来时，白丽珍心中百感交集。她从小在长辈口中听到过太多关于本民族饱受压迫的故事。如今，是中国共产党，像春风一样吹绿了大江南北，吹到了遥远的西南边疆和独龙江。这股春风，正在为独龙族和其他各少数民族创造了新天地，促进了新生产，谋得了新生活，真正让各民族同胞们翻身做了主人。

就是在中国共产党如此真心实意的领导和帮扶下，白丽珍和其他少数民族学员才有机会得到培养和优待。党的民族政策，就是春风中最温暖的那缕阳光，照得大家心里暖和和亮堂堂。

白丽珍深深感受到中国共产党的正确、伟大与光荣，是党和政府让自己懂得，在这样的新社会里，人，究竟是怎么回事；少数民族，又究竟是怎么回事。她心中突然萌发了一个崇高的理想，并在心底悄悄为自己许下了一个心愿：争取向党组织靠拢！但她还不敢说，她觉得，自己离这个目标的距离还十分遥远，她必须加快脚步好好学习，早日参加社会主义建设，用实际行动来证明自己，用工作实践朝着这个理想目标迈进。

学习结束后，白丽珍和孟秀英、木秀芳、杨明开被分配回到了贡山县，紧接着，又被县工委分配到了丙中洛区，成为一名民族工作队员，主要任务是宣传政策和领导生产。

在点长杨廷铎（纳西族）的带领下，工作队白天下地劳动，参加各族群众开荒造田的行动；晚上开会，宣传党的各项民族政策。主要内容是：宣传怒江地区不搞土改，不划阶级，不搞斗争，搞好团结、生产、进步，走互助合作道路，大力发展生产力，改善生活，实现社会主义；生产上组织各族群众在丙中洛开荒造田，兴修水利，增产粮食。

白丽珍当时只有13岁，又是姑娘，力气不大，但干劲特别大，总是全力以赴地和其他队员一起背石板，找木料，盖房子，煮饭，先把工作队自己的家建立起来，然后再全身心投入到宣传和生产工作中。

由于表现特别突出，白丽珍经常受到点长杨廷铎的表扬和其他队员的称赞，甚至还形象地打趣说："白丽珍同志，你看看，咱们杨廷铎点长都把你捧到树梢上啦！"

这话逗得大家开怀大笑，白丽珍刹那间由脸红到了脖颈，但她心里明白，自己不过是朝着心中的愿望努力前进了一小步而已，距离目标可还远着哩！

经过工作队和当地各族群众一个冬春的辛勤劳作，一丘丘、一片片明晃晃的新水田，纵横交错地镶嵌在丙中洛荒芜了上千年的土地上，预示着这块土地新的气象和希望。

正当白丽珍和大伙准备播种时,党和政府赋予她人生发展的第二个机会到来了。

1954年4月,白丽珍接到了上级通知后,和本民族的学员白丽普、丁文顺,以及工作队队友孟秀英,一起到云南民族学院政策研究部学习。这个班全都是少数民族学员,并且大多数都不太听得懂汉话,文化水平极低。为此,学院专门开了三个月的文化课,从汉语拼音开始学起,一点一点积累,直到能够正常学习汉语才转到正常的教学。

白丽珍和其他的同学非常珍惜这次难得的学习机会,都十分努力。通过对中国革命史、《共同纲领》、互助合作政策等方针政策的学习,白丽珍感觉到自己内心充满了力量,不但思想认识和政策水平得到了提高,而且人的视野和心胸也被打开了。她迫切地期待自己早日学有所成,能够尽快融入今后的具体工作中,为社会主义建设出力。随着知识水平的提高,她心中越来越迫切地想实现自己的愿望。

1955年7月,学习结束前夕,由于学习表现优异,白丽珍在云南民族学院加入了共产主义青年团。

一年多的学习,让这些少数民族学员提高很大。白丽珍对于今后的人生道路也有了更加清晰的认识,她要像心中崇高的中国共产党党员一样要求自己,全身心投入到社会主义建设事业中去,改变边疆少数民族地区的贫穷落后面貌,改变独龙族的命运……

待学习结束,云南民族学院的何海清老师,亲自将白丽珍等一批满怀理想的少数民族青年送回了碧江,白丽珍被留在了怒江州边工委,参加民族工作队,并派驻到20多里外的怒族村子普乐村开展工作。

在普乐村工作点,白丽珍跟随老同志边学边做,投入了十二分的热情与努力。工作队对这个干工作拼了命似的小姑娘刮目相看。并且,这个小姑娘有着很强的学习和组织能力,知道怎么样宣传群众、发动群众、带领群众为党提出的任务而奋斗。

经过一段时间的锻炼,白丽珍在领导和群众中赢得了广泛赞誉。她的政治素养和工作能力,再一次得到了较大提升。

此时，白丽珍当初的心愿越来越强烈地鼓动着她，作为一个受苦受难弱小民族的成员，一路上是在党和政府的关心帮扶下，才走到今天，能够凭借自己的能力帮助其他民族群众了，这在以前，简直就是天方夜谭啊！如果能够在党的培养下，成为一名光荣的共产党员，更好地为人民服务，那该是多么令人激动和幸福的事情啊！

上级党组织也看到了这一点，不断给予这个独龙族姑娘以鼓励和信心。

1956年3月，白丽珍离自己16岁的生日还有两个月时，在党的培养教育引导下，光荣地加入了中国共产党，实现了她最初的心愿和最高的理想，成为独龙族有史以来第一个女共产党员。

宣誓的那一刻，这个独龙族小姑娘激动万分，用纯正的汉语读了一遍誓词，自己又在心中用独龙语默诵了一遍，特别是誓词的最后一段：随时准备牺牲个人的一切，为全人类彻底解放奋斗终身。这是一个政党多么崇高的理念啊！她反复默诵体味，并暗下决心，今天的一切都是党给予的，那么今后的自己，将为党和各族人民奉献一切！

白丽珍在往后的工作中，践行了自己的入党誓言和内心诺言。

随着边疆各项工作的开展，按照组织的安排，白丽珍肩负起了培养少数民族干部、团结各族各界爱国人士、稳定边疆、发展经济文化等事业，并常常被组织委派充当独龙族语的翻译。有时，陪同民族参观团一年要去三四次昆明，其他大量时间，则到怒江州各地农村，了解和帮助各族群众的生产生活，特别是帮助基层干部开展妇女和青年的工作。1957年，还参与了中国科学院等专家的少数民族社会历史调查，担任翻译工作，和调查组一起深入独龙江大半年时间。其间，还作为少数民族参观团代表，到北京参加了1957年国庆观礼，先后到吉林、辽宁、天津、上海、南京、杭州、广西等地参观学习，回来后，一度被组织调到怒江州中级人民法院工作。

充实而丰富的工作学习经历，让白丽珍得到了更好的锻炼，真正成为中国共产党一名优秀的独龙族女干部。

1958年，白丽珍念念不忘独龙族乡亲，作为贡山县妇联副主任、县监察委员会委员和独龙江区委会委员，返回故乡独龙江7年，直到1965年，组织调她到怒江州府任共青团怒江州委副书记。

就是在这期间，白丽珍认识了从内地前来支援独龙江教育事业的纳西族教师杨茂，恋爱结婚。在独龙江奔腾的江水见证下，两个不同民族的青年男女，为了社会主义建设事业，走在了一起，并生下了杨谊群、杨忠群、杨向群、杨芬群四个孩子。

白丽珍作为党的女干部，总是把工作摆在第一位。独龙江那时候的生活也还相当艰苦，主要是交通十分不便，她却一心扑在工作上，为的是入党时的铮铮誓言，这是对党的承诺，这承诺饱含了一个民族女干部对中国共产党的全部感恩之心。

白丽珍为了不耽误工作，在产后20来天，就常常背着孩子上山下乡。

平日里，根据组织安排，哪里需要就去哪里，背着孩子、行李铺盖和口粮，走烂路、过藤桥、登天梯、越险崖……到边远村寨那是家常便饭。再苦再累都咬紧牙关坚持信念，共产党员的信念成为白丽珍最坚韧意志力的支撑，所以她对所从事的工作，从不讲价钱，也从没有半点埋怨，她明白自己和自己的民族，就是这样在党的帮扶下一步步走出来的。如今，她作为一名党员，也必须同样地要为各族群众做好、做到位。

由于交通状况很糟糕，那时从独龙江区政府所在地巴坡到贡山县城，得走5天。

有一次，为了及时赶到县里开人代会，白丽珍背着8个月大的孩子，从独龙江出发，在翻越雪山时，遇上了大雪飘飞，又冷又饿让她几乎快要累倒，耳边呼啸的风似乎在对白丽珍说："停一停吧，休息一下，那样你就会舒服得多了。"

白丽珍牙齿在打着冷战，身子和孩子紧紧贴在一起，但感觉就快要冻僵，她明白那风中的声音，或许是死神的召唤。她急得拼尽全力，把步子迈得更大了些。她必须依靠自己的意志力，战胜这犹如幻觉的靡靡之声。她把牙齿咬得咯咯直响，想让自己清醒一些。"决不能停下来，绝对不可以停下来……"她边促使自己全身用力，边不断地给自己打气鼓劲，一旦停下来，那就意味着永远倒下起不来了。

就这样，白丽珍战胜了死神的召唤，战胜了严酷的大雪山，凭着共产党员永不服输的坚强斗志和毅力，硬是带着孩子渡过了险关。

她后来回想此事，不无感慨，要是当时没有共产党员的强大内心力量，真不知道后面会发生什么事情，或许自己和孩子就此长眠雪山了。

除此之外，白丽珍特别热爱学习，她懂得只有学习进步了，才能更好地为各族群众服务。在她四处为群众工作奔忙期间，只要晚上没有会议，她必定在群众家里的火塘边，一手拿着文件，一手做着记号，一个字一个字地学，一句话一句话地啃。有时对所学的知识心领神会，便禁不住会心一笑；也有遇到特别难的地方，一时半会儿理解不了，就用笔做好标记，反复琢磨，一直要弄懂弄通才肯罢手。

为什么要这么刻苦努力呢？白丽珍有自己的想法，她说：

> 我现在有点文化，能看文件，都是在那些年代下乡工作中挤出时间一点一点地学来的。我这样不怕苦不怕累地工作和学习，图的就是让我们独龙族同胞过上好日子，图的就是不要辜负了党对我们后进民族干部的亲切关心和大力培养，一定要为党和独龙族同胞争气！

白丽珍身上这股巾帼不让须眉之气，让她在作为独龙族第一位共产党员的特殊身份中，获得了更多发展的机会。这些发展机会，也意味着白丽珍能够更好地为各族人民服务。因为党和政府从来对少数民族干部，特别是像白丽珍这样优秀的独龙族女干部，都是不遗余力地给予培养和帮扶的。

1964年，白丽珍被选为共青团第二届中央候补委员；1965年10月，白丽珍被调回怒江自治州州府，任共青团怒江州委副书记；1971年，任怒江州委常委；1973年被任命为怒江州委副书记、州革委副主任兼州妇联主任、工青妇党组组长……

如果没有共产党，白丽珍就算是做梦，也不可能梦见到，一位曾经处在原始社会过渡期的独龙族女孩，竟能拥有如此光辉的未来！

或许是受到母亲榜样的鼓舞，白丽珍的4个小孩，同样在中国共产党如阳光雨露般的关怀和培养下,成为第二代独龙族人的骄傲!

其中,大儿子杨谊群,研究生毕业,是第一位获得专业技术高级职称的独龙族人,第九、十、十一届全国政协委员,先后担任过怒江州教委副主任、贡山县副县长,云南省统计局党组成员、副局长,云南省民宗委副主任、一级巡视员。

二儿子杨忠群,大学毕业,先后担任过兰坪县人民法院院长,贡山县委常委、政法委书记,县委统战部部长,怒江州中级人民法院刑事庭副庭长,怒江州政法委二级调研员。

三儿子杨向群,大学毕业,先后担任过怒江州委统战部副部长,怒江州工商联党组书记、常务副主席,怒江州光彩事业促进会会长。

姑娘杨芬群,中专毕业,担任过怒江州工业和信息化局主任科员。

这是独龙族一家两代备受中国共产党恩泽的真实事例,也是中国共产党民族政策持续不断惠及各少数民族的一个侧面和缩影。

白丽珍作为一名由党帮扶的少数民族干部培养对象,后来成长为独龙族第一位女共产党员,并成为代表党帮扶其他民族的优秀女干部,其中意蕴,颇耐人寻味!

放眼全中国,白丽珍是党培养的千千万万少数民族干部中的一员,在中国这样的多民族大国,还有着无数的"白丽珍"。她们是党的春风吹拂华夏大地后,一拨又一拨竞相怒放的奇美花朵!

沿着党的道路前行——第一位进入中央民族学院的独龙族干部

巴国新依稀记得,1950年某一天,独龙江孟顶村深山那个清晨,父母带着他一路赶往巴坡参加一次群众大会。

一个高个子壮汉身穿整齐的军服,腰间别着手枪,帽子上的五角星在阳光的照耀下闪闪发亮。他用一种高亢明亮的嗓音在做报告,四周全都是本民族的乡亲。他宣布说:"我们是党中央、毛主席派来的中国人民解放军。从今天起,我们独龙江地区翻身解放了!从今往后,我们当家做主人,从此不再过牛马不如的生活了。"

巴国新看到自己的母亲明立米那,眼中噙满并流下了幸福的泪水。是啊!解放前独龙族乡亲过的都是什么日子呢?有住岩洞、树穴的,有靠吃树皮草根活命的……刀耕火种的原始社会生活,再加上豪强势力的盘剥压榨,真是让独龙人苦不堪言,更别说什么政治地位,什么经济发展了。所以,中国共产党为各族人民建立起新政权,让所有苦难民族翻身做主人,怎不让人激动得热泪盈眶呢!

虽然当时巴国新年纪尚小,但他记住了这个场面,特别是记住了母亲幸福的眼泪和那顶军帽上闪闪发光的五角星。

两年后,巴国新目送着哥哥巴国强作为第一批学员,进入了党和政府第一批派驻教师和桂香等建立的巴坡小学。其中还有独龙族学员孔瑞荣、杨荣光、孟国华、孔云等16名同学。

那时候,巴国新心中十分羡慕哥哥,但由于家庭经济困难,巴国新在家中是幼子,其他两个是女孩,哥哥已经去上学了,能帮助家里的男孩子只有巴国新。但巴国新做梦都想着,有朝一日能有机会像哥哥巴国强一样,到学校去学习文化知识,要知道独龙族在解放前,就只有孔志清和黎明义两个人外出上过学,整个独龙族太需要文化知识了。

党和政府当然也看到了这一点,帮助一个民族,教育可是关键中的关键。

1959年的一天,民族工作队来到了巴国新家,开导巴国新的父母,家中再艰难也得让孩子去上学,独龙族的下一代,要依靠这些孩子才可能有所发展,如果普遍没有知识文化,那么独龙族是没有希望的。

巴国新的父母,在工作队耐心细致的劝导下,终于答应让巴国新去上学了,巴国新高兴得一蹦三尺高,他终于在党和政府派遣的民族工作队的帮助下,实现了愿望,跟随哥哥巴国强进入了校门。

唐嘉伦、杨茂、李春山、陈万金等老师,成为巴国新的启蒙老师。由于学校条件十分艰苦,校舍是用篱笆搭建的篱笆房,老师们住的也是茅草房,吃的基本上是苞谷粥和草根树皮,穿的能有补丁加补丁的衣裤就不错了,基本上都是赤脚,能有草鞋也算是奢侈品了。

晴天，就在"露天教室"上课；雨天，则在"火塘教室"学习，没有纸张，就用废报纸涂上粉笔灰作练字使用……但再简陋和艰难的教学设施和学习环境，都阻挡不了老师们认真辛勤的付出，更阻挡不了独龙族孩子们如火般的学习热情。

"跟我读：人，一个人……"唐嘉伦老师大声对巴国新等同学说。

"人，一个人……"巴国新和其他独龙族同学，用蹩脚的汉语跟随唐老师，一遍又一遍地朗读着。就这样，在一点点的启蒙教学中，同学们都聪明好学，进步很快。

这天，唐嘉伦老师教大家书写汉字，他说："同学们，今天大家能够坐在这里学习，是十分了不起的事情。在过去，你们的父母和祖辈是不可能有这样好的机会的，为什么呢？因为他们没有赶上这个好时代。这个好时代啊，你们知道是谁帮助我们创造的吗？大家今天一定要记住了，是中国共产党，是中国共产党的领袖毛主席！我们今天就要学习写下两句话，我们独龙族的孩子们，永远都不要忘了我们的大恩人啊！"

说完，唐老师转过身子，拿起粉笔，一笔一画、认认真真地在黑板上写下了第一排字"共产党万岁"；紧接着，他又写下了第二排字"毛主席万岁"。

巴国新也学着唐老师，用稚嫩的笔画，写下了这两句话："共产党万岁"和"毛主席万岁"。他幼小的内心，第一次深深感觉到，这字，是有重量的。

除了手把手教读书写字，老师们还教同学们唱歌跳舞。

巴国新印象最深的一首歌就是《东方红》，他经常在心里唱道：

东方红

太阳升

中国出了个毛泽东

他为人民谋幸福

呼儿嗨哟

他是人民大救星

他为人民谋幸福

呼儿嗨哟

他是人民大救星

毛主席
爱人民
他是我们的带路人
为了建设新中国
呼儿嗨哟
领导我们向前进
为了建设新中国
呼儿嗨哟
领导我们向前进

共产党
像太阳
照到哪里哪里亮
哪里有了共产党
呼儿嗨哟
哪里人民得解放
哪里有了共产党
呼儿嗨哟
哪里人民得解放

东方红
太阳升
中国出了个毛泽东
他为人民谋幸福
呼儿嗨哟

> 他是人民大救星
> 他为人民谋幸福
> 呼儿嗨哟
> 他是人民大救星
> 大救星

艰苦的学习生活，随着党和政府对独龙江各方面帮扶力度的逐年加大得到了改善。从巴国新三年级开始，学校每年给学生发放一套蓝布衣裳，这对于贫穷的独龙族学生来说，真是莫大的惊喜和激励。巴国新也由于努力，成绩优异，在四年级成立少年先锋队时，第一批加入了少年先锋队组织，并担任少先队副大队长和班长。

艰难的环境锻炼了巴国新的意志力，学校老师的言传身教，更让他小小年纪就懂得了自己民族的历史，以及对帮扶独龙族的中国共产党无比热爱。所以，他发誓要更加努力学习，去实现心中理想，那样才能有能力报答党对独龙族的恩情，才能更好地为边疆少数民族同胞和社会主义事业贡献自己的力量。

由于家境困难，巴国新没有住校，每天从家到学校有5公里远，来回就是10公里，但他从来没有迟到早退过，并且在放学回家的路上，还顺便找柴火和猪草。通过短短的几年时间，巴国新已经养成了坚韧不拔的性格，学会了如何克服困难、战胜困难。因为在他心里也藏着一个美好的梦，正如《东方红》唱到的那样，他向往着有朝一日能到中国首都，因为那里有伟大的领袖毛主席和中国共产党。

1964年6月，父亲不幸病故，巴国新不得不停学，料理后事和家务，因为家中只有母亲一个人了。

此时，离小学毕业只有几个月。

两周后，班主任钟白章老师亲自到巴国新家中做动员，学校不会放弃任何一个独龙族学生。钟老师对巴国新说："毕业期限就要到了，坚持学完六年级课程，对你将来的前途有益处。"

巴国新的母亲在旁边听着，对巴国新说："孩子，家中的事情你不用管，还有妈妈，党和政府对我们独龙族实在是太好了，你如果不听老师的话，不继续回去好好学习，就对不起人，你就不是个孝顺的人。"

巴国新看着钟老师一脸着急，看着自己的母亲一脸慈爱，心中的犹豫和顾虑化作一股巨大的力量。"是的，必须好好学习，将来一定要报恩！"巴国新暗下决心，便跟随老师返回了学校。

1964年10月，来自独龙江的巴国新，以及他的同班同学李明光、李明元、马致荣、迪兴茂、杨友明、孟国智、龙明才、曾国义、李菊芝共10位同学，被贡山中学初七班录取了。这是独龙江地区开办教育事业以来，被录取人数最多的一次，这说明了党和政府对独龙族教育的重视和投入的力度之大。

这是巴国新人生的一次转折，当听到杨子安校长在开学典礼上说"要珍惜青春年华，好好学习，遵守学规，学好本领将来为边疆建设做贡献"时，他心潮澎湃、备受鼓舞，"学好本领将来为边疆建设做贡献"这句话，一直在他脑海中盘旋。他或许没有想到，多年以后，在一次事关他前途命运的谈话中，这句话起了决定性作用，让他义无反顾放弃了留在北京的机会，返回了家乡。

由于家庭贫困，家中只有老母亲一人支撑，巴国新一边学习，一边打工。每到周日，巴国新就要到9公里以外的嘎玛洛背沙子、背石头，以赚取生活费。另外，巴国新还参与学校建设，虽然开始住在茅草房里，生活也比较困难，但干劲十足，和老师同学一起上午上课，下午劳动，开挖平整球场、打地基等。

男生和老师还上山砍伐木料，采伐建房石料，到江边采运沙子。由于学习努力，劳动积极，各方面表现优异，1965年五四青年节，巴国新加入了共产主义青年团，并担任团支部副书记，另外还担任初七班班长。巴国新心中早已萌生的加入中国共产党的愿望，此时离实现更近也更加强烈了。

1968年12月底，巴国新积极响应毛主席提出的"知识青年到农村去"的号召，返回独龙江巴坡生产队。

本以为这是人生的新起点，却没料到那个真正的起点，还在几年后。

公社领导见到巴国新，很是欢喜，说："你是贫农的儿子，你们巴坡生产队缺会计,准备叫你任总会计,怎么样?"

巴国新既欢喜又紧张,因为他对会计业务不熟,加上刚好马扒拉和巴坡两社合并,人多事杂,怕自己干砸了。

正在犹豫之时,公社领导似乎看出了这个小伙子的心思,笑着鼓励道:"你是有知识有文化的独龙族青年,是最合适的人选了,没有什么可怕的,在党的领导下,相信自己,可以边学边做,一定能胜任。"

巴国新便不好意思再拒绝。实践证明,在公社干事王学义的辅导下,巴国新通过一年的学习工作,已经熟练地掌握了会计业务,并被评为优秀会计、统计员。之后,响应全国农业学大寨的号召,巴国新还和社干部一起发动生产,组织群众搬迁,等等。

1969年10月1日,对于巴国新来说是一个重大的值得高兴的日子。他在公社党委书记和达承与副书记孔瑞荣的介绍下,实现了自己的愿望,光荣地加入了中国共产党。巴国新心中更燃起了崇高的使命——全心全意为人民服务。毕竟,他作为独龙族贫苦家庭出身的孩子,能有今天,全都拜中国共产党恩赐,知恩图报,今天他成为中国共产党中的一员,那就得下定决心,为党做好工作,帮助更多的各民族兄弟姐妹。

党对巴国新的培养是有计划和步骤的,这也是对独龙族许多干部费尽苦心在做的事情。因为独龙族民族和地缘的特殊性,只有把包括独龙族在内的弱小的民族培养起来,才能够在未来证明,中国共产党对所有少数民族的庄严承诺——决不让一个民族掉队!之后,巴国新被选为独龙江公社孟顶乡团支部书记,1970年成为孟顶乡党支部书记。

巴国新有些奇怪,每逢重大节庆,组织都指定他作为群众代表讲话。直到1972年6月,公社党委通知:接到县委通知,你要到怒江州委党校学习三个月,做一些准备工作……巴国新才明白,原来是党在考察和培养自己啊!此时,巴国新的第一个女儿降生才14天,他很是担心家里,但作为一名共产党员,必须服从党组织决定。他安顿好家庭,便赶往州府。不料,在州委党校学习快要结束时,又一份州委组织部和县里的通知,让巴国新十分为难:你要到中央民族学院学习3年。

这是党组织为了培养少数民族干部特意保送推荐而发的通知，却让巴国新心中矛盾重重，去了就无法顾家，不去又对不起组织的信任和培养。究竟该怎么办才好呢？

贡山县委书记余德全（傈僳族）和巴国新是同期推荐的学员，他劝导巴国新，共产党员应该暂时放下自己的"小家"，不能辜负组织的信任和培养，学有所成之后，才能更好地为边疆少数民族的"大家"服务。

尽管公社领导提前向巴国新的妻子金秀英做了思想工作，但当巴国新把要去北京学习的消息正式告知妻子时，她还是一时难以接受，毕竟父母双亡，又无兄弟姐妹关照，巴国新此去，就只剩她一人带着不满周岁的孩子，独守空房，虽然公社也会派人关照，但毕竟一去就是3年时间，难免让她无法释怀，伤心地哭了3天。

巴国新何尝又放得下呢？只是在家国大义与个人小情面前，他作为党一手培养起来的少数民族干部，心中的位置，只能让给未来更广大的边疆人民。

从独龙江到贡山，从贡山到六库，从六库到昆明，再从昆明到北京，这是一条漫长而艰难的求学之路，也是巴国新从来没有想到过的未来之路。

这条路，是中国共产党为少数民族优秀干部量身定制的成长成才之路，没有谁会想得如此周全和深远，只有一直把少数民族同胞放在心上的中国共产党，才会如此不遗余力地在方方面面，为少数民族的发展进步披肝沥胆、绞尽脑汁，让西南边疆最为偏远的独龙江，第一次有了独龙族学员代表到北京，到中国少数民族的最高学府中央民族学院学习。

这对于独龙族和巴国新来说，都是划时代的大事件。为此，巴国新放下妻儿，立志学有所成，做一名共产党少数民族干部今后该做好的一切，就像共产党对独龙族所做的一切一样。"共产党"这三个字，本身就意味着奉献、奉献、再奉献；牺牲、牺牲、再牺牲。这是在入党誓词里的铮铮誓言，巴国新举起拳头，对着党旗大声起过誓：

我志愿加入中国共产党，承认党纲党章，执行党的决议，遵守党的纪律，保守党的秘密，随时准备牺牲个人的一切，为全人类彻底解放奋斗终身。

巴国新刚到昆明汽车客运站，云南省民委就派人去接，并帮他买好了到北京的火车票。在省民委招待所休息了两天后，又派专人送巴国新到火车站，这可是全国选派的少数民族干部班学员啊，一点都马虎不得。今后，这个班毕业的人，都将担当起少数民族工作重任，这是党的民族政策中重要的举措，培养一批又一批各少数民族优秀干部，并在这些干部的带领和具体工作下，推动所有民族朝着社会主义金光大道迈进。

在奔驰的列车上，巴国新又想起了父母带自己到巴坡参加独龙族群众大会的那个清晨，想起了那个高亢明亮的发表宣言的声音，想起了阳光下闪闪发光的五角星，想起了母亲明立米那流下的激动而幸福的流水……此刻，正和列车车轮与铁轨的摩擦前进之声，混合成了一首曲子，那旋律多像是母亲在他小时候哼唱的独龙族歌谣：红日出东方，路从东方来，独龙人的心啊，向着红太阳……

"喂，云南来的巴国新是哪位？"一出北京站，一个声音就朝人流大喊道。原来是中央民族学院的老师和同学来接站了。

巴国新喜出望外，快速迎过去，边走边说："我就是，我就是！"感动的泪水，在眼眶里直打转。

到达中央民族学院，已经是凌晨1:30分左右，北京城炫目的灯光让巴国新宛如置身于梦境。这不正是他的梦想吗？到北京，到伟大领袖毛主席和中国共产党党中央在的地方看一看。现在这个梦想是党帮他实现了，这种幸福从天而降的感觉，让巴国新兴奋得分不清东西南北，一夜辗转难眠。

巴国新作为第一位上中央民族学院（后更名为中央民族大学）的独龙族学员，受到了学院的重视，并让这位来自独龙江的学员，担任政治系72级3班的党支部书记。

这个班，共有42名来自全国各地的少数民族学生。上学期间的全部吃住费用均由党和政府负责，还可以享受"满3年以上工龄的可以带薪"；

女生每月有 3 元，男生则有 2 元生活补助等。并且，从进校的第一天开始，巴国新就深感学院领导和老师待学员如同自己亲生儿女，政治上关心大家，经常和学员促膝谈心，了解学员的思想状况和动态，学习上鼓励学员，生活上嘘寒问暖……总之，这个特殊的班级得到了特别的关照。巴国新明白，这是党和政府的安排，为的就是让大家安心学好，以后为中国的少数民族事业添砖加瓦。

巴国新和同学们在 3 年的学习生活中，系统地学到了哲学、政治经济学、国际共运史等，更加坚定了共产主义信念。初中时杨子安校长说过的"学好本领将来为边疆建设做贡献"的话，又时刻激励着巴国新。他和班长陆朝良（云南文山人）一起，执行学院"培养大批少数民族干部"的宗旨，积极开展党团组织建设，临近毕业时，全班已经有 41 名各地少数民族学员加入了党、团组织。这些同学，大都成为少数民族地区发展进步的领头人或重要建设者。可以说，中央民族学院政治系 72 级 3 班，没有辜负中国共产党的精心培养和殷切期待。

临近毕业，由于表现优异，一个留在北京的机会，摆在了巴国新面前。

政治系总支书记徐平黄找到巴国新，说："院党委考虑到没有独龙族员工，请你留下来在干训部工作如何？"

巴国新甚感意外，留北京，那是多少毕业生梦寐以求的大好事啊！但杨校长那句"学好本领将来为边疆建设做贡献"的话，又从心底冒了出来。他想到入党时的誓词，想到独龙族祖祖辈辈的遭遇，想到自己的成长历程，想到奔腾的独龙江，想到巍峨的高黎贡山和担当力卡山，想到苦等自己 3 年多的妻儿……这一切因何而起，又缘何而归呢？

北京固然好，可是自己是独龙江走出来的独龙人，没有党和政府的培养，自己无论如何也走不到今天，并且来北京学习为的是什么？难道就是留在北京？北京有千千万万人才，多自己一个不多，少自己一个也不少，但是贡山独龙江就不一样了，边疆太缺人了，党和政府从内地派驻了一批又一批工作队员帮助独龙江帮扶独龙族，而自己作为独龙族人，难道好意思贪恋大城市的生活吗？

想到这些，巴国新心中一热，当场就对徐平黄说："徐书记，感谢学院领导美意，我不能留在北京，第一，党委派我到民族学院深造，是因为边疆建设缺乏人才，不能辜负组织对我的期望；第二，家里只有妻子一人，孩子年幼，无父母兄弟姐妹照顾，恳求还是让我回老家去，好为家乡建设做一些有益的工作。"

徐平黄听完后，沉默片刻，微笑着朝巴国新竖起了大拇指。

元旦节过后，巴国新和云南的学友们回到了昆明。几天后，除了个别同学留在省城，其他便分赴各地州。巴国新、开四益、李金妞等回到碧江，住州委招待所等待分配。巴国新心中已有些迫不及待，他想早一些将为家乡建设出力。

春节刚过，州委组织部的通知来了：巴国新同志回贡山县，到县委组织部报到，具体工作由县里安排。

"这不正是自己想要的结果吗？真是太好了。"巴国新心中一阵窃喜，急忙收拾好行李，拿着州里的介绍信和毕业证书，赶到了贡山县委组织部。

此时，贡山和独龙江已是冰天雪地，两相隔绝。

"小巴，你现在大学毕业回来了，先安排在独龙江公社孟顶乡继续任党支部书记。但现在进不去，暂协助县委工作，工资从1975年元月开始计发，月薪定为45.50元，加粮价补贴2.00元。"县委副书记、组织部部长孔瑞荣见到巴国新回来，很是高兴，一口气没说完，稍停顿了下，又接着说，"你在那里曾任过党支部书记，情况熟悉好开展工作，孟顶乡是边防前沿阵地，一定要稳住不能出乱子，你现在还是公社革委会副主任，组织是相信你才这样决定的，你有什么意见吗？"

巴国新一听，就要回到独龙江工作了，乐坏了，稳定了下情绪后，坚定地说："我是党一手培养起来的民族干部，岂能对党讨价还价？我没任何意见，绝对服从组织安排！"

孔瑞荣感觉得到巴国新对待工作的真诚和热情，微笑着赞许般点了点头。

1975年4月28日，在东哨房各个山头尚有一层厚厚积雪时，巴国新和孔瑞荣背起各自的行李起程了。一路上，巴国新回想着4个多月来在县委和大家一起砍柴，一起培训学习，一起下乡调研……还有孔瑞荣想方设法在正月十五，让自己和阔别3年多的妻子第一次通了电话，心中仍是暖和和的。现在，山路上草木已经把初春的气息带来了，鲜嫩的绿芽，盛开的桃花，尽管山上寒气逼人，但久别归乡的喜悦像是一团团火焰，烧得人满身都是力量。

经过3天跋涉，在村子口，远远地看见2个人，走近一看，原来是巴国新的妻子金秀英和孔瑞荣的爱人新文英，早就在此等候。

全村人得知巴国新和孔瑞荣回到家乡，都来看望。金秀英没忍住，在众乡亲面前对着巴国新哭诉："你离家这些年，我单身一人很是难熬，我没有管好女儿，你连面也见不到了，实在对不住你，尽管打骂，我心甘情愿。"

巴国新听到这话，心头一酸，万般情感涌了上来，眼泪也差一点掉下，他安慰妻子说："你看，我不是好好地回来了吗？今天，又是夫妻团聚的日子，说这些干什么呢？大家应该高兴才对呀，失去的东西还可以要回来，娃娃不在世不怪你，你活着比什么都强，别太伤心了好吗？"

那日，巴国新和众乡亲喝着自酿的水酒，吃着自养自杀的猪肉，醉了。他梦见女儿跑到他身边，用小手紧紧抱着他，不停地叫着"爸爸、爸爸……"

1976年10月，巴国新调任独龙江公社党委书记、革委会主任。面对1975年12月公社党政机关和四所一店所在地巴坡，遭受特大火灾留下的毁灭性的烂摊子，被迫迁往如今的孔目乡，1978年又迁回巴坡原址。用了三四年时间，才基本重建好。

巴国新在任职期间，主抓了三件事：一是农业和农村工作；二是基础建设和人马驿道建设；三是党政军民和边防稳定。这些卓有成效的工作，是巴国新践行"学好本领将来为边疆建设做贡献"的具体体现。他没有辜负党的培养和作为一名共产党员，以及少数民族干部该担当的职责，这些基础工作，为后来独龙江的进一步发展，打下了阶段性的坚实基础。

随着巴国新的成长，党和政府也给予了这位从独龙江走出来的少数民族干部更广阔的空间和舞台。1980年，巴国新当选贡山独龙族怒族自治县副县长，1985年5月15日，再次当选连任。1985年5月20日，当选云南省第六届人大代表。1987年8月18日当选县长、县委副书记。1988年1月

29 日，当选第七届全国人大代表。1994 年 9 月 27 日，被国务院授予"全国民族团结进步模范"称号。1995 年 8 月 22 日，当选县人大常委会主任。1996 年 4 月 30 日，当选怒江州人大常委会副主任，2001 年 4 月 12 日，再次当选连任州人大常委会副主任……

之所以详细罗列巴国新的政治履历，是因为他就是中国共产党精心培养的独龙族干部代表之一。巴国新在多年前，跟随父母下山参加群众大会的那天清晨，是绝对不可能想到今天的命运的。这不仅仅是他作为一个人的命运，更是他作为一代独龙族人命运的缩影，更是中国共产党为千千万万少数民族干部和其所属民族，早已经设计好的蓝图。

正是中国共产党，给了包括独龙族在内各少数民族诸多发展机会。

人生会有很多意外，民族也一样，但是，没有一种意外会无缘无故让一个人和一个民族崛起。巴国新作为党选派的第一批到中央民族学院学习的独龙干部，他颇明白自己和独龙族能走到今天是因为什么。

2008 年 7 月，他在退休时曾说："回顾 38 年成长和工作经历（独龙江 10 年，县州任党政领导 28 年），工作是千头万绪，怕胜任不了党交给的任务，思想顾虑多。但是，党的乳汁养育了我，让我学会走路，只有绝对服从党的安排，有事业心、责任心，安心建设家乡，无私奉献。所以，38 年风风雨雨的征途像根蜡烛，可以照亮人间……人退思想不能退，以党和人民利益为重，坚持努力做好力所能及的工作，为家乡经济和社会繁荣昌盛奋斗终身！"

巴国新确实践行了自己作为一名独龙族共产党员和领导干部"学好本领将来为边疆建设做贡献"的誓言。在其 38 年的从政经历中，为独龙江和贡山各项基础事业建设做出了努力和贡献。

这是独龙族发展进步的具体体现，也是独龙族崛起的代表性示例。我们可以通过独龙江和贡山以下几方面的发展进步，来综合考量这位优秀的独龙族干部。

一、加强了农业基础设施建设，农业科技得到大力推广，使全县粮食连年增产，并得到省政府的粮食超标奖。重点完成丙中洛乡粮食基地建设和万亩板栗种植工程建设。

二、重点抓好贡丙（贡山到丙中洛）公路工程，并全线建成通车。通过招商引资，修建乡村林区公路，对广大群众脱贫致富有着重大现实意义。特别是会同全国第七届人大代表何海清、亚娜，在第七届人大会议上提出，把独龙江公路列为国防公路建设的建议，得到党中央、国务院、省州党委政府的高度重视，最终方案得到批准，并于1995年10月1日破土动工。另外，在党和政府支持下，还修建了达苏机车吊桥、咱腊桥、独龙江孔目吊桥、茨开永久性大桥；招商引资修建了珠门当、咱娃、丹朱边贸通道等。实现了交通基础建设历史性飞越。

三、完成了嘎拉博二级电站扩建和丙中洛电站扩建，修建了独龙江乡麻必洛电站、普拉河电站等。

四、加强改善教育基础设施建设，完成了贡山一中教学楼、职工宿舍大楼，茨开完小教学大楼，普拉底完小教学楼，县城丹当小学教学楼，以及各乡镇校舍危房改造等项目建设。

五、完善医疗卫生基础建设，完成了县人民医院住院部大楼和职工宿舍建设，县计划生育服务站和各乡镇卫生院建设。

六、对县城基础设施进行改造升级，将原县级机关大多数石板房和茅草房改建为现代钢筋混凝土大楼，1995年建成县五大机关综合办公大楼，将县城内"马屎街"改造成水泥路和柏油路。

……

2004年，巴国新写过一首诗，或许可以看作是一名独龙儿女对党的恩情的深情回应：

党养育我成长
我爱我的祖国

我爱我的人民
我爱我的家乡
把一切献给党
献给人民事业
誓把山河改貌样

见证党的光辉力量——第一位独龙族基督教牧师

2020年9月14日，笔者在去往独龙江巴坡采访90后独龙族双建平家时，发现这一处易地搬迁房下面不远的地方，有一座教堂，浅黄色的墙体上面，镶嵌着几道银白色的铁门，铁门外面用红色的瓷砖镶嵌，正大门同样是红色瓷砖装饰的支柱，门头上一个十字架高高地映衬在背后苍翠的担当力卡山脉里，一些云雾飘过，让人有种宛如置身天国之感。不远处，独龙江的水流湍急而清澈，几乎和山色一样绿。就在教堂的斜对面，二三十米处，一面崭新的五星红旗被升了起来，迎风摆动，在满眼绿色的山峦背景下，显得特别耀眼，特别庄严。

五星红旗和教堂十字架，似乎在这个村庄清晨的空气中诉说着什么。此情此景，不由得让人想起了两个人，一个是独龙族第一位基督教牧师伊利亚；另一个是由一名虔诚的基督教徒成为马库党总支书记的江仕明（据独龙族干部孟新民讲述，江仕明曾经是虔诚的基督教徒，但后来不断见证中国共产党对独龙族的帮扶，大为感动，转而加入中国共产党，并成为马库党总支书记）。

1913年，伊利亚出生在独龙江孟顶村。那时的独龙人，尚处在荒蛮原始和备受各路豪强势力欺凌的悲惨境地。特别是占领了缅甸的英帝国主义侵略者，就在这一年，派兵侵占了孟顶至王庆当一带，长达五天路程的独龙江流域路段，并向独龙同胞强迫征收了3年税贡。

孟顶独龙族头人南木松·迪，不得不对英国侵略者严正声明，独龙江是中国的领土，是由中国维西叶枝土司管辖，并历数叶枝土司封授管理独龙江各地伙头的姓名。就算是在确凿证据面前，英帝国主义侵略者仍然强词夺理，妄图将此地段归入缅甸以便殖民化。经过长期抗争，英帝国主义侵略者仅答应将孟顶至马库、朗王夺地段归还，而木刻夏至王庆当这一段约3天路程的中国土地，仍被强行侵占，不予归还，甚至还枪杀了叶枝土司派到拉大阁金矿执行税收公务的伙头阿蒋。

伊利亚从小就目睹了自己的族人受尽迫害的场景，他期待着有一天能够帮助他们。但四周尽是莽莽群山，还有独龙江日夜鸣咽。在这个与世隔绝的地方，他不知道应该去找谁，更不知道路在何方。

生于1898年的美国传教士莫尔斯，于1921年被派到中国。先后在四川巴塘、维西传教。大约在1940年，从维西来到贡山，并在丹当修建教堂，先后提升了波洛、瓦斗洛等为马扒；提升了喜腊、刮斯为密子扒。之后，波洛升为当地最大的马扒，成为莫尔斯之下最有权力的人。

1943年5月，波洛和比念美首次到独龙江传教，茂伯纳一家和迪麻达开一家成为最早的教徒。20岁的独龙人达色勒也十分好奇，因为这些教士颇有文化，他决定尾随一些准备接受洗礼的独龙同胞，到教堂选定的一个水潭边一探究竟。

马扒最先测试准备受洗礼的教徒们，一问一答，基本上教徒都应表示，不信鬼，不信神，永信上帝不变，保佑我上天堂。

答对的即可准备下水，但在下水前，还有一问。

"你最相信的人是谁？"马扒问一信徒。

"我最相信的是我的婆娘。"一个略带颤抖的声音，从一个30多岁的独龙人口中挤出。

马扒立即发了火，双手不耐烦地做出挡回去的动作。

"你最相信的人是谁？"马扒再问下一个信徒。

"我最相信的是上帝！"一个独龙族年轻女子轻声说道。

马扒脸上露出了微笑，抬手示意女教徒立刻下水接受洗礼。

女子顺着马扒指引的方向下了水。

马扒站在水中间，旁边还有一个助手。

"你最相信的人是谁？"马扒最后再次测问女子。

"我最相信的是上帝！"女子仍旧轻声说道，只是声音中多了一些颤抖，不知道是因为激动还是站在水中害怕。说完，从马扒助手手中接过一块毛巾，捂住自己的嘴巴和鼻子，防止呛水。

助手立刻将头扎下水中的女子按着闷了一下，然后扶着全身湿透的女子，一直架到岸上丛林中去换干衣服。

达色勒第一次看到如此新奇的仪式，他感觉到人的灵魂，似乎就此被净化了，人世间的一切苦难，就此会得到救赎，以往像自己和独龙人同胞遭受的罪，再也不会降临了。

他内心一阵激动，以为找到了曾经苦苦寻找、能够帮助独龙人脱离苦海的人和道路。

于是，他很快也跟着受了洗礼，并被赐予教名：伊利亚。

1948年，伊利亚由教会保送，去维西县托底（地）美国传教士开办的教会学校，进行8个月的专业培训。回到独龙江后，担任教会管事密子扒的助手，讲经传教，1949年，教徒发展约200人，1950年发生地震，由于宣教得力，教徒突然升至500多人。此时，伊利亚也被提升为马扒。

随着亲身经历的深入，伊利亚慢慢察觉到，教会实际上全都由外国传教士把持，中国人根本没有一点自主权。而且，教会的实际掌控人牧师莫尔斯，说话常常口是心非。莫尔斯在教堂有电台，和昆明、香港等都有联系。中华人民共和国成立前夕，他对前途似乎有所预感，将权力交给丹朱的斯蒂华后就想逃跑，1951年被关押昆明后，驱逐出境。斯蒂华也在德钦土匪叛乱时逃往了缅甸。

另外，基督徒的婚姻规定，也造成了独龙族人民之间的大矛盾。

当时的教规规定，信教的和不信教的不能结婚。而且恋爱必须通过密子扒，只有经过密子扒审查同意，才可以结婚。结婚时，信教的人不得要彩礼，因为结婚不允许要彩礼。这一条，吸引了不少教徒，但也带来了不少问题，因为不信教的人结婚要彩礼，还要喝酒，还要信本族原始宗教（信鬼），所以信教的人不愿意把姑娘嫁给不信教的人，也不愿意娶不信教人家的姑娘。信教和不信教的族人之间的矛盾，就变得不可调和，也就谈不上什么团结了。

本以为教会给了自己一个改变本民族命运的机会，但这些事件，让伊利亚当初的美好理想又全都破灭了。这么多年虔诚的信徒生涯，难道就以这么一个烂摊子为结果吗？自己心中的理想之路，究竟在何方？

伊利亚的苦恼和失落，让他在内心长期挣扎，十分痛苦。但他万万没想到，中国共产党解放独龙江后，提倡宗教信仰自由，这和莫尔斯当年他说的：如果国民党失败了，共产党胜利了，他的安全就保不住了……苏联（共产主义）来了是不准我们信教的……完全对不上号啊！

莫尔斯的这些话，也导致丹当的密子扒瓜斯，在解放后，始终对共产党有所顾忌而最终逃往缅甸。如果瓜斯没有听信莫尔斯这些骗人的鬼话该多好，这样的话，他也能和自己在共产党宗教信仰自由的号召下，一起成立贡山县基督教三自爱国运动委员会，从此彻底摆脱外国传教士的指挥，走上正规的自传、自养、自治道路，实现教会的自我管理。并且，基督教教义，也有爱国爱教的成分。过去外国传教士宣传教义时也说：要爱上帝，爱你们国家的君主，因为天下的国君都受命于上帝，你们的肉体受国君管，灵魂则属于上帝。

伊利亚作为贡山县基督教三自爱国运动委员会会长，他看到解放后的独龙江，由于中国共产党的全力帮扶，各行各业都发生了翻天覆地的变化，受苦受难的独龙族乡亲们，千百年来终于像人一样有尊严地活着。这才是真正的人间友爱、民族团结的奇迹。创造这伟大奇迹的，便是中国共产党！

这之后，伊利亚完全坚定了自己的看法，积极投身到中国共产党为边疆少数民族谋幸福的社会主义建设事业中去，用自己的特殊身份，影响着信教群众，并作为宗教人士代表，被选为云南省"三自爱委会"理事，云南省基督教协会副会长，贡山县第三、四、五、六、七、八届政协副主席，怒江州第二、三、四、五、六、七届政协副主席，云南省第四、五届政协委员。实现了真正意义上的自己管理教会，履行政协委员职责，参加国家和地方大事的政治协商、民主监督和参政议政。

其中就包括参与了中缅边界问题座谈会等大小事件。

1956年冬天，伊利亚刚刚在北京参加完"全国少数民族国庆观礼团观礼活动"，返回丽江到贡山的途中巨甸时，丽江专区一个电话通知他返回丽江，随后前往德宏州芒市参加中缅边民联欢大会暨中缅边界问题座谈会。因为伊利亚是独龙族宗教人士代表，而缅甸，有着更多的同族人（在缅甸的独龙族称为日旺人）。

伊利亚参加会谈，有着特别的意义，也是党和政府一次精心的安排。

在丽江等待7天后，地区民委的工作人员给伊利亚送来粑粑和炒鸡蛋，因为伊利亚不会说汉语，途中买饭不方便，并驱车将伊利亚送到下关，和来自怒江的代表霜耐冬（福贡）、路阿夺（福贡）、李政才（碧江）等会合后，经保山抵达昆明，与参加联欢和座谈会的大部队会合，同往芒市。

中国和缅甸的边界问题，主要是由于英帝国殖民时期，形成的历史遗留问题"1941年线"（1941年，抗日战争时期，英国以封闭战时生命线滇缅公路要挟，迫使国民党政府于6月18日用换文的方式在佤山划定了一条对其有利的边界，即所谓的"1941年线"）。

缅甸长期沦为英国的殖民地，于1948年1月4日才获得独立。首任总理吴努曾说："中国好比大象，缅甸好比羔羊，大象会不会发怒，无疑会使羔羊常常提心吊胆。"

当时，缅甸国内有缅甸共产党领导的武装斗争，又有国民党李弥残部数千人盘踞缅甸东北部掸邦一带，再加上历史遗留下来的边界问题。所以，吴努十分担心，新中国会不会以追剿蒋军为借口，先发制人入侵缅甸，并"输出革命"支持缅共推翻缅甸政府。为此，缅方在中华人民共和国成立后，几次向中国提出边界问题，希望能早日解决。

直到1954年6月29日，中缅两国总理发表联合声明，宣布和平共处五项原则，"也应该是指导中国和缅甸之间关系的原则"。再加上同年12月，吴努访问中国，毛主席向他明确表示，中国不会利用追剿国民党军残部之机攻打缅甸，并承认历史上中国元朝、清朝进攻缅甸是不对的。吴努这才消除疑虑，放了心。

吴努很坦率地对毛主席说："我们对于大国是恐惧的。但是周恩来总理访问了缅甸以后，大大地消除了缅甸人的这种恐惧……曾经有过一个时期,我不知道在中国会遇到怎样的人,害怕会遇到像希特勒那样的人,讲话的时候拍桌高喊。我现在发现,我的恐惧都是毫无根据的。"

但是,1955年11月,中缅双方边防部队在黄果园发生了一次武装冲突,造成中缅边防形势极度紧张。同时,这一事件,又成为一个历史转折点,促使两国政府把解决边界问题提上了日程。从1956年初起,双方就边界问题进行频繁的接触和磋商。

1956年底,周总理出访亚欧11国,12月10日到20日,正式访问了缅甸。这次访问,除了仰光、曼德勒等大城市外,绝大部分时间都在缅北少数民族地区进行。这正是周总理的过人之处。他考虑到中缅边界问题的解决,牵涉两国边境的大量的少数民族,关乎他们的切身利益。因此,这次联欢和座谈会,专门邀请与缅甸有着90多公里国境线的独龙江独龙族代表伊利亚,以及其他少数民族代表参加。

12月15日,周总理和缅甸总理吴巴瑞一起,从陆路坐汽车,开到边界桥,下车步行进入中国境内芒市。伊利亚还看到此次参会的其他人员:中方有贺龙副总理、中共云南省委第一书记谢富治、云南省代省长刘明辉、省民委主任王连芳等;缅甸方面有吴巴瑞总理的夫人、苏卓坤副总理、吴觉印副总理、武装部队总司令吴奈温等。其中,伊利亚认出了几位缅甸的独龙族代表阿甲它、森、格奈、当伟等。

中缅边界座谈会,分成若干个组分别进行。

伊利亚根据会议精神和独龙江历史做了发言,谈了他对中缅边界北段的看法,他说:"当年独龙江头人孟朋纳挂当事时期,曾管辖到木克夏以下两个驿站的登肯当地方;贡山袁裕才俫管当事时期,曾管理到狄子江畔,任命那里的头人布尼·肯为'白色'(伙头)管理王庆当、不甲兰以上地方,吉那朋·邓'白色'管理布兰岗以上地方,马布必利·朋'白色'管理狄子江强口以下地方等。后来英国人来了,抢占去中国的这些土地。现在中缅双方都独立自主了,我们要友好和气地商量,合理地解决这些历史上遗留下来的问题,世世代代做友好的邻邦。"

伊利亚的发言有根有据,充满善意,得到了缅甸与会代表的赞许,并被中缅双方记录在案，以供中缅勘界划界时参考。

座谈会开得很成功，伊利亚也切身感受到了祖国的日益强大和中国共产党领导人的人格魅力。特别是周恩来总理和吴巴瑞总理讲话中透露的团结、大度和友善，让他对于自己民族今后的发展道路，更有了底气和信心。

周总理说："中缅两国人民有着传统的兄弟般的胞波（缅语音译，意为同胞）情谊，中缅两国人民是亲密朋友，是手足兄弟。尽管两国的社会制度不同，但仍然可以做好朋友，可以和平共处。这次边界座谈会，双方都根据历史形成的事实，进行了诚挚的兄弟般的交谈，交换了意见，为解决两国之间的边界问题打下了良好的基础。"

缅甸吴巴瑞总理说："缅甸是小国。以前受英帝国主义的殖民统治。现在我们独立了，我们把中华人民共和国当作好朋友，好邻邦，好大哥。以后要互相支援、互相帮助。作为友好邻邦，也免不了会出纠纷，一旦有了纠纷，也应在兄弟内部心平气和地协商解决。"

让伊利亚印象深刻的还有，座谈会期间，每天晚上举行文艺晚会、放映电影等，许多缅方代表从没有见过如此热烈盛大的场面，纷纷伸长舌头表示惊讶和钦佩！

这个小细节，让伊利亚心中感到十分温暖。他回想起不久前，跟随云南省民族观礼团到北京、上海、南京、武汉、成都、重庆等各大城市，参观学习亲眼看到祖国在社会主义建设中取得的巨大成就，并结识了全国宗教界的一些知名人士。大家都有一种共识，那就是宗教信仰得到了最大的尊重，新中国在中国共产党的领导下，正走向欣欣向荣。

伊利亚决心响应党和政府的号召，积极参与祖国的各项建设，在教徒中宣扬爱国爱教，宣扬党的宗教政策，宣扬祖国的伟大……他此时此刻完全相信，他和独龙族跟随中国共产党走的这条路是对的，这是一条真正光明的金光大道！

在几十年的传教生涯中，伊利亚始终将爱国爱教思想作为行事准则，配合党和政府解决了独龙江地区教徒外逃、教徒"升天"等事件，挫败了境内外敌对势力的阴谋，稳定了民心，维护了边疆的稳定团结。

1985年，云南省"三自爱委会"大牧师施晋德、龙约翰亲临六库，亲自按立了怒江州基督教会历史上第一批牧师，其中包括贡山县独龙族教牧人员伊利亚和泸水县傈僳族教牧人员褚彼德。

伊利亚成为独龙族第一位基督教牧师。他在晚年回顾自己的人生时感慨道："党和政府对我十分关心，使我感到无比幸福和温暖……无论遇到什么情况，都要坚定地跟着共产党走；跟着共产党走，就一定有前途！"

党给独龙江缀上了满天繁星——各领域的历史性突破

党的民族政策，像春风一样吹到独龙江，温暖着独龙江，为独龙江提供了无限的机会和可能，在独龙江催生了各行各业，并促使其蓬勃发展，涌现了一批各个领域和行业的第一人，实现了历史上零的突破。

这些独龙族代表人物的出现，就像给独龙江上空缀上了满天繁星，散发出耀眼的光辉，他们在各自领域和行业所做出的努力和成绩，为后来独龙江经济社会的进一步发展，为脱贫攻坚和乡村振兴打下了良好的基础。

独龙族第一代农艺师马宗仁

马宗仁1974年初中毕业后，被党和政府保送到保山地区农校读书，成为独龙族有史以来第一位农业专业毕业生。

1977年，马宗仁和县农办的和丽源一起，深入甲生行政村抓农田基本建设工作，在秋科当和喇嘛寺村组织机耕的小丘改大丘工作，改成10亩大小的大丘田，提高了各族群众的生产积极性。

由于贡山县海拔高，气温低，为提高水稻单位面积产量，实现粮食增产，马宗仁和县农水科的王七斤又被派到泸水县赖茂种子站，学习人工授粉繁殖水稻新品种，成功培育出三系水稻籽种。

20世纪80年代初，马宗仁调普拉底公社（现为普拉底乡）任农科站站长。开始推广塑料薄膜育秧，试种10亩水稻，平均亩产达900多斤，比传统方式种植方法平均亩产增加25%。

党和政府持续对少数民族科技人才进行培养，1981年9月至1982年9月，马宗仁又被保送到怒江州农业学校进修一年，农技知识水平有了较大提高。回来后在县农科所工作，担任引进水稻玉米良种的小品种试验和课题研究。

经过反复对比试验，在第二年成功引进墨白94号玉米种，当年全县粮食产量创下历史最高纪录。1984年10月，马宗仁回到故乡独龙江，试验和推广地膜育秧。先在孟顶试验成功，之后在孔当、丙当等村社大力推广，取得成效，从此这项技术在独龙江村村寨寨扎下了根。

从独龙江回来后，马宗仁被调到丙中洛乡农科站任站长，因地制宜，引进和推广玉米群改种、掖单2号、单玉15、中单23、云群15等新品种，经过观察实践，后又引进杂单201、鲁三2号等玉米种。这些玉米，最高亩产达500千克，且颗粒饱满，食用口感好，受到各族群众的欢迎。

作为独龙族历史上第一代农业科技工作者，马宗仁感觉到，自己虽然做了一点事，但是这完全是党和政府培养和各族群众支持的结果。马宗仁在1998年被选为全国人大代表；同年8月，被选为县人大常委会副主任。在专业上，多次获得省农业厅、省经济委员会、省科委、省农牧渔业厅、省林业厅、中共怒江州委、州人民政府等通报嘉奖和表彰，在党和政府的培养下，由一名独龙族穷苦孩子成了一名优秀的农艺师。

让独龙族第一次种上地膜玉米的丁永明

在马宗仁之后，出生于独龙江乡迪兰村的丁永明，目睹了家乡因条件限制，粮食产量低的现实，梦想着有朝一日能够改变。

在党和政府的帮扶下，丁永明于1978年考入怒江州农业学校，成为1980年该校第一批毕业的独龙族学生，分配到独龙江乡农技站工作。1982年提拔任站长。

丁永明和另一位独龙族技术员杨森一起研究实验，如何解决当时独龙江农业生产力水平低，粮食不能满足群众生活需要的矛盾。1985年，全乡粮食总产量为50.5万公斤，农民人均有粮81.5公斤，农村的缺粮面很大。1986年，恰好独龙江乡党委书记周建国从县上带回一卷新法栽培苞谷的塑料地膜，问丁永明，能不能进行试验。

丁永明一看很高兴，在农校时就学过，可以进行试验。

结果经过精心准备，半亩试验地产量达250公斤，为当地苞谷产量的大约三倍（独龙江年降水量3673毫米，是全省降水量最多的地区，阴雨天多而日照不足，土地湿度大，野草生长特别快，不利影响太大，试验前固定亩产仅100公斤左右），试验成功。1987年，经贡山县批准，在独龙江全乡推广。党和政府无偿供应群众地膜、良种、化肥、农药等。

丁永明和农技站的技术员深入田间地头，走遍了独龙江村村寨寨，进行巡回指导。这一年，所推广的100亩地膜苞谷，获得了平均亩产450多公斤的大丰收。时任省农牧渔业厅厅长的黄炳生，深入独龙江听说地膜栽种技术在独龙江获得成功时，当场拍板每年省里直接拨给5万元专款，用于此项技术的再推广。

地膜苞谷大面积种植成功，大大刺激了群众的科学生产积极性。截至1992年，独龙江乡地膜苞谷种植面积达455亩，单产量达到450公斤，总产量达到69.8万公斤，比1985年粮食总产量增长了38%，获得空前大丰收。丁永明也在1992年，被农业部技术推广总站评选为先进工作者，并多次获得州县农业部门表彰。在党和政府的支持下，他实现了儿时的梦想。

独龙族第一代校官李明光和白新荣

"我的一生是党和人民培养和教育的结果，每点每滴进步，是党和人民给的，没有共产党就没有我的一生，没有共产党就没有我们独龙族的今天，翻过雪山的人最懂得阳光的温暖，受过苦难的人最懂得共产党的关怀。我要永远感谢党、感谢人民对我的培养教育，永远跟着共产党走。"这是独龙族干部李明光，在2021年3月27日，通过微信采访发给笔者的一段话。

李明光1950年出生于独龙江巴坡村，那时贡山和独龙江刚刚解放，生活相当艰苦,但在中国共产党的帮扶下,李明光幸运地入学独龙江完小,班上有10多个学生。党和政府十分关心独龙族同学,每年发给每位学生一套衣服、一双鞋子。后来李明光又继续在贡山一中读完初中,每人每月发7块钱(6元用作伙食费),相当于不但免费吃住,而且还有1元零用钱。1969年4月,应征入伍,作为中国人民解放军7625部队71分队的一名战士,圆了他少年时的一个梦,成为他心目中的英雄"马么"(解放军)。

党和政府对于独龙族的帮扶培养政策,使得李明光人生之路一片光明,在部队提拔为排长、正营职参谋等,并被选送到云南民族学院政治系学习,于1972年加入了中国共产党。1986年1月,转业到云南省民委,1993年任人事处副处长,2002年任老干办主任,属于那一代独龙族的优秀干部之一。

出生于1960年的白新荣,和李明光的经历差不多,也是因为党和政府的帮扶,才得以上学。他从小就对到独龙江帮助独龙族的解放军战士无比敬佩,立志要成为那样的人。1976年11月,应征入伍,成为中国人民解放军边防第十团二营四连战士。1979年3月参加边境自卫还击战,并加入了中国共产党。后被保送到昆明陆军学院和南京陆军指挥学院学习深造。1996年4月,被授予少校军衔,1998年被授予中校军衔,成为独龙族第一代校官之一。

白新荣后来回忆道:"回顾我从一个独龙族农民的儿子,成长为独龙族的第一代解放军校官,全靠党的关怀和培养,是党的民族政策光辉照耀的结果。在中国共产党的英明领导下,我们独龙族人民正在与全国各族人民亲密团结,齐心协力,信心百倍地为建设有中国特色的社会主义,为祖国和平统一大业努力奋斗,我将与独龙族同胞一道,为建设和保卫繁荣富强的边疆贡献自己的一切。"

独龙族第一代女大学生女教师马秀菊

独龙族从解放前只有孔志清和黎明义两个读书人,到后来在中国共产党的帮扶下,出现了一批又一批的莘莘学子,有的甚至成为教书育人的老师,并给其他少数民族孩子上课。这标志着一个新时代的到来，独龙族第一次有了自己的教育代言人，第一代女大学生和女教师马秀菊，就是其中的代表。

马秀菊出生在独龙江，小时候深感故乡经济文化极其贫穷落后，立志成为一名老师。在党和政府的帮扶推荐下，获得了读书的机会，并于1977年8月从昆明师范学院怒江分院毕业，成为独龙族第一代女大学生。

毕业后，马秀菊先在离贡山县城40多公里的迪麻洛行政村（当时称为大队）附设初中教学。学生中有不少是藏族人和怒族人。因马秀菊是独龙族人，语言交流起来十分困难，甚至会闹笑话。但她从小就下定了决心为边疆民族教育作贡献，便一一克服困难，慢慢寻找到了适合的方法。

1977年10月9日，马秀菊正在给学生上课，窗外下起了倾盆大雨。突然，一声巨响！"泥石流来了，泥石流来了……"附近的群众连声喊叫。

马秀菊立即召集学生，撤到校外一块较高的台地上。瞬间，一股股巨大的泥石流顺着迪麻洛河冲下来，河岸两边的田地、庄稼、房子全被汹涌的泥水冲走淹没。还好学校距离泥石流现场有100多米，有惊无险。但因为泥石流灾害，群众生活极端困难，一些学生面临辍学困境。

马秀菊想起自己小时候，在独龙江由党和政府资助上学，当时外地派来的老师们，对学生也是无微不至地关心，她便不顾危险，不顾风吹雨淋，艰难跋涉行走在被泥石流冲断的山路，三番五次到各村寨学生家中做工作。

学生家长很感动，有的甚至主动献出本来就不够吃的粮食，资助学校和学生上学。

就这样，琅琅读书声，又回荡在迪麻洛简陋的校园。

由于工作需要，马秀菊被教育局调到县城附近茨开附设中学，后又到茨开镇达拉底小学任教。达拉底是一个傈僳族村寨，所以这里上学的小孩都只会讲傈僳语。

为了能够顺利教学，马秀菊一边当老师，一边当学生学起了傈僳语。有些孩子家庭困难，时有中途退学现象，马秀菊每次都到学生家中反复做工作，让家长们深受感动。

一次，一位学习成绩较好的傈僳族学生马志荣，因为家中生活实在困难而准备退学。

马秀菊得知后，到他家中与家长促膝谈心，最终让马志荣上完小学，并顺利考上了中学。另外，当地村里重男轻女现象严重，很多女孩子被留在家里帮助做家务不能上学。针对这种情况，马秀菊以自己为例，耐心劝服，使得这些家庭豁然开朗，不少女生甚至成为班上的尖子生。

马秀菊言传身教，特别是以自己受党和政府帮助，得以从与世隔绝的独龙江走出来，成为大学生和教师为例。这活生生的事例，相当具有说服力，令学生家长信服。

谁说女子不如男？很多女生都以马老师为榜样，努力学习，最终考了出去，改变了自己的人生道路。

此外，马秀菊还针对农村孩子课余都要担负一些家务劳动的实际情况和特点，不断调整教学方法，发明了"加大课堂容量法"，取得了很好的效果。1981年，马老师所在学校的学生入学率、巩固率和学习成绩不断提高，名列学区同年级的前两名，连续12次荣获考绩奖。

在几十年的教学生涯中，马老师也面临着很多自己的苦恼和困难，但每当看到所教的少数民族优秀学生，通过读书改变了命运，一个个走上工作岗位、走进军营、成为农村中的知识青年，并为改变自己故乡贫困面貌而努力时，她就感到值得了。

特别是想起当初党和政府对自己的培养而改变自己命运时，她深情地感慨道："我只有一个信念，我是一名受党多年培养的独龙族女教师。我的知识是党给的，是无数个教师辛勤传授给我的。现在有了文化，也应贡献给边疆的各族人民，报答党对我的培养教育，再苦再累也不怕！"

就是在这样的信念下，1983年，马秀菊分娩时，恰逢学校缺老师代课，为了不耽误学生课程，她不顾身体虚弱，产后半个月，就坚持走上讲台给学生上课。此事让学生和家长都很感动。

马秀菊兢兢业业为党的边疆少数民族教育事业献身的精神，感染和激励了一代又一代边疆少数民族学生。而马秀菊，也多次被评为县级模范教师和教育先进工作者。1992年，被评为怒江州民族团结先进个人。1993年，获得云南省政协授予的"云南边疆山区少数民族教育特别奖",并被选为政协云南省第七届委员。

马秀菊实现了自己的志向,同时也帮助很多少数民族学生,实现了他们的志向。作为独龙族第一位女大学生和女教师,马秀菊能够一辈子坚守边疆少数民族教育事业,那是因为她有一颗感恩之心,对党对身为独龙族的她教育培养的感恩回报之心!

独龙族第一代主治医师李明元

出生在独龙江的李明元,从小就听寨子里的老人讲一些生病死人的事情。由于独龙江几乎与世隔绝,生产力和生活水平极其低下,祖辈们不可能有任何医药卫生常识,从来都缺医少药。人生了病,只能依靠南木萨(巫师、祭师)帮忙驱鬼,但其结果,几乎都是坐以待毙。霍乱、伤寒、疟疾、麻疹、痢疾、天花、肺结核等传染病,常常侵蚀着独龙村寨。据记载,1924年,贡山境内独龙江地区伤寒、疟疾流行,献九当村有全家死光者;1946年,独龙江地区流行天花;1948年,独龙江地区发生霍乱,死亡百人……其中第三行政村发病最严重,死亡人数最多,有几户人家全家死光,尸体无人收敛,只得将房屋放火烧了……老辈人还讲,独龙江上游的熊丹寨,在一次传染性很强的痢疾中,近三分之一的人都病死了……

这些触目惊心的传染和死亡数据,在李明元幼小的心灵中,成为一道道恐怖的阴影。直到独龙江解放后,一群穿着白大褂的人来到独龙江,深入村村寨寨,挨家挨户宣传医药卫生常识,并送医送药,帮助独龙江乡亲们战胜病痛。这群人,便是共产党、毛主席派来的"曼巴"(独龙语,医生)。

李明元目睹了"曼巴"们背着药箱,走村串寨为独龙族乡亲送医送药、打针治疗。不少被病魔折磨的独龙人,很快恢复了健康;以往肆虐一时的各种传染病,得到了预防和控制,内心被深深震撼!李明元感觉到"曼巴"真是了不起,像是神仙下凡,不由得心生亲近与崇敬。对于"曼巴"这种职业,也第一次有了强烈的冲动和向往。

他暗暗立志，今后一定也要当一名"曼巴"。

1972年，党和政府给了李明元这个机会。

在李明元离高中毕业还有两个月时，贡山一中革委会主任杨子安老师找到了李明元，说国家为培养少数民族医药专业人才，将保送他上丽江地区卫生学校。

李明元怀着报答党和政府关怀培养教育的感激之情，和另一位独龙族同胞同学王桂英一起到了丽江卫校，经过两年系统学习，基本掌握了农村常见病多发病的医疗技术。毕业后便返回贡山，然后主动要求回到那时条件极差的独龙江公社（现独龙江乡）卫生所孔当点工作。

在为乡亲们看病治疗期间，李明元遇到了不少困难和困惑。他觉得以自己所学，还不够做一名合格的医生。1975年，党和政府又给了李明元第二次外出学习的机会。贡山县委副书记孔瑞荣找到了他，准备保送他到昆明医学院医疗系学习深造。

李明元大喜，他更加严格要求自己，刻苦攻读，经过三年深造，成为一名优秀毕业生。回到贡山后，领导有意留他在县医院。这对于他来说，能留在县上，各方面条件都要好得多。但是李明元没有忘记自己儿时的志向，他学医的目的，就是要像那些派驻独龙江穿白大褂的"曼巴"一样，为独龙族乡亲服务，为独龙江的医疗卫生事业出力。所以，李明元多次要求，终于又回到了他日思夜想的独龙江。

1979年，七八月期间，一场恶性疟疾从缅甸传了过来，并很快在独龙江下游肆虐传播。发病才两三天，就死亡6人。独龙江公社卫生所立即向县里汇报情况，并在全所紧急动员，会同州县抽调的医护人员一起赶赴发病地区。医护人员在没日没夜的辛勤医治下，从病魔手里抢救了很多独龙族同胞。

在救治独龙族同胞的过程中，李明元和县卫生防疫站的李兆坤、贡山县医院的马文忠，不幸被疟原虫咬了，感染上了恶性疟疾。

马文忠转县医院治疗，李兆坤病情较重，转昆明治疗，而李明元由于昏迷状态下服药过度而全身中毒，治疗休息了一段时间，才幸运地恢复。

在全体医护人员的配合努力下,这场来势凶猛的疟原虫病被消灭了。

可以说,这支医疗队成为守卫国门健康的卫士。独龙江相当艰苦的环境和极其落后的交通,让医护工作更加难上加难,但李明元一想到多年前,那群党和政府派来独龙江的"曼巴",心中就充满了力量。

1981年10月的一天,龙元大队东给生产队的一名社员在火山地劳作时,不慎连人带树摔下山坡跌入深沟,腰部被砸伤。因伤势较重,当地赤脚医生手足无措,便打电话到乡卫生所请求派医生前去救治,并要求当天连夜赶到。

从公社卫生所到龙元,平时得走3天,现在1天要赶3天路,而且是夜里,并没有灯火照明,一路上要穿过原始森林,攀爬独木天梯,越过悬崖险道……其困难可想而知。

这几乎是不可能做到的事情。

可是李明元心中,闪念的仍然是多年前"曼巴"们不辞辛劳在独龙江救死扶伤的场景。他咬咬牙,自告奋勇,背上药箱急忙赶路,那时已经是下午5点,等李明元赶到孔美村时,天已经黑了,只得打起手电筒。不料刚走出去不远,手电筒的灯泡又坏了。为了救助这位独龙族同胞兄弟,尽到一位医生的职责,李明元不顾一切连夜摸黑赶路。

好在有微弱星光,就像他心中永恒的"曼巴"一样,似乎一路在鼓励着他,帮助着他,让他终于在黎明前赶到了龙元东给村,凌晨5点多,赶到了病人家,顾不上休息,忍受着长途跋涉赶路后的饥渴,拖着沉甸甸的双脚,立刻给病人进行了全面检查,诊断为第四腰椎闭合性骨折引起双下肢瘫痪,当即为病人做了救治处理,令病人和家属万分惊奇和感动!

独龙族自己的"曼巴"来了的消息,第二天在村里传开。村里的乡亲们纷纷找上门来看望李明元。李明元又帮助村里一些患病的乡亲看了病。

等病人脱离危险,李明元要离开时,病人让家属把他最后一次打猎得到的岩羊皮,送给李明元做纪念,以感谢自己民族神奇的"曼巴"。其他独龙族乡亲,男女老少全都聚到村口,有带煮熟的鸡蛋的,有带苞谷扁米的,等等,都要送给李明元。

李明元被乡亲们朴实真挚的礼数,感动得热泪盈眶。此时,他似乎听到空气中传来一阵叫好声。那声音，就是他童年时目睹党和政府派来救助独龙江的"曼巴"们，对他的鼓励喝彩！他对自己暗下决心：一定要努力提高自己的医疗水平，好好地为自己的独龙族同胞救死扶伤，这样才不辜负党的培养和人民的殷切期望。

正是有了"曼巴"为榜样的强大精神力量支撑，李明元时刻不忘自己作为独龙族第一代医生为家乡医疗事业尽心尽力的职责。他凭借高超的医术和高尚的医德，在独龙江流域为独龙族同胞救死扶伤服务多年。1988年，李明元被评定为具有内儿科主治医师任职资格，成为独龙族历史上第一位主治医师。不久后，又被贡山县人民医院聘为内儿科主治医师，实现了自己年少时最纯美最洁白的那个"曼巴"梦。

独龙族第一代中医师马世华

和李明元医师常年驻守独龙江不同的是，马世华这位出生于独龙江的中医师，将自己医生的职业生涯，奉献给了怒族、傈僳族、藏族等其他少数民族，以中医师的特殊身份，为边疆各少数民族团结做出了自己的努力。

1972年，在党和政府的帮扶下，马世华上完了初中，考取丽江专区卫生学校中医班。他在书上第一次看到那么多草草根根，想不到竟然还能治病。这些植物在自己的家乡很多，但是独龙族没有人会利用这些植物治病，人们病了，只会宰杀牲口祭祀鬼神来治病。就是解放后，也只看到药片（西药）和针水能治病。想不到这些中药也能治病，还有老师教的传统中医，真是神奇。最重要的是，这些中药在独龙江很多，可以帮助乡亲们解除病痛了。马世华对中医便产生了更加浓厚的兴趣。毕业实习，马世华跟随一位70多岁的老中医刘医生，刘医生用中草药治好了马世华的疝气，这更坚定了马世华的中医理想。

两年学习结束后，马世华回到贡山，被分配到了茨开卫生所。1981年，党和政府又保送马世华到昆明市中医院进修一年，回来后任茨开卫生所副所长。1984年建立捧当卫生所时，马世华被调了过去开展建所工作。由于捧当是怒族、藏族和傈僳族聚居地，属于边远山乡，以前这里的群众从来没有接受过中医治疗。

一次，一名 8 岁的女孩王丽芳骨折，马世华用中草药帮助她治疗时，当地群众半信半疑，结果 15 天后，这个女孩的左胫腓骨骨折痊愈了。各族群众这才惊讶于中医的神奇，也更加相信这位独龙族中医师。还有一位退休干部白加，长期患有疝气，贡山县医院建议做手术，但他身体虚弱不敢做，听说中医可以治疗疝气便来找马世华，服了 6 服中药后，疝气就好了。

白加感慨道："你的药真神！"

这下马世华的中医技术声名大噪，各族群众纷纷来找他看病。

看病的人多了，药就不够了，怎么办呢？马世华自己背上篮子和药锄上山采药，然后亲自炮制加工，为各族群众解除病痛。

在马世华心中，任何一个民族都像是自己的乡亲，就像当年党和政府派遣工作队、医疗队等帮助自己和独龙族乡亲一样，那些同志也是其他民族的人，但他们从来都把独龙族人看作是亲人和一家人。村寨的一些赤脚医生，看到中医也能治病，纷纷提出向马世华学习的请求。

马世华原来在茨开卫生所时，就和同事办过中医培训班，并带领各族赤脚医生上山识药采药。现在依然继续和同事一起，向来参加学习的赤脚医生传授中医药知识。马世华心中有一个愿望，那就是治病救人，把中医事业在边疆各少数民族中间传播开来，造福群众。因为他来自贫苦的独龙江，从小就受到党和政府及其他民族兄弟姐妹的帮助。他要报恩。

1986 年，马世华还实现了一个以前想都不敢想的心愿，那就是加入中国共产党。

在马世华心中，中国共产党一心为人民，一心为独龙江苦难的独龙族同胞。自己小时候吃的、穿的、用的，很多都是党资助的，没有中国共产党，就不可能有独龙族人的发展，更别说自己能够上学成为一名中医师了。

成为一名共产党员后，马世华更加努力钻研业务，服务好各族群众。由于捧当乡面积比较大，人口不多很分散，为了方便群众，不让群众把小病拖成大病，马世华和同事们经常背着药箱，到各个村寨主动为各族群众诊疗。

1987年，迪麻洛村发生急性麻疹，传染性极强，一下子150多名群众受感染。马世华带着卫生所医务人员，连夜点上火把照明，赶往迪麻洛，通过三天三夜不休不眠的努力医治，使这个病得到了控制，挽救了很多人的生命。当地群众深受感动，临别时哭着送别。

1991年8月，马世华按照上级安排，调到贡山县医院，各族群众前来送行，拉着他的手，依依不舍，马世华几十年如一日的辛勤付出，赢得了各族群众的尊重和信任。从马世华身上可以看出，边疆各民族团结不是一句空话，中国共产党民族政策的实施，为各族人民创造了更为广阔而深入的相互帮扶的机会和可能。

马世华感慨道："过去18年是我在学习和基层卫生所度过的，虽然没有什么发明创造和奇迹可谈，但我有幸成为党培养下成长起来的第一代独龙族的中医师，就等于是对培养我成长的党和扶持我工作的教师、同事们的回报吧！"

独龙族第一代护士长陆秀英

陆秀英出生时，由于生活贫困负担重，长年劳累奔波的父亲身体已经不太好了，全家人仅有麻布挡寒，平时也吃不饱，常常靠吃野菜充饥，加上家中共有七姊妹，饿肚子成为家常便饭，生活的艰辛让原本劳累生病的父亲过早离了世，母亲也发愁，这样下去，全家人是无法生存的，怎么办呢？

这时，独龙江解放了，党和政府送来了温暖，生活上给予食物衣物等，帮助家里渡过难关。

1955年6月，陆秀英12岁时，还被选为独龙族代表参加民族团，第一次到了省城昆明，受到党和政府的热情接待，并被赠送了一些生活日用品，比如小铝锅、烧水壶等。这些新奇的东西，对于一直生活在几乎与世隔绝的独龙江的陆秀英来说，真是太稀奇、太珍贵了。

她带回家后，她的母亲也是第一次见到这些珍奇的礼物，心中非常高兴，一连说了好几遍:"共产党好、共产党好、共产党好!"

在党和政府的帮扶下,1955年8月,陆秀英被保送到位于碧江县的州民族干部训练班学习。1956年3月,学习结束后,留在了碧江县医院,那时陆秀英刚好13岁。

在医院里,因为这个小姑娘是独龙族,从院长赵一轩到护士长段志英,以及从昆明医学院第一附属医院下来的刘淑漠医生等,都十分关心她的成长,工作和生活上都给予了无微不至的关怀与照顾。

陆秀英虽然年纪不大,但独龙江的艰苦环境让她早早懂得了人间疾苦,更懂得感激党和政府对自己的关爱培养,所以,到医院面对那些从来没有见过接触过的注射器、针头、镊子等医疗器械,在新奇兴奋之余,用心地学习领会怎样给病人打针、换药,怎样看护病人,等等。

不长的时间内,在段志英护士长的具体指导帮助下,陆秀英已经能独立给病人打针和换药了。经过3年多的学习实践,陆秀英基本掌握了护理基础知识。

1960年2月,党和政府又给了她一次保送外出学习的机会,到丽江地区卫校脱产学习。陆秀英非常珍惜又一次难得的学习机会,刻苦努力,各门学科成绩在学校都名列前茅。一年后,学习结束又返回碧江县,分配在东风医院做护理工作。

陆秀英决心以实际行动,勤奋工作,多做贡献来报答党的培育之恩。所以在工作中,什么脏活累活都抢着做。在业务上精益求精,把病人看作是自己的亲人,尽最大努力最大限度地减轻患者痛苦。

有一次,一位咯血病人入院,由于病情严重,情绪相当低落,消极悲观,几乎快要对生活失去信心,这种状况很不利于医治和康复。

陆秀英在配合医生治疗病人的同时,主动找病人谈心,帮助病人解决一些生活上的困难,让病人恢复了治疗的信心,经过两个多月的精心治疗和护理,病人痊愈后,拉着陆秀英的手,感动地流着泪说:"是你们给了我第二次生命,你们比我的亲人还要亲,我永生不忘你们的恩情。"

病人发自内心的话也触动了陆秀英的心,让她回想起这么多年来,党和政府对自己的关爱培养，没有中国共产党，哪有自己的今天啊！于是，她也很激动地对病人说："你应该感谢党，是党让我们这样做的。"

在 30 多年的护理工作中，陆秀英始终怀着对党的感恩之心，踏踏实实、兢兢业业在岗位上参加了无数次危重病人的抢救和万千病人的护理。由于工作成绩突出，连续多年被评为怒江州和贡山县"三八"红旗手，1983 年被评为全省"心灵美优秀护理工作者"，1988 年荣获中华人民共和国卫生部颁发的"从事护理工作三十年特别荣誉证书"，1993 年被评为护师，1995 年荣获云南省委省政府"为云南边疆的解放和建设做出了贡献"奖……

回顾自己 30 多年的护理人生，陆秀英感慨道："护理工作是我一生从事的事业，是党把我从一个 12 岁的不懂事、不识字的独龙族少女，培养教育成为本民族第一个护理工作者。看着面前的奖状、奖章和荣誉证书，心里却有些不安，总觉得我所做的一切都是应该的，甚至做得还不够……"

独龙族第一位女生意人木卫明

由于独龙族在解放前的生产生活状态仍处在原始社会末期，别说是做生意，就连和外界进行交流都十分困难。

当时中国共产党解放贡山独龙江，并在各个方面帮扶独龙族，让这个原始落后的民族突破了历史局限，一步千年跨进了社会主义温暖的大家庭，这才让这里的一切，真正有了机会和发展的可能。

1957 年，独龙江孟当村，木卫明出生了。她很幸运，不用走祖辈刀耕火种的原始老路。在党的民族政策的光辉照耀下，获得了上学的机会。1973 年 8 月，她从独龙江中学毕业，随后和独龙族邮电职工马致荣结婚。

由于党和政府的关照，1987 年被转为邮电职工家属。她一直记得，自从独龙江解放后，党和政府派驻的民族工作队，是如何持续不断地帮助独龙族同胞的，也从外来的帮扶工作队员身上，感知到了更为广阔丰富的世界。

在得知中国共产党改革开放的春风吹遍中华大地时，她突然萌生了一个想法，那就是自食其力尝试做生意。

做生意在今天看来，当然十分稀松平常，但是在当时的独龙江，不亚于是一件石破天惊的大事件！

原因很简单，尽管独龙江获得解放已经40多年，但由于地理位置偏远，交通仍旧闭塞，更重要的是，独龙族人的商品观念十分淡薄，生性内向害羞，不仅不会做生意，而且将做生意看作是一件很难为情的事情。原来传统的买卖方式，基本上以物换物，后来就算勉强去卖点东西，也不敢公开叫价，买家给多少就收多少，从不会讨价还价。

另外，由于原始社会末期的历史传统，平均主义成为独龙族人的共识。以前大家虽然生活都十分艰苦，但都是一样的，如果因为做生意拉开了贫富差距，别人一时就会难以接受。

这些现实因素，一度困扰着木卫明，但党的十一届三中全会精神和改革开放政策，又促使这位勇于第一个吃螃蟹的独龙族妇女下定决心：不能只依靠政府长年帮扶救济，要在党和政府的号召下闯出一条新路，那就是做新一代的独龙族女性，跟上时代，向传统挑战，依靠党的好政策，走自己的路，让别人去说！

但木卫明还面临着做生意的现实问题，一是没有本钱，二是没有经验。怎么办？木卫明便想办法从身边的小活计开始做起。最先帮别人代销散酒，收取一点代销费。之后，通过帮邮电所铺垫院坝石打工挣得些工钱。就这样零敲碎打，有了一些积蓄，但离做生意需要的成本还远。

时间不等人，木卫明做了一个大胆决定，依靠当时党和政府对少数民族的扶贫贷款政策，向独龙江乡营业所贷款2000元作为本钱。至此，独龙江乡政府驻地巴坡，破天荒第一次有了独龙族妇女开的一个小卖部，销售烟酒和副食品。

这个小卖部的诞生，从某种意义上来说，宣告了独龙江一段历史的结束；同时也宣告了独龙族人另一次腾飞的开始。这是一个民族在中国共产党的持续帮扶下，自觉意识的觉醒。

木卫明由此第一次把自己放在了商品经济时代的浪潮中。

要知道，那并不是在首都北京、大城市上海，也不是在省城昆明、州府六库，而是在仍旧与外界相对隔绝（独龙江与外界只有一条人马驿道，半年时间大雪封山，与外界隔绝）的边疆偏远小地方，人的时代精神力量的觉醒最难能可贵。

虽然木卫明勇敢地跨出了做生意的第一步。但接下来的情况，令她始料未及。

"有肉大家吃，有酒大家喝"的原始社会遗风，深刻地渗透并影响着独龙族各个家族，亲戚朋友们倒是经常光顾小卖部，但既然是亲戚朋友来了，自然得好生招待，怎么能多谈买卖？

这样一来，大家一起吃吃喝喝，通常是送的比卖的多。更有甚者，赊账吃喝，小账不可细算，日积月累之后，一些人还不起，就干脆不打照面；另一些碍于情面，不好过多催要便无法收回。几年下来，木卫明细细一算，赊账高达6000多元，这生意没法做了，要是再不改变，就只有关门大吉。

木卫明再次下了决心，必须要有商品意识，必须按照市场规则做生意。后面再遇到亲戚朋友等赊账，她便好言相告："不要赊账，你们看看，我做小本生意确实不容易，你们要体谅我啊。"

此话一出，立竿见影，赊账的人减少了。

木卫明心中一想，倒不能怪独龙族乡亲们了，独龙族人始终善良纯朴，以前是传统习惯问题导致了生意难以为继，现在自己的话捅破了这层窗户纸，乡亲们知道做买卖是怎么回事了，也就跟着慢慢觉醒了。

这种觉醒，当然源于党的改革开放政策。这个好政策，一定会给独龙族人民带来希望。随着生意越做越顺，木卫明慢慢把眼光放开放远，放到了邻邦缅甸。独龙江和缅甸本来就是山水相连，不少缅甸日旺族（独龙族在缅甸的称呼）和独龙江人都是亲戚朋友或熟人，语言相通，习惯相近。况且，如今党的政策又提倡对外开放，鼓励边民加强贸易往来。这对于独龙江地区来说，正是好机遇。因为缅甸的日旺族常常到独龙江这边，用土特产换购生活和工业用品等，每年的交易量可不小哩。

木卫明看准了商机，从1990年开始，在经营小卖部的基础上，改善经营方式，扩大了经营范围，自己亲自跑到缅甸北部开展贸易生意，每年到缅甸王庆当、狄子江流域狄子洛等地做生意两三次，主要带去盐巴、茶叶、电池、蜡烛、手电筒等小商品，缅甸需求量巨大，每次这些货品都被一扫而空，生意十分红火。

木卫明唯一感到遗憾的是，自己暂时只能小本经营，否则，生意早就做得更大，赚得的收入也会更多。不过，她已下决心，积极带动独龙江的亲戚朋友们一起做生意，决心为乡亲们脱贫致富带好这方面的头。

还有一点让木卫明感到骄傲的是，家乡的道路等基础设施越来越好了。与之相比，缅甸那边的道路都是崎岖小路，十分艰险，货物完全要依靠人力背，这是不同国家对待相同民族的巨大差别。每想到此，木卫明就为能生在中国共产党领导下的社会主义中国而备感幸运与自豪。

就这样，木卫明成为独龙江以及中缅边境上第一个独龙族女生意人。但她十分清醒地说过这样的话："做生意使我的家庭经济有了极大改善，为抚养子女等方面创造了一定的物质基础，当然这与党的改革开放的政策是分不开的。一句话，有了党的富民政策，才有我的今天。因此，我不忘党的恩情。"

独龙族第一代武警边防警官木建生

木建生有个习惯，常常在夜深人静时，独自一人凝望着那挂在墙上的警服。每当此时，一股股豪情壮志便在他心中汹涌澎湃。

1961年8月，木建生出生在独龙江马库村独都社。在他年幼时的记忆中，党和政府不但在生产生活上帮扶独龙族，还派遣民族工作队，翻山越岭来到村里放映《南征北战》《永不消逝的电波》《地道战》等电影，里面的英雄人物，让木建生看得热血沸腾、无比感动，这深深地影响了他，让他的幼小心灵受到撞击，产生了一个理想，那就是长大后去参军，像电影中的英雄那样，铁骨铮铮、顶天立地，为党和国家的事业英勇向前。

1981年8月，木建生在贡山一中高中刚毕业，得知征兵工作正在开展，就放弃了县城里招工招干的机会，10月报名并正式成为一名公安战士。

入伍之后，在怒江边防支队福贡大队鹿马登检查站服役。3年多的时间里，木建生训练和学习都格外用功，他的目标是要能像电影中的英雄一样有本事，当一名优秀的军人。由于表现优异，他先后担任副班长、班长。后来考虑到木建生是独龙族人，对独龙江情况比较熟悉，还有与缅甸独龙族边民打交道的经验，1984年12月，木建生被调回贡山边防大队独龙江工作站。他主动请求到更偏远的边境口岸独龙族马库检查室，此举得到上级的批准和表扬。而木建生就像如鱼得水般，回到了自己久别的故乡，并立志守好边防。马库检查室地理位置十分特殊，是独龙江和缅甸交界的前沿和重要通道。

1988年的一天，一个鬼鬼祟祟的身影出现了。

"你要到哪里去？"木建生和战友盘问道。

"我要、我要过去那边（缅甸）。"这名男子慌慌张张回答道。

"去那边干吗呢？"木建生和战友继续问。

"哦，我去那边采摘和收购点辛夷花（一种木兰科中药材）。"男子故作镇定地回答。

经过检查，木建生和战友颇感疑惑，一般收辛夷花的人，身上必定带着采摘用的箩筐等必要用具，收购也得身上带一定数量的钱吧，但他什么也没带，并且此人并无出境证。

"此人一定有问题！"木建生凭借多年在部队养成的对敌斗争经验，暗暗告诫自己不可放松，但他不动声色，为防止此人狗急跳墙逃脱，便装作很是关心的样子，安顿他到伙房吃午饭。

嫌疑人放松了警惕，木建生朝旁边的战士使了个眼色，借此时机靠近嫌疑人时，使他卸下了身上的长刀，就在一刹那，冷不防以迅雷不及掩耳之势，将嫌疑人一个擒拿放倒，并控制扣留下来。

第二天将其押到边防派出所，经过审讯后得知，此人是一个杀人犯。他在福贡故意杀人后，绕道维西，翻越碧罗雪山后，再翻越高黎贡山，妄想从独龙江偷渡出境到缅甸。不料碰上了有着火眼金睛的木建生，束手就擒。

木建生身为独龙族警官，除了有一身过硬的本领外，更时刻牢记党的嘱托，并践行着"人民军队爱人民"的光荣传统，几乎所有空闲时间都用在了为独龙江乡亲做好事、做实事上。

一次，巴坡执勤点组织官兵到钦郎当社支农时，突然听到一声惨叫，木建生和战友朝路边一看，原来是马库社村民阿肯干农活时，不慎被巨大的滚木压伤了脚。

木建生立即让战士通知部队卫生员来给阿肯治疗，看着阿肯还没有干完的农活，他又和其他战友一起帮助干完，待卫生员赶到治疗后，护送其安全到家，并送衣送粮。

阿肯从内心感激木建生等边防武警战士，一遇到穿军装的人，就感激地说："你们真好，你们真是老百姓的好兵！"

另外，作为独龙族，在马库木建生有着得天独厚的语言优势。

1966年，中国人民解放军在马库创办了"马库军民小学"，后来边防武警接管后，改为"马库警民小学"。以前由部队指派文化素质较好的战士任教，但语言问题始终是个大问题。

木建生利用自己是土生土长独龙族的身份，当起了教学中的义务翻译和民族语言教师，并给战士们教授独龙语，带着战士们到独龙族学生家中进行家访、做好事，进一步促进战士们独龙语水平的提高。这保证了每一任教师在半年内基本上学会大部分独龙语，提高了教学质量，使得马库警民小学在独龙江地区的学习成绩名列前茅，让军民关系更加融洽。

木建生被擢升为少校警官，但他一直对中国共产党的培育恩情铭记于心，他说："我为能够出生在一个光明温暖的新社会而庆幸，我为能够在中国共产党和人民政府的关怀教育下成长为一名人民警察而对党和政府充满感激之情。我常常思考的就是，如何把自己的一片丹心、满腔赤诚奉献给党和人民，这样才能无愧于民族、无悔于自己……我发誓，为了祖国和人民的富强安宁，我愿意赴汤蹈火尽奉丹心赤诚！"

就这样，在中国共产党对独龙江和独龙族的持续帮扶下，一代又一代的独龙族"第一人"，在各个行业和领域脱颖而出：独龙族第一代气象员狄志强；独龙族第一代营业员孔志礼；独龙族第一代女售货员加纳述；独龙族第一代裁剪技师杨李荣；独龙族第一代女子运动员高树贤；独龙族第一代邮电所所长李新荣；独龙族文化学者、研究员李金明；独龙族博士研究生杨将领、陈清华、陈建华；独龙族第一位画家李友祥；独龙族第一位图书馆馆长马文德；独龙族第一位汽车驾驶员丁国祥；独龙族第一位中国作协会员罗云芬；独龙族第一位上央视春晚的歌手阿普萨萨……

这些中华人民共和国成立之后，各领域独龙族的代表人物，在中国共产党如春风般温暖的关照下，如雨后春笋，在独龙江的土地上冒了出来；又如独龙江上空缀满的繁星，一颗又一颗，见证着奔腾的独龙江激起的时代浪花。

在无数的浪花中，还有那么一朵特殊的浪花，它便是中国共产党指挥的中国人民解放军和武警边防部队（后为边防派出所）。这支人民军队，驻守在独龙江与缅甸接壤的国防第一线，为新中国边防事业立下了汗马功劳；更为当地军民鱼水深情，上演了无数感人至深的故事。

鱼和水的情谊

2021年2月19日,《解放军报》头版刊发了一篇文章:

英雄屹立喀喇昆仑——走近新时代卫国戍边的英雄官兵
(本报记者 王天益)

【题记】
我站立的地方是中国
我用生命捍卫守候
哪怕风似刀来山如铁
祖国山河一寸不能丢
——高原边防官兵喜爱的一首歌

…………

2020年4月以来,有关外军严重违反两国协定协议,在加勒万河谷地区抵边越线修建道路、桥梁等设施,蓄意挑起事端,试图单方面改变边境管控现状,甚至暴力攻击我前往当地交涉的官兵。

面对外方的非法侵权挑衅行径,我边防官兵保持克制忍让,尽最大诚意维护两国关系大局和边境地区和平安宁。在忍无可忍的情况下,边防官兵对暴力行径予以坚决回击,取得重大胜利,有效捍卫了国家主权和领土完整。

官兵们敢于斗争、敢于胜利,展现出誓死捍卫祖国领土的赤胆忠诚和一不怕苦、二不怕死的战斗精神,涌现出某边防团团长祁发宝、某机步营营长陈红军和战士陈祥榕、肖思远、王焯冉等先进典型,彰显了新时代卫国戍边英雄官兵的昂扬风貌。

中央军委授予祁发宝"卫国戍边英雄团长"荣誉称号，追授陈红军"卫国戍边英雄"荣誉称号，给陈祥榕、肖思远、王焯冉追记一等功。

…………

那是2020年5月初，外军越线寻衅滋事，李确祥和陈祥榕等紧急前去处置。李确祥问年轻的战友："要上一线了，你怕不怕？"陈祥榕回答："使命所系、义不容辞！"

…………

"我们就是祖国的界碑，脚下的每一寸土地，都是祖国的领土。"
——摘自肖思远的战地日记

…………

"清澈的爱，只为中国。"这是18岁的陈祥榕写下的战斗口号。

"头顶烈日乐为祖国守边防、手扶蓝天甘为人民作贡献。"祁发宝勘察天文点前哨，默念着老营房上的这句标语感慨不已："老前辈在那么艰苦的条件下，都能坚守边防一线，现在我们更应该担起责任，把边防守好。"

肖思远牺牲后，战友们整理遗物时，看见他在一篇战地日记中写道："走在喀喇昆仑，我们就是祖国的界碑，脚下的每一寸土地，都是祖国的领土，无比自豪！"

这种爱，无关年龄，都是一腔"党叫干啥就干啥"的赤胆忠诚——

陈红军所在营官兵聊起营长时说："他最喜欢的，似乎除了工作还是工作。"在一本书中，他特意标注了一段话："党把自己放在什么岗位上，就要在什么岗位上建功立业。"

走上斗争一线前，王焯冉向党组织递交了入党申请书。他说："这个时候递交入党申请书，就是希望组织能在任务中考察自己，在斗争一线考察自己。"

…………

"对峙时干部站前头、战士站后头,吃饭时战士不打满、干部不端碗,野营时战士睡里头、干部睡风口。"

——祁发宝所在团不成文的"规定"

············

1950年,先遣连130多名官兵在党支部书记李狄三带领下,以牺牲63人的悲壮,将五星红旗插上藏北高原。

当年,李狄三病情严重时,恳请党支部不要再给他用药,把最后一支盘尼西林留给其他战友……70年后,面对滔滔激流时,23岁的王焯冉同样选择了把生的希望留给战友。

那天,王焯冉和战友马命等连夜渡河增援一线,第4次蹚河时有人被激流冲散,王焯冉和马命拼尽全力将3名战友推上岸,自己却被冻得几乎失去知觉。

突然,王焯冉一只脚被卡在了水下巨石缝中。危急时刻,他将马命猛地推向岸边:"你先上,如果我死了,照顾好我老娘!"马命获救了,王焯冉则永远倒在了刺骨的激流中。

············

"穿上军装的那一刻,他就不再是一个普普通通的公民,身上肩负的是军人的天职,所以我也很为他感到骄傲。"

——姐姐眼中的陈祥榕

············

"奶奶,这么长时间里我最牵挂的就是您,孙子这些年一直想好好让您享福,可是我却一直不在家……

爸妈,儿子不孝,可能没法给你们养老送终了。如果有来生,我一定还给你们当儿子,好好报答你们。"

这封家信是王焯冉执行任务前写下的。

对此,祁发宝也深有体会。20多年的戍边岁月中,他先后40多次遭遇暴风雪和泥石流,13次与死神擦肩而过。

············

春节期间，华夏大地万家团圆、一片祥和；高原官兵枕戈待旦、高度戒备。见证着英雄官兵赤胆忠诚的加勒万河谷，山河如故、平静安宁。一块崖壁上，八个大字遒劲有力。

那是刚任团长不久的祁发宝带领战士们刻下的铮铮誓言，也是新时代英雄官兵捍卫祖国领土、不负先辈荣光的庄严宣示——

大好河山，寸土不让！

（琚振华，本报记者任旭、郭丰宽、李蕾参与采访）

《人民日报》、新华社、《光明日报》、中央电视台等媒体也纷纷以各种形式刊发相关文章，礼赞戍边官兵英雄壮举！中国各族人民纷纷向英雄致敬点赞！这是一次感动中国的边防行动，也是一个深入了解边防官兵的窗口。

实际上，在中国漫长的国境线上，这样的英雄壮举，从中华人民共和国成立以来，就一直延续。而在独龙江，同样有一支中国共产党领导下的英雄部队，他们不但誓死守卫国土，而且也用点点滴滴的爱，和独龙族乡亲建立了深厚的鱼水深情，并为独龙族同胞带去了希望和力量。

中华人民共和国成立后，怒江州所辖碧江、福贡、贡山、泸水四个边疆县，西与缅甸接壤，共有449公里漫长的边境线。其中贡山县国境线172公里，独龙江乡国境线就有97.3公里，境内竖立37号至43号7个界桩。1950年后，战败逃往缅甸境内的国民党军队残部尚有两股力量，一个是李弥第8军第709团700多人（由团长李国辉率领），一个是第26军第278团600多人（由副团长谭忠率领）。

这两股力量逃到缅甸之后，汇集在一起收拢残兵败将，其中还包括了远征军滞留在缅甸的第93师200多人，势力逐渐壮大，建立所谓的"云南救国军"，在中缅边境建立特务据点，长期与我方对峙，组织游杂武装不断对中缅边境进行骚扰破坏，并进行策反等活动，严重影响国防安全。

此外，境外帝国主义反动势力培植一些传教士，依然进行着分裂中国各民族的丑陋勾当，采用各种煽动、迷惑手段与中国边防战士抗衡。所以，

鱼和水的情谊

在中国共产党的领导下，为了加强边疆社会经济等建设，巩固边境国防，针对怒江州边防工作，1950年，便成立了丽江边防军分区。1950年至1952年，在平息怒江一些地区反革命武装暴乱基础上，成立边防工作团，并于1952年6月，改名为碧江边防武装工作队，下设分队，派驻四个县开展工作。

当时边防工作团的主要任务，是以武装工作队为骨干，协同地方干部，深入各县农村，以做好事、交朋友等形式，广泛宣传党的政策，争取团结民族上层，充分发动群众，协助建立区、乡民族民主政权；并摸清怒江边防情况，掌握对敌斗争的主动权；还要配合地方政府，发展生产，繁荣经济，改善各兄弟民族生活。

1952年7月，碧江武工队派遣党员干部余保清，率领一个工作组，从碧江出发，经过一路长途跋涉，翻越海拔4000多米的高黎贡山，第一次抵达独龙江。

余保清和战士们被眼前的景象惊呆了，独龙人依然过着刀耕火种的原始生活，生产力和生产水平极其低下，独龙人的生活更是艰苦，衣不蔽体、食不果腹。这种场景，让余保清他们感到非常陌生和难过。但这就是现实呀！再加上语言不通，民族隔阂，想在此地扎根，没有个好的办法，是万万做不到的。

面对这一困境，究竟该如何是好呢？余保清迫使自己冷静下来，好好思考。要和当地这些独龙人打好交道，首先必须相互了解。一方面，余保清带着战士们走进密林深处，攀爬高山，钻进岩洞，和独龙人广泛接触，加深相互了解，逐步建立友情；另一方面，余保清观察到，独龙族同胞十分缺盐巴，他便带领战士们上山住了7天，每天去挖黄连，挖到27斤，想方设法变卖交换得到250斤盐巴，分配给居住在各处的独龙族同胞。

经过一段时间的艰苦努力，独龙人一开始的逃避观望态度，慢慢发生了变化。他们感觉到，中国共产党派来的工作组都是好人，便由一步步接近，变成一点点信赖，最终建立起深厚的军民感情。

独龙同胞有什么知心话，都愿意和工作组说；有什么麻烦困难，都愿意同工作组商量；有什么风吹草动，也会立即向工作组报告。反正，工作组成了独龙族同胞最可信赖的知心朋友。

而工作组也趁热打铁、因势导利,积极培养独龙族骨干,再由这些人在自己的族群里做工作,逐渐将原先生活在密林深处的独龙人吸引出来,搭建棚屋,在较为平坦的地方建立自己的村寨,过上定居生活。

边防战士们还手把手,帮助独龙族同胞发展生产,开垦稻田。战士魏恒辉、李春元等满手血疱,仍然坚持带头帮助独龙族同胞挖地,耐心示范教导。经过4个多月艰辛劳作,在荆棘丛生、杂草遍野的山坡上,硬是开垦出200多亩梯田。梯田开垦成功之后,又教会相关栽培管理技术,以及如何收割打场。

一位独龙族老大妈,第一次看着自家金黄的稻田,怀抱收割好的一束稻谷,笑得合不拢嘴,感慨道:"这是毛主席派来的解放玛姆(独龙语,军的意思),帮我们种出来的。我活了60多岁,做梦也没有想到过,我们这地方能长出稻谷来。"

就这样,稻田一块块、一丘丘、一片片,慢慢扩展延伸到独龙河谷的每个角落。一群群独龙人,肩上扛着锄头,手上提着农具,口中哼唱着歌谣,日出而作,日落而息,结束了千百年来的原始农耕生活,在中国共产党派遣的一代又一代边防战士的帮扶下,朝着社会主义大踏步迈进。

为发展边疆畜牧业生产,甚至发生过一件让人觉得不可思议的事,那就是独龙江边防某连连长虎映山,独自身背一头小牛,从贡山县城一路翻山越岭,花了5天时间才抵达独龙江驻地。这让独龙族同胞深为感动,传为佳话!

独龙江河谷,在一片片军民鱼水深情共同开垦的稻田装点下,原本荒芜的气息,被金灿灿的色调所取代,令独龙人的生活焕发出勃勃生机。世代生活在这里的独龙人,终于第一次吃上了亲手耕种收获的稻谷煮出来的大白米饭。

这是一个破天荒般历史的突破,也将预示着一个崭新时代的开启。独龙族古谣里传唱的东方红太阳,不断照亮着奔腾朝前的独龙江。

无论是在交通通信建设,还是文化教育事业,抑或是医疗卫生等各个领域，从20世纪50年代初到现在，已经有近70年历史。虽然其间边防管理体制经过多次变革，驻防独龙江的部队，即1951年，云南省军区边防十团第三营驻防；1983年，改编成武警边防部队；2003年8月，中缅边境防卫任务移交后，独龙江边防站干部调整编入边防派出所。改变的是名称，不变的是党的战士和民警，70年如一日和独龙族同胞相濡以沫的鱼水深情。在时间的记忆中，那些为中国边防事业和少数民族事业献身的英雄，用鲜血和生命，捍卫着在中国共产党领导下，人民边防战士的光荣使命，其事迹感天动地、可歌可泣！

"快看，那是什么？"一位小战士喊叫起来。

洪禹疏医生顺着小战士挥舞的手指方向望去，一个银白色的物体，正从缅甸方向，翻越担当力卡山，一点一点朝着他们飞来。

"难道真的是……"洪禹疏难以相信眼前看到的事物。自从1960年，跟随中缅勘界工作队进入独龙江参与医疗服务，并留在独龙江卫生所以来，他知道独龙江是什么状况，更知道这里从来就不可能出现什么飞机。所以，他有些不敢确定，越飞越近的这架巨大的银白色"老鹰"，究竟是真是假。

"飞机来了，飞机来了！"此起彼伏的激动叫喊声，让人群沸腾了，洪禹疏也激动得跟随其他医护人员朝飞机过来的方向跑去。

飞机发动机巨大的轰鸣，响彻担当力卡山。在拉哇夺箐沟附近，一箱又一箱的急救药投了下来，为的是救助此时在洪禹疏和白医助护理下的危重病人、24岁的边防战士张卜。

张卜是云南鹤庆县白族，1961年应征入伍，被分配到条件最为艰苦的贡山独立营独龙江二连。入伍训练时，他常常挂在嘴边的一句话就是"流血流汗不流泪，掉皮掉肉不掉队"。因为张卜有着戍边卫国的情怀，更有着同为少数民族的独龙族同胞的爱。

在张卜入伍前，他的父亲告诫他说："吃得苦中苦，方为人上人。"张卜不由得在心中哑然一笑，把父亲的话稍改了改，作为勉励自己的座右铭：吃得苦中苦，方为真军人！所以，他常和战友们说，我们白族有句歌词"走到哪座山上唱哪座山歌"。如今走到了高黎贡山和担当力卡山，就得守好中缅国境线，唱好帮助独龙族同胞的歌。

不过，要唱好独龙族同胞的歌，那可不简单。首先，你得懂得这个直接从原始社会过渡到社会主义社会的民族的语言，因为独龙族不懂汉语。要过语言关，可没那么容易，张卜一有时间，就到周边独龙族群众家中帮忙劈柴、挑水、浇菜，反正什么家务都帮人家干，一来是真心想帮助独龙族群众，二来还可以学习独龙语。

由于用心用力，经过长时间积累，张卜成为独龙江二连的业余"翻译官"，上级首长来了要去独龙族人家看看，他便充当翻译，平日独龙族群众有个大小事找上门来，他照样也充当好翻译。部队首长觉得张卜这名战士真是好样的，朝气蓬勃、执着认真，号召部队其他官兵向他学习。因为要做好边防工作，不仅仅是要拒敌来犯守护国土，还要学习好驻地民族的语言，也就是学习好独龙语。只有这样，才能和当地群众交流，才能更好地为当地群众排忧解难。军爱民、民拥军，才可能成就实实在在的军民团结佳话，保卫和建设边疆，也才能有实实在在的意义。

1962年9月的一天，张卜正在营房锻炼身体，瞥见一位独龙族老大妈走来走去，看来看去，像是在寻找什么，脸色难看，煞是着急。

"老大妈，发生什么事了？您在找什么呢？"张卜用独龙语问。

"我的猪丢了，我的猪丢了！"老大妈边说边叹气。

张卜一听，坏了，要知道一头猪对于当时的贫苦独龙族家庭意味着什么。

"老大妈，您可还记得，猪是在哪里丢的呢？"张卜也跟着有些着急起来。

"那边，就是在那边。"老大妈边说边用手指朝一片山林指去。

"老大妈，先别着急，坐下歇一歇，我们会帮您把猪找回来。"张卜边安慰，边抬了个小凳子过来。

此时天色已晚。在独龙江山林里，野兽特别多，如果猪不能够及时找回来，那么就有可能会被野兽吃掉。所以，张卜立即请示班长后，喊上5位战友，打上手电筒，由老大妈带路，朝着密林深处追寻而去。

密林深处的路，本来就非常难走，高一脚低一脚，再加上是晚上，蚊虫特别多，张卜和五个战友丝毫不敢懈怠，跋涉大概3个小时后，村子的半山坡都走遍了，终于在前面竹林里发现有动静，凑近一看，果然是老大妈丢失的猪，正在拱草呢。

看到失而复得的猪，独龙族老大妈紧紧握着张卜的手，连声道谢，激动地连声说："共产党嘎目、解放玛姆嘎目……"（独龙语，嘎目是好的意思。）

1964年5月，独龙江二连奉命执行查界任务。此时，张卜自告奋勇，向排长请愿，说自己是一名执勤排的老兵，懂独龙语，熟悉山路情况，有可能年底就要退伍了，请排长务必答应给他这次查界的机会，他要亲眼再看一看代表着祖国疆域的界碑。

排长被张卜作为一名边防老兵的朴实心愿打动，便准许张卜同行查界。

查界可不比得平时之事，而且那时的独龙江，正值雨季，危机四伏。

翻看历史，20世纪40年代，中国远征军正是在这些界碑另一面的缅甸野人山，遭受了重创。在野人山中，杜聿明第5军大部队很快陷入绝境，粮尽弹绝，疾病流行，军心涣散，病死饿死大批官兵。瘴气、蚊虫、毒蜂、蝙蝠、蚂蟥、蚂蚁、毒蝎、毒蛇等从空中、树上、地下各个方位进攻部队。毫不夸张地说，当时如果一位士兵因发高热而昏迷不醒，蚂蟥吸血，蚂蚁吞噬，大雨冲刷下……数小时内就变为白骨。

就是在这种极端的环境下，沿途尸骨遍野、惨绝人寰，35000多人，最后仅剩3000多人，其中第200师师长戴安澜、团长柳树人，第96师副师长胡义宾、团长凌则民等皆以身殉国。只剩半条命的杜聿明，最后不得不率军直属队和廖耀湘新22师又撤回到印度。另外，跟随第5军后入野人山的66军第28师5000人，因前面第5军已将树皮草根芭蕉叶等全都吃完了，处境更惨，最后只剩百余人活命。

战后盟军公布的资料显示：中国远征军第一次入缅参战的总兵力为103000人，阵亡61000多人，其中50000多人死于野人山。这种极端恶劣的自然环境，在当时，注定是人类无法战胜的。

虽然界碑这边的情况，要比野人山那边好些，但同样有无数的蚂蟥，在沼泽地，在植物叶片，在你无法预料的地方，随时攻击路过的人类。另外，毒蛇、毒蜂、毒蜘蛛等也层出不穷，令人防不胜防。在这种情况下，张卜走在查界队伍的最前面，奋力挥舞着砍刀，一路披荆斩棘，为队伍开路。

一路的倾盆大雨，伴随高海拔山上冰冷刺骨的寒风，还有荒蛮诡异的气息，让人有种错觉，真不知道这里究竟是不是人间。

密密匝匝的枯枝、藤蔓、灌木、荒草……被一点点劈开，古木参天的无人区硬是被开辟出一条蜿蜒崎岖的山路。张卜和战友们高一脚低一脚，探寻在37号到43号界碑之间，最终到达43号界碑时，张卜浑身湿透，伸出双手，抚摸着这块代表着中国边境线的石块，就像是即将远离家门的孩子，最后依偎在母亲的怀抱。

在查界返回的路上，张卜特意看了看界碑对面传说中的野人山，那里是一片望不到边的原始森林，在雨雾的笼罩下，宛如一头青黑色的巨兽。冰冷的雨水和泥泞的道路，突然让张卜一脚踩滑，幸好他反应灵敏，踉跄几步后，手脚也被荆棘划伤，但更要命的是，腹部一阵激烈的疼痛，直钻脑袋。

张卜并没有因此停下来，他依然靠强大的意志力支撑着，继续往回走。

"张卜你怎么了？"一名战士眼疾手快，一把扶住颤颤巍巍即将倒地的张卜。

张卜用手捂住腹部，大口喘着气，不能正常说话了。

"快，得立刻救治！"随行的医助大声喊道。

突发的情况让大家措手不及，医助立即进行了救治，把能用的备用药都用了，仍不见好转，战友们只得把张卜抬回了驻地，继续进行救治。

虽然部队卫生所和独龙江区卫生所联合进行了抢救，但当时医疗卫生条件很差，缺医少药，医疗器械也非常简陋，无法进行手术治疗。整个独龙江仍然处在大雪封山的季节，想要靠担架把病人强行抬着，翻越雪山险滩，以最快的速度三天两夜，安全走到贡山县城施救是绝对不可能做到的事。

那该怎么办呢？

独龙江区委和部队合议商量了下决定：一是抽调洪禹疏带部队卫生所，协助白医助一起护理危重病人；二是立即电报上级请求帮助。边防战士张卜的病情牵动着独龙江之外各级领导的心。省委、省军区在考虑，如何能第一时间把药品送进独龙江，唯一的办法就是空运空投。但独龙江此时的地形地貌和气候条件下，根本无法实施。假如一定要空运空投，那必须得借道缅甸境内。这就不是一个省能够协调解决的问题了。

救治张卜，时不我待，一封特殊的电报从昆明抵达北京。

中央军委得知张卜的情况后，也十分着急，立即把此情况汇报给了周总理。周总理得知张卜情况后，立即指示外交部，马上和缅甸政府联系解决。由于中缅两国在1961年10月13日签订了《中华人民共和国政府和缅甸联邦政府关于两国边界问题的议定书》，友好圆满地解决了两国争执已久的勘界问题，特别是周总理和缅甸领导人关系十分融洽，此事又关乎我边防战士生死，所以缅甸政府很快就回复，答应中国军机借道缅甸空投药品到独龙江救治张卜。

一架银白色的直升机从保山起飞，以最快速度借道缅甸，飞向独龙江。洪禹疏和大家的兴奋之情难以言表，边跟着飞机投药的方向奔跑，边大声叫喊着："飞机、飞机……"他边跑边喊，同时回想起这些天来，日日夜夜守护在张卜身边的自己、医护人员，以及边防战士们，不得不靠熬制各种中草药来维持张卜的生命，现在不可思议的事情这么快就来临了，想不到党和政府对一名普通的边防战士如此重视，如此费心，这自然体现了对边防官兵的爱，但更体现了对独龙族聚集地区，军民团结守边护国的尊重和无限深情。他也听到大家无不感慨道："我们独龙江地区虽距离北京遥远，但我们却无时无刻不处在祖国温暖的怀抱之中，受到体贴入微的关怀。"

而能做到这一切，不都是因为有了中国共产党领导吗？

不久后，丽江军分区派遣的主任医师、检验师、护士等组成的专业医疗队，昼夜兼程，破雪攻山，也赶到了独龙江。经过一系列的会诊、化验、治疗，边防战士张卜又多活了20余天，但遗憾的是，最终还是因为病情严重，经抢救无效，张卜永远地离开了人间，长眠在独龙江畔。

在烈士张卜的墓碑上，刻着这样一副挽联：

干革命不讲条件

保边疆为国献身

横批：

光荣

张卜埋葬在距离独龙江乡政府孔当南行 20 多公里处的巴坡"独龙江烈士陵园"内，烈士陵园分为两台，因为在独龙江崇山峻岭间，很难找得到一块宽阔的平台，据说，安葬烈士的有些地方，还是当年边防战士们在山岩上一凿一凿抠出来的。烈士坟墓看上去虽然矮小，但烈士守土卫国、保护边疆少数民族的精神光辉，却比陵园上面的高黎贡山更高，比陵园下面的独龙江水更长。

除了第一位在独龙江牺牲的战士张卜，还有另外 7 位烈士，同张卜一起被安葬在这青山绿水间。这些烈士，最大的 34 岁，最小的仅有 18 岁。让我们再次在心底，默念哀悼这些年轻战士：张卜，白族，24 岁；邱旦史，21 岁；齐当此，独龙族，34 岁；张枝繁，18 岁；刘金国，18 岁；庄云，19 岁；于建辉，20 岁；孔玉录，独龙族，20 岁。

"100……131、132、133……"，在贡山独立营中，班长正在一次战士俯卧撑比赛中计数。此时已有大半战士体力不支，趴在地上。

"148、149、150……"，班长数到 150 的时候，全班还剩下三人，继续对抗。

"……218、219、220"，当 220 的话音刚落，唯有一名战士还在继续，尽管他已经取得了第一名。

"278、279、280"，此时，这位战士才累得趴在地上，大口喘气。

在全班，这是一个了不起的成绩。取得这成绩的，正是 1952 年出生，来自云南思茅的年轻战士邱旦史。

"你早就是第一了，还撑个啥？"战友们颇为敬佩，并打趣道。

"训练就是要和自己比,只有超越自我,才能有所突破。"邱旦史不好意思地嘿嘿一笑,颇为认真地回答道。邱旦史,的确践行着自己对自己的要求,在部队所有训练中最能吃苦,成为训练场上的佼佼者。

训练结束之后,新兵下连,邱旦史被分配到了贡山独立营独龙江二连,也就是条件最为艰苦的地方。

在赶往独龙江连队的路上露营,邱旦史主动把自己的蚊帐让给了战友小刘,结果被蚊子咬得脸上手背上全是红疙瘩。一次,为珠江电影制片厂到独龙江拍片子的同志做警卫,邱旦史将自己的鞋子让给鞋子已损坏的摄影师,走在布满荆棘石块的崎岖山路上,主动试过危险的独木桥,并用绳子帮助摄制组安全过桥……以至于回来后,双脚到处都是伤口。邱旦史就是这样一位时刻把困难、危险、重担留给自己,而把方便、安全、轻松留给别人的战士。

1971年,邱旦史所在的小分队,承担着一年一次的巡界任务,目标是中缅43号界碑。

由于沿途山高谷深、地形复杂、气候多变等因素,要穿过莽莽原始森林,全得靠感觉判断方位,再加上蚊虫、毒蛇、瘴气……行走十分艰难。好在邱旦史是第二次参与巡界任务,他走在队伍前面,用长刀左劈右砍为战友开路。一路下来,荆棘、竹林、藤蔓等,早让邱旦史身上血迹斑斑。

43号界碑,位于高黎贡山海拔4000多米的一座主峰上。大部分的战友们由于连日赶路劳顿,无法再支撑上界。排长根据实际情况,带着邱旦史和另一位战士,三人在近乎直立的岩石上继续攀爬两个多小时,登上山顶,完成查界工作。

本来晴朗的天空,一时间狂风大作,乌云密布,倾盆大雨直泻而下。3人只得迅速下山,但人往下走,石头伴随雨水也往下滚,战友一不小心,脚一滑,便向山崖坠下,就在那千钧一发之际,说时迟那时快,邱旦史飞身一跃,立马抓住了战友的衣服,救了他。但邱旦史的脚,却被尖棱的岩石划开了一道长长的口子,血流如注。

排长立即为邱旦史做了简单包扎,暂时止住了流血。邱旦史忍着剧痛,拖着受伤的腿，随排长和战友一同下了山，和大部队会合。然而，在海拔4000多米的高山平台上，依然充满了未知的变数与危险，全队必须马上全部撤离，但排长却不肯下命令。

邱旦史明白，排长是担心自己，要部队与自己共进退。他一边砍了一棵竹子做拐杖，一边请排长赶快下命令，如果天黑之前大家下不了山撤到露营地，那么情况将十分危险。为了不拖部队后腿，邱旦史让排长带部队先行，自己在后面慢慢走，毕竟这些路自己走过，请排长和战友们不必担心，等大家到达后，如果不见自己的话，再安排来接即可。

排长眼中噙满了泪水，不得不下达了命令。

天色渐渐暗下来，邱旦史忍着剧痛，尽自己最大的力气追赶，但由于伤势较重，一走动血就顺着伤口包扎处渗出来，豆大的汗珠，也从邱旦史额头上冒了出来。

"嗷""嗷嗷""嗷嗷嗷……"开始时一声、两声，后来是一片。

可怕的事情，终于出现了。

野兽的嗥叫，打破了原始森林的平静。排长急了，他在担心邱旦史，但又不得不再次下令让小分队加快速度，直奔露营地。

邱旦史听得到身后野兽因为饥饿而出发越来越近的可怕嗥叫。他意识到，一定是野兽闻到自己的血腥味，循迹跟了上来。想到此，他突然停了下来，不再沿着部队走的道路前行，而是选择了另外一条无人走过之路，拖着疼痛得几乎快要麻木的伤腿，一瘸一拐消失在莽莽丛林之中。

排长和战士们非常奇怪，原本身后清晰的野兽嗥叫声，似乎慢慢朝着另一个方向越来越远，越听越淡，最后竟然消失了。

等到小分队到达露营地后，排长似乎才意识到发生了什么，急忙带领两名战士，返回寻找邱旦史。

"邱旦史、邱旦史、邱旦史……"，排长和两名战士一边大声呼喊，一边流着眼泪。

回答他们的，只有原始森林中黑暗的风声。

半个月后，经过艰难的寻找，在森林深处，发现有几根遗骨散落土石间，在旁边的草丛中，还发现一顶沾满泥土的军帽。

此时，残阳如血，但那顶军帽上的五角星，比血还要红！

"当兵就当合格的兵，就当为人民服务的兵，就当能为人民事业敢于牺牲的兵！"这是1948年11月出生于独龙江的齐当此平生的座右铭。

为什么当兵？为什么要立那样的座右铭？作为独龙族人的齐当此，当然有着自己的说法和道理。

齐当此从小就听上一辈的独龙族乡亲说过，在独龙江解放之前，这个困难弱小的民族是怎么受尽欺压而无处诉苦的。而现在，中国共产党派来了一批又一批的工作队，为独龙族同胞带来了一个又一个的机会和希望。特别是边防军人，在最艰苦的环境中，为独龙族同胞做出了最大的奉献。

出身贫寒的齐当此，正是因为有了党和政府太多的关爱，才有机会学习，才有机会成为一名边防派出所的战士。所以，齐当此知恩图报，立志要做解放军那样的人！

即使是在1970年至1972年，齐当此被下放"五七干校"劳动学习和兼任独龙江邮电所邮递员期间，从独龙江乡邮电所所在地马库，到献九当村，正常行走需要3天时间，但齐当此为了尽早把邮件送达，不耽误在干校的劳动学习，硬是只用1天就完成派送任务。

齐当此的优异表现有目共睹，因此得以在1972年返回边防派出所，面对这来之不易的机会，他更是铆足了劲，巡逻办案都是抢着干，哪里紧急奔哪里，哪里危险去哪里……一心扑在工作上，以至于到1974年，齐当此都35岁了，依然还是单身一人。

1982年12月，独龙江大雪纷飞，地冻天寒。8日晚，边防派出所接到群众报案，在60公里外的迪政当村，3户村民的4头耕牛遭到盗窃，村民在现场曾发现脚印。

这种严寒天气，加上道路几乎无法正常行走，此时别说出去办案，就是走到案发现场，都得冒极大风险，而所里当天值班的士兵，刚刚从外面调进来，对独龙江变化无常的天气、地形地貌等不熟，对独龙语更是一窍不通。所长正在犯难之际，一个声音高喊："报告所长，我去执行此次任务。"大家定睛一看，原来是齐当此。

齐当此怕领导不同意，接着说："我土生土长在独龙江，会说独龙语，又十分熟悉地形，认得路上如何规避风险，现在，党和政府培养了我那么多年，我的同胞遇到了困难来找我们边防部门，我应该去帮他们调查解决。"

所长被齐当此的决心打动，考虑了一下，表示同意，但补充说："现在这种天气出去，千万要注意安全。"

"是！"齐当此坚定地答道，心中热乎乎的，涌动着自己的座右铭：当兵就当合格的兵，就当为人民服务的兵，就当能为人民事业敢于牺牲的兵！

9日一大早，齐当此背起小包，包里只装着一点应急干粮和一支手电筒，便作别战友独自出发了。下午，便赶到了迪政当村，挨家挨户盘查。

齐当此做事认真，有时候问得有些人家都不太适应，以为他是不是故意刁难。齐当此总是耐心细致地解释，得到群众理解支持。

整整三天时间，齐当此冒着严寒进行调查，有时借宿老乡家，有时甚至只能在山洞生火过夜。苍天不负苦心人，终于在山里发现4头被冻僵耕牛的尸体。

独龙族同胞为齐当此冒着大雪、不辞辛劳进行调查的精神感动，自发前来送行，说多亏了齐当此，我们才放了心，这里并没有什么盗贼。

齐当此谢绝了乡亲们的好意，只淡淡地说了声："这是我应该做的。"

在返回边防派出所的途中，雪越下越大，以至于看不清前方道路，无法再继续行走。齐当此只好找了一个山洞，暂时避一避。但不料大雪连续下了两天也仍不见停，地上的积雪已厚达1米之深。带出来的应急干粮，早就吃完了，再这样下去，就只能饿死或冻死。

齐当此只好在山洞里先找些吃的。他发现洞边的悬崖上有几株菌子。

连续的劳累饥饿，让齐当此来不及多想，立刻把这些菌子放在火上烧了烧，便连菌带灰吞下肚。不大一会儿，齐当此出现了幻觉，他看到洞外的漫天大雪没了，全变成了漫天大火，在火焰的跳动中，他甚至看到死去多年的亲人们面带微笑……

又过了4天，这场大雪才终于停了下来，太阳也微微露出了头。边防派出所出动4名官兵，沿途寻找齐当此。

在山洞里，一堆黑色的灰烬旁边，齐当此侧躺着，身体已经僵硬，眼眶深陷，嘴唇深紫，嘴边尚有白沫，而他的手，似乎在指向边防派出所方向，那是他深深热爱着的故乡独龙江，也是他一生践行座右铭的神圣归宿！

在贵州农村的山路上，一个放牛娃赶着生产队的一群牛羊四处转悠。

这些山路就像蜘蛛网一样，如果不认真辨别，很容易就会迷失方向。这个放牛娃像是中了魔一样，到处探寻，到处辨认；又像是在寻找宝藏一样，钻头觅缝。路过的人见状，以为这小孩肯定是有毛病。

但谁也不知道，这个刚刚初中毕业，因为家庭贫苦，不能继续上高中的可怜孩子，为了挣取工分养家糊口，只得回生产队放牛羊。他并非有病，沿着蜘蛛网一样的羊肠小道四处张望探寻，这在他内心中是一种自我训练，一种自我对天然探路精神的训练。久而久之，这种精神便成为他探寻路径、寻觅人和动物足迹的一种特殊本领。

他甚至可以凭借直觉，很快在众多复杂的路口，寻找到他想找的那条路，也可以全凭直觉，很快寻找到丢失牛羊的踪迹。这是一种难以用语言解释的本领，是一种天生加后天训练所具有的特殊能力。

因为这种异于常人的找路本事，这个放牛娃在加入部队后，甚至被战友和老百姓一度誉为"路神"。

这位"路神"，就是出生于1958年，于1976年入伍，成为中国人民解放军贡山独立营独龙江连的年轻战士——张枝繁。

入伍后的张枝繁，手脚勤快，事事抢着干，打扫营房、操场，收拾训练后的手榴弹、枪械，帮炊事员做饭、种蔬菜……在连队里，只要张枝繁在，假如有活计的话，别人就没办法抢得着先，所以张枝繁又得了另一个外号"活着的雷锋"。

面对连队领导和战友们的夸奖，张枝繁总是这样说："当兵是每个少年的梦想，尤其是山里的娃子。但要实现梦想很难，不是每个人都能梦想成真。

我作为一个山里来的放牛娃，能成为一名光荣的解放军战士，是我的幸运，更是地方和部队培养的结果。我们应该倍加珍惜此等机遇，苦练杀敌本领，提高为人民服务的素质，以戍边卫国、奉献人民为乐，并为此付出自己的一切。"

"我家的牛又被偷了呀！"一位独龙族老大爷捶胸顿足，话音带着哭腔。

"我家的也被偷了，到底是咋个回事？"另一位独龙族老大妈也非常疑惑。

"咱们村里这么短短几十天，十多头独龙牛放着放着就都不见了，也不知道出了什么鬼了。"一个中年独龙族汉子愤愤不平说道。

这个村子叫钦郎当，位于独龙江乡最南部与缅甸接壤的地方。独龙族群众丢失的独龙牛，是一种只适合野外放养的大额牛。

由于近来接连发生独龙牛被盗事件，乡亲们不得不把独龙牛赶回家里圈养或拴养，可是这么做的话，对独龙牛这种野性十足的动物来说，真是一种折磨，长此以往，肯定病瘦，甚至死亡。

独龙江连接到群众报案之后，迅速派遣一个班的战士去钦郎当调查解决。

由于连续大雪，现场被积雪覆盖，了无痕迹，让人根本无从着手调查。但根据经验判断，当地独龙族乡亲纯朴善良，平日都是夜不闭户、路不拾遗，不可能是村里的独龙族人干的。那么就只有一种可能，偷牛的是缅甸过来的小偷。

此事由于涉及两个国家，无法及时按照程序逐级申报处理，那可怎么办呢？

正当大家为此事一筹莫展之时，张枝繁大喊一声："有了！"

一个晴日，张枝繁指挥战友和独龙族群众，先在雪地上踩出很多脚印，并通往不同方向。然后，赶来一群独龙牛，在雪地上乱踩一通。

晚上，张枝繁带着战友埋伏在附近雪地里。

不大一会儿，几个影子牵着两头独龙牛踩着那些乱脚印，朝这边走来，若无其事就准备越过边境。

"站住！"张枝繁大喝一声，同时带领战士们像箭一样冲了出来。

这几个被团团包围的盗牛贼，瞬间吓呆了，面对黑洞洞的枪口，只得乖乖束手就擒。

独龙族群众为张枝繁等边防战士一心为民、有勇有谋的举动折服，连声称赞："解放玛姆嘎目、解放玛姆嘎目……"

1976 年 8 月，一个坏消息传到连队，负责巡察位于独龙江最北端，海拔 4400 多米的腊卡山口中缅 43 号界碑的战士迷路被困，仅能靠吃雪团维持生命。

谁都知道，从连队驻地到 43 号界碑有几百公里路程，一路需要克服高山深箐等诸多障碍，十分艰险。但情况又十万火急，连长猛然想起，正在腊卡山脚下执行巡回医疗救治任务的"路神"张枝繁，便马上电话通知，让张枝繁务必尽快组织当地民兵开展搜救。

天空飘着小雨，走在泥泞的小路上，可谓是一步三滑。

张枝繁和民兵们披荆斩棘，手脚都被划破。民兵有怨言，想打退堂鼓，认为巡察界碑的小分队，已经迷路 3 天，现在生死未卜，犯不着再把自己的性命搭进去。

张枝繁边耐心劝导边坚定地说："就算只有百分之一的希望，我们也要做百分之百的努力，迷路的是我们的战友，这些战友是为巡察国界而遭难的，岂有不去搜救的道理？"

同时，张枝繁也担心民兵安危，毕竟这些独龙族民兵的安危关乎边疆军民团结大局。所以，他命令民兵在一个平台休息待命，自己却向着通往界碑方向的山路攀爬。

一边攀爬，张枝繁一边大声呼叫战友们的名字。正当声嘶力竭之际，他突然想起腰间别着的独龙族小铓锣（独龙江连配备的用于救援紧急联系的工具）。

"当当当当——"，张枝繁拼命地敲响小铓锣。出乎意料的是，在一块巨大的岩石下，隐隐约约也传来了同样的铓锣回应声。

张枝繁激动万分，立即循着铓锣声寻去，果然在岩石下的山洞里，找到了被困的战友。幸好山洞里有独龙族猎人留备的火种和粮食，这些战士才渡过了难关。

战士们见到张枝繁，紧紧相拥，流下了感动的泪水。待两队人员会合，稍事休息后，由张枝繁带路，又攀爬了3天，最终到达43号界碑，并将五星红旗插在旁边，迎风飘扬，以示主权，以扬国威和军威！

在驻守独龙江期间，张枝繁还舍命闯火场，救出独龙族老人那夺；救治被董棕树压得吐血的独龙族青年；为独龙族青年吮吸被毒蛇咬伤的脚里的毒液；帮助独龙族群众种植蔬菜……深得独龙族群众的信任与爱戴，独龙族群众纷纷夸赞道："张枝繁人小却很能干，是个多面手，他不仅保卫我们、帮助我们，还教我们学文化，甚至种菜，不愧为毛主席的好战士。"

沿着1956年10月修建好的独龙江驿道架设的电杆电话线，可是每年大雪封山期间，独龙江唯一能和外界联系的保障，但经常会被滚石和大雪冲断压塌，所以，沿线巡察电话线，成为每年必做的一项重要工作。

1977年，刚进入9月，鹅毛般的大雪就下到了独龙江，贡山县城丹打到独龙江的多根电杆被泥石流冲断、冲毁，电话线也断了多处。巡察修复工作自然安排给了被称为"路神"的张枝繁所带领的5人小组。

这个时间节点上，从独龙江出来一路巡察检修，可不是闹着玩的。

每天，张枝繁带领战友们行走的是悬崖峭壁上蜿蜒崎岖的小道。而此时，雪大风更大，山顶的大小石块，以及枯枝败叶等，冷不防就像暗器般迎面滚射下来。随着轰隆隆的巨响，石块有时从头顶和眼前倏然划过，随后坠入深不见底的沟沟箐箐，让人心惊胆战、目瞪口呆。

要不是张枝繁等战士，不畏生死，多次作业，已经习惯了这种恶劣天气和危险环境，换作一般人的话，别说是检修，吓都吓得不知跑哪儿去了。

正当张枝繁和战友们经过海拔3750米的高黎贡山黑普雪山时，发现了前面似乎有动静。走近一看，原来是一群独龙族群众，正要急着赶回家，但像魔障般的山雾包围了大家。

浓厚深重且寒冷潮湿的山雾，越积越多，以至于5米开外的东西都无法看清了。而此时，凛冽的寒风夹杂着冰雹，不断迎面扑来，天空越来越暗，下起了暴雨。根据现场判断，此时如果不赶快离开这里，迅速翻过雪山的话，或将面临难以预料的巨大危险。

可是,前方的路看也看不清,更别说是走,谁又敢带头探路?

就在这千钧一发之际,张枝繁迅速做出判断安排,由自己走在最前面探路,其他战友护送独龙族群众尾随。就这样,一步一步,大家在张枝繁的带领下,渐渐远离这一危险地段。

眼看就要走出困境,突然,头顶一声响动,紧接着一阵大风,前面的战士和群众看到,一个身影趔趄了一下,立即就被什么东西绊倒,瞬间滑坠向百米深崖。

一位战士立刻想冲过去,却被另一位战士一把抓住。

前方又响起一阵巨大的山石滚落的声响。此刻,大家完全明白刚才究竟发生了什么。

"张枝繁、张枝繁……"此起彼伏的焦急喊叫声,在群山和峡谷中久久回荡。

这位年仅18岁的边防战士,为党和国家的边防事业,为独龙江的独龙族同胞的发展进步,永远地葬身高黎贡山深深的峡谷。

战友们没能也无法找得到烈士的遗体,在巴坡烈士陵园的衣冠冢上,阳光轻轻地照耀着,就像张枝繁烈士的人生和他曾立下的誓词一样,朴实、崇高、光辉与明亮:

……以戍边卫国、奉献人民为乐,并为此付出自己的一切。

刘金国做梦也没有想到,独龙江的艰苦,远远超过了自己家乡迪庆州维西县农村。

他每次都在新兵训练完后,自己"开小灶",以大树和石头为"器械",练引体向上,练投弹,练射击姿势……独龙江的蚊虫密密麻麻直往他脸上扑,他就找了张废报纸,做成简单的头套,露出两只眼睛,继续练。

他记得,自打1961年出生后,就一直想当兵,想到祖国最艰苦的地方。

1977年,16岁的刘金国实现了自己的夙愿,成为独龙江连边防战士。

此刻，他暗暗和自己较劲，要在独龙江艰苦的环境下，把自己磨炼成为合格的共和国卫士；要通过自己的努力，为这里的独龙族同胞实实在在做一些事。所以，才有了训练后，自己为自己"开小灶"的举动。

为了能更好地服务独龙族群众，刘金国必须过语言关，他便在一名老兵的指导下，开始了自学。从日常用语开始，一个字一个字，一个发音一个发音，仔仔细细地记在笔记本上，随时随地拿出来对照学习和练习，甚至将自己用独龙语写成的文章，念给独龙族老大爷老大妈们听，请他们指出问题。

一段时间下来，密密麻麻记了好几本笔记本。功夫不负有心人，刘金国也基本能够用独龙语与独龙族乡亲们交谈了。

深入独龙江各个村寨，宣讲党的政策，了解收集独龙族同胞的社情民意，也是边防部队的重要工作。独龙江在七八十年代，依然十分封闭落后，6个村委会，村寨相当分散，最远的村寨之间走路要三四天才能到达。

那时，交通非常不便，驿道艰险，随时还得提防山洪、滚石、山体滑坡等自然灾害，另外，沿途野兽不少，更有漫山遍野的蚂蟥、蚊子、毒蛇等时常袭击，十分艰苦危险。

刘金国喜欢这种有挑战的工作，在他心里，能为独龙族群众排忧解难，就是最大的快乐。每次行走过独龙江各村寨，身上布满了被蚂蟥、蚊子叮咬的疤痕，但他从不言苦言累，渴了就喝一口身边的山泉；饿了，就吃随身带的干粮。有时来回需要半个多月，但他没有丝毫抱怨，次次抢着去。

有一天下午，刘金国忙着赶路，但实在是太累了，只好在山上找了个隐蔽处，躺下稍微休息。但不想沉沉睡去，醒来时已是第二天清晨。

刘金国一骨碌从地上爬起来，在路边捧了几捧溪流洗脸后，又急着赶路。走着走着，他忽然意识到手脚疼痛。定睛一看，哎呀，不好！十多只蚂蟥紧紧地贴附在他的手脚上，蚂蟥的身体由于吸足了血圆圆鼓鼓胀胀，刘金国用手尝试着轻轻拨弄了一下其中一只，发现蚂蟥的吸盘已经深深叮进肉里，伤口处不停渗出血水。

对此，刘金国很有经验，不可硬来，如果硬拉，很有可能就把蚂蟥的身体拉断，那么蚂蟥的吸盘仍然会留在人体内，无法弄出来，这样就很容易造成感染。一旦感染，就会化脓。独龙江的蚂蟥毒性很大，如果化脓，再医治起来就很难。

刘金国暂时忍着痛，用从独龙族群众那里学来的方法，在路边燃起一堆火，等木头烧成火炭，便用火炭去烫蚂蟥，蚂蟥受到高温刺激，自己就会收起吸盘，从依附的人体上掉落下来。

不过，用高温的火烫法驱除蚂蟥，刘金国也得咬牙忍受被烫伤的痛苦。待到蚂蟥全部被烫下来后，刘金国把燃尽的灰抹在伤口处算是用土办法消了毒。

当然，走遍独龙江村村寨寨，遇到蚂蟥叮咬只是其中之一，还有诸多危险和困难难以计数。但刘金国从不计较，他的心中只有一件事，那就是为独龙族群众办事。所以每次，他都认真地做事，政策传达、信息统计、解决困难问题……反正是事无巨细，件件都做得好！村寨里的独龙族同胞十分信任和喜爱这位小战士，小到油盐、针线等，都会委托刘金国帮着买，就这样来来往往，刘金国急群众所急，想群众所想，实实在在成为独龙族同胞的贴心人。

1979年11月，独龙江大雪纷飞，特别寒冷。18岁的刘金国带着给独龙族群众买的药品和生活用品，踏上了通往各个村寨的道路。

这一天，独龙江水翻腾着巨浪，江边的石头也格外尖棱。在一座藤篾桥上，刘金国正小心翼翼地行走着。

本来，过藤篾独木桥，爬独龙天梯，对于刘金国来说都是家常便饭。但谁也没料到，这座藤篾独木桥因年久失修，经长期风吹雨淋日晒，已经不堪重负，很多地方已经腐朽。

正当刘金国经过桥中央时，一块木板坍塌，藤篾扶手也在重力作用下溃散。

甚至还没来得及喊叫一声，刘金国瞬间跌落，被独龙江巨大的白浪卷走了……

虽然刘金国就这么悄无声息地牺牲在给独龙族同胞送药送生活用品的

路上，但他有一句"名言"，却永远留在了独龙江边防战友和独龙族老百姓心中，那就是：群众事情无小事！

> 我从小向往当兵，憧憬军旅生活，常常做梦都想。我觉得当兵了不起，当兵是很光荣的事，可我当上了兵来到这里，我感到震惊了。我万万没有想到，普天下还有这样贫困封闭的地方，没有想到现实与理想竟有如此大的差距。我更加钦佩我的战友们，他们无怨无悔，常年驻守在条件如此恶劣的地方……这里与外面，有着多么大的差距啊！

这是 1972 年出生于云南思茅县的边防战士庄云，在日记里写下的一段话。

不过，这之前，他就听人说过："独龙江那个地方，吃人的多，人吃的少，是生活最艰苦的地方。"庄云可不信这个邪，等他真正进来后发现，说这话的人，的确也不算夸张。

独龙江一年当中，大半年大雪封山，进出不得，蚂蟥、蚊子等毒虫肆虐。夏季暴雨成灾，沿途成险；冬季大雪飘飞，极其寒冷。唯一通往外界的人马驿道，也常常是稀泥烂潭，滚石不断，危机四伏。其条件之艰苦，若不是亲身体会，很难真正了解。

但庄云始终有一个信念：越是在恶劣的环境中，越是在艰苦的条件下，越能体现自己的人生价值，越能够创造奇迹。就在庄云 1990 年高中毕业时，放弃上大学深造的机会，不顾家人强烈反对，毅然决定参军开始，他就把自己当成了一名战士，之后被分配到了独龙江。

身材相对矮小的庄云，心中理想可大着哩。

有人故意开玩笑对庄云说："你看上去就只有十五六岁，当兵那么苦，你能吃得消吗？"

"当兵就是要有吃苦的打算，军人的天职就是服从命令听指挥，无论我到哪里，都不会忘记我是一名军人。"庄云人小志气高，坚定地说道。

虽然独龙江艰苦的情况，让庄云开始有些不太适应，毕竟是从城市来的孩子，原先过惯了优裕的生活，但是，他很快就跟自己做了一番思想斗争。

他追问自己，人生的价值何在？人生的坐标何在？当兵究竟又是为了什么？特别是当庄云看到，当地独龙族生活还十分艰苦时，他心中就有了一个念头，虽然自己是回族，但在中国共产党的领导下，各少数民族应该团结互助，更何况自己还是一名党的边防卫士，独龙族那么艰难，自己一定要学习和继承边防前辈们舍生忘死守边防、帮扶好独龙族同胞的优良传统，尽全力为他们多做贡献。

东哨房是贡山到独龙江的第一个驿站，最先由贡山独立营战士把守，后来部队撤走，历经几十年风雨，虽然破败不堪，但仍然是过往行人的救命房。

有一年深秋，阴雨绵绵，庄云和几位战友执行任务，从贡山县城赶回独龙江。谁知积雪已下至12号桥，不得已，艰难行走15公里，爬上海拔3600米高的东哨房，暂时休息。

不料，一个脸色发青、全身哆嗦的人早先一步到了东哨房。

"老乡，你这是怎么啦？"庄云问道。

"我，我……我们遇到危险了。"此人就连说话都直打哆嗦。

"怎么回事呢？你给我们讲讲。"庄云继续问道，并和战友找了些柴火，在火塘生起了火。

这人烤了一阵火，身体暖和，脸色稍微回正，定了定神，说道："我们是福贡的民工，遇到大麻烦了，同行的还有四个人、五匹马，在翻越垭口时，被风雪困住了，只有我冒死得以脱险，跑到了这里。"

"那现在其他的人和马在哪里？"庄云感觉到事态严重，追问道。

"那垭口就在5公里开外，雪太大，已经及腰，也不知他们可还活着。"福贡民工叹了口气。

此时，天色已晚，外面的雪却越下越大，几乎辨不清方向，更何况眼前的福贡民工也只能大致指了个方向，垭口方位并不十分清晰。怎么办呢？

出去救还是不救？如果冒险出去，有可能人救不来，反而让救人的人面临巨大风险，甚至把命给赔上。

所以，有战士主张放弃救援。

庄云也在思考，权衡利弊，但最终他想到，四个民工可是四条鲜活的生命啊，还有五匹马，对于一个国家级贫困县的一个农民家庭，五匹马意味着什么？那将是多么大的一笔财富啊！现在出去救人，还有点希望，再耽搁的话，悔之晚矣。

想到此，庄云立刻组织战友，赶往垭口。

东哨房外，大风夹杂着大雪直扑过来，天色也快黑了，每一分每一秒，注定都在跟死神赛跑。

庄云领头，凭着自己往来的记忆，忍着刀子般刮脸的风雪，克服了诸多困难，终于赶到了垭口。

三匹马的蹄子已经陷入厚雪中，正在苦苦挣扎；另外两匹，站立在茫茫风雪中，嘴里不时发出奇怪的"呼呼、呼呼"声，身体估计也被冻麻木了。

大约70米处，一个身影连滚带爬在做垂死挣扎，估计是马的主人。

其他人也相距几十米，有3个人以不同姿势晕倒在了雪地上，身上被飘落的一层层薄薄的白雪覆盖着。

战友们都说，怕是没救了。

庄云不死心，用自学的中医技术把脉，发现还有脉象，那么证明人还没死，便召集战友，分批背着这些民工，拉着马匹，极其艰难地赶回东哨房。

由于人手有限，总共来回往返了两次，耗尽了精力。所幸，经过焙烤、搓摩、灌姜汤等急救处理，这些濒临死亡的民工，终于在三四个小时后脱离了危险，恢复了血气，而此时，已是深夜12点，庄云和战友甚至连晚饭都没能吃，就累得在火塘边呼呼大睡。

第二天一大早，庄云和战友们悄悄起程赶往独龙江。驻守在东哨房的民工阿肯被惊醒，急忙冲出门口，要求几位战士一定留下姓名，好告诉被营救的几位尚在熟睡的民工。

庄云和战士们哈哈一笑，说："这是我们应该做的，不值得留名，假如受困的是我们，你们也不会坐视不管。"

待几位被救民工醒来，阿肯告知他们，是独龙江工作站当兵的救了他们。民工们站直了身子，朝着独龙江方向深深鞠躬致意，并流下了感激的泪水。

幸好阿肯在战士们谈话期间，听到了一个名字：庄云。

独龙江马库自然村距离巴坡镇东南方大约 20 公里。1991 年初，马库的人口不足 200 人，并且各户分散，有的相距八九公里之远，信息极不通畅，谁家遇到病痛死亡等不幸之事，往往要过几周甚至几个月后，大家才能知道。居住深山的独龙族孤寡老人，死后十几天才被发现是常有的事。

就是这样一个闭塞的地方，一位名叫马兰英的妇女，遇到了难题。而此时，庄云恰好奉命在此地执勤。

马兰英原本不姓马，她是缅甸日旺族，后来嫁到马库，改姓马。由于马兰英丈夫常年在外做些小本生意，一家三口全靠她一人操持。她的婆婆已经 80 多岁，加上常年多病，生活无法自理，也需要照顾，所以下地干活、上山砍柴、饲养家畜……全都得靠马兰英一个人。

1991 年 5 月 25 日，马兰英晚上 7 点肚中剧痛，因为她即将分娩，但到第二天早上 9 点，一直难产，接生婆用了很多土办法，就是没办法接生出来。情况十分危急，马兰英痛不欲生。

独龙族老婆婆想到了在马库老百姓心中无所不能的边防部队，于是，只好拄着拐杖，一颠一颠来到哨所求救。

庄云交代好执勤工作，立马带着两名战士和一名教师，赶到马兰英家。看到地上血迹斑斑，马兰英出于生死一线，立刻和战友扛起马兰英，打着手电筒，直奔 20 公里外的独龙江乡卫生所。

可惜天公不作美，一路上又阴雨连绵，道路越发崎岖烂滑。庄云和战友一路小跑，争分夺秒，似乎在和死神抗争。衣裤刮破撕裂，手脚划伤出血，这些都顾不上了，拼尽全力，终于在夜里 12 点送达乡卫生院。

在医生的帮助下，顺利产下了一个男婴。但马兰英失血过多，已进入休克，如果不能马上输血，则无法保命。无奈现场没有亲属，卫生所也没有备用血浆，怎么输血？

正当大家急得团团转时，一个极其疲惫但又十分坚定的声音说："我是 O 型血，抽我的！"

大家一看，是庄云。

"不行，你已经处在极度疲劳中，这个时候抽血，风险太大了。"医生连忙制止道。

"顾不了那么多了，医生，我也不懂，您看能抽多少就抽多少，即使有危险，用我的命换回两条命，值了！"庄云斩钉截铁地说。

医生犹豫了，但在庄云的一再坚持下，只好抽了200毫升。看着鲜红的血液一滴滴流进马兰英血管，庄云脸上露出了疲惫但却安心的笑容。

经过五个小时的抢救，到第二天6点，马兰英脱离了危险。

庄云感觉自己全身疼痛难耐，但他的心是甜的，里面有一种喜悦，他也说不清楚那究竟是什么。

1991年，独龙江的冬天特别寒冷，气温只有零下十几摄氏度。庄云想起自己在城市度过的冬天，房间内有保暖设备，冷热有空调，晚上睡觉还有电热毯，也可以烧电炉等。但在独龙江可不行，老百姓温饱都还成问题哩，即使有的家庭挂了电灯泡，也从未亮过，为啥，不敢点，点了怎么交电费？所以，独龙族群众冬天必须要烧火塘；要有火塘烧，就必须提前上山准备柴火。

独龙族老人孟新余，70多岁了，老伴很早就去世了，曾经有个儿子，到缅甸找山货莫名失了踪，现在家中就只剩自己一个孤寡老人，并且行动也不太方便，在孟底村，依靠党和政府最低生活保障，以及乡亲们的帮助度日。

庄云经常带着战友，来孟新余老人家帮忙干活，比如帮他理发、洗澡、打扫卫生、打柴火等。

老人总是感动得老泪纵横，连声夸赞边防战士，不是亲人却胜似亲人。

这个初冬，天空飘着雨水和雪花，庄云和战友已连续两天上山为老人砍柴，全身湿透。

10月24日，在担当力卡山山腰，庄云背着80多斤柴火，一步一步下山往回走。经过一处陡坡时，不知什么东西绊了庄云一下，庄云一个趔趄，刚要调整好，不料山路十分湿滑，再加上背着这么一大捆柴火，一下子完全失去了重心，捆柴火的绳子又紧紧缠住了庄云的手臂，使他无法腾出手来自救，就这样，连人带柴火一起滚进了独龙江。

战友们被这突如其来的意外吓呆了,一边高喊庄云的名字,一边拼命往山坡下追去。

湍急汹涌的独龙江,一下子就把庄云连同柴火吞没卷走了,再也无法追回。只有战友呼喊庄云名字的回音,久久回荡在担当力卡山山谷。

不久后,一位独龙族小孩抱着一只鸡来到连队,说是要送给庄云叔叔。

战士们这才知晓,这个孩子是庄云生前一直资助的学生。

抑制不住的泪水,再次从边防战士眼中流了出来。但是他们没有告诉这孩子,庄云叔叔已经牺牲了,而是悄悄一起凑了两百元钱,说:"这是庄云叔叔给你的,一定要好好学习,千万不要辜负了庄云叔叔的一番苦心。"

孩子似乎感觉到了点什么,不停地看看这些边防叔叔,又看看部队营房,最后看向巍峨险峻的高黎贡山,以及日夜奔流的独龙江水。他不知道,他的庄云叔叔,已经不在人世了。但他明白,自己幼小的心中,也有一片春天,那是独龙江杜鹃花开得漫山遍野的春天,就像庄云叔叔灿烂的笑容一样,永远绽放在独龙族乡亲们的心中!

"于建辉,快向江边游,快向江边游!"指导员王斌和战士们大声喊叫。

于建辉在湍急的独龙江中,微微冒了下头,瞬间又被江水的激流淹没冲走了。

王斌带领战士们在江边边喊边跑,边跑边喊。独龙江咆哮的巨大声浪中,隐藏着一阵阵哀鸣和呜咽,像是为这位来自首都北京顺义区大孙各庄镇的20岁战士送行。

"妈妈,我当兵后一定会好好干,您不要太牵挂我,等您见到我时,您一定会看到一个壮壮实实的儿子。"这是1999年12月,于建辉应征入伍到云南边防当兵前,和母亲分别时所说的话。经过在云南武警边防总队德宏州新训基地的锻炼后,2000年4月,于建辉被分配到云南怒江州边防支队独龙江边防工作站。

从北京到云南,而且是到云南最艰苦的独龙江,作为一个从大城市来的青年,他真是没有见过独龙江和独龙族竟还如此封闭、落后和贫困。他打电话给父母说:"爸爸妈妈,边疆人民生活十分艰苦,我已经是一名边防武警战士了,现在服役期间苦练本领,为祖国和边疆人民守好边、卫好防,将与边疆人民心贴心,能为边疆人民发多大的光就发多大的光……"

于建辉没有食言,训练和工作都十分卖力,样样冲在前、抢着干,赢得了战友们的敬佩和赞赏。

2000年4月,于建辉训练中扭伤了脚,班长罗春林让他休息,但他咬牙忍痛坚持,他在日记中写道:"我的性格有点像铁红(《女子特警队》中的人物),刚正倔强,但吃苦耐劳、埋头苦干的精神却赶不上耿菊花(《女子特警队》中的人物),人家一个女孩子能吃那么大的苦,我一个男子汉难道不能吗?训练场上我也要像耿菊花那样,不怕吃苦,甘愿吃苦。"

于建辉不仅在训练中严格要求自己,而且平时的学习中也力求上进。他曾在谈心时对独龙江边防工作站教导员说:"教导员,李向群是一个和我差不多大的士兵,他的家中那么富裕,可他却选择了从军路,牺牲在抗洪大堤上。军人的价值在于奉献,有奉献就会有牺牲,在我的军旅生涯中,我会像李向群那样,不计较个人得失,做一个有益于人民的人。"于建辉践行了自己的诺言,忘我地工作学习,表现十分优异,并于2000年5月,加入了共青团。

在确定进驻独龙江巴坡执勤排人选时,于建辉十分激动,心想自己思想和军事素质都过得去,还是刚入团的团员,党支部应该会考虑自己吧?

班长故意开玩笑地和于建辉说,人选名单中可没有他。

于建辉听说后,茶饭不思,找到副站长陈开泰求情说:"副站长,如果这一次我不能进独龙江,到明年退伍后,我会遗憾一辈子,今后怕是再也没有机会直接为独龙族人民服务了,求您千万让我进去。"于建辉三番五次的请求打动了站领导,在得知自己成为其中一员时,于建辉当天晚上就写了10多封信,将这个大喜讯寄给亲朋好友。甚至还给另一位因为抽到要去独龙江艰苦地区,而不太高兴的战友做通了思想工作。

巴坡执勤排,是独龙江边防工作站在独龙江最北端巴坡村的一个哨所。巴坡距离独龙江通公路的地方尚有几十公里。只能靠人背马驮运送物资。

驻守巴坡的战士，若遇雨雪滑坡，与外界交流仅能依靠一台单边电台。

2000年9月4日，于建辉全副武装，第一次走68公里路。尽管有排长、检查员等一共12人同行，但途中艰难还是超乎他的想象，有时面对头顶巨石横空，有时面对古树藤蔓交织，有时面对倒在路上的大树……山路弯弯，稍不留神，脚下便是万丈悬崖；雨雾蒙蒙，稍不仔细，眼前便是巨流深潭。

经过一天艰难跋涉，抵达东哨房暂时休息，却被跳蚤叮得脸部背部红肿痒痛。直到第二天傍晚，才终于到达巴坡执勤排，这个云南边防最艰苦的哨所。

为了储备一年之内执勤排烧火做饭的柴火，于建辉得到3公里之外的深山老林去找枯死的老树。几天下来，手脚磨出了水泡。他挤掉水泡，用粗布包扎好继续干活。后来，粗布和手心伤口上的血肉粘在一起，撕也撕不下来，为了不影响干活，他便悄悄用剪刀将其剪掉，找到卫生员要了点药敷上，干活干得更起劲了。一个星期后，手上长出了厚厚的老茧；一个月后，于建辉为巴坡执勤排背回的柴火堆了几大堆，接近1吨。

另外，于建辉利用自己会画画和做木工的专长，把战友们边防生活的故事画成漫画，为独龙族老百姓修理门窗，大家给他取了外号"于木匠、于师傅"。于建辉嘿嘿一笑，特别开心。于建辉还帮助边防派出所的干警们，深入地广人稀的各个独龙族村寨，宣传党的政策和法律法规；给马库警民小学的师生讲国防知识……于建辉的足迹踏遍了独龙江的山山水水，赢得了独龙族同胞的尊敬和热爱。

2000年冬天，为了帮助一位将近60岁的独龙族老大娘背两袋大米上山，于建辉特意向执勤排领导请假后，追上正准备爬山的老大娘，二话不说，就将两袋大米甩在肩上，攀爬了10多公里的山路，才到达老大娘家中，顾不上老大娘挽留吃饭，急匆匆返回部队，途中遇到下雨，浑身湿透不说，还被摔倒摔伤好几次，深夜12点，才伤痕累累地返回驻地，战友们都很吃惊，于建辉心中却暖暖的，他想着离开北京时，和父母告别时的承诺，更想着作为边防战士，党和人民赋予自己的光荣职责。

2001年8月21日，于建辉像往常一样，早早起来，在临时住所巴坡麻必当电站，为战友们支灶做饭。一个多星期以来，为了抢修独龙江乡村公路，大家全力以赴，就在这短短几天，完成了20多米的抢修任务，用不了多久，便可大功告成，到那时，他就得离开巴坡了，因为11月底，他就要退伍还乡了。他惦记着自己的父母亲人，更忘不了这里朴实善良的独龙族同胞和可亲可爱的战友们。

这次抢修任务，或许是自己最后能为独龙江做的事情了。所以，在抢修过程中，哪里难，于建辉就往哪里跑；哪里险，于建辉就往哪里钻。他说要珍惜这个机会，再为独龙江和独龙族的发展建设奉献自己的力量。

刚下过雨后的施工现场非常湿滑。于建辉和7位战友在教导员王斌的带领下，和独龙族群众一起，正在独龙江边陡峭的悬崖上开山凿壁，抢修独龙江巴坡到孔当的乡村公路。在距离麻必当电站大概1公里的高黎贡山上，于建辉满脚泥泞，正全力搬推着刚才爆破后不断滑落路上的巨石。

他用袖口擦了擦满头大汗，瞥见对面同样险峻的担当力卡山，低头看到150米深箐下，独龙江在两大山脉的夹击下，激流奔腾，白浪翻滚。

于建辉继续和战友们一起，推动一块大约一立方米的巨大石块。用力，再用力，动了，又动了。于建辉十分兴奋，使出全身力气，低头闭眼，死命推着。他想自己多出一点力，战友们便会稍微轻松些。突然，于建辉随着被推动的巨石，"哧溜"一下，右脚滑到了悬崖边上，由于太过用力，根本来不及侧身或者急停。失去重心的于建辉忽地一下便飞出了悬崖，急速坠下。在一阵沙石落入江水的同时，"扑通"一声，于建辉也掉到了独龙江中。

大家被突然发生的意外惊呆了，随之大喊大叫起来："于建辉、于建辉……"王斌看见于建辉在江水中挥舞了一下手，瞬间又被滔滔江水吞没。

王斌和战士们一路顺着独龙江边追赶，距离出事地点100米处，于建辉露了一下头，便出现了开头那一幕；距离500米处，于建辉浮出过水面一下；650米处，于建辉再次浮现水面……江边修路的独龙族同胞，闻讯纷纷放下手中工具，也跟随边防战士边跑边喊。

到了晚上，大家仍然拿着手电筒在独龙江边寻找于建辉；大家依然一遍又一遍呼喊着于建辉的名字。王斌立刻通过电台向贡山边防大队汇报。边防支队政委罗银昌和贡山县副县长和高黎,率领两个工作组从六库和贡山分别赶到巴坡,经过100多个小时搜救,到25日,出动警力80多人,上千名独龙族群众参与搜救,并与缅甸目肯嘎边防站取得联系,请求协助搜救,但最终未能发现于建辉。

据一位于建辉帮助送过一篓筐有五六十斤重生活用品的独龙族老大爷说,他做梦见到过于建辉了,这小伙子背着自己的行军装备,哼着歌顺着独龙江走了,他说远方还有需要帮助的人等着他哩。

高高的担当力卡山哟
高高的高黎贡山哟
独龙人民哟勤劳又善良哟
解放军和我们哟一家亲哟……

这是独龙族边防战士孔玉录最爱唱的歌。

1952年,孔玉录出生在独龙江一个小山村里,家庭的贫苦并没有限制住孔玉录从小立下的志向。因为在党和政府的帮扶下,他念小学的时候,来到独龙江的解放军叔叔们,不断帮助独龙族乡亲们,还教过他文化知识。他一看到那一身绿军装,觉得解放军是世界上最好最厉害的人,自己要是长大后能成为他们那样的人,该多好呀!

1968年,恰好部队急招当地独龙族青年,孔玉录便报名参了军,成为独立营独龙江连的一名边防战士。

那年,孔玉录正好15岁。

与大多数独龙族人不同的是,孔玉录虽然瘦小,但性格却活泼开朗,他还自己摸索学会了吹"来莫"(一种6孔直箫)。他常给战友们讲独龙族的故事,唱独龙族的歌谣,吹独龙族的曲调……深得战友们的喜爱。

战友小王高中毕业后入的伍,在当时可算是很有文化了,特别喜欢这个独龙族小伙,不但教他学习,还将一本《新华字典》送给了孔玉录。

孔玉录如获至宝，在字典空白处认认真真地写下：我的哑巴老师。随时随地带在身上学习，哪怕上山被蚂蟥叮咬得一身是血，都不忘学习。这让孔玉录进步很大，也更加明白了自己作为边防战士的使命与担当。

1970年，一位独龙族老汉巴普上山挖贝母时，一不小心滚落山坡，被荆棘和乱石刮破了脸和双腿，痛苦不堪。由于独龙族信奉鬼的传统，巴普认为，这个事情是由于自己在山上小解，而触犯了山鬼卜腊多，因而受到了惩罚，便忙着杀鸡祭鬼，不做任何治疗。结果，病情恶化，脸上、腿上的脓液不断渗出，发出阵阵恶臭，又招来苍蝇蚊虫，身上到处都是的脓包将巴普折磨得不成人形、奄奄一息。

孔玉录得知后，急忙向领导汇报，请求部队为独龙老人出诊医治。连队便派卫生员小刘，带着孔玉录做翻译同去。独龙江山高峡谷深，素有"隔山能说话，见面得半天"的民间俗语。两人一路艰难，走了几个钟头，才到达巴普家。

巴普开始非常反感卫生员来帮助自己治疗。为什么呢？因为他始终认为那是他触犯了山鬼卜腊多引起的灾祸，只有通过祭祀山鬼请求宽恕才能治好，看病吃药不会有什么用的。

孔玉录十分着急，坐在床前，拉着老人的手，用独龙话耐心地劝导老人家，说打针吃药的好处在哪里哪里，得让门巴（独龙语、医生的意思）给您看病，要不然病情再恶化的话，就会有生命危险。孔玉录一遍又一遍，亲切细致耐心地开导巴普老人，一会儿给老人喂水，一会儿帮老人家中火塘加柴，一会儿又跟老人举例子、讲道理。

就这样耐心地和老人磨时间，一分钟、两分钟、三分钟、十分钟、二十分钟、三十分钟……巴普老人终于被孔玉录的善意和诚挚所感动，答应让卫生员小刘看病治疗。临别时，孔玉录看见床上被子单薄，便把战友老方留给自己的毛衣脱下来，盖在了巴普老人身上。孔玉录还陪着小刘，按时来给巴普老人换药，很快，巴普老人的伤便痊愈了。

巴普老人一脸笑容，逢人便夸："解放玛姆嘎目！门巴嘎目！"

距离连队驻地20多公里的一个村子里，一位孤寡独龙族老人，丈夫早年病死，常常在村头喊着儿子的名字，盼着儿子回来。

有人说，她的儿子上山打猎摔落悬崖死了；也有的人说，不是摔死，是被山上的大熊吃了……但老人并不相信，她觉得她的儿子一定还会回来。

孔玉录得知这位老人的情况后，心中十分难过。同样是同族同胞啊，这位同族老人体弱多病，生活十分困难，丧夫丧子之痛又折磨着她……于是，孔玉录决定，一定要帮助这位万分艰难的独龙族老人。

只要有时间，孔玉录就到这位老阿妈家中，帮忙砍柴、挖地等，还陪着她聊天散心。在孔玉录心中，她就是亲人。平日孔玉录还会攒下钱，给老阿妈买香油、盐巴、茶叶等。战友邮寄给他的东西，他也不忘带来给老阿妈。有了孔玉录无微不至的关心，老阿妈脸上终于露出了久违的笑脸。

一次，孔玉录刚巡界回来，就赶忙跑去看望老阿妈，推开门，让他大吃一惊。老阿妈睡在床上，嘴里在喃喃自语，凑近一看，坏了，老阿妈正在发高烧，看着孔玉录，她费力地说："阿妈的儿子回来了、回来了……"

孔玉录心痛万分，强忍着眼泪，急忙给老阿妈烧水，并用湿毛巾敷在老阿妈额头上，又给老阿妈喂水喝。由于屋内只有几颗发霉的安乃近，孔玉录连忙又折跑到连队向领导汇报。一路上，老阿妈在病床上呼唤儿子的声音，萦绕在他耳边，让他心中很不是滋味，于是，又加快了速度赶回去。

连队领导马上派卫生员小刘背上药箱，随孔玉录赶往老阿妈家，几位战友放不下心，也跟随他俩同行。

战士们连夜赶到了老阿妈家里，卫生员小刘立刻给老阿妈打了一针退烧针，战士们忙着在火塘生起大火后，把老阿妈团团围住陪伴着她。不大一会儿，老阿妈的高烧便退了，大家才放了心。孔玉录也记不得是什么时候睡着的，大概是太累了，反正第二天一大早，他第一个醒来发现，战友们都东倒西歪躺在火塘边的木板上。

老阿妈醒来后，眼中噙满了泪水，说："孩子们，让你们受累了！"

孔玉录和战友们笑着说："阿妈，我们早就习惯了！"

转眼间，孔玉录参军4年。1972年12月，独龙江大雪纷飞，异常寒冷。大雪将独龙江唯一通往外界的人马驿道封堵住了，救助物资无法运进来，造成储备粮食、食品短缺，特别是肉食。再加上连队里的新兵小张感染疟疾，正在接受治疗，身体虚弱，急需补充营养。

大家十分着急，不知道该怎么办才好。

孔玉录也在琢磨这事怎么办才好。想了好半天，才拿定主意。

他对大家说："让我想办法去吧！我是本地人，这一带的路我最熟悉，我有几个亲戚就住在附近的村子里，他们养了许多猪，我可以去买几头回来，这样就可以解决问题了。"

大家觉得有道理，但也担心这种天气下出门行走有危险。

孔玉录安慰大家说没事，自己是本地人，这些路都走惯了。

刚出门，凛冽的寒风就往孔玉录脸上和身上刺。他裹紧了衣服，抬头看了看眼前的道路，心中又想了一个主意，不走大路，走小路。大路虽然好走，但是远；小路尽管危险，却近多了。这不，连队战友眼巴巴还等着自己把猪买回来呢；这不，患病的小张还等着补充营养呢；还有就快过年了，没有肉食，大家怎么过这个年……

想着想着，孔玉录便翻过了雪山，跨过了藤篾桥，越过了天梯……不久便到达附近的独龙村寨。

买猪很顺利，独龙族亲友们十分支持边防战士，帮着孔玉录将几头猪赶到了村口。亲友们本想留孔玉录住一晚再回去，但孔玉录坚持赶回去，他心中想："得尽快赶回去，天黑之前要是赶不回去，领导和战友们一定很担心。"

孔玉录找了一根竹棍，顺着大路赶着猪，看着这些猪儿膘肥体壮在前面撒着欢，他心中甭提有多高兴了。"猪儿啊，快走、快走、快快走……"孔玉录边赶猪，边自己编了曲哼唱着。

突然，独龙江上空乌云密布，雷声大作，倾盆大雨说来就来。一瞬间，这些猪被惊吓得四下逃窜。孔玉录也被这突如其来的情况弄得不知所措，慌忙四处去吆喝逃散的猪。

雨水湿透了孔玉录的全身，就连他的胶鞋也被石头剐蹭磨破直冒水。任凭他喊破嗓子，那些猪在惊吓中是不会听话的。怎么办呢？孔玉录心中越来越慌。他想到，如果这些猪都跑散了，自己空手而归，没有完成任务，怎么行？再说，这些猪可是连队度过这个寒冬的希望啊，还有病中的小张……孔玉录心中越想越着急，眼泪伴随着雨水唰唰地流。他四处叫唤着猪，终于找到了三头，并听到一个陡坡下猪的号叫声。

孔玉录急忙循着猪叫声往陡坡下爬去。就在此时，一个惊雷在天空炸了，震耳欲聋的雷声刚滚滚而过，山上的泥石劈头盖脸便滚落下来。刹那间，孔玉录还没来得及叫喊，便被滚石不断砸中，倒在了血泊之中。

直到第二天中午，路过此地的独龙族群众发现了孔玉录。几块大石头压在他的头上和身上，鲜血染红了四周的土石。他的手，似乎还指向连队的方向；他的嘴半张开着，全是血，他一定是想说什么。他是那么热爱自己的故乡独龙江，那么热爱自己的乡亲独龙族，那么忠诚于自己的岗位的一名边防战士。他没能说得出的话，就像独龙江河谷的杜鹃花，鲜艳美丽，静静绽放在不为人知的高山河谷，装点着这片原始苦难却充满无限希望的土地。

实际上，从边防战士进驻独龙江的那天开始，他们和独龙江，以及独龙族之间，无数鱼水深情的动人故事，就一直延续，从未间断。

他们中，有为被毒蛇咬伤的独龙族同胞吸出毒液的战士；有为被老熊撕下头皮的独龙族同胞，重新缝合的医助；有为独龙族同胞推广种植大棚，让独龙族人民第一次吃上新鲜蔬菜的官兵；有为独龙族同胞不再冻伤冻死，历经千辛万苦带领战士在高黎贡山搭建"救命房"的连队领导；还有亲自带领官兵为独龙族同胞将藤篾桥改造成为钢索桥（独龙族又称"通民桥"和"连心桥"）的边防部队领导……

太多太多感人的故事，几天几夜也讲不完；太多太多军民团结互助的往事，让人久久难以忘怀。就是这座中缅边境上祖国坚固的边防堡垒，1984年8月被民政部、解放军总政治部授予"独龙民族的贴心人"荣誉称号；2002年10月，被中央精神文明建设指导委员会授予"全国精神文明建设先进单位"；2005年5月，被中华人民共和国国务院授予"全国民族团结进步模范集体"……

无数国家荣誉的背后,是无数边防战士前仆后继付出的青春、热血、生命与信仰!说到底,这就是中国共产党,立志改天换地为边疆各族人民的发展和幸福,呕心沥血创造着的一个个机会的具体体现。

再次走进独龙江边防派出所,原来两层楼的木板瓦房,历经岁月风霜,墙体已经斑驳发黑发黄,但墙上"扎根独龙江,一心为人民"10个大字,却依然鲜红耀眼,那是中国共产党的边防战士,对这片土地和世代生活在这片土地上的独龙族人民,最为庄严的承诺!

尽管现在,独龙江边防派出所,已经建成了一幢十层楼高的现代综合办公大楼。但每一年、每一批驻守这里的边防卫士,都要重新把这10个大字粉刷一遍,目的就是要"不忘初心、牢记使命",进一步将独龙江边防卫士的优良传统继承和发扬光大。

抚今追昔,边防战士们依然固守在祖国西南边陲,依然为保一方平安与幸福,孜孜以求、舍生忘死。这是新时代一曲军民团结的赞歌,也是中国共产党的优秀儿女,与当地独龙族群众结下的鱼水深情。

奔腾的独龙江见证,巍峨的高黎贡山和担当力卡山见证,勤劳善良的独龙族同胞见证,无数双充满希望的独龙族孩子们的纯真眼睛见证:

扎根独龙江,一心为人民!

被打开的河谷

"传给我、传给我……"

几个孩子正在绿色的可移动式篮球架下玩耍,稚嫩的童声,在四周苍翠的群山环抱中回荡。

"段老师,您看,我们学校的孩子们玩得多开心哪!"

年轻的李嘉玺老师笑着对笔者说。

"这些孩子全部是独龙族的吗?"

我指了指操场上的几个小朋友。

"那当然了,都是附近独龙村寨的孩子,我们学校现在有73个学生,学前班31人,一年级16人,二年级26人。"

李老师又朝着那几个玩球的孩子看了看,用手朝孩子们比画着什么,面带自豪。

"这个小学有多少老师,都是什么情况呢?"

"现在共有4个,包括傈僳族老师乔亮枝,她是1995年出生的,教语文、道德与法治、卫生;我是1991年出生的,负责教数学、科学、体育。还有两位独龙族代课老师,班小慧老师也是1995年出生的,负责学前教育,语言和音乐课;另一位是1992年出生的李梅英老师,她教美术、行为、游戏。"

"那你和乔老师怎么想到来这里教学?"

"我们都是考取的特岗教师,党和政府对独龙江地区的教育十分重视,有倾斜政策。这不,您刚才也看到了,我们学校的硬件设施很好,都是统一订制,资金国家完全给保障,标准化了。"

"哦,那怎么学校只有学前班到二年级?"

"是这样,2014年这个学校被撤并过,2018年,为落实就近入学政策,又恢复了。"

"那怪不得刚才看的教学桌椅、学生宿舍床铺等,都还崭新。"

"是啊,段老师,这些年党和政府可关心边疆少数民族学生了,全部按照现行义务教育阶段管理,学生的学费、杂费、生活费等,有些全免,有些每个月固定补助,每天还有营养餐,包括牛奶、鸡蛋、水果等,就拿早点来说,饵丝、稀饭、面条、米线……学生可喜欢了。"

"那当地独龙族家庭怎么看待娃娃的教育?"

"现在独龙族可不比以前了,思想都在进步,和外面完全接轨了,对娃娃的教育相当重视、相当支持!"

"那你有没有想过离开?毕竟这里还是偏远地区,也比较艰苦啊。"

"我老家原本在楚雄,德宏师专毕业后,我考取特岗教师,还在独龙江龙元小学教过,虽然我是汉族,但是这些年在独龙江和独龙族相处,很愉快。看着这些孩子越来越开朗,越来越上进,我心中曾经动过的离开的念头便被打消了。独龙江过去十分艰苦,教育也比较落后,但是党和政府相当支持这里的教育教学。您看,我们这里可能很快还会有两位新老师调来,所以,现在我觉得要是哪一天从这里调走,还真是舍不得,对独龙江和独龙族学生,我心中是有感情了。"

这是 2020 年 9 月 12 日早上,在独龙江最北部的迪政当小学内,我随机采访了李嘉玺老师的对话和场景。谈话后,恰好到中午饭时间,我提出想到学校食堂看一看的想法。不知道为什么,我似乎觉得能从孩子们的伙食上寻找点什么。

李嘉玺老师在前方带路,走过教学走廊,拐了一个弯,我便看到一大群独龙族的孩子,坐在宽敞食堂里蓝白相间的餐桌边,像小鸟一样叽叽喳喳边吃饭边说笑。

我特意走到打饭菜的窗台前,看见里面桌上放置着三个大不锈钢菜盆,分别装有做好的蒜苗炒肉、洋花菜和番茄鸡蛋汤,看上去学校厨师手艺挺好,这些菜和汤热气腾腾、新鲜油亮,令人垂涎。窗台外侧下面放置着一个不锈钢大圆桶米饭甑子,不限量,孩子们可以任意自行打饭,管够管饱管足。

这时,一个身穿黑色 T 恤的独龙族小男孩,端着一个不锈钢饭碗,走了过来,从圆桶大甑子里面用一把白色的塑料勺盛饭。

我看到他的碗里还有很多菜。

他似乎也看到我在看他,朝我不好意思地笑了一笑,一双大眼睛特别明亮。

这让我心中不觉一颤,瞬间涌动过一阵暖流。

这和我早先从资料上了解到的和采访前想象的独龙族孩子完全不一样。同时,我很吃惊,如果不是特意告诉你,这里是独龙江北边最偏远的小学校里的独龙族小学生的话,你根本无法判断这里的孩子的学习条件和生活条件,跟城市里的究竟有什么区别。特别是看到孩子们脸上的笑容和活泼开朗的言行,和城市同龄的孩子们,几乎完全一样。

他们的眼睛,是那么纯净自然。

我不知道,这么一个受尽苦难民族的后代,到了今天,在这偏远隔绝的大山深处,是怎么做到与时代同步、与现世同行的?

采访结束,在刚跨出迪政当小学大门时,教室里蓝白相间整齐的现代化标准课桌,学生宿舍高低钢架床下五颜六色的脸盆行李箱,学前班天蓝色单人小床上崭新鲜艳的铺盖,甚至于学校厨房边高高码放的劈好的干净柴火……都让我感觉到特别亲近,难以忘怀。

这所学校深红色的铁质大门右边,赫然挂着一块不锈钢校牌:贡山独龙族怒族自治县独龙江乡迪政当小学。黑色的字体镂刻在光滑锃亮的金属表面,显得特别气派。如果走远一些观看,迪政当小学三四层彩色主教学楼在整个村子里,绝对是最高最好最打眼的建筑,仅从这一点就可以看得出,这是一个充满着希望的地方。

教育,的确是一个国家的希望,同时也是一个民族的希望。所以,我为之深深感动的是,独龙族在教育上一点儿也不落后。这意味和决定着,这些独龙族孩子能有一个公平的机会参与未来的竞争,这是中国共产党孜孜以求的为各少数民族创造的重大机会——教育的机会。这也是其他任何东西都无法替代的新时代的馈赠。

这一点,从孩子们的眼睛里完全可以看得出来。因为获得了良好的教育机会，独龙族孩子们一双双对未来充满希望的眼睛，就像独龙江夜空闪烁着的明亮星星，照亮着一个曾经苦难民族的前进道路……

然而，今天独龙江教育所取得的这一切，是多少代独龙族人梦寐以求的结果，从解放前，独龙族只有孔志清和黎明义两个人会说汉话，到如今，涌现了陈清华（医学博士）、杨将领（语言学博士）、陈建华（民族法学博士）三位博士，以及无数的硕士、本科、大中专毕业生。

这翻天覆地变化的背后，是在中国共产党的帮扶下，多少代人努力奋斗的结果啊！独龙族"老县长"高德荣，曾经说过这样一段发人深省的话："独龙族是个'直过民族'（从原始社会末期直接过渡进入社会主义社会），但是教育不能'直过'。实现独龙族的梦，根本是教育。"

"老县长"高德荣所指出的独龙族的梦的根本，还得从1952年说起。

和桂香和杨世荣都是中国共产党派驻独龙江的第一批工作组成员。杨世荣是组长，和桂香则身兼数职，既是独龙江区干事、采购员等，恐怕还是第一位兼职教师。和桂香知道没有任何条件可讲，因为是党派出去的干部，没有后路，只能豁出去，自己想办法，埋头拼命干，因为能到独龙江支援的有能力的干部极其有限，人手实在是太稀缺。

他记得自己的兄弟、当时任贡山县县长的和桂芳（后改名和耕）就和自己深谈过，独龙江和独龙族，要是没有中国共产党，就算再过10年、20年、50年，甚至是100年，也没办法发展得起来。如今，党和政府下那么大的力气支援独龙江，就大有希望，却也不是仅仅依靠一代人就能真正发展得起来的，因为有历史、自然和现实等种种原因，但总得有第一批人去做那里的工作。

第一批，还意味着一切得从零开始，甚至得自己因地制宜想办法、找出路。

其他方面这样，教育更是如此。

在这之前，独龙江地区还没有过任何学校，独龙人更不知教育为何物。中华人民共和国成立后，毛主席领导的中国共产党和各级人民政府，就在思考这样一件大事：如何发展少数民族地区的教育事业？毕竟开办学校，关乎民族素质提高，关乎改变贫穷落后面貌，关乎一个个少数民族未来的前途命运。想要贯彻执行好党的各民族"平等、团结、进步"以及"共同繁荣"等政策措施，帮助各少数民族地区办好教育，成为那个时期最核心的工作之一。

所以，1952年3月，创办一所小学的想法，在独龙江区公所被提出来并确定下来。

由于时代久远，无法找得到当时究竟是怎样围绕着建一所小学展开讨论的，但有一点可以肯定的是，独龙江盼望学校，独龙人盼望上学，党和政府更希望通过发展教育，从根本上改变独龙江和独龙族。而和桂香作为第一个当地资料有记载的老师，被党和政府寄予厚望，为此，独龙江区公所还专门拨出一间简易草房作为校舍，创办了独龙江地区的第一所小学——巴坡小学，并开始招收独龙族学生。

独龙江地区教育的星星之火，就这么第一次被点燃了。

1953年，为了方便办学，发挥其职能，巴坡小学搬迁到条件更好的孔当行政村，学校更名为孔目小学（后为孔当小学）。之后，党和政府为进一步加强全独龙江地区的教学，陆续派遣唐嘉伦等老师来到独龙江。1956年，为了使初小毕业生能就近在独龙江区继续升学，在距离独龙江区政府所在地巴坡3公里处，由唐嘉伦老师等重新筹建巴坡完全小学。后来，又由丰耀昌、李经义分别在献九当和龙元村，创办了献九当小学和龙元小学；1960年冬，驻守独龙江的边防部队民族工作队，还在马库创建了第一所马库军民小学（之后分别更名为马库警民小学、马库边境国门学校、马库小学）。

1957年，在碧江参加全怒江州教师整训的杨茂（纳西族）老师没有想到，自己即将成为巴坡完小的第一任校长。

1958年5月，整训刚结束，杨茂就接到上级的通知，会同丰耀昌、李春山、李崇智、杨春亭几位老师，一起奔赴独龙江任教。

接到正式分配通知的时候，杨茂心中十分矛盾，一来，党和政府把独龙江教育事业重任交给自己，是对自己的考验，也是自己报效祖国，为独龙江培养人才的大好机会，但是，作为教师，自己并不懂得独龙语，听说独龙江地区的孩子都不会说汉话，也听不懂汉语，要是进去了教不好，辜负了党和政府的重托，那该如何是好？

杨茂很着急，但时间不等人，接到通知后，就得赶紧准备，和其他老师一同徒步进入独龙江。

那时从碧江到独龙江，可不是闹着玩的，即使日夜兼程，光从碧江到贡山县城丹当，杨茂等5位老师就走了5天。在贡山办事加休息了2天后，于6月2日开始走进独龙江。

按照当时的规定，不允许请民工帮助背教师的东西，但由于学校的教具、课本太多，县委特批，专门请了两位藏族民工帮助背送。

就这样，5位老师加2位民工，一行7人，各人背着自己的行李、伙食和锅碗瓢盆等，一路翻山越岭，经过无数艰难险阻，又经过5天的长途跋涉，才到达独龙江区公所驻地巴坡。

一路劳顿，大家都疲惫不堪。经过不到两天的休整后，丰耀昌、李崇智、杨春亭各自前往分配的村寨小学；杨茂和李春山留在巴坡完小，筹办招生开学等事宜。

杨茂一看，巴坡完小还在建设之中（场地一片荒芜，只打了石脚），但开学时间已经很近了，便和老师们商量决定，一边招生，一边等盖学校。

当地党委和政府非常支持学校教育工作，独龙族老百姓们也很上心，经过简单考试，一共招到了67名学生，分编为3个班。

上学倒是好事情，但还有一大难题，就是当地独龙江家庭普遍缺粮，导致住校的学生无法带粮食到校。

没有吃的那怎么能行？杨茂和老师们商量，立即向贡山县委、县政府报告。县委、县政府对此事十分重视，很快就特批了一批学粮补助。但得学校自己想办法运送进来。

杨茂便从学生中挑选了23名年纪稍微大一些的同学（大的18岁，小的14岁），亲自带着这些同学，赶往县城背粮。

一路上，既要克服沿途极端险峻恶劣的交通环境，还得随时注意学生的人身安全。负重走路和平时甩手走路可不一样，更何况他们走的是1964年人马驿道开通之前的荒僻之径。真不知道杨茂老师是怎么带着这些学生，把粮食从贡山县城背运回独龙江巴坡完小的。这在今天看来，真是无法想象的事情。

但是杨茂老师他们做到了，背了11天，背回1000多斤粮食。

或许人生真的需要一种信仰之力，当时的这股信仰之力，必定就是大家心中对党和祖国的那颗火热的报效和感恩之心吧！

由于学校开学时校舍仍未竣工，为让独龙族孩子们早一点能正常上课，杨茂和老师们率领同学们一边上课（白天在区里开会的大棚上课），一边上山砍竹子、割茅草（起先是礼拜天，到8月底，为赶工期，早上上课，下午劳动）。

在带领大家建设校园的过程中，杨茂老师遇到过不少危险。

有一次，杨茂去拉竹子，不料被马蜂蜇了13针，全身肿痛难忍，甚至出现了晕厥，要不是得到医生及时打针治疗，后果不堪设想。还有一次，江水上涨，将学校建房用的木料冲走了三四根。杨茂见状大急，想都没多想，就扑通一声跳进江水中，湍急江水让岸上的独龙族群众和学生十分担忧，好在杨茂身手敏捷，奋力打捞后，及时游上了岸。

杨茂带领大家，在危险与艰难并存的3个多月中全力以赴，终于在当年12月底，建好了校舍，学生得以正式搬进学校上课。不久后，3位新老师也被分配到了学校，进一步加强了巴坡完小的师资力量。

1960年下半年，杨茂老师被任命为巴坡完小第一任校长，并负责独龙江区全区的教学工作，他感觉到肩上的责任更重了，同时也下决心，一定要带领老师们把独龙江的教育事业搞上去。

杨茂和外面调进来的老师们遇到的第一大难题，就是语言交流问题。为了解决这个根本性的问题，杨茂和老师们既当老师又当学生，教学之余，也认真学习独龙语。

由于独龙江历史上没有过学校，独龙族群众历来也没有上学的习惯，加之不少学生远离家中，和父母互为想念，便出现了学生不到放假就跑回家，长时间不到学校上课等情况。为了不让独龙族孩子辍学，稳定独龙族学生和家长的思想，杨茂和老师们还利用课余时间，走村串寨，进行家访。

某天的一个黄昏，杨茂到一家农户家访，盛情难却，喝了不少独龙族自酿的米酒，返回途中，脚下一滑，坠向独龙江，多亏被路边的树丛挡了一下，捡回一条命。那时，杨茂刚25岁，加之每年因为工作还得到贡山县城5趟以上，觉得自己作为学校负责人，喝酒不但误事而且危险，便下决心戒了酒，从那以后，果然做到了滴酒不沾。

在杨茂老师的记忆里，对于小学阶段的独龙族学生，党和政府也是费尽心力，从各个方面考虑和给予照顾。

首先，从内地选送一批又一批优秀的老师到独龙江支教；其次，对独龙族学生发放助学金，发给寒衣补助；再次，教科书、纸张笔墨等实行全部免费供应。最为重要的是，为了保证独龙族学生成才，在独龙族学生小学毕业之后，党和政府根据成绩，把他们分别送到贡山中学、碧江完全中学、云南民族学院附属中学，甚至是中央民族学院附属中学等继续深造，而且全部学习费用由党和政府负责。学生最终毕业后，国家给予特别照顾，一般都分配工作，为的就是让独龙族从教育上改变个体命运，从改变个体命运来改变整个独龙族的命运。

这是中国共产党对包括独龙族在内的边疆少数民族，一以贯之的关怀政策。共产党是真正的实实在在的少数民族的贴心人。

1959年7月，独龙江独龙族第一代小学生，在杨茂等老师的辛勤培养下，从巴坡完小顺利毕业了。小学教育当然是一个人成长的最初重要阶段，但光有小学教育的努力是不够的，对于独龙江地区来说，更是如此。

也就是在这一年，丽江师范学校毕业分配来了陈万金、杨万里、李庆荣、字德亮、熊润宝、沈正6位老师，使得独龙江地区师资力量大大增强。李崇智老师还在当年创办迪政当小学。这样算来，当时独龙江地区共有1所完小，4所村小，在校学生180多人。截至1965年，小学增至7所，共有410多名学生。

小学阶段的教育布局基本完成后，接下来是更为重要的初中阶段。这一点，党和政府对独龙江地区也早有计划和安排。

1968年至1969年，受到党和政府办教育热潮的影响，边疆少数民族地区也开始了"把学校办到贫下中农家门口""读小学不出村，读高小不出大队，读初中不出公社，读高中不出县"的办学模式。

在独龙江地区，小学一度发展到了16所，高小5所，教职工猛增至28名，在校学生达到490多人。在完成小学布点的同时，1969年，根据党和政府安排，和铨、和良、和政策、李春山等老师，在孔目小学开设了初中班，也就是后来的独龙江中学，即贡山独龙族怒族自治县第四中学。

陈万金1956年9月考入丽江师范初师五班，第一次在地理课上，听到金国龙老师讲道："我们的祖国地大物博，历史悠久，江河纵横，山川壮丽。就以我们学校西方为例，有金沙江、澜沧江、怒江、俅江（独龙江），直到边界恩梅开江，山水并列无边无际……"

陈万金记住了这些大江的名字，同时对这些大江充满了向往，因为这些大江就在脚下这块土地上，就在几乎看得见摸得着的丽江西部。他想去看一看，这些日夜奔腾的大江，究竟有着怎样的面貌。

1959年8月，机会来了。陈万金刚毕业，就带着一个美好的愿望，响应"听从党的召唤""服务人民的需要"，自愿报名并被分配到了贡山县。

经过16天的长途跋涉，陈万金带着行李，渡过了梦想中的金沙江、澜沧江、怒江，再翻越碧罗雪山和高黎贡山，终于在当年9月6日到达了贡山县第四区（后来的独龙江乡），第一次看到了像流动的翡翠一样美的独龙江。作为教师，陈万金一直待在独龙江22年，直到1981年4月才离开，可以说，听闻并亲身见证了独龙江教育所走过的艰难道路。

在陈万金的记忆中，独龙江中学创建初期，由于办学经费十分紧张，交通运输极不方便，再加上找不到工匠和专业施工队伍，校舍建设的方方面面，全都得依靠全体师生动手解决。

大家在山上找木料石料，从深箐里引水修沟，平地基修操场，盖校舍和简易住房，砍来竹子，围作篱笆，搭作便床。1个多月后，艰辛的劳动换来了成果，共建成一间木楞房和五间篱笆房，当成教室和宿舍用。

由于教师队伍不完备，很多老师身兼数门课。语文、数学、政治、珠算、音乐、体育、常识等课程，独龙族学生学得很认真、很努力。为了解决学生伙食问题，学校自己养猪、种菜，加上各个生产队转出的基本口粮，基本上能保障一碗苞谷饭，外加一碗青菜汤或者一碗茶水。勉强能够维持学生的基本伙食。

但是，到了1969年底，由于学生人数增加，再加上各村寨缺粮，生产队没能按时转粮过来，口粮逐渐出现了短缺。作为学校负责人，和良老师赶紧向公社革委会（区政府）连续反映，争取到几次回销粮，学生尚能半饱半饿坚持上课。

1970年2月之后，连回销粮都没有了，这下麻烦可大了，学生只能喝粥，又坚持上了一个星期的课。

如果再没办法解决学校口粮问题，独龙江中学将面临全面停课！

这下可急坏了老师们。和良老师把这个情况如实上报。

陈万金作为学区负责人，立马赶到学校召开师生座谈会，共同商量怎么解决眼前的难题。

不料，座谈会上，学生代表孟新明流泪说的一段话，立刻激起了大家的情绪，引发了强烈的共鸣：

在我们独龙族历史上，仅有两个人到内地读过小学（孔志清和黎明义），独龙江贫穷落后的根子就在于没有文化，不懂科学。我们的祖先住岩洞、吃草根，靠刻木结绳记事，刀耕火种生产，过够了半原始的生活。如今，毛主席、共产党把我们独龙族人民从水深火热的苦难中拯救出来，开办了学校，千方百计帮助我们摆脱落后，走向光明。我们不走回头路，我们要读书。

孟新明同学把"读书"这个词的声调拔得很高，大家一下子觉得说到了心坎上，发出一阵阵应和之声："对，我们要读书，我们要读书……"

老师们也随之激动起来，其中一位老师代表全体教师发言说："是党把我们培养成为光荣的人民教师，我们的最大任务是把科学文化的种子播在独龙江畔，培养有文化有知识的独龙族新一代。我们不能辜负党的重托和独龙族人民的期望，要想方设法与学生一道，把学校办下去。"

陈万金看到此情此景，听到学生和老师的肺腑之言，也忍不住潸然泪下。他在会后赶到30公里之外的区里汇报。

区领导一听，这还了得！教育可是关系到培养独龙族下一代的大事，决不可马虎，更不能让学校因此停办，即使没有指标，也在商量后立即预拨800斤回销粮给学校应急，帮助学校渡过难关。

与此同时，学校老师们纷纷将自己的口粮、油脂交到学校食堂，誓与学生共进退，与学生一起同吃、同住、同学习、同劳动……

由于党和政府的关怀，以及全体师生的共患难，独龙江中学终于起死回生，独龙江中学校园内，又是一片琅琅读书声。

一首代表独龙族心声的民歌，在同学中不断传唱：

> 共产党像太阳
> 深山老林全照亮
> 金鹿走出老森林
> 独龙人找到了新爹娘
> …………

1971年后，党和政府高度重视独龙江中学的建设和发展，不但提高了在校学生的助学金，保障了口粮，而且调整充实了师资队伍，没有再发生过因为困难面临停课的事情。到了1979年，为了全面提高教学质量，贡山县教育局对所有中学都进行了调整，独龙江中学也被划并入贡山一中，完全融入了更加规范的教育体系。独龙族学生也得以在更好的教育环境中走出大山，成为党和政府关心扶持下，新一代有知识有文化的独龙族人。由于获得了最大最核心的竞争机会，独龙族彻底摆脱了受困千百年、贫穷落后遭受欺凌的宿命。

就在 1969—1979 年，独龙江中学办学的这十年间，总共招收了 8 个班，毕业有 209 人，使得独龙江地区每个村寨都有了第一位初中毕业生。

据不完全统计，这十年的历届毕业生中，54 人得以继续深造后成为国家工作人员（1 人在云南省社科院、4 人在怒江州直机关、18 人在县级机关、31 人在乡级部门，以及多人任领导干部和各类专业技术人才）；155 名回乡知识青年，大部分成了村干部、卫生员、技术员、致富能手。

教育的确在极大地改变着独龙江和独龙族。"老县长"高德荣所说的独龙族的梦的根本，在党和政府的帮扶下，仍在继续。

如今的乡政府所在地孔当，独龙江日夜奔流，从孔当楼房密布的鲜艳色调边缘穿插而过。与独龙江水欢快的流淌声呼应着的是，不远处一所崭新学校里的琅琅读书声。

这便是独龙江乡迄今为止最漂亮的一幢建筑——独龙江九年一贯制学校——独龙江中心学校。这或许也是"老县长"高德荣无数次梦想的学校，在 2006 年，这所九年一贯制学校落成了（2012 年，随着"集中办学"的全面推进，独龙江初中部全部撤并到贡山一中，独龙江九年一贯制学校，改为独龙江中心完小。2013 年 9 月，由于独龙族人民群众的强烈要求，独龙江又恢复初中招生）。

走进这所占地面积为 16180.1 平方米、校舍建筑面积为 4084 平方米的学校，围墙外画满了图画。这些催人奋进的画面，每天都伴随和围绕着奋发努力的同学们。

校园内，黄色的墙体上，还镶嵌着独龙族的图腾——独龙牛牛角。这是力量和希望的象征，我想这大概也是想寄希望于这些独龙族孩子吧！

教学楼橙红色的方形柱廊内，红色镶边的门窗显得十分耀眼，部分地方，还配有蓝、绿、紫、黄、白、红、黑相间的条纹状装饰，像极了独龙族的独龙毯，宛如一条条彩虹般美丽而耀眼。

相对于历史上低矮、破败、简陋的校舍，眼前的这处校舍，既有现代感，又融入了独龙族传统元素，特别是房顶立体三角形的尖斜装饰，一下子把整栋三层的教学大楼拔高了，和不远处的绵延青山，构成了一幅独特的风景画卷。而房顶表面深红或者橙黄色的瓦片板材，细细密密地有规则地镶嵌铺开，宛如童话中，通向某个神秘美好世界的房顶一样，闪烁着希望与梦幻之光。

这就是独龙江乡最好的建筑，留给了教育，留给了学校，留给了一个个满脸充盈着笑意的独龙族孩子！

这些孩子，和以往独龙江老照片上，那些衣不蔽体、脏兮兮的孩子一比，简直就是天壤之别。中国共产党一以贯之的对少数民族帮扶政策和理念，用无可辩驳的事实说明了一切，那就是独龙江腾飞了。孩子们眼睛里再也没有困难和忧愁，有的只是欢乐和希望。

在校园里，还有一幢最高的建筑，那是学生宿舍，旁边赫然出现一群群孩子，在两个篮球场上打篮球。

建两个标准篮球场，对于城市或者大部分乡村来说比较简单，但对于独龙江这种到处都是高山深谷，找一块平地都非常困难的地方来说（可对比巴坡烈士陵园的修建来看），简直是十二分的艰难和奢侈，但独龙江中心学校做到了。因为有了党和政府的帮助与牵线搭桥，中国篮球明星姚明发起的"姚基金"出资帮助修建带有篮球场的学校，所以，学校门口还挂着一块闪亮的牌子：独龙江姚基金希望小学。

因为有了篮球，就有了不一样的快乐，中心学校还成立了"小小梦之队"。

2015年8月，受"姚基金"希望小学篮球季的邀请，小小梦之队奔赴西安参加比赛，独龙族孩子们还获得了第三名的好成绩。

篮球，为独龙江打开了一道通往中国内地和通往世界的窗口，独龙族的孩子们得以知道，篮球界有中国的"巨人"姚明、美国职业篮球联赛（NBA）、篮球巨星"飞人"乔丹、"小飞侠"科比……

不仅如此，校园里还有操场、乒乓球桌、排球网……甚至还有一片绿茵茵的足球场。另外，还设有初中部高配置实验室三间；初中、小学计算机室各一间（每间有85台电脑）；图书室一间（共有藏书25657册）；少先队活动室一间；教师备课室两间；24套多媒体一体机白板教室配录播室一套……这些配套硬件设施，让整个学校焕发出勃勃生机。

回顾解放前，这里还处在原始社会末期，连基本的人类文明都没有，短短70多年，独龙江像是换了人间。孩子们在《约多美》等现代音乐的伴奏下，做起了节奏感十足的课间操，这和北京、上海、广州、深圳等任何一个大城市的校园比较，又有多少差别呢？

关于独龙江地区的教育发展，贡山县教育局的傈僳族老师李春富在接受笔者采访时，说过一件特别让人难以忘怀的事。

出生于1988年的李春富，毕业于云南师范大学文理学院，作为特岗教师，2014年9月在独龙江中心学校任教，主要教初中语文。

在他任教的这个学校，除了独龙江的独龙族学生，还有一些来自邻邦缅甸独龙族的学生，其中有一个学生名字叫巴荣山。

让李春富感到吃惊的是，有一次，他听见巴荣山在五年级二班的教室里用独龙语唱《没有共产党就没有新中国》。

于是，李春富便走进去，和巴荣山交谈了起来。

"你知道这首歌的意思吗？"

"知道啊，中国有共产党，有共产党才有新中国，所以中国现在真好！"

"那你说说，为什么中国好？"

"中国有公路，我的家乡缅甸马库嘎，至今都没有通公路；中国有电，马库嘎也没有电，偶尔只能用水轮发电机；中国的学校，可以免费学习还有生活补助，缅甸的学校可不是这样；中国的独龙族，政府各方面帮助，生活幸福，缅甸的日旺族（独龙族在缅甸的称号）没有人管，生活普遍十分困难……"

"你今年多大啦？"

"13岁。"

"13岁不是该上初中了吗？"

"没有，我原来在缅甸读四年级，过来中国马库小学，重新读一年级。"

"这是为什么?"

"我想学普通话,所以只能从一年级开始重新学。"

"这岂不是有点可惜。"

"能到中国读书已经很好了,我可以重新开始学习。"

"怪不得你原来在四年级二班,就像长颈鹿在动物园,你的身高在同学中,有点鹤立鸡群的感觉。"

"嘿嘿嘿……"

"能给我讲讲你家里的情况吗?"

"我妈妈在那边也是一位老师,但已经离开人世,现在我家里还有6个兄弟姐妹,其中3个哥哥,2个姐姐,1个弟弟,大姐是个医生,二姐正读9年级。"

"那家里的经济状况如何呢?"

"我妈妈在世的时候,一个月的工资换算下来,大概合人民币1000元,但妈妈去世后,就没有收入了。"

"那你现在一个月的生活费是多少?"

"家里从来就没有生活费。"

"你多久回一次家?"

"一个月回家一次。"

"从学校到家,来回需要多长时间?"

"假如有钱,从三乡到马库需要坐车2个小时,再步行3个小时就到家了;若是走路的话,三乡到马库最快需要1天,再走3个小时才能到家。"

"我看现在班上很多同学都时兴玩手机,你有没有想过有一台手机?"

"没有想过,我也没有手机,手机是高档消费品,还会影响学习,我不想玩。"

"那你平时课余时间都干什么?"

"课余时间我就喜欢踢足球,踢足球可以锻炼身体,也不需要浪费钱。"

"你有没有想过逃跑或不读书?"

"没有想过,我来独龙江九年一贯制学校就是来读书的,我一直没想过逃跑，只想把书读完，我觉得读书很快乐，能有这样的机会是我的福气，我要珍惜。"

李春富曾于2015年到过马库中缅边境41号界桩，界桩旁是羊肠小道，通往广袤的原始森林。这条路是中国和缅甸互相往来的一条生命线。而巴荣山所在的"马库嘎"村，至今没有公路，也没有通电，地理位置相当偏僻，居住和生活条件十分贫困。

巴荣山家里放置有一台相当老式的电视机，偶尔只能用水轮发电机，但还可以收看中国的中央电视台。巴荣山在中国求学的这几年，见识到了独龙江同族同胞生活的巨大变化，所以，非常羡慕。中国共产党对独龙江独龙族的帮扶，让中国境内的独龙族，不仅摆脱了持续千百年的原始贫苦，而且竟实现了全乡全族整体脱贫，走向乡村振兴的巨大跨越发展。缅甸就没有办法比了，依然封闭落后艰难，不可能有任何政党像中国共产党那样，一心帮助独龙族；更没有任何国家像中国一样强大，不会让自己的任何一个少数民族掉队……

因此，在巴荣山幼小的心里萌生了8个字：中国强大，人民幸福。

巴荣山家的经济来源，主要是靠卖董棕粉、竹篮、鱼、重楼等。如今，在中国党和政府的帮助下，缅甸独龙族也从马库引进了草果苗，满山坡都铺满了草果。

在20世纪八九十年代，巴荣山记得爷爷奶奶那一辈人，只能将董棕做成粉当食物。

巴荣山的爸爸，通常一年上山一次，找到树高20米、直径大约10—20厘米的董棕树，砍倒，然后用刀子把外皮削去，留下可食用的髓部，再背回家，把髓部剁碎，用器具捣碎或用脚（穿雨鞋）踩碎。踩的过程中要大量地加水，直到踩时没有流出黄色的水为止，之后，用碗等器具进行沉淀，去除表层污秽，晒干便可食用。

加工董棕粉比较麻烦，从砍树到食用需要经过8—14天。在缅甸，一斤董棕粉可以卖20—30元，到独龙江三乡则可卖到40—50元。由于董棕粉具有很好的食用和药用价值，在中国属于二级保护植物，不允许砍伐，所以市场一直供不应求，这便给巴荣山等缅甸贫困学生家庭解决了吃饭的大问题，带来了便利，缅甸学生在中国上学，完全享受和中国学生一样的待遇。

就在 2021 年 3 月，当我补充采访李春富老师时，他给我发来了一份关于缅甸学生的表格。

这份表格，是 2020 年基于全球新冠肺炎疫情，贡山县教育局落实填报缅甸籍学生的详细情况表。

表格中对每一位缅甸学生的记录，让人深为感动。习近平总书记所说的大国担当，从云南边疆少数民族地区教育这个最小的窗口，完全验证了这句话绝非空话套话，而是中国共产党和中央人民政府实实在在的行动！无怪乎在马库国门小学的墙上，赫然写着 10 个大字：教育无国界，大爱无亲疏！

当然，这一切都是中国共产党历年来民族政策的进一步延伸，允许缅甸的学生过来上学，已经是极大的国际人道主义，还让缅甸学生享受与中国学生一样的义务教育优待，甚至在全球新冠肺炎疫情肆虐的情况下，时刻关注着到中国来上学的缅甸小学生们，不能不说，放眼世界，没有哪一个政党和国家能够做到。所以，在巴荣山等缅甸学生眼中，中国共产党和中国政府就是好，他打心眼里一遍又一遍地想在任何地方，用独龙语和汉语高唱这首本属于中国人民的歌：《没有共产党就没有新中国》。

独龙江的教育事业就是这样，在中国共产党和各级政府的大力扶持下蒸蒸日上！

除了独龙江中心学校之外，龙元村教学点占地面积为 2057 平方米（校舍建筑面积为 502 平方米）；巴坡村教学点占地面积为 2768 平方米（校舍建筑面积为 550 平方米）；马库村教学点占地面积为 1354 平方米（校舍建筑面积为 1280 平方米）；迪政当教学点校舍面积 1228 平方米，献九当教学点建筑面积 571.12 平方米。全乡学校占地总面积为 23587.1 平方米（校舍建筑总面积为 8215.12 平方米）。

截止到现在，独龙江乡幼儿园建设工程 2013 年 9 月竣工并交付中心校管理，在 11 月 20 日正式开班；投入 300 多万元的马库边境国门学校，于

2015年9月26日正式开班；投入500多万元的迪政当学校，于2018年9月1日正式开班；投入300多万元的献九当学校，于2019年9月1日正式开班……

在师资力量配备上，独龙乡全乡现有在编在职教职工69名，专任教师68名，事业工人1名，小学教师44名（包括幼儿园2名教师），中学教师21人，幼儿园教师3名，独龙族教师7人；8名特岗教师，10名临聘教师；后勤工作人员24人，置换老师3名，"姚基金"支教1名。

全乡共设有20个中小学教学班，其中，中心校15个教学班，小学10个教学班，初中5个教学班，巴坡小学1个，龙元小学2个，迪政当小学2个。全乡幼儿园共有7个教学班，其中，中心校2个，献九当小学1个，龙元小学1个，迪政当小学1个，巴坡小学1个，马库小学1个。全乡学生总人数833人，其中中心校学生560人（小学373人，初中187人），校点总人数89人（其中巴坡小学15人，龙元小学34人，迪政当小学40人）。中心校和校点小学与初中总人数648人；全乡幼儿园学生共184人，其中中心校幼儿园学生56人（小、中班34人，大班22人），献九当幼儿园37人，龙元幼儿园14人，迪政当幼儿园33人，巴坡幼儿园31人，马库幼儿园13人。全校教职工中专任教师68人，代课教师10人，后勤人员24人，置换教师3名，"姚基金"支教1名。适龄儿童入学率100%，巩固率100%，学校里99%都是本地独龙族学生。

2019年9月初，中心校两名带队老师及7名独龙族学子受邀踏上"姚基金2019篮球世界杯圆梦之旅"。学校学生中考成绩逐年提升，2016年初中毕业升入高中升学率为16%，2017年为26%，2018年为30%，2019年达到70%……

虽然数据是枯燥的，但却最能真实地反映独龙江教育事业的巨大发展。这是中国共产党和各级政府对独龙江教育事业巨大投入而获得的实实在在的回报！

对于这一点，"老县长"高德荣最有感触。

他曾在给外来教师交谈时深情地说道："说一千，道一万，最后化成两个字——教育！书不读如盲人，字不识如牛马；没有野果鸟死亡，没有粮食人死亡；没有知识，人是白活着！独龙人过去为什么被人瞧不起？一切的一切都是因为教育落后啊……国家为独龙江脱贫致富，修路、建房、搭桥……花了那么多的钱，输了那么多的血，我们要珍惜，也要自己'造血'呀！我们独龙江是国家的宝，独龙族是国家的儿女，我们爱祖国不仅仅是把国旗插在房顶上，更要把心贴在每一寸国土上，和各民族一起追梦（发展教育）哪！"

采访最后，我通过李春富老师，找到了巴荣山的班主任曾天伟老师，并询问在中国上学的缅甸学生成绩如何。

他说，缅甸这10多个孩子成绩在同级都不差，属中上水平。

此刻，我眼前又浮现在迪政当小学食堂里，那个穿黑色T恤的小男孩打饭时，抬头看我的清澈眼神。

不知为何，这突然让我想起北京作家曾哲，2000年在独龙江自费建盖雄当俊玉小学的故事。

在他的日记体著作《走进独龙江的日子、寨子和孩子》一书中，记录有这样三封信。

第一封。

感谢信

尊敬的北京市委宣传部领导：

　　新世纪的第一年，经你们介绍，北京市作家协会的曾哲老师，来到了我们偏远的独龙江河谷，把首都北京的温暖和情谊送到了独龙族人民聚居区。曾老师本人还出资为我们独龙江河谷最北的迪政当村的雄当小学，盖起了有史以来的第一幢石棉瓦学校，使孩子们从此结束了木板做屋顶，风吹雨淋的学习、生活；使孩子们有了一个良好的学习环境；使这里的孩子能安心地读书。曾老师平易近人，与乡亲们同吃同住，与独龙族人民心连心，白天他为雄当小学的孩子们上课，下课后走村串户与乡亲们聊家常，了解普通百姓的疾苦。曾老师还时常抽空顶着烈日，冒着风雨，到30公里以外的孔当村同乡亲们一道背建材石棉瓦，崎岖凶险的山路上洒下了他的汗水，为了这穷困偏远的山区能早日脱贫，曾哲老师不怕辛苦，日夜操劳。在这偏远落后、缺医少药的独龙江地区，曾哲老师是一个好医生，把自己带的药品全部免费赠送给老百姓，使老百姓减轻了病痛的折磨。曾哲老师和北京市委宣传部的领导以及北京市人民，带给贫困山区的不仅仅是一幢石棉瓦学校，而且是许多的关心帮助，独龙江人民永远不会忘记领导们的关心和曾老师的爱心捐助，我们一定学习你们助人为乐的精神，早日把贫困山区的孩子们培养成为国家的有用之人，支持国家建设。在此，迪政当村公所村支部代表山区穷苦的孩子和全体独龙族乡亲，衷心地说声谢谢曾哲老师，谢谢北京市委宣传部的领导，谢谢北京作家协会的领导和老师们。

　　此致
敬礼！

独龙江迪政当村支部（章）：支书李自生（签字）
独龙江迪政当村委会（章）：村长李国志（签字）
2000年8月20日

第二封。

令狐安书记：

　　您好！

　　我是北京市作家协会的曾哲。

　　今年4月6日我从北京到了云南，然后进入了独龙江，在江上游的雄当村小学义务任教，体验生活。学生放暑假后，我拿出两本书的稿费，帮助这里拆了破旧的校舍盖了新学校。然后就代课到9月下旬，贡山县怒雄毅县长把我接了出来。10月初回到北京。

在独龙江期间,在马库、在巴坡、在孔目,甚至在最上游的克劳洛,都听到乡亲们无比激动充满感情的讲述,讲述您1998年步行走进独龙江以及您在独龙江、在火塘边与乡亲们谈笑风生的传奇故事。很想见到您,很想当面听听百姓口碑中的,作为我们政府、我们党的高级干部的您,有关独龙江的亲述。也想与您交流有关独龙江开发和教育的意见和看法。

很遗憾,在昆明和北京都没有见到您,只好在信中向您表示敬意。

斗胆请您在百忙中给我复封短信,谈谈您进独龙江的初衷以及您在路上的感受,再有一张照片更好。当然您的时间若允许的话,我也可以飞到昆明,聆听您的讲述。

想写一篇您进独龙江,在独龙江视察的文章。这篇文章也是云南人民出版社筹备要出的《走进独龙江的日子、寨子和孩子》一书中的章节。

知道您是一位很不愿意张扬自己的人,但我认为这已经不是个人的荣辱问题,毫不夸张地说是歌颂宣传弘扬我们党的党风问题,您说对吗?!

初次通信,文字拘谨,有不到之处,请多涵谅。静候您的回音!

此致

敬礼!

曾哲谨字
2000年10月25日于北京

第三封。

曾哲同志:

您好。

在北京召开中共中央全会期间,主要因为会期短、任务多,要立即传达贯彻等原因，未及晤面，甚为遗憾。

您作为在北京生活的作家，能够走进独龙江，在少数民族中生活近半年，亲自任教，体验生活，是十分难能可贵的。当我得知，您又捐出自己的稿费，为独龙族子女修建学校时，感激之情难以言喻。我想在对边疆少数民族扶贫开发、教育、生态保护方面，我们有共同的语言。对独龙族兄弟，您和我的感情同样深厚炽热。我走进独龙江时，唯一的想法就是在中华民族即将跨入新世纪之际、祖国即将全面建设小康社会的时候，我们有责任不能让一个兄弟民族掉队。云南区域经济社会发展不平衡的问题十分突出。类似独龙族这种状况的少数民族，云南还有四五个。经济社会发展严重滞后，贫困状况令人泣下。

我是1993年调到边疆工作的。记得我第一次看到西盟县佤族一个村寨的贫困状况时，不禁大吃一惊。当地干部群众却朴实地说，这与解放前相比，已经发生了天翻地覆的巨大变化。我的震惊和他们的结论，无疑都是有道理的，因为经历不同。我敬爱少数民族的同胞，我喜欢他们的纯朴、诚实、直爽的性格。我们有责任帮助他们共同前进。令我有时感到苦恼和惭愧的是，这种帮助还不够，变化的步伐还不快。修路、通电、养畜、改土都非常重要。

但希望在教育，教育代表未来。这也是我对您的行动由衷感谢的主要原因。走进独龙江是我的职责所在，但确实不值得着墨，我仅走了8天，您却生活了5个多月，谁应该写谁呢？像我这样的人还是多办点实事好。希望今后有机会一起随便聊聊，我很想听听您的有关想法。

再次感谢您对云南人民，对独龙族兄弟姐妹的热爱之情。

祝好。

令狐安
2000年10月31日于昆明

三封信，谈的主要都是独龙江的教育。

第一封是由独龙江迪政当村支部和村委会写给北京市委宣传部的感谢信，里面对于作家曾哲个人出资修建迪政当俊玉小学之事，提出了表扬和感谢，这或许是中国第一位作家以个人名义在独龙江建校吧，其意义深远。

第二封是曾哲写给时任中共云南省委书记令狐安的信，提及了一件重要的事情，那就是令狐安徒步走进独龙江。

第三封，是令狐安很快给曾哲的回信，里面有一句话，点出了教育对于独龙江独龙族乃至边疆少数民族发展的重大意义：但希望在教育，教育代表未来。

实际上，独龙江陆续迎来新的重大历史跨越式发展机会，也是在令狐安徒步独龙江深入走访调查之后，逐步取得和展开的。这种持续的发展机会，宛如中国共产党在新时期最为强劲的春风般，让独龙江大地处处怒放着美丽的鲜花，也让独龙族实现了千百年来脱贫致富的美梦。

且看独龙江和独龙族翻天覆地的变化背后，中国共产党一系列的精准支援和对口帮扶：

1999年5月10日，中共云南省委组织派驻新一轮的民族工作队到独龙江。

2010年1月9日，中共云南省委、云南省人民政府在昆明召开了独龙江乡整乡推进、整族帮扶专题会议。

2010年1月18日，中共云南省委办公厅、云南省人民政府办公厅发出2010年2号文件《中共云南省委办公厅、云南省人民政府办公厅关于独龙江乡整乡推进、独龙族整族帮扶三年行动计划的实施意见》。

2014年之后，党和政府实施的精准扶贫政策，特别是习近平总书记给独龙族的两次回信和一次接见，更是极大地鼓舞激发了独龙江干部群众的创造力和心中的梦想。

一个受尽苦难的弱小民族的梦想，在滚滚朝前的历史面前，更显得难能可贵。所幸的是，这个民族的希望，被中国共产党点燃了。诚如"老县长"高德荣对于发展进步的理解那样，独龙族梦想的根本，还在于教育，在于一代又一代在党的光辉下，教育成长的独龙族孩子们。

这些孩子们在独龙江滚滚朝前的奔流中，唱着一首属于自己的歌——《有梦就有希望》：

独龙江畔
啊哟哟拉哟哟
我们怀揣梦想
雪山之下
啊哟哟啦哟哟
我们志存高远哟哟
肩负着振兴民族的重任
整装集结意气风发
勤学苦练奋发向上
开创幸福展望未来
啊哟哟啦哟哟
啊哟哟啦哟哟
啊哟哟啦哟哟
啊哟哟啦哟哟
我们是独龙兰卡的孩子
我们是独龙木利的儿女
重重山岭阻挡不住我们求索的脚步
层层冰雪冰封不了我们执着的信念
有梦就有希望哎
有梦就有希望哎
有梦就有希望哎
有梦就有希望哎

阿妈告诉我
啊哟哟啦哟哟

山外有山啊哟哟拉哟哟

老师告诉我

啊哟哟拉哟哟

世界本不大啊哟啦哟

肩负振兴民族的重任

强健体魄搏击长空

丰满羽翼翱翔蓝天

改变家乡我们时刻准备着

啊哟哟啦哟哟

啊哟哟啦哟哟

啊哟哟啦哟哟

啊哟哟啦哟哟

我们是独龙兰卡的孩子

我们是独龙木利的儿女

重重山岭阻挡不住我们求索的脚步

层层冰雪冰封不了我们执着的信念

有梦就有希望哎

有梦就有希望哎

有梦就有希望哎

有梦就有希望哎

希望，哟啦哟

这是独龙江九年一贯制学校的校歌，这也是一首希望之歌、美好之歌、奋进之歌，如春风吹拂河谷，如月光洒满大地，如星辰照亮黑夜……

20多年前，也有过这样一首类似的美妙诗歌，诗歌也是在独龙江写下的，其内容写的也是独龙江，而吟诗的人，正是中华人民共和国成立以来，第一位徒步进入独龙江调查的中共中央委员、云南省委书记令狐安。

且让我们把镜头拉回那时，令狐安行走到独龙江托乌当寨子民族完小教室，耐心地给那位独龙族女生阿娜，指出独龙江在祖国地图上的确切位置时，阿娜眼中闪烁着怎样的惊喜与希望之光；且让我们追随当年与令狐安一同徒步独龙江的亲历者，看一看中国共产党的领导干部，究竟怀着怎样的对边疆少数民族同胞的爱，大步走了过来……

省委书记徒步进山来

1998年11月4日（农历九月十六日）夜，独龙江上空，一轮巨大的明月冉冉升起，洒下淡淡的清辉，映照着中缅边境独龙江乡马库的钦郎当村哈巴依称大瀑布。

一行20多人，在担当力卡山东麓独龙江西岸的崎岖小道上，入密林、下陡坡、爬深箐、蹚溪水、越乱石、钻树洞、过独木桥……行走了3个多小时后，停驻在石灰窑附近的山梁上休息乘凉。

"老尹，我写了一首诗，你记一下。"一个声音从一道悬崖绝壁下传来。

尹善龙听得出，那是令狐安书记在叫自己，便从这轮月亮带给自己无限的遐想中抽回神来，赶紧走了过去，边走边掏出随身携带的小笔记本和钢笔。

站在令狐安身边的格桑顿珠（云南省民委主任）、和铁梁（云南省扶贫办主任）、胡正鹏（云南省委办公厅处长）、杨万泽（云南省卫生厅处长）、何伟全（云南省教育厅办公室副主任）、刘副主任（云南省水利水电厅办公室）、高德荣（贡山县人大常委会主任）、熊学礼（独龙族，独龙乡乡长）、董和春（秘书）、刘卫东（警卫）等也纷纷围拢过来。

"题独龙江月亮大瀑布"，令狐安想必是已经过深思熟虑，诗歌的题目经他念出来，显得颇为自信，虽然声音略微低沉，但一字一句，铿锵有力。

尹善龙赶紧在笔记本上，先把这个题目记下来。他知道，令狐安不仅是书记，还是一位诗人。他的诗歌，不仅在政界有名，而且就是在文学界和新闻界，也是颇出名的，况且就是在1998年2月11日—16日，尹善龙还追随令狐安到怒江州的四个县走了一圈，和令狐安的秘书小董、警卫小刘闲谈的时候，无不佩服令狐安书记的诗歌写得真好。

令狐安吟诵完诗歌题目后，略微停顿了一下，调整了下呼吸和节奏，继续吟诵道：

> 神龙见首不见尾，
> 千曲百回始出山。
> 突兀一峰凌空立，
> 月在江心水在天。

令狐安话音刚落。"绝了、绝了……"大家都不约而同点头叫好。

尹善龙随着令狐安的吟诵，快速地在笔记本上写着，写完了，总觉得似乎还没完。

这诗看似是口占，但绝非口占所能比拟。这诗很妙，但一下又说不清究竟妙在哪里。这首七言绝句，写的是独龙江的景，但绝非只是景，句首"神龙"，开篇似乎就是在隐喻"独龙族"，中国56个民族，唯独独龙族，这个周恩来总理命名的民族带"龙"字，是属"龙"的民族。古语不是有飞龙在天之说，这诗借龙穿景，大有深意，若隐喻独龙族为神龙，那么这个曾经苦难的民族的腾飞，必未来可期也。并且，像这样的诗，若令狐安没有徒步亲身经历，怎会得如此妙句？

正当尹善龙自己和自己嘀咕思辨时，围拢的人群，像是被什么冲击炸开了锅。

"这诗真的作得好！"胡处长、小董、小刘的声音比较大，或许是离尹善龙近的缘故。

大伙也都忍不住称赞，并就这诗歌，纷纷议论开了。

尹善龙感觉到，自己笔下帮令狐安记录的这首诗，突然间打破了独龙江的平静，就像这次在令狐安的坚持下，一行人徒步进独龙江一样。这种事情，不知道以后还会不会有，但放在以前，是绝对没有过的。

令狐安作为省委书记，为什么那么固执，一定要受苦受罪，坚持徒步独龙江？

这个从一开始有些困扰他的问题，似乎从这一刻起，隐隐有了答案。

"不敢当、不敢当！"令狐安笑容满面，谦虚地朝大家摆摆手。

见大家热情不减，令狐安接着说："刚才作的这首诗，只是有感于'哈巴依称'，也就是青岩当的滴水大岩石瀑布而已。真不简单啊，独龙江有落差一两百米，宽四五十米的大瀑布，而且水像是从月亮上掉下来的一样，真的是独龙江的骄傲。既然'哈巴依称'译成汉语叫作'从月亮上掉下来的水'，那就取名月亮大瀑布吧。"

"感谢令狐书记为滴水岩大瀑布取名。"高德荣似乎比令狐安还要兴奋和激动，第一个站起来，边说边使劲地拍手道谢。

"令狐书记命名了，从今天起，就叫它月亮大瀑布了。"格桑顿珠和怒江州委主要负责人相当默契，几乎又同时接话，说出了各自同样的心声。

"月亮大瀑布，取得好！"熊学礼反应慢了半拍，但却是最高兴的，他几乎是边跳着边蹦出这句话。谁让他是独龙江乡的乡长呢，这下可好了，这个独龙江的景点，不就多了一个故事、一段佳话！

尹善龙默默地将这些全都记在笔记本上。古语道：立字为据。他要把令狐安此行一一写下来，将来为独龙江做证、为独龙族做证，这是一个什么样的时代，这是一群什么样的人，这是一位什么样的省委书记，这次徒步独龙江，为的究竟是什么？

这一夜，尹善龙无眠。令狐安的诗，似乎是在为这次独龙江之行做最后总结，因为到了明天，这次的行程就走完了，大家就要乘车返回贡山了。而尹善龙心中对于令狐安此行原本一直疑惑和模糊的问题，此刻完全清晰地展现在他面前。不过，他还得从跟随令狐安此行的点点滴滴中，拼凑出一个完整的耐人寻味的回答。

"在交通问题上，一定要争取尽快修通独龙江公路。路不通，全县的发展目标很难实现。独龙江不通公路，就意味着全国56个民族中还有一个民族不通公路。"

这是时任云南省委副书记令狐安第一次到贡山独龙族怒族自治县调研

时说过的话，时间是 1994 年 4 月 28 日。

"今年，无论如何，我一定要到独龙江乡看望独龙族群众。独龙江乡，尽管它地处边远偏僻的高黎贡山西麓，但却是伟大祖国壮丽河山不可分割的一部分；独龙族人民，尽管他们远离祖国内地，却是祖国 56 个民族大家庭中不可缺少的一员。"

这是令狐安第二次到贡山独龙族怒族自治县调研时说过的话。那时，他已是中共云南省委书记，时间是 1998 年 2 月 12 日。

从 1994 年到 1998 年，间隔 4 年，此时，独龙江公路已经修通了一段，没有全通。令狐安去独龙江，似乎是意料中的事，但谁也没有料到，他要从贡山县城徒步走到独龙江。

从贡山县城徒步走到独龙江，又是一个什么概念呢？

我们不妨先翻看一段尘封的历史记录，去追随一位军旅作家的脚步，沿着 1964 年修建的人马驿道，经过人迹罕至的无人区，穿越蚂蟥、毒蛇、野兽……成灾的原始森林，再翻越海拔 3400 多米的雪山垭口，攀悬崖、蹚雪水、爬天梯、过独木桥……风餐露宿在高黎贡山东西两麓荒野峰岭……

这位军旅作家，便是大名鼎鼎的冯牧。

1974 年 8 月 19 日，冯牧、王月堂（白族，贡山边防独立营副政委）、朱振东（通讯员、报道员）等 10 余人，外加 4 匹骡马。吃过午饭，等到下午 1 点，这队人马便从贡山县城出发了。

按照计划，原本要赶五六十里路，到漆溪宿营，但由于那地方没有马草，只好临时修改计划，到双老洼住。

双老洼位于一个峡谷的半山腰，从贡山走到那里，得经过正北方向一条幽深的峡谷。

行走的小路沿着山腰上升，攀爬起来颇费力，经过一个叫普拉的小村庄后，左边出现另一条峡谷，此时，小路的位置也越升越高，山峰也越来越陡峭，远望一座座小木楼点缀树林间，那便是双老洼了，一个典型的傈僳族村寨，有 28 户人家，村寨里的房子，全部都是用松杉木板搭建，房顶还特意用大石头压紧，显得很特别。

村子里传来的舂石碓和溪流混杂的声音，让冯牧一行宛如置身世外桃源。

晚上，借宿在有两个大火塘的大木房间里，冯牧思考着，今天住在离贡山只有十来里的双老洼，但从明天开始，将行走在无村落和人家的地方了。半夜难眠，从旁边村支书的房间传来半导体收音机播放湖南长沙马王堆二、三号墓出土的消息，冯牧心中一怔。

通往独龙江的自然久远之景，化作短暂的梦境。冯牧梦见戴着面具、穿着树叶跳舞祭祀的人们，他想看清楚面具背后的脸，这是他有生以来第一次去独龙江，尽管之前，他早已听说过，那里有着无数神秘的往事。

8月20日，寒气袭人，冯牧醒了过来，外面喧哗，像是雨声，也像风声，还像是流水声，或许三者兼而有之。战士们早就起来做饭，早上7点必须出发，计划到达高黎贡山东面半山腰的东哨房（也称救命房），只要到了那里，离垭口就只有半个多小时路程，但一直都是爬坡，行程甚是艰难。

从双老洼出发后，冯牧感觉到，山路越来越难走，逼仄不说，树林也相当茂密，过了一座吊桥，原始森林来了。脚下尽是石块，沟谷密布，山重水复，峰回路转，让人眩晕，好在有向导，特别是王月堂，走过无数次，对于他来说当然轻车熟路，但对于冯牧和第一次到独龙江的新战士，难免一路提心吊胆。

大约1个小时后，山谷尽头过吊桥，晃来晃去，四周飞流与险峰相映成趣，但路途惊险，冯牧也不敢大意分心，每踏出一步，都得认真对待，小心谨慎。

过了木桥，又是无尽的山谷森林，夹杂陡崖峭壁。中午，到达漆溪，大家饥渴劳累，便在此做饭。此处有两小排木板房，据说是护路队的查线所，但始终未见人影，空山回响的，还是飞流巨瀑拍打着巉岩怪石之声，像是在伴奏。

吃完饭后，再往西行，听得铃声叮当，竟与一马帮偶遇。

冯牧大喜，特做如下记录：

赶马人全是藏族，有的来自中甸，有的来自德钦、维西，都是带着粗犷神情的青年。整只袖拴在腰上，肚上横着银刀，头戴毡帽，留着长头发。我们在森林深处的两处平地上，在高大的树荫下，在岩石旁边，看到了正在"开哨"的马帮，马群在山坡上放牧着，喝着山泉，地上是排成横列的鞍架。一群剽悍的汉子，有的在烧火，有的在抽烟喝酒。

冯牧日记中，这一场难得的相遇和场景，为1974年的独龙江之行，打上了一个鲜明的烙印。在人迹罕至的路途中，谁也不知道会碰到什么；谁也说不清楚，还有什么会在前方等待。

高黎贡山深处，从顶峰往下四处喷流的山泉，让冯牧第一次见识到了大山是有生命的。万千流淌的山的血脉，最终汇集成了无数条大江大河；无数条大江大河，又哺育着无数个遥远的村寨，最终流向浩瀚大洋。这就是自然，神奇的自然，没有任何缘由，但又到处都是缘由。作为人，在这样的自然面前，只能谨慎地埋头走路。

在跨过第12道峡谷桥后，森林更密，天气更凉。天气的变化，也带来道路的变化，颇让人惊奇。

随着一行人忽上忽下行走，蜿蜒崎岖的道路上面，多了碎石块和木板，一直延伸有几十里长。原来这是一条地道的栈道，不断有巨大的枯死的树木横倒在小径上，人只能从下面缝隙处钻过去，接着又穿过被水流肆虐过的河谷，以及独木桥。

此刻，已近黄昏。

在刀子般锋利尖锐的紫灰色岩石下，一股股涓涓细流绕过一排木房，这就是东哨房。

冯牧看了下手表，正好下午五时多一点。

东哨房建在山垭口一块缓坡地上，全是由红松木搭建而成。木板很厚，很结实，让人一看就感到特别安全。

冯牧感到特别劳累，今天几乎就没有停歇过，这样的路真是第一次走，但心情愉快，看到了真正的大自然的神奇壮美。

东哨房总共三间。两边可以住，中间是灶房，有火塘，烧着大块松木混杂杜鹃枝，风往哪里，哪里就火烟熏人。待王月堂关门，把火焰拔高，整个房间温度又上升，火光照亮了大家疲惫却兴奋的脸。一位相当有经验的战士，用大铁勺在每人碗里加了一大勺白糖，喝下之后，大家身体马上变得暖和起来。

火塘里的火苗，也燃烧得更旺，发出一阵噼里啪啦的响声。

夜里，似乎有雨点，滴到了脸上。虽然有火塘的余温，但寒气仍然逼人。冯牧醒来了几次，但或许是太累，又接着睡去。

战士依然起得很早做饭。

8月21日早上8点，在潮湿的雨雾中，人马又开始向西面峡谷出发。

走了半小时，又有一处木板房（另一个东哨房），王月堂说，这是当地人弄的。不远处，已经看得到垭口。路朝上攀，云雾缭绕，如临仙境，看着悬崖绝壁、巨石怪峰下，一株鲜红欲滴的玉米形花（俗称蛇苞谷），以及无数杜鹃、独熏草、不知名的花草……

冯牧感叹自然造化之神奇。

上了垭口，冯牧发现，高黎贡山的西坡和东坡，大不相同，西坡树木更密，山泉和瀑布也更多，路也比东坡的更陡峭难走，因为水道太多，碎石路很难找到落脚之地，走了3个小时，才从垭口下到半山腰，但脚和膝盖早已酸痛难耐，不住颤抖，几乎不能控制。

经过一片森林时，忽然暴雨倾盆而下，山水弥漫，激流成河，只能高一脚低一脚，在水流与石块中探路前行。

四五个小时后，冯牧发现，仍在半山腰，一道巨流横在了前方。王月堂说，这就是通往独龙江的界线了。

冒险一步步下到谷底时，冯牧实在是抬不起脚了，他看了看王月堂和大家，情况都一样。不得不在一座小桥上休憩一会儿，又接着向西爬山行进。大概下午4点，一个小庄园赫然出现在眼前。王月堂说那就是二连的生产基地了，有篱笆，有水冬瓜、菜地、山羊……

"再往下走1小时左右，咱们就可以到达目的地独龙江巴坡了！"王月堂兴奋地朝大伙说着。

冯牧看到一股翡翠一样的水流蜿蜒南行,又折向西行……不用说,这肯定就是传说中的独龙江了。再往远处看去,二连前哨排白色的房子在闪闪发光!冯牧看得出了神,他似乎梦到过此情此景。

这一路赶来,已过三天两夜。

继续往下走,在距离巴坡 1.5 公里的地方,那条翡翠一样的水流逐渐开阔壮大,湍急而迅猛地奔腾着,像是在欢迎冯牧一行。

时隔 24 年之后,同样从贡山通往独龙江的人马驿道,并没有多少改变。但是时代变了,行走的人也变了,行走的目的更变了。这目的,大家一开始都没有搞清楚,所以才会异口同声产生这样疑问:令狐安为什么一定要徒步独龙江?

1998 年 10 月 28 日下午 2 点,3 辆三菱车从昆明出发,朝着贡山方向疾驰而去。

没有警队,没有记者,除了与此次调研相关的工作人员,没有任何多余的人员。

这哪像省委书记出远门。

28 日晚,车队到达大理白族自治州州府下关。第二天一大早,又急匆匆赶往贡山独龙族怒族自治县。这段路程一般需要两天,但这 3 辆三菱车像是有什么十万火急的任务,一天就冲到了贡山县城,一行人住在县政府招待所。

10 月 30 日,天还没亮,令狐安就起来了。他心中记挂着独龙江,他年初就说过,要去看一看独龙族乡亲,现在,这个愿望正在实现。

这两天的赶路虽然累,但他内心是喜悦的,他想看到真实的独龙江和独龙族;也想亲身体验,走在中国最后一个没有通公路的少数民族聚居地的人马驿道上,究竟是什么感觉。

千百年来,独龙族就是依靠这条唯一的道路,通向外界,这究竟是一条什么样的路?独龙族同胞走过的艰辛,令狐安也下定决心走一遍,只有切身体会到少数民族走过的苦难之路，才能够更好地帮助他们。

所以，当工作人员一再劝阻令狐安，现在这条公路已经修通一段，先乘车过了这段再走路，这样既节省时间也更少些劳累时，令狐安断然拒绝了，并且立下规矩，要求工作人员越少越好，一不要公安民警带路，二不要新闻记者随从，怒江州五套班子领导，只批准怒江州委主要负责人陪同。

"不要小题大做，能节省就尽量节省。"令狐安这样说，也是这样做的。

10月29日，途经怒江州州府六库时，随怒江州委主要负责人同行的怒江州委宣传部马科长，本来行李都装上车了，最后又不得不搬了下来。

听闻令狐安要到独龙江乡调研，可乐坏了一个人，那就是高德荣的妻子马秀英。

马秀英用了几个晚上，为令狐安做了一双独龙族"绑腿"，这是走人马驿道必备之物。

"小高，是这样绑的吗？"令狐安一边学着高德荣绑着绑腿，一边问道。

"对，令狐书记，就是这样。"高德荣看着令狐安腿上绑好的这双质地厚实、色彩斑斓的独龙族绑腿，心中相当高兴。在这之前，他绝对没有想到，令狐安居然要徒步独龙江。同时他也十分担心令狐安一行的安全，和当地其他领导做了充分准备。

备干粮、找雨具、裹绑腿、备开水、吃早点……高德荣和同行人员在10月30日一大早，就忙得不亦乐乎。

临行前，令狐安再一次清点了人数，他立下的规矩，是要算数的。

沿着从贡山通往独龙江的人马驿道，令狐安拄着拐棍，一边走一边和格桑顿珠、和铁梁、杨禄安（贡山县委书记）等交谈有关独龙江的情况，聊得最多的是如何帮助独龙族同胞摆脱贫困这个问题。有时，路上会遇到赶马哥，铃声叮当，大家得停下避让，否则有被挤下悬崖的危险。

趁此时机，令狐安和其中一位赶马哥攀谈起来。

"小伙子，你是什么民族？"

"傈僳族。"

"你家住哪儿？"

"就在茨开达拉底村。"

"一年跑几趟独龙江？"

"要跑好几趟呢。"

"跑一趟能挣多少钱？"

……………

令狐安和赶马哥一问一答，亲切的声音回荡在路上。

荆棘和藤蔓，布满这条逼仄的山间小道四周。不时从高黎贡山倾泻而下的大大小小水流，发出很大的响声，宛如一曲壮美的交响乐。由于道路十分狭窄，崎岖不平，不时还有被泥石流冲下来的大树，横挡在路中央，只能从底下的缝隙穿过去，有时还得蹚过乱石险滩。

经过6个小时的艰难跋涉，大概下午两点半，到达一片被原始森林包围的小块地"其期"歇脚。

怒江州委主要领导此行本想带一个人，那就是《怒江报》记者尹善龙，但因为令狐安立下规矩，就一直不好开口。但或许是上天有意，当此行队伍到达"其期"时，尹善龙"躲"在一名独龙族退休工人临时搭起的木屋子外墙边，令狐安和警卫刘卫东路过时发现了他。

"哟！这不是老尹吗？你怎么在这里？"令狐安既高兴又有些意外，朝尹善龙伸过手来。

"我、我在这里下乡。"尹善龙赶忙伸手和令狐安握了一下，说话还是有些紧张，尽管在2月份，他专门陪同令狐安到怒江州的4个县跑了6天。

"你在这里下乡？"令狐安似乎一下子感觉到了点什么，故作惊讶，然后继续说，"怪不得，今天在半路上，你们州委领导对我的提问支支吾吾的，我管了这么多年的政法工作，还看不出来？"

既然令狐安已经看出了端倪，尹善龙就不能再继续"佯装"，赶忙说道："这是我自告奋勇争取进来的，请令狐书记千万不要批评我们领导。"

"算了算了，不要躲躲闪闪的，明天就一路走了。"令狐安笑了笑，用拐棍戳了戳地上的枯枝败叶，说道。

尹善龙心中一阵欣喜，连声说："谢谢令狐书记，谢谢令狐书记。"

晚饭时，令狐安和大家围拢在一起吃"大锅菜"，"赶马哥"也在其中。山风吹过，大伙谈笑的声音传得老远，似乎独龙江那边也隐隐作答。

不远处的一块草地上，有一群"赶羊哥"用三块石头架起铁锅烧火做饭。

令狐安在警卫员小刘的陪同下，晚饭后散步，走近一看，原来是8个身着独龙族装束的汉子。

令狐安略感兴奋，因为还没到独龙江，就在这里碰到了独龙族群众，这不正是一个近距离了解他们的好机会吗？

"老乡们，你们这群山羊一共有多少只？"令狐安指了指旁边一大群在享受原始森林里"美餐"的黑山羊。

"260只。"其中一位黑脸中年汉子回答。

"你们这是从哪里买来的？又要赶到哪里去呢？"令狐安脸上露出不解的神情。

"这是上级领导给我们买的，是扶贫养羊滚动项目，我们现在正把这些羊赶到献九当。"中年汉子话语中流露出一种兴奋。

令狐安一听，心中可高兴了。他猛然想起2月份到贡山调研时，帮助解决的那10万元资金，就是给独龙江群众发展养羊项目的。并且，3月份，黄炳生副省长在怒江调研，又为独龙江解决过10万元养羊滚动发展资金。

这20万元资金，看来派上大用场了。

"你们赶羊到献九当村，那得多长时间？"令狐安若有所思。

"我们从贡山赶这些羊到献九当，怎么都得要5天时间。"赶羊的汉子们笑了笑，却是一脸自信。

"不简单哪，赶这么多羊到独龙江也够你们辛苦的了。不过，独龙江乡确实需要大力发展山羊养殖业。"令狐安看了看吃草的羊群，又看了看远处，又寻思道：独龙江就夹杂在高黎贡山和担当力卡山中间的云雾之下，那里居住着4000名多独龙族人，但仅有1500多只山绵羊，人均不到半只，但独龙江的草山草场，可是占了贡山县草山草场总面积的60%。针对独龙江脱贫提出的"潜力在山、希望在畜""远抓林果、近抓畜牧"等措施，就得再下大力气落实和继续帮扶，发展山羊养殖业的方向没错，只是步子还是稍显慢了些……

这一天徒步下来，令狐安着实体会到了从贡山通往独龙江道路的艰辛。不过，值得欣慰的是，独龙江公路正在紧张施工中，等公路全线修通，脚下这条人马驿道啊，便将永远成为一段历史了。

正当令狐安返回去时，一阵阵豪迈抒情的歌声回荡在"其期"自然保护站上空的暮色中：

高黎贡山高哟

独龙江水长

共产党的恩情哟

比山高来比水长

葵花向太阳哟

百鸟朝凤凰哟

独龙人民跟党走

幸福歌儿唱不完

啊哟哟……

原来是几位"赶马哥"，在放声歌唱这首在独龙江畔传唱了几十年的独龙族民歌《太阳照到独龙江》。

令狐安第一次在这种环境下，听到最原始本真的发自肺腑的歌声，深受感动，也更坚定了自己此次徒步独龙江的决定。

尽管前方的道路更艰难危险，但从解放后，中国共产党的干部，不都是这样走进去的吗？况且，独龙族千百年来，就是依靠这条唯一的生命线，与外界才有了联系。这条路，既是艰险之路，又是见证之途，作为党在云南的负责人，不走一走此路，便无法真正了解这个民族，也就无法真正去帮助他们。

夜晚，熊熊篝火燃了起来。令狐安、格桑顿珠、和铁梁等，和"赶马哥"们手拉手，跳着独龙族的《锵锣舞》、傈僳族的《甲拉依》、怒族的《达比亚》……

随后又开始唱歌。

> 你挑着担
> 我牵着马
> 迎来日出送走晚霞
> 踏平坎坷成大道
> 斗罢艰险又出发,又出发
> 啦啦——啦啦啦啦啦啦啦
> 一番番春秋冬夏
> 一场场酸甜苦辣
> 敢问路在何方
> 路在脚下
>
> 你挑着担
> 我牵着马
> 翻山涉水两肩霜花
> 风云雷电任叱咤
> 一路豪歌向天涯,向天涯
> 啦啦——啦啦啦啦啦啦啦
> 一番番春秋冬夏
> 一场场酸甜苦辣
> 敢问路在何方
> 路在脚下
> 敢问路在何方
> 路在脚下……

一曲唱罢,繁星闪烁。

令狐安激昂嘹亮的歌声,让在场的人无不动容。

尹善龙心中更是感慨，他知道，眼前，在这崎岖山路带头拄杖前行的令狐安，已是52岁了。

尹善龙记得，在独龙江人马驿道尚未修建之前，独龙族乡亲若是要到外面一趟，少不得爬几十道天梯，过很多次溜索，翻越无数高山，穿越原始森林……没有七天七夜是出不去的。一路上，还得抵抗各种自然灾害，道路相当艰险，随时都可能有生命危险。

党和政府为了修建这条人马驿道，耗资巨大，军民团结一心苦战了10个多月，路程才缩短成现在的3天。但这3天的路程，相比较外面道路，也足够艰难的了。东哨房就位于这条人马驿道的关键位置。

如何关键？从原来取名"救命房"三字，便可见一斑。

10月31日一大早，令狐安一行踏上了从其期到东哨房的艰险道路。

由于自然损耗，以及马帮的踩踏，原本就崎岖的道路更加坑坑洼洼，稍不留神就会崴了脚。

走过十二桥，密林云海叠嶂。之后，驿道更加险峻。下午5点多，终于到达东哨房。

"格桑，累了吧？"令狐安将手中的拐棍放下，微笑着问格桑顿珠。

"令狐书记比我大3岁，看你这么精神，我也就来劲了。"格桑顿珠自我打趣道。

"哈哈哈哈……"大伙听了觉得对话幽默，爆发出一阵笑声。

"想不到我们的老和走路这么行。"令狐安走到和铁梁面前。

"书记可比我们行……"和铁梁笑着说。虽然在怒江工作过26年，但像这样走进独龙江，和铁梁还是第一次。

晚餐仍然是一锅米饭，一锅"大锅菜"，洋芋、青菜、萝卜、火腿片。走了一天路，大家饥肠辘辘，吃起来特别香。

"可以想象，独龙族群众、在独龙江工作的干部和边防武警战士，进出高黎贡山需要经历多少艰辛！"令狐安不失时机地提醒大家。

"真的是不简单！"这两天的亲身徒步行走体验，让大家深有同感了。

东哨房"火烤胸前暖、风吹脊背寒",并没有阻拦得了这群跋山涉水十分疲惫的旅人休息。

不过,第二天天还没亮,大家又都起来了。

"怎么样,老尹,昨晚休息得还好吗?"令狐安见到尹善龙就问。

"好,令狐书记你休息得好不?"

"还行。"

随后,令狐安又一一问了格桑顿珠、和铁梁、"赶马哥"以及随从人员。

7点半,天微微亮,借着曙光,大家喝下一碗稀饭,便准备要出发。

尹善龙看到令狐安弓着背,警卫员小刘在替他搽药。原来令狐安昨夜被跳蚤叮咬,起了几个指头大的红肿块。

"格桑,昨夜被跳蚤咬了没有?"令狐安边接受"治疗",边问格桑顿珠。

"唉!抓都抓不过来!"格桑顿珠假装委屈,叹了口气,却一脸笑眯眯的样子。

"看来,东哨房的跳蚤对谁都一视同仁啊!"令狐安故作无奈调侃道。

"哈哈哈哈……"东哨房留下了大家被逗乐的笑声。

11月1日,行至9点多,在接近高黎贡山风雪垭口时,两条路呈现在面前,一条是马帮常走的绕弯弯路,虽然绕,但是比较保守安全;另一条,则是直冲山顶的小道,笔直但是十分险峻。大家的意见是走安全的绕路,但令狐安稍微观察了一下,就决定爬险路。

令狐安拄着拐棍,费力地向上攀爬。山顶稀薄的空气,随时滚落的碎石,并没能让这行人放慢脚步。令狐安心中更坚定了此行选择徒步的信念,这是值得的,因为自己切身体会到了脚下道路的艰辛。独龙族人民,不也就是踏着这样艰险的道路,在党的领导帮扶下一路走过来的吗?然而,"万里长征"还没有走到头,边疆各少数民族的脱贫攻坚工作,依然面临着巨大的困难和严峻考验,决不能有半点松懈……

大家跟随着令狐安,一步一个脚印向着山顶迈进。待攀爬到海拔3400多米的风雪垭口时,大家喘着粗气,但脸上却洋溢着自豪感。

"令狐书记辛苦了。"大家不约而同朝令狐安竖起了大拇指,可不是吗?

50多岁的人了,居然还能如此坚持,抛开省委书记的身份不说,真是条汉子!

"还是你们行哪!"令狐安笑着对先自己几分钟到达的众人说道,脸上泛着红润的光。

站在风雪垭口,尹善龙看到金色的阳光照耀着群山,似有一种圣洁的光辉之感。他回想着,在贡山县工作的20多年时间里,曾经20多次进入独龙江下乡、蹲点、采访,不是风雨交加,便是雾气沉沉,没有哪一次像今天这般晴好过。

"共产党的干部进独龙江,老天爷都睁开双眼了。"尹善龙没忍住,对格桑顿珠说道。

"也包括你在内嘛。"格桑顿珠笑嘻嘻地打趣道。

异常难得的阳光,照亮了从雪山垭口到米里娃桥的道路。碎石、溪流、泥潭、苔藓、马屎……混杂在崎岖不平、百折千回的险峻小路上。令狐安有几次都差点滑倒,幸好有拐棍借力。

这段行程需要近7个小时,把大家折磨得够呛。这种折磨,还真不好用语言表达,有点像令狐安说的一句话:这种滋味,只有到过独龙江的人才能说得出来。但实际上,即使到过独龙江,也很难说得出来。世界上很多事情,或许只可意会,不可言传吧。

"路面太窄、太陡,给过往行人和牲口都带来不便,要下功夫进行改造,起码要加宽一倍。"令狐安对怒江州随行的领导说。

"请求省里扶持一把,我们一定要组织改造好这条人马驿道。"怒江州随行的领导回答。

"怎么样?格桑,你那里支持一点,交通厅支持一点,省、州、县共同把这条路改造一下。"令狐安转头对格桑顿珠说道。

"一定要改造才行!"格桑顿珠依然是笑容可掬。

正在谈话间,西哨房不觉赫然出现在眼前。这就意味着,距离独龙江乡政府所在地巴坡,只有40多分钟路程了。

回顾这3天以来,令狐安带着大家,穿越过无数的原始森林,攀过险峰深箐,蹚过雪水溪流,攀过悬崖峭壁,跨过26座木桥和27座独木桥……

大家真是又累又兴奋，总有说不完的话题。现在，目的地就在眼前了。

一阵细雨忽然飘落，像是要为大家清洗去这3天以来的尘垢和疲劳。

尽管先前已经交代，低调"秘密"地进独龙江，但省委书记翻山越岭抵达独龙江的消息，还是不胫而走。独龙族群众感觉到，此次徒步而来的中国共产党的领导多接地气啊，激动得纷纷奔走相告：云南省最大的官，来咱们独龙江了！

"怎么样？格桑，咱们先去看看执勤排的战士。"

11月2日早上，令狐安听完独龙江乡党委、政府的工作汇报后，距离吃饭尚有1个小时，便对格桑顿珠说。

"好！"格桑顿珠陪着令狐安，走到独龙江边防工作站巴坡执勤排。

令狐安了解过独龙江边防站的历史，也为其优良的作风和传统感动。事无巨细，边看边询问情况。边防战士们第一次近距离接触到令狐安，有的战士眼眶湿润了，因为这位徒步而来的省委书记带来了党和政府的悉心关怀。

随后，令狐安又带着大家走到箐沟对面的独龙江边防派出所，同样也是体察入微。派出所副所长激动地说："我这辈子在独龙江干一场，太值得了，如果在内地，我还没有条件同省委书记握手呢！"可不是吗？令狐安徒步独龙江，为的就是走近独龙族群众、走近独龙江边防战士、走近这片原始却神秘的土地。

独龙江的教育最让令狐安担心。下午3点，令狐安一行离开巴坡，顶着烈日，走了1个多小时，刚要到达托乌当寨子的民族完小时，天色大变，瓢泼大雨突然而至。打着伞，令狐安继续带着调研组，一个年级一个年级、一个教室一个教室地走访。与教师交谈，和学生交流，真情流露，其乐融融。

令狐安走到五年级教室，看到墙体灰暗、窗户破损，教室内光线很是暗淡，语气不由得有些焦虑："能否找点石灰，把墙粉刷一下，把破损的门窗修补修补，把破损的玻璃安起来？"

"哪有钱啊！"独龙江乡教育干事叹了口气。

令狐安当场就和何伟全商量解决。

听说独龙族孩子接受教育有些问题，在二年级教室里，令狐安特意问一位独龙族女学生："你叫什么名字，请你把你的名字写给我看看行吗？"

这名独龙族女学生很害羞，不敢说话，一笔一画在作业本上写下自己名字。

"还行，还行！"令狐安的担心消除，便高兴地笑了。

令狐安又查看了学生宿舍，发现不仅漏雨潮湿，而且窗户竟然连玻璃都没有装上去。他心中甚感难过，严肃地说："冬天到了，天气变冷了，得想办法把窗户上的玻璃装上去，漏雨的地方要修补一下，千万不要让独龙族的后代伤了身体。"

看望师生，走访宿舍，座谈交流，了解学生伙食、教师生活待遇……通过对独龙江民族完小的走访，令狐安感受到了独龙族渴望教育的强烈愿望，而党和政府也逐步在进行改进和完善。现在的整个教育水平，比过去强了不知多少倍了，但仍然还有可以改善和完善的地方，特别是对新一代独龙族，要从根本上激励他们，面向未来。独龙族今后不仅仅是依靠政府，更要依靠自己强大起来。所以，临行前，令狐安语重心长，给独龙族同学们说了这样一段话：

> 独龙江乡资源丰富，将来要建设自然保护区，建设国家级森林公园，这就需要很多专业人才。到那时，许多中外科学家、专家、学者、记者要来独龙江考察、采风和体验生活，需要你们去当翻译、向导。因此，希望你们好好学习，学好本领，将来长大后为建设美丽的独龙江贡献自己的聪明才智……

从民族完小走出来，马不停蹄，令狐安又带着大家跨过独龙江托乌当吊桥。

下午5点20分，细雨蒙蒙，通往巴坡村莫拉当寨子的小路泥泞不堪。令狐安一路在想，这个贫穷的寨子，究竟会是什么样？

莫拉当，意为"孤独"，取这样一个名字，可见它有着怎样凄凉的过去。

这个坐落于担当力卡雪山东麓、独龙江西岸、有着16户独龙族的寨子，其中尚有12户未解决温饱问题。

令狐安被一块木板墙上整齐挂着的17只独龙牛牛角吸引住了，这便是独龙族农民木利祖家。

走进木利祖家的竹楼，有两个火塘，按照独龙族习惯推断，木利祖的儿子已经成婚。

早在80年代，在中国共产党民族政策扶持下，木利祖就承包了莫拉当寨子的6头独龙牛，又贷款买了7头，盖了3间牛圈。后来，6头牛生下11头小牛犊。为了感谢党和政府，1986年11月，木利祖竟然牵着一头1000多斤重的独龙牛，沿着人马驿道、翻山越岭，用了5天时间，来到贡山县城，献给贡山独龙族怒族自治县，作为县里三十周年大庆的贺礼！

听闻令狐安一行到了家中，木利祖和木利山急速从地里赶了回来。

"你家今年的大小春收入多少？""家里养了多少头独龙牛？""还养了多少头山羊和猪？"……令狐安一连串亲切的问话，让木利祖和木利山甚是开心，他们一一作答。这不，这些年在党和政府的帮扶下，家中的养殖业可谓是风生水起，勤劳致富成了现实。

得知木利祖家现在养着6头独龙牛和2头黄牛时，令狐安有些担心木利祖家分不清独龙牛、黄牛，怕他吃亏，便说："独龙牛，不同于水牛也不同于黄牛，适应性强，耐粗放，躯体结实，一般毛重都在500公斤以上，且产肉量高，肉质细嫩，味道尤为鲜美，其抗菌力、劳役力都超过一般的牛，不仅能在汹涌湍急的江河里畅游，还能攀岩过崖，是一个独特的牛种。你们以后开展剽牛活动最好用黄牛。饲养独龙牛是一条致富路，一定把它作为优良牛种来出售，这样才能挣钱。"

木利祖和木利山可能是第一次听到这番话，眼睛睁得大大的。

令狐安稍歇一口气，问木利祖和木利山："你们说这样做行吗？"

木利祖和木利山连连点头，赞赏令狐安的话很在行、很有道理。

"这是省委、省政府的一点心意，希望你们要发扬自力更生、艰苦奋斗的精神，大力发展独龙牛养殖，争取明年有更多的收入。"令狐安将随身带来的礼物递给了木利祖和木利山。

木利祖和木利山一边点头一边道谢，他们表示，共产党的恩情不断，独龙族人民的生活就大有希望。

令狐安随后去看望了"五保户"独龙族老人都娜，并将棉毯双手奉上，说："这是省委、省政府对独龙族人民的关怀，冬天到了，你要注意身体。"

都娜老人连连点头，满眼泪光。

12户贫困户，令狐安一一走访，将党和政府的关怀亲自送达。这时，雨仍在下，已到下午6点30分。来不及歇息一下，令狐安又带队直奔乡卫生院。

每一间病房，每一位医护人员……令狐安都一一看望了。只是看着乡卫生院艰苦简陋的条件，令狐安心情沉重，对随行的杨万泽说："独龙族是全国56个民族大家庭的一员，独龙江是全国56个民族聚居地中唯一不通公路的地方，省卫生厅在经费和药品器械上，给一点特殊政策是可以的吧！"

"应该给一点特殊政策，回去后，我一定向厅领导汇报令狐书记的指示！"杨万泽语气坚定地回答说。

黄昏，令狐安一行人才回到巴坡驻地。

雨一直下，天寒，受访的独龙族乡亲们心中是暖的，因为独龙江和独龙族人，有党和政府无微不至的关注与帮扶。

11月3日，一大早，令狐安一行便出发了，目的地是马库，需要走5个多小时山路。

马库是什么意思呢？独龙语中的意思为：弓着身子观望远方。远方有什么呢？有中国共产党！令狐安一行，不就正代表中国共产党，跋山涉水，徒步走来看望独龙族同胞了吗？

这是一条又窄又陡的山路，也是唯一的通往缅甸的道路。更要命的是，路面上布满了杂草荆棘，夹杂着灌木枝叶等，行走起来，百折千回，相当惊险。密林、深箐、溪流、乱石、泥泞、独木桥……一路艰难跋涉。

独龙江就在身边流淌。令狐安看到天上的彩云映到了江水中，不由得出了神，这江水实在是太清澈太神奇了，彩云就像独龙毯一样，铺在了江底，不知道是独龙江在清洗彩云，还是彩云在清洗独龙江。

独都寨距离马库有半小时路程，这里有19户独龙族人家。听闻令狐安路过寨子，20多岁的小伙马栗福、22岁的少妇马兰花和她47岁的母亲阿尼等十多位独龙族乡亲，准备了水煮洋芋、旱谷扁米、鸡蛋、水酒、茶水……

"你孩子的父亲是独龙族吗？"令狐安边嚼旱谷扁米边问马兰花。

"是汉族，他几年前到独龙江来做生意认识结的婚。后来我们一起回到了他的家乡大理州的鹤庆县。因为不习惯，我带着孩子回到了这里。"马兰花笑着说。

"难怪你的汉语说得这么流利，原来是嫁给了汉族男子。"令狐安心中很开心，独龙族和汉族通婚是好事，边疆少数民族需要大团结。

"咯咯咯咯……"马兰花笑出了声。

令狐安看到一位独龙族老人也坐在旁边，双目失明，70多岁了，名字叫王才普。便站起来走过去，伸手握了握他的手，并通过高德荣用独龙语转述：党和政府时刻关心着独龙族人民的生产生活，请老人家多保重身体。紧接着，令狐安把一床棉毯递到王才普手中。

王才普老人呆了一阵，似乎没有完全反应过来。但一会儿后，他的表情变了。这位双目失明的老人微微抽泣，满脸尽是感激之情。

离开独都寨，翻过一道山梁、两道箐沟、一个大陡坡，便到达马库警民小学。

令狐安知道，这个小学可不简单，20世纪60年代初，中国人民解放军边防连队建立了马库第一所军民小学；80年代初，解放军边防改编成武警边防，更名为马库警民小学；在30多年时间里，380多名小学生毕业，56人考上高中，21人考上中专，8人考上大专。这个学校为省、州、县、乡、村培养了35名干部，实属不易。

一进学校，令狐安就看望了第13任部队教师梁龙军（广东籍战士）、独龙族女教师唐芳、当地代课老师丰文军。他紧紧握着梁龙军的手说："不简单,一个 50 多户人家的村寨,因为创办了军(警)民小学,为国家输送了这么多人才。"

随后,令狐安逐一查看了 1—4 年级教室,看到仅有的 34 名学生,在学校里无忧无虑地学习成长,他甚是高兴,随手还拍了几张孩子们玩闹的照片。

从学校出来,继续爬坡,马库村公所党支书江华和村委会主任孟国民,代表马库独龙族群众,献上一碗独龙族水酒,令狐安一饮而尽。又朝着陡峭山路行进,经过 10 多分钟攀爬,到达独龙江边防工作站马库检查室。

夕阳沿着巍峨的高黎贡山和担当力卡山落下。令狐安首先去看望又聋又哑的贫困"五保户",46 岁的独龙族妇女娜松。

娜松的茅草房不到 10 平方米,年久失修,木头和竹条已经腐烂,到处是漏洞。

令狐安看到此景,心酸心痛,径直爬上走廊。

此刻,房子嘎吱作响,似乎有坍塌危险。格桑顿珠、胡正鹏等慌了,急忙上前,用肩膀和双手"撑住"楼楞。

为了防止意外,令狐安让大家分批进屋,如果大家一起进去,这个房子绝对要被压塌。令狐安通过村干部和娜松手语交流,了解了她的情况,并把礼物递到娜松手中,通过村干部手语说:这是省委、省政府的一点心意。

娜松双手合十,在胸前做了几次手势,感谢党和政府的关怀,眼眶湿润了。

格桑顿珠深受感动,立即从包里掏出两千元钱,让村里务必帮娜松解决住房困难。

令狐安进一步说道:"盖房,要选个位置好一点的地方,最好请武警马库检查室帮助选址、购买材料,并负责修建。"

怒江州委随行的主要负责人也接着说:"这是省委、省政府对独龙族人民的关怀,这个钱一定要用好。"

在场的村干部和检查室官兵保证,一定按令狐书记说的办好。

就在大家离开时,娜松从屋下捉了一只大红冠公鸡,追了上来,要送给令狐安。

"那怎么行？帮助你解决困难是党和政府的职责，这只鸡不能收。你的心意我领了。"令狐安对娜松说道。

娜松只得把公鸡递给格桑顿珠。

"谢谢！"格桑顿珠边说边微笑着摆摆手赶紧走开。

其他人也礼貌地笑着拒绝并走开了。

娜松双手抱着大公鸡，站在茅屋前，远远地目送着这群党的好干部，眼中噙满了泪水。

晚上，一轮明月照亮了马库村寨（没有电灯），令狐安看着巨大的圆月，一算，11月3日，不正是农历九月十五吗？

数以百计的独龙族群众，以及换上了独龙族服装的令狐安等一行，在马库检查室旁边一块空地上，围着熊熊燃烧的篝火，载歌载舞。

美丽的独龙江哟
我可爱的家乡哟
插上了高飞的翅膀
靠的是伟大的共产党
…………

歌声在山谷中回荡。月光下，清风将这句句发自内心的歌声，送到很远很远的地方。

11月4日，一大早，太阳从高黎贡山冒出了头，照亮了独龙江，又是一个难得的好天气。

经过几天徒步行走考察，令狐安心中对独龙江的真实情况有了大致了解。目前最棘手最迫切的问题，就是如何有效地帮助独龙族乡亲们脱贫致富。所以，令狐安召集大家一起讨论研究。

"这怎么能填饱肚子？"令狐安在掌握马库村现有独龙族50多户、

286人，但仅有几十亩水田和200多亩旱地的现实情况下，不由得焦虑地问道。

马库村党支书江华和村委会主任孟国民微微低着头，他们心中也很难过，但这就是马库村的现实。

该怎么办？他们心里的确没有底。

令狐安察觉到了两位当地负责人的自责，并且这个问题牵扯的因素比较多，便缓了缓口气，温和地对两人说道："独龙江两岸气候如此湿润，水资源这样丰富，你们要带领群众把坡改梯，当作一项重要工作来抓。尽管马库坡陡一些，但能改造成梯田的要尽量改，坡地改成了梯田或台地，才能保土、保水和保肥，科技措施再跟上去，粮食产量就很快上去。否则，群众吃饱肚子的问题就很难解决。"

听到这里，江华和孟国民似乎领悟到了点什么，抬起头，不时看了看令狐安。他们觉得这位省委书记还真有自己的高见，是位懂行的领导。

令狐安稍微停了一下，喝了口水，看了看大家，又接着说："独龙江两岸的水草十分茂盛，是发展畜牧业的天然宝库。乡村干部一定要带领群众，把发展畜牧业当作第一支柱产业来发展。发展畜牧业可以通过多种途径嘛！比如多向上级争取资金呀，以工代赈呀，要改良畜种，要把草山变成畜牧山，要以草换畜，以畜换粮，然后用畜去换钱。"

大家听到这里，不由得暗自赞叹令狐安对发展独龙江经济的讲述，真是一针见血。

令狐安又喝了一口水，看了看江华和孟国民，说："独龙牛是一个非常好的优良牛种，你们就大力发展独龙牛嘛！家家户户都养上几头、十几头，甚至几百头独龙牛，卖一头就可以收入两三千元，再用这些钱买粮吃，温饱不就解决了吗？村干部要带头致富，你们首先要带头养上几头或十几头独龙牛，然后带动群众去大力发展独龙牛养殖业。"

尹善龙静静地听，并快速记录着，他觉得令狐安所讲的这些致富思路，相当于为独龙江发展指出了一条切合实际的大道，这恐怕也是这次徒步独龙江调研最大的收获之一吧。

"要迅速把村卫生室建起来，把回乡的高中生和初中生送到乡卫生院培训，至于药品嘛，上级给一点，自筹一点。没有卫生室，群众患了急性病怎么办？这么边远偏僻，到乡上还要走四五个小时呀！"

说到此处，阳光透过窗子照了进来，闪烁着金光。大家感觉到，无形中，这房子里忽然多了一份温暖。

令狐安见阳光如此之好，不由得朝窗外高黎贡山看去，那些山间小路若隐若现。他想到了人马驿道，便满怀深情、提高声音说道："秋收秋种结束后，群众有几个月时间农闲，就组织他们修路补桥嘛！要以民兵为主，组织队伍把马库到巴坡的山路加宽一至二倍，危险地段要加固堤防，河沟上要架桥才行，不能老是在几根木头上走来走去。全国没有一个地方像独龙江，国家投入人均三万资金来帮助修公路，只有独龙族才能享受到这样的优待政策。这就是共产党对少数民族人民的关怀，这就是优越的社会主义制度给少数民族人民的扶贫，独龙江乡的干部群众一定要身在福中都知福。"

大家不由自主地拍起了掌。

午饭后，令狐安又去看望慰问了独龙族贫困户加古都、马建国、王才普、鲁嘎。

鲁嘎家由于贫困，孩子面临失学。

令狐安将棉毯递到他手中，并鼓励他说："学费困难，由州里统一解决。"

鲁嘎声音呜咽："感谢省委、省政府的关怀。"

晚上，令狐安一行赶回独龙江乡政府驻地巴坡，并召集乡党委、政府领导，各村党支书，乡级各部门负责人，武警独龙江边防工作站巴坡执勤排官兵等，开了此次在独龙江调研的最后一次会。

尹善龙有种恍惚感，他不知道，这次随令狐安徒步独龙江的这6天，怎么这么快就过去了，或许是时间和行程安排得太过于紧；又或者说，这次调研给他和其他同行人员以非同一般的震撼和感动！从贡山到独龙江3天时间走过的路，蹚过的水，爬过的山……历历在目；随令狐安徒步独龙江两岸，对3个行政村，近10个村寨30多户独龙族贫困户走访的场景犹在眼前。

令狐安深情的讲话，打断了尹善龙的思绪，出于记者的职业习惯，他赶紧打开笔记本，出于对这次令狐安坚持徒步独龙江调研疑虑的豁然开朗，他微笑着，一字一句地认真听、认真记。

我这次同省民委的格桑顿珠主任、省扶贫办的和铁梁主任、怒江州委的领导和省卫生厅、省教委、省水利水电厅的有关负责同志来到独龙江乡调研，短短六天，让我们感慨万千又浮想联翩。可以想象，千百年来，我们独龙族同胞生活在这个几乎与世隔绝的独龙江边，为守卫祖国南疆边陲1993.7平方公里的河山，付出了多少努力，经历了多少艰辛。我们从广大独龙族人民身上、从长期工作生活在这里的各民族干部群众身上、从解放军和武警边防官兵身上，看到了中华民族不屈不挠和自强不息的精神。独龙江乡再边远偏僻，也是祖国壮丽河山不可分割的一部分；独龙族人民再远离内地，也仍是祖国56个民族大家庭不可缺少的成员……

听到这里，大家情不自禁地鼓起了掌。

……你们是党的最基层领导干部，工作特别辛苦，我代表省委、省政府向你们表示衷心感谢。我还要特别感谢边防武警官兵，你们为建设独龙江立下汗马功劳，你们同独龙江的各族干部群众携手并肩，齐心协力，为全乡两个文明建设做出了重要贡献……

独龙江峡谷生态植被这么好，在170公里长的独龙江两岸，有维管束植物2278种，其中种子植物就有2003种，是一个相当丰富的植物区系，构成了一道极优美的风景线。山清水秀，珍稀动植物繁多，是块得天独厚的旅游胜地。独龙江乡一定要保护好森林，保护好生态。特别是在修筑独龙江公路过程中，要千方百计保护好森林和生态。大家知道，森林一旦遭到破坏，生态就会失去平衡。生态一旦失去平衡，就会发生垮石、裂石和泥石流……

独龙江仅有4050人，但全乡草山草场面积占了贡山县的60%以上，有着发展畜牧业生产得天独厚的条件。怒江州和贡山县党委政府、乡党委政府都应该把发展畜牧业生产当作第一支柱产业来发展。特别不要忽视独龙牛的发展，饲养独龙牛是独龙族群众致富的好门路，独龙牛就是独龙族群众的"摇钱树"，要"远抓林果、近抓畜牧"，要采取"以羊生羊、以羊还羊"的流动发展方法，要走"以草养畜、以畜换粮、以畜换钱"的路子，千万不能再走"刀耕火种、广种薄收"的路子。只要独龙江真正下决心把畜牧业生产当作第一支柱产业抓起来、发展起来，不出三五年时间，独龙族人民的生活水平就会来一个大大的提高，独龙江乡的经济社会生态就会出现协调发展，还会出现突飞猛进的变化……

　　无论是在贡山县和独龙江乡，我所接触到的独龙族干部，我所见到的独龙族群众，他们的智商并不比其他民族低。为什么独龙江乡的各项建设事业比其他地方发展缓慢呢？关键在于独龙族儿童入学率、完学率低，青壮年文盲率高。交通落后，群众文化素质低，教育跟不上，这就是独龙江乡经济社会后进的根本原因……

　　本世纪末，全省要基本解决440万人的温饱问题，在实现这个伟大目标的过程中，我们不忍心，也决不让一个兄弟民族掉队，独龙族人民就是其中的一个。这当中，关键是要加强和改善党的领导，充分发挥乡、村两级党组织的领导核心作用和广大党员的先锋模范作用。作为共产党员，一定要提高执行党的路线、方针和政策的自觉性，树立全心全意为人民服务的思想。希望独龙江乡的干部群众和武警官兵进一步发扬不屈不挠、自强不息的精神……

经久不息的掌声，响彻巴坡会议室，响彻独龙江！

11月5日，令狐安在从独龙江巴坡返回贡山的途中，站在3400多米的垭口，对尹善龙说："老尹，两年后，咱们俩再来一趟独龙江，而且要到月亮大瀑布。"

"一定随令狐书记来。"尹善龙说。

忽然间，尹善龙又想起令狐安昨天在独龙江写下的诗歌《题独龙江月亮大瀑布》中的句子"月在江心水在天"。

多么美妙的佳句啊！这不正是令狐安徒步独龙江最好的诠释和写照吗？

独龙江、独龙族，一定是在作为中国共产党高级领导干部令狐安此行的心中升起了一轮明月。这轮明月，将在茫茫黑夜中，给予生活在这片边远闭塞之地的独龙族乡亲们，以无穷的奋斗力量和无限的美好希望。

在莽莽群山中，令狐安和尹善龙不约而同地抬头，看了看眼前的人马驿道，又看了看不远处正在修建的独龙江公路，不觉会心一笑。

路啊，其实就在脚下……

一条决心辟天路

2001年夏,细雨蒙蒙,一辆越野车正行走在贡山通往独龙江的公路上。

突然,前方一阵巨响,驾驶员一脚紧急刹车,尽管车速不快,但还是滑出去一小段距离,旁边就是万丈沟箐,十分凶险。

几个人迅速下了车,查看情况。其中一个,个子不高,身材瘦小,一个箭步就兀自朝前冲过去,一看,原来是前方边坡塌方了,大大小小的石头混杂着水流树枝滚落下来,散落在公路上,车子绝对是开不过去的了。

这个人着急万分,怎么办呢?这次同行的是中央民委和云南省民委的领导和专家,他正要带着他们进独龙江,里面可是有一个重要的项目等着现场调研决定。

这个瘦小的人,穿着独龙族传统的服装,撸了几把袖子,抹去脸上的雨水和汗水,二话不说就动手搬起石头来。

"你这是干什么呢?"随后赶上来的省民委的干部问道。

"你们别管,我得把这些石头搬开,我得带你们进去我的家乡独龙江。"这个瘦小的人,不管不顾,一个劲地搬动着石块。

小一些的石块,倒是可以搬得动,但那些巨大的石头,任凭他怎么使力,都纹丝不动。

"你这是何苦,这么多这么大的石块,怎么可能搬得动,又怎么可能搬得完?我们还是暂且先原路返回吧。"

"不,请你们等一等,我再试试。"说完,这个瘦小的人又使出全身力气,想搬动这些挡住去路的大石块。

"别动,你看看你的手,都搬出血了,快停下!"省民委的干部急忙上前阻止。

此人这才停下来,看了看满是血水和污泥的双手,又看了看眼前那么多的大石块，急得眼泪都快要掉下来了。

这个徒手搬石头的人，就是时任贡山独龙族怒族自治县县长高德荣。而这条路，便是刚刚修通一两年，贡山通往独龙江唯一的乡村公路。

在高德荣心中，这次受阻，自己使性子要搬动的，不仅仅路上的石块，更是挡住独龙江通往外界的巨大障碍啊！因为，千百年来，乃至解放后的不同时期，独龙江朝前发展最致命的软肋与桎梏，阻碍独龙族人民进步的，就是交通不便。独龙江通往外界的道路，也经历着：从解放前的古栈道，到1964年10月修通人马驿道；从1964年的人马驿道，到1999年9月建成通车的独龙江公路；再到2014年末，高黎贡山独龙江公路隧道打通通车……

独龙江通往贡山的道路，经历着历史巨变；独龙族人民，也在这种变化中实现了新的跨越。

原先的古栈道，只能够让人勉强通行，就连马等牲畜也无法通过。这样的老山路，沿途还得攀悬崖、爬天梯、穿密林、过独木桥……还得翻越海拔3700多米的四克洛汪咀、黑普山、龙垭腊卡大雪山等，由于地势险峻，行人稍不留神，便将失足坠入万丈深渊、粉身碎骨。这种不是路的路，单边一趟，需要七八天时间。

然而，这还只能是在一年中的正常时间如此计算。独龙江地区，每年大概从11月底到次年5月为大雪封山期，根本就无法通行。那么，一年中就只有半年能够行走，这还不算经常性的雨水天气，造成沿途多点泥石流的影响。就拿解放后，党和政府为大雪封山期间独龙江群众运送物资为例，算一算为什么人马驿道的修建势在必行。

独龙江当时每年需要运送进去30万斤物资，才能勉强支撑大雪封山期间，独龙族同胞的生产生活。但由于古栈道只能人勉强通过，无法靠马帮运送，即使按照一个人背50斤物资（如果加上本人沿途吃的、盖的以及炊具，总负重100斤以上），也需要300人，人均得背1000斤，来回一趟十五六天，得跑20趟，总的就需要300多天，也就是必须用10个月时间才能完成任务。但实际上，除去大雪封山6个月，能用于背送物资的日子，也就6个月左右，这样算下来，肯定是完成不了运送30万斤物资的任务，完不成党和政府对独龙江帮扶的这个重大任务，就无法体现党和政府对独龙族同胞的关怀，中国共产党的民族政策就将大打折扣，并势必严重影响到独龙族人民、独龙江干部职工的生产生活。

所以，1963年11月，贡山独龙族怒族自治县修路委员会成立了。

当年全程参与贡山到独龙江人马驿道修建的中国人民解放军3849部队驻贡山独立营管理员黑智，一直珍藏着一张奖状，上面写着：

黑智同志：

在一九六四年修筑通往四区马路过程中，以忘我的劳动，创造出显著的成绩，被评为修路标兵，望在今后的工作中继续努力，争取更大的荣誉。

贡山独龙族怒族自治县修路委员会办公室
一九六四年十月四日

60年代初，从贡山到独龙江修建人马驿道，可不像现在有充足的资金、先进的施工设备、发达的通信网络、良好的后勤保障……尽管独龙江人马驿道属于国防驿道，党和政府在当时国家经济状况十分困难的情况下，为这个工程下拨了专款20万元，另外，筑路所需雷管、炸药和工具，则由丽江军分区负责供给，但险峻绵延的高黎贡山和担当力卡山，依然给施工带来了巨大的难度和挑战。

为了尽快完成党和政府修建人马驿道任务，采取了"军地联合""民工建勤"办法，成立了指挥部，由黑智所在独立营的教导员李庆昌担任总指挥；贡山县副县长余耀龙、独龙江区副区长独都登和黑智3人，共同担任副总指挥；二区工作组组长和有智、贡山县民政科副科长黎明义为办事员。

改造任务主要落在了贡山独立营身上。

李庆昌抽调了一个加强连，大约120人，不仅要负责铺路，还要负责东哨房和西哨房的房屋修建，因为行人要在翻山越岭、蹚水过林的险恶环境下，走完 65 公里的人马驿道，没有两三天时间，是不可能到达的，那么路途中，就必须有可供住宿休息的房子。这样的房子，在恶劣的自然环境下，完全可以说是"救命房"。

修建这条人马驿道，光有解放军战士还不行，指挥部又从全区农村中抽调了大量青壮年民工。其中，二区抽调约 120 人，编为一个连，和有智负责；三区抽调约 120 人，黑智负责；一区和四区共抽调 200 人，合编成一个连，独都登和黎明义共同负责。部队派出排级以上干部，到新编的三个连做连长和指导员。

考虑到自然灾害和大负荷劳动，部队抽调两名医助，负责医疗保健工作，而每个连队皆设有卫生室，并配备一到两名专职医护人员。另外，由于参与施工的人数多，沿途都是荒山野岭，考虑到方便大家生活，便抽调当珠独龙阿普，负责调运和销售日常生活用品。

修建的这条人马驿道，是造福独龙族人民的幸福路，所以大家的积极性非常高，但条件实在是异常艰苦，所以，指挥部商量决定，所有参加修路的人，每月供应粮食 45 斤、油脂 1 斤，每人每天还有 1.2 元补助，其中 0.8 元交合作社（吃大伙饭等），0.4 元归个人支配。

那时，大家的思想觉悟高，没有任何人计较报酬的多少。大家一心就想着如何把党和政府交代的任务完成好。

1963 年 12 月，经过前期的各项准备工作，独龙江人马驿道动工了。

施工队伍编成连队，就是为了实行军事化管理；实行军事化管理，才能最大效率地开展修路工作。

人马驿道的修建路线，是从贡山县城普拉河开始的，第一站到慈楞村；第二站从慈楞村到双拉娃；第三站从双拉娃到嘎作；之后是其期、直日底、基都、十二桥、东哨房、垭口、西哨房、三队、拓扒鲁路、米利娃河、生产基地、巴坡（终点）。

整个施工过程异常艰难。

由于是在冬天施工，特别阴冷。黑智记得，很多民工手和脚都起了冻疮，流血、起疱、化脓……但从不叫一声苦，在军事化管理下，一声哨响，马上就集合完毕,无论阴天下雨,还是其他情况,都完全按照部队作息时间,统一上工、统一吃饭、统一休息。许多人生病了,也仍要挣扎着坚持出工干活。

除了军事化管理的规范约束外,其实民工们心中更多的是对党和政府的回报,以及对独龙族同胞兄弟般的友情。因为在贡山,没有任何一个民族,没有受到过中国共产党的帮扶与恩惠。大家都是穷困出身,有了共产党,才能翻身得解放,才有了发展的机会和可能。共产党全心全意为边疆人民做的大好事,真是数都数不过来。

所以,那时贡山参与修路的各民族同胞,心往一处想,劲往一处使,根本没有任何人出现旷工等情况,大家都唯恐自己干得少了遭别人笑话。

不仅民工们全力干活,而且各个连队的连长、指导员、办事员、卫生员等,除了做好自己的本职工作外,只要一有空,就和民工们一起到工地现场修路,没有一个闲人。

为了配合好修路,连队里得有四五个人负责炊事。另外,这条人马驿道,经常需要炸开山岩,所以每天还得有十多个人到县城背粮食、油脂,以及雷管和炸药。

所有人,在繁重的修路作业后,平时吃的是什么呢?一碗饭,一碗"玻璃汤",仅此而已,就连蔬菜都没有。按规定,一个月才有条件吃上一顿好饭菜,所谓打一次牙祭。

就是在这样艰苦的施工和生活条件下,人的精神力量却发挥了巨大的作用,军民团结,干劲十足,共同奋斗,战天斗地,修路的进度超出了预期。到1964年2月时,人马驿道竟然已经修通到其期。

这时,一个意外发生了。

大概在其期往上1公里处,由于悬崖上的巨石挡住了修路,不得已使用爆破。

独龙江卫生所第一任所长陶学仁,刚刚医治完一个病人,就加入了筑路民工队伍协助打炮眼。

陶学仁是1959年昆明卫校毕业后分配到独龙江的,是土生土长的昆明人。虽然从小在省城昆明生活学习,但受中国共产党民族政策的影响和激励,立志要像白求恩大夫那样，具有无私奉献的高尚医德，为边疆少数民族医疗事业奉献一生。所以，他选择了最为偏僻的独龙江，在艰苦的环境中，和同事洪禹疏、杨惠、陈淑媛、王凤立等一起，兢兢业业，为独龙族乡亲们治病除疾。

这天，阴雨绵绵，但工期紧张，所有筑路民工都在作业现场忙活。

陶学仁正和其他人一起扶着一根钢钎，另外的民工甩着大锤，一点一点在坚硬的岩石上凿出炮眼。

突然，一阵闷雷，轰隆隆在闪电转瞬即逝的光亮中炸开了。悬崖上的石块，伴随着水流直击而下。

"快跑！"陶学仁话音刚落，一块块大大小小的石头发疯似的从悬崖坡上翻滚加速着落下，发出稀里哗啦的巨大响声，像是要撞毁山崖下的一切。

陶学仁和民工们刚要跑开，却不幸被其中一块大石头击中头部。瞬间，由于巨大的冲击力，石头连带着人一起滚落河边，鲜血染红了人马驿道。

年轻的陶学仁，不幸当场壮烈牺牲。

根据陶学仁家属意见，遗体在干妈洛河火化。当时江水呜咽，青山沉默，随后，骨灰被运回昆明安葬。

1964年4月底，人马驿道修到了东哨房。

五一劳动节，放假半天，晚饭多了黄豆加竹叶菜，算是过节犒劳。5月2日起，抽出一部分人修建东哨房和西哨房房屋。5月底，人马驿道修至垭口，特立一块高1.5米的石碑刻字纪念。但越往前修，运输路线越长，后勤物资以及炸药雷管等，不得不增派一倍以上的人往返县城背送。

这样一来，原先1天可以往返，变成了需要3天才能往返。

根据新情况新问题，调整原先作业计划，改为分段包工施工法，加之军民干劲依然十足，所以修路进度不但没有落下，反而更快了些。

可是意外总是随着越来越接近成功的时候，悄然降临。

1964年7月底，人马驿道快修通到拓扒鲁路。

二区连队卫生员汉朝钧（1940年出生，傈僳族），原本是贡山普拉底乡禾波村双米底社人，1960年怒江州人民医院附设卫校民族医士班结业后，被分配到贡山县医院工作。

他曾说过："我是党和人民培养出来的，只要组织需要，工作需要，我会绝对服从。"

陶学仁医生牺牲后，汉朝钧虽然当时正患病在身，但依然怀着满腔热血，加入了修建独龙江人马驿道的队伍中。

为了方便修路的各族群众，他将医疗点设置在了海拔3000多米的高黎贡山西坡，每天都坚持背着药箱，在每个筑路工地来回查看奔忙，遇到现场生病或受伤的民工，便可及时施治。

每天，汉朝钧都忙到天黑，甚至有时候半夜还摸黑去给民工打针送药。

由于医药短缺，汉朝钧自己爬悬崖、入密林采药，用自己配制的草药，为民工解除病痛，得到了大家的赞许：汉医生真厉害，拔点草根就能治好我们的病。

1964年9月20日，大家正在拓扒鲁路约1公里的地方作业，几位民工干得正起劲，丝毫没有发现危险就在头顶。

汉朝钧像往常一样，背着药箱行走在各个工地，恰好路过这里。

他突然发现，上方悬崖有零星滚石，并且看样子马上要塌方，于是，他朝着4位埋头苦干的怒族民工大叫一声："快躲开，要塌方了！"边叫边冲过去，将来不及躲避的一位民工推开，自己却被塌方滚落的石头砸翻在地，随之冲下的一根树桩，扎进了他的腹部……

弥留之际，汉朝钧仍不忘自己的使命和初衷，嘴角翕动，艰难地口述留下遗嘱：

> 我是修独龙江路时死的，一定要把我埋在独龙江的路边，让我看看路修完后，马帮运输的情景。

在场的人无不动容，悲伤落泪。

正是有了像陶学仁、汉朝钧等为独龙江人马驿道修建舍生忘死、奋不顾身的精神，才有了这支军民团结一致的筑路先锋队，争分夺秒、克服重重困难，于1964年8月底修到巴坡，甚至还沿着独龙江延续修到朗王夺。

要不是李庆昌指挥长派人通知说，这次修路的任务只是到巴坡，要队伍立即返回巴坡待命的话，黑智和大伙还准备继续往独龙江下游修。足可见，这是一群真正为完成党和政府帮扶独龙江任务而一往无前、自我奉献的人。

1964年10月16日下午3时，在中国西部地区新疆罗布泊，一朵巨大的蘑菇云腾空而起，中国成功地爆炸了第一颗原子弹，是继美国、苏联、英国、法国之后，世界第五个拥有核武装的国家。

第二天，1964年10月17日，在中国云南最为偏远的独龙江，历时9个多月，耗资20万元，花费24万份工的独龙江人马驿道通路典礼，在巴坡举行。

第一颗原子弹的爆炸，让中国共产党领导下的中国各族人民，完全可以在国际上扬眉吐气；而从贡山到独龙江人马驿道的成功修建，同样让千百年来受困于交通闭塞的独龙族同胞有了新的起点和希望。

原先从贡山到独龙江要走七八天，现在只需两三天；原先走古栈道需要翻越三座雪山，现在走人马驿道只需翻越一座雪山……修建后的人马驿道，一年可以运送100多万斤物资，极大地改善了当地独龙族群众的生产生活，结束了过去物资只能完全靠人背的历史。

每逢雪化开山，人马驿道上总会响起一阵又一阵的铃声，看，远远的，西藏察瓦龙马帮、中甸马帮、德钦马帮、维西马帮……驮着一批又一批物资，朝着独龙江来了。

随着独龙江人马驿道的修建和开通，相关桥梁的建设也陆续展开，因为连接独龙江两岸的，一直以来都是最简单的藤篾桥、独木桥等，无法真正实现两岸的运载互通。

余尚文是贡山县傈僳族，也是当年进行桥梁建设的亲历者。他于1964年6月从云南省交通学校毕业后，被分配到贡山县工交科（后改为交通局）任技术员。

首先要解决的是，贡山与独龙江驿道相连接的怒江上空的桥梁建设。

当时设计的是钢索人马吊桥，建在了贡山芒孜村附近，是贡山县境内有史以来的第一座大桥，是连接独龙江人马驿道的首座桥梁，于1965年7

月建成，取名幸福桥。

与此同时，为解决独龙江西岸南部马库村和缅甸边民、独龙江东岸朗王夺村、孟当村（孟顶村）、巴坡村村民，以及独龙江边防战士等过往独龙江的实际困难，党和政府决定，在巴坡村与孟当村之间，开建独龙江第一座钢索吊桥。

在独龙江建桥，和在外面建桥可大不一样，修桥器材先得靠人背马驮，从碧罗雪山东麓的维西县岩瓦村，翻越碧罗雪山，运送到贡山县城丹当。再从贡山县城丹当，走刚修建好不久的人马驿道，依然是要靠人背马驮运送钢索、木料、炸药等物资，以及施工人员的粮食、油盐、药品等。条件相当艰苦，但大家的热情却十分高涨，从不计较个人得失，为的还不是让独龙族同胞过上幸福的日子！这是中国共产党一直在做的事情。

这座桥由贡山县工交科扬中乙（纳西族，丽江人）负责设计，李向荣（贡山籍怒族，云南省交通学校毕业）作为施工技术员，加上李逢昌（泥土工师傅，汉族，大理鹤庆县人）、刘福才（木工师傅，白族，大理剑川人）、朱岚昌（石工师傅，白族，大理剑川人）等，再加上杨世荣（丽江纳西族，时任独龙江区委书记）从独龙江各村寨抽调了30多个独龙族青壮年，组成了建桥队伍。

经过5个多月的奋战苦战，这座投资5万元的大桥，终于在1965年12月31日竣工通行，修建此桥是为了搭建起独龙江两岸独龙族同胞更幸福的生活，故也取名：幸福桥。

幸福桥建成之日，不但独龙族同胞从各个村寨赶来祝贺，就连领邦缅甸，也派人前来观摩庆贺。

看到中国共产党为独龙江的独龙族修建了如此好的一座桥，缅甸的日旺族无不感慨，纷纷赞赏道：

> 在这么边远的山沟能够架设钢索吊桥，在我们的国家里是没有的，你们的人民政府真是为人民！

随着独龙江经济社会的发展，1981年又对幸福桥进行了升级改造，使得原来全长 68 米只能人行的钢索吊桥，改造成了人马皆可通行。

为了改善独龙江乡乡政府通往孔当、献九当、龙元以及迪政当的江面交通状况，1966 年修建幸福桥节余的资金设备器材，又被用于修建独龙江上的另一座全长 52 米的钢索吊桥吉木斗桥。

1989 年，党和政府又投资在孔当行政村南部 1 公里处，修建了孔目钢索吊桥。另外，还在独龙江其他 4 条河流上修建了 4 座钢索吊桥和一座石拱桥，别的地方还架设钢溜索道 23 道、37 根。

同时，筑路工程技术人员、各民族民工和独龙族同胞团结一致，在独龙江到处都是悬崖峭壁、沟谷深壑的艰难自然施工环境下，甚至在被民间誉为"麂子过路也流泪"的三道悬崖（巴坡到迪政当之间的三大悬崖），以及中缅边境钦郎当瀑布（哈滂大瀑布，水柱从 80 米处直接跌下）等极端施工条件下，不断修建着独龙江境内各个村寨之间的乡村驿道。

这些交通基础设施的建设，极大提升了独龙江乡的交通能力，方便了独龙江群众出行。

特别值得一提的是，1984 年底，党和政府为方便中缅边民交往和贸易，修建了马库行政村到中缅边境 41 号界碑的驿道，具体由贡山县交通局修路队和贡山县农机厂联合组成工程队，与独龙族同胞一起，一锤一锤凿开岩石打出炮眼，一米一米炸出路，经过 5 个多月苦战，才修通这条最为艰难的驿道。年轻的独龙族工人陈光辉和怒族工人彭兆忠在修建过程中，不幸遇难身亡。

独龙江第一阶段的交通基础建设，就是在如此艰苦卓绝的环境下完成的，但是，随着独龙江社会经济等各方面的快速发展，新的交通问题又出现了，并成为一个新的巨大的阻碍和瓶颈。而中国共产党，依然以巨大的关怀，在独龙族人民追求幸福生活的道路上，不计成本、不遗余力，全力给予帮助和扶持！

独龙江人马驿道，1974 年 8 月，中国著名作家冯牧走过；1998 年 10 月，中共云南省委书记令狐安也走过，最少都需要三天两夜，并且是在单纯徒步行走的前提下。但如果是马帮呢？人和马，还运载着物资的情况下，走这条人马驿道，又会发生些什么情况呢？

可是从县城到独龙江乡政府所在地巴坡，人行还要走3天，运输骡马要走5天才能到达。十分难行的是那盘旋缠绕于高黎贡山的人马驿路，更为艰难的是还要翻越海拔4800多米的南磨王雪山垭口。途中的陡崖、深谷、江河、湿地、沼泽、高山，真是险象环生，峰回路转，无路可循。这些都还可以逐一克服，但人力无法战胜的是那严酷寒冷的狂风暴雪。每年从10月底开始下雪到第二年的6月，高黎贡山垭口被冰雪覆盖堆积，别说是人马，就是山鹰也难展翅飞越。长达半年多的大雪封山，独龙江与县城内地完全断绝了驿路交通，这时的独龙江蜷缩在担当力卡山和高黎贡山之间的峡谷里，显得那么孤独和寂寞。不通路，不通电话，只有边防连和乡政府的两部电台的电波发出嘀嘀嗒嗒的声音，与上级领导机关保持着定时的联系。因此，每年得在山垭口雪化通路的三四个月的时间内，赶紧组织一支庞大的运输队伍，靠人背马驮由县城往独龙江运输所需的物资……几十年来，年年如此。运往独龙江的生产生活物资，年平均量都在60万公斤以上，其中粮食就在20万—40万公斤。这还不包括边防军用物资。在高黎贡山垭口冰雪融化开山可行的季节里，每年都要从西藏的察隅县和本省的迪庆藏族自治州、怒江傈僳族自治州内的中甸、德钦、维西、兰坪、福贡、泸水、贡山以及邻近的保山地区组织运输骡马2500匹以上，投入人力8000人次。最高年份竟投入12000多匹骡马。每年投入运输的骡马要死50匹左右，物资损失10万元左右。运输费用每年平均开支300多万元，其中包括骡马死亡赔偿、驿道修复费等开支。在贡山县城通往独龙江的65公里的人马驿道上，骡马和背运民工像是一条缓缓流动的传送带，把冬夏两季半年之内所需的物资一斤一斤地运输进去。在县城几角钱一斤的洋芋，到了独龙江加上运费就合3元多。贡山县在80年代初运输部门有壮年骡马350匹，10多年的运输下来，现在仅存老弱病残的骡马72匹，已无法参加正常的运输了。在那曲折崎岖的险路上，每年都有摔死的骡马尸骨在堆积……靠这样年年如此的原始运输方式，当然无法改变独龙江乡的贫穷落后面貌。据统计，自50年代中期以来，政府直接间接用在独龙族群众身上的经费，每人平均在25万元！但独龙江乡依然还是全省最贫困的乡……

这是曾经陪着冯牧在1974年徒步独龙江的又一位军旅作家张昆华，在其作品《道路通向独龙江》一文中所记载的有关人马驿道的片段。

为了独龙江同胞，以及驻守独龙江官兵、干部等人员，在大雪封山期间能够生存，自1964年10月人马驿道修建好，一直到1999年9月独龙江公路通车前，30多年来，独龙江人马驿道上的马帮运送物资，从来就没有停止过。

1997年，受中央电视台委托，云南电视台郝跃骏以独龙江马帮运输队为题材，拍摄了大型电视纪录片《最后的马帮》，该片先后获得了中国少数民族题材"骏马奖"一等奖、最佳摄影奖、最佳音响纪录片等大奖，入选第十一届阿姆斯特丹国际纪录片电影节等国际影展，反响巨大，影响深远。

影片比较细致地拍摄了20世纪90年代中后期，部分马帮（老头阿迪的马帮、藏族女人嘎达娜和虾脚的马帮）进独龙江的种种艰辛与无奈。可以从中看到，30多年以来，靠人马驿道运送物资，尽管是当时唯一可行的办法，但同时也受制于独龙江险恶的道路条件，以及半年大雪封山等困扰。这个问题不能有效解决的话，独龙族人民依然无法摆脱生存层面上的巨大困扰，也就更不可能奢谈进一步发展的问题了。

另外，1992年12月，独龙江乡政府驻地发生的一场特大火灾，似乎也加速着独龙江公路的立项和建设。

根据灾情汇报，独龙江乡粮管所30多万公斤粮油和商店25万多公斤商业物资全部被烧毁，火灾还烧毁四周房屋9幢共66间，也就是说，这场大火已经把运送到位的封山期间所需物资全部烧光了，这可关系到大雪封山期间，4000多名独龙族群众以及军民的生产生活啊！

救急如救火，一旦大雪封山，一切将无力回天！

为了救灾和重新争取在大雪封山前把物资运送到独龙江，贡山县几乎发动了所有的机关干部职工和家属、个体商户、退休干部等，只要是能出动的人员，倾巢出动。另外，各个乡镇也出动了3898人（民兵1500人），还从福贡县请来民工740人，组织了400多匹骡马，一起奔赴独龙江。

12月初，东哨房的积雪已经有1米多深，气温零下十几摄氏度。面对如此寒冷的天气和恶劣的运输环境，大家心中只有一个念头，那就是一定要把物资尽早运送给独龙族同胞。所以，在各级党委、政府的指挥下，舍生忘死、夜以继日；在精心筹划的"五段四站"方案下，各部门各人员精诚团结、分工合作。

公安干警和交警动用车辆313车次，接送民工11000次；民政局为几千民工发放鞋子6000多双、棉毯2365床、各种衣服3000多件、红糖5000多公斤、生姜2000多公斤、木柴35000多吨；交通局指挥和安排民工和马帮运输，组建修路队，破雪凿冰，搭便桥12座，保障道路畅通；负责后勤的小组，短时间紧急收购16000多斤蔬菜、鲜肉，并组织几十匹马每天运送到各运输站点，保障饮食；粮食和商业部门，加班加点，包装发送物资；卫生防疫部门，随运输队做好医疗防疫；宣传部门及时做好报道，鼓舞人心，为民工放电影……此外，全县各族人民，社会各界踊跃为独龙族同胞捐款捐物，体现了在中国共产党领导下，社会主义制度的优越性。

就这样，经过5000多名干部群众15天的艰苦奋战，终于把21.5万多公斤物资及时运送到独龙江。但由于严寒加疲劳，参与运送物资的人员中，近千人受伤患病，4人精神失常，1人不幸牺牲……

新建一条独龙江公路，成了一代独龙人的梦想。

巴国新、高德荣等独龙族代表，不断积极向上反映。当然，党和政府早已看到这一点，并于20世纪80年代，就组织相关部门和专家进行过调研与论证，甚至还拍摄过电视专题片《通往独龙江的路》。但在修不修路这个问题上，一度出现了不同声音，认为如果要修建独龙江公路，势必开山炸岩，这样做会破坏高黎贡山生态，而且修这条路难度极大，相比其他地区，必将以耗费几倍几十倍的人力财力物力为代价，为了仅有4000多人的独龙族，似乎不值得，还不如整体搬迁出来更划算。

面对质疑，交通部原副部长李居昌说过这样一番话："从经济发展来讲，从民族团结来讲，从独龙族将来讲，迫切需要这条路。路要是不通，你想要叫它发展是不可能的事情。因此，部党组研究决定，要坚决把这条路打通，不管有多少困难，不管需要多少投资，也要把这条路打通。因为这解决的是一个民族的生存问题！"

其他问题暂且不说，其实那些反对的声音，还忽略了一个最根本的问题，那就是国防。

独龙江地区，有独龙族世代守护，即使再偏僻再遥远，也永远是中国不可分割的领土。对待独龙族生存和发展问题，如果为了图省事，只简单地做异地整族搬迁问题处理，那么独龙江地区势必成为无人区，届时，国土将会被外族乘虚侵入。

时任贡山独龙族怒族自治县县长的高德荣，也有着自己独到的见解，他曾说：

独龙江是我们民族的家园，更是我们伟大祖国不可分割的一部分。自从独龙族的祖先从太阳升起来的东方迁移到这里后，我们祖祖辈辈都生活在独龙江畔。为了保卫祖国的这方边陲和我们的家园，独龙人用生命和鲜血赶走了入侵的洋鬼子。为了保护独龙江的一山一水、一花一叶、一草一木，独龙人忍受着饥饿严寒，决不毁坏这里的一棵树、一根草。因为1994平方公里的独龙江，不仅是我们的家园，还是一座绿色宝库。守护她，就是守护我们的家园和国家；珍爱她，就是珍爱所有的生命。我们是坚决不会迁移出去的。我们独龙人的呼声，就是尽快修筑独龙江公路。我们独龙人最懂得保护生态环境。过去刀耕火种，外人也说是破坏生态环境。其实我们烧一片杂草丛生的荒地，种上庄稼，收割后，我们就让它轮歇，然后种上水冬瓜树。这种树生长快，待它们长高后，就砍伐背回家做燃料，再烧荒播种。这就用速生的水冬瓜树保护了原始森林。至今，独龙江流域的原始森林覆盖面积达百分之九十多，就是我们用这种方法把原始森林保护下来的结果。修路开山炸石，是要破坏一些山崖，也要砍伐一些树木，毁掉一些花草。但独龙江公路不过96公里，这种破坏，对于高黎贡山的整体，简直是微乎其微。这是小破坏、大发展，在发展中保护、在保护中发展，这样的代价，值得啊！

1993年3月，是一个值得独龙江人民永远铭记的日子，在北京召开的第八届全国人民代表大会上，几千名全国人大代表摁下了表决器按钮，同意修建独龙江公路！

为了一条边疆少数民族的乡村公路的修建，竟提交全国人大代表进行表决，这在中华人民共和国历史上，绝无仅有。但同时也说明了一个问题，那就是，在中国共产党的领导下，哪怕是像独龙族这种只有4000多人的最为弱小边远族群的事，都是国家大事，都是党和政府倾尽全力帮扶的大事！放眼古今中外，没有其他任何一个国家和政党可以做得到。

1995年7月1日，中国共产党建党74周年，独龙江公路开工典礼在贡山县城举行。11月18日，在各项准备工作完成后，炸响了修建独龙江公路的第一声开山炮！这条以丙贡公路K1+650米为起点，途经吉速底、黑娃底、大坝、大黑土、黑普垭口隧道、奶旺、木切米娃、学切、孔当，总投资1.3亿元，总长96.2公里的乡村公路，正式开建了。

独龙江公路的修建难度远远超过了预期，先前一支来自北方的施工队用近两年多时间，竟然没有修成1公里路，留下了一个开挖了十几公里的烂摊子，撤了。

是什么让这支北方施工队修路修到崩溃而"逃走"呢？在资金有保障的情况下，修建独龙江公路，就真的这么难吗？

1997年4月6日，党和政府召集相关职能部门，在昆明召开了如何继续修建独龙江公路的会议。经过讨论决定，这个重任最终落在了云南省公路局、云南省金沙江林业工程公司和独龙江乡头上。并且，给它们立下军令状：工程必须在1999年10月1日竣工，向中华人民共和国成立50周年献礼！务必克服一切困难，苦战2年，把耽误的时间夺回来。

1997年7月20日，经过精心准备，在怒江六库举行了庄重而俭朴的施工合同签字仪式。云南省公路局承担第一标段60公里的修建任务，云南省金沙江林业工程公司承担第二标段30公里的建设任务，余下到孔当的6.2公里，由独龙江乡组织全乡民工修建。

第二次独龙江公路施工，由此正式拉开了序幕！

云南省公路局抽调下属路桥二公司和三公司组成的施工队，开着大大小小车辆，拉着施工机械和材料设备等，浩浩荡荡沿着怒江公路，向贡山进发。

云南省金沙江林业工程公司也派出施工队伍和运送设备，在黑普垭口以下的南线驻扎。

独龙江乡政府在乡党委书记和乡长带领下，联合驻独龙江边防官兵，会同独龙族群众，带着大锤、锄头、钢钎、背篓等工具，准备大干一场。

为了按时完成党和独龙族人民的重托，3支队伍同时开工，你追我赶，向着同一目标掘进。

云南省公路局职工大学即将毕业的学生吕光富，在执行独龙江公路的测设任务时，由于受到原始森林瘴气侵袭，一度高烧不退，他曾挣扎着，强忍病痛写下遗书：

在我年轻的生命中，能为我国人口较少的独龙族，修他们的第一条公路而死，这是无上的光荣。只是还没有把公路修好就要离开大家而逝，成了我生命中最大的遗憾。我死后，不要把遗体抬出山外，就埋在山上，让我日夜看汽车给独龙族同胞运送他们的建设物资……

幸好，后来遇到一位藏族民工毕玛诺，将身上原本是媳妇为他准备的藏药，给吕光富服下，并按照藏族人的做法，按摩吕光富穴位，竟然让吕光富奇迹般好转了起来。

据路桥二公司李朝东和马玉科当年的采访，进驻独龙江公路施工现场的路桥二公司二处负责人杨国荣说，第一天，就得教会大家吃饭。

吃饭谁不会吃？这不是笑话吗？

实则不然。学会吃饭，确实是在独龙江公路修筑过程中第一道要迈过的坎。

这是怎么回事呢？

原来是独龙江公路沿途海拔太高，各段工地大多在3000米以上。海拔高，气压自然就低，烧开水时只要到了五六十摄氏度，水就开始沸腾。那么，在如此境况下，煮出来的饭可想而知，即使是用压力锅，也照样只能煮出夹生饭，硬得和生米无多大差别。面条就更不用说了，一煮就是一锅糨糊，按照平时大家的饮食习惯，这怎么吃？

但必须吃，不吃就没有办法保存体力，没有体力怎么干活？

杨国荣带头，三下五除二，就强制性地扒下了一碗饭。大家也跟着，硬着头皮吃。一天两天还好，十天半月，甚至一年两年下来，不是拉肚子，就是得胃病，再加上蔬菜短缺，口舌生疮溃烂，那是经常发生的事。

住的地方也相当难弄。高黎贡山尽是深山老林、险壑深箐，只能依随地形条件，要么搭建树楼、地棚，要么干脆就像野人一样住岩洞。

平时走路也得万分小心，到处都是悬崖峭壁、沼泽地陷、滚石独木，稍不留神，便有可能被从天而降的石头砸下深谷而亡，或者深陷沼泽而死，更何况还需要在这样的条件下，运送进场物资机械、生活给养……

就是在这样艰难的施工环境下，筑路工人中党员、团员带头，上最艰难最危险的地段，大家依靠强大的信念，一定要为独龙族人民修通这条生命线。

1998年12月，黑普垭口已是大雪纷飞，施工青年突击队争分夺秒冒雪作业。因为黑普垭口隧道是独龙江公路的控制性工程，能否按时打通，关乎整条路是否能在1999年9月9日按时通车。

高德荣在施工现场慰问，深受感动，紧握一名队员的手说："感谢你们为我们独龙族的第一条公路，冒着雨雪施工。我们独龙族人民永远都记得你们。"

杨国荣在旁边接过话来说："这是贡山县各族人民对我们的支持和鼓舞，是党对我们在雪地施工的关怀。我们一定不辜负党的重托、独龙族人民的希望，尽快打通隧道。"

1999年3月，一场大雪降落。28日清晨，一声巨响，高黎贡山发生雪崩，工棚被冲走，黄世祥等工人被掩埋，施工隧道中的工人也被封堵住，幸好外面还有清理道路的工人，奋力铲雪营救，使被困工人们奇迹般生还后，继续投入施工。

1999年4月28日，是个值得纪念的日子，通过艰苦努力，黑普垭口隧道顺利贯通了。从1998年8月1日到1999年4月28日，这条海拔近4000米，长度为420.24米的隧道，总共用了219天终于打通。

与此同时，云南省金沙江林业工程公司负责修建的30公里，以及由独龙江乡负责修建的最后6.2公里，都进展顺利。

特别是独龙族乡亲们，不计报酬，不辞辛劳，纷纷带着简单行李，以及锅碗、洋芋、苞谷、荞麦等，从各个村寨赶来，加入建设队伍中。

听说要修路，独龙江武警边防战士也不甘示弱，他们说："能为独龙江同胞结束不通公路的历史出一份力，是我们的光荣。我们一定要让几十年在独龙江畔结成的军民鱼水深情，在修建独龙江公路中得到发扬光大。"

正是有了各民族团结奋战、军民团结奋战，独龙江公路才一点点像彩虹一样，在独龙江大地上蜿蜒盘旋绽放开来。

当然，由于极端恶劣的筑路条件，自然灾害时有发生，差不多每一公里就有一个生命为之离去。这些奋不顾身的筑路英烈，有部队战士，有独龙族乡亲，也有其他民族同胞。正是他们和其他所有奋战在独龙江公路上的人们一起，为中国改变了最后一个少数民族不通公路的历史。

1999年5月，以"人与自然——迈向21世纪"为主题的世界园艺博览会，在春城昆明召开。

时任中国共产党中央委员会总书记的江泽民，在盛会期间，接见了云南少数民族代表。独龙族代表高德荣（贡山县人大常委会主任）和普米族代表和润培（怒江州委副书记）灵机一动，将希望总书记为独龙江公路题词的报告交给了时任中共云南省委书记的令狐安。

令狐安正好半年前徒步独龙江，对独龙族的情况十分了解，对独龙江公路修建的意义了然于胸，如果能够请江泽民总书记为修建独龙江公路题词，对于中国共产党一直以来帮扶独龙江，真算是一个最好的总结了，于是，便当面报告了江泽民。

果然，在随后视察大理丽江期间，江泽民挥毫写下：

建设好独龙江公路，促进怒江经济发展！

16个大字，为的是一个曾经饱受欺凌压迫的弱小民族。这凸显着中国共产党对边疆少数民族的责任和担当。一如16年后的2015年1月，习近平总书记在云南考察期间，专门接见了怒江州少数民族干部群众代表时指出的那样："在全面建成小康社会的进程中，一个兄弟民族都不能落伍，一个贫困地区都不能掉队。"

1999年9月9日，贡山普拉河畔，独龙江公路的零起点处，用高黎贡山青松枝叶、绿藤野花扎成的牌坊两边的大红对联格外显眼：

凿顽石千峰成大道　　边陲山水显俊秀
携黎民万户奔小康　　独龙儿女尽风流

横批自然是江泽民的题词"建设好独龙江公路，促进怒江经济发展"。

从1995年7月1日开工典礼，到1999年9月9日通车仪式，这条公路的修建，经历了4年多的艰难曲折。从此，结束了独龙江乡作为中国最后一个不通公路的乡镇的历史；也结束了独龙族为中国56个民族中唯一不通公路民族的历史。

9月30日，独龙族代表在六库参加中华人民共和国成立50周年、怒江傈僳族自治州建州45周年庆祝活动时，无不自豪地向其他民族代表说："我们是乘坐汽车来的，坐汽车来的……"

独龙江献九当村的独龙族妇女金莲花，更是激动地说："过去，我从独龙江翻过高黎贡山来县城背米背东西，要走五六天才能到，也才背得动一小竹箩,回到家要累得半死。现在,公路修通了,前天县上派汽车去接我们,只用半天就从独龙江来到县城,快得像老鹰飞一样呀。"

自此,每年9月9日(后改为10月1日),贡山独龙族怒族自治县多了一个隆重而特殊的节日——公路节,以表达独龙族同胞和贡山各族人民,对党和政府帮助修建独龙江公路的感激之情。

据说,独龙江公路通车10年的运输量,比过去60年来人背马驮运送的物资还要多。成本上,过去一吨物资运费八九千,现在,大概只需要千把元。更为关键的是,这条路带动了其他基础建设和基础产业的快速发展。通信、电力、商贸、种植、养殖……诸多领域,宛如雨后春笋般纷纷拔节,快速发展了起来:2007年,实现了移动电话村村通,卫星电话全乡覆盖,信号甚至还延伸到缅甸;通车7周年,建成了孔目装机容量2×320千瓦发电站;上百家私营商店相继开业营业,年经济收入1200多万元;花椒、草果、核桃、茶叶等种植业进一步扩大;独龙牛、独龙鸡、独龙猪等养殖业蒸蒸日上……独龙族农民人均纯收入也从1999年的551元,上升到2008年的805.7元,增幅近300元。

不过,由于独龙江公路41至63公里仍处在"雪线之上",每年的11月到第二年的5月,这段路依然无法通行,大雪依旧封山,即使是能通行的半年期内,也基本处在晴通雨阻的状态。

这是一个十分严峻且无奈的现实,严重制约着独龙族的进一步可持续发展。

怎么办呢?正当独龙族乡亲们无计可施时,一个天大的好消息传来了!

2010年1月18日,中共云南省委办公厅、云南省人民政府办公厅2010年2号文件《中共云南省委办公厅、云南省人民政府办公厅关于独龙江乡整乡推进独龙族整族帮扶三年行动计划的实施意见》出台了,其中,在基础建设的交通建设部分明确,改造独龙江乡公路96公里,改造乡村公路90公里,新建人马吊桥4座,新建孔当客运站(含5个招呼站)。计划投资56317万元,其中省交通运输厅会同省发展改革委申请国家补助和省本级专项资金安排56267万元、团省委负责安排50万元。

党和政府对独龙江和独龙族再次帮扶的大手笔，让独龙江公路改建工程成为可能。

2011年1月29日，独龙江公路改建工程由国家发改委批准立项，云南省交通运输厅委托云南省公路局组织实施，起点是贡山县城东北侧普拉河大桥北岸，路线总长79.982公里（比老路缩短16.218公里，新打通一条隧道以取代原先23公里十分艰险的高海拔盘山公路），总体沿着老路改建，局部加宽，其中的控制性工程高黎贡山独龙江公路隧道（隧道净宽7米，净高4.5米，全长6.68公里），分别由云南第一公路桥梁工程有限公司和武警交通部队第三支队，从靠近贡山和独龙江两头方向，同时施工掘进。

开工典礼上，高德荣动情地对施工人员说："因每年大雪封山半年，别人走100年，我们才走50年，怎么可能赶得上别人的脚步呢？独龙族同胞感谢你们！你们早一天打通大雪山，独龙族同胞就能早一天迎接新生活！你们将成为独龙江的大功臣！你们看看那些大树，一片叶子一张眼，滴的都是眼泪——都在感谢你们呀！"

独龙江公路改建工程，山高坡陡，沟壑纵横，塌方、滑坡、雪崩……时有发生，每年开春，必须用推土机推雪才能继续施工。隧道内，断层、裂缝、涌水、低温、纵坡等险情不断，大雪封山还得避开。这样一来，施工难度极大，施工面临的挑战极多，投资不得不加大（最终总投资为7.8亿元），施工时间不得不一再延长。

但施工的决心从来就没有变，从来就没有被危险和困难吓倒过。

2012年3月25日，高黎贡山一场大雪崩将施工营地部分住所、仓库等掩埋了，就连营地附近的嘎莫罗河河道，也被积雪阻塞了400多米，形成一个堰塞湖，逐渐将营地吞噬，只得争分夺秒撤离人员物资。

2013年3月1日，另一场特大雪崩从天而降，瞬间就把云南第一公路桥梁工程有限公司工程队独龙江公路隧道项目驻地的油库、拌和站、炸药库、通信信号塔等掩埋，幸运的是，施工人员恰好在隧道内作业，否则后果不堪设想。

在整个施工过程中，危险可以说是无处不在，施工人员多次与死神擦肩而过。

2013年10月28日，高德荣对采访独龙江公路改建工程的媒体记者说："山顶刮来的风冷了，估计上面下雪了，独龙江半年大雪封山的时间日渐临近。但是，我要提前告诉大家一个喜讯，这是独龙江最后一次大雪封山。在党和政府，以及全国人民的关心支持下，明年初，随着高黎贡山独龙江隧道打通，千百年来独龙族人民与外界每年隔绝半年的日子就将结束了！"

2014年4月10日13点28分，高黎贡山独龙江隧道完成最后一次爆破后，正式贯通！

《人民日报》头版和中央电视台《新闻联播》立即刊载和播报了这条大喜讯！

　　本报昆明4月10日电　（记者杨文明）4月10日下午，云南高黎贡山独龙江隧道胜利贯通。这标志着独龙族同胞将彻底告别每年大雪封山半年的历史，当地群众的交通出行将极大改善。据悉，隧道全长6.68公里、净宽7米、净高4.5米，随后将与独龙江公路连接，实现全年通车。（相关报道见第九版）

——《人民日报》（2014年04月11日01版）

　　云南省独龙江高黎贡山公路隧道于本日贯通，隧道全长6600米，从而结束了全国唯一一个民族自治乡不通公路的历史！

——中央电视台2014年4月10日《新闻联播》

2015年10月1日，独龙江公路高黎贡山隧道所有附属工程顺利完成，正式通车，彻底结束了每年大雪封山半年的历史。从贡山县城到独龙江的通行时间，也从改造前的八九个小时，缩短为两三个小时。独龙江公路的成功改造，让独龙族人民获得了又一次重大的发展机会，可以说，从那个时候开始，独龙族才真正通向了现代文明发展之路！

我们可以将独龙江公路改造完成的2014年和2017年做一个统计比较。

三年多以来，独龙族群众的生产生活发生了巨大变化。截至 2017 年底，独龙江农民人均纯收入达 4959 元，比 2013 年增长 93%。

另外，独龙江全乡 6 个村委会、26 个自然村，全部通柏油路水泥路，并实现了通电、通电话、通网络、通广播电视、通安全饮水、通金融服务网点等目标，极大地促进独龙族生产力的发展和生活水平的提高。

高德荣不会忘记，2001 年夏天，在独龙江公路上，自己下车搬石头把手搬出血，就是想让中央民委和省民委的领导进独龙江的场景。

如今，当脚下的这条路，在中国共产党不遗余力帮扶下，再次发生巨变时，高德荣也时常在思考另一个问题：人的问题。

他心中十分清楚，自从令狐安徒步独龙江之后，一批又一批的人，在党和国家决战决胜脱贫攻坚、全面建成小康社会的历史大背景下，被派驻到了独龙江。

这些人，并不是独龙族；但这些人，比独龙族还要"独龙族"。

这话怎么说呢？

这些人为了独龙江的建设和独龙族的进一步发展，前仆后继，舍生忘死，在中国共产党的安排下，驻扎到了独龙江的村村寨寨，并带领独龙族乡亲们，掀起了脱贫攻坚乃至乡村振兴的奋战高潮，为独龙族整族提前实现脱贫发展，注入了最为强大的核心力量。

这些人，是新时期中国共产党选派的优秀代表。他们在帮助独龙族打赢脱贫攻坚战的第一线，真正做到了党对全国各族人民的庄严承诺："全面小康，决不让一个少数民族掉队。"

为此，他们在扶贫这条艰难的道路上，在中国共产党一系列巨大的帮扶政策下，一代又一代，以实际行动，披肝沥胆、以命相搏！

以命相搏的工作队员们

雪山惊魂

独龙江水清幽幽，
小伙打鱼到江边，
抛竿撒网显风流。

独龙江水清幽幽，
姑娘戏水到江边，
风姿倩影顺水流。

独龙江水清幽幽，
帮扶队员到江边，
绿水青山尽开颜。

…………

千禧之年元旦那天，和独龙江乡亲们一起修好一段路之后，在独龙江畔饮酒作诗庆祝元旦节的场景，还在郭子孟（彝族）脑海中隐现。

2000年1月15日，雪，还是雪。

头上、手上、脚上、身上……没有一处不是雪，就连呼吸，都带着这大片大片白色的魔咒。

郭子孟有些后悔了，为什么自己就那么信了那句当地的俗语：桃子（树）

开花，雪不封山？为什么要抱着侥幸心理冒险一试？

早上从独龙江孔当乡政府出发时，明明天气是那么晴朗啊！现在怎么会变成这样子呢？

郭子孟怎么也想不通，但再想不通，也得面对现实，面对铺天盖地鹅毛般的大雪，还有6位跟随他出来的省委独龙江工作队员：甫学军、陈坤华、余文明、吴永尚、余仕华、李自新。这次急着出去做的任务，就是要在3月内完成独龙江帮扶项目的申报。

此时，郭子孟并不知道，他们距离黑普垭口隧道还有五六公里，但，厚厚的积雪已经堵塞到车子的保险杠上，进退两难，只得弃车而行。

郭子孟回想起中午12点30分出发时，乡政府闪现的那一缕缕金贵的阳光；还有车子行驶一个半小时后，在普克旺遇到塌方，以50元一位的报酬请了几位民工清理了近一个小时后，那一缕缕阳光依然晃动在眼前的场景。

那是多么温暖的场景啊，像什么呢？哦，有点像自己突然被派驻独龙江时，省民委主任格桑顿珠和人事处处长李勇找自己谈话时，说了为什么被选中的三条理由：一是做工作方案有经验有长项；二是单身没拖累；三是不但身体好还吃苦耐劳。

这明明是派遣艰巨工作任务，但怎么听都像是在夸奖自己，怎么听都让人觉得心里暖暖的，以至于郭子孟想都没多想，立马就答应了，并作为省委独龙江帮扶队副队长，和另一位来自省扶贫办的副队长茶跃宏一起，于1999年4月下旬，奔赴六库会合，培训了四五天后，又带领怒江州的帮扶队队员到了贡山县，再次培训一周后，最终形成省、州、县27名成员组成的队伍，沿着人马驿道，徒步走到独龙江乡政府所在地巴坡。

对了，那次进独龙江，郭子孟早就耳闻沿途凶险，特意垫了两双鞋垫，打了绑腿，看似准备充分，却没料到还是被蚂蟥多处叮咬。更让他想不到的是，走着走着，先是右脚感觉像是有小片石头硌脚，结果脱下潮湿的鞋子一看，哎呀，原来是脚大拇指的指甲走脱落了，以至于脚大拇指部位的肉全都皱成一团，但并没感觉到疼，兴许是麻木了吧。

郭子孟没舍得把指甲壳扔掉，也许是想带回去做个纪念，便装进了口袋。

但1个小时后，左脚出现了同样的问题，脚大拇指的指甲壳也脱落了。

郭子孟有点想不通的是，为什么脱落的都是脚大拇指的指甲壳，而不是其他脚趾的呢？

没人能够回答他的疑惑，就像没人能够说得清楚，为什么早上晴朗的天，在郭子孟他们的车子经过塌方处又走了两个小时后，突然就大变了！

开始是毛毛雪，大家在车里有说有笑，不以为然，又走了一个半小时，从没见到过的大雪花，便铺天盖地迎面扑来。

进还是退，已经不是个问题。进退两难，才是大伙面临的窘境。大伙不得不集体商议决定，继续前行。

车子很快就被埋得走不动了，但人勉强可以走。

这条公路靠外由于是深谷，故积雪少些；但靠内就不一样了，积雪形成了坡面。

人靠外走吧，虽然危险，但是还勉强能走。开始第一个人，还能带着齐胯的雪走上个三四百米；之后只能走百把米；再后来，能走四五十米不换人就很厉害了。

就这么着吧，大家轮流换着带头走，在零下几摄氏度的气温中，艰难跋涉，而雪路越来越深，四周全是白茫茫一片，下面则是万丈深渊。

就这么走啊走，越走越慢，走了6个小时，仍然没有找到黑普垭口隧道口。

如果找不到黑普垭口隧道，就不能躲进里面想办法取暖；再不能取暖，一群人很快就会耗尽体力，葬身雪海。

"郭队，你们走吧，我实在是走不动了，我休息下，你们能走出去就走出去，别管我了。"

甫学军的身子颤抖着，慢慢就想蹲下去。

"起来，不行！"郭子孟大喝一声。他知道，此时如果蹲下去就会躺下去；一躺下去，人很快就不会有知觉；没了知觉，用不了多久，就别想再站得起来。

"大家得咬紧牙关，拼了命也要走出去。"郭子孟又补充了一句。他的眼镜可帮了他大忙，风雪吹得人都睁不开眼睛，但他有眼镜，能帮着挡一挡。

前进、前进、再前进,可隧道在哪里?没有人知道,更没有人找得到。眼前除了雪,还是大雪;除了风,还是寒风……

郭子孟虽然嘴上这么说,但心里也没了底,他也感觉到极度疲劳,双脚几乎站不稳了,如此下去,没人能够坚持得了啊,该怎么办呢?

那就爬,手和脚并用地爬。就算是爬,也要爬出去!

大家开始手脚并用,有些甚至连爬带滚了。

"家在哪里呢?家在哪个方向呢?看来不行了,这100多斤躯体得丢在这里了……"郭子孟边爬行边嘀咕着,但他只敢和自己嘀咕,因为他是带队人,是这伙人的指挥官,是必须带着大家走出去的那个人。

"啊!电线杆。"郭子孟透过镜片,突然看到前方两三百米处,从积雪中裸露出来的电线杆。他浑身宛如触电般,一下子惊叫了起来。

"对,就是电线杆。"郭子孟清楚记得,黑普垭口隧道口,就有这么一根电线杆。

还是只能手脚并用一直爬到电线杆那里,一直爬到了黑普垭口隧道洞口,这个黑乎乎的被积雪掩盖了一半的隧道洞口,此时,在郭子孟心中,比世界任何一个地方都显得光明温暖了。

没人留意,找到黑普垭隧道口,已是半夜2点30分。

原先极度疲惫、寒冷、饥渴、绝望……现在在隧道的漆黑中大家安顿了下来,开始都没力气说话,大口的喘气声此起彼伏。

凛冽的寒风不停地灌进来,如果没有火取暖,没有水和食物,那同样将面临死亡。

手电筒,此刻只能发出微弱的光亮了。一摸,还好,打火机还在。这让郭子孟意识到,必须尽快想办法生火,只有生了火,才可能化雪为水,有了热水,才可能把那仅剩的三包方便面烫熟,还有身上带着的一小只羊腿,以及一些压缩饼干,可以充饥救急。

人在极度饥渴受寒的情况下,首先要喝的是水,是热水。

但经过前面在雪地里连走带爬,大家的鞋子、袖子全部都凝结成了冰筒。

由于体力消耗极大，几乎到了一个人能承受的临界点，郭子孟和大伙哆嗦着，在隧道里到处寻找能生火的东西。

或许是上苍眷顾，隧道里还留有一些可能是工人们留下的烂木板以及干竹叶。

郭子孟大喜，但同时也保持住了冷静。在哪里生火可是有讲究的，太靠近隧道口，则怕风大；太靠近隧道里面呢，只怕火一烧起来，气温一升，隧道顶上的滚石必然落下。毕竟这个老隧道，只是经过简单的开凿，说白了，也就是人工在山岩上开出的一个山洞，并不是真正意义上，严格按照工序施工有钢筋混凝土加固的隧道。

郭子孟带着大家选来选去，最终选在了靠贡山县那头的一个合适位置，点燃了一堆火后，立刻用随身携带的军用水壶，灌满雪后，放在火上烧。

然而，郭子孟发现，仅有一堆火烤着前面，后背依然冷得无法忍受，如果背着烤火，身子前面又受不了这一阵阵寒冷刺骨的穿洞风。

"来，点起两堆火！"这样，大家就可以在两堆火之间休息，身子前后都烤得到了。

隧道外，大雪依然在下，寒风依然在刮。

喝过雪化成的热水之后，大家饥肠辘辘得更厉害了，但集中了所有人随身携带的食物才发现，仅有三包方便面，不多的一些压缩饼干，还有一小只羊腿。

现场有7个人，在尚不知道何时能突破困局的情况下，切不可贸然把这些食物都吃光。于是，犹如"望梅止渴"般，郭子孟和大伙只敢吃了其中的一部分。在那种情况下，那些平时看来普普通通的食物，真的是特别香，特别不一样。

被困隧道，唯一的解救办法，就只能通过随身携带着的一部卫星电话（这基本上是独龙江工作队的标配）和外界联系。

有人提议，现在就赶紧打了试试。

但郭子孟发现这部卫星电话电池的电量只有一格了，要打，首先就得必须保证打过去有用。而现在，已经是凌晨4点，正是人们熟睡的时刻，没人会在这个时间等电话。其次，得打给能迅速组织救援的人。

想来想去，郭子孟想到了贡山县县长。

郭子孟暗暗在心中想好了如何处理此事。工作队员们已经疲惫得睁不开眼了，大家顺手找了些石头作为枕头，在两堆火之间倒头便睡。

"嘎吱嘎吱……"郭子孟在迷迷糊糊中，似乎听到隧道洞口外有什么踏雪而来；"唧唧咕咕唧唧咕咕……"，再过一会儿，郭子孟又似乎听到隧道壁传来有人说话的声音。本来他就想着一早打电话的事情无法安眠，现在又被这些奇怪的声音叨扰，一下子惊得坐了起来，并走到洞口查看，除了漫天大雪外，什么都没发现，但隧道内，确实不时有滚石落下。

郭子孟心中甚感奇怪，莫非是碰着鬼了，怎么会出现如此幻觉？

再次躺下时，郭子孟依旧难以入睡，一来想着打电话之事；二来想着大家的安危。这种天气，肯定不会有人来这里，但万一是老熊呢？如果有老熊爬进来，那也是极其危险之事。

就这样，郭子孟在半梦半醒之间，熬到了天微微亮。他站了起来，迫不及待拿起卫星电话。

此时，正好是1月16日早晨7点。

郭子孟没敢打手机，他担心手机关机或者出信号问题，所以，他直接拨通了县长家里的座机。

"你找谁啊？"一位女士的声音传了过来。

"哦，嫂子，请让县长接电话，我是郭子孟。"听到电话接通，郭子孟心中涌起一股暖流。

"县长，我是郭子孟，我们在雪山遇险了。"郭子孟语气急切。

"一大早的跟我开什么玩笑？"县长不紧不慢地说，他还以为郭子孟和工作队待在独龙江，大雪封山期间，怎么敢出来？

"是真的啊，我们急着赶出来申报项目，7个人被困黑普垭口隧道了。"郭子孟着急了，声音有些变调。

"别着急，别着急，我马上派人来救你们。"县长感觉到事态严重，开始计划如何组织营救。

"我们现在吃的没有了，主要是走不动了，你派人上来，我们顺着走下去，在路上碰面，但一定要说好，你们来了活要见人，如果死了，也要见到我们的尸体。"郭子孟感觉说这话有些悲壮，但他的担心并不多余，在这莽莽大雪山上，生与死，都只是眨眨眼的工夫。

由于联系上了救援，郭子孟和大家把剩下的食物全吃了，以增加体力行走，然后带着大家，继续往贡山方向出发。

大概又走了4个多小时，大伙几乎又都虚脱，走不动了！但绝不能停下，于是，7名队员互相搀扶拉扯着，继续前行。

突然，郭子孟发现对面似乎有迷彩服晃动。他定睛再一看，果然是迷彩服。

"喂，我们在这里，我们在这里……"呼叫声此起彼伏，回荡在白茫茫的山谷中。郭子孟和其他人边喊叫边挥手。

对面救援的人也似乎激动得大喊大叫，拼命朝郭子孟他们挥动手臂。

当两支队伍会合时，已是中午12点。

大家紧紧抱成了一团。救援队员们看着郭子孟他们被冻惨的样子，忍不住流下了眼泪。而郭子孟他们，体力已经完全耗尽，再也支撑不住，就连眼泪都流不出来了。

救援队员两个人负责架起一个被救人员，慢慢搀扶着走下雪线，来到了救援车辆停靠的地方，赶快将准备好的姜汤水、面包、火腿肠等，给郭子孟他们吃下。

下午四五点，全部人员返回到贡山县城。吃晚饭时，郭子孟发现，受困队员们的手怎么也拿捏不稳筷子，实在是被冻得厉害。

吃完晚饭，回宾馆休息时，郭子孟本想好好泡个热水澡，无奈宾馆的水温吞吞的，睡觉盖了两床被仍然觉得冷。

甚至于后来，郭子孟结束二十几个月的驻村工作回到昆明（从1999年4月21日至2000年11月18日），3个多月时间，依然感觉身体里面寒气涌动，晚上睡觉时，耳畔似乎仍有独龙江水流淌的巨大回响声……

郭子孟感慨道："作为一名曾经参与独龙江脱贫攻坚战斗的老队员和

一直关心独龙江发展的人,我亲身体会到只有党的光辉照耀,才使独龙江发生天翻地覆变化的道理,充分认识到各民族团结奋斗,共同发展进步,构建中华民族共同体的重大意义,也深深理解了独龙族人民感恩共产党,感恩总书记的情怀和建设好家乡、守护好边疆的理想。巍巍高山挡不住党和国家对独龙江的关怀,涛涛江水阻不断党和政府对独龙人的恩情。我们可以理直气壮地说,世界也没有任何一个国家和政府能够像中国共产党和中国政府一样,五十年靠人背马驮养育了一个民族,二十年通过扶贫攻坚使一个民族实现了脱贫致富奔小康,创造了一步千年的奇迹。这一切的事实证明了中国特色社会主义制度无比优越,证明了中国共产党领导的伟大,证明了民族团结、铸牢中华民族共同体意识的重要,充分体现了中国共产党以人民为中心,全心全意为人民服务的宗旨意识,充分体现了各族人民的自强不息,团结互助,艰苦的奋斗的崇高精神。"

负责接替郭子孟的第二批省委独龙江民族工作队副队长钱卫国(哈尼族),也是当时云南省民委选派的优秀干部。从2000年10月5日下独龙江,一直到2002年9月完成任务回来,作为第二批省委独龙江民族工作队成员,参加了对独龙族的整体帮扶工作,在独龙江乡工作了两年差14天。

2021年4月,他深有感触地回忆道:

> 二十年后的今天回望独龙江,我百感交集,酸甜苦辣涌上心头。那条夹在高黎贡山和担当力卡山之间的河流,成为我生命里挥之不去的一段记忆。两年的时光,我和队友一起并肩携手,和独龙族乡亲呼吸与共,直视历史文化现状,分析面临的困难和问题,一点点探索,一点点思考,一点点发展,寻求一个处于特殊地理环境和特殊社会发展阶段的人口较少民族的发展进步之路,那是我作为一个民族工作者肩负重任但激情燃烧的岁月。
>
> 在艰苦的环境下,我始终保持着昂扬的斗志,因为我深知,我们在独龙江,代表着党和政府的形象,在率领他们摆脱贫困的同时,我们的精神风貌是鼓励他们奋发图强的一种动力。

我每天都用江水沐浴，哪怕在寒冷的冬天胸膛冻得发红，我也投入那如婴儿的眼泪般纯洁的水里，就是在修路的工地上，我也要引来山泉水洗，独龙江的老乡们记住了我这个敢洗冷水澡的昆明人；徒步独龙江的三天两夜，在东哨房宿营时，暴雨压烂了塑料布，我成了落汤鸡。一路上下雨是蚂蟥，天晴遇到的是麻蛇，吃尽了苦头，我现在脚踝上还留着蚂蟥咬过的印记；踩着高黎贡山的积雪，用生命的原始本能、求生的欲望与大自然搏斗，19公里竟走了20多个小时，多少次死里逃生，若不是高老县长来救我们，后果难以想象。

二十年过去，记忆里的画面还如此清晰。武警巴坡执勤排高高飘扬的五星红旗，戍边军人训练学习的身影，昭示着共和国不可侵犯的尊严；巴坡小学琅琅的读书声，传达着一个民族对知识的渴望；公路大会战的日日夜夜，我们用简陋的工具开挖着孔当到巴坡的公路，挥汗如雨、纯朴善良的独龙族同胞一双双对幸福和小康期盼的眼睛，互相对视的瞬间，我们彼此都深深懂得。

我的朝夕相处的独龙族兄弟姐妹们，一转身可能就是一辈子了，但是，对视过的眼神里的坚定与希望，定格成永恒。

我结束工作回到昆明的时候，恍如隔世。我离开昆明时还是幼儿的儿子长成了活泼可爱的小男孩，而走进怒江大峡谷时我的满头青丝却已经两鬓斑白。

封山的日子是刻骨铭心的，没有看过报纸，所有的新闻却来自境外，很少能看上电视，和外界几乎隔绝，对讲机的效果非常差，我哥给我发了份电报，收到时已经过了四个月。最恐怖的是夜晚，发黄的灯泡下，要看书得点蜡烛，木板房不隔音，江水太响难以入眠，老鼠吵闹声让人心烦，有时会从床沿上掉到我脸上，吓得睡意全无。大峡谷的降水量丰沛，几天都出不了门，大家围坐在火塘边吹牛聊天，我自然学会了喝酒，刚来时我在酒桌上是大家的笑话，没过几个月，酒量暴增，连我自己都不知道能喝多少酒。

现在轻轻地我走了正如我轻轻地来，唯一牵挂的，是我对独龙江和两岸的同胞深深的歉意。作为一个民族工作者，有幸参与一个民族的整体帮扶，只是当时条件不具备，特别是基础设施太差，很多项目没有实施，这里的变化很小。这遗憾是永远的。幸好经过二十年的奋斗，独龙江一步跨千年，发展得出乎我们的意料，特别看到怒江的很多单位、宾馆和家庭都挂着总书记接见独龙族群众的照片，我总是激动万分，想到自己也是扶贫工作队其中的一员，见证了一个民族的发展进步，就备感自豪。独龙江已经融进了我的血液，它是我内心深处最柔软的部分，是一汪清泉，一片绿洲，一块圣地。独龙江的一切都牵动着我的神经。真心希望独龙江人民在中国共产党的坚强领导下，脱贫致富。这只是第一步，更好的生活还在后头，借助乡村振兴将得到更大更好的发展。天佑中华，天佑独龙江。

正是有了1998年中共云南省委书记令狐安徒步独龙江的调研，才这么快成立了省委独龙江民族工作队，由云南省民委和云南省扶贫办（先后有茶跃宏、杨宏等任副队长）先后派遣两队队员直接与怒江州、贡山县组成综合帮扶工作队，对独龙江在经济、文化、交通、商贸等各方面，进行了卓有成效的规划和实打实的帮扶。

特别是云南省民委，不但投入850万元（300万元实施3个自然村整村推进，250万元实施农贸市场建设，300万元建设独龙族博物馆），还与上海市民宗委启动了对独龙族的对口帮扶，投入680万余元对3个自然村实行整村推进，引进香港旭日集团40万元援助独龙江中心学校建设……

这些，都是让省民委两任副队长郭子孟和钱卫国，感到特别骄傲和欣慰的事。帮扶队员生死经历的背后，是中国共产党不遗余力地对包括独龙族这个弱小民族在内的边疆各少数民族的帮扶，以及不离不弃宛如祖国母亲般对孩子的关爱！

一只跑步鞋，一只登山鞋

雨，一直下，天色越来越暗。

这天，正好是 2020 年 5 月 25 日。据后来贡山县气象局播报，自 5 月 24 日以来，贡山县遭受了有气象记录以来最大的持续暴雨。

这在驻孔当村工作队队长、80 后的李航看来，也不算什么稀奇事。

他心中十分清楚，对于独龙江来说，这里的年降水量在 2932—4000 毫米，为全国之最，日均降水量最高达 120 毫米。全年日照时间平均 1100—1400 小时，空气湿度达 90%。

从 2014 年到 2020 年，李航已经在这里驻村 6 年多。

李航虽然是白族，但对独龙江有着特殊的感情，他常常挂在嘴边的一句话就是：能为独龙族老百姓做事情感到很开心。

25 日晚，李航在孔当村委会忙完一天的工作后，便回到这幢既是办公楼又是宿舍的房间。

由于连日的忙碌，李航颇感疲劳，便早早上床睡觉。

雨，仍旧不停地下。

这天晚上，不知道为什么，李航老是难以安睡，一会儿做些怪梦，一会儿又莫名其妙被风雨声叨扰醒。迷迷糊糊，翻来覆去，直到凌晨才浑然睡去。

"嘭！"一声巨大的响动让李航一下子惊醒过来，紧接着，他感到天旋地转，像是地震一样，房子也随之剧烈摇晃起来。

李航被惊得本能地直接从床上蹦了起来。他感觉天特别黑，雨也特别大，一伸手，便想按床头的电灯开关。

没任何反应，黑漆漆的房间里，什么都看不到，但迎面一股冰冷的夹杂着旷野气息的气流，让李航发觉不对劲，急忙跳下床，摸索着到了房门，却像是被什么封堵死了，怎么也拉不开。

这时，泥石流巨大的响声，夹杂着玻璃碎裂的声音，越来越近。

李航急中生智，一下就跳到离门不远的另一扇位置比较高的窗台上蹲着。

也就是一两秒钟，一股泥石流从另一面破窗而入，巨大的冲击力将房间里的东西全部冲翻。玻璃的碎裂声，像是一直在割着李航的耳朵，让他在一团漆黑中，有种濒临死亡的感觉。

绝望、无助，突然很想念家人。

李航的双手，紧紧拽住窗子上的钢筋，在黑暗中问自己："难道就这么死去吗？"

此时，李航的身体在黑暗中似乎碰触到了自己放衣服的椅子。原来，这把椅子正好被泥石流冲到了窗边。

李航伸手，果然摸到了挂在椅子上的衣裤。

一种生的强烈希望，突然降临在李航的意识中，似乎有一个声音在耳畔催促：快跑！

李航迅速穿上衣裤，又伸手到处乱摸，居然摸到了两只鞋子，立马套在脚上，踩着房间里冲进来混杂着石块树枝泥水……的泥石流，又摸索着移动到门口。此时，似有微光照来，李航发现，刚才黑暗中没能打开门，是因为门上的插销，因为泥石流撞击变了形。他立刻顺手捡起一块石头，敲开了门闩，在一种毫无意识的本能逃命中，一路狂奔下了楼，跑到院坝。

这时，李航才发现，膝盖以下，都被泥石流掩埋。

院坝内，也是一片狼藉，停放的七八辆车，被强大的泥石流卷冲堆叠在了一起，办公楼已经被冲垮大半，毗邻的4层楼亚纳客栈也被冲坏，办公楼前面的体育馆风雨馆，几乎全被冲毁，再上面的水厂也遭受毁灭性破坏，一台大型装载机直接被冲下孔当村委会旁边的沟箐里……

此时，"老县长"高德荣、部分独龙族村民和公安干警陆续赶来。根本顾不上休息，李航就和老县长他们一起，冒雨挨家挨户敲门，大喊："泥石流来了，大家赶紧撤，不能在这里了……"

同事迪艳萍看到李航身上只穿着一件蓝色T恤，在风雨中颤抖，赶紧到家中找了一件老公的厚外衣给他。

待疏散完群众，李航发现脚下似有不对，低头一看，原来慌乱逃生时，从泥石流里抓到的，是两只完全不一样的鞋，一只是跑步鞋，另一只则是登山鞋。

李航说，25日降水量可能超过了400—500毫米，那可是迄今为止他碰到过的最大一次降雨。伴随大雨而来的，除了独龙江乡的灾害，独龙江公路也多处发生塌方，336名游客不得不滞留在了独龙江。

如何保障这些游客的安全，如何让这些游客在独龙江能够得到妥善安置，成为5月25日泥石流灾害后，最为棘手的问题。毕竟独龙江乡一方面需要灾后自救，另外一方面还得安置游客。

路断了，电断了，水断了，网络断了，电话信号断了……独龙江再次被灾害暂时隔绝，但灾害隔断不了党和政府帮扶的决心。

李航记得，自灾害发生的那一刻起，抢险救灾工作就一刻都没有停歇过。除了用卫星电话与外界联系，互通信息，抢修独龙江公路外，每天晚上八九点，"老县长"高德荣都要组织各部门开会，研究当天抢险进度问题和第二天的工作计划。

最让李航感动的是，快67岁的"老县长"高德荣，每天总是冲在抢险救灾的第一线。

经过连续作战抢险保通，在党和政府的安排护送下，6月9日上午9时，被困独龙江的游客，乘坐147辆车离开独龙江，下午3时11分，所有独龙江游客安全抵达贡山县城，并陆续返回。

面对党和政府卓有成效的抢险救灾安置护送工作，来自全国各地被困独龙江乡10多天的人民群众，纷纷写来感谢信。

北京游客郭群说："真的没想到我们被困了10多天，我们这些被滞留的游客都没想到我们遇上了百年一遇的自然灾害，让人触目惊心。可是我们真的没想到当地的乡党委政府，他们第一时间组织我们被困的游客到安全的地点，首先就让人觉得，生命安全得到保障。我觉得政府做得很及时、很到位，让我们感到暖心，也让我们感觉到安心，而且在西南边陲的小乡镇，感觉到了党的温暖。我们亲身体验到了，而且我们很感动。这次的经历，在我们一生当中都非常难忘，只要有机会，我们还会再来。历经千辛万苦，终于到达贡山县城。感谢党和政府带着队伍把我们安全送达了,我们看到沿途的道路损毁太多,没想到灾情这么厉害。他们很辛苦,保通的这些交警、个人都是非常地辛苦,我们很感动,非常感谢!"

北京游客马舒说:"独龙江公路中断后,乡党委政府组织特别得力,把游客安排得特别有序,大家都感觉特别满意,所有人都很安心。看到乡党委政府的领导都在一线,乡里的人员在灾害现场搬石头、清淤泥、推车,我特别感动,由衷地敬佩。我们就想能不能帮助当地做一点事情,贡山县的团委书记也被困在这里,是他组织我们当志愿者的。我们这个是有分工的,这里不是有那个独龙族博物馆吗,可以在里面当解说,还有就是晚上安抚大家的情绪,组织大家一起跳舞、唱歌等,然后,我们的任务就是让大家积极参与。"

广东游客曹晓东说:"非常感谢贡山县委(县政府)的领导,这条路用十几天就把它修好了,我们从广东来的客人都很顺利地来到了隧道口,我们马上就可以回到家啦,非常感谢!"

昆明游客孙和林,原是云南师范大学美术学院教授,她说:"乡(党委)政府把我们安排得很好,吃的、住的、安全、生活、健康,甚至包括我们的文化生活都考虑到。我们都感觉得到,我们很知足、很感恩,同时,也想着为救灾出一点点力。所以,昨天我就和乡政府申请做志愿者,然后乡里给我安排了这样一个任务,我以前是美术教师,所以就让我画抢险施工的进度图,就这样一个图比较直观,可能会贴在某个公示栏上,让大家看一下,因为大家都很焦急,很关心。"

…………

这就是党和政府在独龙江自然灾害面前的担当和作为!

作为驻村工作队的一员,李航说,这次与死神擦肩而过,的确让人想起来后怕,但看到独龙族同胞,在党和政府派驻的驻村工作队员的努力帮扶下,生活一年比一年好,一切就值得了。自己会更珍惜一切,把每一件事都做好,并将作为驻村工作队员,继续坚守在独龙江乡。

生死瞬间

> 有一种期待如春后猛长的春笋
> 一节节努力向上爬
> 只是为了争一线阳光
> 那些日子，想带你去看
> 蜿蜒的公路和巍峨的山
> 清澈的江水，传说"直过"的人们
> 还有那群坚守在村子的帮扶工作队员
> 想说给你听
> 荒地里是如何长出房子
> 断崖里是如何开凿公路
> ……

这是出生于1986年的余秋尚写下的诗句。他的故乡，就在比邻的贡山县茨开镇，但以前走路，需要步行3天才能到达。

"都过去了，历经5次生死瞬间，是帮扶岁月里抹不掉的记忆和考验。"这是不善言辞的傈僳族伙子余秋尚，在自己6年来的帮扶日记中记录下的心语。

"小余是所有队员中驻村时间最长、工作业绩最出色的一个。"怒江州独龙江帮扶工作队队长吴庆国，时常无不骄傲地这样夸赞道。

2010年7月，从西南林业大学资源学院林学本科毕业后，余秋尚考进了贡山县林业局。这时，正是"独龙江乡整乡推进独龙族整族帮扶三年行动计划"如火如荼开展期间。2011年5月，他被抽调到了怒江州委独龙江帮扶工作队，进驻独龙江最北部的迪政当村委会。

当时交通不便、语言不通，时常没有电和手机信号，生火做饭还全得靠自己。村里6个村民小组，调查走访最远的村民小组得用两天时间。由于路途艰难遥远，运输成本极高，比如萝卜、白菜、土豆，一律每斤 15 元。如果有事情到乡政府，也得走两天。

村子里的独龙族同胞，几乎不出村。更要命的是，很多独龙族乡亲，对外来者，保持着相当的警惕和距离。

余秋尚记得有一位村民叫都利松，一看到他来走访做工作，拔腿就绕着山路跑，跑啊跑，绕啊绕，绕出很远的路，就是不让你追得上和找得到。

这种情况，持续了很长一段时间。但在党和政府的帮扶政策下，余秋尚和其他驻村工作队员们，克服种种阻碍和困难，帮助独龙族乡亲修建新房、发展种植养殖业，如此等等，帮扶工作如火如荼地展开了。

也正是在这个过程中，余秋尚多次与死神擦肩而过。

2012 年 1 月 21 日，独龙江乡的雨仍下个不停。

余秋尚犯了愁，他所在的村委会有两个安居工程施工点，其中一个就是雄当小组。因为雄当村安置有 4 个小组，需要尽快搬到集中安置点，无奈驻村的工作队员只有他一个人。再加上余秋尚到雄当驻村才半年多点，傈僳族语和独龙族语不通。雄当的老百姓，绝大多数也听不懂汉话，还有对独龙族的三年帮扶行动计划执行到了关键时期，余秋尚和雄当的老百姓感情仍处在磨合期，当地群众对外来人员帮扶政策和成效还没弄得清楚，不是太信任。因此，巨大的工作压力，让余秋尚寝食难安，但必须马上出发去做老百姓的工作，组织大家像往常一样投工投劳。

持续的降雨让道路异常泥泞和湿滑，不时从路边山上飞射下来的滚石，更是让人提心吊胆。

余秋尚深知独龙江的路历来如此，唯有小心再小心。

正当余秋尚独自走到雄当和迪政当交界处，他感觉到眼前的山体，似乎在连绵细雨中晃动。

他大喝一声"不好"，拔腿就狂奔起来，同时，一声巨响，突如其来的泥石流，挟裹着巨石、水流、枯树……如千军万马般，哗啦哗啦从山上急速冲了下来，瞬间就把他身后的道路冲垮掩埋了。

余秋尚事后说："我吓坏了，不顾一切往雄当方向跑，现在回忆有点像电影镜头里面高潮时的生死时速，逃过一劫，我大汗淋漓地躺在地上，看到的景象是身后的公路已经没了，路基垮了，幸亏石头一个也没砸到我，如果当时我晚跑一秒，或反应再慢一秒，可能就从工作队员名单里消失了。"

　　2013年7月11日，刚刚下大雨，独龙江烟雨蒙蒙一片。

　　或许是天气原因，安置房的厨房工程进度比较缓慢。为了赶工期，余秋尚不得不冒雨去村里发动大家加快进度。

　　那时，迪政当村的独龙族乡亲们全都住在山上。当余秋尚一行4人走近木当村时，发现通往木当村的路桥已被冲垮，只能涉水而过。

　　没法，余秋尚一行4人，挽起了裤脚，看着湍急的水流，为了安全起见，大家商议决定4个人手拉着手过河。

　　雨越下越大，河水暴涨，刚下河，就几乎淹没了下半身。正当大家趔趄着摸索前进，快要过到河水中间的时候，余秋尚突然感到脚下一滑（踩到石头），双手一松，随之一脚踏空。

　　说时迟那时快，幸得同行的一位村民急忙伸手，一把紧紧拉住了他，让余秋尚又逃过一劫，否则，在那种环境中，人一旦滑倒，马上就会被激流卷翻卷走，几乎无生还可能。

　　2014年2月20日一大早，独龙江天空放晴了，这是难得的好天气，之前已经连续下了20多天雨，影响了巴坡安置点厨房工程。

　　余秋尚吃早点时，正好遇到独龙江乡党委副书记赵福元。

　　赵福元对余秋尚说："小余，等会儿咱们一起下去巴坡村，看看盖给老百姓的厨房进展情况如何。"

　　"好啊，我这几天也正愁这个事情呢。"余秋尚心中的确也惦挂着这个项目。

　　"那我们搭余振军的车一起去吧。"

　　赵福元是怒江州委独龙江帮扶工作队员、独龙江乡整乡推进独龙族整族帮扶巴坡工作点负责人。余振军,则是独龙江乡整乡推进独龙族整族帮扶巴坡村厨房工程施工方负责人。

"本来说好了一起去巴坡的,但后来我又有其他事情走不开,就没有跟着赵福元他们去,但让人万万没有想到的是,赵福元他们出去还不到十分钟就出事了……要是我当时也跟他们一起去,很有可能也就……"余秋尚感慨道。

当余振军驱车载着赵福元从乡政府出发,途经迪马公路(迪政当村到马库村的乡村公路)K39+850m 时,赵福元恍惚间听到独龙江对面,有声音喊叫并飘过来:"小心,前面有石头!"

还来不及往前细看,一阵轰隆轰隆巨响,公路上方突然呼啸着滚落下一块 200 多公斤的巨石,直接砸穿驾驶室正上方的车顶。

赵福元脑袋一片空白,凭着本能,试图从副驾驶座位上爬到后排自救,但不知何时昏厥了过去。

幸好,巴坡小学教师木卫军和独龙江森管员王军路过现场,发现出事皮卡车的车头,已经被巨石砸得面目全非,只剩下半截车身。驾车的余振军已当场死亡,而躺在后座上的赵福元浑身是血。

2 人立刻拦下一辆路过的皮卡车,迅速将始终处于昏迷状态的赵福元送到独龙江乡卫生院。

但独龙江乡卫生院只能做简单的护理处理。由于当时独龙江大雪封山,无法通过公路将赵福元送出外面治疗。

正当情况危急之时,党和政府决定派遣直升机前往巴坡,将受重伤的赵福元直接送到保山第一人民医院救治,最终使赵福元得以脱离生命危险。

2014 年 4 月 6 日,独龙江大雪纷飞。

余秋尚和几位驻村队员,正经过独龙江垭口雪山。

由于雪下得实在太大,厚厚的积雪让前方的道路受阻,看来已经通不了了,怎么办?

虽然在道路前方,两面都有装载机同时开工推雪,但是由于雪积得很厚,推进速度很慢，待推进到 100 米处时，已经是夜里 11 点。

无法，看来只能被堵在垭口过夜。

何时能够把雪推开，开出一条道路来，是一个未知数。

余秋尚和同事们只能待在车里，话说着说着，也就一个个睡着了。

凌晨 3 点左右，余秋尚被突如其来的响动惊醒。由于他靠近窗户，雪块砸碎的玻璃，又砸中他的下颌和脸部。

"赶快跑，雪崩来了。"

余秋尚忽然感觉到更大的不对劲，顾不上疼痛，大声叫喊。

大家立马反应过来，推开车门，纷纷拔腿就拼命奔跑。

刚跑出 10 米左右，余秋尚稍一回头，看见雪崩伴随着一声巨响无数的雪倾泻而下，转眼车子被掩埋了一大半。

"要是稍晚一点，或者反应慢一点，后果真是不堪设想啊！"余秋尚对那个惊险场景一直记忆犹新。

2014 年 5 月 10 日，独龙江仍旧大雨滂沱。

余秋尚和工作队的汪新晨乘车去贡山县。

一路经过大大小小的水洼，不时还有小股泥石流沿着山体冲刷而下，让人提心吊胆。

车子大概行至 37 公里处，驾驶员减慢了速度。

余秋尚记得，以往这里只是一小股水，此刻，却由于连日暴雨漫成了大河。

在这种情况下，一般的面包车和皮卡车都不能过，所以驾驶员减速，就是想听听大家的意见如何。

有的说为了安全起见还是返回吧，也有的说加大油门，应该冲得过去。

正当大家争论时，驾驶员决定加大油门冲一下试试。

可是，油门刚踩了几脚，不见动静，原来车子被水流冲下来的巨石卡住了。

大家顿觉不妙。

"不好,快跑!"

不知是谁大叫一声。

于是,大伙打开车门,跳下车便拼命往外跑。

等跑回去一段,缓过神来一看,车子已经被巨大的水流和巨石挤压得严重变了形。

余秋尚心脏扑通扑通直跳,我的天哪,要不是跑得快,人的血肉之躯,那还不得被压瘪挤碎啊!

……

在独龙江驻村工作,有时候,生与死,就是一瞬间的事情,这就是现实。凶险的自然环境,加上大半年大雪封山无路可通(高黎贡山独龙江隧道未正式打通之前),让驻村工作难上加难。但余秋尚和其他所有驻村工作人员一样,心中有责任、有担当,作为党和政府对独龙江持续帮扶的一线工作人员,他们的确做到了舍生忘死,砥砺前行。

"精诚所至,金石为开",就拿迪政当村来说,经过余秋尚和驻村队员们历经生死的不懈努力,到 2015 年时,村里 155 户 632 人,全住进了户均面积约 70 平方米的新房。农民人均纯收入也从 5 年前的不到 600 元上升到了 2000 多元,基本实现了温饱。并且,每个家庭都通了正常家用电,可以看电视,不需要再使用不安全的家用小型水力发电机;自来水水龙头接到了每家每户门前;甚至家家都领了手机,独龙族因此成为第一个全面进入 5G 时代的人口较少民族。

"现在,就连当初处处躲着我的独龙族村民都利松,都邀请我去他家做客了。"党和政府对独龙族实行的精准扶贫,让余秋尚心中满是自信和自豪。多次的生死经历,早已化为驻村扶贫队员另一番豪迈的坚守与勇气。

为此,他还为独龙江驻村工作队员写下这样的诗句:

把江水拧干,洒在柏油铺成的公路
我依旧见有那么可爱的一群人

在这里，相聚相逢相识相知
他们一次次背负一代人的使命
等待厚积薄发的土壤
来一场千年巨变

命悬一线

  大雨，持续的大暴雨冲刷着独龙江，也冲刷着距离独龙江乡政府驻地孔当最南部 40 多公里的马库。

  断路、断电、断信号……更为危急的是，马库村独龙族同胞，在持续一个多月的强降雨下，关乎生存问题的粮食、盐巴、食用油等生活物资，出现了严重缺乏。如果不能冒险出去，与乡政府和外界取得及时联系，那么马库村所辖的 4 个村民小组共 82 户 283 人，将面临前所未有的生存危机，更何况，其中还包括马库小学的师生们。

  这让由云南省文联派驻的扶贫队员，独龙江乡马库村第一书记，驻村工作队队长龚婵娟心急如焚。

  龚婵娟记得，自从 2016 年 2 月 25 日被派到独龙江，到眼前的 5 月 22 日，已近 3 个月。就是在这短短近 3 个月时间里，她深深感受到了，马库，这个全独龙江乡最偏远，也是整个贡山县离缅甸最近的边境村（离中缅 41 号界桩仅有 3.5 公里）独龙族乡亲的纯朴善良，也感受到了独龙族这个云南最为偏远落后民族的艰苦！

  作为共产党员的她，暗下决心，一定要把这里当作第二故乡；一定要把独龙族乡亲当成自己的亲人，尽自己最大力量帮助独龙族亲人们，改善生产生活，最终脱贫致富！

  但眼前连续暴雨造成的马库村困境，让这位外表看似柔弱的姑娘犯了难。

  她心中也十分矛盾，如果不出去，就无法与乡政府联系，这里的情况，也就无法让外界得知，谈何救援？但如果冒险出去，连日的大暴雨早就将马库通往乡政府的唯一通道——迪马公路多处冲断，并且沿路时时会突发山体滑坡、泥石流等自然灾害。如果运气不好的话，很有可能人还没走出去，就已经……

想到此，龚婵娟更加焦虑，但她同时下了最大决心：必须出去，马上出去，这漫天雨水啊，独龙族乡亲们可实在是等不起了！

5月22日11点多，龚婵娟和贡山县住建局派来的驻村扶贫工作队员李晓峰等5人，先后从马库出发了。由于车子无法行走，只得分批先搭乘当地老百姓的摩托走一段，然后再徒步。

雨，就像是长了眼睛一样，紧紧贴着龚婵娟下，另外还有来帮助马库村两委换届因暴雨不得不滞留的副乡长、马库驻村扶贫工作队副队长余金成，也和龚婵娟同行。

一路风雨，一路滚石，一路危险，一路提心吊胆……当龚婵娟和余金成磕磕绊绊走到塌方最严重的迪马公路53公里处时，最严峻的考验来了。

龚婵娟看到这条路的上方，大大小小的滚石，伴随着雨水山涧，不断弹射下来；而路的下方，全都是嶙峋尖石的万丈深渊。由于连续的冲击塌垮，仅剩宽度约70多厘米的路基，在一阵强似一阵的暴风雨中飘摇，像是要吞噬人的幽灵般忽隐忽现。

龚婵娟和余金成都是近视眼，所戴的眼镜早就被雨水、泥水淋湿了，眼前模糊一片，如何顺利过这个"坎"，是个大问题。

余金成说："龚队长，这路太危险，这样吧，我先走，先在前面探路，我们得避开滚石。"

龚婵娟在风雨中点了点头，紧跟着余金成，准备往前走。

可能是看得不太清楚，余金成便跳到前方一块大石头上，观察不断弹落的滚石。

龚婵娟走了几步，发现不对，身子摇晃得厉害，只好手脚并用，几乎是趴着贴着地面，十分艰难地在一堆又一堆塌方泥石中踽踽而行。

"啊！"龚婵娟脚下一滑，不由自主地大叫一声。

余金成转身一看，龚婵娟整个人跌倒了，便立马冲过来。

龚婵娟在滑倒的瞬间，惊恐万分，本能地伸开手一阵乱抓，但没料到，越是这样徒劳地抓，龚婵娟的整个身体越是往下滑坠。

她的手中，只能抓住一把把泥石和雨水。

余金成边跑过来边呼叫。但所有的声音，此刻，都被暴雨淹没了。

龚婵娟使劲让自己贴向陡坡，试图依靠身体增加摩擦力，阻止继续滑落的速度。所幸的是，在龚婵娟滑落10多米后，她拼命挥舞的右手，刚好抓住了一根从塌方泥石堆里裸露出来的树根，这才勉强停止了下滑。

与此同时，余金成也冲到了眼前，看到龚婵娟拉着了树根，大喊："龚队长，别紧张，快把脚尖往泥里扣，踩实了再用力。"

余金成边喊边实施救援。他左手找准旁边的一根树根拽紧，伸出右手，一点一点接近，最终紧紧扣住了龚婵娟的左手。

泥石不断地在龚婵娟和余金成的踏脚处滑落。下面是千岩万壑的悬崖，悬崖底部，独龙江浊浪滔天，伴随着暴风雨，发出阵阵狂怒的巨大声响，仿佛要吞噬世间的一切。

余金成拉着龚婵娟，慢慢地，一点点移动；随后又一步步爬到了相对安全的地带。

满身泥水，满身被擦伤流血的疼痛，劫后余生的恐惧与委屈……种种情绪交织在一起，让龚婵娟这个从小在城市里长大、从没有经历过这般危险困苦的姑娘，忍不住放声大哭了起来。

余金成默默地在旁边陪着，他深知每一位到独龙江驻村工作队员的艰难，也更理解龚婵娟作为驻村第一书记和队长的不容易。他看到雨水和泪水，混杂在龚婵娟清秀的脸庞，却让这张脸更加美丽甚至有些崇高了。

"你知道吗？我太想哭了，我哭不是因为我害怕，而是因为在你的帮助下我脱离了险境，我现在好想打电话告诉爸妈我很平安。这是我第一次冒险，但这里的干部群众却经常面临这样的险境，老百姓太不易了，我们为他们做任何事都是值得的。"龚婵娟使劲摇晃着没有信号的手机，像是和余金成说话，更像是在和惊魂未定的自己说话。

或许是老天感动于龚婵娟、余金成等为马库独龙族老百姓冒死出来寻求救援的举动，连续多日的大暴雨居然慢慢小了、停了。

5月23日上午10点,独龙江乡组织党员、民兵共24人,为马库村送去大米8000斤、食用油107桶、食盐104袋,以及消炎药、感冒药、防蚊虫叮咬药等一大批应急药物,为马库老百姓救了急、解了难!

马库独龙族乡亲听说这件事情后,一些独龙族大妈见到龚婵娟就紧紧拉住她的手,眼中含泪说道:"能松(女儿)啊,马库村把你当男儿使,带欠(拖累)你啦!真的感谢共产党,独龙人民永远跟党走。"

龚婵娟笑了笑,心中暖暖的,她知道,自己作为马库村第一书记、驻村工作队队长,代表的是党和政府,只要是独龙族老百姓的事情,即使再苦再难再险,自己仍然会义无反顾、全力以赴!

正是有了龚婵娟等驻村队员舍生忘死的帮扶,马库村一天一天在变化、在发展。

两年来,龚婵娟带领队员们访遍了全村82户283人,其中12户44人建档立卡户,更是成了龚婵娟再熟悉不过的亲人。截至2017年,他们中家庭年人均纯收入最高的马国香家,达到了18000元;收入相对低一点的马新洪家,也达到4600元。12户建档立卡户,全部达到"两不愁三保障",也达到了国家脱贫标准,率先实现了脱贫摘帽的总目标。

"驻村两年来,我最大的幸福,就是和独龙族老百姓相处得像亲人一样,大家都亲切地叫我'独龙能松'('独龙族女儿'的意思)。"

2018年1月27日下午3点,在孔当村腊配小组的党员活动室里,龚婵娟代表马库村驻村扶贫工作队,向时任中央政治局常委、国务院扶贫开发领导小组组长汪洋汇报工作和感受。

"如果叫你再干两年,行不行?"汪洋问道。

"行!"龚婵娟的回答迅速而坚定。

"这个汉族姑娘敢说'行',毫不犹豫,说明你对老百姓确实有感情了。"汪洋微笑着点头称赞道。

全场响起阵阵热烈的掌声。

后来,龚婵娟回顾自己在独龙江的驻村工作,特别是那次暴风雨中的生死经历,无不感慨道:

我知道,"金杯银杯不如老百姓的口碑"。现在,党的政策好,我们能带动老百姓把对党的感恩之情化作强大的内生动力投入到生产生活中,这才是我们扶贫干部的价值所在。2017年底,我们村草果产量达134吨,产值达227.8万元,仅草果一项,全村人均收入达8000余元。我相信,将来工作队回去后,独龙族老百姓依然能靠勤劳的双手创造更加富裕美好的生活。我感恩独龙族亲人,在我工作生活遇到困难时给予我莫大的关心与支持;我感恩独龙江这片热土,让我在这里奉献青春,留下温暖的记忆,更收获了成长;我更感恩这个伟大的时代,让我们努力奔跑,成为新时代脱贫路上不折不扣的"追梦人"。

两年来和独龙族亲人们在一起的日子,总会时常浮现在我眼前,就像一壶陈茶,一壶用情感的沸水冲沏的茶,翻滚、起伏、平静,品一口,甘之如饴,内心留下恬静的美。

巨石与泥沙

出生于1982年的杨文彬也记不清,这条路,自己究竟来回走了多少次。但这一次,老天似乎跟他开了个玩笑。

2018年8月23日,雨一直下,到贡山县城刚参加完一个扶贫工作例会后,杨文彬得立刻赶回独龙江,召集村干部传达会议精神、安排具体工作。

连续多日的暴雨,让贡山通往独龙江的路,不断塌方又不断修补,不断修补后,又不断塌方。如此反复,已成常态,故对于杨文彬来说,也是见怪不怪的事情了。

杨文彬是云南省文联2018年2月派驻独龙江献九当村的第一书记、工作队队长。为了便于开展工作,他特意改装了自己的爱车,以便适应独龙江各种险峻的山路。

由于当天暴雨倾盆,雨刮虽然开到了最高挡,但视线仍然受阻,好在杨文彬对这条路走过多次很熟悉，加之是"老驾"，驾驶感觉经验都比较好，不觉就来到了彩虹桥。

在刚刚经过彩虹桥后的第一个回头弯时，"砰！"一声巨响，像是有什么东西在头顶爆炸，车子也随之激烈摇晃了一下，方向盘差点脱手。

杨文彬一下子被"炸"蒙了，随之，他感觉到一块砸穿车顶的巨石，正压住座椅靠背顶住了自己的后脑勺。出于本能反应，他马上意识到发生了什么，立即一脚加大油门，车子迅速顶着巨石，冲离了山体滑坡地段。

冰冷的石头，不时随着颠簸的山路，擦碰着杨文彬的后脑勺。他不敢停下来，也不敢转头偏头，心脏扑通扑通乱跳，边驾驶车辆，边冒大汗。待车子行驶到宽阔地段，杨文彬停了下来，转头一看，尖棱棱的石头直插驾驶座后背，还滴渗着水。

冒着大雨，杨文彬赶紧打开驾驶室，下车检查。眼前的一幕，更是让他惊恐得倒吸一口凉气。一块大如部队"前运包"般的方尖形巨石，七八十公斤，直接砸穿车顶汽车行李架后，斜插入前后排之间。巨石尖已插入车体内30多厘米，正正地顶在主驾座椅靠背上，如果距离稍微偏差一点点，百分之百准要让人脑袋开花。

杨文彬一边庆幸自己大难不死，一边赶紧爬上车顶，用尽全身力气，将石头慢慢推出来推下去，然后再用座椅防尘垫，塞住车顶被砸出的大洞，继续冒着大雨前进。

一路上，杨文彬全身湿透，他的车内也一样被雨水不断灌进来湿透了，但他咬紧牙关，平复了自己的恐惧后怕，一刻也没耽误，就赶回献九当村委会完成会议的紧急传达工作。

此后，杨文彬的车顶行李架靠驾驶员头顶位置，总是多放置一条汽车备胎，以防万一。不了解这段往事的人们，总是很好奇，这辆车的备胎怎么会放在这个位置。

当然，独龙江公路给驻村扶贫队员造成的危险，数不胜数，在杨文彬身上，有了第一次，也就会有第二次。

2019年9月，因到贡山县开一个扶贫工作会，杨文彬依旧开着自己的车前往。

开完会后,在返回独龙江的过程中,由于没能及时得到独龙江隧道施工关闭的通知,加之天色已晚,连绵细雨伴着冷空气侵来,杨文彬实在不愿意走回头路,只得选择穿越独龙江古老的神田公路(新隧道修通之前的老的绕行公路),绕过眼前因施工封闭的隧道,返回献九当村委会。

为了防止意外,杨文彬特意检查了下车况,确认一切正常后,便冲上了神田公路。

自1995年10月1日新的独龙江隧道正式通车以来,神田公路基本上再没有车辆经过。由于年久失修,到处都是塌方碎石。

杨文彬也不敢大意,尽管他改装的越野车装备了泥地大胎。

当车辆行驶到4公里处,杨文彬发现前方路基被冲垮塌了一半,而下面,则是万丈深渊。

杨文彬不敢贸然冲过去,而是选择下车,仔细丈量通行宽度等之后,才小心翼翼驾驶着车辆,紧贴靠山体的峭壁穿越了过去。经过时,由于路宽不够,外侧车胎已经半露于悬崖,这让他还是有点小怕,但也有点小得意。

经历第一个危险地段后,车窗外神田那瑰丽无比的风景,并没有让杨文彬心情畅快,因为一路仍是垮塌的路面,不得不集中全力,小心应付。他心中甚是明白,这种到处布满石块的危险路段,必须小心避让,否则稍不留神,车辆的半轴必断。

继续行驶10多公里后,杨文彬终于来到了独龙江老隧道(黑普垭口隧道)洞口。隧道有200多米长,也就是原来省民委郭子孟等队员雪山遇险的那条隧道。现在,由于多年失修,不见一丝光线,阴暗寒冷之气直逼过来,仿佛让人置身冰窟。

杨文彬打开了车上的所有射灯,才发现不妙,隧道内早已是一片汪洋,但幸好水深不足一米。

于是,杨文彬又打开越野车前后差速锁,慢慢驱车钻进了隧道。

行至隧道中段,杨文彬又发现前方有一个落差约1米的石阶,下方水深估计超过1米;而上方,则有两块巨石交错而立。

为了应对危急情况，杨文彬只好选用低速四驱，一点一点，慢慢驱车爬上前方巨石，在交叉轴即将形成之时，根据越野驾驶经验，他一脚油门，车头直插水中，所幸这辆车改装了涉水喉，要不然，此时淹没了机盖的水，绝对会让发动机熄火。

随后，杨文彬像是开着潜水艇一般，将车辆顺利驶出隧道。

前面几次危险情况的处理得当，让杨文彬有些沾沾自喜。在出隧道后1公里处，一大片潮湿的流沙挡住了去路。

杨文彬停稳车，定睛一看，发现是刚刚从山上滑落下来的流沙。

怎么办呢？就此返回，实在是让人不甘心，并且村里还有不少重要工作不能耽误。

思考再三，杨文彬决定冲过去。

为保险起见，杨文彬先下车，用脚试探性地踩过之后，深信车辆可以通过。他便打开前后差速锁，在低速四驱的加持下，冲上了流沙。可是，驶出还不到10米，车辆就被悬空了。

因为泥沙中掩埋有大石头，这是杨文彬没能充分预料到的。车身大梁被石头顶住了，4个车轮，3个悬空，还有1个因泥沙无附着力而空转着。

杨文彬不得不再次下车观察，四处寻找可以用绞盘借力的树桩，可是四周一片荒芜。

想垫石头，石头都很大，无法搬动；想挖泥沙，没工具更没如此力气。杨文彬尝试了一遍后，感觉皆是徒劳。眼看着渐渐黑暗的天空，不得不选择徒步走完剩下的17公里山路。

大雾、细雨、荒凉、残败，并不时伴随着滚石、泥沙……在这条原本独龙江唯一通向贡山的山路上，杨文彬从心底真正感受到独龙族人民生活的艰辛。是啊，在没有修建新隧道的时候，所有的独龙族同胞，必须走这样的老路；而走这样的老路，是多么让人痛苦和绝望的一件事情啊！

经过艰难跋涉，杨文彬回到乡政府，已经是晚上9点，但他的心久久不能平静，独龙族人民生活真的太艰难了，作为驻村第一书记、工作队队长，自己一定不能辜负党和政府的重托，一定要全力帮助独龙族乡亲们。

第二天一早，杨文彬约请了朋友张星星、白利斌，用他们的救援车，一起重走老隧道，到达泥沙石堆前发现，车辆已经被夜晚的泥石流埋了一半。

3个人一起刨沙都刨了将近两个小时，然后用拖车绳把车从后面拖出泥石堆。

在返回独龙江的路上，杨文彬在想，或许是自己特别幸运，一次又一次死里逃生，如果再晚一天，他的车必将被泥石流推下悬崖……

回顾自己3年多的驻村工作经历，杨文彬这位土生土长于省城昆明的汉子动情地说："不到基层，永远不知道，基层农村是怎么一步步走到今天的；更不知道，为什么'三农'问题是中国发展中最重要的问题。就拿独龙江和独龙族来说，如果没有中国共产党，没有社会主义制度的优越性，在那么偏远艰险的地方，永远都谈不上任何发展，更别说还实现了整族脱贫……"

独龙江的发展，独龙族的进步，其背后是中国共产党派驻的一批又一批优秀干部队伍舍生忘死、以命相搏的驻守帮扶，无数感人肺腑的扶贫故事，实难一一列举，更多扶贫无名英雄的壮举，就像滔滔不绝的独龙江水，永远流淌在独龙族同胞的心中。其中，一些为此付出生命的扶贫工作队员，值得我们深深怀念。正如独龙族的优秀代表、"人民楷模"国家荣誉称号获得者"老县长"高德荣所说："我坚守独龙江，一个很重要的原因就是人在现场，这样我说的话别人才会信。"

是的，正是无数驻村扶贫工作队员的"在场"，用实际行动，践行着中国共产党不让任何一个少数民族在扶贫路上掉队的庄严承诺。而作为没有掉队的独龙族，又是怎样在新时代党和政府的帮扶下，实现自己民族再一次的历史性跨越的呢？

我们似乎可以从独龙族如今翻天覆地的巨变，以及这个民族的优秀代表"老县长"高德荣身上，去寻找那份等待已久了的答案。

"老县长"是个爱的形容词

　　红太阳照到独龙江
　　雪山峡谷全照亮
　　红太阳照到独龙江
　　独龙人翻身得解放
　　…………

　　自高德荣记事起,在他心中,这便是独龙族同胞最爱唱的歌。
　　红太阳,自然代表着中国共产党,这和独龙族远古传说中,未来照亮独龙江的东方红太阳,惊人地吻合。
　　高德荣仍然记得,在他这一代独龙人中,最先学会说的汉话,就是:毛主席好,共产党好,解放军好!
　　为什么呢?因为千百年来受尽欺凌、历经磨难的弱小民族独龙族,在历史的浪潮中几经抗争与沉浮,最终还是只有在中国共产党的光辉照耀下,才一步步得以翻身解放,一步步得到发展机会,一步步实现整族脱贫,一步步迈向乡村振兴……
　　"美丽的独龙江哟,我可爱的家乡,处处鲜花开放,沐浴着温暖的阳光;美丽的独龙江哟,我可爱的家乡,插上高飞的翅膀,靠的是伟大的共产党。"这是高德荣写的歌词,也是他内心从未改变的梦想和信仰——中国共产党!甚至在他退休后,有记者问他为什么"退而不休"时,他回答道:"职务退了,工作退了,责任也就退了;但是,我共产党员的身份没有退,所以义务不能退,目标也不会退。"
　　那么作为共产党员的高德荣,他的义务和目标是什么呢?
　　"我要与独龙族同胞一起建设家乡,永远听党的话,永远跟着共产党走,把独龙江建设得更加美丽、富裕、和谐。独龙族实现全面小康，是我的梦想，也是独龙族人的梦想，我一生只有这一个梦想。"

这便是高德荣矢志不渝信仰共产主义的缘由。

"我生长在独龙江边，清清的独龙江，是我从母腹里呱呱坠地时的澡盆，独龙江的每一处沙滩、每一缕清泉、每一颗石子都是我儿时的朋友。我和她在一起玩耍，一起嬉戏，一起哼山歌，一起唱调子。我在她的哺育下一天天长大成人……"

1954年3月，独龙江天寒地冻，大雪封山，在巴坡村委会孟顶村民小组一户贫苦独龙人家里，高德荣出生了。

那一年，怒江傈僳族自治区（1957年改为自治州）成立，孔志清正好37岁，被选为自治区第一届各族各界协商会议副主席、云南省第一届人大代表。他可能做梦也没想到，"高德荣"，这个他给取名字的亲外甥，会在多年后，接过独龙族发展的接力棒，成为新时代独龙族人民的代表、"人民楷模"国家荣誉称号获得者。

传说高德荣出生那天，他的父亲巴吉和独龙族猎人们上山打猎，遇到两头大熊三头小熊嬉戏玩耍，将一棵百年老树上的冰壳撞裂开，露出几大丛肥厚的野生灵芝，得以采回。

刚返回村子口，看到一条像是巨龙般的彩虹，悬挂在天空，闪烁着七彩光芒。另外，还有上百只各色鲜艳的野鸡，落在村子四周银装素裹的树枝上，甚为奇特，像是预示着一个吉祥美好的日子。

果不其然，巴吉刚回到家，他的母亲就对他说："巴吉，你当爸爸啦，阿妮生了个男孩。"并且就在当晚，巴吉做了一个梦，梦见自己的孩子像是一条龙般飞跨过独龙江。独龙族乡亲们跟在后面，唱啊跳啊……

1964年，高德荣10岁，正是独龙江人马驿道修建的关键时刻，孔志清到村里召集人员参与修路。高德荣人小志气高，当着舅舅孔志清的面，主动央求父亲巴吉说："阿爸，让我也跟舅舅去修路吧。"

巴吉一听，心头一愣，便对高德荣说："修路可不是闹着玩的，也不比上山放羊打柴,那可是整天得舞锄抡锤,你一个小孩子,怎么可能干得了?"

高德荣一听可不高兴了,撇了撇嘴,故意站直了身子,挺起胸膛,昂着头争辩道:"舞锄抡锤,小孩子当然干不动,可是我能帮着做饭打柴呀,舅舅不是说过,一个民族有美好的梦想,才会有追求,才会有动力吗?幸福不是等来的,我可不想走人家修的路。"

"哟,你看这孩子,好!有志不在年高,今天就跟我走。"孔志清颇为兴奋,这个外甥的一番话,倒让他另眼看待了。

到了施工工地,高德荣被编在后勤组,和十几个妇女一起,挖野菜、砍柴、挑水、做饭……虽然一天到晚忙个不停,但高德荣很开心,当看到很多外面来的人也在帮忙修路,他颇感疑惑,便问孔志清说:"舅舅,他们都是从哪里来的?他们干的活计比牛马还多,但他们从来也不喊累喊苦,他们是石头做的人吗?他们这样做,究竟是为了什么呢?"

孔志清一听可乐了,心中暗想,这孩子看来有大胸怀大志向,以后肯定不简单。略微沉思了一下,便笑着对高德荣说:"这些大人啊,都是毛主席、共产党派来的,就像独龙江的解放军和老师们一样,是来帮助我们独龙族的。德荣啊,他们可不是什么石头做的,他们和我们是一样的,都是父母所生,都有血有肉,为了我们独龙族有一条路,早一天过上好日子,你都看到了吧,他们都舍生忘死、拼了命在干,你以后长大了,可千万不要忘了他们,忘了党对我们民族的恩情啊!"

高德荣被舅舅这番话打动了,他记住了毛主席,记住了共产党,尽管他不知道共产党具体是什么,但他隐约明白,共产党,一定是天底下最好最好的……

1966年,高德荣12岁了,有老师来动员村里适龄儿童上学了,高德荣渴望去上学,但他每天得帮着家里放羊、喂猪、磨面、舂米、打柴、挑水、做饭……因为丧兄,他成了实际上的"长子"(高德荣的哥哥在出生后不久就夭折了)。

高德荣从小给舅舅留下不一般的印象,让孔志清特别在意他上学这件事情，得知高德荣父母不让高德荣上学，便特意来到家中做通了工作。

孔志清深知，在独龙江"天无三日晴，地无三尺平""吃人的东西多，人吃的东西少"。极端落后恶劣的自然环境下，如果高德荣不能上学，就意味着这个孩子永远走不出大山，更不要奢谈其他任何东西。毕竟像自己这一代独龙人，始终要老去，在中国共产党持续帮扶下，独龙族的希望在下一代，在高德荣这些孩子身上。

根据高德荣校外辅导员和志光（后为西藏军区副司令员）回忆，高德荣当时穿着一条又破又旧的小短裤就来上学了，性格极为内向。但高德荣特别珍惜能上学的机会，和小伙伴们一起，开始时，每天徒步一二十公里往返家和学校之间4次。后来在老师的帮助下住校，条件却十分艰苦，缺衣少被，有的孩子没鞋穿打赤脚，脚跟被冻得开裂，冬天只能抱团取暖。

高德荣立志学有所成，以实现心中理想，不但学习特别用功，而且其他各方面也相当努力。

他的一位老师陈万金对此记忆深刻，多年后回忆起来，都还十分激动，他说："在我教过的独龙族学生中，高德荣给我留下的印象真是太深了，割草、砍柴、编篱笆墙，没有他不会干的。在独龙江，要教会一个识字的人、会说汉话的人，比冬季跨越茫茫雪山还难。而他语文、政治都好。课堂上，为了教学方便，我们讲不准独龙话，就有学生大笑，但高德荣一脸严肃。别人听不懂的，他听懂了，就给同学们做翻译。刚上学那几天，看得出他因年龄偏大，心里有些忐忑，总是坐在最后一排。他几乎没有数字概念，往往教他从1数到10，他数到5，就怎么也数不下去了。但他是个用心的孩子，有一天下午上完数学课，孩子们都围着火塘在炭灰里爆玉米花吃。他也坐在其间，不断把自己的玉米粒从左手倒到右手，又从右手倒到左手，老师看到了，不明白他为什么要这样做，问他，他不回答。第二天早上，老师检查头天晚上布置的算术作业，他把所有的题都做出来了，而且答案都是正确的，这才明白，他在那里左右手倒玉米是在做算术题。当时吃住在学校，几个孩子挤在一床独龙毯下睡觉，老师把自己每个月的30斤口粮和学生带来的粮食一起煮食，往往不到1个月就吃完了，只能用野菜野果充饥。

为了缓解粮食缺乏问题,我们师生决定自力更生,就带领学生挖黄连卖了,请人从山外购买粮种、菜种回来。开荒时,我们没有经验,还是高德荣出面,带我们选好地块、砍了荆棘。当我们急着要放火烧荒时,被他拦住了。我们不知道为什么,他说放火前一定要留防火线,要不然会把一座座山都给烧光的。于是我们干了一整天,留下一条十几米宽的防火线。当时半天上学,半天干活,又冷又饿不算,还有蚂蟥,多得数不清,一不小心就爬得满腿脚、脖子上都是,一咬一口血,甩都甩不掉。几十年过去,我还在睡梦中被蚂蟥叮醒,它们太可怕了!当时有的同学吃不了这份苦,闹着要回家,老师做多少工作都不管用。这时,高德荣出面了。他说,没有共产党,没有毛主席,我们别说读书,怕连书是什么样子都不知道。他还重复我们老师的话,说我们独龙族人想要过上幸福生活,就得有文化知识。孩子们还真听他的,大多数都留下来了。有一年,因严重缺乏营养,二三十个学生患肝炎,没医没药,有人主张把学生放回家。但我们老师想,在当时缺医少药的情况下,把学生放回家,就等于让他们回去等死。我们积极向上面反映,争取到一些药品,政府还发给每位患病的同学1斤白糖、3斤黄豆,1个月后,学生们的病都好了。"

就是在这样艰苦的条件下,高德荣比所有的同学都更自觉地努力学习,因为他心中不仅有理想,还有对中国共产党的感激之情。他要把这份理想和感激,化作源源不绝的动力,敦促自己不断努力,不断寻求广阔的世界,不断朝着远方飞翔。

高德荣说:"读书的道路,在我的脑海里是个圆形,一圈圈,像大树的年轮,像鹞鹰的飞翔,围绕着一颗头顶的红星,一个报恩的目的,从未改变。是山外来的解放军和老师,让我们独龙族人知道世界上还有比高黎贡山、担当力卡雪山更高的山,有比独龙江更大的河流。他们还让我们明白,一个人不能只为自己活着。"

1972年7月,高德荣毕业成绩出来了,名列独龙江孔目小学附属初中毕业生前茅,其中语文、政治居全乡第一。他报了三个志愿:怒江卫校、贡山一中(高中)、怒江民族师范学校。他品学兼优,早就被贡山县党政领导关注。由于独龙江乡更需要老师,所以高德荣接受了组织的安排,被怒江民族师范学校录取了。

他心中最信任的就是中国共产党,党组织的安排,绝对没有错。

这一年,高德荣18岁,在中国,正是成年人的标志。他带上一床独龙毯、几件换洗衣服、干粮,一把长刀挎在后胯(那时独龙族男人都习惯随身带长刀),平生第一次离开独龙江,经过5天艰难跋涉,第一次跟随着马帮,走完独龙江人马驿道,到达贡山县城,再搭乘一辆东风货车,经过一天颠簸后,最终到达学校所在地碧江县城知子罗。

高德荣作为第一个被怒江民族师范学校录取的独龙族学生,受到党和政府的特别关注,时任贡山县县长的李世荣(白族),专程到学校看望他,还将自己身上穿的华达呢外衣,脱下送给了他。

高德荣没有辜负党和政府对独龙族学子的期望和悉心培养,在校学习成绩和表现都十分优异,被推举为班长和学校团干部。1975年毕业时,恰逢李世荣由贡山县县长调到怒江民族师范学校当校长。

由于品学兼优,高德荣顺理成章地留校工作,任专职团委书记、怒江州州直团委委员、校民兵营干事。甚至出席了在北京召开的共青团全国代表大会,受到党和国家领导人的接见。可以说是前途无量,大有平步青云之势。

1979年3月,他做了一个谁也没有料到,也无法理解的决定:申请调回到独龙江巴坡完小,由中专老师变成小学老师。

李世荣急了,不知道他干得好好的为什么要申请调回去,十分严肃地问他:"高德荣同志,你真的下定决心回独龙江当小学教师?"

高德荣回答说:"校长,您是知道的,独龙江更需要我。我的民族还没有富裕起来,我要回去帮助他们。"

就连独龙江的乡亲们,也难以理解他这个超乎寻常的选择,也纷纷问他为什么。

高德荣依然坚定地回答说:"我受党的培养,读了书,明了理,独龙江需要我,所以我就要求回来了。"

对于此事,妻子马秀英似乎早明白高德荣心思,但还是感觉委屈,便对他说："看来你不独心大，还心硬。百年老树的杠心子，斧子砍不动，锯子锯不动。我只问你，大树底下还容小树？"

高德荣感觉的确对不住妻子，明明可以在州府温馨甜蜜、比翼双飞，这样一来，妻子的工作也将变得相当被动，不得不考虑从繁华的州府调回偏远的独龙江卫生院。所以，他自觉惭愧，一时语塞，过了好一阵，嘴角挤出一句话："小树会跳脚，挪挪地方也成活。"

"独龙汉子一首歌，唱得峡谷震天响；独龙汉子一片爱，掏尽肝胆和心肠。一身汗水，化作春雨洒故乡；一颗真心，向着明天再飞翔。" 1979年，25岁的高德荣，踏上了回独龙江的漫漫归途。

据说，临行前，高德荣在碧江县城特意买了几件时尚衣物和一只猪后腿。但回到独龙江后发现，村里的乡亲们的生活，几乎和自己出去时没什么变化。那些时尚衣物，根本无法穿出去，因为大家几乎还是刀耕火种的状态。白天穿的晚上盖的还是独龙毯，住的还是茅草屋。至于带进去的那只猪后腿，早就生了蛆，本要扔了，但高德荣的母亲舍不得，炼了一盆有怪味的油炒菜。

山还是原来的山，水还是原来的水，路还是原来的路，独龙族的生活还是原来的生活……但在党和政府培养下的高德荣，已经不再是原来的高德荣，他有了足够的勇气和信心，立志实现他一生唯一的梦想，那就是带领独龙族实现全面小康。

竹溜索崩断导致了一名独龙族小伙坠江身亡，为了帮助村里修一条钢溜索，他把辛苦积攒下来本打算给弟弟结婚用的300元钱捐了出来。但他同时清醒地意识到，要改变独龙江贫穷落后的面貌，只靠这些小事情的累积是无法做到的，首先要搞好的是教育。

"教育上不去，发展就上不去，我们不能再生产穷人了。"在独龙江巴坡完小任教5年来，高德荣深有体会。对于独龙江和独龙族来说，不从根本上改变人，改变短浅的目光、低下的智识、怠惰的习惯、等靠要的思想……那就无法取得进步，更无法建设好独龙江。

1984年，春风吹拂过独龙江，高德荣迎来了人生的一个重要转折点，党组织任命他为独龙江区副区长。1985年7月，高德荣在鲜红的党旗下举起右手，握紧拳头，庄严宣誓：

我志愿加入中国共产党，拥护党的纲领，遵守党的章程，履行党员义务，执行党的决定，严守党的纪律，保守党的秘密，对党忠诚，积极工作，为共产主义奋斗终身，随时准备为党和人民牺牲一切，永不叛党。

在高德荣的入党申请书里有这样一句话：入党不是为升官发财、图名图利、高人一等，而是为了全心全意为人民服务。从这一刻起，在31岁的高德荣心中，中国共产党，不仅仅是不断帮扶独龙族的贴心人，更是化为自己全部的信仰，化作自己在独龙江和独龙族向前发展道路上，鞠躬尽瘁死而后已的精神力量！

1988年，高德荣当选为独龙江乡乡长；1990年6月，担任贡山县人大法工委主任；1993年8月，担任贡山县人民政府副县长；1998年8月，担任贡山县人大常委会主任；2001年8月，担任中共贡山县委副书记、县人民政府县长；2006年2月，担任怒江州人大常委会副主任；2009年11月，担任独龙江乡整乡推进整族帮扶（沪滇）综合发展工作领导小组副组长；2014年5月退休，继续任独龙江乡整乡推进整族帮扶（沪滇）综合发展工作领导小组副组长。

在独龙江乡工作期间，高德荣走遍了独龙江全乡6个行政村42个自然村1052户独龙族人家。面对困难群众，他总是这样鼓励说："有党和政府的关心，有改革开放的好政策，我们独龙江一定会一天比一天好起来，我们独龙族人民一定会过上幸福的生活。现在有一些困难是暂时的，我们要像独龙江水一样向前走，不要怕困难，要让困难怕我们。"

无论工作岗位和职务如何变，高德荣作为共产党员的初心没变，信仰没变。他曾说："官当得再大，如果自己的同胞还穷得连衣服都穿不起，别人照样会笑话你。"

高德荣这么说了，更是这么做的。

首先他提出了卓有远见的植树造林、封山育林等措施，并且这个观念，一直在他心中根深蒂固，并身体力行。

多年后，他的司机肖建生回忆说："老县长多次说去钓鱼，甚至煞有介事地准备好鱼竿等工具，结果到了目的地，老县长把鱼竿一扔，自己跑去移栽树苗了，以至于鱼竿在江边撂了几天，不见钓鱼人，倒是两旁多了不少新树苗。老县长从早忙到晚，但只要一有空，必见缝插针地栽树，自己栽树还不算，还时时发动工作队、乡党委、乡政府的干部职工一起植树造林。"

独龙江的群众对此印象最深，异口同声地说："独龙江的一草一木就像老县长的命根子，谁乱砍滥伐，他就不饶谁。"

高德荣对破坏环境的事情，可谓是毫不留情。

《怒江日报》记者王靖生记得有一次，老县长去普卡旺村查看旅游栈道施工进度，本来是件好事情，但当他发现有两棵树被施工队砍了后，原本笑眯眯的脸一下子变了。

施工队长赶忙解释说，如果不砍这两棵树，工程量就要增加很多。

老县长勃然大怒，一边指着施工队长跳脚大骂，一边教他不砍树如何施工的办法。

施工队长吓坏了，连声道歉。

老县长不依不饶，要施工队长立刻去林业站交罚款，并说："我不是要收拾你，而是要你记住这个教训。"

一路上，老县长发现有被丢弃的矿泉水瓶等污染环境的东西，就让肖建生停车，自己下车捡起来，还经常带人把不可回收的废弃物集中焚烧，挖坑深埋。对环境的爱护，简直是比爱护自己还严苛。无怪乎王靖生也感慨说："独龙江是老县长的家，独龙江的树，就是老县长的'命根子'。独龙江要发展，老县长最担心的是环境问题。"

高德荣明白环保的重要性，他一直重视独龙江环境保护，常常和大家说："搞开发不能随意，只讲保护不发展不行，只讲发展滥开发更不行，要在保护中发展，在发展中保护。独龙族人民不能总是在党和政府的扶持下过日子，我希望乡亲们用勤劳的双手建起'绿色银行'，以后用钱都到山上取。"这和习近平总书记提出的"绿水青山就是金山银山"的发展理念相吻合。

他还说："如今的好山好水是祖宗留给我们的宝贵财富，如果我们只会一味索取，而不是在保护的前提下求发展，很快就会坐吃山空。我们都会成为一代罪人。独龙江这么好的生态环境，一定要好好保护，这不只是独龙族和怒族人民的，还是全国人民的。独龙江绝不能因为一时的经济发展，把'绿色银行'给毁了。保护是一种理性开发，更是看不见的开发。独龙江要以保护为主，一定要给全国人民留下一个完整的、具有生物多样性的动植物基因库，这是对子孙后代最大的贡献。"

从独龙江调到贡山县时，高德荣本来不想去，他离不开独龙江。但妻子马秀英说了，独龙江也在贡山呀，再说到县上工作，就能为更多的人干事。高德荣这才释怀，他要干事，要干更多更多为老百姓谋福利的事，这是他作为一名共产党员永远不变的信念。

1990年到2006年，这16年间，多少调整交换的机会，高德荣放弃了，坚决要留在家乡贡山。即使到2006年2月，当选怒江州人大常委会副主任时，他仍在推辞，并在宣布任命当天，把办公室的钥匙退还给了怒江州人大办公室，返回贡山去了。

之后，高德荣又要求组织派自己到独龙江工作。

他反反复复说道："把我调到州里工作，离开贡山和独龙江，我就相当于没有根了。天天坐办公室，我能做什么？我离不开独龙江，不想在州里当官，我是人大代表，就要扎根在群众中间。独龙族同胞还没有脱贫，我的办公室应该设在独龙江。"

高德荣最终恳请怒江州委和怒江州人大常委会："请允许我的'办公室'设在独龙江，因为独龙族同胞还没有脱贫。独龙族是祖国56朵花当中的一朵，再不加快发展脚步，在全国全面建成小康社会进程中，就要落伍、掉队，那是给祖国母亲抹黑。"

是的，诚如《人民日报》记者张帆所说：独龙江畔的每个村庄、每条山路、每家每户的火塘边，都是老县长的办公室。

高德荣对自己的严苛和对工作的狂热，是令所有接触过他的人惊叹敬佩的。

他为什么要对自己那么严苛？

高德荣说："从严要求自己，严格管好家人，才能一身正气、两袖清风，真心实意为人民群众办事情。"

他工作为什么要那么忙？

高德荣又说："我清楚地认识到，如果不发展，如果发展缓慢，就意味着差距越来越大……因此，无论前进道路上有多少困难，我从不悲观失望，不动摇信念。"

高德荣在贡山县城的房子，在一幢楼龄20多年的旧楼里，仅有40多平方米，厨房太小，灶台只能搭到过道上，墙壁、天花板早就被烟火熏得发黑，屋子里仅有一些简陋陈旧的家具，并且没有卫生间，最显眼的摆设就是高德荣获得的各种荣誉证书和留影照片。一家几口人全都住在里面（高德荣常驻独龙江乡），并且一住就是20多年。

不仅如此，家中还是独龙江出来贡山办事，或读书的独龙族乡亲的另一个安身之所。多的时候，一二十个人挤在这间房子里。特别是寒假大雪封山，七八个独龙族孩子挤在这间屋子里，床不够，就睡沙发、打地铺。

当时，高德荣10多岁的女儿高迎春，心中很是委屈，觉得父母对这些独龙族孩子太好了，自己和弟弟高黎明反倒成了外人。高迎春常常听到父亲教导到家里的独龙族学生说："我们独龙族人祖祖辈辈靠刀耕火种繁衍了下来，现在受了教育，有了知识，才能真正过上文明的生活。"

这让高迎春很受震动，觉得来到家里的独龙族孩子，都是自己的兄弟姐妹，不能因为进了城就忘了本。

高黎明毕业后回贡山考公务员，连续两年名落孙山，有的人不解，认为高德荣身为州级领导，给儿子安排个工作并不难。

高德荣只给儿子说了一句话："好好用功，多学多干。"直到第三年，高黎明才考上。

"父亲是到省城办事的，我知道他的原则，根本不敢沾他的光。"高黎明和未婚妻有一次到昆明拍婚纱照，无意中发现父亲的车就在路边，但没开口说搭个便车，而是选择乘坐长途客车回家。

在高德荣担任怒江州人大常委会副主任后，按照规定，可以安排一套大一些的房子给高德荣，但他不要；不要房子可以补贴现金，仍然被他拒绝了。

"会节约的人才是懂得生活的人。"这也是高德荣常常挂在嘴边的话。

高德荣的妻子马秀英说高德荣："他喜欢穿一件独龙族裇裇，外面再套一件藏蓝色西装，这两件衣服破了也不舍得换，让我缝了又补，好多次劝他扔了，他就是不同意。"

有一次，司机肖建生看见高德荣的外衣在车上，有些脏了，准备帮他洗一下，衣服已经很破旧了，稍微用力，原来上面的一个小窟窿便被扯成了大窟窿，无法再穿，便自作主张把它扔了。谁知高德荣知道后，硬是让他把扔了的衣服找回来，自己亲自又洗干净晾干，重新穿在身上。当然，破洞的地方打了一个大补丁重新缝好了。

高德荣和马秀英结婚 30 多年，就没有买过什么像样的礼物给妻子。只是有一次出差，给马秀英买了一对翡翠耳环。有记者采访马秀英问到耳环时，她却很不好意思地说："假的、假的，不值钱。这是他几年前到北京开会买的，不贵，一共买了 5 串，也送别人了，他没给我买过啥东西，就一直戴着了。"

高德荣手上，一直戴着一块 1987 年应邀到北京参加国庆观礼时获赠的手表，脚上总是穿着一双 100 来块钱的皮鞋。他还说过这样一句话："与其花时间去打扮自己，还不如把时间花在工作上，建设好自己的家乡。"

高德荣对乡亲们却很慷慨。

高德荣的儿子高黎明记得，父亲的工资、津贴很少用于家里的开销，"像试种草果的费用，我父亲把自己的津贴都贴进去，我和姐姐从小到大的学费，用的几乎都是母亲的工资"。

"老县长心肠好，下乡时总是买些米、油、衣服、被子，甚至锅碗瓢盆带着过去，遇到生活有困难的老乡就接济一两样。"高德荣的驾驶员肖建生感慨道。

独龙江马库村党支部书记杨恩说："每次下来，老县长都要给我们带点烟酒或者水果，他说我们基层干部很辛苦，关心我们是应该的。还有一次，临走时老百姓坚持要送他两只鸡，他拧不过，最后只能偷偷给老百姓留下200元钱。村民中老的少的跟老县长都非常熟，像亲人一样。"

云南广播电视台记者于瀛也记得，有一次县长到捧当乡迪麻洛村委会走访，一个3岁多的小孩跑过来，拉住高德荣的衣角喊道："县长大爹、县长大爹。"那时，高德荣早就不当县长多年了，这让于瀛很吃惊。

高德荣摸了摸孩子的头，从兜中掏出100元钱给这个小孩，并对孩子的父母说："给小朋友买点好吃的。"

还有一次，高德荣到独龙江乡迪政当村迪加坝家，他一边招呼随行人员将带去的大米、食用油和腊肉给迪加坝，一边用独龙语对迪加坝说："这些东西不是我老高送你的，是共产党关心我们独龙族，上级让我给你送来的。"

其实大家都知道，这些物品全都是高德荣自己掏钱买的，但他每次给乡亲们送东西，都一再强调是党和政府派他送来的。

独龙江乡巴坡村村民双文荣常说："我听说老县长一年中难得回家陪家人一次，而他却来看了我3次，他对我们真是比对自己的亲人还要亲。"

有一年全国人代会期间，恰逢高德荣生日，代表们提出要给高德荣送一件礼物，问他需要什么。

高德荣想了想说，最想要一台装载机，因为家乡独龙江的路经常塌方，严重影响独龙族同胞的生产生活，装载机能派上大用场。

这事被大家一时传为美谈。后来，云南省交通厅还真给独龙江送了一台装载机。

类似的例子，不胜枚举。

说到高德荣是工作狂，忙得天昏地暗，给他开车的驾驶员肖建生深有体会。

2001年，肖建生给时任贡山县县长的高德荣开车，本以为给县长开车是个美差，却不料让自己叫苦不迭。他后来才知道，当时被挑选的几个人，都不愿意给高德荣当司机。因为跟着高德荣，一年365天有300多天都在路上跑，在田间地头转，根本就不分什么白天黑夜，什么节假休息。有时候，一个星期进出三四次独龙江，比农用车司机还忙。

"老县长每天不停地跑村寨。他天一亮就出门，天黑之前不会进家。"肖建生跟随高德荣，在独龙江乡整乡推进、整族帮扶工作启动后，更加忙碌了。只要能到的地方都开车去，没有路的地方，就停下车来，人继续走。

为了独龙江的发展建设，高德荣忙得一天最多睡四五个小时。

肖建生记得，老县长到昆明开会，是如何做到一天去一天回的：上午11点开完会，饭都顾不上吃，啃两口洋芋就往回赶，550千米的高速路，前7个小时一路直奔州里（六库），随后，250千米的四级路（六库经福贡到贡山），90千米的等外路（隧道打通之后的独龙江公路），11个小时，沿着波涛汹涌的怒江大峡谷，一路向北赶回独龙江，凌晨才能到。用肖建生的话来说："他离不开这里的老百姓。"

与高德荣共事的同事们都说："除了睡觉，只要见到他，他都是在工作。"

出生于1980年的高迎春，对于父亲高德荣的忙，也别有一番体会。

她说："我小时候很少见到父亲，每天晚上，他总是在我和弟弟睡着之后才回来。第二天早上，等我们起床时，父亲已经出门了。我母亲是独龙江乡卫生院的医生，碰上母亲出山学习培训，只有六七岁的我，就要承担起照顾弟弟的责任。有一次，母亲到深山给一位农妇接生，当天不能往返。天黑了，我和弟弟越来越害怕，只能紧紧依偎在火塘边，不断安慰自己不要怕、不要怕，爸爸很快就回家了。可是直到我和弟弟困得睡着了，爸爸也没有回家。当我醒来时已经躺在床上，说明父亲回来过又出去了。"

高德荣的忙，不仅表现在时间上的争分夺秒，还体现在他始终处于紧张工作状态。许多和高德荣共过事的同事说："不要妄想老县长会耐着性子和你拉拉家常，聊聊生活中的琐碎之事。因为他和领导干部讲的，永远只有一样：工作。"

就连驾驶员肖建生也说："老县长是'工作狂'，从来不知道享受，工作就是他的享受吧。"

其实并非高德荣不知道享受，而是他没时间享受，也无法享受，因为高德荣太想独龙族早一点脱贫致富，实现全面小康了，所以他不得不忙，不得不"狂"。

他焦虑地说："上级照顾我们，兄弟民族支援我们，是因为我们落后，戴着落后的帽子一点也不光彩，太难看了。不要总想着伸手要，要多想想如何放手干。领取低保不是件光荣的事，只有将'输血'转换为'造血'，才是长久之策。一个贫困的地方最大的贫困是思想观念的贫困。独龙江人素质要提升，路还很长，有知识、有文化，才能把家乡保护好、建设好。我们要把上级给的扶持资金当成种子，靠我们自力更生来发芽结果。"

正是高德荣又忙又"狂"的工作，让独龙江群众又欢喜来又心疼，自发编了一段形象的快板书：

　　老县长
　　手机响
　　那是百姓有事讲
　　老县长
　　背竹篮
　　农用工具往里装
　　老县长
　　坐火塘
　　促膝交谈拉家常
　　……

2014年5月，高德荣退休了，但他仍然心系独龙江，自己为独龙族同胞服务的意识和行动一刻也没有放松，依旧作为独龙江乡整乡推进整族帮扶（沪滇）综合发展工作领导小组副组长，常年驻守在独龙江一线，走村串户，忙个不停，和过去没什么两样。

他说:"我要留在独龙江,即使退休了,我的工作也不会停,学习也不会停。我还要和独龙族群众一起干,干出活路来。只要工作需要,我将一如既往、不折不扣地履行一个共产党员的义务。职务可以退,党员的义务不能退。我还要与独龙族同胞一起建设家乡,永远听党的话,永远跟着中国共产党走,把独龙江建设得更加美丽、富裕、和谐……"

这就是高德荣作为一名共产党员的拳拳赤子之心!这就是高德荣作为一名共产党员信仰的伟大力量!在他心中,自己不过是在中国共产党如红太阳般照耀下,发出的一丝光而已,真正推动独龙江大跨越、大发展、大进步的是中国共产党!

他总是和自己的乡亲们说独龙族人民获得的三次解放:第一次解放是中华人民共和国成立,使独龙族人民获得了民主政治权利,实现了从野人到人的跨越;第二次是独龙江公路的修通,使独龙族人民获得了从封闭到开放的发展环境;第三次是实施"独龙江乡整乡推进独龙族整族帮扶行动计划",独龙族将从贫困迈向小康,实现发展的大跨越。

在独龙族大踏步朝前迈进的同时,高德荣获得过"全国优秀共产党员""全国民族团结进步模范个人""全国脱贫攻坚奖""时代楷模""全国道德模范"等荣誉称号,并在中华人民共和国成立70周年前夕,党和人民授予他"人民楷模"国家荣誉称号,习近平总书记亲自给他颁奖。

高德荣始终难以忘怀,1998年,陪同中共云南省委书记令狐安徒步独龙江的日日夜夜;不会忘记,1999年,省委独龙江工作队三年来的精准对口帮扶;也不会忘了,2010年1月18日,中共云南省委办公厅、云南省人民政府办公厅2010年2号文件,《中共云南省委办公厅、云南省人民政府办公厅关于独龙江乡整乡推进独龙族整族帮扶三年行动计划的实施意见》;更永远铭记,习近平总书记给独龙族"两次回信、一次接见"的重要指示精神……

这些关乎新时代独龙族重大历史发展机遇的时刻,并不是偶然的,而是中国共产党一以贯之,对包括像独龙族这样的"直过"弱小民族等少数民族的巨大帮扶。

高德荣清楚地记得，自2005年，党中央、国务院做出重大决策部署，制订专项规划计划，扶持全中国22个总人口在15万以下的人口较少民族加快发展。其中，云南省有独龙族、怒族、德昂族、普米族、基诺族、布朗族、阿昌族7个人口较少民族，总人口约23万人，通过一个阶段的扶持，9个州市31个县（市、区）175个建制村1407个自然村得到快速发展，扶持成果惠及31万各族群众。

不仅如此，从2005年到2010年，云南省扶持人口较少民族发展规划，共投入各项扶持资金27.2亿元，使175个人口较少民族聚居建制村，全部实现了"四通五有三达到"（即通路、通水、通电、通广播电视；有学校、有卫生室、有安居房、有安全饮用水、有基本农田或牧场，人均纯收入、人均有粮、九年义务教育普及率达到国家扶贫纲要和"两基"攻坚计划要求）的扶持目标，极大地改善了人口较少民族群众的生产生活条件。

2018年，一个相当振奋人心的消息从独龙江传了出来：独龙族实现整族脱贫了！

"老县长"高德荣的理想和愿望终于实现了。

这无疑是一个人间奇迹，创造这个奇迹的，是中国共产党！

且看独龙江乡的脱贫攻坚工作报告（节选），且看独龙族千年巨变的历史瞬间和成就。

贡山县独龙江乡脱贫攻坚工作报告

独龙江乡党委、政府

2020年4月

自脱贫攻坚工作开展以来，独龙江乡以习近平新时代中国特色社会主义思想为指导，深入贯彻落实习近平总书记关于扶贫工作的重要论述以及习近平总书记对贡山的"两次回信、一次接见"重要指示精神，增强"四个意识"，坚定"四个自信"，坚决做到"两个维护"，落实党中央、国务院、省州县关于脱贫攻坚的各项决策部署，坚持把脱贫攻坚作为最大的政治任务和民生工程，苦干实干亲自干，于2018年底实现独龙族整族脱贫，全乡6个村全部脱贫出列。全乡上下一心，持续在巩固脱贫成效上发力，在实施乡村振兴中奋斗，现将工作开展情况报告如下。

一、基本乡情

独龙江乡地处我国的横断山脉的高山峡谷地带，位于北纬27°31′—28°24′，东经98°08′—98°30′，东邻贡山县丙中洛和茨开镇，西南与缅甸毗邻，北靠西藏自治区察瓦龙乡，并与印度相近，国境线长97.3公里，境内有37号至43号7个界桩，东西横距34公里，南北纵距91.7公里，整个区域面积为1994平方公里。县城丹打至乡政府驻地孔当的县乡公路长79.6公里。独龙江乡是我国独龙族唯一的聚居地，全乡辖6个行政村41个村民小组，农村人口1137户4153人。全乡共有建档立卡户609户2311人，截至目前，2014至2018累计脱贫退出613户2329人，未脱贫4户14人（其中2019年10月份新识别3户8人，返贫1户6人），2018年独龙江乡实现了整乡脱贫出列。贫困发生率由2014年的37.4%下降至目前的0.34%。

…………

——聚焦产业抓壮大，群众收入有了大提升。立足生态优势，狠抓草果、羊肚菌、重楼和独龙蜂、独龙牛、独龙鸡和旅游产业等特色产业发展，解决群众收入难问题。一是狠抓林下产业发展。全乡草果累计种植面积6.869万亩，挂果面积2.538万亩，2019年产量1250吨，产值1110万元，人均产量301公斤，户均产量1100公斤，人均草果收入2709元，草果产业成为全乡的支柱性产业；累计种植羊肚菌473亩、种植重楼1718.6亩、种植黄精695.5亩、种植葛根734亩。二是狠抓养殖业发展。2019年新建马库村、献九当村2座养鸡场，投入资金60万元，受益卡户达154户568人。三是狠抓扶贫车间建设。2019年新建献九当村、迪政当村扶贫车间2座，累计资金投入100万元，受益卡户达200户759人。实施示范户建设25户，累计资金投入250万元，受益卡户25户109人。伴随特色产业的蓬勃发展，独龙江乡群众的收入有了大幅提升，截至2019年底，独龙江乡人均纯收入达到7637元，远超2019年人均收入脱贫现行标准。

——聚焦"志智"抓双扶，群众素质有了新提升。坚持把扶贫同扶志、扶智结合起来，培育贫困群众自力更生的意识和观念，引导广大群众依靠勤劳双手和顽强意志实现脱贫致富。一是开展群众技能培训。开展普通话学习培训3000余人次；开展厨师、家政、竹编、农家乐经营民宿等技能培训500余人次；开展独龙鸡、独龙牛等养殖培训600余人次；开展民族服饰缝纫、护林、电焊、砌墙技能培训800人次；开展木雕艺术技能培训200余人次；开展农村运营驾驶技能培训累计达800余人次；开展电商技能培训500人次。二是动员群众外出务工。开展"走出家门学本领"外出务工宣传活动，目前独龙族群众在省外务工的有38名，省内务工的有24名，就地务工的有300余名，独龙江四星级酒店员工26名。三是开展"一周三活动"。引导群众走出火塘到活动室，走出火塘到广场，走出火塘到车间，树立勤劳致富、脱贫光荣的价值取向和政策导向，形成有劳才有得、多劳多得的正向激励，激发群众内生动力。通过一系列的活动，独龙族群众的生活习惯、思想观念、文化素质与过去相比，发生了跨越式改变，男女老少精神面貌焕然一新，自我发展的内生动力显著增强。

——聚焦环境抓整治，村容村貌有了新变化。坚持把巩固提升脱贫攻坚成效和推进乡村振兴战略有机衔接，统筹做好人居环境整治工作。一是在宣传动员群众上下功夫。转变工作方式，改变以往党委政府大包大揽的工作模式，坚持以人为本的原则，发动群众主动参与，自行对私搭乱建建筑物、盖有彩钢瓦的与周边环境不搭调不协调的生产用房、空心砖围墙、废弃工棚进行了拆除，截至目前，全乡已拆除建筑物和空心砖围墙面积约3.5万余平方米，完成改造房屋300余间。二是在压实卫生责任上下功夫。在开展人居环境提升工作中，按"五到一线"工作法要求，整合了乡干部职工、驻村工作队、大学生村官、村班子成员和广大党员五支力量，全面实施干部负责包村、职工负责包组、党员负责包户的环境卫生"三包"责任制。干部带头开展工作，党员带头示范引领，真正发挥了党员干部的示范引领作用，开创了"一呼百应"、齐心共抓的环境卫生"三包"工作良好局面。三是在完善村规民约上下功夫。通过召开村民代表会议，按照贴近意向、符合村情、服务大局的原则，集中对全乡6个村委会的《村规民约》进行修订、审核，把环境卫生纳入村规民约。四是在美化绿化上下功夫。组织全乡群众开展村组绿化和庭院美化绿化活动，提出了"不是硬化就是绿化"的号召，要求群众自发硬化村庄道路、院坝、进出通道，美化绿化房屋院坝周边空地。截至目前全乡范围内公路沿线和房前屋后完成种植各种花卉树种13000余棵。通过以上举措，在全乡上下形成了共同建设家乡，共同爱护家乡，共同维护青山绿水的良好氛围，全乡村容村貌得到了较大的改观，处处呈现干净整洁的景象，美丽乡村印象初步形成。

——聚焦旅游抓规划，服务设施有了新布局。坚持主打旅游的基本思路，以建设世界级旅游目的地为目标，全面提升独龙江旅游发展的基础和环境。一是实施独龙文化保护和传承工程，提升旅游文化底蕴。在各村开展了"普及21套民族广场舞""收集最后独龙文面女拍摄"等工作，开展独龙族民族传统手工艺品传承开发挖掘项目，成立了独龙族工艺品协会。二是用好中央扶持人口较少民族发展项目，提升旅游文化亮点。恢复一批"历史记忆""红色记忆"，重建6座藤篾桥、4组溜索，修缮一批历史建筑，建设2个原始部落，建设6个村史馆等，一批项目已列入项目库申报。三是挖掘本地特色菜品，提升旅游文化"滋味"。开展"独龙特色菜谱"的收集和整理工作，共收集特色菜谱73种，持续挖掘创新具有独龙族文化气息的菜品，丰富餐饮内容。四是挖掘旅游体验项目，提升旅游文化"感受"。开发独龙族文化旅游体验项目，扶持建设"独龙人家家访""独龙王子"及"独龙文面"等体验项目。五是推广使用"智慧旅游平台"，提升旅游文化"智能"。把较为成熟的旅游接待项目安装"智慧旅游平台"，充分使用平台，实现住宿、餐饮、旅游等一系列实名预约，让游客更加便捷。旅游景点、观景平台、农家客栈等旅游基础设施及配套项目不断完善，开展了乡村厨师、户外向导、乡村导游、酒店管理、农家乐经营等旅游人才培训，为独龙江旅游发展奠定了良好基础。目前，独龙江已成功创建3A级旅游景区。

——聚焦项目抓落实，基础设施有了新改善。坚持以加强基础设施建设和公共服务项目建设为抓手，着力提高整体公共基础设施服务标准，发挥好基础设施建设在巩固脱贫成效中的整体提升和带动作用。一是开展交通基础设施建设。建设完成鲁腊、普卡旺桥、斯拉罗、巴坡、麻必洛5座跨江大桥，结束了出门过溜索的历史；建设完成白利、龙仲、南代和普卡旺四座生产便桥，方便了群众的生产生活；建设完成滇藏界至中缅边界（41#）界桩总里程107.53384公里（拉旺夺支线长9.31241公里）国边防公路和村组公路，独龙江四通八达的交通网构建完成。二是开展电力基础设施建设。启动实施独龙江35kV电网联通工程。建设完成独龙江乡"互联网+"示范建设项目。三是开展通信基础设施建设。建成并开通独龙江孔当、巴坡新村、鲁腊、迪兰、肖切等6个4G基站；完成独龙江基站、白来基站、献九当基站、迪政当基站、黑娃底基站10GE设备安装；完成贡山邮电局至独龙江1GE至10GE带宽升级，完成独龙江马迪公路班村至滇藏界两个基站建设（班村、迪布里—西藏边界），实现了网络信号全覆盖。2019年4月率先进行了5G网络调试并成功开通。6个行政村28个安置点已全部实现通车、通电、通电话、通网络宽带、通广播电视，有安全饮水、有标准化卫生室、有活动场所。

…………

——聚焦民生抓保障，社会事业有了新改善。聚焦教育扶贫、健康扶贫、社会保障，抓实民生保障举措。一是狠抓教育扶贫工作。大力宣传义务教育法，严抓控辍保学工作，全乡义务教育阶段学生758人，其中义务教育阶段贫困家庭适龄儿童395人，全部得到就学保障，实现零辍学。二是精准资助学生就学。实施"雨露计划"等社会助学，实现建档立卡贫困学生全覆盖，累计604名学生受到资助，中专以上学生共33人，资助金额11.45万元。三是全面落实医疗保障。对贫困人口参加城乡居民医疗保险个人缴费部分给予全额资助。大病、慢性病家庭医生签约服务率达100%。医疗保险和养老保险参保率达100%。共计2311人建档立卡，贫困人口全部享受城乡基本医疗保险和大病保险，回补城乡居民医疗保险个人缴费资金1542人，共计12.47万元。四是严格实施社会兜底政策。大力开展摸底调查工作，目前全乡享受农村低保的群众330户973人，其中：建档立卡户240户724人；社会救助兜底保障62户82人（其中低保兜底保障15户29人，特困户兜底保障40户41人，孤儿兜底保障7户12人）。2019年共发放农村低保金167.8168万元，特困户补助金34.5067万元，孤儿补助金13.596152万元。全乡持证残疾人76人，按规定均享受"两项补贴"，2019年发放残疾人"两项补贴"3.309万元。2019年救助困难群众123户465人，支出临时救助款20.7万元。五是全面落实安全住房保障。已建安居房1023套，建成幸福公寓24套；2019年对4户农村D级危房进行重建，新建幸福公寓1套；安居房提升改造209户，确保所有群众有安全稳固的住房。六是用活公益性岗位聘用制度。对无产业支撑，且具备劳动能力的建档立卡户每户至少安排1个就业岗位。启动实施公益性岗位聘用工作，目前共聘用836人，其中生态护林员376人、河道管理员113人、地质灾害监测员94人、巡边护边员123人、护路员42人、界务员25人、辅警37人、土地专管员6人、防疫员8人、社保代办员6人、农家书屋管理员6人。

　　……………

　　经过持续巩固提升，独龙江乡脱贫攻坚取得了突破性成效。

　　贫困户脱贫达标方面，全乡累计实现脱贫613户2329人，全乡仅有贫困人口4户14人，贫困发生率为0.34%，建档立卡人口住房、医疗、教育以及饮水安全得到全面保障，并实现了不愁吃、不愁穿。

　　贫困村脱贫出列达标方面，全乡6个贫困村贫困发生率均已降至3%以下，行政村到乡道路100%硬化，实现通村道路危险路段有生命安全防护措施。所有行政村通动力电,广播电视覆盖率为100%。贫困村及所在地学校和卫生室光纤网络实现全覆盖,村卫生室面积均在60平方米以上,每所村卫生室至少有1名乡村医生执业。贫困村均有村级活动场所,并全部达标。

……………

四、下一步计划

"脱贫只是第一步,更好的日子还在后头",这是习近平总书记勉励独龙族乡亲们追求美好生活的动员令,也对我们工作提出了新的更高的要求。独龙江乡将全力以赴落实好乡村振兴战略,拿出知难而进的闯劲、只争朝夕的拼劲、锲而不舍的韧劲,立下愚公移山志,下沉一线、尽锐出战,苦干实干亲自干,努力创造独龙族群众更加美好的明天。

一是开展好贫困户贫困人口清零行动。持续按照五个一批统筹、六个精准布局解决好剩余贫困人口的脱贫工作,通过加大产业、就业的扶持力度,坚决确保剩余贫困人口4户14人脱贫。

二是扎实开展"巩固脱贫成效"行动。紧紧围绕"脱贫成果巩固要求指标"这一核心标准,紧盯脱贫成果巩固要求指标五大方面20条要求,对标对表,强化到村到户到人的后续巩固提升措施,确保全乡脱贫成效全面巩固。

三是大力培育绿色生态农业。加快完善农业基础设施建设,大力引入中小微农业企业,完善乡村两级物流体系,以"企业+党组织+合作社+农户"模式,提高特色产业组织化水平,发展壮大集体经济,推进农特产品独龙品牌创建工作,在培育生态农业中持续稳定增加群众收入。

四是全力打造独龙江旅游品牌。推动旅游与文化、生态、特色小镇和美丽乡村建设融合发展,加快一级、二级、三级游客中心和独龙风情小镇建设,提升改造家庭和基础设施,大力开发特色旅游产品,打造中高端精品民宿,设计精品旅游线路,加快完善相关旅游配套。

五是进一步夯实基层党建工作。持续巩固"不忘初心、牢记使命"主题教育成果，进一步深化"自强、诚信、感恩"和"听党话、感党恩、跟党走"活动，用好"一周三活动"，创建"感恩夜校班"，夯实党的执政基础，推动基层党建和脱贫成效巩固、乡村振兴融合发展。

高德荣如今已快70岁了，每天仍然奔忙于独龙江乡。尽管独龙族已经率先实现整族脱贫，他心中的梦想已经实现，但高德荣不会满足。

他常常引用习近平总书记给独龙族回信中的一句话，作为自己工作的动力：脱贫只是第一步，更好的日子还在后头。

当然，他也一直在心中铭记，2015年1月，习近平总书记在昆明接见独龙族代表时对他说过的话："您是时代楷模，不仅是独龙族带头人，也是全国的一面旗帜。有你们带动，独龙江乡今后一定会发展得更好。"

高德荣记得，2021年2月21日《中共中央 国务院关于全面推进乡村振兴加快农业农村现代化的意见》即中央一号文件发布，这是21世纪以来，第十八个指导"三农"工作的中央一号文件；2021年2月25日，国家乡村振兴局在北京举行挂牌仪式，这无疑为中国乡村的持续振兴发展，提供了源源不绝的强大动力；2021年4月6日，也是一个值得全国各族人民铭记的日子，国务院新闻办公室发布《人类减贫的中国实践》白皮书，经总结，白皮书的主要内容是：

白皮书全面回顾100年来中国共产党团结带领人民与贫困做斗争，特别是党的十八大以来，习近平总书记亲自指挥、亲自部署、亲自督战，汇聚全党全国全社会之力打赢脱贫攻坚战的波澜壮阔伟大历程，全景式反映中国减贫事业发展成就和世界贡献。

白皮书说，中国共产党领导人民夺取革命胜利，建立新中国，开启了实现国家富强、人民富裕的崭新历程。改革开放极大促进了中国发展，中国减贫进程加快推进。中国发展进入新时代，中国减贫进入脱贫攻坚历史新阶段。中共十八大以来，经过8年持续奋斗，到2020

年底，中国如期完成新时代脱贫攻坚目标任务。

白皮书指出，脱贫攻坚战对中国农村的改变是历史性的、全方位的，是中国农村的又一次伟大革命，深刻改变了贫困地区落后面貌，有力推动了中国农村整体发展，补齐了全面建成小康社会最突出短板，为全面建设社会主义现代化国家、实现第二个百年奋斗目标奠定了坚实基础。脱贫攻坚战全面胜利，中华民族在几千年发展历史上首次整体消除绝对贫困，实现了中国人民的千年梦想、百年夙愿。

白皮书说，占世界人口近五分之一的中国全面消除绝对贫困，提前10年实现《联合国2030年可持续发展议程》减贫目标，不仅是中华民族发展史上具有里程碑意义的大事件，也是人类减贫史乃至人类发展史上的大事件，为全球减贫事业发展和人类发展进步做出了重大贡献。

白皮书除前言、结束语外，共包括五个部分，分别为中国共产党的庄严承诺、新时代脱贫攻坚取得全面胜利、实施精准扶贫方略、为人类减贫探索新的路径、携手共建没有贫困共同发展的人类命运共同体……

让高德荣欣慰的是，2020年，独龙江乡农村经济总收入4263.83万元，同比增长18.3%；人均可支配收入10166.5元，突破万元大关，同比增长33%；贫困发生率从2014年的37.4%至2020年清零……

高德荣更记得，2021年7月1日，习近平总书记在庆祝中国共产党成立100周年大会上，代表党和人民庄严宣告：经过全党全国各族人民持续奋斗，我们实现了第一个百年奋斗目标，在中华大地上全面建成了小康社会，历史性地解决了绝对贫困问题，正在意气风发向着全面建成社会主义现代化强国的第二个百年奋斗目标迈进。这是中华民族的伟大光荣！这是中国人民的伟大光荣！这是中国共产党的伟大光荣！

高德荣明白，历史的巨变，源于中国共产党的英明领导；民族团结进步，源自中国共产党持续不断的民族帮扶政策……这一切，对于独龙江来说，也将意味着在一个新的更高的起点上，实现独龙族同胞对美好生活的向往。

联合国《生物多样性公约》第十五次缔约方大会（COP15），于2021年10月11日至15日和2022年上半年分两阶段，在中国云南昆明召开，作为拥有独一无二动植物天然资源宝库的独龙江来说，无疑将成为这次大会的焦点，成为世界关注的焦点。而实现了千年跨越、仅有7000人左右的"直过民族"独龙族，也将再次以崭新的形象，让全世界看到，在中国共产党的帮扶下，中国各少数民族已实现了历史性飞跃，并创造着一个个人间奇迹。

高黎贡山、担当力卡山、独龙江……这些故乡耸峙奔腾的物象，常常在高德荣梦境中涌现萦绕。

曾有人开玩笑，故意问高德荣："你个子不高，为什么还姓高？"

高德荣笑了笑，反问道："我站在高黎贡山上，为什么我不能姓'高'？"

高德荣回答得很机智，这源于他坦荡、忠诚、干净、担当的品质、信念、理想和信仰。对于独龙江未来的发展，他依然信心满怀、全力以赴。

在作为榜样和力量的高德荣身后，一代又一代、一批又一批的独龙族人民跟了上来，他们追随"老县长"的脚步，在一个全新时代，以自己的方式，追逐着独龙族的中国梦。

每一位独龙族人民逐梦的心中，都时刻铭记着中国共产党的恩情，就像"老县长"高德荣写下的这首歌词：

> 丁香花儿开
> 满山牛羊壮
> 独龙腊卡的日子
> 比蜜甜来比花香
> 高黎贡山高
> 独龙江水长
> 共产党的恩情
> 比山高来比水长
> ……

文在独龙族心上的中国梦

梦想：中国国籍

正当独龙族实现全面小康、走向乡村振兴，实现独龙族的美好中国梦之时，隔着97.3公里的国境线，和中国独龙江接壤的邻邦缅甸，却突然发生了重大意外，开始了一场噩梦。

2021年2月1日，各大媒体以及微信朋友圈在报道和转发一则消息，缅甸政局发生激烈动荡，这让当地群众生命财产和生产生活受到严重影响，再加上新冠疫情肆虐，14万多人感染确诊，死亡人数接近4000人……对于缅甸人民来说，无异于雪上加霜。

根据"老县长"高德荣介绍，全球20多个国家有独龙族，缅甸境内约有13万独龙人（缅甸称为日旺族），很多缅甸日旺族和独龙江独龙族是亲戚朋友，更有不少缅甸日旺族人通过中缅边境到独龙江打工、求学等，还有一部分姑娘嫁到了中国独龙江。

中国独龙族和缅甸日旺族，原本同是一种民族，但由于在不同的国家，却有着天壤之别的命运。那么，生活在中国独龙江的独龙族和生活在缅甸靠近独龙江边境的日旺族，究竟有着怎样的差别呢？

出生于1991年的独龙族小伙双建平，家就在独龙江巴坡村，是党和政府新盖的易地搬迁房，在挨着独龙江的一块平地上修建。

他的妻子尼伞，生于1994年，正宗的缅甸日旺族。2016年到中国独龙江乡客松旺饭店打工，两人相识相恋，结为夫妻。

双建平比较腼腆，说话少，是典型的独龙族人性格，不过，他的汉语说得挺不错，这得益于党和政府在独龙江的教育政策，他说像他这一代（"90

后")的独龙族人，基本都受到过正规教育，并且和外界多有接触，和外来人用汉语交流，没有任何障碍。特别是当我问起他，咱们独龙江独龙族和缅甸日旺族的状况时，他的眼中忽地闪烁过一种光，一种年轻人特有的颇感自豪的眼光。

双建平和我说，2018年2月份，他和尼伞准备结婚，便去缅甸提亲。

"现在路都修好了，从巴坡到41号界碑大约用1个小时，然后再徒步到缅甸葡萄县德九洛村。这个村子的路不好走，破烂泥泞，都是竹子茅草房，看着很贫穷落后，有几十户人家，都是日旺族，尼伞家就在这个村子里。平时村里的人只能靠董棕粉、少量水稻、芋头、野香蕉等充饥，基本上都吃不饱，经常会有自然灾害，还有野兽出没破坏。村里的人穿得很差，小孩基本上没有鞋子穿。整个状况大概和这边的80年代的状况差不多，落后独龙江20年……"双建平的描述，印证了之前我采访其他人，说到两边独龙族情况的对比。

我向双建平提出能否采访下他的爱人尼伞。

他有点不好意思，笑笑说可以。

我问尼伞会不会说中国话。

双建平说不会，她只会说缅甸话或者日旺语（独龙话）。

让他帮我做翻译。

双建平说没问题。

就在双建平起身出去叫他爱人的时候，我扫视了这间单独隔出来用作厨房的宽敞屋子，采光特别好，屋内亮堂堂的，除了有一个独龙族传统的火塘生着火烧着水外，各种厨房用具比较齐全，甚至在墙角边，还有一台白色的电冰箱。

这哪里还能找得到独龙族以前贫苦生活的痕迹啊！

就在我感叹独龙族新一代生活的巨大变化时，双建平带着妻子尼伞进门来了，同时进来的还有一对穿戴干净整洁的可爱的孩童，那是他俩爱情的结晶，一个男孩，一个女孩。

尼伞见到我们有些害羞，脸红通通的，落座后，微微低着头。

我问一句，由双建平用独龙语转述，尼伞也用独龙语回答，再由双建平用普通话告知我。

交流时，尼伞不时抬头看看我，又看看双建平，两个孩子分别依偎在她和双建平怀里。

我问尼伞："怎么答应嫁给双建平在中国安家的？"

她说："开始还是有点犹豫，但双建平特别好，这边（独龙江）交通便利，生活各方面都很好，比自己的家乡缅甸葡萄县好多了。"

"为什么选择来中国打工？"

"因为家里7口人，没有经济来源，兄弟姐妹还小，自己需要操持家里的生活，在缅甸没法像在中国这样可以打工赚钱。"

"像你这样嫁到独龙江来的姑娘多不多？"

"有的，包括其他村也有，我的小伙伴耶娜，2019年也嫁到了三乡孔当一组。"

"你嫁到中国来，对比你自己的国家，有些什么感受？"

"感觉缅甸落后，交通不便，很贫穷，做什么都需要自己出钱，包括读书都得自己出钱，不像我们这里（独龙江乡），有国家扶持，国家什么都给。"

"嫁到中国，你自己愿意吗？"

"愿意，只要父母同意，就可以。"

"父母同意吗？"

"父母同意。"

"开始就想过在中国安家？"

"刚来打工时没想过在中国安家，刚来人生地不熟还不太适应，现在习惯了，感觉很好，衣食住行都很方便。"

"你现在还有什么梦想？"

"我的梦想，是能在中国获得一个国籍。"

…………

我想当然地以为，尼伞嫁过来便可以自动获得中国国籍，然而细问才知道，从缅甸嫁过来的姑娘，要获得中国国籍，还需要符合不少条件和程序。

眼前的尼伞，心中一直有这么一个愿望。这个愿望，是真诚、美好而强烈的，因为她在说这话的时候，语气是深情而激动的。

这不由得让人产生颇多感慨，生在中国独龙江的独龙族，真的是非常幸福，因为有一个强大的祖国做后盾做支撑，而这个强大的祖国，正是中国共产党历经100年风雨，带领中国各族人民建设起来的。

采访结束前，我特意和双建平、尼伞一家四口合影，背景是他家厨房一面被阳光照得明亮温暖的墙壁。

这是一个具有典型意义的跨国婚姻结成的独龙族家庭，在独龙江乡新一代独龙族年轻人中，有不少，以后或许还会更多。无须过多言语，这一家子幸福美满的生活现状，已足以说明一切。

就在我们出门离开时，双建平家饲养的一大群独龙鸡扑棱着翅膀，在相互追逐觅食嬉戏，旁边就是奔腾不息的独龙江，发出一阵阵欢快的流淌声。

或许独龙江水也有梦，这个梦，是远方和希望，在独龙族心里奔流不息的远方和希望……

抖音号：独立松

说起独龙江年轻一代的独龙族，生于1989年的白忠平知名度很高，不仅仅是因为这小伙子以勤劳能干的多面手被大家熟知，更是因为他拥有一个抖音号：dulisong（独龙族　独立松）。

自2018年11月注册，截至2021年3月31日，白忠平的抖音号共发布143条信息，粉丝量为2.3万人，获赞31万人次，关注197人。

这在外界来看，或许不算什么，但是如果把它放在云南最边远闭塞的独龙江，放在人口仅有几千人的"直过民族"独龙族，那可就大不一样了。

外面大多数人玩抖音，无非就是为了消遣，看看热闹，看看稀奇。但白忠平的抖音号，是用来维系"生存"和发展"产业"的。

此话怎讲呢？

还得从2020年9月11日，我和他在独龙江乡迪政当村，他开的辛梦缘客栈木楞房里的火塘边,深更半夜进行的一次长谈说起(他一直在忙着做抖音直播等事,所以采访只好等到深更半夜)。

当时在场的,还有贡山县文联主席丰茂军(傈僳族,驻迪政当扶贫工作队员)。

"说实话,我没有料到,到了你这一代独龙族人,也时兴玩抖音了,和我具体讲讲吧。"我因为身体原因,只抿了一口小白(白忠平的小名)特意招待我们的自酿酒。

"新媒体没人做,自己就想尝试做一做,不过刚开始只是觉得好玩,后来想法变了,一是想用自媒体方式,宣传独龙江和独龙族;二是家乡的风景风光,也想通过抖音传出去;三是独龙江的土特产、工艺品等,通过抖音,也可以卖到其他地方。"小白一口气喝下一大口自酿酒。

"小白抖音号的粉丝可多着呢。"丰茂军笑着插了一句,也跟着小白碰一下杯,一口喝下一大半。

"哦,那有多少粉丝量?"丰茂军的插话,让我更来了兴趣。

"已经有2万多人了。"小白说这话时语气变得有点小心。

可以明显感觉得出来,小白身上还有着独龙族人羞涩的另一面。

这不由得让我想起,第一次见到小白,是在当天中午,我们的车(同行的有云南人民出版社编辑部主任陈浩东、编辑熊凌、驾驶员陈应顺)因为独龙江公路塌方,不得不停在刚出隧道口不远处的断头路那边,而小白,则开着他的面包车来接我们,停在断头路另一边,冒着细雨,踏过泥泞的塌方段,走过来帮我们搬拿行李。

"下午坐在这里喝茶的好像不是本地人吧?"我突然想起有一位胖胖的、皮肤比较白的男子(已去睡觉),一直待在小白的这间木楞房里,和小白过往甚密。

"你说他呀!湖南来的,付相学,来了一段时间了,每年都要来。"说到付相学,小白似乎来了兴趣。

"他是来玩的吗?"我有些不解,如果纯粹是来玩,这个地方待几天应该就差不多了,但付相学似乎待的时间够长。

"他每年要在这里住一段时间,我和他一起做事。"小白又和我们碰了一下杯,一口喝完杯中酒后,又斟满了杯。

"哦,你们是怎么认识的?在做什么事?"这下子,我似乎预感到有些故事。

"大概是2015年,我小舅陈学龙(1996年出生)带他过来吃饭,就认识了。当时他来考察蜂蜜,后来谈到茶叶,就一起做这个事情。2017年,试验了3亩左右(大叶茶),当时没地,向村里的60多岁的老大娘李秀兰借地种茶。种出来感觉还行,就开始挨家挨户推广,茶苗免费发放,还带上技术培训,并按照市场价统一进行收购。到今年,已经有70多户种植了300多亩,人均2亩多,明年还会增加200—400亩。目标是用4—5年时间,达1000亩,要做成独龙江品牌。资金主要由付相学提供,我具体操作,但投入越来越大,困难重重,还需要再引进外资做……"小白一口气摊出了这个计划。

"那你的抖音号可以派上大用场了嘛。再给我讲讲你的这个农家乐,我看还有一部分正在建设施工,是吗?"我和丰茂军也为小白高兴,三人又碰了一下杯。

"2014年(独龙江新隧道打通那年)开始做的吧,觉得新鲜好玩。那时独龙江公路隧道贯通,外来人渐渐多了,觉得旅游业很有潜力,便和老丈人商量了下,摆了几张床,但来玩的人特别多,不够用,后面就想做好一点,但投资大。另外,还买了一辆面包车(中午接我们的那辆)拉人。现在这个农家乐只完成50%的建设,资金是个问题,只好慢慢来。整个农家乐大概占地4亩多,客房11间,以后准备建20多间木楞房,这几年收益不大,像2020年5月25日发生泥石流灾害,道路阻绝,一晃就是大半年,影响很大。现在贷款了40多万元,压力比较大。但党和政府的政策对独龙族好,还是给了我们年轻人很多机会。"小白用树枝拨了拨火塘,端起酒杯,我们三人又碰了一下。

"那在这之前,你,或者像你这样留在独龙江的'80后''90后'独龙族年轻人,主要做些什么呢?"我也用一根树枝,挑了挑火塘上的柴火。

"做向导带人到山里面探险,比如到迪腊腊卡、白马措湖、41号界碑等;

和哥哥白忠新一起打鱼，有一种扁头鱼（俗称"十八子"），有老板来收购，一斤可以卖200元；上山挖药也是一项重要收入来源，有时候得走到缅甸那边，还有到丙中洛、察隅、中印边境等地。有一次和哥哥他们10多个人，来回三个月，挖野生重楼、黄精、三七等，7月出去，9月回来，收入大概1.5万元，但是非常辛苦。还有一次，五六月份到缅甸，天天下雨，只看到过一天太阳，绕着山挖重楼，翻越了5座大雪山，当时背着120斤炒面作为干粮，收入1.6万元……"小白说起这些事情，既兴奋又有点感伤。

"走那么远，你们路上一定碰到很多困难吧，你们又是怎么找得到路的呢？"我有些好奇，在茫茫群山中根本没有路，小白他们是如何做到的？

"确实没有路，有时候过河得自己砍树搭桥，遇到水流大的地方，还得等水位落了才能过得去。辨别方向，完全靠自己对河，找目标，对山峰，对自己设置的点……路上困难多，不时还会遇到野兽，比如说熊、野牛等。只有自己亲自上了山挖药，才知道自己的前辈们有多艰难、有多辛苦！"小白将杯中酒一饮而尽。

"我听说政府组织过独龙族年轻人外出打工，你有没有出去过？"我换了个话题，想多角度了解小白。

"去过，2016年去过山东威海，种海带割海带，待了几个月，发现开销太大，再加上自己还是想在家乡做点事情，就回来了。"说到这里，小白有点不好意思地笑了笑，端起酒杯朝我和丰茂军敬了一下，便又将斟满杯的酒全饮下。

我突然感觉到，这个独龙族小伙子身上，有着与前辈独龙族人不太一样的地方，那是什么呢？我有些说不清楚，因为他和我又说了下面这段话：

> 党和政府对我们的关照实在是太多太多，但我反感自己的民族被国家养着，我们有自己的勤劳心，独龙族有艰苦耐劳的精神，要能独立完成自己地区的生产生活，要自己养活自己，虽然艰难，但对未来充满信心……

这话，不正和"老县长"高德荣说的"一个贫困的地方最大的贫困是思想观念的贫困"背后所指向的思考一脉相承吗？

深夜，当我和丰茂军返回不远处的房间时，发现门上"站"满了不下一二十种飞虫，我们相视一笑，拿出手机来咔嚓拍下，然后迅速打开各自房门，又赶紧关上。

夜里，我做了一个奇怪的梦，有火塘、飞虫、45度自酿酒……还有小白在抖音号上做直播时的画面，这个精瘦略显矮小的独龙族小伙子，披着七彩的独龙毯，那些独龙江特有的宝贝，变戏法似的，一件一件，一个一个，从独龙毯里蹦了出来……

第二天，因为还有其他采访任务，我们起得较早，谁知小白起得更早，他和他媳妇早就把早点做好等着了。

看着这对独龙族小夫妻忙碌的身影，我似乎感受到了某种更大的希望。经过党和政府持续帮扶，在这个已经实现整族脱贫的民族身上，依然有一股难以言说的力量，扣动着人的心弦。

文面女：以前时间很长，现在很快

色松（独龙语，新年出生之意）又在梦中见到丈夫李文正打猎了。

李文正一弓弩，就射翻一头大熊；李文正再一发力，一头野牛也应声倒地……

要知道，年轻时候，李文正可是村里数一数二的捕猎高手。

李文正比色松小3岁。色松说起丈夫来时，脸上总是泛起一种自豪的笑；色松笑起来时，她脸上的文面图案，就像一丛独龙江大地上最美的花朵开放一般。

1944年4月，色松出生在独龙江乡最北边的迪政当村雄当村。1956年，12岁时在龙元小学上学，由老师取了一个汉名：李文仕。

可惜的是，第二年因为家中劳动力不足，她不得不辍学，为此，她哭了好几天。

李文仕的妈妈当巧格仍，是村里有名的文面师，不但村里的姑娘找她文面，而且其他村里的女孩也会找上门来。

当巧格仍对李文仕说过，文面是独龙人的传统，文了才好看，不文，老了就不好看了。

李文仕当然听妈妈的话，等她到13岁时，在一个冬天的早晨，准备文面。

头天，当巧格仍先在火塘上架一口大锅，用松木烧柴火，之后，把刮下的锅底灰（独龙语，"哒斯麻"），放在一个土碗里，倒温水搅拌，并将烧红的鹅卵石放入此碗。第二天，用竹签打刺（刺藤，独龙语为"琼桂绑呵"，其刺每年春夏之际长出，呈倒钩状，至秋末初冬成熟后便成直刺，可将其加工成约15厘米长的刺藤棒；竹签，一头稍粗另一头稍尖，长约20厘米），点在脸上……

"很疼，文面后肿大，一个星期才恢复，妈妈一天可以文两个。"70多岁的李文仕回忆起当时的情景和感受，仍似昨日般清晰。

此时，是2020年9月12日早上，我们正在雄当安置点，李文仕一家新的搬迁房里，进行采访。

由于李文仕老人不能说汉语，全部谈话内容由白忠平帮忙翻译。

李文仕曾经感叹道："家里经济条件差，自己什么也不懂，也听不懂别的民族的语言，一生就这样过去了，感到很遗憾。不过，如果有机会，我还是很想到外面走走看看。"

这样的机会，终究还是来了！

2015年1月的一天早晨，乡长和村支书到她来家中，兴冲冲地请她准备准备，作为独龙族文面女代表，过一天要接她到省城昆明参加一个重要活动。

从雄当到贡山，从贡山到六库，从六库到保山机场，一路上，李文仕心中十分喜悦，她根本没有想到，都70多岁了，还有机会在保山第一次乘坐飞机飞往昆明。

1月19日中午，李文仕随着独龙族代表团下了飞机，又有专车来接。她第一次看到如此繁华的大城市，用她自己的话说："走到哪里都是房子，看得心都是慌的。"

1月20日，早早的就有人来把独龙族代表团一行7人，接到了一间宽敞的会议室。这间会议室，专门布置摆放着独龙族的弓弩、恰卡、木刻、手工马褂、独龙毯等生产用具和生活用品，还有草果、笋干、野蜂蜜等诸多独龙江特产。

李文仕和另一位文面女代表董寸莲，穿着独龙族妇女传统衣服，身披色彩鲜艳的独龙毯，和"老县长"高德荣、贡山县委书记娜阿塔、县长马正山，独龙江乡党委书记和国雄、乡长李永祥一起，等候着独龙族的恩人、中共中央总书记习近平。

紧张和兴奋的心情，让李文仕坐立不安，她实在是没有想到，有生之年竟然能够见到习总书记。中国共产党在独龙江做的好事，她从小就听闻，也切身感受着，正是有了中国共产党，独龙族才有了今天这般幸福的生活，如今就要见到习总书记，心中真是无限感激和感动啊！

当李文仕第一眼看到习近平到来，微笑着朝大家挥手致意，并亲切握手时，她心中一颤，没想到习总书记如此慈祥和平易近人。

"老县长"高德荣也相当兴奋，忙着给习近平总书记介绍独龙族的生产生活工具。

习近平总书记了解情况后，说了一句："真不容易啊！这些东西，可都是文化啊！"并主动拉着高德荣坐在一张长藤椅沙发上，观看了一部反映独龙族巨变的短片。

李文仕记得，习近平总书记一直在问独龙族的情况，问了很多，问得很仔细，这让她感觉到无比温暖。

问到关键处，高德荣按捺不住激动的心情，说："在习总书记的关怀下，隧道去年就全线贯通了。如果不贯通，今天我们怎么可能坐在一起呢？要知道，现在正是大雪封山的时候，独龙族虽在边疆，但会永远跟着共产党走，把边疆建设好、边防巩固好、民族团结好、经济发展搞好。"

李文仕和董寸莲也被此情此景感动，不约而同站了起来，要用独龙语给习总书记唱一首自编的感恩歌，以表达独龙族人民对中国共产党的深深感激之情!

> 党的政策好
> 独龙族的日子不用愁
> 独龙人民感党恩
> 永远跟党走
> ……

"好!"习近平总书记带头鼓掌,大家你一言我一语,开始了宛如亲人般的谈心。

李文仕说:"在党的光辉照耀下,独龙族人民的日子发生了翻天覆地的变化。我已经70多岁了,还第一次坐上了飞机,见到总书记。今后要教育子孙后代听党的话,一定要好好读书,跟着共产党走。"

在讨论独龙族的事情时,李文仕半开玩笑式地提出了一个请求:"能不能给我们民族安排一架飞机?"惹得大家开心一笑。

习近平总书记也跟着笑了笑,说:"我们这个国家民族比较多,要给的话,每个民族都得给啊!"

紧接着,习近平总书记深情地说道:"我今天特别高兴,能够在这里同贡山独龙族怒族自治县的代表们见面。独龙族这个名字是周总理起的,虽然只有7000多人,人口不多,也是中华民族大家庭平等的一员,在中华人民共和国、中华民族大家庭之中骄傲地、有尊严地生活着,在中国共产党领导下,同各民族人民一起努力工作,为全面建成小康社会的目标奋斗。你们生活在边境地区、高山地带,又是贫困地区,在新中国成立以前生活在原始状态里。新中国成立后,在党和政府关心下,独龙族从原始社会迈入社会主义,实现了第一次跨越。新世纪以来,我们又有了第二次跨越:同各族人民共同迈向小康。这个过程中,党和政府、全国各族人民会一如既往关心、支持、帮助独龙族。"

习近平总书记接着指出,独龙族和其他一些少数民族的沧桑巨变,证明了中国特色社会主义制度的优越性。前面的任务还很艰巨，我们要继续发挥我国制度的优越性，继续把工作做好、事情办好。全面实现小康，一个民族都不能少。

"你是县长？你是乡长？"习近平总书记指着来自独龙族的县长马正山和乡长李永祥，语重心长地说，"随着经济社会发展，独龙族兄弟姐妹自身能力也要增强，县长、乡长就属于独龙族自身培养的人才，我们要自力更生，奋发图强。"

总书记对高德荣亲切地说："您是时代楷模，不仅是独龙族带头人，也是全国的一面旗帜。有你们带动，独龙江乡今后一定会发展得更好。"

最后，习近平总书记说："我来见大家，就是鼓励你们再接再厉，也是给全国各族人民看：中国共产党关心各民族的发展建设，全国各族人民要共同努力，共同奋斗，共同奔向全面小康。"

整个会见，李文仕都感觉到从未有过的幸福。

让李文仕感动的还有，当时"老县长"高德荣是带病去见习总书记的，他已有60多岁了。在李文仕的眼中，高德荣一心为独龙族服务，各个方面都想得到，特别是交通，有了他，独龙族的改变真大。

谈到自己村子里的变化，李文仕脸上的笑容特别灿烂，文面的部位也显得特别美好。

她动情地说："有了共产党，我们民族才能过上好的生活。特别感谢党，现在的生活真是太幸福了！感觉村里卫生非常好，心里就特别高兴。老乡长还帮助扩建了厨房，考虑到经常会有人来采访，所以比一般的厨房大了三分之二。以前猴子都走不动的地方，现在都修了公路。以前下雨的时候都要干活，生产生活非常不方便，房子也漏水，现在房子又大又明亮……感觉以前时间很长，现在很快。"

"以前时间很长，现在很快。"这是一句多么朴实而深刻的话，从70多岁的独龙族文面女李文仕口中自然地说出来，更是饱含了无限深意。

采访快结束时，我请李文仕合一张影。

老人家紧紧靠着我，一脸善良纯朴的笑意中，那异常美丽的文面，多像是无数条隐秘而幸福的水流。它或许是独龙江的一个梦,也是独龙族的一个梦,能解这个梦的,依然是那轮在温暖和煦春风中,已冉冉升高,正散发出万丈金光的东方红太阳……